本书受中国历史研究院学术出版经费资助

学术出版资助

中国史诗研究

| 江林昌 著 |

中国社会科学出版社

图书在版编目（CIP）数据

中国史诗研究 / 江林昌著. —北京：中国社会科学出版社，2022.1
ISBN 978-7-5203-5855-2

Ⅰ.①中… Ⅱ.①江… Ⅲ.①史诗—诗歌研究—中国—古代 Ⅳ.①I207.22

中国版本图书馆 CIP 数据核字（2019）第 294842 号

出 版 人	赵剑英
责任编辑	宋燕鹏
责任校对	郝阳洋
责任印制	李寡寡

出　　版	中国社会科学出版社
社　　址	北京鼓楼西大街甲 158 号
邮　　编	100720
网　　址	http://www.csspw.cn
发 行 部	010-84083685
门 市 部	010-84029450
经　　销	新华书店及其他书店
印　　刷	北京君升印刷有限公司
装　　订	廊坊市广阳区广增装订厂
版　　次	2022 年 1 月第 1 版
印　　次	2022 年 1 月第 1 次印刷
开　　本	710×1000　1/16
印　　张	31
字　　数	432 千字
定　　价	168.00 元

凡购买中国社会科学出版社图书，如有质量问题请与本社营销中心联系调换
电话：010-84083683
版权所有　侵权必究

中国历史研究院学术出版
编　委　会

主　　任　高　翔
副 主 任　李国强
委　　员　（按姓氏笔画排列）
　　　　　　卜宪群　王建朗　王震中　邢广程　余新华
　　　　　　汪朝光　张　生　陈春声　陈星灿　武　力
　　　　　　夏春涛　晁福林　钱乘旦　黄一兵　黄兴涛

中国历史研究院学术出版资助项目
出版说明

  为了贯彻落实习近平总书记致中国社会科学院中国历史研究院成立贺信精神，切实履行好统筹指导全国史学研究的职责，中国历史研究院设立"学术出版资助项目"，面向全国史学界，每年遴选资助出版坚持历史唯物主义立场、观点、方法，系统研究中国历史和文化，深刻把握人类发展历史规律的高质量史学类学术成果。入选成果经过了同行专家严格评审，能够展现当前我国史学相关领域最新研究进展，体现我国史学研究的学术水平。

  中国历史研究院愿与全国史学工作者共同努力，把"中国历史研究院学术出版资助项目"打造成为中国史学学术成果出版的高端平台；在传承、弘扬中国优秀史学传统的基础上，加快构建具有中国特色的历史学学科体系、学术体系、话语体系，推动新时代中国史学繁荣发展，为实现"两个一百年"奋斗目标、实现中华民族伟大复兴的中国梦贡献史学智慧。

中国历史研究院
2020年3月

目　　录

了解民族文化基因，建构古代文史学科体系（代前言）……………（1）

绪论　世界史诗背景下的中国史诗 ………………………………（1）
　第一节　世界史诗问题与史诗学理论 ………………………………（1）
　第二节　中国少数民族史诗及相关研究 ……………………………（11）
　第三节　"汉语史诗"问题的回顾与反思 ……………………………（14）
　第四节　中华文明与汉语史诗及相关理论体系建构…………………（22）

第一编　中华文明的起源、发展与史诗的形成、流传

第一章　中国史诗的源头：巫诗 ……………………………………（41）
　第一节　传世文献所见中国最早的巫诗 ……………………………（43）
　第二节　清华简《祝辞》所保留的原始巫诗 ………………………（48）
　第三节　《诗经》所遗存的原始巫诗 ………………………………（51）

第二章　中华文明起源、发展与史诗的产生、繁盛………………（56）
　第一节　考古学所证明的中华文明起源的时空范围…………………（56）
　第二节　"绝地天通"：中国原始宗教的形成
　　　　　与史诗的产生……………………………………………（59）

第三节 "铸鼎象物":中国原始宗教的发展
　　　　与史诗的繁盛 …………………………………… (69)

第三章　中国原始宗教背景下的史诗综论 ……………… (77)
　第一节　史诗的形成背景 …………………………………… (78)
　第二节　史诗的存续时间 …………………………………… (86)
　第三节　史诗的内涵发展 …………………………………… (90)
　第四节　史诗的社会功能 …………………………………… (95)
　第五节　史诗的精神原则 …………………………………… (98)

第四章　天人之间:天体崇拜类原始宗教与史诗的
　　　　　形成、流传 ……………………………………… (102)
　第一节　从"图"与"话",再到"图"与"书" ………………… (102)
　第二节　考古所见宇宙生成类"图书"史诗、颂诗的
　　　　　讨论 ………………………………………………… (108)
　第三节　传世文献中宇宙生成类"图书"史诗
　　　　　的讨论 ……………………………………………… (133)

第五章　地民之间:山川崇拜类原始宗教与史诗的
　　　　　形成、流传 ……………………………………… (154)
　第一节　《山海经》是配"山海图"的史诗文本 …………… (155)
　第二节　《楚辞》《淮南子》也是配山川神怪"图"的
　　　　　史诗、颂诗文本 …………………………………… (169)

第六章　祖孙之间:祖先崇拜类原始宗教与史诗的
　　　　　形成、流传 ……………………………………… (174)
　第一节　龟甲版"册"("𠕋")"祝"("禩")祭祖
　　　　　史诗 ………………………………………………… (176)
　第二节　柄形饰"典"("敟")与祖先世系史诗 ………… (182)

第七章　图画、甲骨、铜器、竹帛：史诗的传承方式之一 ……（194）
- 第一节　口耳相传与史诗、颂诗 ……（194）
- 第二节　图画、甲骨、铜器、竹帛与史诗 ……（196）
- 第三节　瞽与史、诗与世 ……（202）
- 第四节　"述而不作"与民族文化传承 ……（205）

第八章　诗、乐、舞三位一体：史诗的传承方式之二 ……（211）
- 第一节　清华简所见颂诗的诗乐舞三位一体结构 ……（212）
- 第二节　先秦时期诗乐舞繁盛的文明史背景与相关理论问题 ……（216）

第二编　中华文明的早期发展与史诗的族内发展兴盛

第一章　考古发现与东夷虞族史诗《韶乐》考索 ……（225）
- 第一节　由上博简"舜敏学诗"谈有虞族的诗乐传统 ……（226）
- 第二节　《韶乐》为有虞族的史诗、颂诗 ……（232）
- 第三节　《韶乐》天体崇拜与《东皇太一》《东君》 ……（240）
- 第四节　《韶乐》祖先崇拜与《山海经》《尚书》《天问》 ……（248）

第二章　考古发现与中原夏族史诗《九歌》新论 ……（250）
- 第一节　公元前2000年前后黄河中下游地区夷夏联盟与变局 ……（250）
- 第二节　夏族史诗考索之一：变东夷虞族《韶乐》为夏族《九歌》 ……（255）
- 第三节　夏族史诗考索之二：祭地上黄河神、天上云雷神 ……（258）

第四节　夏族史诗考索之三:《天问》所载夏史 …………（261）

第三章　考古发现与中原商族史诗《商颂》新证 …………（269）
　第一节　学术史上有关《商颂》作者、作期的论争 …………（270）
　第二节　《商颂》作于商代的文献学证据 …………………（275）
　第三节　《商颂》作于商代的甲骨文证明 …………………（290）
　第四节　《商颂》作于商代的青铜文证明 …………………（299）
　第五节　《商颂》五篇文本分析与《天问》商族史诗
　　　　　合证 …………………………………………………（305）
　第六节　今本《商颂》的流传过程 …………………………（316）

第四章　考古发现与中原周族史诗"周颂""二雅"
综论 …………………………………………………………（323）

第三编　中华文明的结构转型与史诗的族外融合创新

第一章　由清华简"颂"即"容"论史诗的社会功能 …………（333）
　第一节　由清华简论"颂"即"容" ……………………………（334）
　第二节　颂诗之舞容与神尸:巫术通神的宗教学意义 ……（337）
　第三节　颂诗之舞容与威仪:礼仪修身的政治学意义 ……（351）
　第四节　简短余论 ……………………………………………（365）

第二章　原始宗教的衰落与史诗精神的传承创新 …………（367）
　第一节　"诗亡然后春秋作"试解 ……………………………（367）
　第二节　由《庄子·天下》篇看史诗精神在春秋战国
　　　　　时期的承传发展 ……………………………………（373）
　第三节　大小传统的融合与史诗、巫诗在《诗经》《楚辞》
　　　　　中的遗存 ………………………………………………（375）

第三章　血缘管理变地缘管理与史诗内容的传承创新 …………（393）
  第一节　文化传承融合与《九歌》各篇的整合编组 …………（396）
  第二节　文化转化创新与《九歌》润色的经典意义 …………（403）

第四章　史诗传统与诗国文化的民族思维特色 …………………（410）
  第一节　马克思主义唯物史观与东西方文明的差异 …………（410）
  第二节　原始氏族社会的原始思维在东西方文明时代的
         不同发展趋向 ……………………………………………（415）
  第三节　籍田礼是中国早期文明时代有关农耕生产、
         血缘管理的宗教仪式 ……………………………………（422）
  第四节　先秦文献所见原始神话、图腾史诗等原始
         意象 ………………………………………………………（427）
  第五节　原始"意象"转化创新为人文"兴象""寄象" ……（455）
  第六节　原始"意象"、人文"兴象""寄象"在中国文化
         史上的深远影响 …………………………………………（461）

主要征引文献 ………………………………………………………（467）

后记 …………………………………………………………………（471）

了解民族文化基因，建构古代文史学科体系

（代前言）

江林昌

2016年5月17日，习近平总书记在全国哲学社会科学工作座谈会上发表重要讲话（以下简称"5·17讲话"）。两周年后，全国哲学社会科学工作办公室委托山东大学《文史哲》编辑部召集全国相关专家，围绕"如何构建中国特色哲学社会科学体系"展开讨论。这非常有意义。在这里，我想就中国古代文史学科角度谈三点体会。

一 紧迫性

我国地处北半球欧亚大陆的东方，西北高，东南低，面向蔚蓝大海。以黄河、长江为代表的众多河流，均由西往东而流，沿途灌溉肥沃的土地。中华民族就是在这样独特的地理气候环境下生长发展，创造了五千多年绵延不断的农耕文明。中国的历史文化与文学艺术有自己的特色，是不言而喻的。

然而，近代以来，随着西学东渐，西方的哲学社会科学理论在开拓中国古代文史研究视野的同时，也使其陷入了"被西化"的泥沼。这种现象首先体现在学术价值取向上。多数中国学者认为，西

方的概念、术语、理论都是科学的,应该主动介绍、学习和运用。这种观念从"五四"新文化运动后成为主流倾向,到20世纪80年代"蓝色文明"思潮下,再度时髦。当时的中国文史学界,不仅大量译介西方理论著作,而且在发表文章、参加学术讨论时,如果不引用西方理论概念,会被普遍认为是落伍了。其次,"被西化"还体现在研究方法上,生硬照搬西方的概念、术语、理论来建构中国古代文史学科体系。历史学必以西方"五种社会形态理论"为原则,文学史则离不开"阶级矛盾分析法"。结果是造成了许多误解,不仅与中国古代文史学科的客观事实不符,而且还挫伤了民族文化自信。

在这样的学术史背景下来看习近平总书记的"5·17讲话",就会觉得十分及时、十分深刻。总书记的讲话表达了广大文史科学工作者多年来的共同诉求。王学典先生近年来一直呼吁要把中国学术"本土化""中国化",正是其中的代表。① 总之,中国古代文史研究的历史与现状都迫切需要及早建立中国古代文史学科体系。

二 可行性

从战国时代《庄子·天下》《荀子·非十二子》《韩非子·显学》开始,到秦汉之际《吕氏春秋·不二》《淮南子·要略》和司马谈《论六家要旨》,经魏晋南北朝陆机《文赋》、刘勰《文心雕龙》、钟嵘《诗品》,再到唐代刘知几《史通》、清代章学诚《文史通义》,两千多年来,中国学者一直在努力建构自己的文史学科体系。但任何一个历史阶段都比不上当今所具有的建构中国特色文史学科体系的各种优越条件。

现在,我们不仅有两千多年来古代学者所积累的文史学科体系基础,而且还有丰富的西方文史理论可以作为参照借鉴;不仅有近一百多年来如郭沫若《中国古代社会研究》、侯外庐《中国古代社会史论》、钱锺书《管锥篇》、张光直《中国青铜时代》、李泽厚

---

① 王学典:《把中国"中国化"》,上海人民出版社2017年版。

《中国古代思想史论》等，有关中西融通的探索经验，而且还有中国现代考古学所提供的前所未见的丰富新资料；更重要的是，改革开放四十多年来，中国经济取得巨大成就，已经成为世界第二经济大国，随着中华民族走向世界，中国古代文史学科体系已经有了世界尺度。正如习近平总书记"5·17讲话"指出："当代中国正经历着我国历史上最为广泛而深刻的社会变革，也正在进行着人类历史上最为宏大而独特的实践创新。这种前无古人的伟大实践，必将给理论创造、学术繁荣提供强大动力和广阔空间。这是一个需要理论，而且一定能产生理论的时代；这是一个需要思想，而且一定能够产生思想的时代。我们不能辜负了这个时代。"

现在，建构中国古代文史学科体系，已完全可能，以下试从几个方面举例说明。

1. 考古学方面

1921年瑞典学者安特生在河南渑池仰韶村，与1926年清华国学研究院李济在山西夏县西阴村的先后发掘，揭开了中国现代考古学的序幕。一百年来，尤其是改革开放四十余年来的考古发掘，为我们提供了极为丰富的建构中国古代文史学科体系的新资料，为我们展示了当年司马迁写《史记》时都不曾知道的许多有关中国上古历史文化的真实图景。到目前为止，考古工作者已经建立起了完整的考古学文化发展年代序列，并先后开展了考古学区系类型文化历史分析与聚落形态社会历史分析工作。这样，有关中华文明史、中国文学史、中国学术思想史等方面的研究讨论，都有了具体、系统而科学的基础。

党的十八大报告、十九大报告，习近平总书记有关中华历史文化方面的系列讲话中，凡提到中华文明史，都说是"五千多年"。这个"多"字就是因为考古发掘提供了丰富全面的实物资料，再经国家"夏商周断代工程""中华古文明探源工程"的多学科论证后所得出的科学结论。这个"多"字的确认，有多方面的意义。就文明史而言，当"多"字再与"绵延不断"结合起来之后，我们就可以无比自豪地说,"五千多年的中华文明史"是世界上独一无二的。因为虽然世界上五千多年前产生的古文明还有印度、埃及、两河流域等,但这些地区产生的古文明在发展过程中都先后中断了,唯有中华文明绵延至今。在这样的世界古文明背景下,再来研究中华文明五千多年灿烂的发展史,就可以为今天中国人民坚定不移地走中国特色社会主义道路,增强文化自信,提供坚强有力的历史依据。

1819年,丹麦考古学家汤姆逊按照生产工具的质态将人类社会的发展史分为石器时代、青铜时代、铁器时代等不同阶段。此后,西方学者又将这考古分期与社会形态学相结合,提出石器时代是原始氏族社会;青铜时代已进入了文明社会,即奴隶社会;而铁器时代已是文明程度更高的封建社会。这几乎成了世界考古学与历史学界的共识。20世纪,我国史学界也深受其影响。范文澜的《中国通史》、郭沫若的《中国史稿》、翦伯赞的《中国史纲要》,以及大多数大学"中国通史"教科书,几乎全都借用这些理论体系。

然而,中国的考古资料以不容置疑的事实表明,中国在石器时代之后出现的不是青铜时代,而是长达一千多年的玉器时代。这一情况普遍分布于黄河下游的山东龙山文化、黄河中游的河南龙山文化、长江下游的良渚文化、长江中游的石家河文化、安徽巢湖地区的凌家滩文化、辽西地区的红山文化等广大区域。这些玉器以玉琮、玉璧、玉钺、玉锛、玉璋为代表,大多出于贵族大墓或聚落中心的宗教礼仪圣地,是古代部落酋长兼巫师用以巫术通神的法器,是当时族权、神权、军权的象征。这表明当时的社会已经分成不同的阶层,而拥有玉礼器者为氏族贵族,是掌握公共权力的统治阶层。这自然是已步入文明时代了。因此,牟永抗、吴汝祚、安志敏等考古学家在20世纪90年代即提出了"中华文明起源于玉器时代"的新论断。[1] 而这一考古学论断又完全吻合于中国古文献的记载。东汉袁

---

[1] 牟永抗、吴汝祚:《试谈玉器时代:中华文明起源的探索》,《中国文物报》1990年11月1日;安志敏:《关于玉器时代说的溯源》,《东南文化》2000年第9期。

康《越绝书·外传》记风胡子论古史：

> 神农、赫胥之时，以石为兵……
> 黄帝之时，以玉为兵……夫玉，亦神物也，又遇圣主使然……
> 禹穴之时，以铜为兵……
> 当此之时，作铁兵，威服三军……大王有圣德。

风胡子是春秋时人。考古发现已证明，这正是中国铁器时代的开始。风胡子所说的以神农为代表的远古三皇时代以石为兵，正是考古学上的新石器时代；以黄帝为代表的五帝时代以玉为兵，正是考古学上的玉器时代；夏禹开始的夏商西周三代以铜为兵，正是考古学上的青铜时代。考古学与古文献记载如此吻合的中国古史分期法，以往在中国史学界竟然没有得到足够重视，而非要套用西方的石器、铜器、铁器分期法，进而图解中国古代文明史，置一千年的玉器时代而不顾。这是很不应该的。直到1986年，美籍华裔考古学家张光直先生发表《谈"琮"及其在中国古史上的意义》，此事才引起大家关注。

现在我们已清楚，中国古代社会的发展序列应该是，三皇石器时代是中国原始氏族社会，五帝玉器时代是中国文明起源阶段，夏商西周青铜时代是中国早期文明发展阶段，春秋战国铁器出现是中国文明转型阶段，秦汉以后铁器发达是中国成熟文明阶段。与西方社会相比，中国多了一个五帝文明起源长达一千多年的"玉器时代"。这就是中国的特色。正如张光直教授在该论文中所指出："西方考古学讲石器时代、铜器时代、铁器时代，比起中国来，中间缺了一个玉器时代。这是因为玉器在西方没有在中国那样的重要。"[①]

---

① [美]张光直：《谈"琮"及其在中国古史上的意义》，《中国青铜时代》，生活·读书·新知三联书店1999年版，第304页。

2. 以上考古学所反映的中国文明起源与西方之不同，还可从社会形态学上获得认知

马克思的《〈政治经济学批判〉导言》《资本论》《给维·伊·查苏科奇的复信草稿》，恩格斯的《家庭、私有制和国家的起源》《反杜林论》等经典著作中，总结西方古代文明的起源、国家的出现有如下变化：原始氏族社会里，氏族成员之间的平等关系，到文明社会里变成了不平等的阶层关系；原始氏族社会里全体族民共同劳作的土地公有制，到文明社会里变成了土地分割成小块分配给家庭劳作的私有制；原始氏族社会里同族成员民主协商的血缘管理，到文明社会里变成了不同氏族、不同血缘成员杂居在一起的地缘管理；又因为地缘管理的需要，而出现了凌驾于各阶层之上的公共权力。

对照马恩所总结的西方文明起源的情况，中国文明起源有许多不同。中国由原始社会向文明社会转变过程中，虽然也出现了氏族成员的分层，出现了公共权力，但这分层是在氏族血缘内部，公共权力也在氏族血缘内部由氏族贵族所掌握。由于氏族血缘团体没有瓦解，所以土地仍然公有。侯外庐先生总结说，如果按照恩格斯的"家庭""私有制"和"国家"三项来作判断指标，那么，西方"古典的古代是从家族到私产再到国家，国家代替了家族"，而中国"亚细亚的古代，是由家族到国家，国家混合在家族里面，叫做'社稷'"。因此，西方的文明起源是新的冲破旧的，是新陈代谢，是革命的路径；而中国的文明起源，是旧的拖住了新的，是新陈纠葛，是维新的路径。[1]

中华文明起源了，但没有出现西方文明社会那样由血缘管理变成地缘管理，而是血缘管理依然延续下来了。这是中华文明的最根本特征。在整个中华文明五千多年历史长河中，这一特征从五帝时代一直延续到夏商周三代，长达三千多年时间。如此久远的积累，必然夯实了中华民族最根本的文化基因，并深刻影响到当时及其后

---

[1] 侯外庐：《中国古代社会史论》，河北教育出版社2000年版，第30页。

的社会形态、宗教习俗、语言思维、文学艺术及至民族精神等方面。

由于氏族部落的血缘管理，才有五帝时代逐步形成的中原地区华夏集团及其文化圈、海岱地区东夷集团及其文化圈、江汉地区苗蛮集团及其文化圈；才有五帝时代晚期夷夏两大集团的民主二头联盟执政的"禅让制"，夏代的部落联盟一头"共主"世袭制，商代的方国联盟一头"君主"世袭制，周代的封国联盟一头"王主"世袭制。这些都是血缘管理的扩大化和细密化。这种因血缘管理而形成的不同文明发展阶段的社会形态，与西方因地缘管理而形成的不同文明发展阶段的社会形态，是有许多不同的。因此，我们既不能用摩尔根、马克思、恩格斯等人的古典文化演进理论，诸如"部落联盟的二头政权""民族阶段的三权政府"，乃至"奴隶制""封建制"等概念来解释；也不能用怀特、塞维斯、卡内尔等人的新文化演进理论，如"游团""酋邦""早期国家"等概念来说明。20世纪八九十年代，我国史学界曾一度盛行"酋邦制"，现在看来也是不妥当的。中华文明史只能在血缘管理长期延续，与农耕生产、祖先崇拜、土地崇拜诸因素相结合的事实中，用自己的概念、术语来作出理论概括。这一工作，虽然以前已有侯外庐、张光直等先生作过较好的探索，但至今尚未深入系统，需要我们作进一步努力。

3. 再就宗教习俗、神话思维及文学艺术看

西方文明起源后，不仅地缘管理代替了血缘管理，而且商贸经济代替了农耕生产。因此，其原始氏族社会的神话思维、原始花草意象，也都随着原始巫术活动、原始宗教仪式在文明社会的消失而不再在现实生活中流行展现，只是作为一种种族的集体记忆，通过遗传而保留在后人的潜意识中。瑞士心理学家荣格称这种非经验的、不自觉的种族集体潜意识为"集体无意识"。在西方，"集体无意识"概念被广泛运用到文学艺术创作与批评之中。正如荣格自己所指出：文明时代的艺术家应该通过他的艺术作品，把神话思维里的原始意象"从集体无意识的深渊中发掘出来，赋以意识的价值，并转化使之能为他的同时代人的心灵所理解和接受"。这样，就使文明

时代的后人"找到了回返最深邃的生命源头的途径"。文学作品能达到这样的艺术效果，就会产生深远的社会意义。"谁讲到了原始意象，谁就道出了一千个人的声音，可以使人心醉神迷，为之倾倒。与此同时，他把他正在寻求表达的思想从偶然和短暂，提升到永恒的王国之中。他把个人的命运纳入到人类的命运，并在我们身上唤起那些时时激励人类……的力量。"①

而在中国，由于血缘管理与农耕生产在文明社会的依然延续，因此，原始社会的神话思维、原始花草意象，不仅通过种族遗传而成为文明时代后人的先天集体文化基因（经验变先验），而且还通过文明时代现实生活中巫术宗教活动的具体演示而形象生动地再现着（历史变经验）。也就是说，在中国从五帝文明起源到夏商周早期文明发展三千多年的历史长河中，原始神话、原始花草意象既是先天遗传的，是先验的，也是后天实践的，是经验的。所以我们提出，原始神话、原始意象在西方古代文明社会中是"集体无意识"，而在中国古代文明社会里，则是"集体有意识"。②

认识到这一区别很重要。正是因为原始神话、原始花草意象从五帝到三代的长期繁荣发展，才会有春秋战国轴心时代的转化创新高峰。在北方以《诗经》为代表的民族经典中，转化创新出了"兴象"艺术；在南方以《楚辞》为代表的民族经典中，转化创新出了"寄象"艺术。秦汉以后花草"兴象"与"寄象"艺术深刻影响了历代文学作品的创作。可以说，如果没有《楚辞》的花草"寄象"，就不可能有汉魏以后的"托物言志"文学；如果没有《诗经》的花草"兴象"，就不可能有唐宋以后的"意境""韵味""含蓄"等艺术概念。更重要的是，从原始"意象"到人文"兴象""寄象"，这些独特表达方式深刻影响了中国人的思维倾向，成为中国文人的精

---

① ［瑞士］荣格：《论分析心理学与诗的关系》，叶舒宪选编《神话—原型批评》，陕西师范大学出版社1987年版，第81—102页。
② 江林昌：《从原始"意象"到人文"兴象""寄象"》，《文艺研究》2017年第12期。

神诉求,培育了中华儿女的民族情感,铸就了中国民族的艺术品位。①

还有一个与此紧密相关的事实是,由于血缘管理、农耕生产、祖先崇拜在文明时代的长期盛行,因此,有关氏族部族起源发展的部族史诗,在中国上古时代也是相当丰富发达的。今传《诗经》中的《雅》《颂》,《楚辞》中的《九歌》《天问》,即为其中遗篇,而《尚书》虞、夏、商、周之典、诰、谟之类,乃至《逸周书》《左传》《国语》以及古本《竹书纪年》中的许多篇章片段,也都是远古部族口传史诗的散文记录。中国古代有自己丰富的"史诗系统"②。过去学术界以西方《荷马史诗》为依据的"史诗"概念作标准,推导出中国古代"史诗不发达"的结论,是不符合中国古代实际的。

4. 再从哲学角度看

中国古代由于血缘管理而特别盛行祖先崇拜,又由于农耕生产而有天体崇拜与土地崇拜。在这样的背景下,就出现了中国古代天体神与祖先神的叠合。人间的祖先神灵往往"陟降天庭"而"在帝左右"。为求得天体神与祖先神保佑农耕生产,而有"天人合一"观念,于是有"天坛"祭天,"社坛"祭地,"稷坛"祭农神。神灵世界与现实世界是统一的,从而引发出中国古代如李泽厚先生所总结的"实践理性"精神。③ 而在西方,由于地缘管理,所以缺少祖先崇拜;由于商贸活动,所以缺少山川土地崇拜。天上那个"上帝"离现实世界越来越远了,终于出现了"天人分离"观念。"上帝"神灵世界与现实人间世界对立。人在现实世界里的磨难修炼,是为了死后灵魂到天上那个彼岸世界寻找安息,所以有了宗教信仰。

以上我们围绕"玉器时代""血缘管理"两个中国古代文明的

---

① 江林昌:《从原始"意象"到人文"兴象""寄象"》,《文艺研究》2017年第12期。
② 江林昌:《诗的源起及其早期发展变化》,《中国社会科学》2010年第4期。
③ 李泽厚:《孔子再评价》,《中国古代思想史论》,安徽文艺出版社1994年版。

关键因素,从考古学、社会形态、宗教文学等方面举例说明,中国古代文史学科走自己的发展道路,建构五千多年中国文史学科体系,不仅是应该的,而且是完全可能的。

三 怎么办

建构中国特色文史学科体系,既极为迫切,又完全可能,因此,我们就应该踏踏实实地做好这项工作。

1. 必须要有总结、传承民族历史文化,提炼、弘扬民族精神的担当与抱负

当今中国学者特别需要提升境界,扩大格局。"为天地立心,为生民立命,为往圣继绝学,为万事开太平。"如果没有这样的高度,学术研究就容易世俗化,民族精神的光辉就难以闪亮。我们要切记总书记"5·17讲话"的属望:"一切有理想、有抱负的哲学社会科学工作者,都应该立时代之潮头,通古今之变化,发思想之先声,积极为党和人民述学立论,建言献策,担负起历史赋予的光荣使命。"

2. 始终坚持马克思主义唯物史观,在中国文史学科研究中发展马克思主义

历史研究的观点与方法,直接影响到对历史事实的选择与判断。中国古代虽然有"秉笔直书""中正光明"的优良传统,但从司马迁著《史记》"考信于六艺,折中于夫子"开始,中国古代文史研究便以儒家思想为指导,以考据为原则。这虽有其可取之处,但终究难以整体把握社会的发展规律。19世纪以来,西方各种史学理论盛行,诸如"结构主义""年鉴学派""集体记忆"等,虽然也能给我们许多启发,然而仍各有其片面之处。只有坚持马克思主义唯物史观,以生产力和生产关系、经济基础和上层建筑之间的相互作用,以及由量变到质变的矛盾辩证发展过程等原则为指导,实事求是地分析中国古代不同历史阶段的文史资料,才能够揭示中国古代社会的内在轨迹,总结出符合中国国情的具有鲜

明民族特色的文史发展规律。坚持马克思主义唯物史观,就是坚持其科学方法,而不是其某些结论。如果马克思、恩格斯当年有时间研究中国古代社会,又有可能见到我们现在所拥有的大量考古新资料,那么,马恩也一定得出我们上述有关"中华文明起源于玉器时代""中华文明起源后,血缘管理依然延续"等结论。这就是马克思主义的中国化,在中国发展了的马克思主义。20世纪许多中国史学研究的失误,就在于将马克思、恩格斯以唯物史观所分析研究西方社会而得出的结论,来套用中国的古代社会,从而犯了教条主义的错误,最终是违背了马克思主义的唯物史观。

3. 吸收西方理论合理因素,注重自己的宏观叙述,揭示中国古代文史发展规律

如同马克思、恩格斯一样,西方其他一些优秀哲学社会科学家,如康德、黑格尔、泰勒、弗雷泽、荣格、列维·斯特劳斯、涂尔干、亚当·斯密、雅斯贝尔斯、哈布瓦赫、威尔豪森、蔡尔兹等,他们也在总结西方历史、社会、经济、文学艺术等方面揭示了某些规律性的东西。他们的优秀成果可以作为我们研究中国古代文史的"参照",如前文讨论的,以荣格的西方"集体无意识"为参照,揭示中国的"集体有意识"。他们科学有效的研究方式,我们可以"借用",如哈布瓦赫的"集体记忆"理论,威尔豪森的"历史断裂与重构"理论,对于我们研究中国古代文史都是有启发意义的。但我们终究要站在中国本土的立场来参照西方理论,借用西方的研究方法,最终把握中国古代文史的发展规律,建构中国文史学科理论体系。

这里要特别注意具体考据与宏观叙述的辩证关系。如果没有宏观把握,考据就容易陷入碎片化;如果没有考据为基础,宏观叙述可能脱离实际而空洞化。具体考据需要严谨求实,这是学风问题,是当今文史研究需要重视的。宏观叙述需要识见判断,这是学养问题,也是当今文史研究需要培养的。中国古代司马迁写《史记》"究天人之际,通古今之变,成一家之言"的宏观把握,章学诚著

《文史通义》"六经皆史也""古人未尝离事而言理"的宏观论断，西方康德、黑格尔、马克思、恩格斯的宏观叙述，都为我们树立了榜样。我们应该在具体个案研究的基础上，揭示中国古代文史发展规律。

4. 担当时代使命，强化问题意识，建构中国古代文史学科体系，为当今中国道路、为人类未来发展，提供历史借鉴和思想资源

五千多年中华文明史，内涵博大精深。我们不可能把所有的历史事实都搞清楚。这就需要我们树立问题意识，弘扬"述往事、思来者"的中国史学传统，以高度的时代责任心和强烈的历史使命感，选择中国古代文史研究中的重大课题，寻找其中的客观规律，建立其中的理论体系，以史经世，启发当代，指导未来。

绪　　论
世界史诗背景下的中国史诗

自从古希腊哲学家亚里士多德在他的《诗学》里讨论荷马史诗开始，世界学术界对史诗的讨论已有两千多年的历史了。到目前为止，除了"中国史诗问题"仍然悬而未决外，其他史诗问题均已得到较好的解决，有了大致统一的认识。中国史诗问题的讨论，既涉及东西方史诗概念、术语等理论问题，也涉及传世文献资料的考辨、考古资料的利用等问题，还涉及民族志、民俗学、文化学的比较研究。正确把握中国史诗的内涵特征与发展规律，有利于我们正确认识中华文明起源发展的基本路径，有利于正确认识中华传统思维的基本特征，有利于正确认识中华民族精神的基本内涵。研究并解答中国史诗问题是一个重大而艰巨的课题，任重道远，意义深远。

第一节　世界史诗问题与史诗学理论

根据西方学者的研究，史诗与神话是各远古部族经过漫长的原始氏族社会之后，在跨入文明门槛之前，所留下的野蛮时代高级阶段（即恩格斯《家庭、私有制和国家的起源》所界定的"英雄时代"）的一份宝贵遗产，对各民族的文化艺术发展产生了深远的影响。马克思在《〈政治经济学批判〉导言》中指出，荷马史诗中的"希腊神话不止是希腊艺术的武库，而且是他的土壤"。对任何一个部族的文明社会来说，史诗与神话应该就是本部族最早的文化基因。

一　世界史诗的三大类型

史诗大多以神话的形式表达。各远古部族都有其神话与史诗。全世界远古部族民族众多，因而相关的史诗与神话丰富多彩。只可惜在各部族文明发展过程中，有些神话消失了，史诗失传了。保留至今的世界神话史诗资料，只是其中的很小一部分。概括这些保留下来的神话史诗资料，大致可分为三类。

第一类，先由口耳代代相传，最后由某个人或以某人名字命名编辑润色而形成的书面文本，如：

　　古巴比伦：《吉尔伽美什》
　　古印度：《摩诃婆罗多》《罗摩衍那》
　　古埃及：《亡灵书》以及三篇神话草纸：(1)《塔·乌加·拉》草纸，(2)《捷都·厚恩库·伊乌夫·安夫》草纸，(3)《天特·迪乌·牟特》草纸
　　古希腊：荷马史诗《伊利亚特》《奥德赛》
　　希伯来：《摩西五经》（《创世记》《出埃及记》《利未记》《民数记》《申命记》）
　　盎格鲁—撒克逊民族：《贝奥武夫》
　　日耳曼民族：《尼贝龙根之歌》
　　法兰西民族：《罗兰之歌》
　　西班牙：《熙德之歌》
　　冰岛：《埃达》
　　西非洲：《松加拉史诗》

第二类，由某一位诗人、学者收集整理本民族的口传史诗，再

加上自己的创作，融合成新的民族史诗，如：

苏格兰诗人麦克菲森收集、整理又创作，最后以苏格兰说唱人"莪相"而命名的苏格兰史诗《莪相作品集》（包括《苏格兰高地人》《古诗片断》《芬格儿：六卷古史诗》《贴莫拉》）

塞尔维亚门得内哥罗的诗人涅戈什收集整理塞尔维亚山地口传史诗并创作的《山地人之歌》《塞尔维亚的镜子》

芬兰的语文学家伦洛特收集汇编芬兰史诗并加工润色的《卡勒瓦拉》

第三类，完全由文人创作的书面史诗，如：

古希腊诗人赫西俄德的《神谱》《工作与时日》
古罗马诗人维吉尔的《埃涅斯阿纪》
意大利诗人塔索的《被解放的耶路撒冷》
意大利诗人但丁的《神曲》
英国诗人弥尔顿的《失乐园》

二　19世纪以前的世界史诗研究：对作者与文本的静态分析

在世界学术史上，有关史诗的认识研究是随着时代的发展而不断推进的。"荷马问题"是在承认《伊利亚特》与《奥德赛》两个文本的前提下，追问其作者是否为荷马。最早提出这个问题的是亚历山大时期的古希腊学者克塞农和海勒尼科斯。他俩比较了《伊利亚特》和《奥德赛》两个文本，发现有许多内容不一致的地方，由此推断，《奥德赛》不是荷马所作。这样，作者与作品就分开了，学术史上便称之为"离析者"或"分辨派"。18世纪至19世纪，以德国学者沃尔夫为代表的一批学者，沿着"分辨派"的思路进一步指出，荷马史诗中所使用的方言也不是统一的，而是来自古希腊的多个方言区；荷马史诗文本中的语言也体现了不同时代的风格，其跨度远远超过一个人的生命周期。因此,他们认为荷马应该有多人。赫尔曼则认为《伊利亚特》和《奥德赛》的文本都是由不同时代的不同作者完成的,其中"阿基琉斯纪"与"奥德修斯纪"分别为《伊利亚特》与《奥德赛》的核心部分,其作者为荷马,而其他部分如"忒勒马科斯之歌"与"尼基亚"等部分,则为后来由他人所添加。意大利哲学家维柯《新科学》与英国考古学家伍德《论荷马的原创性天才》也认为"荷马史诗"是历代的游吟诗人口耳相传的。总之,"分辨派"的讨论,跨度时代很长,影响也很大。①

与"分辨派"观点不同的,还有"统一派"。如:尼奇坚持"荷马一人说",后来又有司各脱等人。他们力主荷马史诗有统一的中心与结构,是某位天才诗人独立完成的。但这一派在学术史上影响不大。②

16—19世纪,世界学术界还围绕"荷马史诗"而对史诗内容作出了全面的讨论。马克思的《〈政治经济学批判〉导言》、恩格斯的《家庭、私有制和国家的起源》,都从社会史、艺术史角度对荷马史诗给予具体分析和高度评价。其他学者的研究也涉及史诗的多个层面,举其要则有:

16 世纪:
特里西诺的《诗学》(1550 年)
明图尔诺的《诗的艺术》(1564 年)
卡斯特尔韦特罗的《亚里士多德〈诗学〉诠释》(1576 年)
塔索的《论英雄史诗》(1594 年)
17 世纪:
芒布隆的《论史诗》(1652 年)
拉潘的《诗学感想集》(1674 年)

---

① 朝戈金:《国际史诗学术史谫论》,《世界文学》2008 年第 5 期。
② 朝戈金:《国际史诗学术史谫论》,《世界文学》2008 年第 5 期。

布瓦洛的《诗论》（1674年）

博叙的《论史诗》（1675年）

霍布斯的《荷马史诗译本叙》（1675年）

德莱顿的《英雄史辩》（1677年）

马尔格雷夫的《诗歌论》（1682年）

18世纪：

伏尔泰的《论史诗》（1733年）

布莱克威尔的《荷马生平及其著作研究》（1736年）

凯姆斯的《批评的成分》（1762年）

海利的《论史诗》（1782年）

歌德、席勒合著的《论史诗与戏剧诗》（1797年）

19世纪：

谢林的《艺术哲学》（1802年）

黑格尔的《美学》（1817年）

以上学者的论著，基本上都是通过对史诗文本内容的分析，强调其社会认识价值、道德引领原则以及宗教思想精神等，属于古典学、语文学的范畴。

三 20世纪的世界史诗研究：对神话—口传—文本作历时性与共时性的动态考察

20世纪，文化学、考古学、人类学、历史学、文艺学、古典学等学科在西方都得到了全面的发展。从这些不同学科对神话与史诗作全方位的研究，便是20世纪人文科学的一个主流。弗雷泽的《金枝》从文化人类学的角度研究神话与仪式，马林诺夫斯基的《巫术·科学·宗教与神话》从巫术宗教角度研究神话与史诗，卡西尔的《象征形式哲学》从象征哲学角度研究神话思维，荣格的《心理学与宗教》从分析心理学角度研究神话原型，提出了"集体无意识"概念，斯特劳斯的《结构人类学》从社会深层背景角度研究神话与史诗的结构。正如历史学有法国的年鉴学派一样，神话与史诗研究方面还形成了以爱伦·哈里森《古代的艺术与仪式》、吉尔伯特·墨雷《诗歌的古典传统》等为代表的专门研究神话仪式的剑桥学派。这些学者与相关理论为我们准确认识人类童年时代的神话与史诗，以及神话与史诗在文明时代对文学艺术的深刻影响，都具有十分重要的指导意义。

特别值得总结的是，20世纪"史诗口头程式理论"对史诗与神话研究的重大突破。学者们从发生学角度研究神话与史诗的形成—创编—演述—流布的全过程，揭示出这个全过程的历时性与共时性的三维互动模式。在这方面贡献最大、影响最广的有芬兰民俗学家劳里·杭柯，德国史诗专家卡尔·莱歇尔，美国古典学民俗学家米尔曼·帕里、艾伯特·洛德、格雷戈里·纳吉、约翰·弗里，以及在英国持续了八年之久的"伦敦史诗讲习班"及其创始人兼主持人哈托。

如前所说，在18、19世纪以前，欧洲的古典学领域，关于荷马史诗的作者问题，曾有主张多人说的"分辨派"和主张一人说的"统一派"之争，在学术史上称为"荷马问题"。而20世纪的学者们，围绕史诗的"史诗口头程式理论"的深入讨论，解决的是"荷马诸问题"。

早在20世纪30年代，哈佛大学的古典学教授米尔曼·帕里和他的学生艾伯特·洛德走出大学书斋，深入南斯拉夫高地山区做广泛的田野调查。他们发现，史诗歌手不是如大家所想象的在逐字逐句地背诵诗歌，而是依据程式化的典型场景和程式化的故事范型来构造故事。在同一地点由不同的歌手演唱同一部史诗作品，其记录下来的文本是不同的；而同一个歌手在不同的地区、不同的时候演唱同一部史诗作品之后，其记录的文本也是不同的。[①] 由此可见，这

---

① [美]约翰·迈尔斯·弗里：《口头诗学：帕里—洛德理论》，朝戈金译，社会科学文献出版社2000年版。

些供歌手演唱的史诗作品,既是"一般的史诗",但经过歌手演唱之后,又成了一首"特定的史诗"。歌手们是以特定的程式重新创编并且传播史诗的。帕里和洛德因此而创立了他们的"史诗口头程式理论"(也称帕里—洛德学说)。由这一理论来解读荷马史诗,其结论便是:荷马史诗不可能是个别天才诗人的独立创作,而是一批又一批不同的吟唱艺人在漫长的历史时期,在不同的地区口头演述后留下的某个文本。①

在帕里、洛德之后,又有美国史诗研究专家约翰·弗里和芬兰民俗学家劳里·杭柯等人,在史诗文本作类型划分与鉴定方面做出了理论上的探索。他们将史诗的文本来源划分为三个类型。

(1)"口头(口传)文本"。如帕里、洛德调查的南斯拉夫的活态史诗文本。中国少数民族"三大史诗",即藏族的《格萨尔王》、蒙古族的《江格尔》、柯尔克孜族的《玛纳斯》也属此类。

(2)"源于口头的文本"(或称与口传有关的文本)。荷马史诗是这类典型。中国纳西族的东巴经《创世纪》也属此类。这类史诗文本通过典籍文献流传至今,而其文本的源头即口头演述的过程已无从知晓。但根据文本分析,仍然可以推知其口头演述的属性。

(3)"以传统为取向的文本"。这是指由某位优秀的作者根据其民族的"口传文本"或"源于口传的文本",汇编加工创作的史诗文本。如芬兰古典学家伦洛特收集芬兰口传史诗而汇编加工的《卡勒瓦拉》。苏格兰诗人麦克菲森收集苏格兰高地口头史诗而编辑加工的《莪相作品集》。塞尔维亚门得内哥罗诗人涅戈什收集整理塞尔维亚山地口传史诗并加工创作的《山地人之歌》。伦洛特、麦克菲森、涅戈什的贡献在于,通过收集整理加工本民族的口传史诗,而成为该民族传统文化的集大成者和继承弘扬者。杭柯称这些史诗文本为"以民族传统为取向的史诗文本",弗里则称其为"民族传统性指涉

---

① [美]约翰·迈尔斯·弗里:《口头诗学:帕里—洛德理论》,朝戈金译,社会科学文献出版社2000年版。

的史诗文本",具有特定的含义。由此比较,我们可以将中国屈原编辑加工的《九歌》《天问》列入此类。这类史诗文本的价值在于打通了口传与书面之间的壁垒,在口传与书面之间架起了一道通向正确认识人类表达文化的桥梁。

1986年,弗里在美国密苏里大学创建了"口传史诗传统研究中心",并主办《口头传统》学术期刊。作为洛德的学生,在此后20多年里,弗里以"一个中心""一本学刊"而弘扬师学,创新学术。其专著《口头诗学:帕里—洛德理论》是传承师说,专著《怎样解读口头诗歌》则是发展师说。在理论上,除前述"民族传统性指涉的史诗文本"这一概念之外,弗里还提出了"史诗口头传统的比较法则""演述场域""史诗语域""大词""传奇歌手"等术语,极大开拓了史诗研究的视野,发展了帕里与洛德的"史诗口头程式理论"。[①]

对"荷马诸问题"研究的集大成者,是哈佛大学的格雷戈里·纳吉教授。在帕里、洛德、杭柯、弗里等人有关"史诗口头程式理论"的基础上,纳吉将荷马史诗研究推向了更高的学术境界,其相关成果集中体现在《荷马诸问题》一书中。纳吉认为,荷马史诗创编—演述—流布的演进过程,既有其时间纵向的历时性问题,又有其空间横向的共时性问题。如前面介绍帕里与洛德在南斯拉夫田野调查那样,同一主题的史诗可以有多位演唱歌手在同一时间在不同地点以不同方式演唱,其演唱的过程实际上是一个再创编的过程,其记录的文本是不同的。这不同的记录文本又再流布—再演述—再创编。这个既历时又共时的三维互动过程经过了漫长的历史时期。荷马史诗也正经历了这样的过程,直到公元前500年前后才形成我们今天所看到的其中两个文本《伊利亚特》《奥德赛》。其实荷马史诗还应该有其他文本,只是我们不知道。我们今天所见到的被称为

[①] 朝戈金:《约翰·弗里与晚近国际口头传统研究的走势》,《西北民族研究》2013年第2期。

荷马史诗的这两个文本，流传了两千多年后为我们所珍爱。而纳吉教授所回答的是两千年前这两个文本定型之前是怎样，何时，何地，最后又如何形成这两个文本等问题，所以称"荷马诸问题"。纳吉指出：

> 荷马史诗作为文本的定型问题，可视作一个过程，而不必当成一个事件。只有当文本最终进入书面写定之际，这个文本定型才会成为一个事件。但是在没有书面文本的情况下，也可能存在着……文本化的过程。①

在这个荷马史诗演进的过程中，实际上是一个多声部的合唱过程。在这个多声部的合唱过程中，谁是荷马并不重要。最重要的是，荷马史诗所代表的希腊精神的形成。这就是史诗的道德价值、精神力量。正如纳吉教授所指出：

> 从演进的角度看，有关荷马的这一想象性视野可能会给我们中的一些人留下了一种令人心碎的虚空感。这就犹如我们突然间失去了一位珍爱的作者，我们总是会钦羡他无与伦比的成就——《伊利亚特》和《奥德赛》。但要确信的是，让我们一直所倾慕的，实际上并不是这位作者，我们从未真正地了解到任何有关他的历史记录，我们所熟知的只是荷马诗歌本身……我们可能已经失去了一位我们无论如何也无从知晓的历史上的作者，但是我们在这一进程中却重新获得了一位想象中的作者，他不仅仅只是一位作者，他是 Homeros，希腊精神的文化英雄，所有希腊人最珍爱的一位老师，伴随着《伊利亚特》和《奥德

---

① ［美］格雷戈里·纳吉：《荷马诸问题》，巴莫曲布嫫译，广西师范大学出版社2008年版，第148—152页。

赛》那每一次崭新的演述，他都会重新获得生命的活力。①

20世纪的史诗研究出现如此众多的优秀学者与成果，还与一个学术事件有关。这就是具有承前启后意义的"伦敦史诗讲习班"。随着20世纪上半叶国际史诗学的进展，到1963年10月29日，英国伦敦大学的哈托教授在众多学者的呼吁下，举办了一个题为"历史与史诗：其相互关系"的学术研讨会。研讨会取得了巨大成功。大家觉得言犹未尽，倡议举办史诗研讨系列讲座，并推举哈托教授为系列讲座的主席。"伦敦史诗讲习班"便应运而生。讲习班从1964至1973年历时10年，共举办史诗讲座31场，众多国际史诗学家积极参与，最后出版了两大卷《英雄及史诗诗歌传统》论文集。讲习班总结了前辈学者如帕里、洛德等人的成果，又培养造就了新一批史诗学者，如弗里、纳吉等人，在20世纪世界史诗研究学术史上作出了重大贡献，具有深远意义。②

20世纪国际史诗学之所以取得如此巨大的进展，原因是多方面的。从学科角度看，自然科学与人文科学在20世纪都取得了重大进展，有利于不同学科的交流，并使在学科边界生长出新的学科成为可能。从社会学的角度看，现代化带来了物质繁荣、理性进步的同时，又提出了精神追求以及对非逻辑、非理性的反思，如在实证哲学、分析哲学发展的同时，生发出了重感性、重直观体验的现象学与存在哲学。史诗与神话体现的是原始野性思维，又是民族文化基因，刚好可以弥补现代化所造成的情感失落、人性异化、生活机械等种种弊端。神话与史诗在整个20世纪受到重视，成为必然。③ 史诗学的繁荣应该放在这样的时代大背景下去理解把握。

---

① ［美］格雷戈里·纳吉：《荷马诸问题》，巴莫曲布嫫译，广西师范大学出版社2008年版，第148—152页。

② 朝戈金：《国际史诗学若干热点问题评析》，《民族艺术》2013年第1期。

③ 叶舒宪：《原型批判的理论与方法》，广西师范大学出版社2018年版，第一章导言。

第二节　中国少数民族史诗及相关研究

经过众多学者的研究，20世纪世界史诗研究出现了新的突破，即由原来从古典学、语文学角度对史诗文本与作者所作的静态研究，扩展为从文化学、民俗学、民族学角度对史诗从神话到口传文本与口传作者进行动态的程式研究。这极大地改变了人们对史诗的传统认识。这种研究思路的变革，对中国史诗研究具有积极的推动作用。这种作用首先体现在中国少数民族史诗研究方面。

史诗概念源于希腊语，一直在西方学术界通行。这一概念传入中国是在19世纪末，最早见于郭嵩焘1879年出使英国时的日记。1903年梁启超在《新民丛报》第36号《谈丛》中介绍欧洲史诗并讨论中国神话。1918年周作人《欧洲文学史》评介荷马史诗。1923年郑振铎在《文学周报》第87期发表《史诗》一文，开始讨论中国史诗问题。这些讨论都集中在汉语史诗问题，却一直未有进展。

反而是中国少数民族史诗研究后来居上。到20世纪80年代以后，中国少数民族史诗研究有了重大突破，并融入国际史诗研究的大潮之中。中国社会科学院少数民族文学研究所、中央民族大学、北京师范大学以及西北、西南地区的民族大学中，一批中青年学者（有些本身即为少数民族出身）如朝戈金、巴莫曲布嫫、仁钦道吉尔、降边嘉措、郎樱、尹虎彬等人，一方面主动走出国门学习、对接、引入西方史诗学理论，另一方面又深入到中国少数民族地区进行田野现场调查。通过他们的努力收集统计，我们得知，在中国广大的少数民族地区，有上千种民族史诗在流传，其中有名的即有：

藏族：《格萨尔王》
蒙古族：《江格尔》

苗族：《亚鲁王》

彝族：《勒俄》

瑶族：《密洛陀》

纳西族：《东巴经》

柯尔克孜族：《玛纳斯》

事实证明，中国少数民族史诗数量丰富、形态多样、传承悠久，在全世界都是少有的。通过比较，我们可以发现中国少数民族的史诗研究对世界史诗研究有特殊贡献。

其一，中国少数民族史诗可以为西方"史诗口传程式理论"提供中国的丰富资料。例如，藏族的《格萨尔王》与蒙古族的《江格尔》，本来是同源的，由于在不同地区流布，演唱人员不同，因而出现了内容上有同有异，情节上有变化，最后出现了今天我们所见到的藏族本《格萨尔王》与蒙古族本《江格尔》两大系统。这两大系统的文本在不同地区的流传过程中，又出现了更多的地方文本，如土族的《格塞尔》、图瓦族的《克孜尔》。另外在普米族、纳西族、傈僳族中还有不同的口传手抄本和木刻本。甚至在境外的尼泊尔、不丹、印度、巴基斯坦、俄罗斯等地还有不同的传本流布。朝戈金教授指出："在如此广阔的地域和族群之间，演唱艺人用各自的母语共同讲述着格萨尔的丰功伟绩，这样的文化共享现象，在全世界也是比较罕见的。"格萨尔王故事在跨越族群和语言壁垒的流布过程中，"又在各个民族传统中得到了个性化的发展"。[①] 这种现象与帕里、洛德在南斯拉夫田野调查的口传史诗情状相同，而具体过程更丰富广阔。

我国学者一方面努力收集编辑出版《格萨尔学集成》，提供格萨尔主题史诗的各种口传文本，另一方面又编辑出版相关的研究丛书，如仁钦道尔吉的《江格尔论》（1994年），降边嘉措的《格萨尔论》

---

① 朝戈金、冯文开：《史诗认同功能论析》，《民俗研究》2012年第5期。

（1999年），杨恩洪的《民间诗神——格萨尔艺人研究》（1995年），仁钦道尔吉的《蒙古英雄史诗源流》（2001年），郎樱的《〈玛纳斯〉论》（1999年），刘亚虎的《南方史诗论》（1999年）等。这些资料不仅会促进中国少数民族的史诗研究，而且极大开拓了国际史诗研究的新视野，提供了中国的活态新资料。

其二，发展了世界史诗理论概念。按照恩格斯《家庭、私有制和国家的起源》所界定："荷马史诗"产生于原始氏族社会高级阶段的"英雄时代"；其特点是父权制开始建立，社会组织表现为军事民主制，部落首领便是男性英雄，战争是其常态；因此，"荷马史诗"就其内容而言，便是"英雄史诗"。这就是西方史诗概念的外延。而在中国少数民族史诗中，通过对其具体内容的分析，学者们发现，除了"英雄史诗"之外，还有"创世史诗""迁徙史诗"等，形成了中国的史诗系统。而且这些不同主题的史诗还组成了由"创世史诗"到"英雄史诗"再到"迁徙史诗"的三部曲，如彝族史诗《勒俄》即包括"创世史诗"（《阿赫希尼摩》《尼苏寺节》《洪水纪》）、"英雄史诗"（《俄索折怒王》《支嘎阿鲁王》）、"迁徙史诗"（《六祖史诗》）三种；纳西族的《东巴经》也可细分为"创世史诗"《创世纪》和"英雄史诗"《黑白之战》等。这说明我们应该根据这些实际材料，总结概括中国少数民族史诗的概念、术语和理论体系。①

在史诗的口传艺人方面，如同西方有南斯拉夫歌手阿夫多，卡尔梅克歌手奥夫拉，非洲西部歌手斯索阔，中国也有藏族歌手托尼、桑珠，柯尔克孜族歌手玛玛伊，蒙古族歌手冉皮勒。不仅如此，在中国藏族口传歌手中，还有托梦神授艺人、闻知艺人、吟诵艺人、园光艺人、掘藏艺人之分，这些都为世界史诗所不具备。中国提供的少数民族史诗材料，可以为世界史诗研究提出新的理论思考。②

---

① 朝戈金：《朝向21世纪的中国史诗学》，《国际博物馆》（中文版）2010年3月15日。
② 朝戈金：《朝向21世纪的中国史诗学》，《国际博物馆》（中文版）2010年3月15日。

综合起来看，中国改革开放以来，少数民族史诗研究取得了重大突破，成绩斐然。这些突破主要表现在以朝戈金、巴莫曲布嫫等一大批有民族抱负、有国家担当的学者在移译、转换西方史诗前沿成果的同时，加强中国少数民族史诗资料的整理、分类、研究，并从中提炼概括中国少数民族史诗的理论与术语，最终实现了由西方史诗理论的"消费者"，而转换成中国本土史诗理论的"生产者"[1]。他们还对外介绍中国少数民族史诗资料，宣传中国少数民族史诗理论，既赢得了世界同行的尊重，又融入了世界史诗研究的大潮。正如朝戈金先生所总结：

> 一批以民俗学个案研究为技术路线，以口头诗学理论为参照框架的史诗传统理论成果相继面世。表明中国史诗学术格局的内在理路日渐清晰下来，尤其是在田野与文本之间展开的实证研究得到提倡，且大都以厚重的文化深描和细腻的口头诗学阐释来透视社会转型时期中国少数民族的史诗传承及其口头传播，在族群叙事传统、民俗生活实践及传承人群体的生存状态等多向性的互动考察中，建立起本土化的学术根基。[2]

第三节 "汉语史诗"问题的回顾与反思

19世纪的黑格尔曾在他的《美学》里断言："中国人却没有民族史诗"，[3] 这对中国学者刺激很大。到目前为止，虽然中国少数民

---

[1] 朝戈金：《从荷马到冉皮勒：反思国际史诗学术的范式转换》，《中国社会科学院文学研究所学刊（2008年）》，中国社会科学出版社2008年版，第1—39页。

[2] 朝戈金：《从荷马到冉皮勒：反思国际史诗学术的范式转换》，《中国社会科学院文学研究所学刊（2008年）》，中国社会科学出版社2008年版，第1—39页。

[3] ［德］黑格尔：《美学》（第三卷下），朱光潜译，商务印书馆1997年版，第170页。

族史诗问题已基本解决了，但汉语史诗问题仍然作为一桩学术公案，悬而未决。这就成了一个重大的时代课题，需要我们去攻克。

一 20世纪中国汉语史诗问题的讨论回顾

凡讨论中国文化，讨论中国文学，汉语史诗问题都是回避不了的。所以在整个20世纪，中国学者一直在讨论这个"烦恼的问题"，提出了种种意见，归纳起来有如下三种。

A. 否定说。中国没有汉语史诗。此以饶宗颐、张松如、程相占、刘俊杨等人为代表。饶宗颐先生指出："中国古代之长篇史诗几乎阙如。"并解释其原因道：

> 其不发达之原因，据我推测，可能由于：（一）古汉语，文篇造句过于简略，（二）不重事态之描写（非Narrative）。但口头传说，民间保存仍极丰富。复因书写工具之限制及喜艺术化，刻划在甲骨上，铸造于铜器上，都重视艺术技巧，故记录文字极为简省。即施用于竹简长条上，亦不甚方便书写冗长辞句，不若闪族之使用羊皮可作巨幅。及至缣帛与纸絮发明以后，方可随意抄写长卷。①

张松如《论史诗与剧诗》、② 程相占《中国无史诗公案求解》③ 等文，也认为中国古代无史诗。

B. 间接肯定说。中国古代也有史诗，只是不发达或者是散亡了。王国维、鲁迅、胡适、茅盾、钟敬文、郑振铎等人主此说。王国维在1906年写的《文学小言》第十四则称："至叙事的文学（谓叙事传、史诗、戏剧等，非谓散文也），则我国尚在幼稚之时代。"

---

① 饶宗颐：《澄心论萃》，上海文艺出版社1996年版，第38页。
② 张松如：《论史诗与剧诗》，《文学遗产》1994年第1期。
③ 程相占：《中国无史诗公案求解》，《文史哲》1996年第5期。

其结论为:"以东方古文学之国而最高之文学无一足以与西欧匹者。"① 1923 年,鲁迅《中国小说史略》谓中国"自古以来,终不闻有荟萃熔铸为巨制,如希腊史诗者。"其原因是没有构成史诗的神话传说。进而鲁迅又对中国没有神话传说的原因作了分析:

> 中国神话之所以仅存零星者,说者谓有二故:一者华土之民,先居黄河流域,颇乏天惠,其生也勤,故重实际而黜玄想,不更能集古传以成大文。二者孔子出,以修身齐家治国平天下等实用为教,不欲言鬼神,太古荒唐之说,俱为儒者所不道,故其后不特无所光大,而又有散亡。②

1928 年,胡适的《白话文学史》指出:"中国古代民族的文学确是仅有风谣与祀神歌,而没有长篇的故事诗,也许是古代本有故事诗,而因为文字的困难,不曾有记录,故不得流传于后代。"③ 茅盾从 1929 年开始研究神话,后来集结为《中国神话研究 ABC》一书。在讨论史诗问题时,茅盾在继承了鲁迅的神话与史诗删亡说基础上,提出了他著名的"神话的历史化倾向"学说。④ 1934 年,茅盾为《中学生》杂志写《世界文学名著讲话》系列文章,其第一篇介绍《伊利亚特》《奥德塞》。在该文的结尾部分,作者由希腊荷马史诗神话讨论到中国古代不见有相应的史诗,认为其原因就是中国神话的历史化倾向:

> 《汉书·艺文志》尚著录《蚩尤》二卷,也许就是一部近乎"史诗"的东西,可惜后人的书籍上都没有提到,大概这书

---

① 王国维:《王国维遗书》(第 5 册),上海古籍出版社 1983 年版,第 30 页。
② 鲁迅:《鲁迅全集》(第 9 卷),人民文学出版社 1981 年版,第 21—22 页。
③ 胡适:《白话文学史》,上海古籍出版社 1999 年版,第 47—48 页。
④ 茅盾:《中国神话研究 ABC》,上海古籍出版社 1999 年版,第 8 页。

也是早就逸亡了。……我们很可以相信中国也有过一部"史诗",题材是"涿鹿之战",主角是黄帝、蚩尤、玄女,等等,不过逸亡已久,现在连这"传"的断片也只剩下很少的几条了。至于为什么会逸亡呢?我以为这和中国神话的散亡是同一的原因。①

1932年,郑德坤在《史学年报》发表《〈山海经〉及其神话》一文,认为《山海经》在内容上也许可以认作是中国古代的史诗:

> 《山海经》是地理式、片断的记载,不像荷马的《史诗》或印度的《黎俱吠陀》《加撒司》或希伯来人的《旧约》之美丽动人,在文艺上诚天渊之差,但在内质上,读者如能运用自己的想象力,追溯原人的想像,便可以得到《山海经》神话艺术上的真美处。……这些由《山海经》神话艺术园中摘下来,值得细嚼微闻的花果,在人类的想像口中鼻中,不论是古是今,是中是西,同样的是清香,同样的是清甜的。

郑德坤认为,《山海经》可以认作是中国最早的史诗,但在文艺上还是与荷马史诗、印度史诗有"天渊之别"。

C. 直接肯定说。中国古代本来就有史诗,而且也没有消亡。陆侃如、冯沅君、游国恩、余冠英、汪涌豪、骆玉明、赵敏俐等人主此说。

1925—1930年,陆侃如、冯沅君著《中国诗史》,其中《论〈诗经〉》写道:"《生民》《公刘》《绵》《皇矣》及《大明》五篇……把这几篇合起来,可成一部虽不很长而也极堪注意的'周的史诗'。"这是一组西周初期的史诗。还有一组西周晚期的史诗,是

---

① 茅盾:《茅盾全集》(第30卷),人民文学出版社2001年版,第37页。

宣王中期以后：

> 《大雅》中叙宣王朝的史迹者，如《崧高》写申伯，《烝民》写仲山甫，《韩奕》写韩侯，《江汉》写召虎，《常武》写南仲等，也都是史诗片断的佳构。①

陆、冯认为，将以上两组共十篇诗作合观，便成较大规模的史诗了：

> 这十篇所记大多是周室大事，东迁以前的史迹大都具备了。我们常常怪古代无伟大史诗，与他国诗歌发展情形不同。其实这十篇便是很重要的作品。他们的作者也许有意组织一个大规模的"周的史诗"，不过还没有贯穿成一个长篇。这位作者也许就是吉甫，作诗的年代大约在前八世纪初年。②

陆侃如、冯沅君是 20 世纪文史学大家，他们的意见自然影响很大。1941 年林庚先生出版《中国文学史》前三编，其中论《生民》《公刘》《绵》《皇矣》《大明》《荡》六篇为周人历史的追叙，"具有一个史诗的雏形"。中华人民共和国成立之初，教育部和中国社会科学院分别组织编写全国通用中国文学史教材。其中高校系统由游国恩、王起、萧涤非等人主编，中国社会科学院系统由余冠英、何其芳等人主编。两套《中国文学史》教材都有专节介绍周民族史诗。1998 年，人民文学出版社出版褚斌杰、谭家健主编《先秦文学史》。1999 年上海东方出版社出版汪涌豪、骆玉明主编《中国诗学》。2009 年，人民出版社出版马积高、黄钧主编《中国古代文学史》。这些教材均承认并专题讨论《大雅》中的周民族史诗。

---

① 陆侃如、冯沅君：《中国诗史》（上册），人民文学出版社 1956 年版，第 48 页。
② 陆侃如、冯沅君：《中国诗史》（上册），人民文学出版社 1956 年版，第 48 页。

二 研究汉语史诗问题应有的态度

19世纪以前，西方学者基本上是根据荷马史诗来归纳史诗概念。英国牛津大学版《简明文学术语词典》，美国普林斯顿大学版《诗歌与诗学百科全书》，均将史诗定义为"用崇高的格调来讲述神灵或英雄的故事"。以此为基础，衡量史诗便有三个尺度：其一，史诗是鸿篇巨制；其二，史诗有神话故事；其三，史诗有作者。

以上所述中国学者关于汉语史诗的三种不同意见，实际上都是围绕这三种史诗的标准而作解说。如，胡适认为中国"也许古代本有故事诗，而因为文字的困难，不曾有记录"，这是从史诗的神话故事角度立言。饶宗颐说"古代中国之长篇史诗，几付阙如"。陆侃如、冯沅君把《大雅》中的十篇连编起来，仍担心篇幅"不够长"，"还没有贯穿成一个长篇"，这是从篇幅的角度立说。陆、冯还推测这十篇诗的作者"也许就是吉甫"，这是从作者角度立论。我们从其"也许""几乎""还没有"等措辞可以看出，学者们对中国是否有汉语史诗，都是不够自信的。

这种不自信是有历史原因的。自鸦片战争以来，中国在政治上受半封建半殖民地统治，经济上仍处于农耕生产为主、民族工业落后的状态，中华民族还没有走向世界。在这样的历史背景下，到20世纪初，中国学者为了引进西方先进文化，做出一些让步性解释，是可以理解。在汉语史诗问题讨论时，以西方史诗理论为依据，对汉语史诗资料做出种种不自信的解释，正是这时代背景的反映。对此，林岗先生曾有比较客观的分析：

"史诗问题"是西方话语挟持其强势进入中国而产生的问题。……神话和史诗是西方文学的源头，这本是一个事实。但是它在西学滔滔的年代被当作新知传入中国，在学者的意识里就不仅被当作西方文学的事实，而且自动升格为普世的文学起源准则，并以之衡量中国文学的起源。"西方"在现代甚至当代的学者眼里，往往不仅仅是一个地理和文化的西方，而且也代表了"世界"；西方话语也不仅仅是西方文化的一部分，而且也代表真理、权威和话语的力量。是我们自己将本属"特殊性"的西方想象成"普遍性"的西方。于是，中国自动处于这个被想象出来的"世界"之外，自己的学术文化也自然而然自外于真理、权威和话语力量。于是才产生了"走进世界"的渴望，才产生了与"世界"接轨的焦虑，才产生了拥有西方话语也就意味着真理、权威和话语力量的主观设定。从某个角度观察，这些渴望、焦虑和主观设定，确实推动了学术研究，但是却导致学术的进展不在一个正常的点上。长远一点来看，它们翻动的学术波澜是没有多少意义的。①

　　林岗先生所分析的，主要是时代的社会背景。其实，还有一个时代的学术背景，这就是20世纪二三十年代中国史学界曾经盛行"疑古思潮"，对西周以前的历史的真实性表示怀疑，更遑论产生汉语史诗的中华文明起源与早期文明发展的历史背景了。所以，即使肯定中国有汉语史诗的学者，也只能谈周民族史诗，而不能谈商民族史诗、夏民族史诗，更不能谈五帝时代的民族史诗了。至于茅盾所推测的《蚩尤》所记涿鹿之战以及黄帝、蚩尤、玄女等人物，在当时根本没有得到考古学的证明。郑德坤所讨论的《山海经》在当时"疑古思潮"的影响下，其年代被推定为秦汉以后的人所编纂，而不是上古流传下来的文本。所以，茅盾、郑德坤的观点在20世纪几乎无人呼应。总之，20世纪汉语史诗问题，最终没能得到解决，有学科自身的历史原因。

　　现在，对汉语史诗是否存在的种种不自信，都是不必要的，也是不应该的。重新解决中国的汉语史诗问题并建构中国特色的汉语

---

① 林岗：《二十世纪汉语"史诗问题"探论》，《中国社会科学》2007年第1期。

史诗理论体系，已经成为可能。这是因为，社会条件变了，相关学科也发展了。

改革开放四十多年来，中国的经济取得了迅猛发展。到2010年，中国的生产总值已超过日本，跃居世界第二，成为世界经济大国。政治上，自党的十八大以来，党中央、国务院提出"一带一路"倡议，谋划"人类命运共同体"构想，召开各种形式的国际峰会，得到了国际社会的广泛关注和呼应。总之，在政治、经济等方面，中国已越来越走近世界舞台的中心。中国人民更加坚定道路自信、理论自信、制度自信、文化自信。这些都是我们根本解决汉语史诗问题的时代条件。

再从学科本身发展角度看，解决汉语史诗问题也已成为可能。就西方史诗理论本身而言。19世纪以前的西方史诗理论只是静态的文本研究。这是20世纪上半叶中国学者用来研究中国史诗的理论基础。但实际上，20世纪后半叶开始，西方史诗理论已经有了很大的发展，从原来的静态的史诗文本研究，发展为动态的"史诗口头程式理论"了。这口头程式理论还发展出了从"纯口头传唱文本"，到"与口传有关的文本"，再到"以传统为取向的创作文本"等。用这种西方新史诗理论来观照中国史诗材料，有许多问题可以做出重新解释。前述中国少数民族史诗理论的成功实践，已经做出了很好的说明。

当然，根本解决汉语史诗问题，还在于中国考古学等相关学科的发展。自1921年现代考古学在中国开始实践以来，大量的考古资料，已经改变了人们对中国上古史的传统认识。自20世纪80年代之后，中国史学界已开始逐步"走出疑古时代"。汉语史诗问题也必将在这样的学科背景下，走出困境。因此，以往汉语史诗研究受西方史诗理论束缚的状况必须彻底改变了。

第四节　中华文明与汉语史诗及相关
　　　　理论体系建构

解决汉语史诗问题，必须坚持以马克思主义唯物史观为指导，以中国立场为原则，按照总书记"5·17讲话"精神，具体分析中国自己的史诗材料，借鉴西方史诗理论的合理因素，从而概括中国自己的汉语史诗概念、术语，建构中国汉语史诗理论体系。

一　中华文明起源发展的特殊规律是汉语史诗形成发展的深层背景

20世纪是中国考古大发现、考古学大发展的时代。我们不仅看到了商周时期丰富的甲骨文、青铜铭文，还看到了战国时期埋入地下的整篇整部简帛文献。这些出土文字资料，可以印证补充传世文献典籍，比司马迁更有条件了解上古历史文化。同时，考古发掘还揭开了一万年以前再到秦汉时期完整系列的地下遗址与遗物。考古区系类型学的文化历史分析，与考古聚落形态学的社会历史分析，已基本把握了中华文明如何从原始氏族社会走向文明社会的具体状况。学术界对中华文明的认识已取得了全局性、突破性的进展。其中有些认识是颠覆性的。通过与古希腊、古罗马为代表的地中海古代诸文明比较可知，中华古文明在起源与早期发展过程中有许多自身特点，非西方文明理论所能解释。对这些文明特点，我们必须作出自己的理论概括。在荷马史诗基础上概括起来的西方史诗理论体系，是西方古文明的产物；而中国汉语史诗理论体系必须建立在中国文明起源发展的基础之上。东西方文明起源发展路径的不同，就决定了东西方史诗概念、术语及理论体系的不同。

（1）中华古文明独立起源，绵延发展，从未中断。20世纪90年代，国家实施"夏商周断代工程"；21世纪初，国家又启动"中华古文明探源工程"。两个工程都充分利用考古学、古文字学、古文献学、历史学、天文学、科技测年等所取得的最新成果，多学科综合研究、联合攻关。最终建立起了从五帝时代到夏商周三代的考古学年代序列，使司马迁《史记》所载公元前841年以前直到文明起始的年代框架得以续接，五千多年中华文明史已经得到了科学论证。其中，五帝时代的文明化进程可以分为三个阶段：

前3800—前3300年：文明萌芽
前3300—前2500年：文明形成
前2500—前2000年：文明起步

夏商周三代为早期文明发展，其具体年代为：

前2070—前1600年：夏代
前1600—前1046年：商代
前1046—前771年：西周

夏商周断代工程还提供了商代后期至整个西周每位君王的在位年表。由此可见，中华古文明与埃及古文明、两河流域古文明一样，是五千多年前独立起源的世界上最早的古文明。而且环地中海古代诸文明，还包括印度古文明，墨西哥玛雅古文明等，都在其发展过程中先后中断了。唯有中华古文明绵延发展，从未间断，也未转型，成为世界文明史上的奇迹。

（2）环地中海古文明大多单线发展，而中华古文明则多源并起，相互影响。如两河流域古文明，由南往北单线发展：苏美尔文明—阿卡德文明—巴比伦文明—亚述文明—赫梯文明。埃及古文明也沿尼罗河由南往北发展。前3500—前3000年，尼罗河中游（上埃及）建立了许多被称为"诺姆"的小邦国。公元前3100年，其中的一个邦国在国王美尼斯率领下举族北上，征服了尼罗河北部（下埃及）

诸邦国，实现了尼罗河上下大统一。爱琴海流域的古文明也是由南端的海中岛国克里特文明，越海向北发展为伯罗奔尼撒岛上的迈锡尼文明，再往北发展为以雅典城邦为代表的古希腊文明。而中华古文明则是于五千年前由多个地点同时并起，遍布中国广大地区，东西、南北相距各数千里。考古学家们根据文献线索与考古学区系类型分析所得结论，再作归纳，将这些多点并起的文明概括为六大文明区：

　　黄河流域：中原文明区，海岱文明区，甘青文明区；
　　长江流域：江汉文明区，江浙文明区；
　　燕山南北：辽西文明区。

这些不同的文明区在前3800—前2000年的一千八百年长时段里，都各自独立发展，又相互影响。这是一个无中心的多元并行的时期。直到前2000年至前770年的夏、商、西周一千多年时间里，才慢慢融合到中原地区，形成了有中心的多元一体的格局。这中心便是夏商周三代共主王朝，而多元则是各地区的方国诸侯。

（3）环地中海古代诸文明起源于青铜时代，而中华古文明则起源于玉器时代。西方学者根据环地中海古代诸文明的起源发展状况，将人类先民使用不同的生产工具与社会发展的不同阶段作对应分期：旧石器时代（蒙昧社会）—新石器时代（野蛮社会）—青铜时代（文明早期、奴隶社会）—铁器时代（文明中期、封建社会）—蒸汽机时代（文明后期、资本主义社会）。这其中的青铜时代是文明起源的标志。但中国古代不是这样。中国古代在新石器时代与青铜时代之间，多了一个玉器时代。这玉器时代大致在前3800—前2000年之间，恰是五帝时代中华文明起源阶段。考古学上玉器时代的发现，与古文献《越绝书》所载的在神农时代"以石为兵"与夏商周三代

"以铜为兵"之间的五帝时代"以玉为兵"相一致。① 可以肯定地说，环地中海古代诸文明起源于青铜时代，而中华古文明则起源于玉器时代。中国的青铜时代已进入中华文明早期发展阶段了。

以上东西方文明的三大不同，是中国汉语史诗有别于西方史诗的大背景。我们再在这大背景下具体分析中华文明起源发展过程中诸文明要素的独特性，进而分析汉语史诗的内涵特色。

西方文明起源的一个突出现象是原始氏族社会的血缘管理被文明社会的地缘管理所取代了。无论是农村地缘内还是城市地缘内，人员都是流动的，不管他们属于哪一个氏族哪一部族。正因为如此，农村与城市之间都是各自独立而分离的。而在中国古代，原始氏族社会的血缘管理在文明社会里依然延续下来了。虽然也出现了城市，但城内的氏族贵族阶层与城外农村里的氏族平民，属于同宗同族同血缘，因此城市与农村是不可分离的，统一在血缘管理共同体之中。此其一。

西方文明起源后，原始氏族社会的公共土地被分成小块归个体家庭所有，手工业、商贸业也都从农业中独立出来。土地以及土地上生产的农产品，与手工业产品，都作为商品可以自由交换买卖。而中国文明起源后，土地仍然公有，手工业、畜牧业仍然附属在农业之下，所有的产品在同一血缘的氏族部落酋长贵族阶层领导下，按等级和谐分配。此其二。

西方文明起源后，宗教、政治、伦理相分离。宗教管理的是彼岸天堂世界，政治管理的是此在凡俗世界，伦理管理的则是宗族家庭关系。三者彼此独立，互不干涉。西方文明起源后，青铜器被用于生产工具，以促进生产力发展；文字则用于商贸业中的产品交流记账及私产记录。而中国文明起源后，因农耕生产需要而祭祀天地

---

① 《越绝书·记宝剑》风胡子谓：神农氏为代表的原始时代"以石为兵"，黄帝氏为代表的五帝时代"以玉为兵"，夏禹氏为代表的夏商周三代"以铜为兵"，而他所处的以楚昭王为代表的春秋战国"以铁为兵"。

神灵，因血缘管理需要而祭祀祖先神灵，所以原始巫术不但没有消失，反而发展升格为原始宗教，神灵观念进一步强化，通神手段集中到氏族贵族手中。又因为宗教祭祀的需要，中国古代的玉器、青铜器、文字成为巫术通神的法器媒介，是神权、族权、军权的象征，是宗教、政治、伦理的三合一，具有神圣性。此其三。

以上诸方面说明，随着农耕生产的进步，社会的发展，中华文明起源了，但原始氏族社会的诸多因素并没有因文明的出现而瓦解，反而被延续下来，并获得更具体、更系统的发展。所以张光直先生称中华文明起源表现为"连续性"型态，而与西方文明起源的"破裂性"型态相区别。① 侯外庐先生则称中华文明起源走的是"维新"路径，而与西方的"革新"路径相区别。侯先生还以恩格斯的"家庭、私产、国家"三项为指标，作东西方文明的比较，指出古希腊、古罗马的文明起源"是从家族到私产再到国家，国家代替了家族"；而中国古代文明起源"是由家族到国家，国家混合在家族里面，叫做'社稷'"。因此，西方文明起源是新陈代谢，新的冲破了旧的，这是革命的路线；中国文明起源却是新陈纠葛，旧的拖住了新的，这是维新的路线。②

二 汉语史诗有许多不同于西方史诗的内涵特征

以上种种有别于西方文明的中华文明起源发展的诸因素，必然深刻影响到当时及其后的社会形态、宗教习俗、语言思维、文学艺术乃至民族精神等方面。其中在史诗方面有如下鲜明表现。

（1）汉语史诗应该形成于中华文明起源的五帝时代，发展于早期文明的夏商西周三代，繁荣于文明转型的春秋战国时代。其前后跨度长达三千多年。

---

① ［美］张光直：《中国青铜时代》，生活・读书・新知三联书店1999年版，第484—496页。

② 侯外庐：《中国古代社会史论》，河北教育出版社2000年版，第30页。

在这漫长的历史发展过程中，汉语史诗的传承方式经历了在文字产生之前的"图"与"话"，与文字产生之后的"图"与"书"两大阶段。史诗的内容刻绘在用于部族集体祭祀的宗教场所的岩画、壁画、地画上，或刻绘在作为宗教通神法器的陶器、甲骨、青铜器、简帛上。汉族先民在文字发明前，面对这些图画上的神灵，歌颂祈祷、念念有词、载歌载舞。史诗的主题通过这些"图画"而传承，史诗的内容则通过酋长巫师的"口耳"而演布。所以，"图画"与"口耳"成为双轨并行的中国汉语史诗的早期传承演布方式。只可惜，当时的"话"我们不得而听，但当时的"图"有许多已通过考古而发现了。由这些考古所发现的"图"，我们仍可推测当时所"话"的大致内容。

当文字发明后，"图画"所表达的主题依然延续，而口耳相传的内容则书写在"图画"旁，于是有了中国汉语史诗"图"与"书"的演布方式。流传后世的"山海图"与"山海经"，青铜器上的"图纹"与"铭文"，楚"帛画"与"帛书"，楚宗庙祠堂"壁画"与屈原《九歌》《天问》等，便是我们今天所能看到的"图""书"配合的文本材料。通过进一步的发掘研究，我们应该还可以通过《尚书》、"三礼"、《诗经》等文献中所透露的相关信息，恢复其"图"与"书"相对应的部分史诗文本。

在整个"图"与"话"到"图"与"书"相配合的汉语史诗吟唱演布历史过程中，始终保持着诗乐舞三位一体的关系。这在传世本《尚书》、"三礼"、《诗经》以及新出土的上博简、清华简中有许多直接资料。这"乐"与"舞"已随时间而消失了，但"诗"的内涵则因中华文明延续了农耕生产与血缘管理的特征，而在"图"的主题中有所保存。农耕生产需要阳光雨露，因而崇拜日月云雨天体神灵；又需要森林茂密、庄稼丰收，因而崇拜山川土地神灵；血缘管理需要人丁兴旺、族群团结，因而又有祖先神灵崇拜。据此，我们可以将汉语史诗的形成流传分为三大类：

天人之间：天体崇拜类原始宗教与汉语史诗的形成、流传①
地民之间：山川崇拜类原始宗教与汉语史诗的形成、流传②
祖孙之间：祖先崇拜类原始宗教与汉语史诗的形成、流传③

（2）环地中海古代诸史诗，大多产生于文明出现之前的英雄时代。按照恩格斯《家庭、私有制和国家的起源》研究，英雄时代的部族联盟组织已经扩大化了，不同血缘之间已有了广泛的融合，社会层次已是相当复杂了。荷马史诗正是在这样的基础上产生，所以篇幅长、故事多。荷马史诗开始由口头传播，最后留下的《伊利亚特》《奥德赛》只是众多口头演布史诗中的两个文本而已。其用"荷马"来命名，已是理性化的表现了。

而中国古代，由于农耕生产、血缘管理在进入文明社会之后依然延续发展，从而决定了其史诗内容始终围绕这两大主题而在文明社会里延续发展。另外，如前所述，在五帝时代，中华文明的起源表现为六大文明区，各文明区独立并行发展，是一种无中心的多元并存。至夏商周三代，虽以中原为中心，但各血缘族团的管理结构依然存在，是有中心的多元一体。因此，从五帝至夏商周三代，多元的血缘族团是其有别于西方文明的主要特征。中国的各血缘族团应该都有他们自己的史诗。通过考古发现与传世文献的互证互补，我们至少可以得到虞夏商周四个族团的史诗、颂诗状况。

考古发现与东夷虞族史诗《韶乐》
考古发现与中原夏族史诗《九歌》

---

① 江林昌：《夏商周秦汉时期宇宙生成类"图书"的阅读与分析》，《国学研究》第二十一卷，北京大学出版社2008年版。
② 江林昌：《图与书：先秦两汉时期有关山川神怪类文献的分析》，《文学遗产》2008年第6期。
③ 江林昌：《〈商颂〉作于商代的考古印证与〈夏颂〉〈虞颂〉存于〈天问〉的比较分析——兼论先秦秦汉时期的"图"与"书"》，《华学》第九、十辑，紫禁城出版社2008年版。

考古发现与中原商族史诗《商颂》
考古发现与中原周族史诗"周颂""大雅"①

这虞夏商周四个部族，是当时部落联盟的盟主，是方国之长，所以其史诗、颂诗的主要片断内容，尚可考索。除此之外，还有许多低一级的血缘侯国的存在。据《左传》哀公七年、《吕氏春秋·用民》以及《史记·陈杞世家》记载，夏代"执玉帛者万国"，"至于汤而三千余国"，"周武王时，侯国尚千余人"。这么多血缘部族侯国，都应该有他们自己的史诗、颂诗。据此推测，汉语史诗、颂诗在先秦应该是极其丰富的。通过相关文献线索，如前文所引茅盾提出的《蚩尤》，郑德坤提出的《山海经》等，与考古发现的相关材料如长沙子弹库楚帛书、清华简《楚居》《系年》、上博简《容成氏》等互证，我们尚可考索一些侯国族团的史诗、颂诗。在这方面我们还有大量的工作要做。

（3）春秋战国时代，社会大变革，中华文明大转型：血缘变地缘；公共土地变私有土地；手工业、商贸业从农业中分离出来；城乡也产生了分离的趋势。在这样的时代大背景下，汉语史诗、颂诗也发生了重大变化。

例证一。西周末年王官系统瓦解，士人阶层出现，大小文化开始融合。至春秋末年，孔子在号称三千多首诗歌中选编《诗三百》，即《史记·孔子世家》所谓："古者诗三千余篇，及至孔子，去其重，取可施于礼仪……三百五篇，孔子皆弦歌之，以求合《韶》《武》《雅》《颂》之音。"虽说其选择标准为"施于礼仪"，但毕竟已是风、雅、颂合编在一起了。这是典型的大小文化的融合，我们

---

① 江林昌：《论虞代文明》，《东岳论丛》2013年第1期；《远古部族文化融合创新与〈九歌〉的形成》，《中国社会科学》2018年第5期；《甲骨文与〈商颂〉》，《福州大学学报》2010年第1期；《史墙盘与"商颂"》，《华学》第八辑，紫禁城出版社2006年版。

曾考证，其间的关系可得如下：①

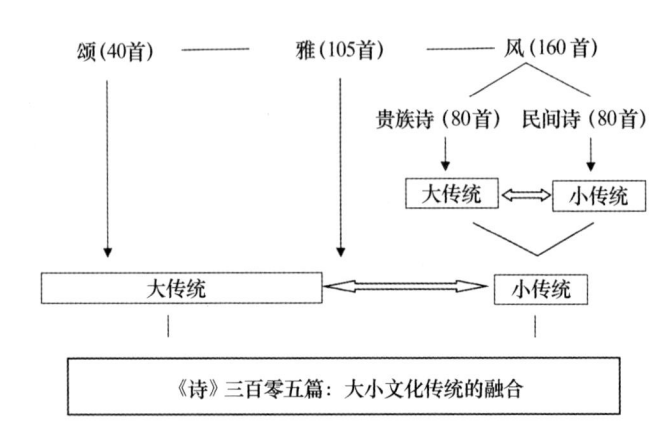

```
颂(40首) ———— 雅(105首) ———— 风(160首)
                                  ↙      ↘
                            贵族诗(80首)  民间诗(80首)
                                ↓            ↓
                              大传统  ⇔   小传统
    ↓                             ↘      ↙
 大传统          ⇔              小传统
    ↓                               ↓
         《诗》三百零五篇：大小文化传统的融合
```

图 0—1　大小文化融合的关系

例证二。由于血缘变地缘，原来各血缘族团内独立发展的史诗、颂诗开始出现相互融合的趋势。一些文化圣人开始收集、汇编各部族史诗，并在时代理性精神背景下融合创新发展史诗。在这方面最典型的例子是屈原编辑并加工创作的《九歌》《天问》。

屈原《九歌》十一篇，并不只是对楚地民族的收集汇编那么简单。通过考古材料和传世文献线索，我们曾作过专门研究，所得这十一篇史诗、颂诗原始底本的大致族属与时代分别如下：②

　　《东皇太一》《东君》：源于五帝晚期海岱地区东夷虞舜族的《韶乐》；

　　《河伯》《云中君》：源于夏代中原地区夏族禹启以来的《虬歌》；

　　《大司命》《少司命》：春秋战国时代各诸侯国的生命生育祭歌颂诗；

---

① 江林昌：《诗的源起及其早期发展变化》，《中国社会科学》2010年第4期。
② 江林昌：《远古部族文化融合创新与〈九歌〉的形成》，《中国社会科学》2018年第5期。

《湘君》《湘夫人》《山鬼》：楚地楚族流传久远的山川祭歌颂诗；

《国殇》：流传于楚国的爱国战魂祭歌；

《礼魂》：以上各篇共用的"乱辞"。

就以上讨论可知，《九歌》所收录各篇的族属很复杂，其空间跨度很大、年代跨度很长。为什么这些不同氏族、不同时期、不同地域的祭歌颂诗，最终会在战国时期的楚，经屈原之手配套成组合编在一起？总结分析其中相关问题，具有深刻认识价值。

屈原的《天问》370多句，连续提出170多个问题。全诗融合了"宇宙创世史诗""部族祖先史诗""山川神怪史诗""英雄传奇史诗"于一炉。其中"宇宙创世史诗"又可细分为：

混沌无序——造分天地（日出扶桑而有天地，共工触不周山而地势西北高东南低，日月星辰向西移，长江黄河向东流）——世界灾难（十日并出，洪水泛滥）——再创世界（后羿射九日再建天，鲧禹治洪水再造地）。

《天问》中的各"部族祖先史诗"则有：

虞族史诗片断
夏族史诗片断
商族史诗片断
周族史诗片断
秦族史诗片断
楚族史诗片断

《天问》中的"山川神怪史诗"与"英雄传奇史诗"，其内涵更为丰富多彩，情节奇幻多变，其中有许多故事为《天问》所独有，不见于其他典籍记载。例如"女岐无合,夫焉取九子","伯禹腹鲧,夫何以变化","焉有虬龙,负熊以游","一蛇吞象,厥大何如","水滨之木,得彼小子",等等。①

如果说屈原的《九歌》《天问》,属于约翰·弗里与劳里·杭柯所分的三类史诗文本的第二类"源于口头的文本",那么,屈原的《离骚》便属于"以传统为取向的文本"。《离骚》表面看来是屈原自创的史诗文本,但就其内涵考察,则是以楚国传统为取向,而又融合了黄河流域与长江流域诸多神话与史诗资料。诗中主人公驾龙乘凤,上天入地:济沅湘,下九嶷,渡赤水,登昆仑,呼羲和,驱雷神,叩帝阍,求宓妃,"见有娀之二女","流有虞之二姚"。其情节荒诞而有线索,结构宏大而有主题,是一篇奇特的汉语长篇史诗。

在《九歌》《天问》《离骚》中,屈原一方面将这些不同部族、不同内涵的史诗合编在一起,既保存了大量图腾神话、宗教仪式,又自觉注入了春秋战国时代的理性精神,个体人格,以及忠君爱国、以民为本、诚信正直等民族精神。屈原的伟大之处在于,将这些丰富复杂的内容融合转化创新而获得了艺术上的高度和谐统一,从而使《九歌》《天问》《离骚》在中华文化史上成为经典的高峰,屈原自己也成为中国文学史上第一个伟大的诗人。通过这些史诗作品,对其后的中华文化产生了极为深广的影响。诚如刘勰《文心雕龙》所说:"其精彩绝艳,难与并能","衣被诗人,非一代也"。

例证三。由于五帝时代以来的宗教、政治、伦理三合一特征,到了西周末年开始分离了,部族人员集体祭祀神灵的诗乐舞仪式,玉琮、玉钺、青铜鼎、簋等祭器,均让位于个体的精神通神。即《庄子》所谓:"内直者,与天为徒。与天为徒者,即天之与己,皆天之所子。"(《人间世》)《孟子》所谓:"存其心,养其性,所以事天也。"(《尽心上》)这样就出现了"王者之迹熄而诗亡,诗亡然后春秋作"(《孟子·离娄下》),"道术将为天下裂"(《庄子·天

---

① 江林昌:《楚辞与上古历史文化研究》,齐鲁书社1998年版,第10、11章。

下》)的局面。

所谓"诗亡然后春秋作"指的是，宗教活动中集体祭祀歌舞吟唱的诗便成了不歌不舞而只叙述的散文了。就其内涵而言，《易》《书》《礼》《春秋》也与《诗》《乐》一样，其内容基本上都是用于宗庙上的先王之政典。也就是说，"六经"原本都是宗庙祭祀场合的史诗、颂诗文本，在形成文本之前，都是可以歌唱的诗，而到春秋战国时代，《易》《书》《礼》《春秋》都成了散文式的史书了。

关于《尚书》。孔安国伪《尚书序》："先君孔子……讨论典坟，断之唐虞以下，讫于周……举其宏纲，撮其纪要，足以垂世立教，《典》《谟》《训》《诰》《誓》《命》之文凡百篇。"刘知几《史通·六家》："《书》之所主，本于号令，所以宣王道之正义，发话言于臣下，故其所载，皆《典》《谟》《训》《诰》《誓》《命》之文。"

关于《易》。刘勰《文心雕龙·原道》："人文之元，肇自太极。幽赞神明，《易》象为先。"这是说《易》是用于宗庙祭祀的。章学诚《文史通义·易教下》说："《易》象虽包六艺，与《诗》之比兴，犹为表里。"我们读《易》之卦爻辞，大多都是可以歌唱的。至于"三礼"与《乐经》，本来都是用于宗庙祭祀中的诗乐舞，是有关仪式秩序及相关内容的记录与讲解。

正因为如此，所以刘知几《史通·叙事》谓："夫读古史者，明其章句，皆可咏歌。"钱锺书《管锥编》即就此论证"史即诗也"。关于六经与史诗的关系，傅道彬先生《诗可以观》有具体阐述，读者可参。这里需要特别指出的是，"六经"的史诗性质是中华文明转型发展时期的特殊产物，在西方文化史上是不曾有的。

三 立足中国，借鉴国外，建构汉语史诗理论体系

以上的讨论表明，汉语史诗是在中华五帝时代文明起源、夏商西周早期文明发展、春秋战国时期文明转型这三个不同发展阶段独

特的历史文化背景下，多元形成，多线条独立发展，最后融合在一起而又转化创新的。其整个过程都在文明时期，与西方荷马史诗产生于文明之前的英雄时代完全不同。西方的史诗以及中国少数民族的史诗，既可在宗教场所演布，也可以在民间集体聚会场合演布。而中国的汉语史诗，在文明起源与早期发展阶段，只在宗教圣地、宗庙社坛中演布，是宗教、政治、伦理的三合一，是王官文化、精英文化、大传统，所表达的是血缘族群共同的集体意识。也正因为如此，原始时代的神话思维、原始意象在中国的文明起源与早期发展阶段一直延续保存下来了。西方氏族社会的神话思维、原始意象在进入文明社会后，便不再延续，只通过遗传基因而成为"集体无意识"。中国的原始时代的神话思维、原始意象在进入文明时代后，并没有消失，而是通过宗庙、祭坛等现场的具体演布实践而发扬光大，是"集体有意识"。汉语史诗由于在宗庙、祭坛等场合演唱，又因为宗教、政治、伦理的三合一，所以史诗又称"颂诗""雅诗"。这些都是东西方史诗的最大不同。

关于颂。《毛诗序》："颂诗，美盛德之形容，以其成功告于神明者也。"郑樵《六经奥论》："宗庙之音曰颂。"可见，颂诗就是宗庙祭祀时的乐曲歌辞。关于雅。《毛诗序》："雅者，正也。言王政之所以废兴也。"郑樵《六经奥论》："朝廷之音曰雅。"宗庙祭祀中歌颂天神、祖神，是天道，即为"颂"。而祭祀是为了社会治理，即由天道而人道，这人道便是"雅"，所以是"言王道之所由废兴"，是"朝廷之音"。可见，"雅诗""颂诗"是对汉语史诗的特征概括。此外，据甲骨文、青铜铭文可知，汉语史诗还可称为"祝""典""册""史册""作册""禹册"等等。总之，汉语史诗概念在内涵特征、外延时空跨度上都与西方史诗概念不同，汉语史诗在术语上也可以有自己的特色称呼。

春秋战国时期，由于宗教、政治、伦理的分离，"史诗""颂诗"的集体歌唱便让位于个体的散文表述，出现了"诗亡然后春秋作"的新变化，于是有了"六经"的编纂；由于王纲解纽，大小文化的融合，而出现了《诗经》的风、雅、颂合编；由于血缘变地缘，而出现了屈原的汇编各血缘族团"史诗"一炉，并加工润色转化创新而成《天问》《九歌》《离骚》。这三个方面的同时出现，不仅没有使"史诗""颂诗"消亡，反而使之获得了创新发展，出现了史诗、颂诗新的繁荣，并由此体现了中国轴心文明与古希腊轴心文明的不同特色。

古希腊轴心文明的一个突出表现是，代表原始神话思维的史诗被代表理性思维的哲学所取代。柏拉图在他的《理想国》第三卷，要把荷马等诗人驱逐出他的《理想国》，说："我们不能让（朗诵诗篇）这种人到我们城邦里来……这里没有他们的地位。"[①] 朱光潜《西方美学史》分析说："柏拉图对荷马以下的希腊文艺遗产进行了全面的检讨"，认为"从荷马起，一切诗人……都只得到了影像，并不会抓住真理"。这是因为，"柏拉图处在希腊文化由文艺高峰转向哲学高峰的时代"。[②]

而中国春秋战国轴心文明不是这样。孔子编《诗三百》，作为教材传授学生，并谆谆教诲说："小子何莫学夫《诗》。《诗》可以兴，可以观，可以群，可以怨。迩之事父，远之事君。多识于鸟兽草木之名。"（《论语·阳虎》）屈原则汇编润色加工创作《天问》《九歌》《离骚》。整个春秋战国时代，一方面因农耕生产、血缘管理长期延续发展背景下，宗教、政治、伦理三合一传统仍有很强的惯性力量，神话思维、原始意象等长期积淀而仍有深刻影响，因而表现出史诗、颂诗的融合、发展之繁盛。另一方面，又因为社会转型，理性思维的张扬，因而出现了诸子争鸣、百花齐放的哲学繁荣。朱光潜评论说柏拉图所处的古希腊古典时代是"由文艺高峰转向哲学高峰的时代"；而中国孔子、屈原所代表的春秋战国时代则是"文艺高峰与哲学高峰并立的时代"。

---

① [古希腊] 柏拉图：《理想国》，郭斌和、张竹明译，商务印书馆1986年版，第102页。
② 朱光潜：《西方美学史》，人民文学出版社1979年版，第42页。

这文艺高峰与哲学高峰并立现象，不仅体现在史诗繁荣与诸子繁荣两大类中，还体现在史诗本身之中。孔子所说《诗经》之"兴"即"兴原始意象"，与"鸟兽草木"意象，表达的都是图腾神话、原始思维。屈原《楚辞》中的"花草意象""男女比兴""图腾神话"，当然也是原始意象、神话思维。《诗经》中的"群""事君"，《楚辞》中的"尧""舜""三后""哲王"表达的都是部族血缘的集体意识。而《诗经》之"观""怨""事父"，《楚辞》中主人公"饮风吸露""花草比兴"等，又都是个体意识、理性思维了。

从五帝文明起源到夏商西周文明早期发展过程中，在血缘部族内独立发展的汉语史诗，到春秋战国文明转型时期融合转化，创新成了汉语新史诗、颂诗。这汉语新史诗、颂诗，既继承了以往两千五百多年史诗的原始意象、集体意识、神话诗性思维，又发展了新时代的理性精神、个体意识、散文哲学思维。这两方面的综合，奠定了中华民族独有的天人合一、家国一体、君民和谐、诚信友爱、勤劳勇敢、坚韧不拔、与邻为善等为核心内涵的民族精神基因，又体现了既感性又理性、既形象又抽象、既个体又集体的民族思维特征。这些由汉语新史诗、颂诗所体现的民族精神基因与民族思维特征，共同构成了有别于西方的中国轴心文明，并深刻影响了其后两千五百多年中华历史文化、文学艺术的发展繁荣。

总之，我们要根据中国的实际材料，概括汉语史诗概念、术语。从动态辩证的唯物史观，既历时性又共时性的眼光，确定汉语史诗概念的内涵与外延。汉语史诗的概念、术语既可以与中国少数民族史诗的概念、术语有异同，更应该与西方史诗概念、术语相区别。在此基础上，我们应该以马克思主义唯物史观为指导，以中国立场为原则，以西方史诗理论为借鉴，全面总结汉语史诗理论体系。这个理论体系既是中华文明独特发展规律的文艺体现，又是中华民族精神标识的集中概括，还是中华民族思维特征的哲学总结。这个理论体系，既可为当今习近平新时代中国特色社会主义道路自信、理论自信、制度自信、文化自信提供最深厚的历史依据，又可为世界史诗理论提供中国模式，从而丰富世界史诗理论。

让当今的中华儿女从汉语史诗中获取民族复兴的精神力量吧。

让全世界热爱文化的人们从汉语史诗中感受独特的内涵活力与形式魅力吧。

第 一 编

中华文明的起源、发展与史诗的形成、流传

第 一 章
中国史诗的源头：巫诗

　　人类文化发展史上，先有巫术，后有宗教。中国汉语史诗、颂诗的起源与巫术有关，汉语史诗、颂诗的早期发展变化则与宗教相连。有关中国巫术的早期情况，古人给我们留下的文字资料太少，但现代考古发现为我们提供了许多信息。例如，考古工作者在北京周口店发现的距今两万多年前的山顶洞人的头骨旁，撒有赤铁矿粉末。学者们分析，这"可能是一种巫术"，"这种做法的目的在于希望死者复生"。[①] 又如在距今六千多年前的西安半坡仰韶文化遗址出土的彩陶上，绘有许多精美的"人面鱼纹"图案。此外，在陕西临潼姜寨村、宝鸡北首岭、汉中西乡何家湾等地的仰韶文化半坡类型遗址出土的彩陶上，也绘有相同的"人面鱼纹"图案。李泽厚先生认为半坡彩陶里的人面鱼纹形象，"明显具有巫术礼仪的图腾性质"[②]。石兴邦先生也认为，"这种绘画可能还具有某种魔术征验的意义。例如，人口衔鱼，也许是渔猎季节开始时，人们为祈求取得更大量的生产物，而以图画表示自己的心意"。[③] 孙作云先生说得更具体，这人面鱼纹"有巫术的用意……此人闭目食鱼，表示他正在

[①] 朱狄：《信仰时代的文明》，中国青年出版社1999年版，第137页。
[②] 李泽厚：《美的历程》，中国社会科学出版社1989年版，第15页。
[③] 中国科学院考古研究所编：《西安半坡》，文物出版社1963年版，第221页。

作法，使鱼自动来投，人就能多捕鱼"①。1982 年，考古工作者在甘肃秦安大地湾仰韶文化第四期距今约五千年的一处房址里，发现了一幅四个人对着一个长方形框作舞蹈状的地画。长方形框内，有两个头向左的前后相连的青蛙状的人骨架。严文明先生认为这四个舞者"或者是在做巫术"②。张光直先生也认为这是"巫师舞蹈作法"，而且蛙形骨骼"在民族学上是代表巫术宇宙观的一种特征性的表现方式"，对"巫师而言，将人体缩减为骨架常是向神圣世界转入的一个步骤"，大地湾"地画中的巫师似在一个葬仪中舞蹈，行法祈使死者复生"③。

相关的考古材料还有很多，此不赘举。但仅就以上所列可知，中国的巫术至少可以上溯到两万多年前的山顶洞人，而到了距今七千年至五千年的仰韶时期，已是相当盛行了。巫术时代的初民相信，自然界及其神灵，都是按照一定的秩序演进的，而巫术则是控制这种演进的方式；因此，他们天真地认为只要能使用巫术，就能控制自然及其神灵。马林诺夫斯基指出："巫术根据人的自信力，只要知道方法，便能直接控制自然。"④ 弗雷泽也认为：巫术的"整个体系的基础是一种隐含的，但却真实而坚定的信仰，它确信自然现象严整有序和前后一致。巫师从不怀疑同样的起因会导致同样的结果，也从不怀疑在完成正常的巫术仪式并伴之以适当的法术之后必将获得预想的效果"。巫术"对待神灵的方式实际上是和对待无生物完全一样，也就是说是强迫或压制这些神灵"⑤。

---

① 孙作云：《中国古代器物纹饰中所见的动、植物》，《科技史文集》第四辑，上海科学技术出版社 1980 年版，第 25 页。

② 严文明：《仰韶文化研究》，文物出版社 1989 年版，第 211 页。

③ [美] 张光直：《仰韶文化的巫觋资料》，《中国考古学论文选》，生活·读书·新知三联书店 1999 年版，第 141 页。

④ [英] 马林诺夫斯基：《巫术科学宗教与神话》，李安宅译，中国民间文艺出版社 1986 年版，第 9—10 页。

⑤ [英] 弗雷泽：《金枝》，徐育新等译，中国民间文艺出版社 1987 年版，第 75、79 页。

第一章　中国史诗的源头:巫诗　43

巫术的目的是控制自然及其神灵，因此巫师在施巫作法时，一般都伴随着音乐舞蹈，并口念巫术咒语。据弗雷泽介绍：位于太平洋上的拉拉通加岛上，一个幼儿的牙齿被拔掉后，通常背诵的是如下祷文：

　　大耗子！小耗子！
　　这儿是我的旧牙齿，
　　求你给我一只新牙齿。

他们这样做是因为"知道老鼠牙齿是最强有力的"。① 又如，在印度中部，为了求雨，原始部落人将一只青蛙绑在一根棍子上，然后走家串户唱着巫术咒语："啊，青蛙，快送来珍珠般的雨水，让田里的小麦和玉蜀黍成熟吧！"② 学者们相信，这些巫术咒语，便是人类历史上最早出现的诗歌。

第一节　传世文献所见中国最早的巫诗

据西安半坡等地仰韶文化彩陶上的"人面鱼纹图"和秦安大地湾地画中的"蛙形骨骼图"推测，中国远古巫师们在乐舞状态下施巫作法时，肯定也是口中念有巫术咒语的。只可惜由于时代久远，我们只能见到当时的巫师作法图，而不能听其巫术咒语诗了。所幸的是，周秦文献中为我们保存了一些反映五帝时代早期的巫术咒语，为我们讨论中国汉语史诗、颂诗的起源提供了宝贵资料。《礼记·郊特牲》记载了伊耆氏部族在蜡祭施巫时唱道：

---

① ［英］弗雷泽：《金枝》，徐育新等译，中国民间文艺出版社1987年版，第60页。
② ［英］弗雷泽：《金枝》，徐育新等译，中国民间文艺出版社1987年版，第111页。

土，反（返）其宅；水，归其壑；
昆虫，毋作；草木，归其泽！

这是一则典型的巫术咒语。大水泛滥，土地被淹，害虫四起，草木荒芜，严重影响了农业生产。于是原始人在巫术观念支配下，试图通过吟唱巫术咒语，以控制自然，命令土神、水神、昆虫、草木各归其所。又《山海经·大荒北经》记载：黄帝乃下天女曰魃。……魃不得复上，所居不雨。叔均言之帝，后置之赤水之北。叔均乃为田祖。魃时亡之，所欲逐之者，令曰：

"神，北行！"
先除水道，
决通沟渎。

这是先民遇到干旱时所施行的巫术咒语。先命令旱神"北行"。当旱神北行后，自然会下雨，所以要"除水道""通沟渎"。这是原始人设想的美好结果，我们从中可以感受到原始人是多么坚信巫术咒语的神奇力量了。《吕氏春秋·古乐》则记载了一首葛天氏初民操牛尾舞蹈而祈求农牧丰收的咒语诗：

昔葛天氏之乐，三人操牛尾，投足以歌八阕：一曰《载民》，二曰《玄鸟》，三曰《遂草木》，四曰《奋五谷》，五曰《敬天常》，六曰《达帝功》，七曰《依地德》，八曰《总禽兽之极》。

"遂草木"，希望草木发育繁茂。"奋五谷"，使农作物蓬勃奋作。"总禽兽之极"，驯服禽兽使之温顺听话。这一切都是用巫术咒语的形式，表达了原始初民控制自然现象的美好愿望。《吴越春秋》卷九也记载了一首原始狩猎巫术咒语歌：

断竹，续竹，飞土，逐肉。

原始人先砍竹，接竹，制成狩猎工具，然后用弹丸追捕野兽。这首名为《弹歌》的巫术咒语诗，表达了原始初民希望获得更多猎物的强烈愿望。

我们再来考察这四则巫术咒语诗的时代。《礼记·郊特牲》孔颖达疏认为，唱"土返宅"咒语的伊耆氏为神农炎帝时代。《山海经·大荒北经》所载的"神北行"咒语则说明是在黄帝时代。《吕氏春秋》所载"操牛尾"祷词的葛天氏，高诱注以为亦是"古帝名"。《吴越春秋》所载"弹歌"则言"神农、黄帝弦木为弧"。总之，以上巫术咒语诗都是五帝时代早期的产物。这在中国文化史上是一个特别值得关注的时段。郑玄《诗谱序》云："诗之兴也，……大庭、轩辕，逮于高辛，其时有亡，载籍亦莫云焉。"大庭即炎帝，轩辕即黄帝。汉代郑玄的论断与我们上述的举例分析相一致。下面，再从诗学角度讨论巫术咒语。

其一，巫术咒语的反复吟唱，是史诗的最初形态。

原始人相信语言具有魔力，这是巫术咒语产生的信仰基础。李安宅指出：巫术仪式中的"一些表示欲望的辞句，一经说出，便算达到目的"。[1] 原始人相信巫术施法时，反复吟诵咒语，便能达到控制自然的目的，祷雨即雨至，咒风则风来。美国语言学家富兰克林·福尔索姆指出："几乎所有美国人都熟悉一首民歌的前几个词：'快成熟，大麦燕麦，大豆豌豆。……'当时人认为，这样反复吟唱就会带来丰收。"[2] 我国五帝时代早期伊耆氏初民在唱"土返宅"咒语时，一定是相信水土、草木都能各归其所的；黄帝氏初民在唱

---

[1] 李安宅等编译：《巫术与语言》，商务印书馆1936年版，第13页。
[2] ［美］富兰克林·福尔索姆：《语言的故事》（中译本），山东大学出版社1985年版，第27页。

"神北行"咒语时,也一定相信旱神北去,甘雨将至。

　　这些原始巫术咒语的反复吟唱,就成了诗歌采用重章叠唱形式的最初源头。人类历史上最早的诗也就由此而产生。因此,我们可以认为,诗源于巫术咒语。日本学者白川静说:"短歌的形式可以说是神圣咒语采取文学形式加以表现的最初形式。因而初期短歌的本质便是咒歌。"① 尼采指出:在远古时期,"人一动作,便有了唱歌的缘由——每种行为都有神灵的合谋:巫歌和符咒看来是诗的原始形态"②。五帝时代初期的"土返宅歌""神北行歌""操牛尾歌""弹歌",也是反复吟唱的。因此,这些巫术咒语,便是我们今天所能考见的中国最早的诗歌。

　　最早的巫术咒语诗都是伴有乐舞的。为了强化巫术咒语的魔力,原始初民在巫术仪式上反复吟诵咒语,自然产生了乐舞。《吕氏春秋·古乐》:"昔葛天氏之乐,三人操牛尾,投足以歌八阕。"这里的"投足"便是舞蹈,"以歌"则为乐曲,而"八阕"便是咒语诗。这正体现了诗、乐、舞三位一体。

　　史诗、颂诗源于巫术咒语,大概是人类文化史上的普遍现象。印度民族的最早史诗、颂诗也起源于巫术咒语,这便是《阿达婆吠陀》。在印度吠陀四经中,从其产生的年代考察,《阿达婆吠陀》是最早出现的,远在《梨俱吠陀》颂诗之前。今存《阿达婆吠陀》共收入巫术祷词咒语七百三十一则,这便是印度最早的诗。兹举《治咳嗽》巫术咒语为例:

　　　　像磨尖了的箭,迅速飞向远方。
　　　　咳嗽啊!远远飞去吧!在这广阔的地面上。

---

　　① [日]白川静:《中国古代民俗》,何乃英译,陕西人民出版社1988年版,第37页。
　　② [德]尼采:《悲剧的诞生》,周国平译,生活·读书·新知三联书店1987年版,第236页。

这种巫术咒语是印度民族祖先雅利安人在巫术活动中当作实际可以战胜咳病的神奇力量看待的，表达了雅利安人驱除病魔的美好愿望。拉格真《吠陀印度》一书指出："《阿达婆吠陀》中的咒语、符咒和驱邪词，是最早的诗歌。"①

其二，巫术时代人人为巫，巫术咒语反映人与自然的关系。

在巫术盛行的时代，人人施行巫术，人人都是巫师与诗人。弗雷泽《金枝》称这种现象为"个体巫术"，并举有大量例证："在那些我们已掌握有准确资料的最原始的野蛮人中间，巫术是普遍流行的"。"可以粗略地说，在澳大利亚，所有人都是巫师"，"每一个人都自以为能够用'交感巫术'来影响……自然的过程"。② 弗雷泽所说的这种人人为巫现象，在我国五帝时代早期也普遍存在。《国语·楚语下》保存了这样一则资料：

> 及少昊之衰也，九黎乱德，民神杂糅，不可方物。夫人作享，家为巫史，无有要质。民匮于祀，而不知其福。烝享无度，民神同位。

说少昊氏时代，初民们经常处于巫术活动中，以至于人神不分，即所谓"民神杂糅""民神同位"。这正说明当时巫风盛行。由于初民们坚信巫术可以控制自然，所以人人施巫，家家有巫，即所谓"夫人作享，家为巫史"。韦昭注："夫人，人人也"，"言人人自为之"。

《楚语下》所说的少昊氏是五帝时代早期的东夷部族首领，与炎帝、黄帝等部族经常发生交往。所谓"九黎乱德"的"九黎"实际是指"九夷"（另文详考）。徐旭生先生《中国古史的传说时代》则具体考证其地望在"山东、河北、河南三省接界处"。所以东夷集团当少昊时代的"九黎（夷）"部族"人人为巫""民神杂糅"的

---

① ［英］拉格真：《吠陀印度》，费舍安文出版社1895年版，第117页。
② ［英］弗雷泽：《金枝》，徐育新等译，中国民间文艺出版社1987年版，第84页。

"个体巫术"现象,与前论炎帝族的"土返宅歌"、黄帝族的"神北行歌"、葛天氏的"操牛尾歌"所反映的情形完全一致。

现将上述讨论作一简单总结。中国古代的巫术起源很早,考古学提供的材料表明,至少可以追溯到两万多年前的山顶洞人,而其盛行则在距今六七千年的仰韶时代。而文献记载所提供的巫术信息则可追溯到五帝时代早期,这些有限的巫术信息,成为我们研究中国古代汉语史诗、颂诗起源的宝贵资料。

在原始氏族社会,由于生产力低下,初民们认为万物有灵,万物运行有规律;只要通过一定的巫术仪式便可沟通神灵,控制自然。又由于当时的生产力低下,尚不足以产生多余的产品,因而氏族成员人人平等,人人都可以施巫作法。这是一个人人都是巫师的"个体巫术"时代。初民们在施巫作法时,反复吟诵咒语。这咒语便是诗歌,也是史诗、颂诗的最初形式。所以我们可以认为:诗源于咒。从诗学角度,我们称这些巫术咒语为巫诗。巫诗所反映的内容主要是人与自然的关系,其表现形式则是诗、乐、舞的三位一体。

第二节 清华简《祝辞》所保留的原始巫诗

清华简《郘夜》《楚居》《周公之琴舞》《芮良夫毖》《祝辞》《赤鹄之集汤之屋》诸篇的公布,为我们提供了丰富的先秦诗学资料。到目前为止,学界讨论最多的是《周公之琴舞》《郘夜》两篇。至于《祝辞》,并未引起学界的重视;对《赤鹄之集汤之屋》,学者们大多从文学小说角度进行讨论;而对《楚居》一篇,学者们的兴趣在其历史地理资料。其实,这三篇文献保留了丰富的原始巫术资料,为我们认识汉语史诗、颂诗的起源及相关问题,具有重要意义。清华简《祝辞》共五则,每则写于一支简,共五支简。因为第一、第二两则均标有"祝曰",故整理者取名为"祝辞"。就内容可知,这五则祝辞全为原始巫咒之辞。我们先疏解原文（尽量用通行文字），并略作评述。

第一则，防溺水：

> 恐溺，乃执币以祝曰：
> "有上茫茫，有下汤汤。
> 司湍彭彭，侯兹某也发扬。"
> 乃舍币。

"有上茫茫，有下汤汤"，指河水上下浩荡泛滥。两个"有"字为句首语助词。"司湍"，指司河之神。《周礼·大宗伯》有"司命"，为主寿之神。《楚辞·九歌》有"少司命"，乃主生育之神。"彭彭"，整理本注为"滂滂"，亦形容水急流。"司湍滂滂"，当为巫咒语。"司湍"在句中既作名词，又名词动用。全句意为"司湍之神啊，控制你那滂滂急流的河水吧"。"侯兹某也发扬"，"侯"字为句首语助词。"兹某"即施行巫咒者。"发扬"，《礼记·乐记》有"发扬蹈厉"语，专形容音乐舞蹈，其"发扬"指高声长呼。"兹某发扬"当为状摹施咒者指令司湍之神控制水流时的声容情状。

第二则，救火：

> 救火，乃左执土以祝曰：
> "号（皋）……诣武夷，
> 绝明冥冥，兹我赢。"
> 既祝，乃投以土。

"号"，整理本"读为皋"，《仪礼·士丧礼》："皋，某复。"郑玄注："皋，长声也。""诣"，本指前往，到某地去。《玉篇·言部》："诣，往也，到也。"根据上下文意，此"诣"有诣请之意。"武夷"，原为司兵神，见江陵九店楚简（四三，四四）。"夷"字从

"弓",又为土地神,故"夷"字又从"土",饶宗颐先生有详考。①《史记·封禅书》:"古者,祠黄帝……武夷君用乾鱼。"明吴栻《武夷杂记》引秦人《异仙录》:"始皇二年,有神仙降此山,曰余为武夷君,统录群山。"这些都是就土地神而言。清华简"武夷"亦指土地神,因为有火灾,所以要"执土以祝",命土地神武夷来灭火。"绝明冥冥",这里的"明"当指大火。"绝明",即指灭火。"冥冥",黑暗,补充说明火灭后的黑暗情状。"兹我赢",句式与第一则"兹某发扬"同。"兹我"指施行巫咒者。"赢",胜利,成功。这则巫咒之辞的大意是:"皋……诣请武夷土地神前来熄灭大火,为我取胜。"

第三、第四、第五则当连读,为射箭咒辞,分别为射戎、射禽、射革。

> 随弓:"将注为死(尸),扬武即求当。"引且言之,童以心,抚额,射戎也。
> 外弓:"将注为肉,扬武即求当。"引且言之,童以目,抚额,射禽也。
> 踵弓:"将射干函,扬武即求当。"引且言之,童以骰,抚额,射函也。

"随弓"则的"死"通"尸",即下文的"戎"敌之身。"外弓"则的"肉",即指下文的"禽"。"踵弓"则的"干函",整理者注为"甲革"②,可从。又"将注为死(尸)""将注为肉"的"注",指将箭搭上弓弦。《左传》襄公二十三年:"(栾)乐射之,不中,又注。"杜预注:"注,属矢于弦。""扬武即求当",乃咒语,

---

① 饶宗颐:《说九店楚简之武夷君与复山》,《文物》1997年第6期。
② 清华大学出土文献研究与保护中心编:《清华大学藏战国竹简》(一),中西书局2011年版。

意为"搭起弓箭即射中","武"为拇指。三则中的"童以心""童以目""童以骰",整理本读"童"为"同",义为"齐"。"同以心"当指发矢时能达到随心所至的神奇境界,下文"同以目""同以骰"义相同。"骰",整理本引《玉篇》《广雅》等资料,指肩上的某个穴位,则"同以骰"即为随穴位的发力一致。

以上五则祝辞,均为巫咒之辞。虽然其具体内容不同,但有一个共同特点,这就是施咒者可以直接指令自然神,以达到自己的愿望和目的。如第一则防溺水,即指令司湍神控制水流,第二则救火,即指令武夷山神灭绝火焰,第三则至第五则射戎、射禽、射甲革,都希望"扬武即求当",所谓百发百中。这些实际上都是原始巫术咒语共有的特征,与上述"土返宅""神北行""操牛尾""飞土逐肉"诸咒语巫歌几乎完全一致。清华简《祝辞》的下葬年代在战国中期,而其内容流传应该是很远古的。这批资料的出现,进一步丰富了我们对先秦咒语巫歌的认识。

第三节 《诗经》所遗存的原始巫诗

如果按照《诗经》风、雅、颂的分类,那么清华简《祝辞》五则应该属于"国风"佚诗。其实,在传本《国风》中也保留了一部分远古咒语巫诗,只不过经过春秋时人的润色修改,已经理性化、人文化了。而清华简《祝辞》则还保留了较原始古朴的面貌。为了便于讨论,我们将《国风》中的咒语巫诗选述于下。

前述传世文献"飞土逐肉"歌是狩猎咒语巫诗。《诗经》中也有相类似的诗。《召南·驺虞》(括号内为译文):

(一)

彼茁者葭,(茫茫一片芦苇丛,)

壹发五豝，（一箭射中了五母猪，）
于嗟乎驺虞！（真厉害啊，射猎手。）

（二）
彼茁者蓬，（茫茫一片蓬蒿草，）
壹发五豵，（一箭射中了五小猪，）
于嗟乎驺虞！（真厉害啊，射猎手。）

"驺虞"原为狩猎人的泛称（以后则发展为管理山林的官职名）。"发"为箭镞，这里是名词作动词。"豝"，母猪；"豵"，小猪。"五"表示多数，一箭射中了五只母猪与小猪，似乎夸张，但正反映了巫术咒语的神奇力量和原始初民渴望多获野兽的强烈心情。又如《秦风·驷驖》：

奉时辰牡，（上帝供奉大野兽，）
辰牡孔硕。（野兽真是壮又肥。）
公曰左之，（公爷大喊"朝左射"，）
舍拔则获。（大兽随箭应声倒。）

"时"即是，此。"辰牡"，大公兽。辰，闻一多引王引之读为"慎"，大兽为慎。故下文说"辰牡孔硕"。公爷大喊"朝左射"，大兽应声即倒地。这也是巫术咒语。不过在本诗中已经被文人们修改得很理性化了。又如《周南·螽斯》：

螽斯羽，诜诜兮。
宜尔子孙，振振兮。

螽斯羽，薨薨兮。
宜尔子孙，绳绳兮。

螽斯羽,揖揖兮。
宜尔子孙,蛰蛰兮。

螽,俗名蝈蝈,能鼓翅发声,多卵多子。朱子《辨说》:"螽斯聚处和一,而卵育蕃多。"这首诗表面上是对蝈蝈发出指令,要求蝈蝈多产卵生子,而其本意则是以蝈蝈的生殖作类比联想,希望氏族人丁兴旺。这无疑是一首古老的巫术咒语诗。《周南·芣苢》是大家熟知的祈求生殖的巫诗:

采采芣苢,薄言采之。
采采芣苢,薄言有之。

"芣苢"为中药,能帮助怀孕生子。从语文角度分析,"芣苢"与"胚胎"古音又不分,形、音、义均相通。闻一多先生说:"古人根据类似律(声音类近)之魔术观念,以为食芣苢即能受胎而生子。"[1] 叶舒宪先生指出:"初民以采摘芣苢作为咒术行为,通过语音上的类似达到怀孕产子的目的,就好比今日民间习俗中仍倒贴'福'字以喻'福到了',贴'年年有鱼'之祝词以喻'年年有余'一样,同为法术思维的类比联想产物。由是观之,《芣苢》一诗之所以反复念诵'采采芣苢'一句而不嫌罗苏,正是适应咒词的需要。"[2]

在《诗经》中,属于这种采摘母题的巫诗还有《周南》第一首与第三首。其第一首《关雎》:

---

[1] 闻一多:《诗经通义·芣苢》,《闻一多全集》(第二卷),生活·读书·新知三联书店1982年版,第121页。

[2] 叶舒宪:《诗经的文化阐释》,湖北人民出版社1994年版,第39—50页。

参差荇菜，左右流之。
窈窕淑女，寤寐求之。……
参差荇菜，左右采之。
窈窕淑女，琴瑟友之。
参差荇菜，左右芼之。
窈窕淑女，钟鼓乐之。

这是通过反复吟诵采荇菜咒语，以期达到追求姑娘的目的。同样，《周南》第三首《卷耳》也以采摘植物开始：

采采卷耳，不盈顷筐。
嗟我怀人，寘彼周行。

这也是以采卷耳的咒语表达思念亲人的意愿。在《诗经》中，类似的采摘母题巫术咒语还有许多。如《召南》有"采蘩""采蘋""采蕨"，《邶风·谷风》有"采葑""采菲"，《鄘风·桑中》有"采唐""采葑"，《王风·采葛》有"采葛""采萧""采艾"，《唐风·采苓》有"采苓""采苦"，《小雅·采芑》有"采芑""采芑"，《小雅·采菽》有"采菽""采芹"等。虽然都是片段，但都是原始巫术咒语的遗留与改造。又《齐风·东方之日》：

东方之日兮，彼姝者子。
在我室兮，在我室兮，
履我即兮。

东方之月兮，彼姝者子。
在我闼兮，在我闼兮，
履我发兮。

"闼",指门内,与前章"室"义近。这首诗以日、月比喻自己心爱的女子,而以日月光照进室内、照到身上起咒,希望女子前来相会。叶舒宪先生指出:诗反复吟唱"在我室""在我闼""履我即""履我发","正是发咒者的意志和欲望的自我中心性投射,而不是对已然事实的描述"[①]。

综上可知,《诗经》中保留有不少原始巫术咒语诗的资料。而清华简《祝辞》则是未被《诗经》收录的原始咒语佚诗。这又进一步说明,先秦时期在民间流传的巫术咒语诗应该是很丰富的。另外,清华简《楚居》中妣厉生侸叔、丽季时,"丽不纵行,溃自胁出",以致"妣厉宾于天"。后来"巫并该其胁以楚"后,妣厉又复活也。清华简《赤鹄之集汤之屋》写商汤的妻子偷吃了汤的赤鹄之羹后,眼睛能视千里,"昭然,四荒之外,无不见也"。小臣伊尹喝了此羹之后,"亦照然,四海之外无不见也"。这些也都是原始巫术资料,丰富了我们关于先秦咒语诗的背景认知。

以上我们从传世文献、出土文献清华简与《诗经》三个方面所见的原始巫术咒语诗的讨论介绍入手,探索中国汉语史诗、颂诗的源头,证明中国汉语史诗、颂诗有自己直接的文本源头。从汉语巫术咒语诗到汉语史诗、颂诗的发展变化,是中国古代社会从原始氏族社会到文明起源、早期发展为背景的。这个文明背景与西方文明背景不同。这是认识中国汉语史诗、颂诗与西方史诗不同的前提基础。以下各章,都将在这样的背景下展开。

---

① 叶舒宪:《诗经的文化阐释》,湖北人民出版社1994年版,第78页。

第 二 章
中华文明起源、发展与史诗的产生、繁盛

在我国学术界,常常是原始巫术与原始宗教不分。其实这是两个不同的概念,加以区分是很重要的。就时间上看,原始巫术产生在前,其社会背景是生产力极端低下的原始氏族社会。原始宗教产生于原始巫术之后,其社会背景是生产力发展出现了阶级分层,因而已是文明起源以后的事了。

因为时代背景不同,因而两者的内涵、特征、功能各有不同。关于原始巫术的内涵特征与功能我们已经在上章里有所讨论。而原始宗教的内涵、特征、功能我们将在下文讨论。我们这里先从考古学角度大致确定中华文明起源的时间与空间,这是中国史诗颂诗形成的背景。

第一节 考古学所证明的中华文明起源的时空范围

自1921年现代考古学在中国启动以来,历代考古工作者在近一百年来的科学发掘,已经为我们提供了有关中华文明起源与早期发

展的极其丰富的考古遗址与遗物。这些考古遗址与遗物遍及全国各地。考古工作者根据考古遗址的地层关系及测年数据，考古遗物的器形分类及其演变规律，再根据考古学区系类型学的理论与方法，在不同地区、不同环境的大背景下进行了不同的文化历史分析，最终在全国范围内建立起了不同区域的考古学年代序列。最近三四十年来，考古工作者又在不同考古区系文化年代基础上，根据聚落中心的大小之别，以及这些不同级别的大小聚落间具有内涵联系的整体布局，进行了考古聚落形态学的社会历史分析。与此同时，有关中华文明起源与早期发展的刻划文字符号、甲骨文、青铜铭文、简牍帛书又不断有新发现。正是因为有了这样全面的科学发掘基础，从20世纪90年代开始，国务院及有关部委充分发挥社会主义制度的优越性，组织多学科专家联合攻关，先后启动了"国家夏商周断代工作"和"中华古文明探源工程"。2000年与2018年，两项工程先后公布了其研究成果。获得了如下年代学方面的新认识：

前3800—前3300年：文明萌芽 ⎫
前3300—前2500年：文明形成 ⎬ 五帝时代，文明起源形成阶段
前2500—前2000年：文明起步 ⎭

前2070—前1600年：夏代文明 ⎫
前1600—前1046年：商代文明 ⎬ 文明早期发展阶段
前1046—前771年：西周文明 ⎭

也就是说，在距今5800—5300年，中华文明已经开始萌芽了，而到了距今5300—4500年，也就是传说中的五帝时代前期，中华文明已初步形成，这应该就是中国原始宗教开始形成的大致时段了。到了距今4500—4000年，也就是五帝时代的后期，中华文明已开始起步。这应该就是中国原始宗教的早期发展阶段。而从距今4000年开始，夏商西周三代则是中国原始宗教的兴盛发展阶段。

在确定了上述文明起源形成的时间范围之后,考古工作者又对中华文明的空间范围作了系统研究。这就是由苏秉琦先生首先提出,后经严文明等学者不断完善的新石器时代晚期的"八大文明圈":

黄河流域:中原文明区,海岱文明区,甘青文明区;
长江流域:江浙文明区,江汉文明区,巴蜀文明区;
燕山长城:辽西文明区,河套文明区。

这八个文明区的繁荣时期,相当于古史传说中的五帝时代。而在历史学界,蒙文通先生的《古史甄微》、徐旭生先生的《中国古史的传说时代》将五帝时代众多的氏族部落概括为河洛地区的华夏集团,海岱地区的东夷集团,江汉地区的苗蛮集团。这与考古学上的八大文明圈划分正好对上了三个。严文明先生指出,上述八个考古学上的"区域文化,各有鲜明特色,也就是意味着在其背后创造他们的社会在文明化进程中各具特点,并对整个文明的形成作出过不同的历史贡献"。以上应该就是中国原始宗教形成的大致时空范围。

宗教就是相信有一种超人力量的存在,这种超人力量就是神灵。宗教时代的人们相信,是神灵控制了他们的福祸及周边一切自然现象和社会现象,他们还把神灵人格化。弗雷泽指出:"宗教假定在大自然的可见的屏幕后面有一种超人的有意识的具有人格的神的存在。"[①] 这人格化的神灵首先是与他们的生活息息相关的自然神,后来又发展出部落成员共同信仰的祖先神。

在中国原始宗教里,自然神主要表现为天体神,社会神主要表现为祖先神,而自然神与社会神的叠合便是商周时期代表天体神来治理整个社会的君王,所谓"天子",即上天之子。

---

① [英]弗雷泽:《金枝》,徐育新等译,中国民间文艺出版社1987年版,第83页。

以上所谈的神灵，只是宗教的一个方面。宗教的另一方面便是人们对神灵的祭祀活动。弗雷泽《金枝》指出："宗教所包含的，首先是对统治世界的神灵的信仰，其次是要取悦于它们的企图。"而这取悦的企图便表现为对神灵的献祭行为，具体表现便是"通过一定数量的典仪、祭品、祷词和赞歌等等"。① 中国古代从五帝时代到夏商周三代，祭祀仪式极其隆重而繁多。即《左传》成公十三年说："敬在养神，笃在守业，国之大事，在祀与戎。"

有关宗教的概念与特征，大致如上所述。以下我们将在此基础上，结合具体实例，就中国原始宗教与古代文明的关系试作分析讨论，因为这是中国汉语史诗、颂诗形成发展的基础。

第二节 "绝地天通"：中国原始宗教的形成与史诗的产生

在巫术时代，初民们相信万物有灵，万物运行有规律；只要通过一定的巫术仪式，便可以沟通神灵，控制自然。又由于当时生产力低下，尚不足以产生多余的产品，因而人人平等，神神平等，而且人神平等。人人都可以为巫通神，处处都可以施巫通神。《国语·楚语下》保存的一则材料，反映了这一事实：

> 及少昊之衰也，九黎乱德，民神杂糅，不可方物。夫人作享，家为巫史，无有要质。民匮于祀，而不知其福。烝享无度，民神同位。

由于初民们相信巫术可以控制自然，所以人人施巫，家家有巫，即所谓"夫人所享，家为巫史"。韦昭注："夫人，人人也。"这里

---

① [英]弗雷泽：《金枝》，徐育新等译，中国民间文艺出版社 1987 年版，第 78—79 页。

的"家"则是指原始血族集团。由于初民们时时处处都在巫术活动之中,以至于人神不分,即所谓"民神杂糅,不可方物","烝享无度,民神同位"。

少昊氏时代是在五帝时代早期。从考古发掘所提供的材料看,在五帝时代早期甚至更早一些,中华文明已经起源了。这说明当时的生产力发展水平已足以产生剩余产品。物质经济基础的变化在前,上层社会制度的变化随后。果然,到了五帝时代早期至中期的过渡阶段,社会变革出现了。而且这变革首先就体现在改革巫术的过程中,变革的标志便是颛顼"绝地天通"。《国语·楚语下》载:

> 昭王问于观射父曰:"《周书》所谓重、黎实使天地不通者,何也?若无然,民将能登天乎?"
> 对曰:"非此之谓也。……及少昊之衰也,九黎乱德,民神杂糅,不可方物。夫人作享,家为巫史,无有要质。……颛顼受之,乃命南正重司天以属神,命火正黎司地以属民……是谓绝地天通。"

相同的记载还见于《山海经·大荒西经》:"颛顼生老童,老童生重及黎,帝令重献上天,令黎邛下地。"又《尚书·吕刑》:颛顼"乃命重黎,绝地天通,罔有降格"。这说明"绝地天之通"故事在中国古代确曾发生,而且是件历史大事,所以多书记载。颛顼是少昊氏之后的东夷族首领。《山海经·大荒东经》:"少昊孺帝颛顼于此。"郝懿行《笺疏》:"此言少昊孺养帝颛顼于此。"《国语·鲁语》亦谓:"有虞氏禘黄帝而祖颛顼。"少昊氏时代与黄帝氏时代大致相当,均为五帝时代早期。因此我们推定颛顼氏的出现在五帝时代早期向中期的过渡阶段,而整个颛顼氏时代则为五帝时代中期了。以下我们就颛顼"绝天地之通"事件试作分析。

从思想史角度看,五帝时代早期与中期过渡时期出现的颛顼改革巫术,标志着中国古代宗教时代的开始。由巫术时代走向宗教时代，至少出现了如下两点明显变化。

其一，由平等的神灵发展成了不平等的神灵。如前所述，在少昊氏巫术时代，人人平等，神神平等，且人神平等。在当时族民的眼里，天体神、山川神、草木神等，都是平等的。因此，任何人在任何时间任何地点，都可以通过一定的巫术手段，沟通任何神灵。现在颛顼改革巫术后，将原来平等的自然神灵分成了不同的等级，其中日月星辰等天体自然神被奉为最高等级的神灵，所谓天神。而且规定只有"重"和"黎"氏族首领等贵族阶层才能通天神。至于普通族民则被剥夺了这种通天神的权力，他们只能沟通身边等级较低的山川神和草木神之类。也就是说，颛顼改革巫术的实质在于，首先将平等的神灵改革成不平等的神灵，然后以通神权力与对象的不同为手段，将平等的族民分化成了等级不同的族民。

其二，由人控制神灵发展成了神灵控制人。在巫术时代，人在神灵面前是主动的。巫术时代的族民相信，自然界及其神灵，都是按照一定的秩序演进的，而巫术则是控制这种演进的方法。因此，他们天真地认为，只要能使用巫术，就能控制自然及其神灵。有关情况我们已在上章讨论。

然而，到了宗教时代，情况发生了根本的变化。人在神灵面前由主动变成被动了，巫师们不是通过巫术活动去控制自然及其神灵，而是通过巫术活动来祈求神灵的帮助和保佑。神灵成了控制自然，操纵社会的神奇力量。这正是巫术时代与宗教时代的最大区别。

在颛顼改革巫术的初期，这控制人类社会的神灵主要是指天体神。当氏族贵族阶层掌握了沟通天体神的巫术特权之后，天体神开始离开族民们越来越远，越来越神秘，最终被塑造成能够控制人类一切祸福的最高人格神。于是全体族民们开始崇拜这些天体人格神，宗教也就应运而生。族民们如果对天神有何祈求，就把愿望报告给氏族贵族阶层"重"和"黎"，再由"重"和"黎"上报给天神；同样，如果天神有什么指示，也通过"重"和"黎"下达给族民。这样，"重"和"黎"等少数氏族贵族阶层由普通的巫师变成了专门沟通天神并反映民意的祭司。弗雷泽说:"祭司……自称是上帝和人之间的媒介。"①

总之,颛顼改革巫术的结果便是在原始巫术的基础上发展出了宗教,在巫师的基础上产生了祭司。从此以后,族民们在"重"和"黎"等氏族贵族阶层为代表的祭司们的主持带领下,举行隆重的祭祀活动,献祭天神,祈祷天神。在巫术时代,巫师们通过巫术咒语来指令控制自然神,这咒语便是巫诗。而到了宗教时代,则是祭司们通过祭祀活动,祈求天神,歌颂天神,这颂语祷辞便是最初的史诗。因此,在中国,宗教时代的开始,也就是史诗时代的开始。

在宗教时代,沟通天神的巫术被氏族贵族所掌握,天神因此成了控制人类的异己力量,而整个祭祀天神的过程成了宗教活动,祭祀天神的语词成了史诗。此外,族民们沟通身边的山川草木普通神灵的原始巫术活动仍在民间进行,在这些民间巫术活动中用以控制自然及其神灵的巫术咒语,也仍在流行。只不过宗教和史诗成了统治力量,成为上层精英文化,即雷斐德所谓的文化大传统,而民间巫术与巫诗成了下层通俗文化,即所谓文化小传统。

从社会史角度看,颛顼改革巫术发展宗教,促成了中国文明的起源。

颛顼改革巫术的最终目的,是使得少数氏族贵族阶层通过掌握沟通天神的巫术权力,从而占有因生产力发展而出现的剩余产品。氏族贵族阶层以祭祀天神时需要公共祭品的名义,占有这些剩余产品,而祭祀天神的宗教活动又是以为全氏族谋求福利的名义进行的。弗雷泽称这种以为全氏族谋福利作幌子,以占有剩余产品为目的的祭祀天神的巫术活动为"公共巫术",而与巫术时代人人都可以随意通神的"个体巫术"相区别:

---

① [英]弗雷泽:《金枝》,徐育新等译,中国民间文艺出版社1987年版,第80页。

在野蛮社会中，还有另一类常见的可称之为"公众巫术"的事例，即一些为了整个部落里的共同利益而施行的巫术。不论在什么地方，只要见到这类为了公共利益而举行的仪式，即可明显地看出巫师已不再是一个"个体巫术"的执行者，而在某种程度上成了一个公务人员。这种官吏阶层的形成在人类社会政治与宗教发展史上具有重大意义。当部落的福利被认为是有赖于这些巫术仪式的履行时，巫师就上升到一种更有影响和声望的地位，而且可能很容易地取得一个首领或国王的身份和权势。因而，这种职业就会使部落里一些最能干的最有野心的人们进入显贵地位。因为这种职业可提供给他们以获得尊荣、财富和权力的可能性。①

如前所述，在颛顼改革巫术之前，人人为巫，家家为巫，是一个"个体巫术"时代。现在"颛顼"让"重"和"黎"以公共祭祀的名义垄断了沟通天神的巫术。"绝天地之通"过程便成了"公众巫术"活动。而"颛顼"及"重""黎"等施行这"公众巫术"的少数氏族贵族阶层便成了"公务人员"，即前文所说的祭司。这些少数"最有能力的最有野心的人"，以"公众巫术"的名义占有了剩余产品，从而"进入显贵地位"，"获得尊荣、财富和权力"，"取得一个首领或国王的身份"。李安宅先生也曾经概括这种由"个体巫术"变为"公众巫术"的深刻意义："由着私巫变成公巫。及为公巫，便是俨然成了当地领袖。领袖的权威越大，于是变为酋长，变为帝王。酋长、帝王之起源在此。"② 这种以"公众巫术"名义出现的宗教活动，在中国社会发展史上的重大意义在于，它促成中国文明的起源，其具体表现在如下两个方面。

其一，在社会实践观方面，宗教促成了财富的集中，催化了文

---

① [英]弗雷泽：《金枝》，徐育新等译，中国民间文艺出版社1987年版，第70页。
② 李安宅：《巫术的分析》，四川人民出版社1987年版，第10页。

明的起源。

颛顼通过改革巫术,使得"个体巫术"变为了"公众巫术"。在全体氏族成员都参加,以祭祀天体人格神为主要内容的宗教活动中,"重"和"黎"等少数氏族贵族阶层以"祭品"的名义,收集并占有了由全体氏族成员所创造的剩余产品。因此,少数氏族贵族阶层的占有剩余产品被视为是宗教祭祀的需要,有了神圣合法性。也就是说宗教促成了财富的集中,从而催化了文明的起源。正如基庭所指出:"宗教可视为一种启动剂或催化剂,它提供了控制群众的一种途径,从而奠定了控制重要生产资源的基石。"[1] 张光直教授也深刻指出:"《国语·楚语》中观射父讲的绝天地之通的古代神话,在研究中国古代文明的性质上具有很大的重要性。神话中的绝天地之通并不是真正把天地完全隔绝。……这个神话的实质是巫术与政治的结合,表明通天地的手段逐渐成为一种独占的现象。就是说,以往经过巫术、动物和各种法器的帮助,人们都可以与神相见。但是社会发展到一定程度之后,通天地的手段便为少数人所独占。""通天地的各种手段的独占,包括古代仪式的用品、美术品、礼器等等的独占,是获得和占取政治权力的重要基础,是中国古代财富与资源独占的重要条件。"[2]

按照马克思、恩格斯的唯物史观,原始社会与文明社会的根本区别在于原始社会是全体氏族成员不分阶层的平等社会,而文明社会则是全体氏族成员中开始划分阶层的不平等社会。由于颛顼改革巫术,发展成宗教,再由宗教祭祀的名义集中财富,从而促成了氏族分化出阶层,最终导致了氏族贵族阶层统治广大氏族平民阶级社会的产生,于是文明社会出现了。所以说,宗教促成了中国文明的

---

[1] Keatinge, Richard W., "The Nature and Role of Religious Diffusion in the Early Stages of State Formation: an Example from Peruvian Prehistory", Grant D. Jones and Robert R. Kautzed, *The Transition to Statehood in the New World*, Cambridge: Cambridge University Press, 1981, p. 173.

[2] [美] 张光直:《考古学专题六讲》,文物出版社 1986 年版,第 10—11 页。

起源。

其二，在社会价值观方面，宗教保证了社会分层管理的合法化，体现了文明的起源。

颛顼改革巫术，发展宗教，将原来平等的神灵发展为不平等的神灵，再通过规定族民通神对象与权力的不同，从而将平等的族民划分为不平等的族民。这样，巫术开始与政治相结合，形成了"巫政合一"的新现象。而这一切都是通过宗教祭祀活动实施的。

在颛顼改革巫术，发展出宗教的初期，宗教世界的神灵主要是天体人格神。随着氏族部落的发展，人的自我意识的增长，又在天体人格神的基础上增加了祖先人格神。颛顼改革巫术虽然使得氏族贵族与氏族平民处于不同的社会阶层，但他们仍属于具有共同利益的血缘团体。这个族团一方面需要团结一致，凝聚力量；另一方面又需要维护等级层次，区分长幼差别。而宗教祭祀正好能实现这两个目的。全体氏族成员在"重""黎"等氏族贵族祭司人员的主持下，通过祭祀活动，共同祭拜天体神和祖先神，从而强化同根同宗的血团集体观念；又通过祭祀活动中所规定的不同身份地位的族民所处的不同位置、不同次序、不同权力，等等，从而为社会等级次序的划分找到神圣的宗教依据。正如李泽厚先生所指出："通由'祭'，原始人群的巫术活动及其中包含的各种图腾崇拜和禁忌法则，开始演变成一套确定的仪式制度，它由上而下日益支配着整个社会的日常生活，最终成为人群必需遵守的规范制度。""通由祭祀活动，原始巫术活动已演变转化成人群有义务遵行的礼仪制度。这就是中国上古特有的'上层建筑和意识形态'。"李泽厚先生将这个由巫术到宗教的转变概括为"由巫到礼"。[①]

《国语·楚语下》记载，在少昊氏"民神杂糅""民神同位"之前，还有一段"民神异业"，而全氏族成员敬神祭神、秩序井然的社

---

① 李泽厚：《历史本体论·己卯五说》，生活·读书·新知三联书店2006年版，第370—382页。

会现象；而这一现象与颛顼"绝地天通"后的情况完全一致，所以观射父说颛顼的工作是恢复"旧常"。前文指出，在五帝时代早期的少昊氏时期及其之前，直到两万多年前的山顶洞人这一漫长的远古时期，都是一个"民神杂糅""个体巫术"盛行的巫术时代，根本不可能有"民神异业"秩序井然的现象。因此，这段有关"旧常"的文字只能是对颛顼改革巫术之后的社会现象的概括总结，反映的是五帝时代中期、后期文明起源后直至夏、商、西周早期文明发展这整个宗教时代的情况。正如赵世超先生所指出："观射父把颛顼的举措解释为恢复'旧常'，显然属于臆造，因为按照人类的认识规律，在'民神杂糅''民神同位'之前，不可能早有一个'民神隔离'的'旧常'时期。""其实统治阶级心目中的新秩序，恐怕正是在颛顼手上才首次建立起来的。"[①] 我们在阅读《国语·楚语下》时，应把这段所谓"旧常"的文字移到颛顼"绝地天通"段之后来理解。在这样的前提下，现在我们再从宗教祭祀保证社会分层管理的角度来分析这段文字：

古者民神不杂。民之精爽不携贰者，而又能齐肃衷正，其智能上下比义，其圣能光远宣朗，其明能光照之，其聪能明彻之，如是则明神降之，在男曰觋，在女曰巫。

是使制神之处位次主，而为之牲器时服。

而后使先圣之后之有光烈，而能知山川之号、高祖之主、宗庙之事、昭穆之世、齐敬之勤、礼节之宜、威仪之则、容貌之崇、忠信之质、禋洁之服而敬恭明神者，以为之祝。

使名姓之后，能知四时之生、牺牲之物、玉帛之类、采服之仪、彝器之量、次主之度、屏摄之位、坛场之所、上下之神、氏姓之出，而心率旧典者为之宗。

于是乎有天地神民类物之官，是谓五官，各司其序，不相

[①] 赵世超：《论巫术的兴衰与西汉文化的民间色彩》，《陕西师范大学学报》1997年第4期。

乱也。民是以能有忠信，神是以能有明德。民神异业，敬而不渎，故神降之嘉生，民以物享，祸灾不至，求用不匮。

这段文字中，提到的职业名称有"巫""觋""祝""宗"等，他们合称为"五官"，实际上都属于祭司阶层。其中的"巫""觋"是既圣又智，既聪又明，所以明神能直接降临到他们身上。张光直教授指出："天神是知识的源泉，通天地的人是先知先觉。""能够先知先觉的人或是说人们相信他能先知先觉的人，就有领导他人的资格。"[①] 而"祝"是"先圣之后"中的优秀者，"宗"是"名姓之后"中的优秀者。这些人总的特点是能知"天地神民类物"，具体地讲，他们的工作分如下三个层次：

  1. 恭敬自然神并分辨其次序："敬恭明神""制神之处位次主""知山川之号"
  2. 恭敬祖先神并分辨其次序："能知……高祖之主、宗庙之事、昭穆之世""能知……上下之神，氏姓之出"
  3. 能分辨等级礼仪，掌握相关制度："能知……礼节之宜、威仪之则、容貌之崇、忠信之质""能知……采服之仪、彝器之量、次主之度、屏摄之位"

以上三个方面的层次，正是宗教祭祀活动中所要表达的礼仪次序与制度。这些祭司集团中，先圣先智的"巫""觋"之类注重于对天体自然神的沟通，并分辨相关次序。而先圣之后的"祝"与名姓之后的"宗"，则注重歌吟祖先神，叙述部族历史，而分辨次序。他们的共同目的，一是敬神认祖，以增强血缘族团的凝聚力；二是通过对神灵先后次序的安排、祭祀礼仪次序的分别，以起到对社会等级次序的教化引导，所谓"各司其序，不相乱也"。

---

① ［美］张光直：《考古学专题六讲》，文物出版社1986年版，第11页。

颛顼改革巫术，发展宗教，通过祭祀活动来团结族民，规定社会秩序，进而实现了"由巫而礼"的转变。随着社会的发展，氏族成员中的等级划分更加细密，社会分工日益复杂，因而宗教祭祀活动中的"礼"之规定也由简单粗放而精密细化。这种现象体现在五帝时代的中期、后期，直至夏、商、西周。以下材料可资佐证。《礼记·祭统》说：

> 夫祭有十伦焉：见事鬼神之道焉，见君臣之义焉，见父子之伦焉，见贵贱之等焉，见亲疏之杀焉，见爵赏之施焉，见夫妇之别焉，见政事之均焉，见长幼之序焉。见上下之祭焉。

《墨子·天志》也说：

> 故昔三代圣王禹汤文武，欲以天之为政于天子，明说天下之百姓，故莫不骀牛羊，豢犬彘，洁为粢盛酒醴，以祭祀上帝鬼神，而求祈福于天。

因为宗教祭祀活动中体现了政治次序，人伦关系，所以有些文献从"礼"的角度叙述此事。《礼记·哀公问》：

> 非礼无以节事天地之神也，非礼无以辨君臣上下长幼之位也。

《礼记·礼运》：

> 夫礼之初，始诸饮食……陈其牺牲，备其鼎俎，列其琴瑟、管磬、钟鼓，修其祝嘏，以降上神与其先祖，以正君臣，以笃父子，以睦兄弟，以齐上下，夫妇有所，是谓承天之祜。

由上材料可知，祭祀活动正是通过祭拜天神、祖神等仪式的宗教神圣性，以达到规范君臣、长幼等次序等级的伦理合法性，从而实现社会分层管理的政治稳定性，所以李泽厚先生将这整个祭祀系统概括为"宗教、伦理、政治三合一"。在这里，"宗教"是手段，"伦理""政治"是目的，是文明的概括。所以我们说，在价值观方面，颛顼发展宗教，保证了社会分层的合法化，从而促进了文明的起源。

以上我们从社会发展史角度，就实践观和价值观两方面的分析，证明了颛顼改革巫术，发展宗教，直接促成中国五帝时代文明的起源，而且还深刻影响到了夏、商、西周三代早期文明的发展，意义是十分深远的。正是这样的文明背景，才产生了中国独特的汉语史诗、颂诗系统。详细讨论请见下面几章。

第三节 "铸鼎象物"：中国原始宗教的发展与史诗的繁盛

颛顼改革巫术，发展宗教所促成的氏族成员分阶层、氏族贵族占有剩余产品的文明起源现象，在五帝时代中期大概只体现在各氏族部落的血缘内部，当时不同血缘的部落与部落之间还是各自独立的，因此相对平等。到了五帝时代晚期，随着各血缘部落内部文明化程度的增强和提高（包括财富增加、分层管理复杂化、酋长权力的集中），出现了不同血缘的部落集团因地域相邻而彼此联盟的现象，但这种联盟仍然是平等的。其中最典型的是黄河中游的华夏集团与黄河下游的东夷集团的联盟。联盟组织形成议事会，由华夏集团的最高酋长与东夷集团的最高酋长共同执政，所谓"二头政权"。这二头政权也选举产生，所谓"禅让制"。如，华夏族首领尧当政时，就召集联盟大会，推举东夷族的首领舜共同二头执政。尧死后，又由东夷族的首领舜主持联盟大会，推举华夏族的禹共同二头执政。

舜死后，又由华夏族的禹主持联盟大会，推行东夷族的皋陶共同二头执政，不久，皋陶早死，又补选东夷族的伯益继任。

但这时情况发生了变化。华夏族在禹当政时，因其在社会活动中领导治水有功，又在军事活动中，南伐三苗胜利，从而在部落联盟中树立了威信。于是华夏族禹有了私心，想独揽部落联盟大权。但传统势力仍然强大，于是禹表面上仍然实行以"公天下"为特征的民主选举"禅让制"，与东夷族伯益共同二头执政，但私下里已开始实施以"家天下"为特征的"世袭制"了。《韩非子·外储说》对此有记载：

> 禹爱益，而任天下于益。已而以启人为吏。……故传天下于益，而势重尽在启也。已而启与友党攻益而夺之天下。是禹名传天下于益，而实令启自取之也。

这期间，还有过血腥的斗争，据古本《竹书纪年》记载：

> 益干启位，启杀之。（《晋书·束皙传》引）

从此以后，中国古代社会部落集团之间的平等联盟变成了不平等的联盟，其具体表现便是二头联盟共政变成了一头盟主专政，我们称其为部落联盟"共主制"。《孟子·万章上》对此有过概括："唐、虞禅，夏后、殷、周继，其义一也。"孔颖达疏："唐虞二帝，禅让其位；夏禹、殷汤、周武，继父之位。"这在中国古代文明发展史上是个里程碑式的事件。它表明五帝时代的文明起源过程已经完成，从而进入夏商西周早期文明发展阶段。

虽然在争取部落联盟共主地位的非常时期，夏部族采取了一定的武力手段。但在那所有部族都仍信仰神灵的宗教时代，夏部族要真正建立部落联盟共主制仍需要采用宗教的手段。《左传》宣公三年所载夏族禹启"铸鼎象物"的过程正好反映了这一事实：

昔夏之方有德也，远方图物，贡金九牧，铸鼎象物，百物而为之备，使民知神、奸。故民入川泽山林，不逢不若。螭魅罔两，莫能逢之，用能协于上下，以承天休。桀有昏德，鼎迁于商，载祀六百。商纣暴虐，鼎迁于周。

这段文字全面反映了夏部族如何利用宗教手段，建立起了部落联盟共主制，从而标志着中国文明由起源阶段步入早期发展阶段，并影响到商、周二代。过去，学者们只注意夏族建立部落联盟共主制过程中采用武力的一面，而忽视了其利用宗教的一面。事实上，宗教在当时帮助夏族禹启建立部落联盟共主制，从而在促进中国文明步入早期发展阶段方面发挥了重大作用。所以，我们有必要从文明史角度对这段神话作出分析。《墨子·耕柱》有一段文字与《左传》所载大致相同，兹亦录下，以便一并讨论。

巫马子谓子墨子曰："鬼神孰与圣人明智？"

子墨子曰："鬼神之明智于圣人，犹聪耳明目之与聋瞽也。昔者夏后开，使蜚廉折金于山川，而陶铸之于昆吾。是使翁难雉乙，卜于白若之龟。曰'鼎成，三足而方，不炊而自烹，不举而自臧，不迁而自行。以祭于昆吾之虚。上乡！'乙又言兆之由，曰：'飨矣，逢逢白云，一南一北，一西一东。九鼎既成，迁于三国。'夏后氏失之，殷人受之；殷人失之，周人受之。夏后殷周之相受也，数百岁矣。使圣人聚其良臣，与其桀相而谋，岂能智数百岁之后哉？而鬼神智之。是故曰：鬼神之明智于圣人也，犹聪耳明目之与聋瞽也。"

这两段神话的主题是讲"九鼎"在夏朝如何铸成，又如何传于商周二代。"九鼎"实际上是夏商周三代早期文明政权的象征，是当时部落联盟共主制当中的共主权力的凭据。《史记·武帝本纪》：

"禹收九牧之金，铸九鼎，象九州。"当夏代衰亡，商人就从夏人手中夺取九鼎，迁于商邑而建立商朝；当商代衰亡，周人又从商人手中夺取九鼎，迁于洛邑而建立周朝。此即《左传》所说的"桀有昏德，鼎迁于商，载祀六百。商纣暴虐，鼎迁于周。"而《墨子》则谓："九鼎既成，迁于三国。夏后氏失之，殷人受之；殷人失之，周人受之。"春秋战国时期，周王朝实力已失，王权旁落，于是有《左传》宣公三年所载楚子"问鼎中原"事件的发生。

那么，为什么"九鼎"就能象征联盟共主政权呢？原来这"九鼎"是神权的象征，即《墨子》所反复强调的"鬼神之明智于圣人，犹聪耳明目之与聋瞽也"。其秘密就在"远方图物，贡金九牧，铸鼎象物，百物而为之备，使民知神奸"，"用能协于上下，以承天休"等数句之中。这段文字里三次出现"物"字，即"远方图物""铸鼎象物""百物而为之备"。以往学界对这三个"物"字未能深究。一般注本只按照现代字面义将此"物"字作"事物""万物"解。其实这只是"物"的后起义，而不是本段文字中"物"的原义。"物"字原是个宗教词汇，其最初本义是指杂色牛，专用于宗教活动中的祭祀通神（牛肉用于祭祀，牛骨用于占卜），然后再派生出"神灵""鬼神"义。"物"字的"神灵""鬼神"义，秦汉文献中仍有留存。《史记·孝武本纪》："能使物却老。"《集解》引如淳曰："物，鬼物也。"《汉书·宣元六王传》："明鬼物，信物怪。"其中"鬼物"与"物怪"对文为义，颜师古注："物亦鬼也。"《汉书·高五王传》："舍人怪之，以为物而司之。"颜师古注："物谓鬼神。"等等。

《左传》宣公三年这段文字里的"图物""象物""百物"之"物"，都应该作"神灵、鬼怪"解，具体所指则为参加联盟的各部族所崇拜的天体神与祖先神。"贡金九牧"当为"九牧贡金"之倒，而"远方图物，贡金九牧"又为互文见义。其正确意思是，"远方"之"九牧"既"图物"又"贡金"。《礼记·王制》："州有伯"句郑玄注："殷之州长曰伯，虞夏及周皆曰牧。"可见这里的"远方"

之"九牧"是指夏部族周边的各部落酋长。"图物"的"图"名词动用。"图物"即指绘出神灵的图像。"贡金"指贡纳青铜材料。"远方图物，贡金九牧"的完整意思是指，作为部落联盟共主的夏部族命令参加联盟的周边部落酋长，将他们各自所崇拜的天体神和祖先神图像描绘出来，连同他们部族内所生产的青铜材料一并贡纳给夏族共主。

"铸鼎象物，百物而为之备"，则指夏族共主利用周边部族贡纳上来的青铜材料，铸成祭祀大鼎（即"铸鼎"），并将各部族所提供的天体神与祖先神图像也全都铸在青铜大鼎上（即"象物"），因此，参加联盟的各部族所崇拜的神灵图像全部体现在青铜大鼎上了（即"百物而为之备"）。

在五帝时代文明起源过程中，文明现象只出现在各部族内部。各部族只祭祀各自所信仰崇拜的天体神与祖先神，至于其他部族的内部情况，均不干涉，此即《国语·鲁语上》所谓"非是族也，不在祀典"，原因即在于《左传》成公四年所说："非我族类，其心必异。"现在，夏族命令参加联盟的周边各部族既"贡金"又"图物"，将其地所产的青铜材料连同他们各自信仰的神灵图像均集中到夏族共主王庭中来，由夏族共主统一安排，集中铸在九鼎之上。然后在夏族共主的主持下共同祭祀神灵，即《墨子》所谓"鼎成……以祭于昆吾之虚"，《左传》所谓"用能协于上下，以承天休"。

铸在九鼎上的神灵，肯定已是分出等级次序的，其中天体神可能已经集中为大家共同认可的一个，即恩格斯所说的："（在宗教的）更进一步的发展阶段上，许多神的全部自然属性和社会属性都转移到一个万能的神身上。"① 至于祖先神灵，肯定是以夏族祖先为主，另外是根据参加联盟部族的实力大小或与夏族的亲疏不同而分

---

① ［德］恩格斯：《反杜林论》，《马克思恩格斯选集》第3卷，人民出版社1972年版，第354页。

出次序。但无论如何，凡参加联盟的部族，其祖先神灵图像都会在九鼎上有一席之地，而不参加联盟的部族祖先神灵图像自然不在九鼎之上。这样，通过九鼎上的祖先神灵图像，即可认识哪些部族是联盟友族，哪些不是，这就是所谓"使民知神、奸"。

颛顼改革巫术，发展宗教，在部族内将神灵分出不同等级，然后规定族民通神对象与权力的不同，从而规定族民不同的社会地位和经济地位。现在，夏族禹启"铸鼎象物"进一步改革宗教，将参加联盟的各部族的祷告神灵分出不同等级，然后规定各部族在联盟组织中的不同地位。夏族共主便是通过掌握各部族的神权，然后掌握各部族的政治权，从而进一步掌握各部族的经济权。正如张光直先生所指出："'铸鼎象物'是通天工具的制作，那么对铸鼎的原料即铜矿锡矿的掌握，也便是从基本上对通天工具的掌握。所以九鼎不但是通天权力的象征，而且是制作通天工具的原料与技术的独占的象征。"[1] 这是通过宗教手段将神权与政权、财权相结合的典型事例。

必须说明的是，颛顼"绝地天通"是利用宗教实现了部族血缘内的神权、政权、财权的结合，而禹、启"铸鼎象物"则是利用宗教实现了部族血缘外的部落联盟的神权、政权、财权的结合，这种现象到了商、周二代继续沿用而有发展。正是这样的区别，所以我们称五帝时代为文明起源阶段，夏、商、西周为中国早期文明发展阶段。

总之，颛顼"绝地天通"，改革巫术，发展宗教，再通过宗教促成了部族内部的阶层划分和部族内部统治阶层的产生。这是中国历史上第一次宗教神权与世俗政权的结合，其结果是催化了中国文明的起源。而禹启"铸鼎象物"，改革宗教，通过宗教促成了中原部落联盟的形成，造成了部落联盟组织中部落等级的划分及最高权力即

---

[1] ［美］张光直：《中国古代艺术与政治》，《中国青铜时代》，生活·读书·新知三联书店1999年版，第467页。

联盟共主的产生。这是中国历史上第二次宗教神权与世俗政权的结合，其结果是导致了中国早期文明发展的开始。

由此可见，中国的原始宗教在中国文明起源和早期发展过程中都发挥了重要作用。当然，这种作用的具体表现是不一样的。在五帝时代文明起源阶段，宗教的作用主要发生在各氏族内部。就今天的考古材料看，颛顼的"绝地天之通"宗教活动而引起文明起源的现象，在黄河上下、长江南北、长城内外各部族部落内几乎差不多同时产生。这从相当于五帝时期的黄河下游山东龙山文化、中游河南龙山文化、上游陕西龙山文化，长江下游良渚文化、中游石家河文化，长城以外的红山文化等考古学文化中可以得到证实。所以我们说，从空间角度看，中国文明的起源是多源头的独立并起。苏秉琦先生将这种现象概括为"满天星斗"，他说："中国文明的起源，恰似满天星斗。虽然，各地、各民族跨入文明门槛的步伐有先有后，同步或不同步，但都以自己特有的文明组成，丰富了中华文明，都是中华文明的缔造者。"苏先生还因此在考古学上创立了他的文明起源时期的考古学文化区系类型说。[①]

而禹启的"铸鼎象物"宗教活动所导致的中国早期文明发展，其最大的贡献在于使得中原地区原本分散独立的各族文明起源第一次由联盟组织的形成被融合起来。"远方图物，贡金九牧""铸鼎象物，百物而为之备"的结果，便是促成了中原各部落文明的交流，从而迈开了中华民族多元一体文化大格局的第一步。这种多元一体的文化格局正是在夏代早期文明发展中基本成型，而到了商周早期文明发展中得到了进一步扩大和加强，从而为秦汉以后中华多民族的大一统政治格局奠定了文化基础。禹启的"铸鼎象物"宗教改革，对中华文明发展所产生的重要作用和深远影响正需要从这样的高度去认识。

[①] 苏秉琦：《进一步探讨中国文明的起源——苏秉琦关于辽西考古新发现的谈话》，《史学情报》1987 年第 1 期。

禹、启"铸鼎象物"宗教改革对史诗、颂诗方面的影响,便是夏族首先改变东夷族史诗、颂诗《韶乐》的天体崇拜部分为夏族所有。这在屈原《九歌》中有具体反映。屈原《天问》还集虞族、夏族、商族、周族以及楚族的史诗、颂诗为一体,虽然是春秋战国社会大转型的结果,但禹、启"铸鼎象物"宗教改革所形成的部落联盟共主制,实际是为社会大转型奠定了基本格局基础。有关具体情况,见下面几章讨论。

第 三 章
中国原始宗教背景下的史诗综论

在前一章，我们以颛顼"绝地天通"为典型事例，"分析了"中国五帝时代文明起源、宗教形成的具体过程；又以禹、启铸鼎象物为典型事例，分析了夏商西周文明早期发展与宗教转进的历程。这两个阶段都以原始氏族社会的农耕生产与血缘管理在文明起源、早期发展阶段过程中依然延续发展并兴盛壮大为背景特征。因为农耕生产，所以宗教祭祀以天体、山川、神灵崇拜为内容；因为血缘管理，所以宗教祭祀以祖先世系崇拜为内容。而这两大宗教主题都直接影响了中国汉语史诗、颂诗的内涵特征。在中国文明起源后，宗教与政治、伦理紧密结合在一起，而汉语史诗、颂诗则成了"宗教、政治、伦理"三合一的集中体现。

这一切都与西方的文明与史诗形成了不同的发展路径。以古希腊、古罗马为代表的环地中海古代诸文明起源后，农业与手工业、商贸业分离，血缘管理被地缘管理所取代。其宗教就与社会政治相分离，而反映其英雄时代的史诗，如《荷马史诗》《吉尔伽美什》《埃及诸神》等，也就不再发展，更没有祖先世系。所以具体分析中国汉语史诗、颂诗的特征及其发展历程，对于认识中华文明特色，把握中华文化内涵，并以此了解东西方文化之异同，具有十分重要的意义。

第一节　史诗的形成背景

在上章，我们从社会史角度指出，颛顼改革巫术，促进了原始宗教的形成，标志着中国文明的起源。对此，张光直教授曾有精辟的分析："神话中的绝天地之通并不是真正把天地完全隔绝。……这个神话的实质是巫术与政治的结合，表明通天地的手段逐渐成为一种独占的现象。""通天地的各种手段的独占"，"是获得和占取政治权力的重要基础，是中国古代财富与资源独占的重要条件"。[①] 当颛顼"绝地天通"后，颛顼、重、黎等少数主持"公众巫术"并以"公务人员"身份出现的祭司们成了氏族贵族阶层，而广大氏族成员则成了下层平民。这样社会就划分成不同的阶层，以"公众巫术"为特征的管理机构形成了，五帝时代早期因生产力发展而在经济基础方面业已表现出来的文明因素，这时已反映在上层建筑当中了。

再从思想史角度看，颛顼改革巫术，标志着宗教与史诗时代的开始。

在巫术与巫诗时代，由于尚未出现阶层，人人平等，因而万神亦平等，且人神亦平等。这就是《国语·周语》所说的"民神杂糅，不可方物"。然而，到了颛顼改革巫术之后，氏族贵族阶层开始将原来平等的自然神分成不同的等级，其中日、月、星、辰等天体自然神被奉为最高等的神灵，所谓天神；而且规定只有氏族贵族阶层才有权力沟通天神，至于普通氏族成员则只限于沟通身边的草木水土等自然神而不能再像巫术时代那样随时随地通天神了。总之，颛顼"绝地天通"的本质在于通过将巫术时代原来平等的神灵分成

---

① [美] 张光直：《考古学专题六讲》，文物出版社1986年版，第10—11页。

不同等级，再规定族民通神对象的不同，从而规定了族民不同的社会地位与经济地位。这样巫术开始与政治相结合，形成了"巫政合一"的新现象。中国的阶级社会就这样拉开了序幕。

当巫术活动中通天神的仪式被氏族贵族阶层垄断之后，天神开始离普通族民越来越远，显得越来越神秘。于是在巫术基础上出现了以崇拜天神为主要内容的宗教。而氏族贵族阶层正是利用这种宗教的神秘性来麻痹族民，进而统治族民，正如美国学者基庭所指出："宗教可视为一种启动剂或催化剂，它提供了控制群众的一种途径，从而奠定了控制重要生产资源的基石。"[1]

一 汉语史诗、颂诗中的天体神灵崇拜

宗教相信有一种超人力量的存在，即神灵。这神灵最初是指天体自然神。在宗教时代，氏族统治阶层告诉族民，只有天体神灵能控制自然，只有天体神灵能赐福或降祸于人间。这在甲骨卜辞里已有大量记录，如"帝令雨足年？帝令雨弗其足年？"（《卜辞通纂》363）"帝其降堇（馑）？"（《卜辞通纂》371）正因为如此，族民们必须乞求天体神灵、献媚天体神灵，希望求得天体神灵的帮助。这乞求献媚的方式就是祭祀。弗雷泽指出："宗教所包含的，首先是对统治世界的神灵的信仰，其次是要取悦于它们的企图。"弗雷泽还以形象的语言表达说："宗教假定在大自然的可见的屏幕后面有一种超人的有意识的具有人格的神的存在。"因此，人类要达到控制自然的目的，就得向这人格神献祭讨好，并"通过一定数量的典仪、祭品、祷词和赞歌等等"，因为"神自己也启示过，只有这样对待他，才能使他去做那些要求他做的事"[2]。在甲骨卜辞里也正有大量献祭天神

---

[1] Keatinge, Richard W., The Nature and Role of Religious Diffusion in the Early Stages of State Formation: an Example from Peruvian Prehistory. Grant D. Jones and Robert R. Kautzed, *The Transition to Statehood in the New World*, Cambridge: Cambridge University Press, 1981, p. 173.

[2] ［英］弗雷泽：《金枝》，徐育新等译，中国民间文艺出版社1987年版，第77、81、83页。

的记录,如"癸未贞,甲申酚出入日,岁三牛"(《屯南》890),"贞,燎于东母三犬"(《合集》14340),等等,以"三牛""三犬"为祭品贡献天神。

颛顼改革巫术的结果便是在原始巫术的基础上发展出以崇拜天体神灵为内容的宗教,在巫师的基础上产生了以主持祭祀活动为职责的祭司。从此以后,族民们在氏族酋长与祭司们的主持带领下,向天体神灵献祭食物与歌舞。在巫术时代,巫师通过吟诵咒语来责令控制天体神,这咒语便是巫诗。而到了宗教时代,则是祭司通过献祭歌舞以赞颂天体神灵的伟大,并祈祷天体神灵的帮助,这赞颂祈祷的文辞便是初期的史诗。因此,宗教时代的开始,也就是史诗时代的开始。

以上关于宗教与史诗的理论分析,我们还可以选择颛顼改革巫术之后的两则典型材料为例来作具体说明。先看《山海经·大荒南经》所载夏启献美女给天神的故事:

> 有人珥两青蛇,乘两龙,名曰夏后开(启)。开(启)上三嫔于天,得《九辩》与《九歌》以下。此天穆之野,高二千仞,开(启)焉得始歌《九招》。

这里的"夏后开"之"开"即"启"字,因避汉景帝刘启讳而改。"启上三嫔于天",郭璞注:"嫔,妇也。言献美女于天帝。""得《九辩》与《九歌》以下",郭璞注:"皆天帝乐名也。开登天而窃以下用之也。"这段文字至少给我们提供了如下信息。其一,夏启献美女给天帝,说明完全相信天帝神灵的存在,并祭祀献媚于天帝神灵。其二,夏启得到了天帝神灵的恩赐,得到了《九辩》《九歌》神曲,以此代表天帝神灵来治理天下。其三,巫术通天神的权力已被夏族统治阶层夏启之类所独占,只有夏启可以上下天地,夏启是君王兼祭司于一身。其四,夏启通天神时所使用的仍然是原始巫术的基本法术:借助神奇动物,如"珥两青蛇""乘两龙";又借助神山高地，如"高二千仞"的"天穆之野"。其五，夏启所得的《九辩》《九歌》就是宗教时代的史诗，早期史诗的内容是有关天体神灵的。我们还可从屈原整理加工的《九歌》中推知这天体神灵的具体内容，如《九歌》中有祭祀歌颂太阳神的《东皇太一》《东君》，以及太阳神的次生神灵如《云中君》（管理云雨）和《大司命》《少司命》（管理生死）。

再看《吕氏春秋·顺民》篇所载商汤向天神求雨的故事：

> 昔者汤克夏而正天下，天大旱，五年不收。汤乃以身祷于桑林曰："余一人有罪，无及万夫。万夫有罪，在余一人……"于是……以身为牺牲，用祈福于上帝，民乃甚说（悦），雨乃大至。则汤达乎鬼神之化、人事之传也。

这则故事首先说明，商汤时期，人们已普遍认识到人类不能用原始巫术直接求雨，而只有求助于上帝天神的帮助，因此，汤举行祭祀活动，"以身为牺牲"。而上帝居然真的显灵了，"雨乃大至"。其次，商汤是代表广大族众而施行"公众巫术"，所谓"万夫有罪，在余一人"。当商汤代表公众"祈福于上帝"且"雨乃大至"时，"民乃甚说（悦）"。商汤实际上也是君王兼祭司于一身，垄断了巫术通天神的权力，所谓"汤达乎鬼神之化、人事之传也"。其三，"桑林"是商汤向天帝神祈福求雨的祭祀圣地。在祭祀过程中是伴随着乐舞歌辞的，所以"桑林"又成了史诗乐舞的名称，而其内容则是有关天体神灵的，《庄子·养生主》"合于《桑林》之舞"，司马彪注为"《桑林》，汤乐名"。

我们将这两则故事所透露的信息合在一起考虑时，便惊奇地发现，它们完全符合上引弗雷泽等人关于宗教本质原理的分析。有关夏启的故事还见于《山海经·海外西经》《归藏·启筮》《离骚》《天问》《墨子·非乐上》，有关商汤的故事又见于《论语·尧曰》《墨子·兼爱下》《国语·周语上》以及《荀子》《尸子》《淮南子》

《说苑》诸书。说明这些故事曾广为流传，初民们是普遍信任的。由此，我们可以比较肯定地认为，中国自颛顼改革巫术之后，确实已进入了一个宗教与史诗的时代。

夏启献美女给天帝后所得的史诗乐舞《九辩》《九歌》，与商汤向天帝祈福求雨时的史诗乐舞《桑林》，都是以歌颂天体自然神为其主要内容，而其吟唱主持者又往往为酋长君王。这大概是早期史诗的主要特征。《吕氏春秋·古乐》为我们保存的一组五帝时代中后期的史诗，可进一步证明这一推论：

> 帝颛顼好其音，乃令飞龙作效八风之音，……命之曰《承云》，以祭上帝。
> 帝喾命咸黑作为声歌：《九招》《六列》《六英》。
> 帝尧立，乃命质为乐。……命之曰《大章》，以祭上帝。

以上《承云》《大章》《九招》《六列》《六英》等早期史诗乐舞，其内容是歌颂天体自然神，所谓"以祭上帝"。吟唱这些史诗乐舞的主体已不是普通的族民，而是颛顼、帝喾、帝尧等酋长和飞龙、咸黑、质等氏族贵族祭司。

中华文明的血缘管理模式，到了夏代出现了一个变化，即由各部族独立的血缘管理发展为以夏族为盟主的部落联盟血缘管理。其具体表现为，一方面各部族内部仍然独立血缘管理；另一方面，各独立的血缘族团又要接受以夏族为盟主的血缘族团联盟活动的统一管理。以下材料反映了这一历史事实。

> 《左传》哀公七年：禹合诸侯与涂山，执玉帛者万国。
> 《国语·鲁语下》：昔禹致群神于会稽之山，防风氏后至，禹杀而戮之。
> 《韩非子·饰邪》：禹朝诸侯之君会稽之上，防风之君后至，而禹宰之。

由上可知，夏族作为部落联盟共主，其权威很高。夏禹不仅可以命令各血缘族团至涂山或会稽之山，还有权斩杀不听号令的防风氏。这就是中国历史上的部落联盟共主制，表明了中华文明已由五帝时代的文明起源形成阶段而转入夏商西周时代早期文明发展阶段了。

这一文明形态的变化，反映在宗教方面，便是上章所讨论的禹、启"铸鼎象物"神话。在宗教、政治、伦理三合一的背景下，禹、启利用部落联盟共主的权威，将参加联盟的其他各血缘族团所崇拜的宗教神灵都集中到夏族九鼎中来，而各族团祭祀沟通其神灵的史诗、颂诗也就随之被夏族所改造而掌控。前文讨论的《山海经·大荒南经》所载，夏后启从天上得《九辩》与《九歌》以下，而夏后启在人间所唱的则是《九招》，这《九招》本是东夷部族的史诗、颂诗《韶乐》所改造，《九歌》才是夏族自己的史诗、颂诗。其具体详情我们已有论文考证。当禹、启破除了夏夷部族联盟二头共政禅让制，建立了以夏族为部族联盟共主一头世袭的宗法制之后，夏族在谋杀东夷部落首领伯益之后，便将象征东夷族宗教政治伦理为一体的夷族史诗、颂诗《韶乐》改造成了《九招》（或称《大招》）而加入了夏族的史诗、颂诗内容的《九歌》里了。今存经过屈原加工润色的《九歌》之《东皇太一》《东君》原来就是古东夷部族史诗、颂诗《韶乐》中的天体崇拜部分。

"铸鼎象物"宗教所反映的部落联盟共主制现象在商代与西周均得到了延续和发展，这在史诗、颂诗方面也都有反映。前引《吕氏春秋·顺民》所载"汤祷桑林"神话便是一例。"桑林"既是宗教祭祀圣地的名称，也是祭祀乐曲歌舞的名称，即商族的史诗、颂诗名称。《庄子·养生主》"合于《桑林》之舞"，司马彪注："汤乐名。"

然而，这个代表方国联盟共主商汤的史诗、颂诗《桑林》，原来也是融合了东夷族与夏族的部分史诗、颂诗内容的。《山海经·海外东经》:"汤谷上有扶桑,十日所浴,在黑齿北。"这是最早的《桑林》神话,我们已考证,"黑齿"在东夷之地,十日所浴的"汤谷"就是东夷东北向的大海。"扶桑(桑林)"原来是东夷部族最古老的歌颂天体太阳神的史诗、颂诗《韶乐》里的内容。又,《楚辞·天问》说:"禹之力献功,降省下土四方。焉得彼嵞山女,而通之于台桑?"这"台桑"即"桑台",也就是桑林之台。"台"即古"邰"字。闻一多先生谓:"台桑当即邰桑。然古'台'以'以'同,而'台(邰)''姒'宜亦同字。盖以为地名则作'台(邰)',以为姓则作'姒'耳。"① 而夏族"姒"姓。可见,"台桑"自然就是夏族的史诗《桑林》了。

总之,由东夷族的《扶桑》史诗、颂诗,到夏族的"桑台"史诗、颂诗,再到商族的"汤祷《桑林》",可见商族的史诗、颂诗《桑林》已经叠合了东夷族、夏族的史诗、颂诗内容了。这些都是夏商西周三代"铸鼎象物"宗教在史诗、颂诗发展中的具体表现。

二 汉语史诗、颂诗中的祖先神灵崇拜

大约在天体神崇拜的同时或稍后,我国初民已有祖先神的概念了。考古学上相当于五帝时代的龙山文化遗址中,我们已发现了有关祖先崇拜的资料。通常情况下,在神灵崇拜过程中,大约当生产力还比较低下的时期,天体崇拜为强烈;而随着生产力的发展,人们对自我有了进一步的认识,因而祖先崇拜也开始加强了。在五帝时代,神灵崇拜的内容基本上是以天体神为主,祖先神为辅;而到了夏商西周三代,对祖先神的崇拜已相当具体和热烈了,开始慢慢超过对天体神崇拜了。二里头夏文化遗址里已有专供祭祀祖先的宗庙。商代甲骨卜辞里有祭祀先公先王先妣先母的周祭制度。周代既

---

① 闻一多:《诗经通义·苤苢》,《闻一多全集》第二卷,生活·读书·新知三联书店1982年版,第120—122页。

设社稷以祭天地自然神,又设宗庙以祀祖先神,所谓"左庙右社"。① 这种现象在史诗乐舞的内容中正有具体反映。我们在上引有关五帝时代早期史诗乐舞的内容中,以天体神崇拜为主,还没有祖先神的出现;而到了夏商西周时期的史诗乐舞中,已在歌颂天体神的基础上增加了歌颂氏族祖先神的内容,而且有关祖先神的内容多于天体神。

夏商西周三代由于神权政权管理机构的复杂化,祭司也进一步具体化为"巫""祝""宗""史""卜"等分支,形成宗教祭司集团,这在三代王官系统中是最高层次的职官集团了。《礼记·曲礼下》记载了一则职官制度,郑玄注以为是"盖殷时制",郭沫若则认为最晚也应该是"周初的官制"。其文曰:

> 天子建官,先六大,曰:大宰、大宗、大史、大祝、大士、大卜,典司六典。
>
> 天子之五官,曰:司徒、司马、司空、司士、司寇,典司五众。
>
> 天子之六府,曰:司土、司木、司水、司草、司器、司货,典司六职。
>
> 天子之六工,曰:土工、金工、石工、木工、兽工、草工,典制六材。

郭沫若说,"古时代的官职是以关于天事即带宗教性质的官居上位,其次是政务官和事务官","六大中的大宗、大祝、大卜,都是宗教性质的官职,在初原是很显要的"。② 由此证明,宗教祭司集团在夏商西周三代是确实存在的,而且很重要。

---

① 《礼记·祭义》:"建国之神位,右社稷而左宗庙。"郑玄注:"周尚左也。"
② 郭沫若:《先秦天道观之进展》,《郭沫若全集》"历史编"(一),人民出版社1982年版,第345页。

需要指出的是，西方宗教产生后，开始与王权政治分成两个发展系统。宗教处理天神精神世界，王权处理人间俗务世界。宗教与王权各司其职，互不干扰。而中国的宗教一开始就是神权与王权政治相结合。颛顼之所以命令重和黎"绝地天通"，垄断巫术通天的权力，在原始巫术基础上发展出宗教，其最终目的除了更好地借助神灵控制自然外，更重要的还是借助神灵来控制社会，领导族民，占有剩余产品。因此，在中国，巫术基础上产生的神权一开始便与王权相结合，而在宗教祭祀中产生的史诗，自然也是以服务神权与王权为最终目的了。

第二节　史诗的存续时间

颛顼改革巫术，将通天神的巫术权力集中交给氏族贵族专用之后，标志着中国古代社会出现了阶层的分化与文明的起源。特别值得注意的是，这些占有祭祀通天特权，进而占有剩余产品的氏族贵族阶层，与被他们所统治的氏族平民阶层，是属于同一血缘的。也就是说，原始氏族社会的血缘纽带，到了文明社会之后依然存在。中国古代文明是在血缘内部形成的，而不是像古希腊、古罗马那样，破坏血缘纽带，从血缘外部通过地缘关系建立新的管理机制。中国文明起源过程中所继承的氏族社会的血缘管理模式，到了夏商西周早期文明时期，依然延续并以部族联盟共主制、方国联盟共主制、封国联盟共主制的形式，使血缘管理进一步扩大化，也就是在部族内部血缘管理的基础上，加强了部族外部血缘族团之间的联系。因此，以血缘管理为基础的宗教与史诗也从五帝时代中期开始一直持续到西周末年。《国语·楚语下》的一段文字支持了这一判断：

颛顼受之，乃命南正重司天以属神，命火正黎司地以属民，使复旧常，无相侵渎，是谓绝地天通。其后，三苗复九黎之德，尧复育重、黎之后，不亡旧者，使复典之，以至于夏、商。故重、黎氏世叙天地，而别其分主者也。其在周，程伯休父其后也。当宣王时，失其官守，而为司马氏。宠神其祖，以取威于民，曰："重实上天，黎实下地。"遭世之乱，而莫之能御也。

这段话表明，颛顼之后，直到夏商，断绝地民与天神沟通的局面一直继续着，而重和黎的后代则继续为中介联系天神与地民。这就是所谓"重、黎氏世叙天地，而别其分主者也"。这种现象到了西周末年的周宣王时期开始动摇，所谓"当宣王时，失其官守"。但在宣王时"绝地天通"的影响仍在，仍能"取威于民"，民仍能知道"重实上天，黎实下地"。最后到了周幽王、周平王时，"绝地天通"局面才彻底结束，所谓"遭世之乱，而莫之能御也"。韦昭注曰："乱，谓幽平以下。御，止也。"

《墨子·非攻下》也有相关记载："禹既已克三苗，焉磨（分别）为山川，别物上下。……而神民不违，天下乃静。"说禹"别物上下""神民不违"，正是颛顼"绝地天通"的延续。此外，《左传》昭公十七年郯子的一段寻根问祖的话也可以与《国语·楚语下》所反映的"绝地天通"历史结合起来理解：

秋，郯子来朝，公与之宴。昭子问焉，曰："少昊氏鸟名官，何故也？"郯子曰："吾祖也，吾知之。昔者黄帝氏以云纪，故为云师而云名。炎帝氏以火纪，故为火师而火名。共工氏以水纪，故为水师而水名。……

我高祖少昊挚之立也，凤鸟适至，故纪于鸟，为鸟师而鸟名。凤鸟氏，历正也。玄鸟氏，司分者也。伯赵（案：即伯劳鸟）氏，司至者也。……

自颛顼以来，不能纪远，乃纪于近。为民师而命以民事，则不能故也。"

仲尼闻之，见于郯子而学之。既而告人曰："吾闻之，天子失官，学在四夷，犹信。"

在这段话里，"我高祖少昊挚之立也"与《国语·楚语下》"及少昊氏之衰也"应当合起来考虑，正好概括了五帝时代前期的整个少昊氏时代。这是一个巫诗时代，反映的是人与自然的关系，所以说"纪于鸟，为鸟师而鸟名"。接下来所说的"凤鸟氏""玄鸟氏""伯赵氏"等等，都是东夷初民以鸟为图腾的反映。值得注意的是，与少昊氏时代同时的中原地区，有"黄帝氏以云纪""炎帝氏以火纪"，反映的也是人与自然的关系，"云""火"都是与初民生活息息相关的自然现象。这说明五帝时代前期确是一个人人为巫的"个体巫术"时代，可为我们上文的有关推断作佐证。

郯子叙完少昊氏时代的情况之后，接叙"自颛顼以来"的情况，其事可与《国语·楚语下》的"颛顼受之"一段相对照。因为颛顼改革巫术后，在众多原始巫诗中，通天神与祖神的那些巫诗经改造后开始与王权政治相结合而成了以赞美歌颂天神与祖神为主题的史诗。史诗是氏族贵族用来统治氏族下层成员的。故郯子说"为民师而命以民事"。这正好与少昊氏巫诗时代的"为鸟师而鸟名"相对照。所谓"为民师而命以民事"，意思是说祭司们成了氏族平民的官师而自然以治理民事为其职责了。这自然是少数祭司"为了整个部落里的共同利益而施行的""公众巫术"的最好概括了。这便又与《国语·楚语下》所叙颛顼改革巫术后"命火正黎司地以属民"相一致了。

总之，《左传》昭公十七年郯子所回顾的颛顼之前的"个体巫术"现象，颛顼之后神权与政权相结合的"公众巫术"现象，与《国语·楚语下》所述完全一致。自五帝时代中期到夏商西周近两千年的历史跨度中，各代氏族贵族阶层都是在血缘管理的框架内，以沟通天神为手段而治理氏族平民。而宗教与史诗是以血缘管理为社会基础，以巫术通神为思想基础的神权与政权相结合的产物。因此中国的宗教与史诗也在这近两千年历史长河中盛行不衰。可以说，中国五帝时代文明起源到夏商西周三代早期文明发展阶段，是一个宗教与史诗时代。

总之，从五帝中后期到夏商西周两千年历史长河中，汉民族也有着丰富发达的早期口传史诗与到夏商周以后出现的"雅""颂"类文本史诗，从而形成了"史诗传统"。这个"史诗传统"有自己的内涵特点，这就是开始阶段主要表现为以自然神为歌颂对象的"创世史诗"，后来又增加了以祖先神为歌颂对象的"英雄史诗"以及"迁徙史诗"，从而形成了"创世史诗"与"英雄史诗""迁徙史诗"的完美结合。这个"史诗传统"自始至终与神权政权结合在一起，并往往在全族人员参加的宗教典礼上演述，而其主持者则为代表氏族贵族阶层利益的神职祭司人员，因而这个"史诗传统"成为全社会的上层主流文化。

需要说明的是，在宗教与史诗时代，以沟通山水草木等低级自然小神为内容的原始巫术与巫诗已下降为社会的次要文化而仍在民间流传。例如，据《天问》记载，夏代初年，伯益曾对夏启施行过射革巫术，结果没有成功，所谓"皆归射鞠，而无害厥躬；何后益作革，而禹播降？"商代甲骨卜辞里除了有关于沟通天神与祖神的记载外，还有关于占卜生老病死等原始普通巫术的大量记录。周代，民间巫术仍然盛行，《周礼·春官》将"男巫""女巫"侧列于"大祝""大史""大卜""都宗人"等祭司阶层之下。最近几十年来，一批属于战国时代的出土文献为我们了解周代民间巫术提供了宝贵资料。如湖北荆州周家台出土的秦墓竹简中有关于提请墙垣神灵帮助治理牙疾的巫术活动："操两瓦，之东西垣日出所烛，先埋一瓦垣址下，复环禹步三步，祝曰：'呼，垣址，敬令某齲已（停止），予若荍子而缴（求）之齲已。'"之所以提请墙垣神，是因为人的牙齿排列似墙垣，这就是弗雷泽所说的交感巫术活动中的"相似律"。所谓"埋瓦""禹步"都是巫术活动。而"祝辞"则是直接命令墙垣神说："我给你荍子，你帮我把牙病治好。"类似的例子，在战国简帛中颇多。罗新慧先生曾有专门讨论，并总结指出：在民间施巫请求的"多为小神,如城垣、辅支、验鼓、武夷神等",而贵族祭司阶层所主持的宗教典礼中的"天、帝等高级神灵,还没有……进入民众的祷告领域之内"。① 由此可见,五帝时代以前的原始巫术,直到周代末年,仍保留了其本来面貌。这与在上层贵族阶层中流传的宗教史诗不断有新的发展正好形成了对比。

也正因为如此,在夏商西周以宗教史诗为主流文化的时代,原始巫术巫诗终究不被统治阶层所重视。试以周代为例,《汉书·郊祀志》记载,西周初年,周公制礼作乐,宗教诸神"各有典礼",而民间巫术"淫祀有禁"。民间巫师的地位因此低下,有时甚至连生命也不保。《左传》僖公二十一年,"公欲焚巫尪";成公十年,晋侯"召桑田巫,示而杀之",是为证。凡施行巫术活动,一般都伴有咒语巫诗。如在甲骨卜辞和《周易》卦繇辞、《左传》《国语》及先秦两汉文献里,都保存了不少巫术咒语诗。

第三节　史诗的内涵发展

以上关于巫术与宗教的区别,只是在理论上的一个概括总结。实际的情况是,从巫术到宗教有一个从量变到质变的漫长过程。弗雷泽指出:"从巫术到宗教的伟大转变""可能是十分缓慢的,它的最终完成需要漫长的世纪"。在宗教开始出现的时候,原始巫术依然存在。此后,相当长的一段时间内,两者并存甚至杂合。弗雷泽《金枝》说:"在其较早阶段,祭司和巫师的职能是经常合在一起的,或更确切地说,它们各自尚未从对方分化出来。""简言之,他们同时举行着宗教和巫术的仪式。"②

中国的情况也正是这样,颛顼实行"绝地天通"的巫术改革,

---

① 罗新慧:《禳灾与祈福:周代祷辞与信仰观念研究》,《历史研究》2008年第5期。
② [英]弗雷泽:《金枝》,徐育新等译,中国民间文艺出版社1987年版,第80—89页。

只是一个质变的标志，而其量变的过程大概经历了整个五帝三代。只不过在颛顼之前，原始巫术占主导方面，而宗教则处于萌芽状态。在颛顼之后，宗教进一步发展，成为主要方面，而原始巫术成为次要方面。巫术成为次要方面可以从两个角度去分析。因为到了宗教与史诗时代，沟通天神、祖神的那部分原始巫术与巫诗已发展融合到宗教与史诗里，另一部分以沟通山水草木等自然小神为内容的原始巫术与巫诗则已下降到社会底层流传。因此，考察中国古代从巫术到宗教、从巫师到祭司、从巫诗到史诗的转变，我们需要分析其在社会结构中处于主流还是次流的升降变化状况。我们可以将五帝时代中期的颛顼改革巫术作为一个界标，但在具体分析情况时，应该留出一个宽泛的时间跨度。概括起来看，中国宗教的发展可以商代为界。五帝到夏代，由弱变强，商代达到高峰，西周出现新的变化。这是与中国古代生产力的逐步发展，人文理性精神的逐步自觉相一致的。

仅据殷墟甲骨卜辞中的祭祀卜辞即可知晓，商代统治者十分敬畏神灵，且频繁祭祀神灵。这些神灵既有主宰人间一切祸福的日、月、风、雨等天体自然神，又有决定人间吉凶的高祖、先公、先妣、先王、先母等人间祖先神。商人对这些神灵进行虔诚祭祀。商代以前的夏代还没有达到这个程度，商代以后的周代则有了改革发展。这在《礼记·表记》中有记载：

> 夏道尊命，事鬼敬神而远之……
> 殷人尊神，率民以事神，先鬼而后礼……
> 周人尊礼尚施，事鬼敬神而远之……

"尊命"就是"遵天命"。夏代"尊天命"与商代"尊鬼神"，说明两者在崇尚神灵世界方面是一致的。当然，夏人虽然"事鬼敬神"，但与鬼神的亲密程度比起商代来还有一定距离，所以说"远之"。商代则"率民以事神，先鬼而后礼"，已完全沉浸在神灵世界里了。这是中国古代宗教发展的高峰。

到了周代，人文理性精神开始觉醒。周人在继承"事鬼敬神"观念的同时，发展出德治与民本思想，所谓"敬德保民"。《左传》僖公五年："鬼神非人实亲，惟德是依。故《周书》曰'皇天无亲，惟德是辅'。"《左传》桓公六年："夫民，神之主也。是以圣王先成民而后致力于神。"周人敬重神灵，但已能理性地对待神灵，要求神灵明德慎罚、保佑社会。同时，周人强调人的主动性，要求君臣上下都能修德养心，只有这样才能得到神灵的保佑。也就是说，在周代，族民与鬼神之间，已有理性的"德"来进行规范，而不像商代那样盲目迷信鬼神了。在神权与政权关系上，周人是借神权进一步发挥政权作用，即通过祭祀活动，强化社会管理，具体表现便是礼乐制度，这就是《表记》所说的"周人尊礼尚施"。这自然是一种社会进步。

我们再看史诗的发展情况。

五帝三代的宗教发展，经历了由弱到强再到转型的历程，中国史诗的发展也经历了逐渐丰富且有变化的过程。五帝中期以来各氏族的史诗起初是由氏族贵族阶层如祭司之类口耳相传，并逐代丰富的。到了文字发明之后，氏族贵族阶层便将一些重要的史诗刻于甲骨，书于竹帛，镂于金石，以示重视，以便承传。《墨子·明鬼下》指出：

> 古者圣王必以鬼神为（有），其务鬼神厚矣。又恐后世子孙不能知也，故书之竹帛，传遗后世子孙。咸恐其腐蠹绝灭，后世子孙不得而记，故琢之盘盂，镂之金石，以重之。又（犹）恐后世子孙不能敬箬以取羊（祥），故先王之书、圣人之言，一尺之帛，一篇之书，语数鬼神之有也，重有重之。

这里明确指出，"古者圣王"是相信"鬼神为有"，所以要隆重祭祀，"其务鬼神厚矣"。这就是弗雷泽所说的所谓宗教就是"相信神的存在"并"取悦于神"。把这鬼神的有关情况记录下来,传遗后世,是为了子孙后代记住部族所崇拜的神灵及部族的历史。史诗是部族的圣典,具有相当的权威性与神秘性,所以要"书之竹帛""镂之金石"。

我国夏商西周三代的史诗,一般都以"雅""颂"的形式流传下来。对此,《墨子·明鬼下》也有记载:

> 今执"无鬼"者之言曰:"先王之书,慎无一尺之帛,一篇之书,语数鬼神之有,重有重之,亦何书之有哉?"子墨子曰:"《周书·大雅》有之。"《大雅》曰:"……文王陟降,在帝左右……"若鬼神无有,则文王既死,彼岂能在帝之左右哉?此吾所以知《周书》之鬼也。
>
> 且《周书》独鬼而《商书》不鬼,则未足以为法也。然则姑尝上观乎《商书》,曰:"……"察山川鬼神之所以莫敢不宁者,以佐谋禹也。此吾所以知《商书》之鬼也。
>
> 且《商书》独鬼,而《夏书》不鬼,则未足以为法也。然则姑尝上观乎《夏书》。……此吾所以知《夏书》之鬼也。
>
> 故尚者《夏书》,其次商周之《书》,语数鬼神之有也,重有重之。此其故何也?则圣王务之。以若书之说观之,则鬼神之有,岂可疑哉!

这里所引的《周书·大雅》之文,见于今本《诗经·大雅》的《文王》篇。由此可见所谓的《周书》,实即《周诗》。下引的《商书》《夏书》亦当为《商诗》《夏诗》。其所引诗不见于今本《诗经》,当为佚诗。孙诒让《墨子间诂》指出:"古'诗''书'多互称。"

《墨子·明鬼下》的这条材料说明夏商西周三代都有"雅""颂"类史诗的存在。所谓"语数鬼神之有",说明史诗是信神、颂神的。这鬼神自然包括自然神,如"帝神""山川鬼神";和祖先神，如"文王既死"却能"在帝左右"。所谓"先王之书""圣王之书"，说明史诗乃是统治阶层所拥有。所谓"语数鬼神之有，重又重之"，说明史诗是祭司在宗教典礼上与神灵沟通时反复吟唱的。

五帝三代是农耕时代，中国又处于北半球。因此，史诗中所赞美的天体神中，最多的是日月神。尤其是太阳神，东升西落，分开天地昼夜，普照万物生长。这在初民看来，是十分神奇伟大的，就自然而然地崇奉太阳神为开辟宇宙之神。中国古代宇宙生成观念很发达。这在先秦两汉文献中有许多留存。例如，《天问》开头四十四句，先写"遂古之初"，"冥昭瞢暗"，混沌一片；接着写太阳神东升西落，"出自汤谷，次于蒙汜"，而有了天地之分，昼夜之变，人类因此而化生。此外，在出土文献如长沙马王堆帛书、长沙子弹库楚帛书、荆门郭店楚简，以及传世文献如《老子》《庄子》《吕氏春秋》《淮南子》中，都有关于宇宙生成论的详细记录。

史诗中的祖先神，均降生不凡。如《天问》写夏族始祖大禹的诞生："禹之力献功，降省下土四方。"《商颂》写商族始祖契的诞生："天命玄鸟，降而生商。"《大雅》写周族始祖后稷的诞生："时维姜嫄""履帝武敏歆""载生载育，时维后稷"。史诗写始祖从天而降，图腾而生，是为了借助宗教中祭司沟通天神的观念，神化始祖的非凡身份，强调始祖代表天神治理民事的合法性。当然，史诗中有关祖先神的赞颂描述，更多篇幅是按照世系详叙列祖列宗率部族迁徙奋斗的历史。《天问》与《诗经·商颂》所存商族先公先王世系，《诗经》雅、颂所叙周族先公先王世系，是今存先秦文献中有关商周部族最完整的世系。

总起来看，中国史诗的内容大致包括叙述宇宙生成以沟通天神，追溯氏族图腾诞生以沟通祖先神，构建先公先王世系以明血缘历史，歌颂氏族祖先率族迁徙发展以增强部族奋斗精神。可以说，中国古代汉族史诗是"创世史诗""英雄史诗""迁徙史诗"的综合，这是值得特别总结的。司马迁正是在继承了史诗的这种综合性特点的基础上而完成"究天人之际,通古今之变,成一家之言"的《史记》撰述。

第四节 史诗的社会功能

从五帝文明起源到夏商西周早期文明发展,氏族贵族与氏族平民虽然处于不同的社会阶层,但他们仍属于具有共同利益的血缘团体。这个团体一方面需要团结一致,凝聚力量;另一方面又需要维护等级层次,区分长幼差别。为了达到这两个目的,最好的办法便是举行全氏族成员的祭祀大典。全氏族成员通过祭祀典礼,共同追忆同血缘的天神与祖神,从而强化同根同宗的血团集体观念;又通过祭祀中所体现出来的从天神到祖神,再到现世族长国王、氏族贵族祭司,乃至普通氏族成员之间的不同身份与地位,从而为社会等级次序的划分找到神圣的宗教依据。《墨子·天志》:"故昔三代圣王禹汤文武,欲以天之为政于天子,明说天下之百姓,故莫不犓牛羊,豢犬彘,洁为粢盛酒醴,以祭祀上帝鬼神而求祈福于天。"《礼记·礼运》也说:"故圣人参于天地,并于鬼神以治政也。"而有关这方面的语言表达直至后来的文字记录,便是史诗。

史诗最显著的社会功能就在于通过追忆歌颂宇宙天神的开天辟地、部族始祖神的创造氏族、列祖列宗的率族发展壮大,从而凝聚血缘族团力量,维护社会秩序,为现实的社会分层,尤其是为氏族贵族集团占有社会财富找到了最合理的宗教依据。《礼记·礼运》说:

　　故先王秉蓍龟,列祭祀,瘗缯,宣祝嘏辞说,设制度,故国有礼,官有御,事有职,礼有序。

这里的"秉蓍龟,列祭祀,瘗缯"便是祭祀典礼时所举行的占卜通神，奉献祭品等一系列活动。而"宣祝嘏辞说"即宣读告神和祈福的文辞，这便是史诗的内容。这一切活动都是在以"先王"为代表的氏族贵族祭司阶层主持下进行的，其最终目的便是要构建"国有礼，官有御，事有职，礼有序"这一既有社会分层又和谐团结的社会环境。这里所说的礼，便是指在宗教祭祀中，通过史诗、乐舞、祭器等形式所展示出来的等级关系。《礼记·祭统》：

> 夫祭有十伦焉：见事鬼神之道焉，见君臣之义焉，见父子之伦焉，见贵贱之等焉，见亲疏之杀焉，见爵赏之施焉，见夫妇之别焉，见政事之均焉，见长幼之序焉，见上下之祭焉。

李泽厚先生说："正是'祭'造成了'伦'（伦理纲常）。"① 而这样做的最终目的是整个社会的团结和谐。《礼记·礼运》说：

> 夫礼之初，始诸饮食……陈其牺牲，备其鼎俎，列其琴瑟、管磬、钟鼓，修其祝嘏，以降上神与其先祖，以正君臣，以笃父子，以睦兄弟，以齐上下，夫妇有所，是谓承天之祜。

又《荀子·乐论》：

> 先王恶其乱也，故制《雅》《颂》之声以道之……故乐在宗庙之中，君臣上下同听之，则莫不和敬……乡里族长之中，长少同听之，则莫不和顺。故乐者审一以定和者也……故听其《雅》《颂》之声，而志意得广焉。

在宗庙祭祀神灵的活动中，君臣上下同听"雅""颂"之声，便"莫不和敬"，邻里长少同听之，便"莫不和顺"。史诗在协调社

---

① 李泽厚：《历史本体论·己卯五说》，生活·读书·新知三联书店2006年版，第383页。

会等级次序、维护血族群体安定团结方面所发挥的巨大作用，由此可见。

夏商西周三代在宗教祭祀方面已逐步形成了系统而复杂的等级体系。试以商周两代为例。商代的情况，我们可以据甲骨文资料来分析。以对祖先神的崇拜与祭祀为例，甲骨卜辞中有严格遵守的轮番祭祀的周祭制度。对祖先神的崇拜与祭祀，目的是增强血缘族团的集体力量与明确族内等级制度的合理性。正如王妍博士所指出："通过祭祀仪式的隆重程度，体现人间的等级有差的秩序"，"将血缘关系作为社会秩序的基础，对血缘亲情赋予新义，把祖灵崇拜与王权结合，将血缘亲情转化为宗法秩序的国家意识的雏形"。[①]

到了周代，通过对神权的崇拜，进一步强化政权的意义。周公制礼作乐，进一步细分神灵的等级，并规定不同社会等级的人，祭祀不同等级的神灵，从而强化等级有差的政治秩序。《汉书·郊祀志》载："周公相成王，王道大洽，制礼作乐……天子祭天下名山大川……而诸侯祭其疆内名山大川……各有典礼。"不仅祭祀对象有等级规格，而且在祭器、乐舞等方面都有等级区别。例如，祭器，天子用九鼎八簋，诸侯七鼎六簋，大夫五鼎四簋；乐舞，天子用八佾，诸侯用六佾，大夫用四佾，等等。整个西周社会正是通过这些等级有差的礼乐制度，达到了政治管理的目的。《论语·子路》载孔子之言说："礼乐不兴，则刑罚不中；刑罚不中，则民无所错（措）手足。"正是从社会治理的角度强调礼乐的重要意义。具体情况详见于《周礼》《仪礼》及《礼记》诸书。

以上列举的商周二代通过神权以强化政权的情况，都是通过祭祀典礼实施的，即《左传》成公十三年所谓的"国之大事，在祀与戎"。而史诗正是祭祀典礼中的语言演述。因此，从五帝到三代，或口耳相传或文字记录的以"雅""颂"形式所表达的史诗，都是政治，是各氏族贵族阶层用以沟通天神与祖神，从而区分社会上下等

[①] 王妍：《经学以前的诗经》，东方出版社 2007 年版，第 27 页。

级礼仪，凝聚族团力量，协调社会各阶层与各部门的重要手段。借用李泽厚先生的话，我们可以将史诗的功能概括为"宗教、伦理、政治的三合一"①。

第五节　史诗的精神原则

史诗作为宗教祭祀活动中沟通神灵的语言，具有十分严肃神圣的特征。郭店楚简《语丛》谓"𡉻（诗）遊（由）敬作"（简95），"敬生于俨"（简2）。这"敬"与"俨"都是沟通神灵时的心理活动。宗教祭祀典礼上，要求用心敬神。敬神的观念藏在心里时称为"志"，再用语言表达出来时称为"诗"。《毛诗序》谓"在心为志，发言为诗"。"诗"的源头在"志"，即《毛诗序》所谓"诗者，志之所之也"。先秦文献反复表述这一关系。如《尚书·舜典》："诗言志。"《左传》襄公二十七年："诗以言志。"等等。因此，要进一步考察史诗与神灵的关系，可以从分析"志"字的本义入手。《尚书·皋陶谟》：

慎志以昭受上帝，天其申命用休。

前句的"上帝"即后句的"天"，也就是自然天体神。《史记·夏本纪》释"慎志"为"清意"，释"昭受"为"昭待"。"用"，以。"休"，美善。整句的意思是，只要你能以洁静庄肃的心志去祭祀沟通上帝，上帝就会把美好的结果不断恩赐给你。

而在宗教史诗时代，初民们坚信神灵是公正不偏，能够扬善惩恶的。《墨子·明鬼》："古圣王必以鬼神为赏贤而罚暴。""鬼神之所赏，无小必赏之；鬼神之所罚，无大必罚之。"《楚辞·离骚》："皇天无私

---

① 李泽厚：《历史本体论·己卯五说》，生活·读书·新知三联书店2006年版，第385页。

第三章　中国原始宗教背景下的史诗综论　99

阿兮,觅民德焉错(措)辅。"虽然,墨子生活在战国之初,屈原生活在战国中期,但墨子《明鬼》篇与屈原《离骚》中的这两则材料,却都是反映五帝三代宗教史诗的情况。又,《尚书》中的"《盘庚》三篇是无可怀疑的商朝佚文"①,其记载商王盘庚之言曰:

予告汝于难,若射之有志。
汝分猷念以相从,各设中于乃心。

这里,将"志""心"与"中""射"相统一。"射"必有"耙心","中"乃氏族图腾旗,均有中心正公之义。"射之有志"是指把"志"作为射箭之"耙心",而"设中于乃心"则是以"中"为原则来要求"心"。这就要求从"中"的本义谈起。饶宗颐先生《诗言志再辨》谓:"'中'是旗帜,设旗帜于心,作行为之指导。"姜亮夫先生《文字朴识》有《释中》篇,指出"中"字在甲骨文和金文里作:

(《簠室》5　　　　　　《颂鼎》)

"中"字的上端作飘游状者为氏族图腾旗帜,中间作圆者为太阳(甲骨文契刻不便,故作方形),而下端作飘游状者则为旗帜之投影。②每当正午时刻,太阳正中照下,旗帜正投影于旗杆下,是为不偏不倚之中正,最为公正之时。因此,人间的一切行为要以天神"日中"为依据,即《左传》成公十三年所谓"民受天地之'中'

---

① 范文澜:《中国通史简编》修订本,人民出版社1949年版,第114页。
② 姜亮夫:《释中》,《姜亮夫全集》第十八卷《文字朴识》,云南人民出版社2002年版,第352—355页。

以生，所谓（天）命也"。这种观念在宗教史诗时代是很普遍的，以至于周秦汉初文献里仍有大量记录。如，《周易·系辞下》："日中为市，致天下之民，聚天下之货，交易而退，各得其所。"这是以日中公平不偏为交易的原则，应当是很古老的传统。《国语·周语》："道之以中德。"韦昭注："中庸之德也。"《国语·鲁语》有"日中考政"之说，《诗》毛传有"教国子以日中为期"之谓。《淮南子·主术训》："是以中立"，高诱注："中，正也。"饶宗颐先生也主此说："旗帜渊源甚古。《世本》云：'黄帝作旃'，殷卜辞屡见'立中亡风'之占，'立中'可读为'位中'，'设中于心'便是'志'。"① 由此可见，"志"字的本义除了有宗教祭祀这一义项外，还有中正公平、行为准的之义；而这两个义项正取义于太阳神的中午正直普照。

"诗"字从言从寺，而"寺"字也有法度准的、中正公平之义。《说文》："寺，廷也，有法度者也。"《国语·越语下》："有持盈"，韦昭注："持，守也。"《荀子·正名》："犹引绳墨以持曲直。"这里的"引绳墨以持曲直"与《盘庚》篇"射之有志""设中于乃心"完全一致，所谓"持曲直"正是把握公平正直之意。

总之，原始初民普遍崇拜太阳光明神，并取太阳正午直照无偏的"正中公平"为血缘族团普遍遵循的法度准则。初民们相信，所有的自然神、祖先神都像"日中立旗"一样，具有神圣的公正法度原则。于是酋长祭司等上层贵族阶层在祭祀所有神灵时，都必须持有公正无偏之心。只有这样，才能与神灵沟通，获得庇佑大吉。在祭祀神灵过程中产生的诗与志，自然便具有公正法度的含义。

闻一多先生指出，诗与志的原始义之一是记忆、记录。《荀子·解蔽》："志也者，臧（藏）也。"杨倞注："在心为志。""志"谓藏在心。《毛诗序》疏曰："蕴藏在心谓之志。"闻一多指出："无文字时专凭记忆。文字产生以后，则用文字记载以代记忆，故记忆之

---

① 饶宗颐：《诗言志再辨——以郭店楚简资料为中心》，《饶宗颐新出土文献论证》，上海古籍出版社 2005 年版，第 143—151 页。

记又孳乳为记载之记。记忆谓之志，记载亦谓之志，古时几乎一切文字记载皆曰志。"① 闻一多先生的结论是可信的。如《礼记·礼运》："而有志焉。"《孔子家语·礼运》作"而有记焉"。《左传》僖公二十四年："以志吾过。"《史记·晋世家》作"以记吾过"。《国语·鲁语下》："弟子志之。"《列女传·母仪传》作"弟子记之"。以上证明，"志"有记载义。而"诗"亦有记载义。《管子·山权数》："诗者所以记物也。"《贾子·道德说》："诗者，志德之理而明其指（旨）。"

  以"诗"与"志"为名的史诗的记忆、记录义，必须以公平、正直、忠信为基础。这是由作为史诗的"诗""志"源于祭祀活动时所形成的公正法度义所决定的。故《国语·楚语上》："教之诗而为之导广显德，以耀明其志……教之故志，使知废兴者而戒惧焉。"教诗可以导广显德，教故志可以知兴废，显然，诗、志里有评判是非曲直之法度。韦昭注："故志，谓所记前世成败之书。"又《国语·晋语六》："夫成子导前志以佐先君，导法而卒以政，可不谓文乎。"这里"导志"与"导法"对文，则志亦法也。法者，法度也。所以"志"与"法"都可以佐先君，成德政。

  总之，宗教祭祀活动中产生的史诗的"诗""志"，本身就具有公正法度之特征，因此五帝三代的史诗具有强烈的道德评判力量，它是代表神灵而辨明是非、扬善惩恶，"导广显德""使知废兴"的。史诗的这一重要特征构成了中华民族最基本、最重要的道德精神原则。这一精神原则经春秋战国学者的进一步阐发弘扬而对以后两千多年的史学、文学、思想史产生了深广的影响，并逐步塑造成中国知识分子的传统优良品格，是我们中华民族的一份宝贵遗产。

---

① 闻一多：《歌与诗》，《闻一多全集》第十卷，湖北人民出版社2004年版，第9页。

第 四 章

天人之间：天体崇拜类原始宗教与史诗的形成、流传

第一节 从"图"与"话",再到"图"与"书"

人类历史的发展，大致可以按照有无文字记录而分为三大阶段：史前时期、原史时期和历史时期。从历史文化的传播继承之手段看，史前时期主要是靠"图"与"话（言语、歌辞）"，原史时期主要是靠"图"与"书（文字）"，历史时期才是完整的书面文字。世界上一些文明古国的发展史大率如此。

史前时期，远古荒昧，尚无文字发明。人类的交往主要依靠语言手势。比较重要的公共性场合，如氏族部落的祭祀集会等，又往往借助于一些人所共知的象形图画。那是一个"图"与"话"相结合的时代。中国史前时期各部族祖先们所交流的"话语"，早已随着时代的变迁而消失了；而那时的"图画"，则仍有许多保留至今，使21世纪的我们有幸一睹其真实图景。这就是考古发现所提供的史前时期大量的陶器、玉器、铜器、骨器上的刻绘图画符号以及场面较为宏大的岩画、地画等等。

第四章　天人之间：天体崇拜类原始宗教与史诗的形成、流传　103

　　史前陶、玉器上的刻绘图画资料十分丰富，其中最著名的可举例如下。黄河下游大汶口文化陶尊外壁显要位置上所刻绘的"斧钺图""日月（火）图""日月（火）山图"等（见图4—1）。黄河中游河南临汝阎村发现的仰韶文化陶缸上的"鹳鱼石斧图"，郑州大河村发现的仰韶文化陶片上的"太阳光芒图"（见图4—2）。长江下游浙江余姚河姆渡文化出土的象牙板和骨匕上所刻的"双鸟与太阳同体图"（见图4—3），江苏浙江一带良渚文化时期的玉琮、玉璧、玉钺上所刻的"日月图""鸟立山峰图"（见图4—4）等等。这些刻绘图画有些到后来就发展成了象形文字，或者说它们就是象形文字的最初形态。如大汶口陶器上的"日月（火）图"可隶定为"炅"字，"斧钺图"可隶定为"斤"字，良渚文化玉器上的"鸟立山峰图"可隶定为"岛"字，等等。当然，更多的刻绘图只能解读其中的内涵，而很难将其隶定成文字，如"鹳鱼石斧图"等。

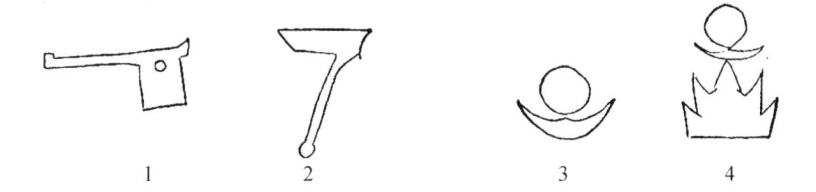

图4—1　大汶口文化陶器"斧钺图"（1、2）、"日月（火）图"（3）、
　　　　　"日月（火）山图"（4）

图4—2　临汝仰韶文化陶罐"鹳鱼石斧图"（1）、大河村仰韶文化"太阳光芒图"（2）

104　第一编　中华文明的起源、发展与史诗的形成、流传

图 4—3　河姆渡文化象牙板"双鸟与太阳同体图"

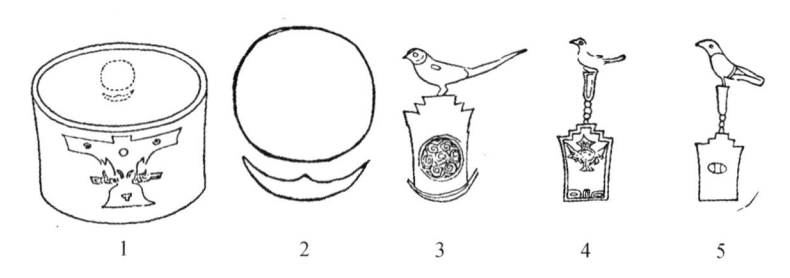

图 4—4　良渚文化玉璧符号"日月图"（1、2）、
　　　　　"鸟立山峰图"（3、4、5）

图 4—5　秦安大地湾仰韶文化地画"祖先图腾祭祀图"

　　地画、岩画则往往场面恢弘，内容丰富。如 1982 年在甘肃秦安大地湾仰韶文化晚期 F411 号房址内发现的一幅地画，展现了舞蹈祭

祀的场面。画的上部为正在举行祭祀活动的两人，手足摇动作舞蹈状。其中一人胸部突出，似为女性。画的下方则有一个黑边长方框，框内有两个前后相连，头部左向的人或动物骨架。此当为被祭祀的对象，或为氏族祖先或为氏族图腾（见图4—5）。

1987年在新疆昌吉回族自治州发现的呼图壁原始岩画则以生殖崇拜为主题。该画的特点是上部为生殖祭祀综合图，下部则将上部的综合图分解为三个特写镜头。特写一为裸女九人，左侧有一斜卧的裸男，并显露其阳具。特写二为裸男九人，在裸男之间有两个仰卧展腿作迎合状的裸女。特写三则为两个巨大的男女作交合状，其下则为两行作舞蹈状的小人。联系起来看，此交合状的男女巨像可能代表氏族祖先，而两行小人当为生殖崇拜而有子孙兴旺之意（见图4—6、图4—7）。

图4—6 呼图壁原始岩画生殖崇拜总体图　　　**图4—7 呼图壁原始岩画生殖崇拜分解图**

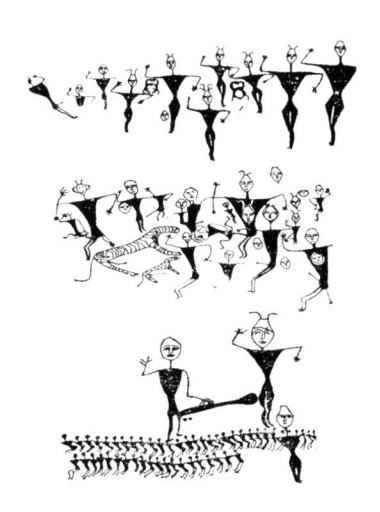

以上考古发现所提供的史前时期的"图话"都与巫术祭祀有关，而其内容则各有侧重。或表现为宇宙天体崇拜，如大汶口陶器之"日月图"，河姆渡玉器之"双鸟与太阳同体图"，郑州大河村仰韶

文化陶片之"太阳光芒图"。或表现为祖先图腾崇拜,如大地湾地画。或表现为生殖崇拜,如呼图壁岩画。或表现为部落战争祈祷,如临汝陶器"鹳鱼石斧图"。这些隆重、庄严而又热烈奔放的祭祀场面,当时肯定是聚集了氏族部落的全体成员,在酋长兼巫师的主持下,大家低吟着充满神秘色彩的祭祀话语,或高唱着洋溢着生命激情的舞曲歌辞。可惜的是,我们今天只能见其"图画",而那些动人的"祭语""歌辞"早已消失在那遥远的岁月长河里了。这"图画"与"祭语""歌辞",实际上就是最早的史诗、颂诗。现在我们通过考古学所提供的这些"图画",仍可推测这远古史诗、颂诗的大致内容。

当人类进入原史时代后,一方面,史前时期借助图画以表达思想、体现集体意识的传统仍然被继承与发展;另一方面,由于发明了文字,因而往往将当时的"祭语"与"歌辞"记录在旁,这就是最原始的汉语史诗、颂诗文本。于是就形成了原史时代"图画"与"文字"相结合的"图书"传统。夏商周三代,是中华民族的原史时期。汉字的形成与发展正是三代时期。当时的文字,有许多是配合图画的。文字是图画的说明,图画是文字的内容。正如《周易·系辞上》所指出:"夫象,圣人有以见天下之赜,而拟诸其形容,象其物宜,是故谓之象。圣人有以见天下之动,而观其会通,以行其典礼,系辞焉。"这里所谓"象"即为"图",而所谓"辞"也就是"图书"之"书"了,也就是史诗、颂诗文本。这一现象到了秦汉以后始告结束。因此,重新揭示夏商周时期"图书"的特点,总结其中一些规律性的东西,就成了汉语史诗、颂诗研究的重要课题。

总的来看,夏商周时期的"图书"主要以有关宗教祭祀、社团集会等内容为主题。具体而论,又可分为"宇宙生成类图书史诗""山川神怪类图书史诗""祖先崇拜类图书史诗"等方面。本章试图以考古材料与文献资料相印证的方法,着重就"宇宙生成类图书史诗"展开讨论。

宇宙的起源问题是人类历史上任何一个民族都一直在探索思考

的重要课题。中国古代的宇宙观念有一系列基本概念。如太一、道、易；天地、阴阳、两仪；四方、四时、四象；五行、八卦、三才；以及天人感应、天人合一，等等。从史前时期到夏商周时期，古人对于宇宙的探索肯定是有种种直观图像的，而一系列概念则是对图像的总结说明，其具体的内涵都体现在图像之中。这就是《周易·系辞上》所说的"天垂象，见吉凶，圣人象之"。秦汉魏晋以后，由于图像逐渐丢失了，致使后人对古代宇宙观的具体内容以及相关的一系列概念提出种种解释，而始终不能得其要领。现在，由于相关的考古图像出现了，使我们可以对古人的宇宙观及相关的文献作出较为合理的解答。

大量考古材料表明，古人的宇宙观首先是从对天体的认识开始的。《周易·系辞上》说："法象莫大乎天地，变通莫大乎四时，县象著明莫大乎日月。"顾炎武《日知录》说："三代以上，人人皆知天文。"史前时期初民们对天象的观察把握是普遍现象。到了夏商周三代才开始有专门负责观象授时的日官、天官、史官之类，而百姓对天象仍然是普遍认识的。具体地说，古人观察天象，首先是发现日月的昼夜运行，然后是天地阴阳的变化，再后来是春夏秋冬四季与东西南北四方的不同。古人又以巫术宗教观念为基础，产生天人合一观念。在此观念指导下，便有了与太阳、阴阳、四时、四方等自然现象相对应的五行八卦、明堂月令等社会政治层面的宇宙观。《周易·系辞下》说："仰则观象于天，俯则观法于地，观鸟兽之文与地之宜，近取诸身，远取诸物，于是始作八卦，以通神明之德，以类万物之情。"《说文解字》"示"字条则曰："天垂象，见（现）吉凶，所以示人也。观乎天文，以察时变，示神事也。"当我们借助考古图像资料搞明白了这一系列宇宙观之后，再来阅读相关的先秦文献，便有犁然当心、恍然大悟之感。下面我们从出土文献与传世文献两方面讨论。

第二节　考古所见宇宙生成类"图书"史诗、颂诗的讨论

在有关新石器时代晚期考古中，不断有太阳崇拜的图像出现，如前述郑州北郊大河村遗址所出的仰韶文化彩陶上，绘有许多"太阳光芒图像"。在山东大汶口文化的陶尊上，有"日月山图形"。在浙江河姆渡文化象牙板上有"双鸟与太阳同体图"。长江下游，在浙江良渚文化玉璧上则是"鸟立山峰图"与"日月山图"同时出现，其中的鸟乃太阳神的动物化。云南沧源岩画则有人形太阳神手执弓箭、头上光芒四射的图像，我们称之为"太阳射神图"。如前几章所述，新石器时代晚期，相当于历史学上的五帝时代，中国文明化进程已经开始了，原始宗教也就应运而生。这黄河南北、长江上下随处可见的太阳图像，说明我国原始宗教所崇拜的内容是与农耕生产息息相关的日月天体神。这些都是汉语史诗、颂诗所歌颂祭祷的最早最重要的内容。

一　考古所见太阳循环观与"易""道""太一"等史诗、颂诗术语

初民观察太阳最真切的是：太阳东升后，结束了可怕的黑夜，迎来了灿烂的白天；而太阳西落后，并没有死亡，第二天又从东方升起了。于是原始初民们有了关于太阳循环运行而有昼夜阴阳之分的概念。这种认识开始也是通过图画来表现的。在河北磁县下潘汪遗址仰韶文化层中出土的一件陶钵上正绘有两个倒置的旭日半出的图像（见图4—8）：

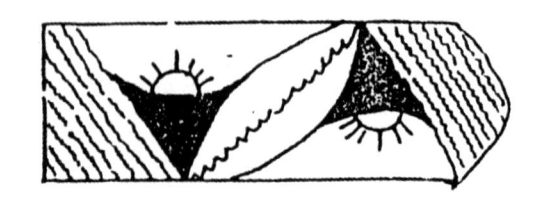

图4—8　河北磁县下潘汪出土的仰韶文化陶钵"旭日半出倒置图"

半个旭日作光芒四射状，旭日下的黑三角大概代表黑夜，虚线斜波应该是指海水。两个旭日半出图作倒置状，正是古人认为太阳在白昼与夜间周而复始作循环运行的形象反映。

与此图相一致的是，1959年在山东泰安大汶口墓地M26出土的一件象牙梳上镂雕成的太阳循环八卦图。梳身板上镂刻成一个S形。这个S形由十一组"☰"形符号组成，这个符号即后来《周易》的"乾"卦符号。在"S"形的上下口上，则分别由《周易》"坤"卦符号"☷"连接。在"S"形内侧，则有两个对称的"⊥""⊤"符号。这在金文里正是"上""下"两字。《说文》："⊥，高也，此古文上。指事也。""⊤，底也。"段玉裁注："天地为形。天在上，地在下。地在上，天在下。则皆为事。"综合起来看，这个"S"形图案正表示了天地乾坤、阴阳变化之意，可以看作中国最早的阴阳八卦图（见图4—9）。

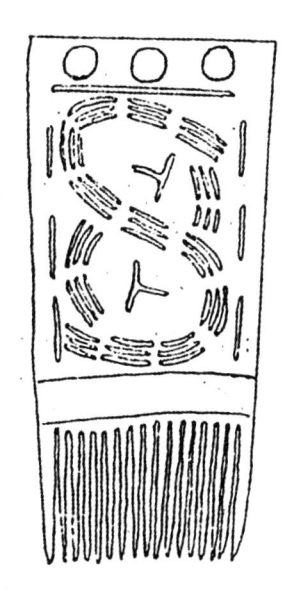

图4—9 山东泰安出土的大汶口文化象牙梳上的"太阳八卦图"

那么这个阴阳八卦图如何产生的呢？答案就在梳身的上下端。

在"S"形的上端有三个圆圈。逢振镐先生"结合大汶口文化居民太阳崇拜观念"认为,这是"太阳的象形"。①"S"下面则是直条纹的梳齿。这密密的梳齿正好是海水的象形。这样就与"S"形内的"⊥(上)""⊤(下)"统一了起来了。上为太阳,下为海水;上为乾,下为坤。而在"S"形左右两边,又各有三条竖刻的"丨"形。《说文》:"丨,上下通也。"段玉裁注:"可上可下,故曰上下通也。"综合起来看,整个象牙梳的造形表达了这样一个主题:天地、乾坤、阴阳的上下变化,正是由于太阳在天空之上和海水之下循环运行所致。

五帝时代,初民们关于太阳东升西落、昼夜循环、阴阳四时变化的图像描绘,到了夏商周原史时期便有了相应的文字记录和概念术语。在甲骨卜辞里已有"出日""入日"的对举,据宋镇豪先生统计,相关的卜辞有二十多条②。兹列于下:

第一期甲午卜辞:
戊戌卜,内,呼雀𢦏于出日于入日。(《合集》6572)
……弜呼……出日𥃲。(《合集》15873)
……其入日㞢……(《合集》13328)

第三期甲骨卜辞:
乙酉卜,又出日入日。(《怀特》1569)
……(出)日入日……(《屯南》1578)
叀入日彡。(《屯南》4534)

第四期甲骨卜辞:
丁巳卜,又出日。丁巳卜,又入日。(《合集》34163 + 34274)
辛未卜,又于出日。辛未卜又于出日。兹不用。(《合集》

---

① 逢振镐:《论原始八卦的起源》,《北方文物》1991年第1期。
② 宋镇豪:《夏商社会生活史》,中国社会科学出版社2005年版,第781—784页。

33006）

　　癸酉贞，侑出（日）。（《合集》41640）
　　癸酉……入日……其燎……（《合集》34164）
　　……日出日祼……（《明后》2175）
　　癸……其卯入日，岁上甲二牛。二。
　　出入日，岁卯多牛。（不用）。二。（《屯南》2615）
　　癸未贞，甲申酌出入日，岁三牛。兹用。三。
　　癸未贞，其卯出入日，岁三牛。兹用。三。
　　出入日，岁卯（多牛）。不用。三。（《屯南》890）
　　……出入日，岁三牛。（《合集》32119）
　　甲午卜贞又出入日。弜又出入日。（《屯南》1116）

以上卜辞都是对"出日""入日"的祭祀，其祭祀的名称则有"㞢""䆒""㞢""又（侑）""燎""祼""岁""酒""卯"等，祭祀时还配有"二牛""三牛"等祭品。宋镇豪先生指出："甲骨文的出日、入日，早期分言，可称'出日于（与）入日'；晚期有合言，或称'出入日'，已抽象术语化。这决非仅仅是日出日落的简单字面含义，而是有某种特殊的宗教性内容。这类祭出日入日，与《尧典》的仲春'寅宾出日'和仲秋'寅饯纳日'，意义是一致的。"①

古人观察太阳，最先认识到的是太阳的东升与西落，所以甲骨文里有关于"出日"与"入日"的祭仪。由于我国的东部大多是大海，所以在夏商周秦汉时期的神话记载里，太阳的东升都与大海有关：

　　汤谷上有扶桑，十日所浴。（《山海经·海外东经》）
　　汤谷上有扶木，一日方至，一日方出，皆载于乌。（《山海经·大荒东经》）

---

① 宋镇豪：《夏商社会生活史》，中国社会科学出版社2005年版，第781—784页。

东南海之外，甘水之间，有羲和之国，有女子名曰羲和，方浴日于甘渊（郭璞注：羲和，盖天地始生，主日月者也）。（《山海经·大荒南经》）

（日）出自汤谷，次于蒙汜。自明及晦，所行几里？（《楚辞·天问》）

日出于旸谷，浴于咸池，拂于扶桑，是谓晨明。……至于虞渊，是谓黄昏。（《淮南子·天文训》）

古人还认为，太阳从西方落下后，并没有死亡，而是在地下黄泉中由西而东潜行，至第二天早上又从东方大海里升起来了。所以《淮南子·天文训》说："日入于虞渊之氾，曙于蒙谷之浦。"《楚辞·九歌·东君》说：太阳神东君从西方落下后，"撰余辔兮高驰翔，杳冥冥兮以东行"，"抚余马兮安驱，夜皎皎兮既明"，结果是"暾将出兮东方，照吾槛兮扶桑"。就这样，古人认为，太阳神白天行空中，夜间行地泉，如此往复循环，日复一日，年复一年；而其关键点在于太阳从东方大海升起的那一刻，因为这是昼夜之分、阴阳交替的时刻，即《楚辞·天问》所谓："明明暗暗，惟时何为？阴阳三（参）合，何本何化？"

《庄子·田子方》说："日出东方，而入于西极，万物莫不比方"，《礼记·礼器》说："作大事必顺天时，为朝夕必放于日月。"古人于太阳的东升西落、昼夜交替循环运动的过程中，又感悟到了社会与人生，从而引发了一些思考，再将其提升到理论高度，于是有了如"易""道""太一"等术语。这些术语实际上都是对日出海面、循环运行，从而化生天地昼夜阴阳这一自然现象的概括，实际上是汉语史诗、颂诗的最早术语。现在我们往往称其为哲学术语，那是以今例古。我们还是应该从汉语史诗、颂诗最早崇拜太阳天体的角度去理解其情景。

（一）关于"易"

在甲骨文里，"易"字的构成正作太阳露出海面的情景：

《殷墟书契前编》7.4.1　　　　　　　《甲骨文零拾》4.11

这两个甲骨文使我们立刻联想到磁县下潘汪陶钵上的"旭日半出倒置图",其构图思路几乎完全一致。1968年中国台湾《哲学论文集》第3辑发表黄振华先生题为《论日出为易》一文,认为"易"的本源即为日出海面之意。因为太阳东升而有天地、阴阳、乾坤之分,而"易"即日出海面之意,因此,《周易·系辞》有了以下概括:

易与天地准
易化乾坤
易以道阴阳
易有太极,是生两仪,两仪生四象

由此可见,"易"的本义正是从太阳东升而化成天地阴阳这一自然景象中引申而来的。这应该就是史诗、颂诗有关"宇宙生成类"内容祭祷的开始部分。

(二) 关于"道"

"道"字最早出现在金文里,从首从行从足,其形如下:

散盘,西周晚期

从行从足,表示循环运行,而所从"首"则为这行走动作的发出者。"首"字从目从发，代表整个头部。如"鹿"与"夋"的古文体均如此。而在神话思维里，眼睛和太阳是互拟的。甲骨文、金文里"日"与"目"常可换用。如众字或从日从三人，或从目从三人。《周易·说卦》："离为目"，又"为日"。《大荒北经》说太阳神烛龙"直目正乘，其瞑乃晦，其视乃明"。《大荒东经》说夔龙"其光如日月"。而陆德明《经典释文》则引作"目光如日月"。眼睛与太阳同构原是世界性的神话题材。戴维·利明等《神话学》和施密特《原始宗教与神话》等书均有论述。如在埃及神话中，太阳神荷鲁斯的右眼为日，左眼为月；古波斯光明之神密特拉的眼睛就是太阳。其思维特征与我国古神话相一致。现在再回过头来看"道"字之所以从"首"，原来"首"代表太阳神，而从行从足，则表示太阳神的循环运行。正因为如此，所以"道"字也与"易"字一样具有生天生地、化生阴阳之功能了。

《庄子·大宗师》："夫道……生天生地。"
《周易·系辞》："一阴一阳之谓道。"
《老子》四十六章："道生一，一生二，二生三，三生万物。"
《老子》二十五章："有物混成，先天地生。寂兮寥兮，独立而不改，周行而不殆，可以为天下母。吾不知其名，字之曰道，强为之名曰大。大曰逝，逝曰远，远曰反（返）。"
《说文》："道立于一，造分天地，化成万物。"

由此可见，"道"与"易"一样，同为宇宙的本源，只不过用不同的文字表达罢了。这是汉语宇宙生成类史诗的又一术语。

（三）关于"太一"

在古文献里，有时用"太一"来代替"道""易"，名称虽异，内涵实同。

《礼记·礼运》："夫礼必本于太一，分而为天地，转而为阴阳，变而为四时。"

《吕氏春秋·大乐》："太一出两仪，两仪出阴阳。阴阳变化，一上一下，合而成章。"

《淮南子·本经训》："太一者，牢笼天地，弹压山川，含吐阴阳，伸曳四时。"

以上关于"太一""易""道"等哲学术语的理解，可进一步得到考古发现所提供的"图"与"书"的支持。这就是湖北荆门漳河车轿战国兵器《太岁戈图书》、湖南长沙马王堆汉墓帛画《太一神图书》和湖北荆门战国楚简《太一生水》文。

二 考古所见宇宙论"图书"的考证分析

（一）湖北荆门漳河车轿战国兵器"太岁戈"图与书

1960年5月，在湖北荆门漳河车轿战国墓里出土了一件有图像与铭文相配的戈。此戈的锋头呈三角形，戈援近阑处有二穿。戈内带丁字形穿孔。在戈援与戈内均有正背相同的图纹。其中戈援的图纹为一个大字形神像。此神头戴分竖两羽的冠冕，身披铠甲，双手执龙蛇，胯下也有一龙，双足踏日月。在戈内丁字形穿孔的上部为一只侧首张翼的神鸟（见图4—10）。

此神脚踏日月，说明其为司日月之神，或者说其本身即为日月神。在《山海经》等神话传说里，主持日月之行的神人有许多不同的名称。如《大荒南经》："羲和者，帝俊之妻，生十日。"郭璞注："羲和，盖天地始生，主日月者也。"《大荒西经》："大荒之中，有山名曰日月山，天枢也。……有神，人面无臂，两足反属于头上，名曰嘘。……噎，处于西极，以行日月星辰之行次。"袁珂注："此噎即上文嘘。""羲和"一词乃"羲"字之缓言。羲即曦，日光羲微之义，正是太阳初升时的情状，与旭、晓、晨、晳、昕、晃、昊等从日之字均属喉音晓匣类字，音义相同。而嘘噎亦羲之同音近义词。

图4—10　"兵避太岁"戈上的"太一像"

在神话思维里,太阳神又常常动物化为龙蛇与凤鸟。《大荒北经》:"有人珥两黄蛇,把两黄蛇,名曰夸父……欲追日景,逮之于禺谷。"《海外东经》:"东方句芒,鸟身人面,乘两龙。"这夸父、句芒都是太阳神,所以他们的形象与行为都与鸟龙有关。而荆门所出兵戈上的这位神人也是双手执龙蛇,胯下又有龙,而且在神人的头顶,即戈内上部也有一只神鸟。其神话思维与《山海经》太阳神夸父、句芒正一致。

总之,荆门这件戈内的神人形象为太阳神,可以确切无疑。至于这位太阳神怎么称呼,答案则在戈内丁字形穿孔左右的铭文里。铭文共四字。俞伟超、李家浩先生考释为"兵避太岁"。李学勤、李零先生进一步考证认为,"太岁"即太一[①]。而"太一"作为太阳神的别名,已见上述。又《史记·封禅书》:"(汉武帝元鼎五年)(武

---

① 俞伟超、李家浩:《论"兵避太岁"戈》,《出土文献研究》,文物出版社1985年版,第138—145页;李零:《湖北荆门"兵避太岁"戈》,《文物天地》1992年第3期;李学勤:《古越阁所藏青铜兵器选释》,《文物》1993年第4期。

帝）为伐南越，告祷太一。以牡荆画幡日月、北斗、登龙，以像太一、三星，为太一锋，命曰'灵旗'。"这里说得很明白，"画日月、北斗""以像太一、三星"，则"太一"为日月，"三星"指北斗，至于"登龙"亦即戈缓内手执两龙、胯下一龙至三龙之类。这是关于太阳神"太一"之"图"与"书"密切配合的一个实物证据，是为青铜器上的"图书"史诗、颂诗。

（二）湖南长沙马王堆汉墓"太一神"图与书

无独有偶，这青铜器上的"太一神图书"史诗、颂诗又见于1973年长沙马王堆3号汉墓所出的丝帛上。此丝帛上的图由青、赤、黄、黑等颜色绘成，而文字说明则直接写在图中神像的侧旁，真可谓是"图"与"书"紧密结合（见图4—11）。整幅"图"包括三层图像。

图4—11 长沙马王堆3号汉墓里出土的"太一神图书"

上层，三个神像：居中神像最大，是整幅图的主神，标有神名曰"太一"。右边一神像侧脸朝右，题名曰："雨师"。左边一神像脸微侧左向，题名曰："雷（公）"。

中层，四个武弟子：右起第一人所执兵器残泐，第二人执剑，第三人似着可御弓矢之甲胄，第四人执戟。四人左右各二，中间为上层太一神的下胯，胯下有一黄首青身之龙。

下层，两条相向之龙：右边是"持铲"的"黄龙"，左边是"奉熨"的"青龙"。

整幅图画有总题记，每层各神又有分题记，是为"图书"之"书"的内容。总题记（在帛书右缘，直行）：

□将（？）承弓先行，赤□白□莫敢我乡（向），百兵莫敢我伤。□□狂，谓不诚，北斗为正。即左右□，经行毋顾，太一祝曰：某今日且□□。

分题记。上层中间的太一神的题记共两行，残不全：

太一将行……
神从之，以……

其余题记此略。总起来看，整幅丝帛，"图"有主次，"文"有总论与分叙。图与文结合在一起，构成了一篇相当完整的"图书"。

这幅丝帛"图书"的总题记以"太一祝曰"作总结，而主神题记以"太一将行"开始。因此，这篇"图书"的总题目和主题都应该是"太一神"。太一神胯下有一龙，再下面又有两龙。联系前述荆门"太一戈"图书也是一神三龙，则此"太一神"为太阳神亦可无疑。

"图书"上层的太一神左右，分别为"雨师""雷公"，则第一层为日、雨、雷天体神。"太一将行"而"神从之",这所从之神,第一层自然是雨师和雷公。这是宇宙起源的初始阶段。"太一将行"与前文引《老子》二十五章曰"太曰逝,逝曰远,远曰返""周行而不殆"以及"道"之本义为太阳循环运行相一致。

"太一将行"所从之神的第二层次便是图中间的四个武弟子。在古代宇宙哲学观里,兵器与四方四时观念是相联系的。如《管子·幼官》以矛、戟、剑、盾配春、夏、秋、冬。其他如《淮南子·时则训》《洪范五行传》等也都有大致相同的记载。据李零先生分析,这丝帛"太一图书"中间层的"四个武弟子,右边两人可能是代表东、春(?)和西、秋(剑),左边两人可能是代表北、冬(甲可以避弓矢)和南、夏(戟)。"可见,帛画"太一神"与"四个武弟子"的组合正是太阳运行而有四方四时的所谓"太一生四象"的宇宙观的集中反映,与《礼运》所载"太一分而为天地,转而为阴阳,变而为四时"完全一致。

在先秦时期,龟甲牛骨、青铜器、简帛,都是宗教祭祀活动中的神圣礼器,是沟通神灵的媒介。而卜辞、铭文、帛书所记录的内容正是祭司们与神灵沟通的巫术宗教语言,是十分神圣的。我们认为,这应该就是汉语宇宙生成类史诗、颂诗的第一层内容。

(三) 湖北荆门郭店战国楚墓竹简"太一生水"书

上面所介绍的荆门"太一戈图书"与长沙马王堆丝帛"太一神图书"表明,太阳运行而有天地阴阳之分、四方四时之变是汉语宇宙生成类史诗、颂诗的重要内容。原始宗教时期,应该是在部族内集体祭祀天体神灵时反复歌唱,广为流布的,所以既能在兵器上见到其"图书",又能在丝帛上见到"图书"。这些内容流传到春秋战国时期,便在竹简上留下了更详细的文字记录。1993年发现、1998年公布的湖北荆门郭店战国楚墓所出竹简《太一生水》篇,为我们提供了完整的祭祀歌唱太阳循环而有天地四时宇宙观念的史诗、颂诗文本。兹据李零先生《郭店楚简校读记》将其原文主要部分迻录于下①：

> 太一生水，水反辅太一，是以成天。天反辅太一，是以成地。天地（复相辅）也，是以成神明。神明复相辅也，是以成阴阳。阴阳复相辅也，是以成四时。……成岁而止……
>
> 天地者，太一之所生也。是故太一藏于水，行于时，周而又（始，以己为）万物母……
>
> 下，土也，而谓之地。上，气也，而谓之天。道亦其字也，青昏其名。以道从事者必托其名，故事成而身长。圣人之从事也，亦托其名，故功成而身不伤。
>
> 天地名字并立，故讹其方，不思相（当：天不足）于西北，其下高以强。地不足于东南，其上）（□以□。不足于上）者，有余于下；不足于下者，有余于上。

关于这段文字，有几点值得特别总结。

第一，简文把太阳循环化成天地阴阳的过程描述得特别完整清楚。说太阳神"太一藏于水"，从水底下开始运行，升于天空，"行于时"。于是有了天地、阴阳、四时，"成岁而止"。如此循环往复，"周而又始"，从而化成了宇宙间的天地万物。太阳神太一真正成了"万物之母"。这一描述过程与我们前文所引《山海经》说"日出于汤谷"以及关于"易"的本义为日出海面的理解完全一致。

第二，简文又说："下，土也，而谓之地。上，气也，而谓之天。道亦其字也，青昏其名。"李零先生认为这里的两个"其"均指上文的"太一"。也就是说"道是太一的字，青昏是太一的名"②。由此看来，"道"与"太一"是同一回事。太一藏于水，行于天，"周而又始"。道则循环运行而有天地。前文关于"易""道""太

---

① 李零：《郭店楚简校读记》，北京大学出版社2002年版，第32—33页。
② 李零：《郭店楚简校读记》，北京大学出版社2002年版，第32—33页。

一"均为太阳运行的不同称呼的说法,在这则简文里得到了进一步证明。

第三,作为对宇宙生成观念的阐述,本简文与前文介绍的其他"图书"相比,还多出了关于天地特征的解释一层含义。这就是虽然"天地名字并立",但是其方位高下并不相当。具体表现便是:

> 天不足于西北,其下高以强。
> 地不足于东南,其上□以□。

我国地形的总体特征是西北高、东南低,长江、黄河等均由西往东流。简文"天不足于西北""地不足于东南"便是对这种特征的最好概括。当然,作为宇宙生成观,简文还要对产生这种地形西北高、东南低的现象作出合理的原因分析,这就是所谓"不足于上者,有余于下。不足于下者,有余于上"。因此,人们根本不必为西北高、东南低现象有所担心。

简文《太一生水》与简文《老子》甲、乙、丙三篇抄在一起。在简文《老子》甲篇,有关于"道""太一"产生前的宇宙状况的描述。其文曰:

> 有状混成,先天地生,寂寥独立不改,可以为天下母,未知其名,字之曰道,吾强为之名曰大。

第一句"有状混成",今传本作"有物混成"。混,当指混沌。成,形成。"有状(物)混成,先天地生",意思是说有那么一个状态或物体,在混沌当中形成,先于天地而产生。那么这个"状"和这个"物"是什么呢?下文回答说,它就是"可以为天下母"的"道",也就是"大","大"就是"太一"。这就告诉我们,当太阳神"道"(太一)生于水,行于时,化成天地、阴阳之前,宇宙原是处于混沌状态的。这是我国先民们对于宇宙产生前的认识。这种认识又见于《庄子·应帝王》：

> 南海之帝为倏，北海之帝为忽，中央之帝为混沌。倏与忽时相与遇于混沌之地。混沌待之甚善。倏与忽谋报混沌之德，曰："人皆有七窍以视听食息。此独无有，尝试凿之。"日凿一窍，七日而混沌死。

袁珂先生《中国神话通论》对这一则神话有很好的解释："倏、忽，譬喻的是一瞬间的时间。当宇宙还是混沌一团的时候，就连一瞬间的时间观念也不会产生。直到混沌开辟，才有时间观念的产生。"[①] 需要补充的是，就"倏"处于"南海"，"忽"处于"北海"看，"倏"与"忽"不仅代表时间，也代表空间。《庄子》是讲宇宙观的，其《庚桑楚》说："宇者，有四方上下……宙者，有古今之长。"宇指空间，宙指时间。由此可见，作为宇宙的倏与忽产生之前，原是混沌的世界。当宇宙产生，也就结束了混沌状态。《应帝王》说："日凿一窍"，凿完七窍而人类有了"视听食息"时，也就是有了宇宙，于是"混沌"死了。

综合以上材料可知，在原始宗教时期，先民们歌颂宇宙生成的史诗、颂诗，大致有如下几层具体含义：

① 宇宙产生前混沌一团："有物混成""中央帝混沌"。
② 宇宙神：原型为太阳神；哲学术语为"易""道""太一"；人格化为"羲和""夸父""嘘""噎"等等；动物图腾化则为"龙蛇"与"凤鸟"等等。
③ 太阳东升大海再西落深山后，第二天又从东方大海升起，如此循环运行："太一藏于水"，"行于时"，"太一将行"。
④ 太阳循环运行而产生时空宇宙："成天地"，"成阴阳"，

[①] 袁珂：《中国神话通论》，巴蜀书社1991年版，第67—68页。

"成四时","成岁而止"。

⑤宇宙产生后的天地特征:"天不足于西北,地不足于东南。"

以上宇宙生成论的五个层次含义是综合考古材料荆门《太一戈图书》、马王堆丝帛《太一神图书》以及郭店战国楚简《老子》甲、《太一生水》等材料概括而成。其实,在考古发现中,还有完整地记录这宇宙生成五个层次的史诗、颂诗材料。这就是1942年发现的长沙子弹库战国丝帛图书。

（四）湖南长沙子弹库战国丝帛"宇宙论"图与书

子弹库战国丝帛"图书"的"书"由《宇宙篇》《天象篇》《月忌篇》三篇文字组成,而"图"则包括由12个神像组成的长方形,以及长方形四个交角处代表春、夏、秋、冬四方四时的青、赤、白、黑四神木。长方形的每边有三个神像,各代表一季三个月。每个月神旁有一段文字说明,先是标明该月的月名和神名,如七月,"仓,莫得",其中"仓"为月名,"莫得"为该月神名;再接着是说明该月的宜忌,如二月"可以出师、筑邑,不可以嫁女"。十二段月神的说明文字组成了《月忌篇》。在十二个月神像组成的长方形之内,则为方向互为颠倒的《宇宙篇》和《天象篇》。子弹库丝帛"图书"之整幅"图"的设计与三篇文字说明"书"有机结合,完整地体现了古代宇宙生成类史诗、颂诗的总体内容（见图4—12）。

其一,整幅帛画作长方形,东西宽47厘米,南北高38.7厘米。这实际与古人关于大地东西宽、南北短的宇宙模式有关。《山海经·中山经·中次十二经》:"天地之东西二万八千里,南北二万六千里。"这样,结合竹简《太一生水》,古人关于大地的特征就有了两点总体认识:一是西北高、东南低;二是东西宽、南北短。

其二,《宇宙篇》《天象篇》《月忌篇》三篇文字必须联系起来读,联系的原则便是太阳天体的循环运转。中间的两篇文字之所以作颠倒状,正是如此。先读八行的《宇宙篇》,然后逆时针转180

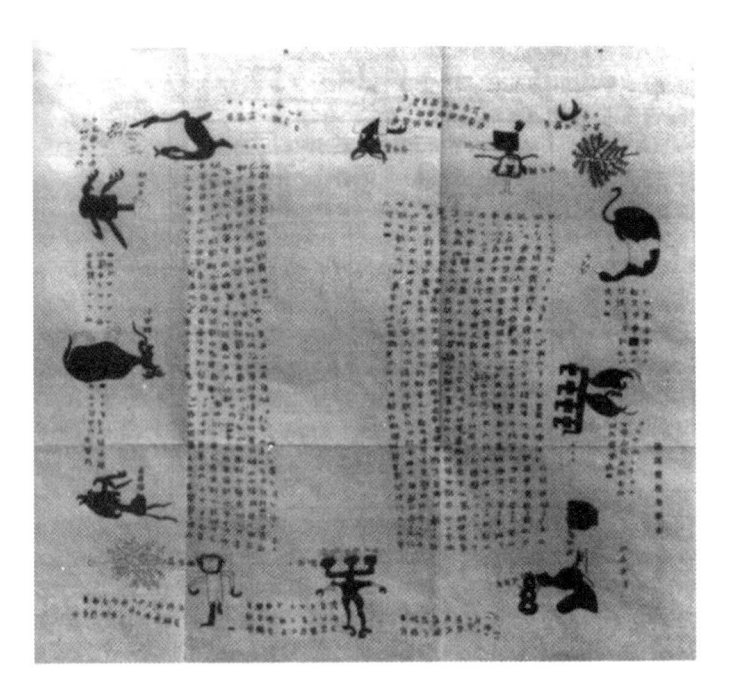

图 4—12 子弹库战国丝帛《宇宙生成图书》

度,十三行的《天象篇》正好成顺读。读完《天象篇》后,再读图左侧的《月忌篇》,正好是东方春天一月、二月、三月。读完《月忌篇》春天后,再逆时针转 90 度,图右侧可顺读的便是夏季四月、五月、六月。如此 90 度再转两次,便读完了秋季与冬季。十二月读完,刚好回到《宇宙篇》为正面。这样一个循环,正好是宇宙开辟,而有天地、阴阳、四时,成岁而止的一个宇宙生成的完整过程。这样再逆时针 180 度,三个 90 度,又是第二个循环。如此循环旋转,永无休止,正符合古人关于日月天体运行,周而复始的宇宙观念。《淮南子·天文训》:"月徙一辰,复反其所,正月指寅,十二月指丑,一岁而匝,终而复始。"

其三,以上两方面主要是从"图"之设计角度体现太阳循环宇宙观。再从文字角度看,《宇宙篇》《天象篇》《月忌篇》三篇更是详尽地表达了这一宇宙观。这里着重介绍《宇宙篇》有关内容。

第四章 天人之间:天体崇拜类原始宗教与史诗的形成、流传

曰古黄熊包戏,出自□□,

"曰古"一词置于句首,又见于西周青铜器铭文:

曰古文王,初𪏮和于政。(《史墙盘》)
曰古文王,初𪏮和于政。(《㝬钟》)

"曰古"一词,有特殊含义。在《尚书》《逸周书》里又作"曰若稽古"。如:

曰若稽古帝尧曰放勋……光被四表,格于上下。(《尚书·尧典》)
曰若稽古帝舜曰重华,协于帝。(《尚书·舜典》)
曰若稽古皋陶。(《尚书·皋陶谟》)
曰若稽古,曰昭天之道。(《逸周书·武穆解》)

"曰若稽古"在《今文尚书》里仅此三见。另外,在《古文尚书·大禹谟》里有一见,作"曰若稽古大禹"。在《逸周书》里仅一见。足见此词非同寻常,当有古义。而解开此一古义的答案即在《逸周书》中,其《周祝解》云:

天为古,地为久,察彼万物名于始。

原来,"曰古"之"古",指的是"天"。《尚书纬》郑玄注:"稽,同也;古,天也。"郑玄所注,虽为纬书,当亦有渊源。"稽古"一词,盖取义于"圣人之道,莫不同天合德"之意。所以"稽古"后面的主辞均为神人、圣人,如"帝尧""帝舜""皋陶""文王"之类。饶宗颐先生指出:《尚书》虽"为世教,要必沐浴于天

教，此《尚书》乃天道之书，非尽讲人道也。""曰古""曰若稽古"之"曰"为发语词，当其与"古（天）"连在一起时有明显的追叙之义。"曰"词又作"越""粤"，同音而借。"曰若"又作"越若""粤若"，如《尚书·召诰》："越若来三月。""曰若""越若""粤若"之"若"字不变。"若"者，顺也。在甲骨文里，已有"王若曰"之语，意为王顺天帝之意说。顺天则"若"，便能得到天帝的助佑。《尚书·酒诰》："兹亦惟天若元德"孔传："亦惟天顺其大德而佑之。"饶宗颐先生认为，"曰若稽古"一词，可赅涵两意义："下者稽我古人之德，上者则面稽天若。""夫天为至高无上之宇宙大神。'面稽天若'是谓'天教'。'天命不可错'，三代以来，莫不惶惶汲汲于是。"[1]

由此可见，"曰古""曰若稽古"是汉语史诗、颂诗专用于追叙至高无上之宇宙大神的特殊词。"曰若稽古"已如饶说，"曰古"即"曰天"，犹言"话说往昔天神某某如何如何"。帛书"曰古黄熊包戏"，犹言"话说往昔天神黄熊包戏"，此为宇宙开篇之辞，给人一种遂古深远崇高之感。

帛书"包戏"，古书又作包牺、包羲，盖同音异词；又作伏羲，因为古无轻唇音，包与伏古音同。伏羲叠韵旁转又成赫戏。而"赫羲"正是"羲和"之倒。前文已指出，羲和乃初民所崇拜的太阳神。《山海经·大荒南经》郭璞注："羲和者，盖天地始生，主日月者也。"所不同者，羲和为女性。《大荒南经》："有女子名羲和，方浴日于甘渊。"而伏羲为男性，所以后世有伏羲与女娲为兄妹或夫妻的传说。总之，羲和与伏羲原是同一太阳神名的变异，其变异的原因可能是"羲和"为母系社会所崇拜之日神，"伏羲"则为父系社会所崇拜之日神。帛书伏羲（包戏）为太阳神的另一证据便是"黄熊"。帛书说"黄熊包戏"，说明"黄熊"是包戏的特征。黄熊即黄龙，是太阳神的动物图腾化，前文引述《山海经》等文献已详明，

---

[1] 饶宗颐：《稽古稽天说》，《澄心论萃》，上海文艺出版社1996年版，第411—414页。

第四章　天人之间：天体崇拜类原始宗教与史诗的形成、流传　127

而且马王堆帛画《太一神图书》与荆门兵器《太一戈图书》也都有太一神从三龙的形象，是为证。

帛书接着说太阳神黄熊包羲创造宇宙前所处的环境：

　　　　出自□□，居于□□……梦梦墨墨，亡章弼弼，□每水□，风雨是於。

说"黄熊包羲出自□□，居于□□"，与前文介绍荆门郭店战国楚简《太一生水》所说的"太一藏于水"句式与意思均同。所以帛书接着说"□每水□，风雨是於"。"每水"即晦水，也就是黑水。"风雨是於"，饶宗颐先生读为"风雨是谒"。①《山海经·大荒北经》："有神人面蛇身而赤，直目正乘，其瞑乃晦，其视乃明，不食不寝不息，风雨是谒。是烛九阴，是谓烛龙。"此烛龙正与帛书"黄熊（龙）包戏"同构。"风雨是谒"，郭璞注："言能请致风雨。"这又使我们想到前文介绍的马王堆丝帛《太一神图书》中太一神左右的"雨师""雷公"来。看来这些宇宙神话原是相同的。

这里特别值得讨论的是"梦梦墨墨，亡章弼弼"。梦梦即蒙蒙，《广雅·释训》："蒙蒙，暗也。"墨墨，亦晦暗义。《释名·释书契》："墨，晦也。"亡章，《吕氏春秋·古乐》高诱注："章犹形也"，则"亡章"谓没有形象。弼弼，何琳仪说为瞇瞇，并引《广雅》："瞇瞇，不可测量也。"②《淮南子·精神训》："古未有天地之时，惟象无形，窈窈冥冥，芒芠漠闵，鸿濛鸿洞，莫知其门。"总之，"梦梦墨墨，亡章弼弼"正是指宇宙产生前天地阴阳均未成形，因而昏暗混沌一片的状态，这与郭店战国楚简《老子》甲所谓"有状混成"，传世本《老子》"有物混成"，传世本《庄子》中央帝

---

① 饶宗颐：《楚地出土文献三种》，中华书局1993年版，第235页。
② 何琳仪：《长沙帛书通释》，《江汉考古》1986年第1、2期。

"混沌"正相一致。

帛书以下三段文字写太阳神化成宇宙的情形,现以李学勤师释文为主,兼采其他各家所长,录其原文于下[1]。

(包羲)以司□襄,晷天步,□乃上下朕(腾)传。山陵不疏,乃命山川四海,□熏气魄气,以为其疏。以涉(陟)山陵,泷汩凼漫,朱又日月。四神相代,乃步以为岁,是惟四时:长曰青□干,二曰朱□兽,三曰□黄难,四曰□墨干。

千又百岁,日月夋生,九州不平,山陵备侧。四神□□,□至于复。天旁动攺,昇之青木、赤木、黄木、白木、墨木之精。炎帝乃命祝融,以四神降,奠三天,□□思敦,奠四极。曰:"非九天则大侧,则毋敢蔑天灵(命)。"帝夋,乃为日月之行。

共攻□步十日,四时□□,□神则润,四□毋思,百神风雨,晨祎乱作。乃遡日月,以传相□思,有宵有朝,有昼有夕。

以上三段文字,每段一个主神,第一段"包羲",第二段"炎帝",第三段"共攻"。三个主神体现了时代的推进过程,实际上又是同一太阳神在不同时间段里的三个具体人格化。因为他们都是太阳神,因而其循环运转,化成天地阴阳的功能同一。这样就构成了以上三段文字内容结构基本相同,而时间上前后推进的以重章叠唱的史诗形式来表达宇宙生成论的特点。概括起来,以上三段文字,表达了以下几层含义。

甲,推步规天,循环运作

在神话思维里,太阳的东升西落、昼夜循环往往被想象成某太阳人格神以巨大的脚步在丈量天地,于是有所谓"推步规天"之说。

---

[1] 李学勤:《楚帛书中的古史与宇宙论》,《简帛佚籍与学术史》,江西教育出版社2001年版,第47—56页。

《山海经·海外东经》："帝命竖亥步自东极至于西极，五亿十选九千八百步。"帛书三段文字正体现了这样的内容：

> 伏（包）羲："曑天步，□乃上下朕（腾）传。"
> "以涉（陟）山陵，泷汩凼漫，朱又日月。"
> "乃步以为岁，是惟四时。"
> 炎帝："炎帝乃命祝融，以四神降，奠三天。"
> "帝允，乃为日月之行。"
> 共攻："共攻□步十日。"
> "乃迻日月，以传相□思，有宵有朝，有昼有夕。"

这里伏（包）羲的"曑天步"即"规天步"。《尔雅·释天》："曑，规也，如规画地。"《周髀算经》："环矩以为圆，合矩以为方。方属地，圆属天。天圆地方。"伏羲（包羲）"曑天步"，所以到了汉代画像群里，有伏羲持规奉日，女娲持矩奉月的图像。帛书"上下朕（腾）传"，《说文》："腾，传也。"腾传为同义复词，可见"上下腾传"是指随着天圆地方而上下转动。

李学勤师认为，"泷汩凼漫"指大海浩漫之义。"朱又日月"之"'朱'疑读为'殊'，意思是分别"[1]。中国的地形特征，东方日出处往往是大海浩荡，西方日落处往往是重山叠岭。所以神话传说中，日月的出没往往与大海山岭有关。如《山海经·大荒东经》："汤谷上有扶木，一日方至，一日方出。"《淮南子·天文训》："日出于旸谷，浴于咸池，拂于扶桑，是谓晨明。"《大荒东经》："大荒之中，有山名曰大言，日月所出。"又曰："大荒之中，有山名合虚，日月所出。"帛书"以涉（陟）山陵，泷汩凼漫，朱又日月"正与此合。

---

[1] 李学勤：《楚帛书中的古史与宇宙论》，《简帛佚籍与学术史》，江西教育出版社2001年版，第47—56页。

帛书第二段"炎帝乃命祝融,以四神降,奠三天",也就是上段"以陟山陵""上下腾传"的意思。甲骨文、金文里的"降"作双脚趾从山阜往下走,陟则作脚趾沿山阜往上走。在先秦文献里,"陟降"均用于神灵或巫师上下神山,沟通天地之意。《诗经·大雅·文王》:"文王陟降,在帝左右",《猷簋》:"(前文人)其濒在帝廷陟降。"帛书写祝融命令四神降陟山陵天地之后,得到了炎帝的允可,"乃为日月之行"。这正是太阳神推步规天,日月循环运行的又一体现。

第三段"共攻□步十日"之"步"亦为推步之义。"步"前一字不清,疑亦为"晷"字之类。《山海经·大荒南经》说:"羲和者,帝俊之妻,生十日。"《大荒西经》说:"帝俊妻常羲,生月十有二。"《海内经》说:"共工生后土,后土生噎鸣,噎鸣生岁十有二。"帛书说:"共攻□步十日"当与此类传说有关。"乃䟄日月"之"䟄"即践字,行也。"乃䟄日月"即"共攻□步十日"以及"乃为日月之行"之义。

乙,二气昼夕,四时成岁

太阳神上下腾传,推步规天,从而"乃为日月之行"之后,便有了阴阳二气、昼夕两分的变化,便有了春、夏、秋、冬四季的更迭,最后"成岁而止"。

帛书说伏(包)羲时,由于"山陵不疏(疏即疏通)","乃命山川四海,□熏气魄气,以为其疏"。饶宗颐先生认为,这里的"熏气"为阳气,"魄气"为阴气[①]。《白虎通》:"埙之为言熏也,阳气于黄泉之下熏蒸而萌。"《说文》:"魄,阴神也。"《淮南子·天文训》:"天地之袭精为阴阳。"《精神训》:"经天营地……乃别为阴阳。"帛书之"熏气""魄气"正是指天地阴阳二气,而"以为其疏"即指使二气疏通。帛书又说:"共攻□步""乃践(行)日月"之后,才"有霄有朝,有昼有夕"。朝、昼与阳气相连,霄、夕与阴

[①] 饶宗颐:《楚地出土文献三种》,中华书局1993年版,第235—236页。

气相当。所谓"有霄有朝,有昼有夕"正是太阳运行、化成天地的另一种说法。

帛书的四时观念也是十分明显的。伏(包)羲时有"四时相代","是惟四时";炎帝时有"四神□□,□至于复"。又"以四神降","奠四极";共攻时又有"四时""神则闰四"。在阴阳四时的基础上,又有完整的一周年的概念,这便是"岁"。帛书说"步以为岁""千又百岁",说明当时的天象月令知识已很丰富了。

丙,九州不平,山陵备侧

前文讨论郭店战国楚简《太一生水》时指出,古人的宇宙生成观里有一层内涵是关于中国大陆地形的认识,有西北高、东南低的观念。帛书上述三段文字也正有这方面的反映。说伏羲时曾经"山陵不疏",后来伏羲命令"山川四海""以为其疏",使得太阳神又重新可以降陟山陵与大海(泷汩函漫),使日月运行归复正常。但是经过"千又百岁"之后的炎帝时,又出现了"九州不平,山陵备侧"的现象。所谓"备侧",指完全倾侧不通之意。于是"炎帝乃命祝融,以四神降,奠三天"。经过一番努力之后,祝融回复说:"非九天则大侧,则毋敢蔑天灵。""非"读如"彼"。蔑从芇声,应读为蔑,有蔑视、轻视、违弃之意。祝融说,即使九天倾侧,也不敢违背天命。前文竹简《太一生水》说,虽然地势西北高,东南低,但就整个宇宙而言,仍然是完整的,因为"不足于上者,有余于下;不足于下者,有余于上"。可见祝融说的"九天倾侧"实际与前文所说的"九州不平,山陵备侧"是同一回事。祝融的意思是说:"九天倾侧""九州不平"是一种自然现象,应当承认其既成事实,而且这种现象并不妨碍日月的运转,所谓"不敢蔑天灵"。炎帝听了祝融的汇报后,表示允可,于是日月的运行又恢复了正常。这就是所谓"乃为日月之行"。

综合以上分析,可得子弹库丝帛"图书"史诗、颂诗关于宇宙论的内涵包括如下几方面:

①宇宙产生前的状态是"梦梦墨墨，亡章弼弼"，混沌一团。

②宇宙神的原型是太阳神，太阳神的人格化在不同的时期分别表现为伏羲神、炎帝神、共攻神。

③宇宙产生的最根本原因是由于太阳、月亮等天体的循环运转，所谓"殊又日月""日月允生""乃为日月之行"。

④太阳人格神伏羲、炎帝、共攻等人推动日月运转，确保宇宙处于正常状态的具体工作，表现为"推步规天""陟降山陵与大海"。

⑤宇宙形成的时间特征是阴阳二气（"熏气""魄气"）、春夏秋冬（"是惟四时"）以及十日（"共攻□步十日"）、十二月（月忌十二篇中十二月名、月神）；空间特征是天地（"上下""九天""九州"）、四方（帛画四方神木以及东、南、西、北各三月）。

⑥宇宙形成后的天地特征是：A. 整个大地平面是东西宽，南北短（帛画作长方形结构）；B. 天地的立体特征是西北高，东南低，"山陵不疏""九州不平，山陵备侧""彼九天则大侧"。

子弹库丝帛图书关于宇宙生成史诗、颂诗中这六方面内涵完全包括前文讨论马王堆丝帛《太一神图书》、荆门郭店战国竹简《老子》甲、《太一生水》所述宇宙类史诗、颂诗的全部内容，并更为完善。总之，子弹库丝帛"图"与"书"所提供的宇宙论可以作为我们讨论先秦时期宇宙类史诗、颂诗的标准文本。

依据前述子弹库战国丝帛"图书"、马王堆丝帛《太一神图书》等文献可知，先秦时期宇宙生成观是历史最悠久、流传最广泛的一种史诗、颂诗主题，而且这种观念的表述往往采用"图"与"书"相结合的方式，在部族血缘集团宗教祭祀场合集体吟唱、流传。从上面讨论的多种考古文本，在不同场合出现的现象推测，汉语史诗、颂诗的流传也有一个如帕里—洛德所概括的"口头程式"过程。只不过这个过程在中国古代表现为部族血缘内，受众比较统一，都是本族成员。这样，又涉及杭柯的"以民族传统为取向的史诗文本"与弗里的"民族传统性指涉的史诗文本"了。当然，这个"民族性"在中国汉语史诗、颂诗里更加突出了。以此为参照系，我们再来阅读一些流传至今的先秦书面汉语史诗、颂诗，许多问题便可得到更为合理的解释。

第三节　传世文献中宇宙生成类"图书"史诗的讨论

一　《天问》宇宙生成论文字原是应"图"而作

王逸《楚辞章句·天问》解题认为，《天问》是屈原因壁画而作：

> 屈原放逐，忧心愁悴，彷徨山泽，经历陵陆，嗟号昊旻，仰天叹息；见楚有先王之庙及公卿祠堂，图画天地山川神灵，琦玮谲诡，及古贤圣、怪物行事。周流罢（疲）倦，休息其下，仰见图画，因书其壁，呵而问之，以渫愤懑，舒泻愁思。楚人哀惜屈原，因共论述，故其文义不次序云尔。

以往有许多学者怀疑《天问》与壁画的关系。如王夫之《楚辞通释》、廖平《楚辞讲义》、郭沫若《屈原赋今译》、谭介甫《屈赋新编》、陆侃如《楚辞引论》、苏雪林《天问正简》等等，均对《天问》壁画说持否定态度。郭沫若说："这完全是揣测之辞。任何伟大的神庙，我不相信会有这么多壁画，而且画出了天地开辟以前的无形无像。"谭介甫说:"所谓楚的庙宇祠堂,何得会有这么多图画?"① 现在当我们掌握了大量宗庙祠堂的壁画资料之后,再来看郭沫若、谭介甫当年的论断,无疑是千虑一失了。

现在我们可以放心地说,屈原《天问》因壁画而作,是完全可能的。前文已经介绍了楚地出土的子弹库楚帛书《宇宙篇》《天象篇》《月忌篇》,荆门"兵避太岁"戈,马王堆帛书"太一图",都是"图"与"书"的完整结合。这说明因"图"作"文"本是楚地的文化传统。不仅如此,考古材料还提供了楚地宗庙墓地有壁画的事实。如江陵天星观 1 号墓椁室的横隔板上,绘有十一幅彩绘壁画;寿县楚墓里有壁画;随县曾侯乙墓出土的漆箱的盖面及两头、一侧的面上均绘有神兽像与星宿名。

以上材料表明,楚国本是一个充满神灵、到处有壁画、时时能见"图书"的地方。屈原《天问》《九歌》《招魂》等,便是在这样的土壤里产生。刘师培《古今画学变迁记》说得好:

> 古人像物以作图,后者按图以列说。……盖古代神祠,首崇画壁。……神祠所绘,必有名物可言,与师心写意者不同。《楚辞》之《九歌》《天问》诸篇,言多恢诡,盖楚俗多迷信,屈赋多事神之曲,篇中所述,其形态事实,或本于神祠所绘。

如前所述,夏商周时期"图书""壁画"的内容,一般包括宇宙生成观、部族祖先、古史观等等。屈原本与楚王同姓共祖,属于王亲国戚之列,又亲自担任过"三闾大夫""左徒"两职。三闾大夫的工作,是为屈、景、昭三家王族贵戚教育子弟,序其族谱。可见其事与楚国的历史文化有关。而"左徒"一职,据姜亮夫师考证,

---

① 郭沫若:《屈原赋今绎》,人民文学出版社 1981 年版;谭介甫:《屈赋新编》,中华书局 1978 年版。

即为宗教术语"莫敖"一词之雅化,其职与巫师、祭师之类相当①。总之,屈原本是一个巫与史合流而吟唱传布史诗、颂诗的人物。屈原既是楚王族后代,又是深悉楚国历史传说的学者,同时又兼任巫师祭师之类的工作;因此,当他在"忧心愁瘁"之际看到楚先王之庙及公卿祠堂上的壁画时,自然会因壁画内容而作出种种发问与阐释②。我们考察《天问》全文,其中有关宇宙生成论内容与前文介绍的子弹库战国丝帛"图书"、马王堆汉墓丝帛《太一神图书》之"书"所述宇宙论完全一致,揣想壁画上的图像亦当与子弹库和马王堆丝帛"图书"之"图"大致相同。我们仍以前面总结的子弹库战国丝帛"图书"所揭示的宇宙生成论六个层次为线索,解读《天问》里的宇宙生成论。

（1）宇宙产生前的状态：

日遂古之初,谁传道之？
上下未形,何由考之？
冥昭瞢暗,谁能极之？
冯翼惟象,何以识之？

开头"曰遂古之初"显然是追叙有关宇宙生成或天神起源的专用辞"曰古""曰若稽古"的套用变化,不能拆开解释。过去有学者读"曰"为"问",以为是全篇的总提问,如林云铭《楚辞灯》："曰,问之词。"到了现当代,许多注本均据此在"曰"后断句,读成"曰：遂古之初"。今据楚帛书与《尚书》可知其误。"谁传道之"之"传道",亦非今人所谓的传说称道,而当读为"转导",姜亮夫师指出："传即转之分别字,道与导通。传道,流转导引也。流

---

① 姜亮夫：《屈原》,《中国历代著名文学家评传》第 1 卷,山东教育出版社 1983 年版。
② 江林昌：《楚辞与上古历史文化研究》,齐鲁书社 1998 年版,"绪论"。

转，犹今言变化，而后世盘古开辟天地之说之类。"①《天问》开头这两句是问，在那遥远往昔之初，是谁开天辟地创造了宇宙？

《天问》接下来几句写宇宙创造前的情形，由于当时还"上下未形"，天地未开，因而"冥昭瞢暗""冯翼惟象"，混沌一团。"昭"字刘盼遂先生认为是"吻"字之误②。《说文》："吻，尚冥也，从日勿声。"吻与昧古通用。冥吻瞢暗，四字同义连文，均作暗昧解，形容混沌未开时的景象。"惟象"即未像，无形也。"冯翼惟象"指宇宙产生前大气弥漫而无形象。《天问》这几句与子弹库丝帛书《宇宙篇》"梦梦墨墨，亡章弼弼"，《淮南子》"窈窈冥冥，芒芠漠闵"完全一致。

（2）宇宙创造神的出现：

何阖而晦？何开而明？
角宿未旦，曜灵安藏？
日安不到？烛龙何照？
羲和之未扬，若华何光？

《天问》"何阖而晦？何开而明"言什么时候关上了天门就天黑，什么时候打开天门就天亮。这个天门自然是指宇宙之门。天门盖有两处，一在东，一在西。在东者为"角宿"门。角宿，星座名，二十八宿之一，青龙赤宿的第一宿，有两颗星，夜间出现在东方，黄道经过两星之间，太阳早晨从两星间升起。"角宿未旦"之"旦"为天明。戴震《屈原赋注》："日出地上曰旦。""曜灵安藏"，王逸《楚辞章句》："曜灵，日也。言东方未明旦之时，日安所藏其精光乎？"这几句说明，天门的开阖者实际是太阳神曜灵。在天门打开之前的黑夜里，曜灵是隐藏在某处的。《天问》又说，太阳"出自汤

---

① 姜亮夫：《重订屈原赋校注》，天津古籍出版社1987年版，第262—264页。
② 刘盼遂：《天问校笺》，《刘盼遂文集》，北京师范大学出版社2002年版，第3页。

谷，次于蒙汜"，可知其夜间所藏处在汤谷大海之下。这又与郭店楚简《太一生水》所说"太一生水""太一藏于水"，以及子弹库楚帛书《宇宙篇》所说太阳降于山陵四海相一致。《天问》"日安不到，烛龙何照？羲和之未扬，若华何光？"是写太阳神曜灵从角宿天门升起，又从西方天门落下后的景象。

在神话思维里，太阳的东升西落所产生的所谓"天门启合"，又往往图腾动物化为烛龙的睁眼与闭眼。前引《山海经·大荒北经》即言烛龙"直目正乘，其瞑乃晦，其视乃明"。"羲和"指太阳神，"若华"即若木之花。在神话传说中，扶桑神树伴随着东方大海上的太阳，而若木神树伴随着西方山陵上的太阳：

若木在建木西，末（树枝末端）有十日，其华照下地。（《淮南子·地形训》）

大荒之中，有衡石山、九阴山、洞野之山，上有赤树，青叶赤华，名曰若木。（若木）生昆仑西附西极，其华光赤照下地。（《山海经·大荒北经》）［末句"（若木）生昆仑西附西极……"原误为郭璞注文，今据郝懿行校改］

据上可知，"日安不到，烛龙何照？"是就太阳神开启东方天门而言，"羲和之未扬，若华何光？"是就太阳神闭阖西方天门而言。其句意是说：

东方天门开：太阳还有什么地方照不到，烛龙又怎么睁目而照？

西方天门合：太阳神羲和已不再扬鞭在天空行走（意即已西下时），若木之花的下面怎能会有光芒？

特别值得提出的是，《天问》这四句诗中，把太阳神原型与太阳神的人格化"羲和"、图腾动物化"烛龙"、植物树木化"若华"作了同时叙述，正好与子弹库战国丝帛"图书"中的太阳神"包戏"、图腾神"黄龙"及四方神木相一致，具有十分珍贵的史料价值。

（3）太阳神创造宇宙的根本特征是循环运转：

> 出自汤谷，次于蒙汜。
> 自明及晦，所行几里？

这是写太阳从早到晚的一天运行。《山海经·海外东经》："汤谷上有扶桑，十日所浴。"《淮南子·天文训》："日出于旸谷，浴于咸池，拂于扶桑，是谓晨明。……至于虞渊，是谓黄昏。至于蒙谷，是谓定昏。"《天问》"次于蒙汜"即《淮南子》"至于蒙谷"。次，止息，住宿。"蒙汜"即蒙谷。《天问》这四句关于太阳神白天运行的描述，正见于前文介绍的有关楚国丝帛简牍"图书"。

> 马王堆丝帛《太一神图书》：太一将行……神从之。
> 郭店楚简《太一生水》：太一生水，水反辅太一，是以成天。天反辅太一，是以成地。
> 子弹库丝帛《宇宙图书》：帝允，乃为日月之行。

太阳的运行，首先产生了白天。再运行便是黑夜的到来。《天问》说：

> 夜光何德，死则又育？
> 厥利维何，而顾菟在腹？
> 女岐无合，夫焉取九子？
> 伯强何处，惠气安在？

"夜光何德"四句写太阳西下后，月亮升起。"女岐无合"四句则写星星。白天月亮隐藏，如同死去一般。到了夜里，月亮又升起来了,所以说"死则又育"。"厥利维何,而顾菟在腹","利"通"黎",黑色的意思,此指月中阴影。"顾菟",闻一多释为蟾蜍之异名①。这两句乃一问一答:那月中的黑阴影是什么?原来是蟾蜍在上面。"女岐",星名,原名九㧑,音转为女岐,传说她无夫而生九子,又称九子母,详王逸《楚辞章句》。伯强,即禺强,既为风神名,又为星名。

以上月亮、星星的出现,都是太阳西落后行于地底黄泉水的情况。这种因果关系刚好又出现在《楚辞·九歌》中的《东君》里:

青云衣兮白霓裳,举长矢兮射天狼。
操余弧兮反沦降,援北斗兮酌桂浆。
撰余辔兮高驰翔,杳冥冥兮以东行。

这正是太阳西下,群星毕现的场景。"天狼""北斗"均为星名。"举长矢""操余弧"有两层含义。第一,"矢"与"弧"合为"弧矢星",共有五颗,因形似弓箭而名。第二,在神话思维里,"弧矢"又是太阳光芒的比喻。利普斯《事物的起源》说:"太阳光芒是太阳射向地球的箭。"《墨子·经说下》也说:"光之(至)人,煦若射。"前引云南沧源岩画的太阳神也是手持弓箭。《东君》:"举长矢兮射天狼"是指太阳西下时把最后一抹阳光反射到天狼星上,"操余弧兮反沦降"则指太阳神收束光芒回身向西方降落。接下来"撰余辔兮高驰翔,杳冥冥兮以东行"两句便写太阳神的地底黄泉运行。在神话思维里,太阳神在空中乘龙驾风,在地下则乘马行水。"撰余辔兮高驰翔"即指乘马而行。"杳冥冥"之"杳"从日在木下。《说文》:"杳,冥也。"段玉裁注:"莫为日且冥,杳则全冥矣。由莫而行地下,而至于榑桑之下也。"由此可见,"杳冥冥兮以东行"是指太阳西下后,乘马在冥冥的地下黄泉由西往东运行。这正

---

① 闻一多:《天问疏证》,上海古籍出版社1985年版,第11页。

好是对《天问》"角宿未旦,曜灵安藏"的回答。再接着便是《东君》开头所写的太阳从东方升出大海后的场面:

　　暾将出兮东方,照吾槛兮扶桑;
　　抚余马兮安驱,夜皎皎兮既明。

当太阳神抚马安驱,走完他的夜间行程后,便将从东方露出海面,把灿烂的阳光从扶桑树梢射到农家门槛上。新的一天又开始了,再接下来便又回到《天问》的"出自汤谷,次于蒙汜,自明及晦,所行几里"的第二轮白天运行。现在可将《天问》《九歌》中的太阳循环运行情况绘图如下(见图4—13)。

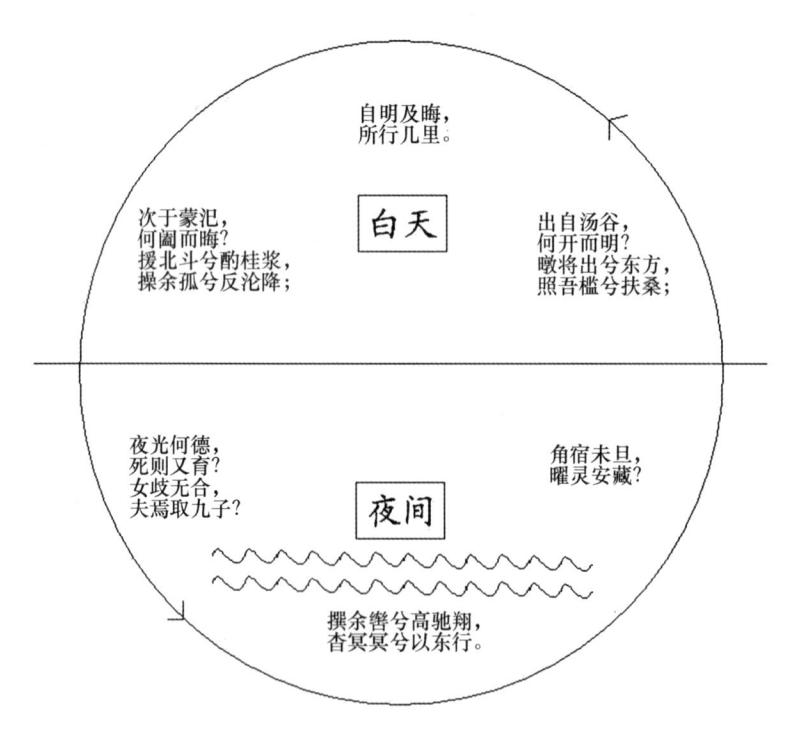

图4—13　《天问》《东君》太阳循环示意图

以上情形，正好与郭店战国楚简《太一生水》："太一藏于水，行于时，周而又（始，以已为）万物母"相一致。

（4）太阳神创造宇宙的具体工作表现为"推步规天""陟降山海"。《天问》载：

> 圜则九重，孰营度之？
> 惟兹何功，孰初作之？

"圜"同"圆"，指天形之圆。"度"，度量，与帛书"推步规天"同义。"营度"之营，指环绕。刘盼遂《天问校笺》："营，古与环通矣。天圆而九重，故须环回以度之。"闻一多《天问疏证》也说："孰营度之，谁萦绕此垣而度知其里数也。"

（5）宇宙形成后的时空特征是阴阳二气和四方四时：

> 明明暗暗，惟时何为？
> 阴阳三（参）合，何本何化？

"明明"指白天，"暗暗"指黑夜。"三合"即参合。这四句是说昼夜交替，阴阳变化，是谁造成的，又是怎样造成的？通过上文的介绍，《天问》实际已经回答这些都是太阳神造成的，太阳神是通过循环运转而形成昼夜阴阳的。接着，《天问》又写太阳神形成四时与四方。

> 何所冬暖？何所夏寒？
> 焉有石林？何兽能言？
> 四方之门，其谁从焉？
> 西北辟启，何气通焉？

"冬暖""夏寒"是概言四时。"四方之门"，神话传说，天之东北、东南、西北、西南各有一门,其中西北方为不周之山幽都之门。这"四方之门"与子弹库帛画四角神树可以比较理解。

总之,以上的"昼夜""阴阳""四时""四方"都是由于太阳循环后所产生的宇宙现象,真所谓"太一出两仪,两仪生四象"。《淮南子·本经训》有一个概括描述:"秉太一者,牢笼天地,弹压山川,含吐阴阳,伸曳四时,纪纲八极,经纬六合,覆露照导,普氾无私。"亦可对照。

(6) 宇宙形成后的天地特征:

> 天何所沓,十二焉分?
> 日月安属,列星安陈?
> 九天之际,安放安属?
> 隅隈多有,谁知其数?

这八句主要讲天。前四句讲日月星辰。说日月如何安沓,星星如何铺陈,岁星在黄道带上的运行又如何划分成十二等分。再四句讲天野的总布局,说整个天空分为九个区野,还有许多角落。《淮南子·天文训》:"天有九野,九千九百九十九隅。"《天问》又写大地的情况:

> 东西南北,其修孰多?
> 南北顺椭,其衍几何?

前文介绍子弹库帛画时指出,整幅画作长方形,东西宽南北短。《天问》在这里的表达相一致。椭,狭而长。前两句是问大地的东西南北哪个长?后两句回答说南北地形扁狭,东西的距离要比南北宽多少?这是就大地的总体框架而言,东西宽、南北狭是其特征。《天问》写大地平面上的具体情况:

昆仑县圃，其尻安在？
增城九重，其高几里？

斡维焉系，天极焉加？
八柱何当，东南何亏？

鲧何所营，禹何所成？
康回冯怒，地何故以东南倾？

九州安错，川谷何洿？
东流不溢，孰知其故？

这四段文字总的是讲中国大地的特征是西北高、东南低。"县圃""增城"都是昆仑山上的神话地名，上通于天。"县圃"即"悬圃"，神人之圃，悬于空中，极言其高。故云"其尻安在？""尻"同"居"，处置。这里以"悬圃""增城"说明我国的地势为西北高。

斡，北斗星的斗柄。维，绳子。"天极"，天的顶端。加，安放。"斡维焉系，八极焉加"两句意谓北斗星斗柄的绳子系在哪里，九天的顶端又安放在哪里。"八柱"传说是昆仑山上支撑天空的八座山峰。"亏"，指缺损，缺陷。《淮南子·天文训》："昔者共工与颛顼争为帝，怒而触不周之山，天柱折，地维绝。天倾西北，故日月星辰移焉；地不满东南，故水潦尘埃归焉。"《天问》"八柱何当，东南何亏"以及"康回冯怒，地何故以东南倾"正是这个意思，王逸《楚辞章句》："康回，共工名也。"冯，通"凭"，盛、满的意思，"康回冯怒"即共工怒触不周山。

"九州安错"四句继续讲西北高、东南低的地势。"错"当指错综不平。"洿"指挖掘。"九州安错，川谷何洿"意谓九州为何如此错综不平，河川山谷又如何掘成？这一意思我们又见于子弹库帛书

《宇宙篇》的"九州不平，山陵备侧"。"东流不溢"指百川东流而大海不满，这正是地势西北高、东南低的另一表达方法。

以上的讨论可知，《天问》以及《九歌》中的宇宙生成论与子弹库战国丝帛之《宇宙图书》、马王堆丝帛《太一神图书》以及郭店战国楚简《太一生水》几乎完全一致。子弹库丝帛、马王堆丝帛等都是楚国时代的文物，其"图"与"书"的结合历历在目。则《天问》《九歌》所述宇宙生成论之"书"，在当年也当有其相配合之"图"。子弹库"宇宙图书"、马王堆"太一图书"、郭店《太一生水》之书，均盛传于战国时代的楚国，这正是屈原生活的时与地，则屈原自然是喜闻乐见，其所见楚国"先王之庙及公卿祠堂"上所绘画的"天地山川神灵"之图，可能正与此相一致，故其文字也大致相同。总之，《天问》《九歌》的史诗、颂诗综合类文体，是十分显明的。

二 《九歌》《离骚》中有关宇宙论文的字也是配"图"之"书"，是屈原加工创作的史诗、颂诗

以上的讨论表明，《天问》中宇宙生成论原是因楚宗庙壁画而作，壁画之"图"与《天问》之"书"是统一的。而《九歌》在当时也是有相应的图画的。1973年，考古工作者又在子弹库清理出了一幅《人物驭龙帛画》，其画面正可与《东君》相配合而解释。画正中为一有胡须的男子神人，侧身直立，腰佩长剑，手执缰绳，驾驭着以龙为船头、以凤为船尾的舟车。神人头顶上有伞形的舆盖，当为象征圆天。神人所乘舟车的下前方有一鲤鱼，当表明此与地下黄泉或大海有关（见图4—14）。

这图画中的神人形象与《九歌·东君》所述的太阳神形象几乎完全吻合。

画中神人身着长袍，腰佩长剑，即《东君》："青云衣兮白霓裳，举长矢兮射天狼。"

画中舆盖上有三根飘带随风往后拂动，表明神人正驾驭舟车前

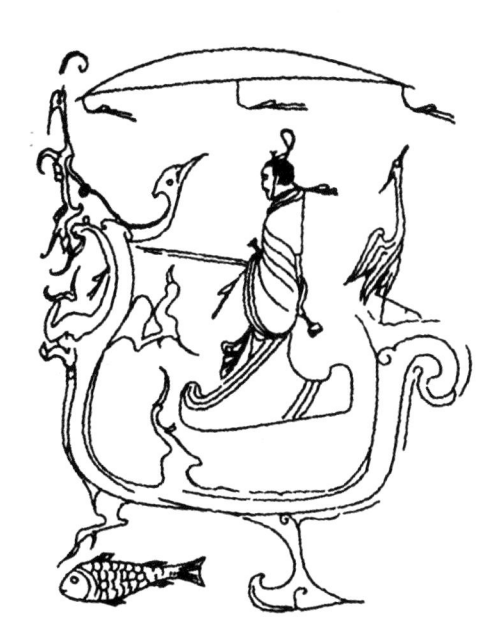

图4—14 子弹库丝帛《人物驭龙帛画》

行。此即《东君》:"驾龙辀兮乘雷,载云旗兮委蛇。"

画中舟车下方的鱼与神人及舟车的方向一致,这鱼当与黑夜地水有关,表示太阳神的夜间地泉运行。此即《东君》:"操余弧兮反沦降,援北斗兮酌桂浆,撰余辔兮高驰翔,杳冥冥兮以东行。"

画的上方为伞形舆盖,表示圆形的天空。这又与太阳神的白天运行相一致。神人所驾舟车以龙为头,以凤为尾,正表明太阳神驭龙乘凤的白天运行。此即《东君》:"抚余马兮安驱,夜皎皎兮既明","暾将出兮东方,照吾槛兮扶桑",于是乎"翾飞兮翠曾,展诗兮会舞,应律兮合节,灵之来兮蔽日"。

将画中的上方象征圆天的伞形舆盖、下方象征地泉的鲤鱼与神人驾驶龙头凤尾的舟车作动态的整体考虑,不难得出这样一个主题:这是太阳神在驾车作天地昼夜间的循环运行。而这也正是《东君》一诗的主题内容。

不仅如此,将屈原赋的所有作品与前文介绍的所有楚地出土

"图书"相对照，往往能发现许多相应之处。饶宗颐先生、李学勤先生、李零先生、李家浩先生等学者的论著中已有论及①。这说明屈原的时代，"图"与"书"的结合是普遍现象，屈原作辞赋时，是有广泛的"图"作基础的。此综合对录于下，以广见闻。

子弹库楚帛书《月忌篇》第一月："取，于下。"据李学勤先生考证："取"即《尔雅·释天》之"陬"。"取（陬）"为月名，"于下"为月神名②。对照《离骚》："摄提贞于孟陬兮，惟庚寅吾以降。""孟陬"即"正月"，与《月忌》篇所用同。

子弹库楚帛书《宇宙篇》："以涉（陟）山陵"，又见于《离骚》："陟升皇之赫戏"。帛书《宇宙篇》："炎帝乃命祝融，以四神降。"《离骚》则曰："惟庚寅吾以降""巫咸将夕降兮""众神翳其备降兮"。《天问》也有："帝降夷羿""（禹）降省下土方""帝乃降观"诸事。《九歌》则曰："灵皇皇兮既降"（《云中君》），"帝子降兮北渚"（《湘夫人》），"操余弧兮反沦降"（《东君》）等。在先秦文献里，"陟"与"降"专用于神灵巫师上下天地时所用③。

帛书《宇宙篇》："（包戏）晷天步，乃上下腾传"之"腾"又见于《离骚》："腾众车使经待"，《湘夫人》："腾驾兮偕逝"。

子弹库帛画《人物驭龙图》中神人所驾舟车以龙为头，以凤为尾。马王堆帛画《太一神图书》及荆门兵器《太一戈图书》亦均有神人跨龙执龙之象。《楚辞》则屡言神巫驾龙乘凤，策马呼云以上下天地之间。见于《离骚》者：

"驷玉虬以乘鹥兮，溘埃风余上征。"
"饮余马于咸池兮，总余辔乎扶桑。"

---

① 饶宗颐：《楚地出土文献三种》，中华书局1993年版；李学勤：《简帛佚籍与学术史》，江西教育出版社2001年版；李零：《长沙子弹库战国楚帛书研究》，中华书局1985年版；李家浩：《论"太一避兵图"》，《国学研究》第一卷，北京大学出版社1994年版。

② 李学勤：《补论战国题铭的一些问题》，《文物》1960年第7期。

③ 江林昌：《楚辞与上古历史文化研究》，齐鲁书社1998年版，第108—118页。

"吾令凤鸟飞腾兮，继之以日夜。"
"朝吾将济于白水兮，登阆风而系马。"
"吾令丰降乘云兮，求宓妃之所在。"
"为余驾飞龙兮，杂瑶象以为车。"
"扬云霓之晻蔼兮，鸣玉鸾之啾啾。"
"麾蛟龙使梁津兮，诏西皇使涉予。"
"屯余车其千乘兮，齐玉轪而并驰。"
"驾八龙之婉婉兮，载云旗之委蛇。"

又见于《九歌》，其中见于《东君》者已如前述，其余各篇则有：

《云中君》："龙驾兮帝服，聊翱游兮周章。"
《湘君》："驾飞龙兮北征，邅吾道兮洞庭。"
《大司命》："乘龙兮辚辚，高驰兮冲天。"
《河伯》："乘水车兮荷盖，驾两龙兮骖螭。"

以上诗句，应该就是对子弹库帛画、马王堆帛画的最好文字说明。

马王堆丝帛《太一神图书》总题记曰："□将承弓，□先行。"太一神题记又曰："太一将行。"相关语句又见于《楚辞》，如：

《离骚》："灵氛既告余以吉占兮，历吉日乎吾将行。"
　　　　"仆夫悲余马怀兮，蜷局顾而不行。"
《湘君》："君不行兮夷犹，蹇谁留兮中洲。"
《东君》："撰余辔兮高驰翔，杳冥冥兮以东行。"
《河伯》："子交手兮东行，送美人兮南浦。"

马王堆丝帛《太一神图书》总题记说："□□狂，谓不诚，北斗为正。即左右□，经行毋顾。"其中的"北斗为正"当为神巫起誓语。《离骚》亦有"指九天以为正"之语。《九章·惜颂》则曰："指苍天以为正"。帛书"经行"一词当为楚方言习词，《楚辞》中亦多见。

《离骚》："路修远以多艰兮，腾众车使经待。"
《远游》："左雨师使经侍兮，右雷公以为卫。"
"阳杲杲其未光兮，凌天地以经度。"

洪兴祖《楚辞补注》："经，直也。"就上述语境看，"经待""经侍""经度"虽为楚习语，但主要还是用于神灵的行为，当有特殊意义。

我们在第一章介绍了芬兰古典学家伦洛特搜集汇编加工的《卡勒瓦拉》，苏格兰诗人麦克菲森收集苏格兰高地口头史诗并编辑加工了《莪相作品集》，塞尔维亚诗人涅戈什收集门得内哥罗口头史诗编辑加工了《山地人之歌》。杭柯认为这是"以民族传统为取向的史诗文本"，具有特定的内涵。屈原编辑加工的《天问》《九歌》以及创作的《离骚》，具有这方面的性质，值得高度重视。

三　《山海经》《淮南子》是与《天问》相同性质的解"图"之"书"史诗、颂诗

在上面讨论楚地出土"图书"与传世本《楚辞》的宇宙生成论时，我们常常引用《山海经》《淮南子》的材料作印证。换言之，《山海经》《淮南子》中的宇宙论与《楚辞》等材料相一致。有关这一问题，前人早已注意到了。朱熹的《楚辞辩证》在解释《天问》鲧治水故事时，即指出《山海经》《淮南子》与《天问》的密切关系：

大抵古今说《天问》者，皆本此二书（按：指《山海经》

《淮南子》）。今以文意考之，疑此二书本皆缘解此《问》而作。而此问之言，特战国时俚俗相传之语。

朱熹认为，《山海经》《淮南子》都是因《天问》而作。陈振孙《直斋书录解题》赞同朱说："谓《山海经》《淮南子》，殆因《天问》而著书，说者反取二书以证《天问》，可谓高世绝识，无遗恨者矣。"也有学者认为是《天问》采用了《山海经》的材料。如清吴任臣《山海经广注》：

> 周秦诸子，惟屈原最熟读此经。《天问》中如"十日代出""启棘宾商""臬华安居""烛龙何照""应龙何画""灵蛇吞象""延年不死"，以至"鲮鱼魈堆"之名，皆原本斯《（山海）经》。

明代胡应麟《少室山房笔丛》、清代陈逢衡《山海经汇说》，所持意见大致相同。

以上虽然关于《天问》与《山海经》《淮南子》两书孰先孰后的认识恰好相反，但关于两者在宇宙生成论等内容性质上有趋同性的认识则是一致的。我们认为，此三书的成书年代虽有先后的不同，大致说来，应该是《山海经》中部分篇章先出现，然后是《天问》，再后来是《淮南子》；但是三书彼此之间并不存在直接因袭关系，或谁解说谁的关系。事实上，最有可能的是，三书都是因相同题材的"图"而作的文字说明"书"，也就是如同帕里、洛德调查南斯拉夫口头史诗所得情形相似。因此，虽然三书的文字表达形式不同，而其关于"宇宙生成论""山川神怪崇拜"等内容则大致相同。蒙文通先生曾有相似的观点，他认为《天问》所据的壁画与《山海经》所据之图，可能是相同的：

> 《天问》之书，既是据壁而作，则《山海经》之图与经其

情况当亦如是。且《天问》所述古事十分之九都见于《大荒经》中，可能楚人祠庙壁画就是这部分《山海经》的图。①

因为《天问》与《山海经·大荒经》所据以说明的"图"相同，因此两书"所述古事十分之九"相同。

同样的情况又出现在《山海经》与《淮南子》中。例如，《淮南子·地形训》载有"海外三十六国"，其中提到的氏族国名称与《山海经·海外经》大致相同。两者所据以说明的是相同的"图"，因此，当两书以同样的顺序解同一"图"时，其所见氏族国的顺序与名称就相同。如果两书以相反的顺序解同一"图"时，其所见氏族国的顺序恰好相反。

关于《山海经》的形成地点与整理编纂人，学术界有不同的认识。主要原因是《山海经》非一时一地一人之作。徐旭生《中国古史的传说时代》所附《读〈山海经〉札记》指出："《山海经》非一人一时所作，盖经多次附益而成，固不仅卷数与《汉书·艺文志》不符，及'海外''海内'两经后有校录衔名，可为证也。各经中多重复大同小异之文，已足证其非一人所辑录者矣。"② 总之，《天问》《九歌》《离骚》《山海经》《淮南子》体裁不同，文本形成的时间、地点不同，但是它们所描述所吟唱的却是同一主题的"图画"。这是因为三者实际上是同一史诗、颂诗主题，而由不同地点不同传唱人对"图"演唱传承下来的不同记录文本。从这个角度讲，帕里—洛德的"口头程式理论"，纳吉的"荷马诸问题"理论，对于研究挖掘中国汉语史诗、颂诗是有启发意义的。

---

① 蒙文通：《略论"山海经"的写作时代及其产生地域》，《中华文史论丛》第 1 辑，上海古籍出版社 1962 年版。

② 徐旭生：《中国古史的传说时代》，广西师范大学出版社 2003 年版，第 342 页。

附录一：原史时期的"图话"与夏商周秦汉时期的"图书"所见宇宙生成类汉语史诗、颂诗

		图：考古所见"图话"之"图"与"图书"之"图"
图话之图	简单型	（1）郑州大河村仰韶文化彩陶"太阳光芒"图案 （2）山东大汶口文化陶尊上的"日月山"图案 （3）山东烟台白石村相当于大汶口文化时期陶片上的"太阳光芒"图案 （4）浙江河姆渡文化象牙板上的"双鸟与太阳同体图" （5）浙江良渚文化玉璧上的"阳鸟山陵图" （6）四川成都金沙遗址出土"四只凤鸟围绕太阳循环飞行图" （7）云南沧源岩画上的"太阳神手执弓箭光芒四射图"
	复杂型	（8）河北磁县下潘汪仰韶文化陶钵上的"旭日半出倒置图" （9）山东泰安大汶口文化象牙梳上的"S形太阳八卦图" （10）《邺中片羽》卷下所引古兵器上"阴阳双龙对转图" （11）安徽含山凌家滩玉龟玉版宇宙模式造型及其图案 （12）河南濮阳西水坡仰韶文化时期龙虎升腾蚌壳图与南圆北方墓形图
图书之图		（13）湖南长沙子弹库战国丝帛长方形"宇宙生成图" （14）湖南长沙子弹库战国丝帛"人物御龙图" （15）湖北荆门战国兵器"太岁戈图" （16）湖南长沙马王堆汉墓丝帛"太一出行图"

152　第一编　中华文明的起源、发展与史诗的形成、流传

附录二：配"图"之"书"本汉语史诗、颂诗

图书类型 / 文献类型	考古所见图书之"书"写史诗、颂诗			文献中图书之"书"本史诗、颂诗		
	甲骨文青铜铭文	子弹库帛书《宇宙篇》	郭店战国楚简《老子》甲本与《太一生水》	马王堆帛书《太一神图书》	《天问》	《东君》	《淮南子》
宇宙前宇宙生成		梦梦墨墨亡章弼弼	有状混成先天地生		冥吻曚暗冯翼惟象		窈窈冥冥芒芰漠闵冯冯翼翼洞洞灟灟
宇宙神	包戏、黄熊		道、太一	太一	日	东君	太一
宇宙神循环运转	出日、入日	①《宇宙篇》《月忌篇》三篇转读②上下腾传，乃为日月之行	太一藏于水，行于时，周而又始	太一将行，神从之，承弓，口先行	出自汤谷次于蒙汜自明及晦所行几里	夜间：杳冥冥兮以东行白天：暾将出兮东方	出于汤谷是谓晨明至于蒙谷是为定昏
宇宙神推步规天		晷天步，卧山碳大海，步以为岁，共攻口步十日，乃踆日月			圆则九重，孰营度之，惟兹何功，孰初作之		太章步自东极至于西极，竖亥步自北极至于南极

第四章　天人之间:天体崇拜类原始宗教与史诗的形成、流传　153

续表

图书类型 文献类型 宇宙生成	考古所见图书之"书" 写史诗、颂诗					文献中图书之"书" 本史诗、颂诗		
	甲骨文 青铜铭文	子弹库帛书 《宇宙篇》	郭店战国楚简 《老子》甲本与 《太一生水》	马王堆帛书 《太一神图书》		《天问》	《东君》	《淮南子》
宇宙神创造 天地阴阳	出入日	熏气魄气， 有宵有朝， 有昼有夕	神明复相辅也， 是以成阴阳			明明暗暗， 阴阳参合		经天营地， 别为阴阳
宇宙神创造 四时四方	甲骨文四方风	四神相代， 是惟四时	阴阳复相辅也， 是以成四时…… 成岁而止	随从四个武弟子， 代表春夏秋冬。		何所冬暖， 何所夏寒， 四方之门， 其谁从焉		含吐阴阳， 伸曳四时。 阴阳之专精为 四时
宇宙形成后的 天地特征		①东西宽、南北短 ②山陵不疏，九州不平，山陵备侧；非(彼)九天则大侧	天不足于西北，其下高以强。地不足于东南，其上□以□。不足于上者，有余于下；不足于下者，有余于上			①东西南北， 其修孰多？ 南北顺椭， 其衍几何 ②八柱何当， 东南何亏？ 康回冯怒， 地何故以东南倾		天倾西北，故 日月星辰移焉。 地不满东南，故 水潦尘埃归焉

第 五 章
地民之间：山川崇拜类原始宗教与史诗的形成、流传

远古时期，没有文字。氏族部落在集体祭祀宗教场合，往往面对那些代表图腾神灵或祖先神灵的象形图画而作歌舞颂祷。那是一个"图"与"话"相结合的时代。那"图"便是汉语史诗、颂诗的形象展示，而"话"则是汉语史诗、颂诗的口语文本。这部族与神灵们交流的"口语"文本，早已随着时代的变迁而消失了；而那时的"图画"文本，则仍有许多保留至今。这就是考古发现所提供的新石器时代晚期大量的陶器、玉器、骨器上的刻绘图画符号以及场面较为宏大的岩画、地画等。已论之于前章。

当中华文明进入夏商周早期发展阶段后，文明起源时期借助图画以表达思想、体现集体意识的传统仍然被继承与发展；同时，由于发明了文字，因而往往将当时的"祭语""歌辞"记录在旁，于是就形成了原史时代"图画"与"文字"相结合的"图书"传统。当时的文字，有许多是配合图画的。而且，这"图"与"书"往往是在部族集体宗教祭祀场合使用的，实际是当时的史诗、颂诗，是中国五帝时代文明起源与夏商周三代早期文明发展背景下中国原始宗教的产物。在前章，我们已讨论了五帝至夏商周时期的"宇宙生成类图书史诗"。本章试就山川神怪类"图书史诗"略作讨论。《山

海经》《楚辞》及《淮南子》是这类"图书"的代表,我们的讨论将结合有关考古资料展开。

第一节 《山海经》是配"山海图"的史诗文本

现存的《山海经》原是配有《山海图》的。有关这一问题,学术界已有许多讨论。例如,明代的杨慎《山海经后考》、胡应麟《少室山房笔丛》、清代的阮元《山海经笺疏序》、毕沅《山海经新校正序》,以及近现代学者如江绍原、饶宗颐、袁珂、萧兵、马昌仪、沈海波等人,都有明确的论述。这里拟在前圣时贤的基础上,补充三点证据。

一 由《中山经》所描绘的山川地理位置及其山川神怪特征,看《山海经》与夏族及其"九鼎图"的关系

很多学者认为,《山海经》所配的《山海图》,其原型就是禹铸"九鼎图"。这个说法可能有点简单化了。今存《山海经》分"五藏山经""海外经""海内经""大荒经"等部分,其来源应该是多头的。《山海经》中直接与夏族发生关系的应该是其中的"五藏山经"部分,禹铸"九鼎图"也应该在这个范围内讨论。《左传》宣公三年载:

> 昔夏之方有德也,远方图物,贡金九牧。铸鼎象物,百物而为之备,使民知神、奸。故民入川泽山林,不逢不若。魑魅罔两,莫能逢之。用能协于上下,以承天休。

上古汉语里的"物"往往是指"鬼神"。《史记·孝武本纪》:"能使物,却老。"《集解》引如淳曰:"物,鬼物也。"《汉书·高五王传》颜师古注:"物谓鬼神。"《左传》所说的"远方图物"之

"物"与"铸鼎象物"之"物"都是指"鬼神"。"远方图物,贡金九牧"为互文,意即远方之九牧既图物又贡金。"远方"之"九牧"即周边地区的部落酋长;"图物"即绘画出鬼神之图像;"贡金"则为贡献青铜。《左传》的意思是说,夏朝成为天下盟主时,就命令各地部落将他们所崇拜的山川鬼神等图腾物画成图画,连同青铜,一并贡奉到夏族王庭中来,夏族王庭就用这些青铜铸成了象征部落联盟政权的九鼎,这就是所谓的"铸鼎象物"。

《左传》的这则记载又同时见于《墨子·耕柱篇》:"昔者夏后开使飞廉折金于山川,而陶铸之于昆吾。"此外,《史记·楚世家》《后汉书·明帝纪》也有大致相同记载,说明其事有据。再就考古发现来看,在代表夏代夏族文化的二里头遗址里,出土了青铜鼎、盉、爵、斝等,还有三件由绿松石镶嵌而成的兽面纹铜牌饰。这青铜鼎与《左传》所说之"铸鼎"相一致,而兽面纹铜牌饰则是《左传》所说之"象物"。夏代"图书"之"图"见于青铜器,似可定论。

有学者进一步指出,夏代铸在青铜器上的有关山川神灵之图像,原是有文字说明的。这文字就保留在《山海经》里。杨慎《山海经后考》即指出:

> 九鼎之图……谓之曰山海图。其文则谓之《山海经》。

胡应麟《少室山房笔丛》也说:

> (《山海经》)盖周末之人,因禹铸九鼎,图象百物,使民入山林川泽,备知神奸之说,故所记多魑魅魍魉之类。

阮元《山海经笺疏序》指出:

> 《左传》称:"禹铸鼎象物,使民知神、奸,"禹鼎不可见,今《山海经》或其遗象欤?

毕沅《山海经新校正序》也指出：

> 禹铸鼎象物，使民知神、奸。案其文有国名，有山川，有神灵奇怪之所际，是禹所图也。鼎亡于秦，故其先时人尤能说其图而著于册。

现当代学者江绍原也认为，禹鼎传说是《山海经》中精怪神兽的重要来源①，袁珂、马昌仪、沈海波等学者亦认为禹鼎图与《山海经》有内在联系，《山海经》原是有图的。②

我们认为，学者们关于《山海经》是对"山海图"的文字说明的推断，是可以成立的。但必须指出的是，禹所铸的"九鼎图"只是"山海图"中的一部分，而不是全部。《山海经》中与"九鼎图"直接发生关系的，主要还是"五藏山经"中的"中山经"部分。关于这一推论，可以从《中山经》文本考证入手。

《列子·汤问篇》："有鸟焉，其名为鹏，翼若垂天之云，其体称焉。世岂知有此物哉！大禹行而见之，伯益知而名之，夷坚闻而志之。"列子是春秋战国之间的人，这段话揭示了夏禹与"山海经"之间的关系。这"翼若垂天之云"的鹏鸟，自然是表示山川神怪等图腾之"物"。大禹出行时见到了它，伯益给他取了名，自然是属于"山海图"的内容，而夷坚将它记录下来，便是属于"山海经"的文字部分了。我们考察今传《山海经》的《中山经》部分，发现其内容确与夏族有直接关系。例如，从地理角度看，《中山经》总共叙述了一百九十七座山脉及相关水系。它们的地望大都集中在河南西

---

① 江绍原：《中国古代旅行之研究》，上海文艺出版社1989年版，第7—13页。
② 袁珂：《袁珂神话论集》，四川大学出版社1996年版，第17—18页。马昌仪：《山海经图：寻找〈山海经〉的另一半》，《文学遗产》2000年第6期。沈海波：《略论〈山海经图〉的流传情况》，《上海大学学报》2000年第5期。

部、山西南部、陕西东部。这正是夏部族的活动范围中心。试举主要例证如下。

《中山一经》：

> 中山经薄山之首，曰甘枣之山。共水出焉，而西南流注于河。……
>
> 又东十五里，曰渠猪之山，其上多竹。渠猪之水出焉，而南流注于河。……

据郝懿行《山海经笺疏》考证，这些山均在山西西南部的永济、芮城、平陆、垣曲一带。黄河在这里先由北往南流，然后九十度转弯改成东向流。《山中经》这里所叙诸山是由西往东为序，其最西头的薄山，所出的共水便往西而流入由北往南走向的黄河，而再往东面的渠猪山所出的溪水便向南流入西东走向的黄河了。

《中山三经》：

> 又东十里，曰青要之山，实惟帝之密都。北望河曲，是多驾鸟。南望墠渚，禹父之所化。……是山也，宜女子。畛水出焉，而北流注于河。……
>
> 又东四十里，曰宜苏之山……滽滽之水出焉，而北流注于河……
>
> 又东二十里，曰和山……是山也五曲，九水出焉，合而北流注于河。

《中山五经》：

> 又东十里，曰良余之山……余水出于其间，而北流注于河；乳水出于其间，而东南流注于洛。
>
> 又东南十里，曰蛊尾之山……龙馀之水出焉，而东南流注

于洛。

《中山六经》：

> 平逢之山，南望伊、洛。
> 又西十里，曰廆山，交觞之水出于其阳，而南流注于洛。
> 又西九十里，曰夸父之山……湖水出焉，而北流注于河……
> 又西九十里，曰阳华之山……杨水出焉，而西南流注于洛。

前叙《中山一经》诸山，均在晋南地区，黄河北岸。而此《中山三经》《中山五经》《中山六经》诸山，则正好在豫西地区的北边，黄河南岸，基本上由西而东分布在今潼关、灵宝、三门峡、渑池、义马、新安、洛阳、孟津等陇海铁路一线，所以在山上可以"北望河曲""南望伊洛"，其各条河水或北向流注于黄河，或南向流注于洛水。

由黄河往南是洛水，由洛水再往南便是伊河。在洛水与伊水之间，隔着熊耳山山脉。熊耳山之南则有伏牛山。伏牛山的西端在洛水与伊河之间，其东端则在伊河之南。有关这些山脉中的诸山峰与诸河水在《中次二经》《中次四经》中有记载。

《中次四经》：

> 曰鹿蹄之山……甘水出焉，而北流注于洛。
> 又西一百二十里，曰厘山……滽滽之水出焉，而南流注于伊水。

《中次二经》：

> 又西三百里，曰阳山……阳水出焉，而北流注于伊水。

又西百二十里，曰蔄山。蔄水出焉，而北流注于伊水。

当这些山水在洛水与伊河之间时，其水便北注洛或南注伊，当山脉再往南移到伊水之南时，其水便北注伊了。郝懿行、徐旭生等先生已考证，这些山水大致分布在陕西东部的商洛、洛南、丹凤、商南与河南西部的卢氏、栾川、嵩县、宜阳各市县境内。

以上《中山经》所载的晋南与豫西各山水，正好在夏人的活动范围之内。在考古学上，我们已发现了豫西地区河、洛、伊流域的二里头夏文化，和晋南地区以夏县东下冯遗址为代表的二里头文化东下冯类型。《中山经》的记载与考古学文化完全吻合，使我们看到了《中山经》与夏族的直接关系。

不仅如此，"九鼎图"中的"图"，大多是山川神怪图腾形象，而《中山经》中随处都有对这些图腾的描绘。

《中山一经》：

有兽焉，其状如狸，而白尾有鬣，名曰胐胐，养之可以已忧。

《中次二经》：

其中多化蛇，其状如人面而豺身，鸟翼而蛇行，其音如叱呼，见则其邑大水。

有兽焉，其名曰马腹，其状如人面虎身，其音如婴儿，是食人。

《中次三经》：

其中有鸟焉，名曰鴢，其状如凫，青身而朱目赤尾，食之宜子。

第五章 地民之间：山川崇拜类原始宗教与史诗的形成、流传

其中多飞鱼，其状如豚而赤文，服之不畏雷，可以御兵。

《中次四经》：

有兽焉，其状如貉而人目，其名曰𪊲。

这些神怪图腾形象，一般都有两个特点，一是人面兽身，亦神亦人，如"其状如人面而豺身""其状如貉而人目"；二是都有神奇功能，如"养之可以已忧""见则其邑大水"等。这些神怪图腾实际上就是祖先神，所以要对他们进行祭祀。"山经"部分的每一节结尾处都列出相应的祭神礼仪。

《中次七经》：

自休舆之山至于大騩之山，凡十有九山，千一百八十四里。其十六神者，皆豕身而人面。其祠：毛牷用一羊羞，婴用一藻玉瘗。

《中次十二经》：

自篇遇之山至于荣余之山，凡十五山，二千八百里。其神状皆鸟身而龙首。其祠：毛用一雄鸡，一牝豚刉，糈用稌。

《中山经》还记载了夏族祖先鲧、禹的故事。前引《中次三经》说，由青要山而"南望𡺸渚，禹父之所化"。关于"𡺸渚"，郭璞注："水中州名渚。𡺸音填"。由前文考证青要山的地望可知，这里的"水"应是指洛水、伊水而言。《水经注》卷十五《伊水》："禅渚水，水上承陆浑县东禅渚……即《山海经》所谓南望𡺸渚"。关于"禹父之所化"，汪绂《山海经存》认为即"《左传》言鲧化黄熊，入于羽渊"事。按，《左传》昭公七年云："昔尧殛鲧于羽山，其神

化为黄熊,以入于羽渊,实为夏郊,三代祀之。"其事又见于《国语·晋语八》。鲧化黄熊时所入之羽渊,当即《中次三经》所说的"墠渚"之水,也就是伊洛之水;而所谓"夏郊",自然是在伊洛平原了。夏族祖先鲧化黄熊的羽水在伊河洛河,而三代祭祀的"夏郊"也在伊洛平原,而这最重要的记载恰好在《中山经》中。这就有力地证明了《中山经》与夏族的密切关系。

鲧所化之"黄熊",唐陆德明《经典释文》:"熊,一作能……三足鳖也"。而《山海经·海内经》:"帝令祝融杀鲧于羽郊",郭璞注引《启筮》:"鲧死三年不腐,剖之以吴刀,化为黄龙。"无论是黄龙还是三足鳖,均为水中怪物,而这"黄熊"正是夏族先祖鲧之所化。由此可见,在《山海经》中,凡亦人亦兽的形象,正是祖先图腾神。这又再次证明前引《中山经》各节所述山川神怪,以及《左传》宣公三年所说的"远方图物"之物,都是各氏族部落的祖先图腾神。

在原始社会,各部落都有自己所崇拜的山川神怪图腾。到了夏代,夏族把周围本来各自独立的部落团结起来,组成部落联盟体。为了尊重各部落自己的宗教信仰,夏族在铸九鼎时让各部落提供他们各自的神怪信仰图腾,统一铸在九鼎上。当然,夏族祖先图腾像应该是这九鼎图中的主体,而对这主体图作文字说明的便是《山经》中的《中山经》部分。而对周边联盟部落图腾神怪图作文字说明的便是南、西、北、东诸"山经"。今本《山海经》全书三万余字,主体部分在《山经》五卷,总共两万多字;《海经》虽然有十三卷,但总字数只有九千余字,还不到全书的三分之一。而在《山经》五卷中,又以《中山经》为主,共十二节,近一万字;而《南山经》《西山经》《北山经》《东山经》四卷,也总共只有十四节,一万余字。《中山经》的内容是直接有关夏族的,所以在整部《山海经》中所占比重最多,几乎是占了全书的三分之一。

《左传》宣公三年说,"远方图物,贡金九牧",估计各联盟部落向夏部落盟主提供青铜及其祖先图腾画时,也附有相应的文字说明书的。到了夏盟主称王后，再由夏族首领及其巫史集团，统一铸成"九鼎图"，并集成《山经》书，这就是《中山经》与《南山经》《西山经》《北山经》《东山经》部分，合称《五藏山经》。

这"九鼎图"与"山经文字"，便是夏代祭祀山川神灵的史诗、颂诗。其中"中山经"代表的是夏族史诗、颂诗文本，其他"南""西""北""东"诸"山经"则代表部落联盟各族的史诗、颂诗。在夏商周三代，部落联盟既有时间纵向上的继承发展关系，也有空间横向上的夏商周三族各为盟主的强弱交替关系。所以"九鼎图"与"山经文字"组合的史诗、颂诗在夏商周三代是共用的文本。所以《墨子·耕柱》篇说："九鼎既成，迁于三国。夏后氏失之，殷人受之。殷人失之，周人受之。"估计在先秦时期，《五藏山经》与《海外经》《海内经》《大荒经》等部分，都是单本流行的。

司马迁与王充还曾见到过单行本《山经》。《史记·大宛列传》赞："至《禹本纪》《山海经》，所有怪物，余不敢言之也。"而据东汉王充《论衡·谈天篇》所引，司马迁原话中的《山海经》只作《山经》，没有"海"字。王充自己的论述也只作《山经》：

案禹之《山经》，淮南之《地形》，以察邹子之书，虚妄之言也。太史公曰："……至《禹本纪》《山经》所有怪物，余不敢言也。"……案太史公之言，《山经》《禹记》，虚妄之言。

这段文字表明，王充所见到的《史记》是只作《山经》的，而王充本人也承认《山经》单本这一事实。这当中也透露出《山经》古本的流传是久已有之。估计《海内经》《海外经》《大荒经》各部分在那时候也在单篇单本流传。西汉末年刘向、刘歆整理国家图书时，才将它们集为一本，合称《山海经》。据刘歆《山海经叙录》称，刘向校书时得《山海经》三十二篇，刘歆作《七略》时定为十八篇。至班固编《汉书·艺文志》时，只有十三篇，入于《数术略》之《刑法》类。顾实《汉书·艺文志讲疏》认为："《七略》校定《山海经》十八篇，而《班志》独十三篇……盖弃《大荒经》以下五篇不计也。"再到晋郭璞注《山海经》时，才又补上《大荒经》以下五卷成十八卷。这就是我们今天所见的《山海经》目次。

二　由《山海经》的文字表达方式与郭璞《山海经》注看《山海经》的配图性质

《山经》文字与"九鼎图"及夏商周三族之间的直接关系已如上述。事实上，《海经》中的文字也与"山海图"有关。袁珂先生在其《山海经全译》前言里指出：《山海经》中的"《海经》……当是先有图画，然后有文字。文字不过是用来作为图画的说明的"。我们今天读《山海经》郭璞注时，还能发现他在许多场合指出了《山海经》文字的配图性质。如，《海外南经》：

"羽民国"条，郭璞注："能飞不能远，卵生，画似仙人也。"

"其为人长颊"条，郭璞注："羽民之状，鸟喙赤目而白首。"

"其为人小颊赤肩"条，郭璞注："当（肩）胛上正赤也。"

"谨头国"条：郭璞注："谨兜，尧臣，有罪，自投南海而死。帝怜之，使其子居南海而祠之。画亦似仙人也。"

"长臂国"条，郭璞注："旧说云，其人，手下垂至地。"

"离朱"条，郭璞注："木名也，见《庄子》。今图作赤鸟。"

《海内南经》：

"雕题国"条，郭璞注："点涅其面，画：体为鳞采，即鲛人也。"

"犀牛"条，郭璞注："犀牛似水牛，猪头，庳脚，三角。"

《西山经》：

"嚣兽"条，郭璞注："亦在畏兽画中，似猕猴投掷也。"

《大荒北经》：

"强良"条，郭璞注："亦在畏兽画中。"

我们具体分析郭璞注，发现有三种情况。

第一种情况是既解说"经"，又解说"图"。如说"讙头"就是"讙兜，尧臣，有罪，自投南海而死"云云，显然是对《山海经》里的有关"讙头国"文字的进一步解释。接着，郭注又说："画亦似仙人也"，显然是对"山海图"的解释。郭璞的这一条注文是既注"经"，又注"图"。同样的情况，又见于"羽民国"，郭璞说"能飞不能远，卵生"是注《经》，"画似仙人也"则是注"图"。

郭璞注的第二种情况是直接注图。如《山海经》原文说，羽民国的人"其为人长颊"，郭璞对此句所作的注则说："羽民之状，鸟喙赤目而白首。"注明《山海图》里的羽民形状是"鸟喙""赤目""白首"。又如注"雕题国"说："点涅其面，画：体为鳞采，即鲛人也。"显然是对"图"的描述。其他如"当肩胛上正赤也""其人手下垂至地"等，均是对《山海图》的注解。

郭璞注的第三种情况是告诉我们，郭璞所见除了《山海图》之外，还有其他类似的图画。如注"嚣兽""强良"诸条，均说"亦在《畏兽画》中"。这"亦"字说明当郭璞见到《山海图》里的"嚣兽""强良"时，他马上联想到，这"嚣兽""强良"形象还见于另一画册《畏兽画》中,所以他特别注了出来,以便读者参看。

以上通过对郭璞注的分析,进一步证明《山海经》确是为了解释《山海图》的。当然,郭璞所生活的魏晋时代所流传的《山海图》已不是九鼎上的原图,而是单本别行的画册之类了。诚如毕沅《山海经新校正》所指出:"《山海经》有古图,有汉所传图,有梁张僧繇等图。"但这些《山海经》画册的内容与夏商周时期的九鼎图应该有渊源关系。

当我们认识到了《山海经》与《山海图》这一性质关系之后,再来读《山海经》,便会发现其中许多文字都是对图画的说明。如,《海外南经》:

> 比翼鸟在其东,其为鸟青赤,两鸟比翼。
> 羽民国在其东南,其为人长头,身生羽。
> 毕方鸟在其东,青水西,其为鸟人面一脚。
> 长臂国在其东,捕鱼水中,两手各操一鱼。

《海外东经》:

> 奢比之尸在其北,兽身、人面、大耳,珥两青蛇。
> 雨师妾在其北。其为人黑,两手各操一蛇。左耳有青蛇,右耳有赤蛇。

以上所举各例,都是对《山海图》的讲解。先指出画面的方位背景,如"毕方鸟在其东,青水西"。然后描述画中主体神灵的形象,如"其为鸟人面一脚"。再接着描摹神怪的动作,如"捕鱼水中,两手各操一鱼","两耳有青蛇",等等。明代学者胡应麟已注意到《山海经》文字原是为描述图画而作这一特点,其《少室山房笔丛》指出:

(《山海经》)载叔均方耕,谨兜方捕鱼,长臂人两手各操一鱼,竖亥右手把算,羿执弓矢,凿齿执盾,此类皆与纪事之词大异。……意古先有斯图,撰者因而纪之,故其文义应尔。

胡应麟特别强调,《山海经》这些描述图画的文字,"与纪事之词大异",是十分准确的。

三 由《淮南子·地形训》证明《山海经·海外经》是解说图画的文辞

《山海经》是因图以为文。这一认识还可通过与《淮南子·地形训》的比较研究中获得佐证。《山海经·海外经》四篇的内容都是记录边远地区诸氏族国的异人异物。《淮南子·地形训》也记载有"海外三十六国",其中提到的氏族国名称与《海外经》大致相同。只不过两书叙述的方向有异同,因此,同样的氏族国名,在两书中出现的先后顺序也有异同。

第一组,顺序相反。

《淮南子·地形训》说:"自西北至西南方,有修股民,天民,肃慎民,白民,沃民,女子民,丈夫民,奇股民,一臂民,三身民。"

《山海经·海外西经》所叙述的顺序方向正好相反:"海外自西南陬至西北陬者。"因为《地形训》是自西北开始逆时针向西南叙述各氏族国,而《海外西经》则是从西南开始顺时针向西北叙述。因此,《海外西经》的第一国刚好是《地形训》的最后一国,而《海外西经》的最后一国则刚好是《地形训》的开头一国。现将《海外西经》所叙各国按顺序列下:

三身国,一臂国,奇肱国,丈夫国,巫咸国,女子国,轩辕国,白氏国,肃慎国,长股国。

这里的"三身国"即《地形训》末尾之"三身民",而"长股国"即《地形训》开头之"修股民",顺序恰好相反。而两者的国名大致相同,"修""长"同义。当然这其中也有少数称名有异,如,《海外西经》的轩辕国、巫咸国不见于《地形训》,而《地形训》的"天民""沃民"不见于《海外西经》。

第二组,顺序相同。

《地形训》说:"自西南至东南方,结胸民,羽民,谨头国民,裸国民,三苗民,交股民,不死民,穿胸民,反舌民,豕喙民,凿齿民,三头民,修臂民。"共十三国。

《海外南经》与此顺序一致,因此所叙氏族国顺序与称名亦大致相同:"海外自西南陬至东南陬者",有:

结胸国,羽民国,谨头国,厌火国,三苗国,载国,贯匈国,交胫国,不死民,歧舌国,三首国,周饶国,长臂国。

亦十三国,只有少数国名不同。

第三组,顺序相同。

《地形训》:"自东南至东北方,有大人国,君子国,黑齿民,玄股民,毛民,劳民。"共六国。

《海外东经》叙述顺序与称名亦同:"海外自东南陬至东北陬者",有:

大人国,君子国,青丘国,黑齿国,玄股国,毛民国,劳民国。

共七国,多出者为"青丘国"。

第四组,顺序相反。

《地形训》:"自东北至西北方,有跂踵民,句婴民,深目民,无肠民，柔利民，一目民，无继民。"共七国。

《海外北经》："海外自东北陬至西北陬者。"袁珂先生据文义考证，此"自东北"至"西北"当为"自西北"至"东北"之讹："此云'自东北陬至西北陬'，则文中诸国均应西向。今既云'××国在其东'，可见应是'自西北陬至东北陬'，'东''西'二字适倒。"① 袁说正确。因为《海外北经》国名顺序刚好与《地形训》相反，当是叙述顺序相反所致：

无臂（臂，即启，继）国，一目国，柔利国，深目国，无肠国，聂耳国，博父国，拘缨国，跂踵国。

共九国，多出"聂耳国""博父国"，其余同。

以上四组比较说明一个事实，即《海外经》与《地形训》所依据的是同一组图。因此，当他们叙述顺序一致时，所见氏族国的顺序与名称就相同；反之，如果对同一图所叙顺序相反，那么所见氏族国名的顺序亦反。正如清毕沅《山海经新校正》所指出："《淮南子·地形训》云，自西北至西南方，起修股民、肃慎民，此文正倒。知此经是说图之词，或右行则自西南至西北起三身国，或左行则自西北至西南起修股民。是汉时犹有《山海经图》，各依所见为说，故不同也。"以上事实再一次证明，今天所见《山海经》原是解图的文字。

第二节　《楚辞》《淮南子》也是配山川神怪"图"的史诗、颂诗文本

湖南长沙子弹库战国丝帛"图书"的"书"由《宇宙篇》《天

---

① 袁珂：《山海经全译》，贵州人民出版社1991年版，第215页。

象篇》《月忌篇》三篇文字组成，而"图"则由十二个怪兽月神像组成的长方形框架和交角处代表四方四时的四神木所组成（见图5—1）。每个怪兽月神像旁有一段文字说明，十二个怪兽月神像与十二段文字说明书就组成了一个完整的《月忌篇》。

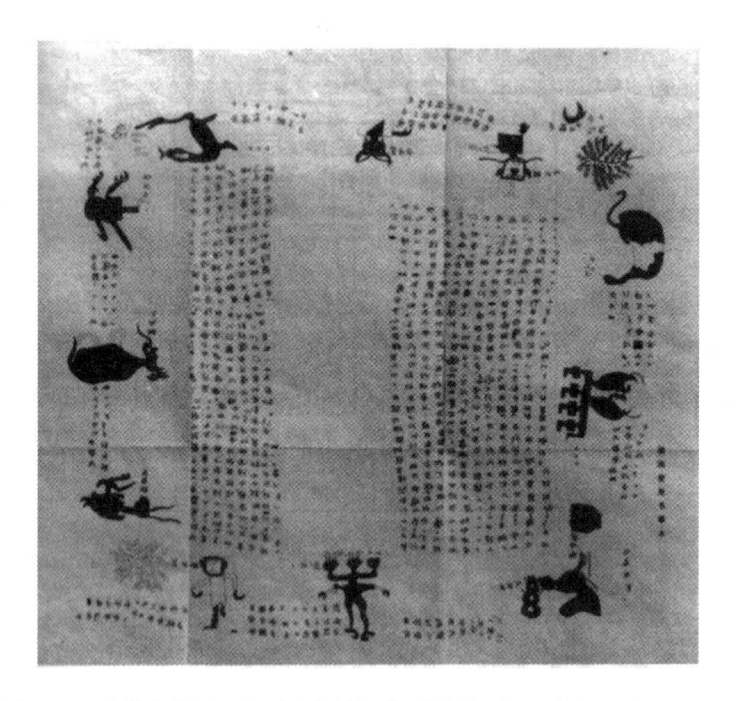

图5—1　子弹库战国丝帛《宇宙篇》《天象篇》《月忌篇》综合"图书"

每个怪兽月神像的文字说明均有题目有正文。题目均为三个字，据李学勤先生考证，头一字为月名，后两字为神名，如，三月："秉，司春"，其中"秉"为月名，"司春"为该月神名。七月："仓，莫得"，其中"仓"为月名，"莫得"为该月神名。再接着是正文，说明该月的宜忌，如二月，"可以出师、筑邑，不可以嫁女"，等等。至于这十二个怪兽月神像的状貌，李学勤师也有描述，兹迻录前三个月于下，以便讨论：

一月：取，于下

兽身鸟足，长颈蛇首，口吐岐舌，全身作蜷曲状。首足赤色，身尾青色。

二月：女，□武

双鸟身，尾如雄鸡，爪均内向，青红二色。四首皆方形，面白色，方眼无眸……

三月：秉，司春

鸟身，似有爪及短尾。方首，面青色，无耳，方眼无眸，顶有短毛。

看了这些月神形象的文字描述，使我们立即想起了《山海经》中有关山川神怪形象的文字描述。兹摘录数则，以资比较。

相柳者，九首人面，蛇身而青。（《海外北经》）
东方句芒，鸟身人面，乘两龙。（《海外东经》）
雷泽中有雷神，龙身而人头，鼓其腹。（《海内东经》）
有神焉，人首蛇身，长如辕，左右有首。（《海内经》）

以上材料表明，《山海经》中关于天体山川神怪的文字说明，与子弹库帛书《月忌篇》中所提供的神怪形象是一致的。

以这样的认识为基础，我们再来看楚辞中的许多文字，原来也都是对天体山川神怪的文字说明。王逸《楚辞章句》也指出，屈原的《天问》原是因壁画而作：

屈原放逐……见楚有先王之庙及公卿祠堂，图画天地山川神灵，琦玮谲诡，及古贤圣、怪物行事。周流罢（疲）倦，休息其下，仰见图画，因书其壁，呵而问之。

再看《天问》中关于山川神怪类的文字描写：

雄虺九首，儵忽焉在？何所不死，长人何守？
靡萍九衢，枲华安居？一蛇吞象，厥大何如？
黑水玄趾，三危安在？延年不死，寿何所止？
鲮鱼何所，鬿堆焉处？羿焉弹日，乌焉解羽？

这正是屈原见了壁画上"山川神灵""怪物行事"图像之后，以发问的形式记录下来的。有趣的是，这些山川神怪形象与《山海经》《淮南子》里的文字记录相一致。兹比较如下（见表5—1）。

表5—1　　《天问》与《山海经》《淮南子》文字记录比较

《天问》	《山海经》《淮南子》
雄虺九首	大荒之中……有神九首，人面鸟身。（《大荒北经》）
何所不死	不死民在其东，其为人黑色，寿不死。（《海外南经》）
靡萍九衢	少室之山……其上有木焉，名曰帝休，叶状如杨，其枝五衢。（《山海经·中次七经》）
一蛇吞象	巴蛇吞象，三岁而出其骨。君子服之，无心腹之疾。（《海内南经》）
黑水玄趾	昆仑山上……黑水出焉……是多怪鸟兽。（《西山经》）
三危安在	三危之山，三青鸟居之。是山也，广员百里。（《西山经》）
延年不死	流沙之东，黑水之间，有山名不死之山。（《西山经》）
鲮鱼何所	陵鱼人面，手足，鱼身，在海中。（《海内北经》）
鬿堆焉处	有鸟焉，其状如鸡而白首……其名曰鬿雀，亦食人。（《东山经·东次四经》）
羿焉弹日 乌焉解羽	汤谷上有扶木，一日方至，一日方出，皆载乌。（《大荒东经》） 逮至尧之时，十日并出……尧乃使羿……上射十日。（《淮南子·本经训》）

由上可知，《天问》与《山海经》《淮南子》的文字基本一致，而且与子弹库帛书十二月怪兽神像也相近。屈原所见的宗庙壁画与《山海经》所赖以解说的"山海图"，我们今天已不得而见；所幸的是子弹库帛书十二月怪兽神像给我们提供了当时图画的部分原貌，是十分值得珍惜的。

总起来看,"九鼎图"与《山海经》《天问》《淮南子》中有关山川神怪方面的解说是基本一致的。这实际上是夏商周三代部落联盟组织在夏商周三族先后为盟主的主持下,集体祭祀山川神灵时的史诗、颂诗文本。因为史诗、颂诗的主题内容是相同的,这就是"山海图"。只是在流传过程中,出现了不同的说唱表演文本。《山海经》《天问》《淮南子》就是这些不同的说唱表演文本中的三个幸存文本片段。

第 六 章
祖孙之间：祖先崇拜类原始宗教与史诗的形成、流传

汉语民族经典最早是以史诗、颂诗的形成出现的。汉语民族史诗、颂诗是该民族集体智慧的反映，体现了该民族对宇宙、社会、人生的整体思考。史诗、颂诗民族经典一旦形成，就成为这个民族独有的精神标识。世世代代的族民，在史诗、颂诗民族经典的熏陶下，慢慢烙上了民族标记，构成了共有的民族文化心理结构，最终汇聚成强大的民族文化力量。

不同的民族史诗、颂诗经典有其不同的形成方式。中华汉民族史诗、颂诗经典形成过程中与龟甲占卜祭祀、宗教礼仪、王权政治、社会伦理等有密切关系。《尚书》的周书《多士》篇载周公之言曰："惟尔知，惟殷先人，有册有典，殷革夏命。"学者们根据考古发现所提供的大量甲骨文和其他玉器、石器上的文字资料推断，《尚书·多士》篇记载是可信的，商代应该有"典""册"了。不仅于此，在《尚书·周书》的《多士》《多方》《召诰》等篇中，还多次提到夏代历史。

《多士》："我闻曰'上帝引逸。'有夏不适逸，则惟帝降格，向于时夏。"

"今尔又曰：'夏迪简在王庭，有服在百僚。'"

《多方》："有夏诞厥逸，不肯戚言于民，乃大淫昏，不克终日劝于帝之迪，乃尔攸闻。"

"亦惟有夏之民叨懫日钦，劓割夏邑。"

"天惟时求民主，乃大降显休命于成汤，刑殄有夏。"

"诰告尔多方，非天庸释有夏，非天庸释有殷。乃惟尔辟以尔多方大淫，图天之命屑有辞。乃惟有夏图厥政，不集于享，天降时丧，有邦间之。"

《召诰》："相古先民有夏，天迪从子保，面稽天若，今时既坠厥命。今相有殷，天迪格保，面稽天若，今时既坠厥命。"

"我不可不监于有夏，亦不可不监于有殷。"

"上下勤恤，其曰我受天命，丕若有夏历年，式勿替有殷历年。"

唐兰先生《关于商代社会性质的讨论》一文在征引《尚书·多士》时指出："可见，'殷革夏命'，是殷先人所存的典册上记载着的，也是周初人读过的。《尚书》上像《多方》《召诰》之类说殷时就说到夏，就因为夏朝的历史是殷人最熟悉的。"[1] 殷人之所以熟悉夏朝的历史，大概是因为夏代也是"有典有册"的。今文《尚书》有夏书《禹贡》《甘誓》，以及夏代之前的虞书《尧典》《皋陶谟》；古本《竹书纪年》有"夏记"三十四条；屈原《天问》亦保留了"夏颂"及其之前的"虞颂"资料。[2] 这些应该就是先秦人所见夏代"典""册"中的内容。可惜我们今天已无法知道夏代"典""册"的具体情况了。

令人欣喜的是，考古发现所见的商代甲骨文以及玉器、石器上

---

[1] 唐兰：《关于商代社会性质的讨论》，《历史研究》1958年第1期。
[2] 江林昌：《〈商颂〉作于商代的考古印证与〈夏颂〉〈虞颂〉存于〈天问〉的比较分析》，《华学》第9、10合辑，紫禁城出版社2008年版。

的文字资料,为我们提供了商族"典""册"的实物证据。而且,我们还可由此考见,中国古代"典""册"的形成与原始宗教的关系。这"典"与"册",实际就是商代商族祭祀祖先的史诗、颂诗文本。

第一节 龟甲版"册"("𠕋")"祝"("禩")祭祖史诗

《尚书·多士》说:"惟殷先人有册有典。"甲骨文中正有"册""典"二字,而且都与宗教祭祀有关。我们先讨论"册"。

《殷契粹编》1097　　　　　《殷契粹编》265

《说文解字》:"册,符命也。诸侯进受于王也。象其札,一长一短,中有二编之形。"许慎解释"册"的字形,与战国时期简牍编联的情况比较接近。学者们也曾据此推测,商代的"册"也是以竹简为材料的。但董作宾先生《殷代龟卜之推测》一文则认为,商代的"册"所编联的不是简牍,而是龟板:

此"册"字最初之象形非简非札,实为龟板,其证有二。第一,自积极方面证之,吾人既知商人贞卜所用之龟其大小长短曾无两甲以上之相同者,又知其必为装订成册之事,则此龟板之一长一短参差不齐,又有孔以贯韦编,甚似册字之开头,而册字当然为其象形字也。第二,自消极方面证之,《仪礼》《聘礼》疏引郑氏《论语·序》云:"《易》《诗》《书》《春秋》《礼》《乐》,

册皆二尺四寸,《孝经》谦半之,《论语》八寸。策者,三分居一又谦焉。"是古代简策虽有长短之异,而其为一种书,一策书中策之长短必同,如六经之册皆二尺四寸,《孝经》十二寸,《论语》八寸是也。简牍与札在一册之中,其开头大小长短必同。而册字之所象,乃一长一短,则非简札可断也。①

后来,亲自参加1991年殷墟花园庄东地甲骨发掘的曹定云先生对董作宾先生的论断作了进一步实物验证,指出在花东H3出土的1558片卜甲中,"有上百板的卜甲上发现圆孔","还有一部分卜甲,左右甲桥中部外侧有半圆形(或称半圆孔)、长弧形、梯形或不规则形缺口"。"《花东》H3中卜甲甲桥上有孔或半圆形缺口的情况,可知这些卜甲中的绝大多数是可以串联成'册'的。由于孔或缺口的位置一般都在甲桥中部,卜甲的长短对卜甲串联成'册'不会产生太大的影响。这也正好印证了古文'册'字原形长短不一之状。由此可以证明,古文'册'字原形应源于卜甲而不是简策。"②曹定云先生的实践与论证,使我们坚信,商代的典籍原是将龟板编联而成"册"的。

"册"由龟甲板编联而成,而龟甲兽骨原都是通神的媒介,与原始宗教一开始就有内在联系。原始初民们在长期的生活实践中发现,骨头是血肉再生的源头。人与动物死后,血肉消亡,而骨头长存。因此,在原始巫术观念中,骨头是灵魂的寄托所在,是通神的媒介。1987年发现的河南濮阳西水坡仰韶文化墓葬中,墓主人头朝南,墓型作半圆形,正象征圆天,表示灵魂升天(见图6—1)。1982年发现的甘肃秦安大地湾仰韶文化房址中有一幅地画,作几个人面对长方形框内的蛙形人骨作舞蹈祭祀状,显然是在行使巫术、祈求蛙形

---

① 董作宾:《殷代龟卜之推测》,《安阳发掘报告》第一册,中央研究院历史语言研究所,1929年。

② 曹定云:《论"惟殷先人,有册有典"及相关问题》,《考古》2013年第9期。

178　第一编　中华文明的起源、发展与史诗的形成、流传

骨骼灵魂再生（见图6—2）。在甘肃、青海地区的马家窑文化彩陶上，经常发现蛙形骨骼图（见图6—3）。张光直先生认为，"这是一种所谓X光式的图像……是一种典型的与萨满巫师有关的艺术传统"。①"巫术信仰宇宙观的一个特征，是相信人与其他动物的生命本质存在于骨骼之中。因此，人兽死后均由骨骼状态重生。这便是骨架或X光式巫术性美术的理论基础。"②

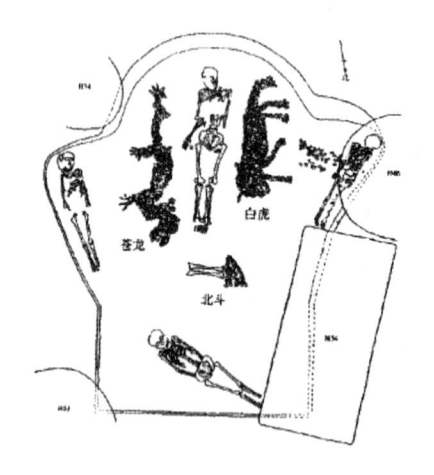

图6—1　河南濮阳西水坡45号墓平面图　　　图6—2　秦安大地湾地画

图6—3　甘肃马家窑文化彩陶X光试人骨图

　　仰韶文化时期的这一远古巫术观念，在此后的龙山文化到虞夏商周时期，一直延续盛行。直到战国时期，庄子还通过与骷髅的对

————————
①　[美]张光直：《考古学专题六讲》，文物出版社1989年版，第5—6页。
②　[美]张光直：《中国考古学论文集》，生活·读书·新知三联书店1999年版，第141页。

话,以表达巫术死生观念。这是一则很有名的寓言,见于《庄子·至乐》篇。庄子"见空髑髅","因而问之"。问完之后,就"援髑髅枕而卧"。到了"夜半,髑髅见梦",与庄子对话。最后庄子说:"吾使司命复生子形,为子骨肉肌肤,反子父母妻女闾里知识,子欲之乎。"庄子准备通过巫术手段,请司命神使髑髅复活。这则故事表明,从仰韶文化以来,以骨头通神、祈求灵魂转世、死而复生的巫术观念,在中国古代是极为普遍的。

河南安阳殷墟所出的大量甲骨,原来都是王室贵族祭神通神的媒介,而甲骨上的卜辞正是通神、求神、问神的内容。所谓"册"正是由这些记载通神、求神、问神内容的甲骨加以编联而成。而这正是今天所见我国古代最早的"典""册"的原型。所祭祀的神灵包括"天体神""山川神""祖先神"三类。前两类我们已在前两章讨论。这里着重讨论"祖先神",也就是以祭祀祖先神为内容的史诗、颂诗。"典"和"册"便是史诗、颂诗文本。

因为"册"是用以祭祀通神的,所以在甲骨文中,"册"字有时加"示"旁作"祄"。如:

图 6—4　《殷契粹编》126　　　　图 6—5　《殷契粹编》517

其求舞于河,惠旧祄用。(《合集》30685)

惠新祄用。(《合集》34538)

180　第一编　中华文明的起源、发展与史诗的形成、流传

惠兹删用。（《合集》30674）
惠旧删五牢用，王受佑。（《屯南》2185）
王其侑于高祖乙，惠删用。（《殷契粹编》126）
惠旧删用。（《殷契粹编》517）

这"删用"有时就直接作"册用"，而且还常常与"祝用"对举。郭沫若《殷契粹编》第一片：

惠册用。
惠高祖夒祝用，王受佑。
协祖乙祝，惠祖丁用，王受佑。
惠□□用，王受佑。

郭沫若指出："'惠册用'与'惠祝用'为对贞。……祝以辞告，册以策告也。《尚书·洛诰》'作册逸祝册'乃兼用二者。"① 甲骨文"祝"字作人跪在神示前作张口举手祷告状。《说文》："祝，祭主赞词者，从示从人口。"因为祷神的祝词要刻在龟册上，所以"祝"字有时从册作"禩"，如饶宗颐先生已举出《合集》10148片"己巳卜，宾贞，惠年，禩用"。②

图6—6　《合集》10148

前引《殷契粹编》第1版第一辞"册用"与"祝用"对举，而第一辞则"祝"与"用"对举：

---

① 郭沫若：《殷契粹编》，《郭沫若全集》考古编卷3，科学出版社2013年版，第351页。
② 饶宗颐：《册祝考、册伐与地理》，《华学》第4辑，紫禁城出版社2000年版。

第六章　祖孙之间:祖先崇拜类原始宗教与史诗的形成、流传　181

协祖乙祝,惠祖丁用。

郭沫若敏锐地指出:"第二辞'祝'与'用'复分施于二祖,则'用'当读为'诵'若'颂'。言以歌乐侑神也。"① 由此可见,所谓"祔用"即"祔颂",所谓"禩用"即"禩诵",指的是在祭祀场合,巫师们以歌舞的形式,借助龟册,口颂祝辞,以告神、祷神而通神也。由此可见,这"册"便是史诗、颂诗文本。

甲骨卜辞中,有时"册祝"或"祝册"连用。

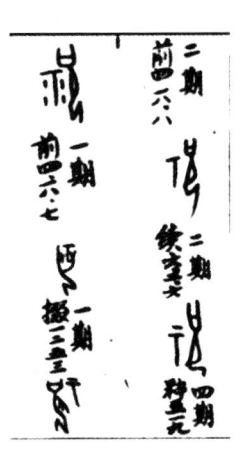

图6—7　甲骨文"祝"字

册祝,惠辛莽。(《合集》30648)
册祝,惠……(《合集》30649)
祝册……后祖乙,惠牡。(《屯南》2459)
祝其册。(《合集》32327)

此词在《尚书》中仍为惯用。如《金縢》"史乃册祝曰"。屈万里《尚书集释》:"册祝,谓作册文以祝告于鬼神也。"又《洛诰》"王命作册逸祝册,唯告周公之后"。这里"作册逸"犹言名为逸的史官,"作册"指史官职位。郑康成注:"使史逸读所作册祝之书,告神以周公其宜立为后者。谓将封伯禽也。""祝册""史册"既是庙堂上主持祭祀祖先神灵的巫师名,又是巫师颂吟的诗歌文辞,即史诗、颂诗言语本名。

---

① 郭沫若:《殷契粹编》,《郭沫若全集》考古编卷3,科学出版社2013年版,第351页。

第二节　柄形饰"典"（"𠕋"）与祖先世系史诗

《说文》："典，五帝之书也。从册从丌上，尊阁之也。庄都说：典，大册也。""典"在甲骨文中正作双手奉册供奉在台基上。与"册"不同的是，"典"字多了两只手与置"册"的台基。因此，其意思已多了一层，即对"册"表示尊奉之意，即《说文》说是"尊阁之也"，而其由龟甲编联而成的"册"这一基本意义没变。

《殷墟书契前编》2.40.7　　　《殷墟书契后编》上10.9

《尚书·多士》说"惟殷先人，有册有典"，说明"册"与"典"是相通的。而在甲骨文中，"册"与"典"也正通用。试比较下列卜辞：

1. 戊午卜，㱿贞，沚□称册。（《合集》7384）
2. 壬申卜，㱿贞，□□称典（册）。（《合集》7422）

1. 册至，王受有佑。（《合集》27287）
2. 叀至典（册）。（《合集》30657）

第一组中，辞例相同，由例1"称册"可知，例2"称典"亦当作"称册"解。第二组中，由例1"册至"可知，例2"至典"当作"至册"解。曹定云先生指出："由于'典'与'册'在内容

第六章 祖孙之间：祖先崇拜类原始宗教与史诗的形成、流传 183

上有联系，因此在甲骨文中'典''册'往往互用。"①

因为"典"是双手捧册置于台基上，"尊阁之也"，显然是与祭祀有关。《庄子·秋水》："吾闻楚有神龟，死已三千岁。王巾笥而藏之庙堂之上。"这则寓言正反映了龟甲作为祭神的典册供于庙堂之上的宗教传统。而殷墟甲骨黄组、出组卜辞周祭制度中正有"贡典"礼：

癸卯王卜，贞，旬亡祸，在九月，甲辰工典其幼其翌。
癸丑王卜，贞，旬亡祸，在九月，甲寅翌上甲。

《续存·上》2652

癸未王卜，贞，旬亡祸，王占曰：吉。在八月，甲申工典。
癸巳王卜，贞，旬亡祸，王占曰，吉，在八月，甲午翌上甲。

《珠》244

癸未卜，贞，王旬亡祸：在八月，（甲申）工典其（翌）。
癸巳卜，贞，王旬王畎，在八月，甲午翌上甲。

《合集》35398

十月又一，甲戌妹工典其□，隹王三祀。
癸未王卜，贞，旬亡祸？王占曰：吉，在（十）月又二，甲申□酌祭上甲。

《续》1.5.1

癸巳王卜，贞，旬亡祸，在十二月，甲午□祭上甲。
（癸卯）王卜，贞，旬亡祸，在正月，甲辰□上甲工典其协。

《虚》789

何为"工典"？于省吾先生有很好的解释："契文言贡典……工

---

① 曹定云：《论"惟殷先人，有册有典"及相关问题》，《考古》2013 年第 9 期。

字皆应读为贡。……其言贡典,就是祭祀时献其典册,以致其祝告之词也。"① 可见,所谓"贡典",正是指祭祀时双手奉册于神前,并致其祝颂之词,其义与"祝用(颂)""册用(颂)"同。

所谓"周祭",指的是殷墟卜辞所见商王及王室贵族用翌、祭、壹、协、彡五种祀典对其祖先轮番进行周而复始的祭祀。这种祭祀是一个王世接着一个王世连绵不断地进行下去的,可知是商王朝一种十分重要的祭祀制度。周祭制度是董作宾先生于1945年最先发现的。此后,陈梦家、岛邦男、许进雄等学者续有研究,常玉芝先生则有专著《商代周祭制度》作过全面的讨论。李学勤先生在常著《前言》中指出研究周祭制度具有四大意义:一为证实商朝世系提供了科学的基础;二为殷墟甲骨分期提供了依据;三为商代礼制探讨提供了材料;四为研究商代历法提供了重要凭借。②

尽管如此,对"贡典"礼的内涵仍有未解之处。正如常玉芝先生所指出,在周祭制度的"五种祭祀卜辞中,都记有举行这种贡献典册于神前的(贡典)祭祀。只是典册的内容是什么,目前尚无确凿的证据"。③

然而,机会终于来了。

1991年,安阳后冈殷墓发掘所出的一组"柄形饰",为我们探索"贡典"祭中所献典册的内容提供了线索。发表于《考古》1993年第10期的《1991年安阳后冈殷墓的发掘》报告,公布了14件石制"柄形饰"。刘钊先生指出,在14件"柄形饰"中,有6件用朱书分别写有"祖庚""祖甲""祖丙""父□""父辛""父癸"的石制"柄形饰",实际上是"石主",也就是祖先的牌位、庙主:"这种带有称谓的'柄形饰'是做为'石主'来使用的。……'主'是祭祀祖先神灵时用以代表祖先神灵的标志,相当于后世祭享时供奉

---

① 于省吾:《甲骨文字释林·释工》,中华书局1979年版,第71—73页。
② 李学勤:《常玉芝〈商代周祭制度〉序》,中国社会科学出版社1987年版,第1—5页。
③ 常玉芝:《商代周祭制度》,中国社会科学出版社1987年版,第140页。

第六章　祖孙之间：祖先崇拜类原始宗教与史诗的形成、流传　185

的'牌位'。"①

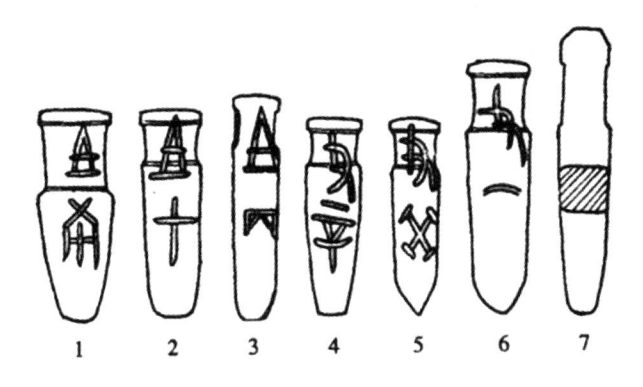

图6—8　后岗殷墓出土"柄形饰"

在刘钊研究的基础上，曹定云先生在前引论文中进一步指出，"惟殷先人，有典有册"的"'典'，不仅与'册'有关系，而且'典'与'主'（神主）也很有关系。这是过去不曾注意的。"曹先生指出，这个与神主有关的"典"，就是《说文·攴部》所收的"敟"。曹先生赞同刘钊文所论1991年安阳后冈殷墓所出石质"柄形饰"为"石主"，同时还指出1976—1977年安阳小屯村北殷墓M18：22所出的玉质"柄形饰"实际是"玉主"。"所谓的'柄形饰'实际就是殷代的祖先'牌位'。如为木质，则称'木主'，如为石质，则称'石主'；如为玉质，则称'玉主'。后岗M3中所出6件均为石质，小屯村北M18所出1件为玉质，地位自然比前者高，可能为王室墓葬。这种'主'之下端均较窄，便于插放，使'主'能'立'起来，以方便供奉。殷周时代，王朝和诸侯国君之'主'，平时放置于宗庙中进行祭祀，到战时出师，其重要之'主'要随军而行，叫'迁庙'"，"以便'贞问'。而《说文·攴部》：'敟'，主也"，《广雅·释诂》："'典，主也'，说明'主'与'典'有非常密切的关系。"以此为依

---

① 刘钊：《安阳后岗殷墓所出"柄形饰"用途考》，《考古》1995年第7期。

据，曹文还成功释读了《英藏》161 片中的一个久未破解的"典"字：册。曹文指出，这是个会意字，而且是侧视之形，其手所执的 即为"柄形饰"。此字"若正视，则应作（一主），或作（四主合在一起）。后面一形与甲文中的现存册字，就很相似了。但不可否认，它们仍存在区别。这种区别主要是实物的不同，一个是'龟甲'，一个是'主'。但它们当同为'典'字"。根据以上论证，曹先生将《英藏》1616 片卜甲释读如下：

□□（卜），敝贞：王梦妾有典有册，佳□？

武王梦见自己那位死去的妾"有典有册"，得到了应有的祭祀地位。因此贞人占梦时就安慰武王，"佳"后所缺的字应该就是有关安息的话了。①

图6—9 《英藏》1616

现在，我们可以在刘钊、曹定云先生研究的基础上，回答常玉芝先生关于"贡典"祭所献典册内容是什么的疑问了。前引 5 条"贡典"祭的卜辞，所祭的对象都是先祖"上甲"。而"贡典"的"典"应该与庙主的"肵"相关。因此，所谓"贡典"即"贡肵"，是先贡奉载有庙主名号的肵册，然后举行贞问祭祀。刘钊文曾指出，安阳后岗殷墓"出'柄形饰'的 M3 皆为小型墓，'柄形饰'上的祖先称谓与商王的世系也不合，可见这不是商王的'主'，而应是某一家族祭祀祖先时所用之物，其性质与甲骨卜辞中的'非王卜辞'相同"。既然一般家族祭祀时都有关于庙主的"肵"，那么更高规格的商王先祖先妣的周祭制度中的"贡典（肵）"礼，肯定是载有"上甲""祖甲""阳甲"之类的庙主的。恰好，郭沫若《殷契粹编》

---

① 曹定云：《论"惟殷先人，有典有册"及相关问题》，《考古》2013 年第 9 期。

第六章　祖孙之间:祖先崇拜类原始宗教与史诗的形成、流传　187

第113片龟甲卜辞提供了直接证据:

> 甲戌翌上甲,乙亥翌匚乙,丙子翌匚丙,(丁丑翌)匚丁,壬午翌示壬,癸未翌示癸,(乙酉翌大乙,丁亥)翌大丁,甲午翌(大甲),(丙申翌外丙,庚子)翌大庚。

这里统一以五种周祭制度中的"翌"祭祀典殷先公先王,如甲戌日翌祭上甲,乙亥日翌祭匚乙。如此有序地排列下去,使我们相信这整版卜辞就是翌祭典礼上的一篇祭祀文本,或者说是一份完整的祀谱。这份祭祀文本就是"贡典"祭中供奉于神灵前的典册,典册上刻有祭祀的典礼、祭祀的日期、祭祀的庙主名号。董作宾先生早年作《殷历谱》时已推测这《粹》113片刻辞就是"贡典"祭中所贡典册的文本或抄本。[①] 这就回答了常玉芝先生所感叹的"典册的内容是什么"的疑问。

图6—10　《殷契粹编》113

不仅于此,甲骨卜辞中,许多载有世系的龟甲,实际上可能都是用于"贡典"祭的。如《粹》114片"甲寅上甲翌,乙卯报乙翌,丙辰(报丙翌)",也是某日以翌祭典礼祭祀祖先的典册记录。最典型的还是郭沫若《殷契粹编》112片在王国维基础上,再补上董作宾缀合的肜祭先公先王的世系典册(又见《合集》32384):

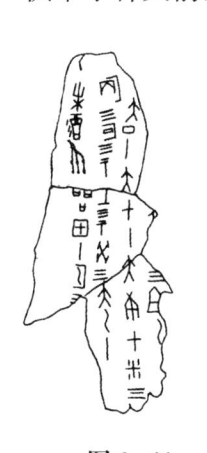

图6—11　《殷契粹编》112

[①] 董作宾:《殷历谱》下编卷子《祀谱一》,1945年石印本,第2—3页。

188　第一编　中华文明的起源、发展与史诗的形成、流传

乙未酯，兹品，上甲十，报乙三，报丙三，报丁三，示壬三，示癸三，大乙十，大丁十，大甲十，大庚七，小甲三，大（戊）……三，祖乙……

2004年，中国台湾学者林宏明缀合了《小屯南地甲骨》4050片和《小屯南地甲骨补遗》244片，而其内容与《粹》版同文。[①] 李学勤先生称《粹》版为A版，称林宏明缀合版为B版。B版内容为：

……匚乙三，
……大乙十……
……小甲三，大戊……
……乙十，祖……
……三，父……

图6—12　林文缀合的B版拓本

李学勤先生综合A版与B版，得完整的内容为：

乙未酯兹品：上甲十，匚乙三，
匚丙三，匚丁三，示壬三，示癸三，大乙十，
大丁十，大甲十，大庚七，小甲三，大戊十（？）
中丁十，戋甲三，祖乙十，祖辛十，羌甲三（？）
祖丁十，畲甲三，父乙十。

李学勤先生指出，A、B两版同记"武丁时一次十分隆重的祀典，祭祀对象和祀品数量无疑是经过有原则的安排的"[②]。我们认为，

---

① 林宏明：《从一条新缀的卜辞看历组卜辞的时代》，《古文字研究》第25辑，中华书局2004年版。

② 李学勤：《一版新缀卜辞与商王世系》，《文物》2005年第2期。

这正是"贡典"祭所应有的神圣特点。特别值得指出的是，A 版与 B 版不出在同一地点，而两版内容为同文，只是行款略有差异。这说明其祀典内容已成为大家共同遵守的常例，所以会有不同的版本抄本流传。也就是说，同一的史诗、颂诗主题，而可以有不同的甲骨流传文本。

这种用于祭祀的具有家族祀谱性质的典册，在商族历史上大概是颇为流行的。除王室周祭祀典之外，一般家族也有专贡祭祀的典册，如前文介绍的后岗墓"柄形饰"上的庙主为一般家族典册外，考古工作者曾多次发现商人其他家族的祀谱，有的刻在甲骨上，有的刻在玉石上，有的铸在铜器上。其中最著名的有两件。一件是甲骨刻辞，藏于大英博物院，收录于李学勤、齐文心、艾兰编辑的《英国所藏甲骨集》第 2674 号。

释文（直行从右往左读）：
贞：
兒先祖曰吹
吹子曰𠂤
𠂤子曰吴
吴子曰雀
雀子曰壹
壹弟曰启
壹子曰丧
丧子曰养
养子曰洪
洪子曰御
御弟曰矢
御子曰尸
尸子曰商

图 6—13　《英国所藏甲骨集》第 2674 号

该片卜辞记载了一个贵族十一世十三位祖先的私名,和商王室自示壬、示癸至武丁十三世大致相仿,而且,这十一世十三位祖先表现为父子相承或兄终弟及两种继承制。其关系可表述如下:

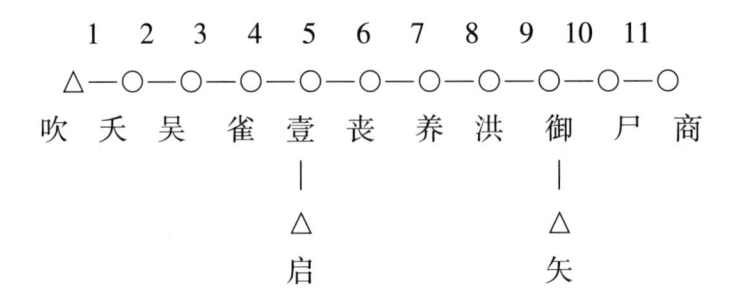

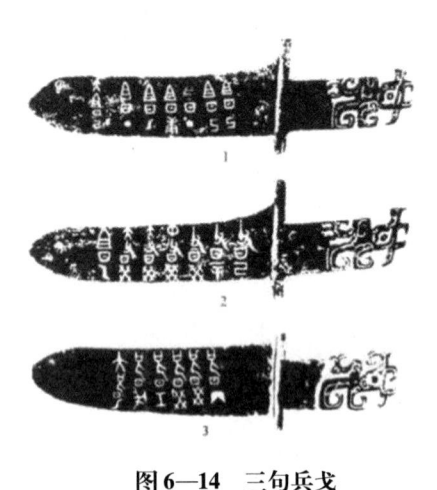

```
  1   2   3   4   5   6   7   8   9  10  11
  △—○—○—○—○—○—○—○—○—○—○
  吹  夭  吴  雀  壹  丧  养  洪  御  尸  商
  |                   |
  △                   △
  启                   矢
```

以上○为父子相承,△为兄终弟及。饶宗颐先生称大英博物馆所藏的这版甲骨为《儿家谱》,并特别指出刻辞开头所记得"贞"字有重要的含义:"贞的意义,不单单是卜问,而是'问事之正曰贞'。……殷周的圣人通过灵龟来建立至正无偏无颇的占卜决定,从神明取得'正'的行为。"① 这也进一步证明了"敱"的神圣价值。

另一件则为相传出于河北易县的商代晚期的三句兵戈。

图6—14 三句兵戈

① 大
祖 祖 祖 祖 祖 祖 祖
日 日 日 日 日 日 日
己 丁 乙 庚 丁 己 己

---

① 饶宗颐:《"贞"的哲学》,《华学》第3辑,紫禁城出版社1998年版。

第六章　祖孙之间：祖先崇拜类原始宗教与史诗的形成、流传　191

②大　大　中
祖　父　父　父　父　父　父
日　日　日　日　日　日　日
乙　癸　癸　癸　癸　辛　己
③大
兄　兄　兄　兄　兄　兄
日　日　日　日　日　日
乙　戊　壬　癸　癸　丙

该戈铸有祖父、父、兄三行日名，诸祖父共七个日名，诸父共七个日名，诸兄共六个日名。这也是一组完整的祭祀家族祖先的典册，只不过这典册不由是龟甲组成，而是由兵戈组成，估计这个家族有尚武的传统。甲骨卜辞有关于战争的祭典礼叫"禹册"：

乙卯卜，争贞：沚□禹册，王比伐土方，受坐又。（《合集》6087）

丙申卜，㱿贞：禹册，乎比伐巴？（《合集》6468）

□卯卜，宾贞：舟禹册，商若？（《合集》7415）

"禹册"之后即言伐某方，可知"禹册"是出征之前举行的祭神告庙礼。于省吾先生说："甲骨文于征伐言禹册，于祭祀言屮册者。"[①] 可见三句兵将先祖庙号刻于兵器，正是用于战争祭祀，其义当与"禹册"同。

前文的讨论表明，在商人宗教场合中，典册的运用已很普遍，因此，甲骨卜辞中还常见有"用旧册""用新册""用此册"等习语：

[①] 于省吾：《甲骨文字释林·释册》，中华书局1979年版，第172页。

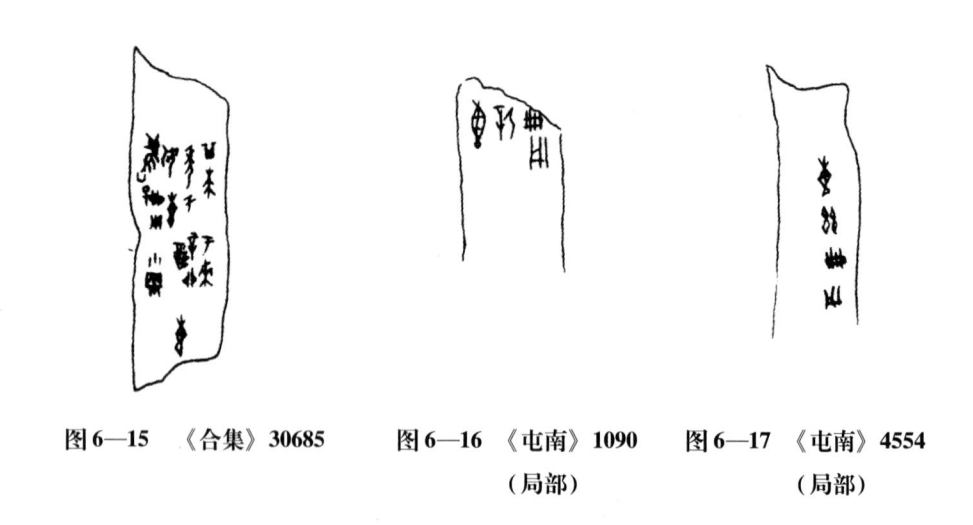

192　第一编　中华文明的起源、发展与史诗的形成、流传

图6—15　《合集》30685　　图6—16　《屯南》1090　　图6—17　《屯南》4554
　　　　　　　　　　　　　　　　　　　（局部）　　　　　　　　　（局部）

其求年于河，惠旧册用。——《合集》30685
惠新册用。——《屯南》1090
惠兹（此）册用。——《屯南》4554

前文讨论《殷契粹编》112片即A版与林宏明先生缀合屯南的甲骨B版时已指出，内容相同的祭祀史诗、颂诗，可以有不同的文本流传。这"旧册""新册""兹册"进一步证明了当时宗庙史诗、颂诗典册文本流传的广泛与频繁。但无论是"旧册"文本还是"新册"文本或"兹册"文本，都是在祭祀场合"诵（用）"或"颂（用）"的。其祭祀祖先的宗教神圣性是永远的。

因为甲骨典册最先用于宗庙祭祀，与巫术祷告活动有关。祭祀活动中负责与神灵庙主沟通的巫师，到后来便成了专职的宗教之官，"祝册"便由动词（祝诵献册）变为名词（掌管祝诵献册的官员）。又因为典册中记录了民族祖先的庙号、世次及其史事伟绩，与历史文化有关，所以后来又有了专门记录历史的"史册"之官。

随着简牍丝帛等书写材料的使用，"典""册"的内容也由只刻写神灵庙主扩大到酋长巫师与神灵庙主沟通过程中的所有内容，包括神灵的谕示诏告，氏族的图腾起源、迁徙征战，氏族的现实诉求、精神信仰、伦理原则，等等。这些内容在每次集体祭祀场合都由酋长巫师主持，反复颂唱，不断完善，最终形成了全体族民共同遵守并世代相传的史诗、颂诗文本。这就是汉语民族典册，也就是汉语民族经典。

第 七 章
图画、甲骨、铜器、竹帛：史诗的传承方式之一

以史诗、颂诗文本为代表的汉语民族经典是神圣的。初民们相信，这些史诗、颂诗文本经典的内容都是与神灵庙主沟通的结果。而代表全体族民与神灵庙主沟通的酋长君王被尊称为非凡的"圣人"。上古时期的黄帝、炎帝、颛顼、少昊、尧、舜、皋陶、益、启、商汤、伊尹、文王、武王、周公等氏族酋长，都是传说中的"圣人"。

第一节　口耳相传与史诗、颂诗

"圣"字的繁体作"聖"，从耳从口从壬。其中的"壬"原为人形，后来才变成"壬"作声符的。在甲骨文中，"圣"字作侧身直立的人，而以整个大耳朵代替其头部，大耳朵旁再着一"口"（见图7—1）。这是个会意字，首先强调的是耳有所闻，然后才是口有所传。耳闻是源头，口传是目的。"闻"的是天体神、祖先神等神灵的旨意，"传"的则是将这些旨意落实到全体族民。

在古文字里，"圣"与"闻""听""声"诸字相通。"闻"字

在甲骨文里作一侧身跪坐的人，特大其耳朵，并作以手掩口状（见图7—2）。高鸿缙《中国字例》谓："其初形当为倚耳画人掩口，屏息静听之状。文由耳生意，故托以寄听闻之闻意，动词。"

图7—1　甲骨文"圣"字
（乙五一六一）

图7—2　甲骨文"闻"字
（前七·七·三）

圣人在耳"闻"与口"传"的过程中需要转化性创造。首先，"闻"的是神灵旨意，即天道。"闻"道后关键在"悟"道，即由"天道"而悟"人道"。"悟道"之后，对圣人来说便是"知道"了。"知道"之后，圣人的任务才是"传道"。可见圣人的工作是很神圣的。新出《郭店楚简·五行》：

> 闻而知之，圣也。……圣人知天道也。
> 圣，知礼乐之所由生也。

《荀子·正论》：

> 圣人，备道全美者也，是县天下之权称也。

圣人首先是"知天道"，然后才是"知礼乐之所由生"。这"礼乐"便是"人道"，其由"天道""所由生"，是圣人向族民"传道"的具体内容。又《周易·恒》卦之《象》辞曰：

> 日月得天而能久照，四时变化而能久成，圣人久于其道而

天下化成。

这"圣人"一句当指"圣人久（悟）于其道而（知）天下化成"。圣人所"悟"的是"日月得天而能久照，四时变化而能久成"之天道，而所"知"的是有关"天下化成"的人道。又《孟子·万章上》：

天之生此民也，使先知觉后知，使先觉觉后觉也。予，天民之先觉者也，予将以斯道觉斯民也。非予觉之，而谁也？

《荀子·哀公》：

所谓大圣者，知通乎大道，应变而不穷，辨乎万物之情性者也。

这里的"先知""先觉"指的是"闻道""悟道"的尧舜等圣人。孟子勇于担当，要以尧舜等圣人之"道"（斯道）去教育民众（"觉斯民"）。《庄子·天运》：

世疑之，稽于圣人。圣也者，达于情而遂于命也。

因为圣人是既闻"天道"又悟"人道"者，所以后世之人有所疑惑，自然要向圣人稽疑学习了。

第二节　图画、甲骨、铜器、竹帛与史诗

有关"天道"与"人道"的内容都体现在前几章讨论的图画、

甲骨、铜器及其相配应的甲骨卜辞、青铜铭文以及《山海经》《易经》《书经》《诗经》《楚辞》《淮南子》等史诗、颂诗文本里。这便是我们今天所见最早的史诗、颂诗民族经典。传说中的《河图》《洛书》《三坟》《五典》《八索》《九丘》，则是比殷墟甲骨"典""册"还要早的史诗、颂诗民族经典，至于其原貌我们已无法考见了。而其仪式与精神实质仍然是直接继承殷墟甲骨文中的"贡典""祝册""用册""冉册"等祭祀仪式而来。如，《尚书·周书》各篇都是神前册告之辞，包含浓厚的宗教政治色彩。《书序》提供了相关信息：

《牧誓》：武王戎车三百辆，虎贲三百人，与受（纣王）战于牧野，作《牧誓》。

《洪范》：武王胜殷，杀受，立武庚，以箕子归。作《洪范》。

《金縢》：武王有疾，周公作《金縢》。

《大诰》：武王崩，三监及淮夷叛，周公相成王，将黜殷，作《大诰》。

《康诰》：成王既伐管叔、蔡叔，以殷余民封康叔，作《康诰》《酒诰》《梓材》。

《召诰》：成王在丰，欲宅洛邑，使召公先相宅，作《召诰》。

《洛诰》：召公既相宅，周公往营成周，使来告卜，作《洛诰》。

《多士》：成周既成，迁殷顽民，周公以王命诰，作《多士》。

以上各篇，都是记周初武王、成王、周公在举行重大政治活动时，作册文以告于神灵庙主的内容。例如，《金縢》原本是武王病重，周公作册书向神灵庙主祷告，祈求以自己代武王承担病魔而保佑武王健康。祭告之后，史官便将祷告册书放进金属匣子，是为《金縢》。《牧誓》一篇便是战前的庙主献册祝告，也就是殷墟甲骨卜辞里的"冓册"礼。《召诰》《洛诰》是在作洛邑、建成周之前向先祖神灵庙主献册祝告，《多士》则是因"迁殷顽民"而向神灵庙主献册祝告，因此都相当于殷墟卜辞里的"祝册"礼。

前几年公布的清华简《保训》篇，给我们提供了史诗、颂诗"书于竹帛"的具体过程，特别珍贵，值得讨论。

清华简《保训》篇记周文王晚年病重，担心自己将不久于世，便召太子发（即后来的周武王）到床前，要将历代承传的"保训"交代给他。所谓"保训"，即世代珍藏的训告。"保"通"宝"，"保训"即"宝训"，也就是宝贵的训告。清华简《保训》篇开头，文王向太子发讲述了有关"宝训"的背景情况：

（王）若曰："发，朕疾适甚，恐不汝及训。昔前人传保（宝），必受之以詷（诵）。今朕疾允病，恐弗念冬（终），女（汝）以著（书）受之。钦才（哉），勿淫！……"

简文接着写文王叙述"宝训"的具体内容，并要求太子发继承"宝训"，弘扬光大。

有关"宝训"的具体内容，学界已有许多讨论，此不赘述。这里想特别提出的是，上引一段简文里，为我们提供了古代氏族部落社会的贵族阶层如何传播历史文化以及这种传播方式的变化发展等方面的重要信息，即由"受之以詷（诵）"到"以著（书）受之"。兹试作简要分析说明。

"受之以詷"的"詷"，整理本谓："《顾命》'在后之侗'，'侗'，马本作'詷'，与'童'通，指幼稚童蒙。或说此处读为'诵'。"其实，在清华简语境中，"受之以詷"的"詷"可同时兼通"童"与"诵"。章太炎先生已指出，在上古时代，由于语言的简练，一个文化词往往兼含"德（形容词）""业（动词）""实（名词)"三层含义。①"誷"之训"童"与"诵",正含"实"与"业"两端。在古代氏族社会,部族的历史文化往往由族内酋长巫师等长老亲自传授给部族贵族子弟。这就是部族史诗、颂诗。就其传播对象而言是为"童",即幼稚蒙童,此为名词,"实"也;就其传播方式而言,是为"诵",即以"诵"唱的形式口耳相传,此为动词,"业"也。而在古文献里,也正有"誷"与"诵"相通的佐证。马王堆帛书《春秋事语》:"文羌(姜)迵于齐侯",《左传》桓公十八年作"齐侯通焉"。郭店楚简《六德》:"言行皆迵",整理者裘锡圭先生按:"疑'迵'当读为'通'。"② 可见,"同"与"甬"通,故"迵"可读为"通",则"誷"亦有可读为"诵"。也就是前章讨论的甲骨文里的"祝""册"。由此再读简文"昔前人传保(宝),必受之以誷(诵)",可知其意是指:前人传递部族历史文化之史诗、颂诗文本"宝训",一定是以"诵唱"的方式而口耳传授给部族子弟("童蒙")。这里的"受"当指长辈"授"与子弟"受"双方而言。

简文"女(汝)以著(书)受之"的"受",亦当指"授""受"双方而言。"著"即"书",亦即简册。王辉先生已指出,在所出土的战国简帛里,以"著"为"书"已是常例。③ 如郭店楚简《性自命出》简24"藿者《㫺》《著》",即"观诸《诗》《书》"。《信阳楚简》简3"教著品岁"即"教书三岁"。清华简"汝以著(书)受之",即要求太子发用简册把"宝训"书写接受下来,并传授下去。故下文说"钦哉,勿淫",意指在"受""授"宝训方面要虔敬努力,不要贪图安逸。

以上有关"宝训"的"受之以诵"到"以书受之",正好反映

---

① 章太炎:《语言缘起论》,载庞俊、郭诚永疏证《国故论衡疏证》,中华书局2011年版,第227—252页。
② 荆门市博物馆:《郭店楚墓竹简》,文物出版社1998年版,第190页,注释20"裘按"。
③ 王辉:《读清华简"保训"札记》,载李学勤主编《出土文献》第一辑,中西书局2010年版。

了我国古代氏族部落社会在传播历史文化方面由没有文字时期的"口耳相传"(诵),到有了文字之后的"书于简帛"发展阶段。这没有文字的阶段主要是指五帝时代文明起源阶段。如前面几章所介绍,在这长达一千多年的历史岁月里,各氏族部落的先民都是借助某些图画(如岩画、地画、壁画、陶器刻划青铜图纹等)而以口耳相传的形式承传其历史文化。在集体祭祀活动中,往往由氏族部族酋长、部落联盟共主等长老主持,面对绘刻有氏族部落共同信仰的图腾神灵图像,而舞蹈诵念其历史文化及其成败训诫。中国古代因此而有"诵史"的历史传统。这种"诵史"传统根深蒂固,有其深远的惯性影响力,以至于到了商周以后虽然文字已发明,历史文化可以用甲骨文、青铜铭文、简牍帛书等形式记录,而突破了口耳相传形式的时空局限,但用文字记录的这些文献仍然都是可以"诵唱"的。

　　当然,商周时期,由于文明的进步,社会分层更加细密,原来的部落酋长成了天下部落联盟的共主,甚至是封国联盟的君王,政务更加繁忙,于是便将主持吟诵历史文化的工作分解给瞽、矇、史、巫、卜、祝等神职人员。原来吟诵历史文化的政教活动只在祭祀场合举行,商周时期也分解到宗庙、朝廷、明堂等更多场合了。这就是《礼记·礼运》所说的:"宗祝在庙,三公在朝,三老在学。王前巫而后史,卜、筮、瞽、侑,皆在左右。"当然,这些瞽、矇、史、巫神职人员仍然都在君王的领导之下,而为其政治服务。诚如陈梦家先生所指出:"古者宗教领袖即是政治领袖","由巫而史,而为王者的行政官史;王者自己虽为政治领袖,同时仍为群巫之长"。[①]原来只靠口耳相传而单一吟诵的,以史诗、颂诗形式表达出来的部族历史文化与宗教训诫等内容,也因文字记录的便捷与政务的细化,而分解成《诗》《书》《赋》《箴》《礼》《乐》《易》等简册典籍了。以下先秦文献资料正反映了这些变化。

---

① 陈梦家:《商代的神话与巫术》,《燕京学报》1936年第20期。

《国语·周语上》：

故天子听政，使公卿至于列士献诗，瞽献曲，史献书，师箴，瞍赋，矇诵，百工谏，庶人传语，近臣尽规，亲戚补察，瞽史教诲，耆艾修之，而后王斟酌焉，是以事行而不悖。

《国语·楚语上》：

教之《春秋》，而为之耸善而抑恶焉，以戒劝其心；教之《世》，而为之昭明德而废幽昏焉，以休惧其动；教之《诗》，而为之导广显德，以耀明其志；教之《礼》，使之上下之则；教之《乐》，以疏其秽而镇其浮；教之《令》，使访物官；教之《语》，使明其德，而知先王之务，用明德于民也；教之《故志》，使知废兴者而戒惧焉；教之《训典》，使知族类，行比义焉。

《国语·楚语上》：

昔卫武公年数九十有五矣，犹箴儆于国，曰："自卿以下至于师长士，苟在朝者，无谓我老耄而舍我，必恭恪于朝，朝夕以交戒我；闻一二之言，必诵志而纳之，以训导我。"在舆有旅贲之规，位宁有官师之典，倚几有诵训之谏，居寝有亵御之箴，临事有瞽史之导，宴居有师工之诵。史不失书，矇不失诵，以训御之，于是乎作《懿》诗以自儆也。

《礼记·文王世子》：

凡学（教）世子，及学士，必时。……春诵、夏弦，大师诏之。……冬读书，典书者诏之。礼在瞽宗，书在上庠。

以上材料说明，无论是共主君王听政，还是贵族子弟接受教育，均需由瞽史、卜祝、耆艾等神职人员通过诵吟诗书、进献训箴的形式进行。共主君王因此得以斟酌补察，贵族子弟因此得以行事不悖。因为瞽史、卜祝、耆艾所诵吟的诗书训箴中，有氏族部族全体族民共同遵守的精神信仰，有氏族部族得以绵延发展的成败经验，所谓"教之世"可以"昭明德而废幽昏"，"教之诗"可以"导广显德"，"教之礼"可以"知上下之则"。所以"瞽史之导""师工之诵"可以"补察"而"自儆也"。这就是清华简所称的"宝训"，所谓"前人传宝""受之以诵"，后人传宝，须"以书受之"。

第三节　瞽与史、诗与世

这些诗书训箴中所体现的部族全体成员共同遵守的精神信仰与成功经验，主要包括部族所崇拜的天体宇宙神灵、山川图腾神灵与氏族祖先神灵，及其名号、世系、传奇故事，以及由此总结出来的部族律令原则，等等。这些内容在文字发明之前都是口耳相传而吟诵出来的，就其吟诵对象而言，是歌颂天地神灵、山川神灵与祖先神灵，因而是颂诗；就其吟诵的内容而言，是有关氏族部族在其祖先率领下迁徙发展的奋斗史，因而是史诗；而这史诗又往往是通过历代祖先的牌位、名号、世系来叙述的，因而又称为世系。在先秦文献中，颂诗、史诗、世系三者往往不分。例如，周民族史诗，即部分存在于《诗经》之"大雅""周颂""鲁颂"中。兹按周民族世系将其有关篇目列下：

始祖：姜嫄、后稷，见于《周颂·思文》《大雅·生民》
↓
先公：公刘，见于《大雅·公刘》

古公亶父，见于《大雅·绵》《周颂·天作》
王季、文王，见于《周颂》之《天作》《维清》《我将》《维天之命》，《大雅》之《皇矣》《文王》
↓
先王：武王、吕尚，见于《鲁颂·閟宫》，《大雅》之《大明》《思齐》

此外，在屈原整理并加工创作的《天问》中，也有关于虞、夏、商、周以及秦、楚民族的世系史事。所以，《天问》实际上是一部先秦多民族的综合史诗。后来司马迁作《史记》，正是依据这些史诗、颂诗材料，而作《五帝本纪》《夏本纪》《殷本纪》《周本纪》《秦本纪》及《楚世家》。这些"本纪""世家"都以世系为时间顺序来叙述相关历史事件。

在漫长的口耳相传时代，这些史诗、颂诗、世系都是由瞽矇、巫祝等神职人员承传。而其承传的内容均为氏族部族的历史文化，因此，瞽矇又称史。在先秦文献中，瞽与史、诗与世，往往可能相通。例如《周礼·春官·瞽矇》：

瞽矇，掌播鼗、柷、敔、埙……讽诵诗，世奠系。

《周礼·春官·小史》：

小史掌邦国之志，奠系世，辨昭穆。

此《瞽矇》条的"世奠系"，当即《小史》条的"奠系世"之倒。孙诒让《周礼正义》引杜子春注"奠"读为"定"，并云："小史主次序先王之世、昭穆之系，述其德行。瞽矇主诵诗，并诵世系，以戒劝人君也。"可见"诗"与"世系""昭穆"在内容上本是相通的。瞽矇诵之为诗，小史辨之为世系，为昭穆。故《小史》条郑玄

注:"系世,谓帝系,世本之属是也。小史主定之,瞽矇讽诵之。"

瞽与史职责相同,因此,早期应该是"瞽史"浑言不分的,而其职便是叙述部族祖先的世系:

> 《国语·晋语四》:商之飨国三十一王。瞽史之纪曰:"唐叔之世,将如商数"。
> 《国语·晋语四》:瞽史纪曰:嗣续其祖,如谷之滋。
> 《国语·周语上》:瞽史教诲,耆艾修之,而后王斟酌焉。
> 《国语·周语下》:吾非瞽史,焉知天道。

后来,由于从"史诗"中分出"书""世""礼""箴"等类别,于是"瞽""史"亦分职而行,瞽主诵诗,史主辨世也。故《国语·周语上》:"瞽献曲,史献书。"《楚语上》:"史不失书,矇不失诵。"关于"瞽史"由连言而分言之由,顾颉刚先生曾有很好的分析:

> 盖瞽有其箴赋,史有其册书,容有同述一事者,如《牧誓》之于《大明》,《閟宫》之于《伯禽》然。故合而言之耳。
> 又此两种人同为侯王近侍,多谈论机会,自有各出所知以相薰染之可能,其术亦甚易相通。故《太誓》,史也,而《孟子·滕文公下》录其语曰:"我武惟扬,侵于之疆,则取于残,杀伐用张,于汤有光",《墨子·非命下》亦录其辞曰:"……"其文皆若诗,若箴,岂复誓师之辞。盖史之所作而瞽之所歌也。……《楚辞》之《天问》,《荀子》之《成相》,(《诗》之《大小雅》及《三颂》),纪事之篇章,诗也,而皆史也,非瞽取于史而作诗,则史袭瞽之声调、句法而为之者也。观于《洪范》之"无偏无党",《墨子·兼爱下》引之作《周诗》,《小雅》之"如临深渊",《吕览·慎大》引之作《周书》,则史与

馨之所为辄为人视同一体，不加分别可知也。①

以往，有关中国古代历史文化由口耳相传到著录典籍的承传过程，我们只能根据某些零散的传世文献作一些理论上的推测。今清华简《保训》"受之以诵"到"以书受之"资料的出现，为这一理论推测提供了明确无误的直接证据，自然是意义重大。

第四节 "述而不作"与民族文化传承

春秋战国时期，王纲解纽，诸侯烽起。在文化方面则是原始宗教精神向人文理性精神的转向，王官之学向民间私学的下移。此前，只有朝廷贵族垄断传学，此时则有诸子聚徒讲学；此前只有朝廷官藏典籍，此时则有诸子著述。这是个社会大转型的时代。

然而，文本典册的宗教神圣性、政治权威性并没有消失，只不过转换了表达方式与转换了传承人而已。这就是《孟子·离娄下》所说的"王者之迹熄而诗亡，诗亡然后《春秋》作"。《庄子·天下》篇所说的"古之所谓道术者，果恶乎在？其明而在数度者，旧法世传之，史尚多有之；其在于《诗》《书》《礼》《乐》者，邹鲁之士，缙绅先生多能明之……其数散于天下而设于中国者，百家之学时或称而道之"。所以东汉班固《汉书·艺文志》有"诸子出于王官论"。相关论述还见于《礼记》与《孔子家语》。

在传承民族经典方面，儒家比其他诸子更积极地作出了贡献。我们试从《论语·述而》中孔子的如下几段原话为例试作说明：

> 子曰：述而不作，信而好古，窃比我于老彭。
> 子曰：我非生而知之者，好古，敏以求之者也。

---

① 顾颉刚：《史林杂识初编》"左丘失明"条，中华书局2005年版，第223—225页。

子曰：默而识之，学而不厌，诲人不倦，何有于我哉？

这里，孔子指出了自己对传统文化、民族经典的态度原则是"述而不作，信而好古"，"学而不厌，诲人不倦"。"古"是榜样原则，其内容应该是古圣人有关"天道""人道"的论述及相关经典，是以巫史传统为主线的王官之学。孔子对其既"信"又"好（喜好）"。而"述"是手段，具体方法是"学而不厌""默而识之""敏以求之"。这就是"闻道""悟道""知道"的过程。其最终目的是"诲人不倦"，也就是"传道"。由此可见，孔子的"信古""述古""传古"，都是圣人所为。对此，子贡有一段评论见于《孟子·公孙丑上》："昔者，子贡问于孔子曰：'夫子圣矣乎？'孔子曰：'圣则吾不能，我学不厌而教不倦也。'子贡曰：'学不厌，智也；教不倦，仁也。仁且智，夫子既圣矣。'"孔子还"窃比我于老彭"。老彭即彭咸、彭铿，是神话传说中的殷代巫史圣人。《大戴礼记·虞戴德》曰："昔商老彭及仲傀，政之教大夫，官之教士，技之教庶人。"巫史圣人都以"闻道""悟道""传道"为职责，所以说老彭"教大夫""教士""教庶人"。孔子"诲人不倦"，正是继承了老彭的传统。

《述而》章还提供了孔子的"信古""述古""传古"的具体内容：

子在齐闻《韶》，三月不知肉味，曰："不图为乐之于斯也。"
子曰：甚矣，吾衰也；久矣，吾不复梦见周公。
子曰：加我数年，五十以学《易》，可以无大过矣。
子所雅言：《诗》、《书》、执礼，皆雅言也。

可见，孔子心目中的"古"就是虞夏商周四代的古圣人及相关的民族经典。钱穆先生《论语新解》曾指出，《尧曰》一章是全书总结，其主题便是"历叙尧舜禹汤武王所以治天下之大端，而又以孔子之言继之"。《礼记·中庸》也说："仲尼祖述尧舜，宪章文武。"《论语·为政》也记载："子曰：殷因于夏礼，所损益可知也。周因于殷礼，所损益可知也。"这里其实也包括虞礼在内。《汉书·董仲舒传》即指出："夏因于虞，而独不言所损益者，其道如一而所上同也。道之大原出于天，天不变，道亦不变。是以禹继舜，舜继尧。三圣相受而守一道，亡救弊之政也，故不言其所损益也。"《论语·泰伯》："子曰：大哉，尧之为君也。巍巍乎！唯天为大，唯尧则之。"又说"巍巍乎！舜、禹之有天下也。"可见，在孔子心目中确实是尧舜禹三圣守一道的。《论语·卫灵公》也说："子曰：行夏之时，乘殷之辂，服周之冕，乐则《韶》舞"，《韶》为舜乐，是亦孔子以虞夏商周四代并举。相关论述还见于如下文献：

《礼记·礼运》：孔子曰：大道之行也，与三代之英，丘未之逮也，而有志焉。

《孔子家语·礼运》：孔子曰：昔大道之行，与三代之英，吾未之逮也，而有记焉。

这里的"大道之行"，也应该是指尧舜禹禅让为公的时期。夏商周是孔子进一步推崇的圣人王道时代。

《礼记·表记》：子言之："昔三代明王，皆事天地之神明。"

《礼记·哀公问》：孔子遂言曰："昔三代明王之政，必敬其妻子也，有道。"

上博简《从政》：孔子曰："昔三代之明王之有天下者，莫之余（予）也，而□（终）取之，民皆以为义。"

当然，在三代之中，孔子又以西周为黄金时代。《论语·八佾》

"子曰：周监于二代，郁郁乎文哉，吾从周。"

中华文明起源于农耕生产，聚族定居。因此之故，从五帝文明起源至虞夏商周早期文明发展长达两千五百多年的历史时期内，一直延续了原始氏族社会的血缘管理模式，从而形成了神权、族权、政权三合一，巫史传统、圣贤之道、王官之学为其显著特点。然而这一传统从西周末年开始至春秋战国时期，出现了动摇变革。即血缘管理遭破坏，地缘管理新崛起。面对这一社会大变革，诸子作出了不同的反映。儒墨两家维护血缘管理，法家拥护地缘管理，而道家则血缘、地缘均否定，要求回到原始社会里去。

以孔子为代表的儒家，竭力维护血缘管理，传承虞夏商周圣王之道。这就是《荀子·儒效》所说的"儒者法先王"，《史记·太史公自序》所说："夫《春秋》，上明三王之道。"因此之故，孔子要"信古""述古""传古"，整理六经，收徒讲学，继承圣贤之道。这就是所谓的"述而不作""诲人不倦"。《汉书·儒林传》有一段话对此作了全面概括：

  周道既衰，坏于幽厉，礼乐征伐，自诸侯出，陵夷二百余年而孔子兴。以圣德遭季世，知言之不用而道不行……于是叙《书》则断《尧典》；称乐则法《韶》舞；论《诗》则首《周南》。缀周之礼，因《鲁春秋》，举十二公行事，绳之以文、武之道，成一王法，至获麟而止。盖晚而好《易》，读之韦编三绝而为之传。皆因近圣之事以立先王之教，故曰："述而不作，信而好古。"

中国古代的经典，因为宗教政治的需要，供奉庙主而有先王世系，依世系而著录史事；记史事而扬善贬恶，弘扬正义。中华文明起源及其早期文明发展的历史，大多体现在虞夏商周时期承传的"三坟""五典""八索""九丘"和甲骨"典""册"及《诗》《书》《礼》《易》《乐》《春秋》等经典中。孔子"述而不作""诲人不倦"，对传统民族经典文化的传承作出了突出贡献。孔子之后，孟子、荀子继有传承。而西汉司马迁著《史记》，则进入了一个系统化与创造性的总结，这就是"究天人之际，通古今之变，成一家之言"。

《史记》记载上自传说中的炎帝、黄帝，下及西汉中期汉武帝时，占五千多年文明史的前三千年，是我国历史上第一部纪传体通史。此后，《汉书》《后汉书》《三国志》直到《清史稿》二十四部正史，将中华五千多年文明史完整系统地记录下来了。这在世界文明史上是十分值得自豪的。儒家经典也由"六经"变为"十三经"。此外，还有各类杂史、类书、丛书、笔记，以及许多文集、子书。到班固著《汉书·艺文志》，已著录古书约六百部，一万三千卷。到清代纪晓岚等奉皇帝之命编撰《四库全书》，分古籍为经、史、子、集四大类，收书三千四百六十一种，七万九千三百零九卷，分类三万六千余册。四部分类，而以"经"部居首，仍然体现了儒家"道法先王""述而不作"的传统。

中华民族历代祖先留给我们的典籍可谓是"浩如烟海，汗牛充栋"。正是由于这些丰富的典籍，才使得我们中华古文明独立起源、绵延发展的历史得以完整记录，使得我们历代祖先对自然、社会和人生的思考得以深入总结，最终使得我们的历史记录与哲学思考通过典籍而承传，而教育，而弘扬光大。也就是说，中华文明史、中华传统优秀文化、中华民族精神，都集中体现在我们的民族典籍中，尤其是民族经典中。经典的价值是永恒的。崇敬经典，诵读经典，传承经典，具有重要意义。对此，饶宗颐先生在《新经学的提出》宏文中曾有深刻的分析，兹录于下作为本文的结语：

  经书是我们的文化精华的宝库，是国民思维模式、知识涵蕴的基础；亦是先哲道德关怀与睿智的核心精义，不废江河的论著。重新认识经书的价值，在当前是有重要意义的。[①]

在中华民族经典的传承、创新、弘扬的过程中，孔子及其所代表的儒家，做出了不朽的功绩。孔子所设立的"述而不作"原则，最终形成了中华民族重视历史传统、重视文献记录的优良传统。孔子因此成为中华民族的万世师表，影响深远而广大。

[①] 饶宗颐：《新经学的提出》，《饶宗颐二十世纪学术文集》卷四"经术、礼乐"，中国人民大学出版社2005年版，第6页。

第 八 章
诗、乐、舞三位一体：
史诗的传承方式之二

前几章，我们讨论了汉语史诗、颂诗由图画、甲骨、铜器、竹帛为媒介，通过口耳再到文字的传承过程与方式。本章再讨论史诗、颂诗在宗庙祭祀活动中，以歌辞、音乐、舞蹈相结合的方式而传承的情况。我们的讨论以新出清华简为依据展开。

清华简《周公之琴舞》以及《耆夜》《芮良夫毖》等诗篇，为认识先秦诗乐舞三位一体的颂诗传统提供了重要证据；通过与相关传世文献的印证，可以对先秦时期史诗、颂诗的原始结构、性质功用及其流传结集等具体问题作出进一步的分析。按照西方文化人类学理论，诗乐舞三位一体的传统盛行于原始氏族社会，当社会进入文明时代后，史诗、颂诗不再在社会宗教活动中具体表演，诗乐舞便逐渐分离，结果是史诗、颂诗的乐舞消失，只存书面文本单独流传。中国从五帝时代到春秋时期，文明起源与早期发展已经历了两千五百多年，而诗乐舞三位一体的史诗、颂诗却依然在宗教活动中盛行。这在世界文化史上是个特例，需要从理论上加以分析与总结。清华简《周公之琴舞》的出现有利于这一问题的深入展开。

第一节　清华简所见颂诗的诗乐舞
　　　　三位一体结构

清华简《周公之琴舞》是我们目前所见先秦时期最原始、最完整的诗乐舞三位一体的史诗、颂诗，此外，《耆夜》《芮良夫毖》也提供了相关重要信息。

一　"周公之琴舞"与"周公之颂诗"

清华简《周公之琴舞》的篇题写于第一支简正文的背面上端，字迹清晰可读。清华简《芮良夫毖》的形制、字迹与《周公之琴舞》基本相同，两者又都是诗，因此，整理者估计这是同一人所抄写。值得注意的是，在《芮良夫毖》第一支简正文的背面上端，题有"周公之颂诗"，因被削刮而字迹模糊。整理者认为，"此篇题与竹简下面内容毫无联系，疑是书手或书籍管理者据《周公之琴舞》的内容概括为篇题，误写在芮良夫之诗的简背，发现错误后刮削未尽"[①]。也就是说，在当时抄写者观念里，"周公之琴舞"与"周公之颂诗"是同一概念，以致互抄。恰恰是这一误抄，给我们提供了一个十分重要的历史文化信息，即先秦时期，原始"颂诗"本是与"琴舞"紧密不分的。琴指音乐，舞为舞容，合配史诗颂诗。清华简"周公之琴舞"与"周公之颂诗"篇题的同时出现与互用，正揭示了先秦时期诗乐舞三位一体的史诗颂诗原貌。

二　"作歌一终""作毖再终"与"琴舞九遂"

清华简丰富的乐舞术语，为我们了解史诗颂诗的诗乐舞结构提供了重要资料：

[①] 李守奎：《清华简"周公之琴舞"与"周颂"》，《文物》2012年第8期。

《周公之琴舞》：周公作多士敬怭琴舞九遂
　　　　　　　成王作敬怭琴舞九遂
《芮良夫怭》：芮良夫作怭再终
《耶夜》：王夜爵酬毕公，作歌一终，曰《乐乐旨酒》。
　　　　王夜爵酬周公，作歌一终，曰《輶乘》。
　　　　周公夜爵酬毕公，作歌一终，曰《英英》。
　　　　周公或（又）夜爵酬王，作祝诵一终，曰《明明上帝》
　　　　周公秉爵未饮，蟋蟀跃升于堂，周公作歌一终，曰《蟋蟀》。

竹简的"作歌一终"，又见于传世文献《吕氏春秋·音初》："有娀氏有二佚女，为之九成之台，饮食必以鼓。……二女作歌一终，曰《燕燕往飞》，实始为北音。"因为先秦时期颂诗与乐舞一体，乐舞一次为"一终"或"一成"，其于诗则为一章。"作歌一终"既是乐舞一成，也是作诗一章。"芮良夫作怭再终"，便是乐舞二成，作诗两章，简文正是以"曰"开启前章，中间再标以"二启曰"以示后章开始。

《周公之琴舞》的成王"作多士敬怭琴舞九遂"，便是乐舞九成，作诗九章，而简文正好有九首诗。《尚书·益稷》："《箫韶》九成，凤皇来仪。"孔颖达疏："成，谓乐曲成也。郑玄：'成犹终也。'每曲一终必变更奏，故经言'九成'，传言'九奏'，《周礼》谓之'九变'，其实一也。"由此推测，《周公之琴舞》说"周公作多士敬怭琴舞九遂"，亦当有九首诗，而简文只有"元内（入）启曰"一首，疑另八首已佚。

史诗颂诗本为宗庙祭祀时所表演，以后又扩展为在各种政治飨宴场合表演。清华简《耶夜》"作歌一终"与"作祝诵一终"并用，正揭示了这一特点。简文《明明上帝》又曰："明明上帝，临下之光，丕显来格，歆厥禋盟。……作兹祝诵，万寿亡疆。"正是以祭祀上帝、祝福武王为内容。"祝"本是巫觋祭神通神之语。《说文·示部》："祝，祭主赞词也，从示，从人口。一曰从兑省，《易》曰'兑，为口为巫。'"段玉裁在"从人口"条下注曰："以人口交神也。"甲骨文、金文中，"祝"字作人跪于祭台前口朝上向神灵作祷告状。卜辞中"祝"即为祭祀用辞：

惟高祖夔祝用，王受又。（《合》30398）
贞，祝于祖辛。（《合》787）
丙子贞，其祝于上甲乙。（《合》787）

《尚书·洛诰》："王命作册，逸祝册。"孔颖达疏："读策告神谓之祝。"《诗·小雅·楚茨》："工祝致告，神具醉止。"《楚辞·招魂》："工祝招君，背行先些。"王逸注："男巫曰祝。"《礼记·曾子问》："祫祭于祖，则祝迎四庙之主。"郑玄注："祝，接神者也。"这些材料进一步说明，颂与乐舞的配合原是用于宗庙祭神场合的。

三 "启曰""乱曰"

清华简《周公之琴舞》"成王作敬毖琴舞九遂"，其每一遂都有"启曰"与"乱曰"相对，乐舞章节非常规整：

元启曰+乱曰——第一遂（成）
再启曰+乱曰——第二遂（成）
三启曰+乱曰——第三遂（成）
四启曰+乱曰——第四遂（成）
五启曰+乱曰——第五遂（成）
六启曰+乱曰——第六遂（成）
七启曰+乱曰——第七遂（成）
八启曰+乱曰——第八遂（成）

九启曰+乱曰——第九遂（成）

传本《诗经》从未见有这些"启曰""乱曰"乐舞术语。虽然《楚辞》之《离骚》《九章》及《荀子·赋》、贾谊《吊屈原赋》有"倡曰""重曰"与"乱曰""少歌曰"等术语，但并不严密完整。《尚书·益稷》虽说"《箫韶》九成"，但不见"九成"的具体内容与结构。清华简《周公之琴舞》标有"九遂（成）"，而实际亦配有"九启""九乱"。这是目前所见先秦时期诗乐舞三位一体最完整的史诗颂诗结构。

"乱"本是音乐曲调名，指乐章的终了，亦即全曲的尾声。在传世先秦文献中，"乱"常常与"始"相对。《礼记·乐记》："夫古乐，进旅退旅，和正以广，弦匏笙簧，会守拊鼓，始奏以文，复乱以武。"又曰："乐者，心之动也。声者，乐之象也。文采节奏，声之饰也。……是故先鼓以警戒，三步以见方，再始以著往，复乱以饬归。"均以"始"与"乱"相对。对照清华简《周公之琴舞》可知，这里的"始"相当于"启"，"再始"相当于"再启"。又《论语·泰伯》：

师挚之始，《关雎》之乱，洋洋乎盈耳哉。

杨伯峻《论语译注》："师挚之始——'始'是乐曲的开端，古代奏乐，开始叫做'升歌'，一般由太师演奏。师挚是鲁国的太师，名挚，由他演奏，所以说'师挚之始'。《关雎》之乱——'始'是乐的开端，'乱'是乐的结束。由'始'到'乱'，叫做'一成'。'乱'是合乐，犹如今日的合唱。当合奏之时，奏《关雎》的乐章，所以说'《关雎》之乱'。"

总之，"始"与"乱"组成"一成"，清华简《周公之琴舞》成王作诗共"九遂（成）"，刚好有九组"始"与"乱"，结构相当完整。以往由于文献阙如，对颂诗的"九成"结构莫知其详。今清华简的出现使我们明白，先秦原始史诗颂诗，内涵丰富，诗与乐舞之间有固定的组合模式。

据先秦文献可知，先秦时期有《诗》《书》《礼》《易》《乐》《春秋》六经。其中《乐经》经战国之乱与秦火而趋于衰微。《汉书·艺文志》："周衰俱坏，乐尤微眇，以音律为节，又为郑、卫所乱，故无遗法。"所以汉代已缺《乐经》，而独存五经了。清华简《周公之琴舞》《耆夜》《芮良夫毖》等诗篇，不仅扩大了我们对先秦时期史诗颂诗的认识，更重要的是有助于我们对汉代以来已佚失的先秦《乐经》可以有一些新的认识。

第二节　先秦时期诗乐舞繁盛的文明史背景与相关理论问题

学者们的研究表明，今传本《诗经》之十五国风、二雅与周颂、鲁颂是从西周至春秋时期逐步结集而成的，至于"商颂"的流传，应追溯到商代。西周时期，在朝廷中流行的是《颂》，其后是《雅》[①]。《颂》《雅》都是王官之学，也就是汉语史诗、颂诗，是为大传统，属于精英文化。从西周末年开始，由于王权旁落，礼崩乐坏，代表小传统、体现民间文化的十五国风才逐步被收集起来，并与大传统"颂""雅"之诗合编在一起。《史记·儒林列传》："周室衰而《关雎》作，幽厉微而礼乐坏，诸侯恣行，政由强国。"孙作云先生1957年发表《论〈诗经〉的时代及地域性》，指出："今本《诗经》的次序，是以《国风》为首，《小雅》《大雅》次之，《周颂》《鲁颂》《商颂》殿后。……不过，这个顺序是一种由近及远的向上倒算的逆排法。换句话说，《国风》的时代最近，其次为《小

---

① 据孙作云先生研究，"雅"诗中大多为"颂"诗，见其《论"二雅"》，《文史哲》1958年第8期。

雅》，其次为《大雅》，再其次为《周颂》。我们根据作品本身的时间顺序，把它颠倒过来，那最早的是《周颂》，其次是'二雅'，再其次是'十五国风'。"①孙先生的判断无疑是正确的。商颂与周颂开始应该是单篇别行。据《国语》《左传》可知，西周到春秋前期的人引《诗》即直称《周颂》《商颂》。如《周语·周语上》记载穆王时（前976—前922）祭公谋父谏伐犬戎，有"周文公之《颂》曰"之称。《国语·晋语四》载宋襄公（前644—前637）时，公孙固进言称"《商颂》曰"。郑文公（前644—前628）时，大叔叔詹进谏称"《周颂》曰"。而到了春秋中后期的人引《周颂》《商颂》便直称《诗》了，说明这时"风""雅""颂"合编的《诗》已初步形成。②

一　先秦时期颂诗的繁盛

"颂"本是宗庙祭祀乐舞歌辞，诗乐舞三位一体。因此，西周时期单独流行的"周颂""商颂"都是乐舞之诗，而今传本《诗经》里的"周颂""商颂"已经过了孔子等人删定改编，成了读本之诗。清华简《周公之琴舞》"成王作多士敬毖琴舞九遂"共九成，每成有"启""乱"相对，自然是乐舞之诗。其中第一成又见于今本《周颂·敬之》，但今本《敬之》不仅字句与《周公之琴舞》有出入，而且还删去了"启曰""乱曰"等乐舞术语。至于《周公之琴舞》的后八成均不见于今本《周颂》。可见，《周公之琴舞》保留的是乐舞之诗的原貌，而今本《诗经·周颂》是读本之诗，已脱离了祭祀活动中诗乐舞三位一体的舞容场景了。

20世纪30年代，罗根泽先生发表《由墨子引经推测儒墨两家与经书之关系》一文，指出《墨子》书中引《诗》十一则，除去重复者一则，实际引《诗》十则。然而仅这十则之中，"不见今本

---

① 孙作云：《论〈诗经〉的时代和地域性》，《历史教学》1957年3月号。
② 许廷桂：《"诗经"结集平王初年考》，《西南师范学院学报》1979年第4期。

《诗经》者至有四则之多；其多与今本次序不同者三则；字句不同者二则；大致相同者，止一则而已"。由此得出结论："墨子所见之诗，与儒家所传之诗不同。"清华简为楚简，其下葬时代约在战国中期，晚于孔子编订《诗三百》作教材之时。而清华简仍保留了乐舞之诗原貌，说明楚地所传诗本与中原儒家所传诗本不同。

近半个世纪以来，学术界对《商颂》编定过程亦有突破性的认识，认为"《商颂》渐出于商族统治者巫祝集团"，后来，"《商颂》由殷太师少师传入周室"，到春秋宋襄公时只存了残简十二篇，到了孔子编传的《诗三篇》时，仅存五篇了。① 推想从西周再上推商代，《商颂》内容应更为丰富，篇目亦更多。不仅如此，根据有关出土资料的印证，② 我们相信夏颂、虞颂等原来也是有的。

氏族社会时期，每个氏族部落只祭祀自己所崇拜的神灵，神灵也只庇护自己的氏族部落。《左传》僖公十年："神不歆非类，民不祀非族。"僖公三十一年："鬼神非其族类，不歆其祀。"因此，从理论上讲，每个氏族、每个部族都有祭祀自己神灵的诗乐舞三位一体的颂，而且颂只在自己的氏族部落内世代相承，即《荀子·荣辱》所谓"父子相传，以持王公"，而"慎不敢损益也"。由于氏族社会"国之大事，在祀与戎"（《左传》成公十三年），作为宗庙祭祀活动中的主要内容，颂诗如同祭器鼎簋一样，是每一氏族的神权、族权、政权的象征。只有氏族、部落被他族所灭，其颂诗祭仪、鼎簋祭器等才可能落入他族，即《孟子·梁惠王》所说："毁其宗庙，迁其重器。"历史上也因此有过"夏太史令终古出其图法奔商"（《吕氏春秋·先识览》），"殷之太师少师乃持其祭乐器奔周"（《史记·殷本纪》）等现象。

从五帝时代到虞夏商周四代，氏族如林，邦国众多。《左传》哀

---

① 江林昌：《"商颂"的作者、作期及其性质》，《文献》2000年第1期。
② 江林昌：《"商颂"作于商代的考古印证与〈虞颂〉〈夏颂〉存于〈天问〉的比较分析》，《华学》第九、第十辑，上海古籍出版社2008年版。

公七年:"禹合诸侯于涂山,执玉帛者万国。"《吕氏春秋·用民》:"当禹之时,天下万国,至于汤而三千余国。"因此,五帝时代到孔子之前两千多年的漫长岁月中,中国的汉语史诗、颂诗应该是十分丰富发达的。而且,由清华简提供的资料可知,当初各氏族部落流传的颂诗,应该都是乐舞之诗。

二 文明史背景与相关理论问题

如前所述,诗乐舞三位一体的颂诗的产生是以巫术互渗律为思想文化基础的。而巫术互渗律产生的社会基础则是以血缘管理为特征的原始氏族社会。因此,巫术互渗律又称原始思维、野性思维、神话思维、前逻辑思维等。

法国人类学家列维-布留尔在其《原始思维》一书中指出:原始思维"以不同形式和不同程度包含着那个作为集体表象之一部分的人和物之间的互渗。……我把这个原始思维所特有的支配这些表象的关联和前关联的原则叫做'互渗律'"。[1] 意大利文化哲学家维柯在其《新科学》一书中则称这种巫术互渗律为原始诗性思维,认为在原始社会,"人对辽远的未知的事物,都根据已熟悉的近在手边的事物去进行判断"。[2] 人类学家们都认为,以巫术互渗律为特征的原始思维是任何一种文明产生之前的必由之路。[3]

以清华简《周公之琴舞》为代表的史诗、颂诗,诗乐舞三位一体,"颂诗"即"琴舞","颂"即"容","容"即"舞容"。所谓"舞容",即在集体祭祀活动时,巫祝卜史等主祭者都扮演成所祭神灵的形象容貌,类似于后世的图腾化妆舞,其目的在于取悦于神灵,更好地与神灵沟通。这就是巫术互渗。史诗、颂诗的这些特征完全属于列维-布留尔与维柯等人所说的以巫术互渗律为特征的原始

---

[1] [法] 列维-布留尔:《原始思维》,丁由译,商务印书馆1981年版,第69页。
[2] [意] 维柯:《新科学》,朱光潜译,商务印书馆1989年版,第99页。
[3] 刁生虎:《隐喻思维与诗性文化》,《周易研究》2008年第5期。

思维。

然而，产生"虞颂""夏颂""商颂""周颂"的虞夏商周四代，已属于中国早期文明发展阶段。在此之前的中国文明起源阶段的五帝时代，也已经历了一千年之久。西方学者所揭示的原本产生于原始氏族社会的以巫术互渗律为特征的原始思维，在中国为什么会在进入文明时代数千年之久仍一直保留呢？这就涉及东西方文明起源发展道路的不同，以及与之相关的理论问题。

按照恩格斯《家庭、私有制和国家的起源》等西方文明理论可知，由原始氏族社会进入文明国家社会，必然会出现两个根本性的社会组织变化：一是出现了凌驾于整个社会成员之上的国家公共权力机构；二是氏族血缘管理变为国家地缘管理。恩格斯的文明国家起源理论是在分析古希腊、古罗马等西方古代社会资料基础上建立起来的。以这一理论来分析中国古代社会，我们会发现中国文明起源与西方文明起源实际存在着异同。即中国从五帝时代的文明起源到虞夏商周四代的早期文明发展，虽然也出现了凌驾于全体社会成员之上的国家公共权力机构，出现了阶层的分化；然而，原始氏族社会的血缘管理制度却依然保留下来了，而没有被地缘管理所取代。中国的地缘管理要到秦汉以后才逐步建立。[1] 著名历史学家侯外庐先生称中国这种氏族血缘管理制度从原始社会一直延续到文明社会的现象为"新陈纠葛"路径，而与西方文明起源的"新陈代谢"路径相区别；[2] 著名考古学家张光直先生则称中国文明起源表现为"连续性"特点，而与西方文明起源的"破裂性"特点相区别。[3] 这是近半个多世纪以来，历史学界、考古学界的学者们探索中国古代社会的新成果，应当引起文艺学界的高度认知。

---

[1] 江林昌：《马克思、恩格斯的古代文明理论与中国早期文明》，《中原文物》2006 年第 6 期。

[2] 侯外庐：《中国古代社会史论》，河北教育出版社 2000 年版，第 29—33 页。

[3] ［美］张光直：《中国青铜时代》，生活·读书·新知三联书店 1999 年版，第 484—496 页。

第八章　诗、乐、舞三位一体：史诗的传承方式之二

正是由于中国原始氏族社会的血缘管理制度在五帝文明起源至虞夏商周文明早期发展过程中延续保留了下来，才使得盛行于原始氏族社会的以巫术互渗律为特征的原始思维也相应地保留下来，从而出现了先秦时期颂诗繁盛的现象。以往，学者们认识到了这一现象，却一直未能从理论上加以总结与揭示。现试作分析。

原始巫术互渗律在五帝文明起源过程中，经过颛顼的改革，即所谓"绝地天通"之后，与政治相结合，而发展成了中国原始宗教。中国原始宗教的特征便是原来人人都可以与神灵相沟通的巫术互渗律开始被氏族贵族阶层所垄断，出现了神权（巫术）与族权、政权的结合。这种现象在中国早期文明发展阶段经夏禹的"铸鼎象物"而得到进一步完善与加强。[①]

盛行于五帝文明起源到虞夏商周早期文明发展阶段的原始宗教，以敬天祭祖为具体内容，原始巫术互渗律在氏族贵族主持下与天体神灵、祖先神灵的沟通中发生作用，具体表现便是氏族宗族的集体祭祀活动。而以诗乐舞三位一体为特征的中国汉语史诗、颂诗正是在这样的背景下产生并繁盛起来。这是中国文艺发展有别于西方文艺发展的重要特点之一。

这也是一个重要的理论问题，即原始社会的某些状态（恩格斯称之为"原始状态"）如何在文明社会中保留并表现出新的现象。其根本原因即在于原始社会的血缘关系是否在文明社会保留及其保留的程度。1883年2月10日恩格斯在《致卡尔·考茨基》的信中已揭示了这一重要规律，可惜未能引起学界的重视，兹引录如下：

> 原始状态的标志不是粗野，而是部落古老的血缘关系保留的程度。因此，从这个或那个部落的一些个别现象作出某些结论之前，首先必须确定每一个别场合下的这种关系。

[①] 江林昌：《诗的源起及其早期发展变化》，《中国社会科学》2010年第4期；江林昌：《论原始宗教对中国古代文明起源发展的影响》，《东岳论丛》2010年第10期。

恩格斯指出，这种部落古老的血缘关系，不仅在"加利福尼亚半岛居民那里发生，而且在许多其他印第安人部落，以及在腓尼基人、巴比伦人、印度人、斯拉夫人、克尔特人那里，也实际地或者象征性地发生。"

可惜的是，恩格斯没有看到，这种"部落古老的血缘关系"在中国五帝文明起源至虞夏商周早期文明发展近三千年的历史长河中一直普遍地保留下来了。因此，以巫术互渗律为特征的原始思维，以诗乐舞三位一体为特征的中国颂诗，也在这历史长河中普遍盛行。① 如果我们以清华简《周公之琴舞》等出土文献为契机，对中国的这种普遍现象加以分析总结，这不仅有助于丰富恩格斯的"原始状态"理论，而且还有助于揭示出人类文明发展史上另一种文艺发展模式。

---

① 恩格斯给考茨基的信写于1883年，如果他当时看到中国在文明时代依然保留丰富的"原始状态"，我们推测恩格斯于1884年完成《家庭、私有制和国家起源》一书时，会专门总结这一问题。可惜没有。

第 二 编

中华文明的早期发展与史诗的族内发展兴盛

第 一 章
考古发现与东夷虞族史诗《韶乐》考索

现所见传世本《诗经》中有关史诗的"颂",只有"周颂""鲁颂""商颂";另有"大雅"中《生民》《公刘》《绵》《皇矣》《大明》诸篇,为周民族史诗,亦属于"周颂"范围。这肯定不是先秦史诗、颂诗的原貌与全貌。上博简《诗说》表明,早期《诗》的传本,其编排次序应该是"讼"(颂)—"夏"(雅)—"邦风"。"讼(颂)"在"夏(雅)"之前,时代更早。独立发展的远古部族,应该都有族内流传的史诗"颂"。由此推断,在黄河流域,"讼"(颂)的次序应该是"虞颂""夏颂""商颂""周颂"。另外,长沙子弹库帛书有《四时》,上博简有《凡物流形》,清华简有《楚居》,王家台秦简有《归藏》,睡虎地秦简有《成相》,清华简《耆夜》篇还提供有周公所作的《蟋蟀》(而《诗经·唐风》所收《蟋蟀》篇,《诗序》以为是西周晚期的作品)。这些都表明,先秦时期,除"鲁颂"外,还应该有各诸侯国的颂,如"楚颂""秦颂""晋颂"等等。再据郭店楚简、上博简、清华简以及大量有关青铜器铭文可知,先秦时期还有大量未收入传世本《诗经》里的古诗佚篇。司马迁《史记》说,孔子之时有诗三千余篇,孔子根据他所认定的礼乐标准作了删、改、减而成《诗》三百余篇。这三千余篇也还只是一个概数。总之，孔子以前的古诗，包括从远古传下来的各氏族、部族史诗、颂诗，应该是很多的。本章结合考古资料，就东夷部族集团中有虞族的史诗、颂诗《韶乐》，试作考索，以弥补传世文献之不足。

第一节　由上博简"舜敏学诗"谈有虞族的诗乐传统

《上海博物馆藏战国楚竹书》第二册《子羔》篇第三、四支简曰：

之童士之黎民也。孔子曰：□……吾闻夫舜其幼也，敏以学诗，其言……

这里的"敏以学诗"为李学勤、裘锡圭等大多数先生的释读，另还有学者读"学"字为"好"字①。其实，"敏以学诗"与"敏以好诗"意义相近，均说明舜在很小的时候就与"诗"建立了非同一般的关系，故为博学多闻的孔老夫子所称道。

一　先秦两汉文献中所见舜与诗乐的关系

在传世先秦两汉文献中有许多关于舜与诗乐关系密切的记载，为夏商以前传说人物之最。《礼记·乐记》说：

---

① 裘锡圭《谈谈上博简〈子羔〉篇的简序》，李学勤《楚简〈子羔〉研究》，均载朱渊清、廖名春主编《上博馆藏战国楚竹书研究续编》，上海书店出版社2004年版，第1—16页；郭永秉《说〈子羔〉简4的"敏以好诗"》，《古文字与古文献论集》，上海古籍出版社2011年版，第181—186页。

> 昔者舜作五弦之琴，以歌《南风》；夔始制乐，以赏诸侯。

《乐记》所言当源于《尚书·舜典》：

> （舜）帝曰："夔，命汝典乐，教胄子，直而温，宽而栗，刚而无虐，简而无傲。诗言志，歌永言，声依永，律和声。八音克谐，无相夺伦，神人以和。"
> 夔曰："於！予击石拊石，百兽率舞。"

舜命夔兴乐作诗，并指出诗乐的特点在于"诗言志，歌永言，声依永，律和声"，而诗的作用在于"教胄子"，"无相夺伦，神人以和"。《吕氏春秋·察传》有大致相同的传说：

> 昔者舜欲以乐传教于天下，乃令重黎举夔于草莽之中而进之。舜以为乐正。夔于是正六律和五声，以通八风，而天下大服。

《吕氏春秋·慎人》又说：

> 舜自为诗曰："普天之下，莫非王土，率土之滨，莫非王臣"，所以见尽有之也。

《史记·乐书》亦谓：

> 夫《南风》之诗者生长之音也，舜乐好之，乐与天地意同，得万国之欢心，故天下治也。

以上材料说明，舜与诗乐确实有特别密切的关系。

二 "舜敏学诗"与虞族的诗乐传统

就有关文献可知,舜之所以与诗乐关系密切,是因为虞族本有创造发明诗乐的传统。有虞族的始祖虞幕就是一个通过听协风而创造音乐的人。《国语·郑语》:

虞幕,能听协风,以成物乐生者也;
夏禹,能单平水土,以品处庶类者也;
商契,能和合五教,以保于百姓者也;
周弃,能播殖百谷蔬,以衣食民人者也。

这里将虞幕的"协风成乐"与夏禹的平治水土、商契的和合五教、周弃的播殖百谷对举,说明创造音乐诗歌是有虞族的最大特色。《国语·鲁语》说:"幕,能帅颛顼者也,有虞氏报焉。"原来虞幕是承传自颛顼的,而颛顼也正是始创音乐的神。《山海经·大荒西经》:

颛顼生老童,老童生祝融,祝融生太子长琴,是处榣山,始作乐风。

《山海经·西次三经》:

又西一百九十里,曰騩山,其上多玉而无石。神耆童居之,其音常如钟磬。

晋郭璞《山海经注》:"耆童:老童,颛顼之子。"清郝懿行《山海经笺疏》注"其音常如钟磬"句谓:"此亦天授然也,其孙长琴,所以能作乐风,本此。亦见《大荒西经》。"又《吕氏春秋·古乐》:"帝颛顼生自若水,实处空桑,乃登为帝。惟天之合,正风乃行，其音若熙熙凄凄锵锵，帝颛顼好其音，乃令飞龙作效八风之音。"总之，虞幕承传颛顼、老童、太子长琴的音乐传说，并进而创新完善，所谓"协风成乐"是也。

虞幕之后，有虞族之中能作乐成诗的代表人物便是瞽叟。李学勤先生认为，上博简《子羔》篇的第七简与第一简应编联在一起[①]：

……孔子曰："舜其可谓受命之民矣。舜，人子也。……□有虞氏之乐正瞽叟之子也。"子羔曰："何故以得为帝？"孔子曰："昔者而弗世也，善与善相授也。……"

简中"乐正瞽叟"联言，说明"瞽叟"作为私名曾是舜父之名，但作为公名，实为"乐正"的代称。《国语·楚语下》有颛顼"命南正重司天以属神，命火正黎司地以属民"，其中的"南正""火正"之"正"，韦昭注："正，长也。"可见，"乐正"意即乐官之长，而"乐正瞽叟"意谓"瞽叟"即乐官之长。前引《国语·郑语》谓有虞族远祖虞幕能"协风成乐"。而《国语·周语》则谓"瞽告有协风至。"又说"是日也，瞽师音官以省风土。"韦昭注："瞽，乐太师，知风声者也。协，和也，风气和，时候至也。……风土，以音律省土风，风气和则土气养也。"就其中的"协风""风土"可知，"瞽"作为乐官之长的代名，正是从虞幕"协风成乐"而来。正因为如此，所以《吕氏春秋·古乐》篇说："瞽叟乃拌五弦之瑟，作以为十五弦之瑟。""拌瞽叟之所为瑟，益之八弦，以为二十三弦之瑟。"在先秦，"瞽叟"还单言"瞽"。《国语·周语》："瞽献曲，史献书，师箴，瞍赋，矇诵。"韦昭注："瞽，乐师。"而《周语》以"瞍""矇"与"瞽""史"对文为言，说明他们都是职

---

① 李学勤：《楚简〈子羔〉研究》，载朱渊清、廖名春主编《上博馆藏战国楚竹书研究续编》，上海书店出版社2004年版，第1—16页。

官名，与诗、乐、舞、史有关。有时则"瞽矇"连称，如《周礼·春官·大师》："大祭祀，帅瞽登歌，令奏击拊。……凡国之瞽矇正焉。"这里，以"瞽"与"瞽矇"对言，其义相同。因为"瞽"能"协风成乐"，实为沟通天地神人之际的大巫，故又有称其为"神瞽"者。《国语·周语下》：

  古之神瞽，考中声而量之以制，度律均钟，百官轨仪。

韦昭注："神瞽，古乐正，知天道者也。死以为乐祖，祭于瞽宗，谓之神瞽。"

有虞族的另一位乐正神瞽叫夔。前引《尚书·虞书·舜典》已论及：

  （舜）帝曰："夔，命汝典乐，教胄子……"
  夔曰："於！予击石拊石，百兽率舞。"

《虞书·益稷》又曰：

  夔曰："戛击鸣球，搏拊，琴瑟，以咏……"
  夔曰："於，予击石拊石，百兽率舞，庶尹允谐。"

夔作为有虞部族的乐正，在先秦两汉文献中有许多记载，且多有神话色彩。《左传》昭公二十八年：

  昔有仍氏生女，黰真黑，而甚美，光可以鉴，名曰玄妻。乐正后夔取之，生伯封。

杜预注："夔，舜典乐之君长。"又《荀子·成相》："夔为乐正鸟兽服。"《韩非子·外储说左下》：

（鲁）哀公问于孔子曰："吾闻夔一足，信乎？"（孔子）曰："夔，人也，何故一足？彼其无他异，而独通于声。尧曰：'夔一而足矣。'使为乐正。"

孔子"不语怪力乱神"，所以把"夔一足"解释成夔独通音乐，而让他一人担任乐正就够了，于是有"夔一而足"之说。其实，夔一足与夔通晓音乐并不矛盾。《庄子·秋水》篇就记夔一足形象："夔谓蚿曰：'吾以一足趻踔而行，予无如矣。'"盖"夔一足"反映的正是夔发明图腾独脚舞的特征记录。但无论如何，夔通晓音乐的传说还是被孔子保留下来了。《礼记·仲尼燕居》也有孔子论夔与音乐关系的记录：

子贡越席而对曰："敢问夔其穷与？"子曰："古之人与！古之人也。……夫夔达于乐而不达于礼，是以传于此名也，古之人也。"

《大戴礼记·五帝德》又记孔子论夔乐：

宰我曰："请问帝舜。"孔子曰："蟜牛之孙，瞽叟之子也，曰重华。好学孝友，闻于四海……（使）夔作乐，以歌籥舞，和以钟鼓。……"

孔子认为，夔作乐正，主要活动于虞舜执政时期，其他先秦两汉典籍所载也大致相同。如《吕氏春秋·察传》："昔者舜欲以乐传天下，乃令重黎举夔于草莽之中，而进之，舜以为乐正。"等等。

以上材料说明，上博简《子羔》篇所记舜"敏以学诗"并非偶然，有虞族自其始祖颛顼、老童、虞幕开始，就以发明音乐舞蹈著称。中国古代史上的乐官之名诸如"瞽""夔"也都源自虞族帝舜时期。由此可见，音乐同有虞族与帝舜有非同寻常的关系。这是中国文明史上的重大事件，需要我们特别探讨。

第二节 《韶乐》为有虞族的史诗、颂诗

一 "瞽""夔"与《九韶》《大韶》《箫韶》

以上我们具体考证了虞舜与音乐舞蹈的关系极为密切。那么舜时的音乐舞蹈究竟是什么呢？这就是《韶乐》，其名又作《九韶》《大韶》《箫韶》《韶箾》《大招》《大磬》，等等：

  《庄子·天下》："舜有《大韶》。"
  《庄子·至乐》："奏《九韶》以为乐，具太牢以为膳。"（郭庆藩《庄子集解》："《九韶》，舜乐名也。"）
  《墨子·三辩》："（汤）因先王之乐，又自作乐，命曰《护》，又修《九招》。"（孙诒让《墨子闲诂》："《九招》即《书·皋陶谟》：'《箫韶》九成'，舜乐也。"）
  《列子·周穆王》："杂芷若以满之，奏《承云》《六莹》《九韶》《晨露》以乐之。"（张湛注："《九韶》，舜乐。"）
  《吕氏春秋·古乐》："帝舜乃令质修《九招》《六列》《六英》，以明帝德。"（高诱注："《质》，当作夔。"）

此外，《汉书·礼乐》谓："舜作《招》。"（颜师古注："招，读为韶。"）《说文解字》："韶，虞舜乐也，《书》曰《箫韶》九成"，《白虎通义·礼乐篇》引《礼记》云："舜乐曰《箫韶》。"

《风俗通·声音》篇："舜作《韶》"，《晋书·音乐志》谓"舜作《大韶》"。总之，《韶》为舜乐，也即东夷集团中的有虞族的史诗，这在先秦两汉文献中是基本一致的看法。

就以上文献可知，《韶乐》又作《大招》《九韶》《大韶》《箫韶》等异名，这只是"韶"字的不同写法。吴大澂《韶字说》谓："古文召、绍、韶、招、佋、昭为一字。"（《字说》，据《说文解字诂林》补遗卷三上）不仅如此，《大韶》在《周礼·春官·大司乐》作《大磬》：

  以乐舞教国子，舞《云门》《大卷》《大咸》《大磬》《大夏》《大濩》《大武》。

孙诒让《周礼正义》释《大磬》云：

  此《大磬》即《箫韶》。箫正字作"䈁"，《说文·竹部》云："䈁韶"，《左》襄二十九年传云"韶䈁"是也。段玉裁云："经典舜乐字皆作韶，惟此作磬。考《说文·革部》鞀或作鞉，或作䵷，籀文作磬，从殷召声。是则《周礼》为古文假借字也。"案，段说是也。后注及《保氏》注并作《大韶》，用正字也。

姜亮夫先生据此认为，《韶乐》之韶非其本字，而磬、鞀、鞉、䵷才是其原来的意思，因为音乐及其乐器的产生与初民们的生活生产环境条件相适应，先是击石扣盆，再是敲鼓击竹。姜先生谓：

  按，孙氏录"韶"异文略备，而实指"韶"为正文，则未必是。《韶》者，盖周人文饰分别之言，以之专指舜乐者也。求其本源，当作磬、鞀，或鞉、䵷。䵷者鼓之一种，鼓者乐中用以为节奏者也。古乐节奏重于曲调，凡初民乐事皆如此，非仅中土为然也。故庙堂祭祀，燕饮乐舞，讲武劝农诸端，莫不用鼓，而他乐则以事类而差。

凡古初民间用乐，亦大多如是。盖乐器进化乃自饮食烹饪诸器而来，在石器时代用为节奏者，乃石一块，即中土古乐之磬。进而以陶器，如陶盂陶甗之属，反而扣其底。再进乃杂以他乐……细读《诗经》《荀子》《礼记》《周礼》，即可知之。①

姜先生的推断应该是合理的。远古时代随着生产的发展，乐器也逐步进步，先用石，再用陶，进而用鼓。鼓为乐器之统帅，故《荀子·乐论》说："鼓，其乐之君耶！故鼓似天，钟似地，磬似水，竽、笙、箫和筦、籥似星辰日月。"

现在我们再来看舜之《韶乐》与乐正"瞽"与"夔"的关系，便恍然大悟。"瞽"从鼓从目，刚好说明乐正作为乐官之长与鼓的关系，故《尚书·胤征》："瞽奏鼓，啬夫驰。"而《诗经·周颂·有瞽》一诗，则完整地表现了瞽与鼓乐的关系：

> 有瞽有瞽，在周之庭。设业设虡，崇牙树羽。应田县鼓，鞉磬柷圉。既备乃奏，箫管备举。喤喤厥声，肃雝和鸣。

《郑笺》："田当作朄，朄，小鼓，在大鼓旁。""应田县鼓"为对文互义，"应"当作敲解，意谓悬挂起大鼓小鼓并敲击之。而夔也正与鼓有关。《山海经·大荒东经》：

> 东海中有流波山，入海七千里。其上有兽，状如牛，苍身而无角，一足，出入水则必风雨，其光如日月，其声如雷，其名曰夔。黄帝得之，以其皮为鼓，橛以雷兽之骨，声闻五百里，

---

① 姜亮夫：《九歌解题》，《楚辞学论文集》，上海古籍出版社1984年版，第278页。

以威天下。

这夔牛不仅"出入水必风雨",与虞幕"协风成乐"、"瞽告有协风至"相一致,而以其皮为鼓面,又以其骨为鼓槌,结果是"声闻五百里,以威天下"。这正是《荀子·乐论》"鼓,其乐之君"之所本了。因为夔与鼓有如此密切关系,故《尚书·舜典》说夔"击石拊石,百兽率舞"。《尚书·益稷》进而更曰:

> 夔曰:"戛击鸣球,搏拊,琴瑟以咏。"祖考来格,虞宾在位,群后德让。下管鼗鼓,合止柷敔,笙镛以间。鸟兽跄跄;《箫韶》九成,凤皇来仪。夔曰:"於!予击石拊石,百兽率舞。"

夔"下管鼗鼓","击石拊石",结果是"百兽率舞","凤皇来仪",最终完成了"《箫韶》九成"。

由上可知,舜之《韶乐》名,当从有虞族之乐正"瞽""夔"之得名中寻其源头,《韶乐》本当作《鼗》乐、《鞀》乐、《韜》乐、《磬》乐。因为"鼓"为乐之君,故曰"《大鼗》",所谓"声威天下"。因"鼓"舞节奏强烈,故为《九鼗》,所谓"《箫韶》九成"。而"鞀""韜"从革,正与皮鼓有关。《磬》者石磬,亦与皮鼓有关,所谓"击石拊石,百兽率舞"。至于"招""韶""召""佋"之属,当为后起之异名,如姜亮夫先生所言:"韶者盖周人文饰分别之言。"

二 《鼗(韶)》乐与有虞族史诗、颂诗

舜乐的具体所指便是,有虞族自远祖颛顼、长琴、老童"始作乐风",始祖虞幕"协风成乐"后,再经历代巫师兼乐正"瞽"与"夔"的逐步加工而完善,并流传于有虞族内部的《鼗(韶)》乐。

我们在《诗的源起及其早期发展变化》一文曾指出,在五帝时

代以前漫长的原始时代，盛行原始巫术，"人人为巫"，"民神杂糅"。这是一个"个体巫术"时代。到了五帝时代早期，颛顼改革巫术，"绝地天通"，使"个体巫术"变为"公众巫术"，从而进入了一个原始宗教时代。这也标志着原始社会向文明社会的过渡，于是巫诗变成了史诗。在原始巫术与巫诗时代，由于尚未出现阶层，人人平等，可以"人人为巫"，而且人神亦平等，可以"民神杂糅"。颛顼改革原始巫术发展为原始宗教后，平等的神灵被划分成不同的等级，日月天体神和氏族祖先神成为最高层次的神灵，规定只有氏族贵族阶层才可以与这些高层次神灵沟通，而普通氏族成员被剥夺了这种权力，所谓"绝地天通"只是"绝"氏族普通成员的通神权力，而"不绝"氏族贵族阶层的通神权力。氏族贵族主持全体氏族成员参加的集体祭祀活动，代表全体氏族成员与天体神、祖先神沟通，并进而利用天体神、祖先神的神威来团结、协调、统治氏族各阶层人员。这样，巫术便开始与政治相结合，形成了"巫政合一"的原始宗教时代，阶级社会就因此拉开了序幕，原始社会便开始向文明社会过渡。①

在这种氏族集体祭祀活动中，主持祭祀仪式的氏族贵族成了祭司，祭司之长便是酋长、君王；有关不同等级的氏族成员在祭祀过程中所享用的不同等级的祭器、祭品，以及不同进退、坐立位置等规定，便成了礼仪；而祭祀活动中的歌、乐、舞三位一体便是颂，其中的歌辞便是颂诗，也就是氏族史诗。以下材料可以证此推论：

《墨子·天志》：欲以天之为政于天子，明说天下之百姓，故莫不犓牛羊，豢犬彘，洁为粢盛酒醴，以祭上帝鬼神，而求祈福于天。

《礼记·礼运》：故先王秉蓍龟，列祭祀，瘗缯，宣祝嘏辞说，设制度，故国有礼，官有御，事有职，礼有序。

---

① 江林昌：《诗的源起及其早期发展变化》，《中国社会科学》2010年第4期。

《礼记·礼运》：夫礼之初，始诸饮食……陈其牺牲，备其鼎俎，列其琴瑟、管磬、钟鼓，修其祝嘏，以降上神与其先神，以正君子，以笃父子，以睦兄弟，以齐上下，夫妇有所，是谓承天之祜。

《荀子·乐论》：先王恶其乱也，故制《雅》《颂》之声以道之……故乐在宗庙之中，君臣上下同听之，则莫不和敬……乡里族长之中，长少同听之，则莫不和顺。

以上"先王秉蓍龟"便是祭司长主持祭祀活动；"鼎俎""牺牲""酒醴"便是祭器与祭品；"官有御，事有职""齐上下"等便是礼仪；而"琴瑟、管磬、钟鼓"便是祭祀乐舞，"祝嘏辞说""《雅》《颂》"等便是祭祀歌辞，即史诗，而诗乐舞是三位一体同时进行的。

从这样的背景来看有虞族的《韶（韶）》乐，便知其也是诗乐舞三位一体。就其舞言之，为《韶（韶）》舞；就其乐言之，为《韶（韶）》乐；就其歌言之，为《韶（韶）》诗。此即《墨子·公孟》所谓"诵诗三百，弦诗三百，歌诗三百，舞诗三百"也。

前文指出，史诗、颂诗的内容是祭司们在宗教集会时用以沟通天神、祖先神的，因此，其内容是有关歌颂天体神灵与祖先神灵，并叙神祖世系者。而考察《韶（韶）》诗正有这方面内容。

郭店楚简《唐虞之道》：

《虞诗》曰："大明不出，万物皆暗。圣者不在上，天下必坏。"

《左传》襄公二十九年记吴公子季札在鲁观《韶乐》：

见舞《韶箾》者，曰："德至矣，大矣，如天之无不帱也，如地之无不载也。"

这是《韶（韶）》诗歌颂天体神灵的内容。又《尚书·益稷》：

> 夔曰："戛击鸣球，搏拊，琴瑟以咏。"祖考来格，虞宾在位，群后德让。下管鼗鼓，合止柷敔，笙镛以间。鸟兽跄跄；《箫韶》九成，凤凰来仪。

这是关于《韶（韶）》诗中有关祖先祭祀及乐舞配合的内容。我们已考证在有虞族与华夏族联盟执政过程中，被禅让当政者即有东夷族有关酋长"有虞迥""虞舜""皋陶""伯益"等，还可以钩稽出有关虞族自颛顼、虞幕以来的全部世系。① 我们相信，原始《韶（韶）》诗中应当也有相关的世系内容。《周礼·春官·瞽矇》：

> 瞽矇掌播鼗、柷、敔、埙、箫、管、弦歌，讽诵诗，世奠系，鼓琴瑟。

孙诒让《周礼正义》引清儒郑锷意见，将"讽诵诗，世奠系"一句读为："讽诵诗世、奠系"，并引郑玄注"古书奠或为帝"，所以此句连起来当读为"瞽矇掌播鼗……讽诵诗世、（奠）系。"可见"瞽"的职责便是播鼗与讽诵诗世、（奠）系。正因为如此，故《国语·楚语上》有"教之世，而为之昭明德而废幽昏焉，以休惧其动；教之诗，而为之导广显德，以耀明其志"之说。又《周礼·春官·小史》："小史掌邦国之志，奠系世，辨昭穆。"古书往往瞽史连言，而与世系有关。《国语·晋语》："瞽史记曰：'嗣续其祖，如谷之滋。'"又曰："瞽史之纪曰：'唐叔之世，将如商数。'"《国语·周语》："瞽史教诲，耆艾修之。"《周语·鲁语》："工（巫）史书世、

---

① 江林昌：《由新出燹公盨、逨氏铜器论夏商周世系及虞代问题》，《中华文史论丛》第77辑，上海古籍出版社2004年版；《论虞代文明》，《东岳论丛》2013年第1期。

宗祝书昭穆。"瞽"本为有虞族的乐正；而这些材料说明，瞽的重要职责之一便是讽诵氏族世系、（奠）系。因此，有虞族的"瞽""夔"在传承《韺（韶）》诗时，必有关于有虞族世系的内容。

如上所述，有虞族《韺（韶）》诗的内容，有关于天体神灵崇拜者，有关于祖先崇拜以及祖先世系者，则《韺（韶）》乐之为有虞族的史诗、颂诗，已可肯定。而史诗、颂诗的宗教社会功能是为了沟通神灵，团结全族，协调上下，最终治理社会，是为宗教，亦为政治。而这一点，在《韺（韶）》中也体现得很具体。《尚书·舜典》：

> （舜）帝曰："夔，命汝典乐，教胄子……八音克谐，无相夺伦，神人以和。"

舜帝命夔典乐制《韶乐》的目的是"教胄子""无相夺伦，神人以和"。《礼记·乐记》则叙述得更明白：

> 昔者舜作五弦之琴，以歌《南风》；夔始制乐，以赏诸侯。故天子之为乐也，以赏诸侯之有德者也。……故其治民劳者，其舞行缀远；其治民逸者，其舞行缀短。故观其舞知其德，闻其谥知其行也。

《礼记·乐记》也有大致相同的论述：

> 圣人作为鞉鼓……德音之音也。然后钟磬竽瑟以和之，干戚旄狄以舞之。此所以祭先王之庙也……所以官序贵贱，各得其宜也，所以示后世有尊卑长幼之序也。

由于《韺（韶）》诗有如此有效的社会功用，所以孔子要极力赞美《韶乐》。《论语·八佾》："子谓《韶》：尽美矣，又尽善也。"

《论语·述而》:"子在齐闻《韶》,三月不知肉味,曰:不图为乐之至于斯也。"孔子在《论语》中经常强调学诗习礼的重要性,"诗教"由此而起。

必须说明的是,《韺(韶)》虽名之为舜乐舜诗,实际上是因为舜为有虞族开明酋长的代表,所以有虞族的史诗、颂诗归属于他名下。其实,《韶》诗的形成经历了磬诗—韺诗、鞀诗—韶诗等发展阶段,其发明、传承、完善的过程至少经历了颛顼、太子、太琴、老童、虞幕、瞽叟、夔再到舜等历代酋长,而其中的"瞽"与"夔"既是传《韶》的具体酋长名,更是历代相传的乐正之共名。正因为如此,《山海经·大荒西经》说夔为黄帝时乐正,《韩非子·外储说左下》又说夔为尧时乐正,《尚书·舜典》则以夔为舜之乐正。同样,关于"瞽叟",《吕氏春秋·古乐》篇既说尧命"瞽叟拌为五弦之瑟",又说"舜立,乃拌瞽叟之所为瑟"。这种数代出现同一乐正名,同一乐正名分事数主的现象,正好说明《韺(韶)》乐作为有虞族的史诗、颂诗在时间上有悠久的传承历史,在空间上有广阔的影响范围。

第三节　《韶乐》天体崇拜与《东皇太一》《东君》

综合多种资料考察可知,《东皇太一》《东君》是《九歌》中保存最早的原始宗教祭歌,其最初内核属于海岱地区的东夷集团,且与《韶乐》有关。这个问题涉及时间较早,所幸考古学上已有同期对应的资料。至于文献学方面,虽然文字记录是周秦时期的,但其内容应该是从远古时代口耳相传下来的,所述当有一定依据。至于其中一些神话资料,我们也相信其背后必有一定的"史实为之素地"①。

首先，讨论《东皇太一》与《东君》的主题内容。

题目《东皇太一》实际是"东皇"与"太一"的同义词叠用。在金文中，"皇"字作光芒四射的太阳出于土上之形（如函皇父匜、史兽鼎）。所谓"东皇"，即东升的太阳。"太一"一词在先秦两汉典籍中常见，本义为太阳神。《吕氏春秋·大乐》所谓"太一出两仪，两仪生阴阳"，所谓"万物所出，造于太一，化于阴阳"，都是指太阳东升，分开天地、昼夜、阴阳、化生万物。"东皇"与"太一"叠用，旨在表达族众对太阳神至高无上的神威之敬意。②《东皇太一》第一节："吉日兮辰良，穆将愉兮上皇。抚长剑兮玉珥，璆锵鸣兮琳琅。"所谓"上皇"即冉冉升起的太阳，也就是"东皇"。这是男巫所唱。开头两句意谓选择吉日良辰，恭恭敬敬祭祀东升的太阳。后两句写男巫手持象征太阳光芒的"长剑""玉珥"，在乐曲声中翩翩起舞。

《东君》接着写祭祀夜间太阳神："青云衣兮白霓裳，举长矢兮射天狼。操余弧兮反沦降，援北斗兮酌桂浆。撰余辔兮高驰翔，杳冥冥兮以东行。"这里的"天狼""北斗"均为星名。"矢""弧"是太阳光芒的象征，而诗中将它们与星星联在一起，说"射天狼"，"援北斗"，自然是指白天的太阳光芒转换成夜间的星星，暗示太阳的西下，所以说是"反沦降"。

"杳冥冥"之"杳"，从日在木下，指太阳"由莫而行地下，而至于榑桑之下也"③。"冥冥"是地下黄泉幽暗之义。《庄子·逍遥游》"北冥有鱼"，"冥"指深黑色海水。在神话思维里，太阳神白天化为阳鸟、神龙在天空飞行，夜间又化为神马、鲲鱼在地泉运行。所以说"撰余辔""以东行"。蒋骥《山带阁注楚辞》说这段文字写

---

① 王国维：《古史新证》，清华大学出版社 1994 年版，第 2 页。
② 江林昌：《楚辞与上古历史文化研究》，齐鲁书社 1998 年版，第 22—25 页。
③ 段玉裁：《说文解字注》，上海古籍出版社 1981 年版，第 252 页。

"送日极西，而复持辔东行，长夜冥途，与之相逐"，而"冥冥东行"之后"盖又以迎来日之出也"①。这便是《东君》开头的场面："暾将出兮东方，照吾槛兮扶桑。抚余马兮安驱，夜皎皎兮既明。"

总起来看，《东皇太一》是白天祭祀太阳神的歌舞仪式，《东君》是夜间祭祀太阳神的歌舞仪式。两者合在一起刚好成了组歌。就内容考察，其中包含如下几个要素：（1）太阳是东升西落而昼夜循环运转的。既"愉上皇""出东方"，又"反沧降""援北斗"。（2）太阳东升的地点为东海汤谷之"扶桑"。（3）太阳白天在空中飞行时，常常动物化为阳鸟（"翾飞兮翠曾"），夜间在地泉潜行时又动物化为神马（"夜皎皎""撰余辔""抚余马"）。（4）太阳光芒常常比作弓箭（"抚长剑""举长矢""操余弧"）。（5）祭祀太阳时伴有歌舞（"展诗兮会舞，应律兮合节"），又有许多乐器（"扬枹兮拊鼓""缅瑟兮交鼓""箫钟兮瑶簴""鸣篪兮吹竽"）。

其次，讨论《东皇太一》《东君》太阳神话与海岱东夷集团的关系。

太阳崇拜应是人类社会早期阶段共有的原始宗教习俗。但由于地理环境不同、种族不同、生产与生活方式不同，太阳神话在具体意象上往往表现出区域特色。《东皇太一》《东君》太阳神话的上述五个要素具有鲜明的特色，而这与东夷集团有关。

考古学上的海岱地区，是指今山东全部以及河南东部、安徽江苏北部、河北南部及辽东半岛。在这广大范围内，东夷先民先后创造后李文化—北辛文化—大汶口文化—龙山文化—岳石文化及商周文化。在这些完整并富有特色的考古学文化序列遗址中，不断出现丰富的有关太阳崇拜的遗物。其中，最典型的便是大汶口文化遗址出土的大陶尊上的日月山图纹和大汶口文化至龙山文化遗址出土的代表太阳鸟图腾的鸟形陶鬶和鸟足陶鼎。而在文献记载中，东夷集团的先祖太昊、少昊、帝舜、后羿、伯益等，都以太阳鸟为图腾。

---

① 蒋骥：《山带阁注楚辞》，中华书局1958年版，第62页。

《左传》昭公十七年记郯子话:"我高祖少昊挚之立也,凤鸟适至,故纪于鸟,为鸟师而鸟名。"而《山海经·大荒东经》则曰少昊之国有六座日月所出之山,如:"东海之外大壑,少昊之国。……东海之外,大荒之中,有山名曰大言,日月所出";"大荒之中,有山名曰合虚,日月所出"等。这里的地理范围很明确,先讲大海之外,有少昊之国,再叙大海之外大荒之中的六座日月山,说明这日月所出之山均在少昊国范围之内。

海岱地区的地理环境有两大特点。其一是山陵多。大汶口文化大陶尊上的日月山刻纹与《大荒东经》所描述的六座日月山是相一致的。不仅如此,在《大荒东经》中,这日月又动物图腾化为阳鸟:"帝俊生中容……使四鸟。"郭璞注已指出:"俊亦舜字,假借音也。"① 又《大荒南经》:"大荒之中,有不庭之山……帝俊妻娥皇……使四鸟。……有渊四方……舜之所浴也。"上言"俊",下则言"舜",可见俊、舜实为一人。帝舜是东夷集团继太昊、少昊、蚩尤之后的著名部落酋长。说帝舜使四鸟,这四鸟自然是前述六座山上所出的"日月"之图腾动物化。

海岱地区地理环境的第二特点,是北、东、南三面环海。日月所出之地,除六座山之外,还有"汤谷""扶桑"。《海外东经》:"汤谷上有扶桑,十日所浴,在黑齿北。"《大荒东经》:"汤谷上有扶木,一日方至,一日方出,皆载于乌。"《淮南子·天文训》:"日出于旸谷,浴于咸池,拂于扶桑。"这里说日出之处为"汤谷""咸池",自然是大海;还有"扶桑""扶木",自然是海上神树。

值得注意的是,这些神话地名均与"黑齿"有关。《大荒东经》又言"有黑齿之国,帝俊(舜)生黑齿",则"黑齿"当在海岱地区。《山海经》还记有"凿齿国"。其《海外南经》:"羿与凿齿战于寿华之野,羿射杀之,在昆仑墟东。羿持弓矢,凿齿持盾。"又《大荒南经》:"大荒之中……有人曰凿齿,羿杀之。"《淮南子·本经

---

① 袁珂:《山海经校注》,上海古籍出版社1980年版,第344页。

训》也有记载:"逮至尧之时,十日并出……尧乃使羿诛凿齿于畴华之野……上射十日。"此外,《淮南子·坠形训》还有许多"凿齿民""黑齿民"的记载。

据考古资料可知,东夷集团在远古时代曾盛行拔牙习俗。考古工作者在山东泰安大汶口、曲阜西夏侯、兖州王因、邹县野店、胶县三里河、诸城呈子、江苏邳县大敦子等大汶口文化墓葬中发现,当时普遍存在拔去上颌两颗侧门齿的现象,其拔牙率达到埋葬人数的64.3%。据此,严文明1979年即著文指出大汶口时期的东夷民族,"无论男女,也无论贫富",都追求拔牙,这与文献记载中的"凿齿国""黑齿国"应该是相一致的。[①] 羿杀凿齿的地点在"昆仑墟东"。何幼琦等指出,远古时期的"昆仑墟"是指泰山。[②] 而杀凿齿的羿又是东夷集团人。由此可知,"凿齿国""黑齿国"必在海岱地区。这就从地理上证明"汤谷""扶桑""十日"神话只能是东夷民族的。在中原地区,既没有关于"凿齿"的文献记载,也没有相关考古发现。尧与羿活动在五帝时代晚期,相当于海岱龙山时代晚期。考古所见海岱地区的拔牙习俗盛行于大汶口文化时期,而到龙山时代便消失了。这与神话中称尧使羿诛灭"凿齿国",在历史年代上大致吻合。

羿不仅与凿齿国有关,还与太阳神话有关。前文指出,"日出扶桑"在"黑齿国北"。而后羿诛杀"凿齿"的同时还上射十日。《楚辞·天问》:"羿焉彃日,乌焉解羽。"《荀子·儒效》:"羿者,天下之善射者也。无弓矢则无所见其巧。"在神话思维里,太阳光芒有时比作弓箭。《墨子·经说下》:"光之(至)人,煦若射。"而羿字又作"羿",从羽从弓,见《正字通·弓部》。羿为东夷集团中的"有穷"部落,其居地在"穷石"。古文"穷"亦从弓,作"窮"。而东

[①] 严文明:《大汶口文化居民的拔牙风俗和族属问题》,《史前考古论集》,科学出版社1998年版,第293—305页。

[②] 何幼琦:《海经新探》,《历史研究》1985年第2期。

夷民族的总称"夷"字，在青铜铭文里正作大人侧身背弓箭的形象，所以"夷"字从人从弓。《说文》："夷，从大从弓，东方之人也。"①可见"羿""窮""夷"在太阳崇拜母题中原是相通的。东夷部族崇拜太阳光芒，并且将太阳光芒比作弓箭，而羿是东夷集团中的太阳神射。"羿"字从"羽"，指代阳鸟，又是东夷族太阳鸟图腾崇拜的反映。

总之，从考古学上的日月山刻纹、鸟型陶鬶、鸟足陶鼎，以及拔牙习俗，到文献记载中的"日出汤谷""日出扶桑""日月所出"的六座神山，以及少昊氏"以鸟师而鸟名"、帝舜（俊）使"四鸟"、后羿"射十日""解鸟羽"，以及"日出扶桑"在"黑齿国北"，羿诛灭"凿齿国"在"昆仑墟东"，等等，均足以说明东夷集团崇拜太阳的地理环境特色。这些特色与前论《东皇太一》《东君》中有关太阳神的"东升西落""日出扶桑""太阳化阳鸟""太阳作弓箭"四个要素正相吻合。因此，我们有理由推测《东皇太一》《东君》的祭太阳颂歌与东夷习俗有内在联系。

最后，再讨论《东皇太一》《东君》与东夷族《韶乐》的关系。

《韶》为舜乐名。《庄子·天下》"舜有《大韶》"。《韶乐》的"韶"字，甲骨文作双手捧酒尊以祭神的形象，这与文献记载"东夷率皆土著，喜饮酒歌舞"②相一致。前述大汶口文化刻有日月山图纹的大陶尊，原来也是用来盛酒的。这就进一步表明，这酒原来是用来祭祀太阳神的。正所谓"酒以成礼"（《左传》庄公二十二年），"粢盛秬鬯，以事上帝"（《礼记·表记》）。由此再看《东皇太一》祭太阳神时，"瑶席兮玉瑱，盍将把兮琼芳。蕙肴蒸兮兰藉，奠桂酒兮椒浆"；《东君》祭太阳神，又"援北斗兮酌桂浆"，这之间应该是有文化传承关系的。

东夷集团中虞族首领帝舜（俊）是太阳神，又"使四鸟"，鸟

---

① 许慎：《说文解字》，中华书局1963年版，第213页。
② 范晔：《后汉书·东夷列传》，中华书局1965年版，第2810页。

为太阳图腾。《大荒东经》还载帝舜驱使"虎、豹、熊、罴""食兽"。这说明帝舜族的太阳崇拜不仅衍生出飞禽图腾,还衍生出走兽图腾。古文献所描写的《韶乐》,正与这两者有关。《尚书·舜典》:"帝(舜)曰:夔,命汝典乐,教胄子。……八音克谐,无相夺伦,神人以和。"夔回答说:"予击石拊石,百兽率舞。"《虞书·益稷》:"夔曰:戛击鸣球,搏拊琴瑟,以咏。……鸟兽跄跄,《箫韶》九成,凤皇来仪。"这里提到"鸟兽""百兽""凤皇",实际上均为太阳神的动物图腾化。再看《东皇太一》祭太阳神时,"扬枹兮拊鼓,疏缓节兮安歌""陈竽瑟兮浩倡","五音纷兮繁会";《东君》祭太阳神时,"緪瑟兮交鼓,箫钟兮瑶簴""翾飞兮翠曾,展诗兮会舞"。其乐舞、其乐器、其场景、其内容,均与《韶乐》相一致。

实际上,作为虞舜族的祭歌颂诗,原只称《韶》。《箫韶》之"箫",《九韶》之"九",《大韶》之"大"等修饰词,都是后来才加上的。《韶乐》亦并非舜时才有,而是渊源于有虞族的始祖颛顼、长琴、老童的"始作乐风",形成于始祖虞幕的"协风成乐",再经历代巫师酋长兼乐正"瞽""夔"的加工完善,至虞舜时才达到完整成熟,因此后人称《韶乐》为舜乐。虞舜《韶乐》实际上是整个有虞族的祭歌颂诗,其内容包括历代有虞族先民对天体神与祖先神的崇拜祭祀。

《韶乐》中的天体崇拜内容,可从相关资料得知。新出战国时代的郭店楚简《唐虞之道》称:"《虞诗》曰:大明不出,万物皆暗。圣者不在上,天下必坏。"[1] 这"大明"指的正是太阳。《周易·乾》象辞:"大明终始,六位时成。"高亨:"日为宇宙间最大之光明之物,故古人称之为'大明'。'终'谓日入,'始'谓日出。'大明终始',犹言日入日出也。"[2] 郭店简所引《虞诗》自然是指虞舜的

---

[1] 荆门市博物馆:《郭店楚墓竹简》,文物出版社1998年版,第158页。
[2] 高亨:《周易大传今注》,清华大学出版社2004年版,第59页。

《韶乐》，说"大明不出，天下皆暗"，自然是指太阳的夜间运行。但此处所引《虞诗》不全，至少缺了太阳白天运行的内容。恰好，传世文献《左传》襄公二十九年吴公子季札在鲁国"见舞《韶箾》"而评论说："大矣，如天之无不帱也，如地之无不载也。"这自然是指太阳神的白天行高空、夜间行地泉。将郭店简《虞诗》与《左传》中的《韶箾》合在一起，刚好是一个太阳循环。这应该是《韶乐》的主要内容，而恰好又与《东皇太一》《东君》完整的昼夜祭祀太阳循环相一致。因此，我们有理由推定，《东皇太一》《东君》应该是东夷有虞族《韶乐》中有关日月天体崇拜内容的遗存。虽然这已远远不是《韶乐》天体崇拜的原貌与全部，但至少也是部分原始内核的遗存。这是十分珍贵的原始文化资料，今因屈原《九歌》而得见。

《韶乐》中还应包括有虞族祖先崇拜的内容。《尚书·益稷》："夔曰：戛击鸣球，搏拊，琴瑟以咏，祖考来格，虞宾在位。……《箫韶》九成，凤凰来仪。"孙星衍认为，这一段话是虞史之言，总叙有虞族庙堂祭祀乐舞之盛。[①] "祖考来格，虞宾在位。"格，至也。全句意谓有虞族的历代祖先之神灵均来受享，虞舜所邀请的宾客也都到场。这也正说明《韶乐》是包括祖先崇拜内容的。

据《左传》《国语》《世本》《大戴礼记》以及上博简《容成氏》等资料，可以考索虞舜以前的有虞族世系有：颛顼、长琴、老童……虞幕—穷蝉—敬康—句芒（望）—蟜牛—虞迥—瞽瞍—虞舜。[②] 这些应该是《韶乐》祭祖时的具体内容。《周礼·春官·瞽矇》："瞽矇掌播鼗……讽诵诗世、（奠）系。"《礼记·乐记》："圣人作鞉鼓……此所以祭先王之庙也。"这"瞽矇"本是有虞族巫师乐正的专名，后来才发展为音乐官的通称。"鼗""鞉"，即"韶""韶""磬"的通假。因《韶乐》是伴随着鼓乐而舞的，鼓又是由兽

---

① 孙星衍：《尚书今古文注疏》，中华书局1986年版，第122—132页。
② 江林昌：《论虞代文明》，《东岳论丛》2013年第1期。

皮制成，故“韶”或从“鼓”作“鼗”，或从“革”作“鞉”；而掌管《韶乐》的巫师乐正又作“瞽”或“夔”。《周礼》所谓瞽矇“掌播鼗”，实际上是“掌播《韶》”，也就是掌管播演《韶乐》。《礼记》所谓圣人“作鞉鼓”，实际上是指“作《韶》鼓”，也就是演奏《韶乐》。而其场地是在“先王之庙”，其内容是关于有虞族“诗世、(奠)系”的。总之，《韶乐》是虞舜族在祭祀场合由巫师酋长“瞽”“夔”主持下，按顺序叙述、“讽诵”历代祖先率族奋斗发展历史的总括。因此，《韶乐》也就是有虞族世代相传的史诗、颂诗，是有虞族神权、族权、政权的象征。《韶乐》的内容是随着有虞族世系的增长而丰富发展的。至舜时达到最完整阶段，所以《韶乐》又称舜乐。

《东皇太一》《东君》中祭祀太阳循环所用“桂酒”“桂浆”等祭物，“鼓”“瑟”“竽”“钟”等祭器，“安歌”“浩倡”“会舞”“应律”等祭仪，实际都是东夷有虞族《韶乐》中有关日月天体崇拜的部分内容遗存。按理说，《韶乐》中有关东夷有虞族的祖先崇拜的内容也应在《九歌》中有所保存。可惜的是没有。原因可能与当时夷夏部落联盟政权的变易有关。其中还隐藏着一件重大的历史谜案，需要破解。兹事体大，详见下章讨论。

第四节 《韶乐》祖先崇拜与《山海经》《尚书》《天问》

据《国语》《左传》《墨子》《韩非子》《世本》《大戴礼记》《史记》等文献记载，夏代之前有个虞代。如《国语·郑语》：“夫成天地之大功者，其子孙未尝不章，虞、夏、商、周是也。”《左传》庄公三十二年：“故有得神以兴，亦有以亡。虞、夏、商、周皆有之。”根据相关资料可勾勒出虞代的世系为：颛顼……幕—穷蝉—敬康—句芒—蟜牛—瞽瞍—舜—商均。虞代已进入了文明初始阶段，虞代的首领舜曾是五帝时代后期的部落联盟的二头首领之一，当时已有了一定程度的私有财产，且有象征国家意义的暴力工具手段。夏代建立后，曾经作为一个时代的虞代算是告一段落，但虞部族依然存在，先后成为夏、商、周三代共主的联盟部属，其世系一直延续到周代。有关虞代的上述情况，最近还得到了考古新出青铜器燹公盨的印证。该青铜器铭文特别强调了舜与禹的关系。虞代的存在已可定论。[①] 令人惊喜的是，《天问》里也有一段有关虞代的部族史诗：

> 舜闵在家，父何以鳏？
> 尧不姚告，二女何亲？……
> 舜服厥弟，终然为害，
> 何肆犬豕，而厥身不危败？

舜是五帝时代后期的部落联盟首领之一，姚姓，有虞氏，史称虞舜。尧时曾被夷夏部落联盟议事会民主选举为二头首领之一，与尧共政三十一年。尧死后，舜又主持夷夏部落联盟议事会，民主选举禹为二头首领之一。舜与禹又共政十年。《天问》这几句是说舜年轻时在家忧闷，因为其父不给他成亲。后来尧把两个女儿嫁给了他。但是舜的弟弟象很嫉妒，千方百计地设阴谋陷害舜并夺取两个嫂嫂。而舜却一再忍让，始终没有对弟弟采取措施。舜之贤德由此可知。有关《天问》这段虞族史诗的情况又见于《山海经·海内北经》《孟子·万章上》《史记·五帝本纪》等，可见《天问》所记可信。

[①] 江林昌：《由新出燹公盨、遂氏铜器论夏商周世系及虞代问题》，《中华文史论丛》第77辑，上海古籍出版社2005年版。

第 二 章
考古发现与中原夏族史诗《九歌》新论

东夷有虞族的史诗、颂诗是《韶乐》，已考论如前。那么，中原夏族的史诗、颂诗又是什么？学术界一直未有答案。《尚书》有虞书、夏书、商书、周书。《诗经》里有商颂、周颂与大雅。而前文讨论的东夷有虞族史诗、颂诗《韶乐》，其内容亦正可与《尚书·虞书》相印证相补充。由此推定，既然《尚书》有夏书，则夏颂也应是有的。《左传》襄公四年有《夏训》，《国语·周语中》有《夏令》，《逸周书·文传》有《夏箴》，《孟子·梁惠王下》有《夏谚》。这些所引的《夏训》《夏令》《夏箴》《夏谚》都是韵文，应该就是夏颂诗、夏史诗的原始文本的部分文句。至于其更完整的原始文本，也是可以探索的。兹事体大，需要文化学、民族学、考古学、语源学以及文献学、历史学的综合考察，方能得其线索。

第一节　公元前2000年前后黄河中下游地区夷夏联盟与变局

考古资料表明，在新石器时代晚期，整个龙山时代，在中华大地上出现了六个先进文化区：

  黄河流域：河洛文化区，海岱文化区，甘青文化区
  长江流域：江汉文化区，江浙文化区
  燕山以北：辽西文化区

  在这六个先进文化区中，海岱地区达到最先进的水平。俞伟超曾就此作过概括："我们现在已经可以描绘我国考古学文化谱系的基本支干，并能看到距今5000—4000年期间，从黄河中下游到长江中下游，乃至长城地带，都陆续由原始时代向文明时代过渡，而东方的龙山文化是其中生产技术最高（如发达的轮制陶器技术及精致绝伦的蛋壳黑陶与玉器等），从而大概也是社会发展程度最接近于具有文明时代诸特征（如城子崖与寿光边线王的城址等）的一支文化。"[1]"东方的龙山文化"自然指海岱地区，其先进性在文化上的表现，便是上述东夷集团太阳神话丰富、音乐艺术繁荣，并有自己的部族史诗、颂诗《韶乐》的流传。《韶乐》是到目前为止可以基本考实的我国最早的一部区域部落史诗，而《东皇太一》《东君》则保存了《韶乐》中的天体崇拜方面的部分内容。

  到龙山时代晚期，中原地区的经济社会发展提升，达到与海岱地区基本相当的水平。其中先后形成两个中心。其一，是晋南襄汾的陶寺遗址。这是一座200万平方米的古城。城内有多处高等级建筑的残迹，有超过一万座墓葬的公共墓地。这说明城中聚集有相当数量的人口。学界基本趋同认为，陶寺古城应该是传说中尧部族集团的活动中心所在。其二，在豫中豫西地区的嵩山周围。从禹县瓦店遗址、登封王城岗遗址，到新密新砦遗址，再到偃师二里头遗址，持续发展。学者们认为这些遗址应该是夏族禹、启、太康时期的中心都邑所在。

---

[1] 俞伟超：《龙山文化与良渚文化衰变的奥秘》，《文物天地》1992年第3期。

正是因为中原地区的文明化进程达到与海岱地区相当的水平，才出现历史学上的海岱东夷集团与中原华夏集团的联盟政权。该联盟政权具体表现为以二头盟主共同执政的禅让制。如东夷部落以有虞迵为代表而成为夷夏联盟集团的共同盟主时，华夏族则选出尧与之配合。尧与有虞迵同为联盟集团的盟主，所以称为二头盟主共政。只不过在这二头盟主中，迵为主，尧为辅。但当有虞迵死后，尧成为二头盟主中的主位，再选出东夷族的舜与之配合。尧死，舜又上升为二头盟主中的主位，再选出华夏族的禹与之配合。这就是联盟集团的禅让制。当时的二头盟主禅让关系可列为表 2—1。①

表 2—1　　　　　　　　联盟集团禅让关系

	夷夏二头盟主	夷夏二头盟主	夷夏二头盟主	夏族一头盟主
东夷族	有虞迵	舜	皋陶、伯益	东夷族对夏族破坏禅让制不满，出现了羿浞代夏、太康失国四十年的历史事件
华夏族		尧	禹	启 — 太康 — 少康 — 相 — ……

舜死后，夏族禹成为夷夏联盟二头盟主的主位，并推出东夷族的皋陶、伯益相继为辅。这时，禹暗中培养儿子启发动政变。最终，启杀了东夷部落首领伯益，将夷夏部落联盟执政的"二头盟主共政"的"禅让制"，变成了夏族"一头盟主专政"的"世袭制"。对此，先秦文献中有明确记载。《韩非子·外储说右下》：

> 禹爱益而任天下于益，已而以启人为吏。及老，而以启为不足任天下，故传天下于益，而势重尽在启也。已而启与友党攻益，而夺之天下，是禹名传天下于益，而实令启自取之也。此禹之不及尧、舜，明矣。

---

① 江林昌：《论虞代文明》，《东岳论丛》2013 年第 1 期。

《战国策·燕策一》所载大致相同。《楚辞·天问》也说："启代益作后。"古本《竹书纪年》："益干启位，启杀之。"（《晋书·束皙传》引）新出上博简《容成氏》33、34、35简所载也大致相同，为此事的真实性增添了新资料：

> ……禹有子五人，不以其子为后，见（33）皋陶之贤也，而欲以为后。皋陶乃五让以天下之贤者，遂称疾不出，而死。禹于是乎让益。启于是乎攻益自取（34）。（启）王天下十又六年（世）而桀作。……（35）

由夷夏二头盟主共政的禅让制，变为夏族一头盟主专政的世袭制，是中国历史上的重大变革。这场变革会反映在宗教、政治、文化、社会、军事等方方面面。以上《韩非子》《楚辞》古本《竹书纪年》与上博简，都是战国时期的文献，是战国时代的人对夷夏之变的政治军事方面的解释。

其实，在夏代初年，实现夷夏之变更多的可能是宗教方面的措施。只不过时代久远，其具体状况已很难知晓了。好在禹启"铸鼎象物"与夏启"始歌《九招（韶）》"的两则神话故事，还是为我们透露了其中重要的历史信息。

禹启"铸鼎象物"的神话见于《左传》宣公三年：

> 昔夏之方有德也，远方图物，贡金九牧，铸鼎象物，百物而为之备……用能协于上下，以承天休。

《墨子·耕柱》也有大致相同的记载：

> 昔者夏后开，使蜚廉折金于山川，而陶铸之于昆吾。是使翁难雉乙卜于白若之龟，曰："鼎成……以祭于昆吾之虚，上乡（飨）。"

此外，《史记·封禅书》《史记·武帝本纪》《汉书·郊祀志》等史书也有相关叙述。这说明"铸鼎象物"在夏代初年是一件宗教大事，影响深远。

杜预注《左传》宣公三年的"铸鼎象物"是"禹之世"。《史记·武帝本纪》《汉书·郊祀志》亦均言是"禹收九牧之金，铸九鼎"。《墨子·耕柱》则说是"夏后开"之时。"开"即"启"，避汉景帝"刘启"讳而改。总之，其时代是在禹启之时。

"贡金九牧"当为"九牧贡金"之倒。与"远方图物"互文见义。我们已考证，这里的"物"指的是"神灵"，而非后起的"物件""事物"等义。所谓"图物"，是指描绘出神灵的图像。如前所述，夏代初年禹、启父子通过与东夷族皋陶、伯益的斗争，终于实现了由夷夏二头盟主共同执政的禅让制变为夏族一头盟主专政的世袭制，夏族成了黄河流域部落联盟的共主，中国文明进入了早期发展阶段。为了从根源上掌握参加联盟的各氏族部落的神权、族权、政权，禹、启父子命令各氏族部落（即"九牧"），将他们所崇拜祭祀的天体神灵与祖先神灵图像，连同他们族内所生产的青铜材料，一并贡纳上来。夏族用这些青铜材料铸成了祭祀礼器"九鼎"，还将各族神灵的图像铸在"九鼎"上。这实际是通过宗教手段独占各族的生产资料，以及与各族沟通神灵的权力。正如张光直先生所指出："'铸鼎象物'是通天工具的制作。那么，对铸鼎的原材料即铜锡矿的掌握，也便是从根本上对通天工具的掌握。所以，九鼎不但是通天权力的象征，而且是制作通天工具的原料与技术的独占的象征。"[①]

从五帝文明起源至夏商周文明早期发展长达近三千年的历史长河中，其社会结构一直实行氏族部落的血缘管理，而与西方文明产生后的地缘管理有明显区别。在血缘管理体制下，每个氏族部落的神权、族权、政权三位一体，所谓政教合一。其具体表现是，凡氏族部落的宗教、政治、军事、经济、伦理等重大活动都通过宗庙中

---

① [美]张光直：《中国青铜时代》，生活·读书·新知三联书店1999年版，第467页。

的集体祭祀活动来决定实施，而祭祀仪式中的鼎、簋等祭器与歌舞、典籍等祭仪，都是其神权、族权、政权的象征。因此，当一个血缘氏族部落兼并另一个血缘氏族部落之后，便要"毁其宗庙，迁其重器"（《孟子·梁惠王下》），表示已取得了他族的神权、族权与政权。禹启"铸鼎象物"，将他族的青铜材料铸成九鼎，又在九鼎上铸上他族的神灵图像，即是"毁其宗庙，迁其重器"的神话反映。

第二节　夏族史诗考索之一：变东夷虞族《韶乐》为夏族《九歌》

必须指出的是，禹启"铸鼎象物"的措施主要是针对东夷有虞族的，即通过夺取东夷有虞族的祭器与祭仪，以达到变夷夏二头共政的禅让制为夏族一头专政的世袭制。这在《墨子·耕柱》里有明确信息。《耕柱》说夏启"使蜚廉折金于山川"。这"蜚廉"即"费廉"，是东夷族伯益的儿子，事见《史记·秦本纪》。《耕柱》又说夏启"是使翁难雉乙卜于白若之龟"。据孙诒让《墨子闲诂》考证，"翁"即伯益的"益"字之借。"难雉"即杀雉之意，而"乙"通"以"。全句意为：夏启又"使伯益杀雉以衅龟而卜也"。前文引《韩非子》时已指出，"启与友党攻益而夺之天下"，这是政治军事上的反映。而《耕柱》讲启使伯益及其子费廉"折金于山川"，又使其"杀雉以衅龟而卜"，这是在宗教文化上的反映。这就是"铸鼎象物"的真正秘密。

《孟子·告子下》还指出，一个完整的血缘部族国家，必须"守（其）宗庙之典籍"。这典籍即宗教祭祀活动中的歌舞文本，即史诗、颂诗之类。夏族对夷族"铸鼎象物"，使其"折金""衅龟""卜筮"的同时，肯定还包括夺取夷族的"宗庙之典籍"即《韶乐》。这个事实就保存在"启始歌《九招（韶）》"的神话传说中。

"启始歌《九招（韶）》"的神话见于《山海经》和《楚辞》等

文献。《山海经·大荒西经》：

> 有人珥两青蛇，乘两龙，名曰夏后开。开上三嫔于天，得《九辩》与《九歌》以下。此天穆之野，高二千仞，开焉得始歌《九招》。

这里的"夏后开"即前述"夏后启"。说夏后启从天神那里得了《九辩》《九歌》，实际上是夏族通过"铸鼎象物""祭于昆吾之虚""尚飨上帝鬼神""用能协于上下""以承天休"等巫术宗教手段，借神的名义，宣称《九辩》《九歌》是夏族的祭歌颂诗，是夏族神权、族权、政权的象征。而《大荒西经》又说："开焉得始歌《九招》。"这《九招》即有虞族的《韶乐》。袁珂《山海经校注》"经文及郭注《九招》，明《藏》本字均作'韶'。"《九歌》是夏启乐，《九韶》是虞舜乐。既然启从天神那里所得的是《九辩》《九歌》，其下到人间天穆之野所歌舞的也应该是《九辩》《九歌》。而《大荒西经》说："开（启）焉得始歌《九招（韶）》。"这前后不一，迷惑了千百年来所有的学者，不得其解。

其实，《大荒西经》里《九歌》与《九韶》上下对文，说明两者同义。这正好揭示了夏启夺得虞族《九韶》之后，又借神授的名义将其改造发展为自己夏族《九歌》的秘密。[①] 以往学者没有从宗教学角度去思考这一问题，因而无法解开《九韶》变《九歌》的秘密。

在古文献记载中，《九歌》与《九韶》往往混而不分。古本《竹书纪年》"夏后开舞《九招》也"（《山海经·大荒西经》郭璞注引），《帝王世纪》作"启升后十年，舞《九韶》"。《离骚》"奏《九歌》而舞《韶》兮"，王逸注："《韶》，《九韶》之舞，舜乐

---

① 付林鹏：《西周乐官的文化职能与文学活动》，中国社会科学出版社2016年版，第50—53页。

也。"王萌《楚辞评注》："《九歌》曰奏，《大韶》曰舞，互文耳。"这些进一步说明了夏启夺取了虞族《韶乐》，又将其改造成《九歌》的事实。又《玉函山房辑佚书》载《归藏·郑母经》："昔者夏后启筮，乘飞龙而登于天，而枚占于皋陶。陶曰：吉。"郭璞注《大荒西经》"得《九辩》与《九歌》以下"句曰："皆天帝乐名也，开登天而窃以下用之也。"并引《归藏·启筮》曰："不得窃《辩》与《九歌》以国于下。"而《太平御览》卷八二引《史记》作如下文：

  昔夏后启筮乘龙以登于天，枚占于皋陶。皋陶曰："吉而必同，与神交通，以身为帝，以王四乡。"

  袁珂先生认为："这里所引的《史记》云者，或当也是《归藏》旧文。"[①] 很显然，这条材料是从夏族得胜者角度叙述的，所以说夏启可以"以身为帝，以王四乡"。值得注意的是，夏启欲乘龙登天而"占于皋陶"。皋陶是东夷部族的酋长。联系《墨子·耕柱》说夏启铸九鼎时使东夷族蜚廉折金于山川，又使东夷族伯益杀雉以衅龟而卜。这其中正透露出夏族侵夺东夷虞族的神权、族权、政权及其《韶乐》，并改造成《九歌》的背景线索。所以《大荒西经》说启"焉得始歌《九招》"。在此之前，夏族是不能歌虞族的《九招》（韶乐）的。

  夏启夺取东夷有虞族《韶乐》而改造成《九歌》的直接证据，便是《韶乐》中所反映的东夷民族祭祀日月天体的《东皇太一》和《东君》，仍保留在《九歌》之中。因为日月天神是天下共神，夏族将夷族的祭天神内容仪式据为己有，不算违背血缘管理社会"神不歆非类，民不祀非族"（《左传》僖公十年）的原则。当然，夏族借东夷有虞族《韶乐》中天体崇拜的内容与仪式为己用，也要有个合法的手续。这便是《大荒西经》所谓的"开（启）上三嫔于天，得

---

① 袁珂：《中国神话通论》，巴蜀书社1993年版，第290页。

《九辩》与《九歌》以下"，《太平御览》引《史记》所谓的"启筮龙以登于天，枚占于皋陶。皋陶曰：吉而必同，与神交通……"原本是侵夺虞族《韶乐》的强盗行为，却变成了天帝神授的合法仪式了。

但《韶乐》中关于祭祀有虞族历代祖先的"诗世帝系"内容，在改造后的夏族《九歌》中便全都被删去了，因为毕竟是"鬼神非其族类，不歆其祀"（《左传》僖公三十一年）。屈原编组《九歌》时，依据的是夏启改造版《韶乐》，而非虞舜原始版《韶乐》，这就是今存屈原《九歌》中的《东皇太一》《东君》只有《韶乐》中的天体崇拜内容，而不见《韶乐》中原有的祖先崇拜内容的原因。

据姜亮夫师考证，东夷有虞族以凤为图腾，中原夏族则以龙为图腾。所以《九歌》之"九"，本即虯龙的"虯"字："九者象龙属之纠绕。夏人以虯龙为宗神，置之以为主，故禹一生之绩，莫不与龙与九（纠）有关"，"禹字从虫从九，即后虯字之本"。①杨宽先生也指出："禹从九从虫，九虫实即句龙、虯龙也。句、虯、九，本音近义通。"② 可见《九歌》实即《虯歌》《夏歌》之意，而称《韶乐》为《九韶》，反倒是后人受《九歌》之影响而增改。虞舜《韶乐》本没有"九"字。

第三节　夏族史诗考索之二：祭地上黄河神、天上云雷神

既然《九（虯）歌》即《夏歌》，则其中除保留《韶乐》中《东皇太一》《东君》等天体崇拜内容外，也应该有夏族自己原有的

---

① 姜亮夫：《九歌解题》，《楚辞学论文集》，上海古籍出版社1984年版，第276页。
② 杨宽：《中国上古史导论》，《古史辨》第7册，上海古籍出版社1947年版，第358页。

祭歌颂诗。

今存屈原《九歌》中《河伯》一篇，当为夏族祭歌颂诗无疑。河伯即黄河之神，为夏族的图腾神。《山海经·海内北经》："冰夷人面，乘两龙。"郭璞注："冰夷，冯夷也……即河伯也。"河伯"乘两龙"，正说明其为夏族龙图腾神。也正因此，河伯可作为夏族的代表。如据《左传》襄公四年可知，夏启变二头盟主共政的禅让制为一头盟主专政的世袭制后，东夷族并不甘心，于是出现了羿、浞进军中原，代夏四十年的历史事件。此事在屈原《天问》中以神话的形式出现：

  帝降夷羿，革孽夏民。
  胡射夫河伯，而妻彼雒嫔。

王逸注曰："《传》曰：河伯化为白龙，游于水旁，羿见射之，眇其左目。"说夷羿射白龙河伯，并"妻彼雒嫔"，实际是指东夷族在酋长羿的率领下打到了中原黄河、洛河流域的夏族活动中心，夺取了夏政。故陈本礼《屈辞精义》说："羿恃善射，杀河伯夺其国，又杀雒伯而淫其妃也。"因为夏族河伯以龙为图腾，故屈原《九歌·河伯》曰：

  与女游兮九河，冲风起兮横波。
  乘水车兮荷盖，驾两龙兮骖螭。

"九河"即黄河的别名，说河伯"乘水车""驾两龙"，正是其图腾化身的形象。《河伯》又说：

  鱼鳞屋兮龙堂，紫贝阙兮珠宫，灵何为兮水中？
  乘白鼋兮逐文鱼，与女游兮河之渚，流澌纷兮将来下。

这里写鱼鳞作屋瓦，厅堂画神龙，河伯居然住在这样的水宫里。至于"乘白鼋""逐文鱼"，则是河伯出行的场景。全都围绕河伯的特点描写。从《河伯》的内容可知，这是夏族祭祀龙图腾河伯的颂诗。《河伯》应该就是夏启改造《九歌》时所增加的篇目内容。

屈原《九歌》有《云中君》一篇。王逸《章句》"云神，丰隆也，一曰屏翳。"丰隆、屏翳都是云神的别名，屏翳还兼雨师的职能。《山海经·海外东经》"雨师妾在其北"，郭璞注："雨师谓屏翳也。"因为有云才有雨，所以云神与雨师联在一起。夏族居于中原大地，农耕生产全靠阳光和雨露。因此，夏族既借用了东夷族《韶乐》中的《东皇太一》《东君》太阳崇拜仪式，再配上自己的《云中君》，以求云雨，就更加完备了。《云中君》谓"灵连蜷兮既留""与日月兮齐光"，都是写云的形象。王夫之《楚辞通释》："连蜷，云行回环貌。"《云中君》又说："龙驾兮帝服，聊翱游兮周章"。言云神驾龙，而龙又是夏族的图腾。又说：

览冀州兮有余，横四海兮焉穷。

这里的"冀州"与"四海"对举，则"冀州"指中央无疑。《淮南子·览冥训》"断鳌足以立四极，杀黑龙以济冀州"。以"四极"与"冀州"对举。高诱注："冀，九州中，谓今四海之内。"北大中文系编《先秦文学史参考资料》："冀州，位于九州之中，即所谓中原地带。"又《淮南子·地形训》"正中冀州曰中土"，《山海经·大荒北经》"蚩尤作兵伐黄帝，黄帝乃令应龙攻之冀州之野"。郭璞注："冀州，中土也。"而《逸周书·尝麦解》则直接称"冀州"为"中冀"，说炎帝"乃说于黄帝，执蚩尤，杀之于中冀"。姜亮夫先生指出："夏氏族传说之中心人曰禹，其中心之地则冀也。"并据古文字形分析，"冀"字上所从之"北"，下所从之"共"，实为四足形。"此具四足之物，在甲文金文中，亦惟有龟鼋一族之字为然"，"故冀字之为虫类，得因其族类比勘而得"。"冀既为虫属，则以禹为宗神之夏氏族，取以命其居息之所，而曰冀州，与《孟子》所谓汜滥于中国，龙蛇居之者，义盖同。""古所谓冀州者，约当今山西、河北、河南北部一带，盖即夏族渊源之地也。"[①] 由上所论可知，《云中君》言云神"览冀州兮有余，横四海兮焉穷"，显然是就夏族而言，则《云中君》为夏族所祭祀的天体自然神，也可以肯定了。

第四节 夏族史诗考索之三：《天问》所载夏史

屈原《天问》中有关虞、夏、商、周、楚、吴等部族的史诗、颂诗资料，弥足珍贵。兹就夏部族史诗、颂诗部分略作讨论。

《天问》叙夏族史诗第一件史事便是夏族的起源，其事从鲧禹治水神话开始：

> 不任汩鸿，师何以尚之？
> 佥曰何忧，何不课而行之？
> 鸱龟曳衔，鲧何听焉？
> 顺欲成功，帝何刑焉？
> 纂就前绪，遂成考功。
> 何续初继业，而厥谋不同？
> 洪泉极深，何以填之？
> 地方九则，何以坟之？
> □□□□□□□□
> 应龙何画？河海何历？
> 鲧何所营？禹何所成？

---

① 姜亮夫：《释禹与冀》，《古史学论文集》，上海古籍出版社1996年版，第249—254页。

这段史诗主要告诉我们这么几层含义。其一，鲧治水时，有鸱和龟帮助它，禹治水时有应龙帮助。这"鸱""龟""应龙"实际是指以这些动物为图腾的氏族名。鲧禹时代，这些氏族实际都是以夏族为盟主的部落联盟体的成员了。其二，鲧禹治水由于方法不同，因而结果亦不同。即所谓"鲧何所营？禹何所成？""何续初继业，而厥谋不同？"

《天问》民族史诗的第二件史事是叙鲧、禹、启祖孙三代为争夺父系生育权、父子继承权所作的努力。

《天问》有一段在现代人看来十分奇怪荒诞的故事，说大禹是他的父亲生的：

永遏在羽山，夫何三年不施？
伯禹愎鲧，夫何以变化？

"伯禹愎鲧"之"愎"当从一本作"腹"。"伯禹腹鲧"即"伯禹腹于鲧"。闻一多先生则认为是"伯鲧腹禹"之倒，亦通。① "腹"为怀孕生育之意。鲧是男的，本不能生子。《天问》"鲧腹生禹"实际上是记录了古代氏族社会由母权制向父权制过渡时期出现的一种"产翁制"习俗。

"产翁制"习俗是在"图腾感生"差不多同时或稍后产生的。当女子生下孩子后，男人就把产妇赶到地里去劳动，而自己却做起了"产婆娘"。这就是所谓"产翁制"现象。费勒克《家族进化史》指出："男子其所以装产，因为他要使人相信他也是生小孩子的人。……他对于小孩之权，也同于母亲对于小孩之权一样，在家族进化的方向中做了母权制度过渡到父权制度的阶梯。"② 在

---

① 闻一多：《天问疏证》，上海古籍出版社1985年版，第22—23页。
② 沙尔·费勒克著，许楚生译：《家族进化论》，上海大东书局1930年版，第146页。

《山海经》的《海外西经》《大荒西经》里记有"女子国"和"丈夫国"。"女子国"无夫而生子,"丈夫国"无妻而育子。这应该就是"图腾感生"与"产翁制"两种习俗的反映。《天问》关于夏族的起源解说,既有鲧禹治水的故事,又有图腾氏族制的反映,还有产翁制的记录,弥足珍贵。

《天问》夏族史诗的第三件史事是写禹启争夺父系继承权和夏初建国史。

> 禹之力献功,降省下土四方。
> 焉得彼涂山女,而通之于台桑?
> 闵妃匹合,厥身是继。
> 胡为嗜不同味,而快朝饱?
> 启棘宾商,《九辩》九歌。
> 何勤子屠母,而死分竟地?

在这里,开头从"降省下土四方"到"而快朝饱"两节和结尾"启棘宾商"一节是写鲧禹争夺父系生育权。前文指出,鲧通过"产翁制"形式试图证明禹是他生的。传统势力具有顽固性,鲧禹的"产翁制"虽然动摇了母权制,但母权制的余威仍然存在。禹最终还是跟母系姓"姒",氏族世系仍按母系计算。《史记·五帝本纪》索隐引《礼纬》说:"禹母修己,吞薏苡而生禹,因姓姒氏。"但历史前进的车轮不可阻挡,在夏族历史上,氏族世系由母系转为父系的过程终于由禹启父子的共同努力而完成了。《天问》所载的这三段史诗正反映了这一转变过程。

《天问》说,禹向天帝献功,然后降省民间寻找配偶。结果在"台桑"之地与涂山氏女相通。这个禹与涂山氏相通的"台桑"有特殊含义。台即古"邰"字。闻一多先生说:"台桑当即邰桑。然古字'台'与'以'同。是'台(邰)'与'姒'宜亦同字,盖以为地名则作台（邰），以为姓则作姒耳。"①禹本姒姓，现在他特别选择这个象征其本姓的姒桑之地与涂山氏相通生子，目的是要证明这个儿子是他的，应该随从他而姓姒，归于夏族龙图腾。"闵妃匹合，厥身是继。"闵，怜爱。妃，配偶，这里指涂山女。匹合，指婚配。这两句意谓夏禹爱怜涂山女而与她结合，目的是让自己后继有人。

禹为龙图腾，姒姓；涂山氏属于狐图腾，涂姓。按照母权世系制，禹的儿子启应归涂山氏，姓涂，属于狐族。但禹要求改革，让启跟他的姓。于是就引起了一场禹与涂山氏争夺儿子的斗争。洪兴祖《楚辞补注》引《淮南子》说：

> （涂山氏）至嵩高山下，化为石，方生启，禹曰："归我子！"石破北方而启生。

《释史》引《隋巢子》也有同样的记载。这"归我子"实际是说启归我姓，按照夏族男性世系计算。这是对《天问》："闵妃匹合，厥身是继"的最好注解。

洪兴祖《补注》引《淮南子》："归我子"情节在《天问》中也有记录，而且程度更激烈。这就是"何勤子屠母，而死分竟地"两句。朱熹《楚辞集注》认为此两句所写与《淮南子》石破生启"归我子"有关："屠母，疑亦谓《淮南》所说'禹治水时，自化为熊，以通轘辕之道，涂山氏见之而惭，遂化为石，时方孕启，禹曰：归我子！于是石破北方而启生。'其石在嵩山，见《汉书》注。竟地，即化石也。"姜亮夫师《屈原赋校注》从朱说，以为"屠母者，指启生石中为言"，"死分竟地者，犹言尸骨分裂委地也，即指石破事言"②。在争夺父系世系权问题上，大约夏启是积极配合其父夏禹的。所谓"勤子屠母，而死分竟地"云云，正曲折反映了其主动参

---

① 闻一多：《天问疏证》，上海古籍出版社1985年版，第47页。
② 姜亮夫：《重订屈原赋校注》，天津古籍出版社1987年版，第304—305页。

与废除母权制的斗争。

禹、启的斗争成功了，从夏启开始，中国第一个父子世系制建立起来了。从此而后，女儿们便按父系计算而与母系无关，出嫁的也不再是儿子们，而是女儿们，其情形正与母系制相反。所以，"归我子"三字，正宣告了父亲世系制的确立，而"勤子屠母"则表明了"妇女的具有世界历史意义的失败"①。

《天问》夏族史诗的第四件史事是叙禹、启废除夷夏部落联盟民主选举禅让制，争夺私有社会父子世袭专政制，从而建立夏朝早期文明国家。

当鲧通过"产翁制"而争取了生育权，禹又通过"通台桑"而取得了世系权之后，启便开始进行军政权的变革，即废除氏族社会的民主选举制，实行文明时代的父子世袭制，从而达到变财产公有为私有的目的。此事在古本《竹书纪年》《韩非子·外储说》等文献中已有记载，前文我们已作讨论，这里再具体分析《天问》中的相关记载。

为省篇幅，我们在这里将《天问》原文文字考释过程略去，而将大意阐释于后：

启代益作后，（夏启战胜伯益夺了权位）
卒然离蠥。（但最终还是遭伯益暗算）
何启惟忧，（为何夏启被伯益拘囚）
而能拘是达？（却又能从中顺利逃脱）
皆归射鞫，（伯益弓矢射向装有夏启灵魂的皮革）
而无害厥躬。（为何对夏启丝毫无损）
何后益作革，（伯益施行射革巫术）
而禹播降？（为何禹启却能世代隆盛）

---

① ［德］恩格斯：《家庭、私有制和国家的起源》，人民出版社1972年版，第54页。

这是一幅启益斗争图，情节紧张生动。其中启被拘囚又逃脱，伯益施行射革巫术而夏启丝毫无损，场面十分形象生动。伯益所代表的选举制之所以失败，禹启代表的世袭制之所以胜利，这其中的历史根缘，屈原自然是无法理解的。屈原《天问》的伟大之处在于对这一重大历史事件的忠实而生动的记录。

《天问》所载夏族史诗的第五件重要历史事件便是"太康失国""夷羿代夏""少康中兴"：

> 帝降夷羿，革孽夏民；
> 胡射夫河伯，而妻彼雒嫔？
> 冯珧利决，封豨是射。
> 何献蒸肉之膏，而后帝不若。
> 浞娶纯狐，眩妻爰谋，
> 何羿之射革，而交吞揆之？

夏族经过鲧禹启三代努力，终于取得了以世袭制为特征的部落联盟共主地位。启死之后，其部落联盟共主权位世袭给其子太康。但是太康不思进取，整日尽情享乐。《尚书·五子之歌》："太康尸位，以逸豫灭厥德，黎民咸贰。乃盘游无度，畋于有洛之表，十旬弗反。"正是在这样的背景之下，东夷九族中的有穷氏后羿（今山东德州）和有寒氏寒浞（今山东潍坊）乘机西进夺权。《左传》襄公四年："昔有夏之方衰也，后羿自鉏迁于穷石，因夏民以代夏政。"再据杜预注及《帝王世纪》《尚书·胤征》等文献可知，后羿代夏政的具体做法是先废了太康的共主地位，立太康之弟仲康为名义上的共主，而实权则掌握在自己手里。仲康死后，羿又立其子相为名义上的共主，不久又干脆赶跑了相，自己正式当上了共主。这就是历史上有名的"太康失国""夷羿代夏"事件。

"帝降夷羿，革孽夏民；胡射夫河伯，而妻彼雒嫔"四句即指此事。夏族从太康开始便以河南伊洛河平原为中心，偃师二里头夏文化宫殿区的发掘已证明了这一点。《天问》说夷羿射河伯、妻雒嫔，实际是夷羿一时占有了河洛平原夏族活动中心区的神话反映。

后羿代夏后不久也开始醉心于游猎，而任用同盟族有寒氏首领寒浞治理政务。但寒浞对羿怀有二心，结果勾结羿的"家众"把羿杀了，并霸占了其妻室，自己当上了盟主。《天问》："冯珧利决，封狶是射。何献蒸肉之膏，而后帝不若"四句正写此事。说夷羿狩猎很酣畅，只要他雕弓引满，板指一放，巨大的野猪便应声倒地。但是他用这猎肉做成祭品供祀上帝时，上帝却因为他之行德不善而不领其情。接下来"浞娶纯狐，眩妻爰谋。何羿之射革，而交吞揆之"四句写寒浞杀羿夺妻事，而以神话的形式表达出来更符合史诗的特点。

夷羿代夏、寒浞袭羿之后，历史上出现的便是夏族史诗的第六件史事"少康中兴"。关于此事，《天问》也有所反映：

惟浇在户，何求于嫂？
何少康逐犬，而颠陨厥首？
女岐缝裳，而馆同爰止；
何颠易厥首，而亲以逢殆？

前文指出，夷羿曾赶跑了仲康之子相。结果是相逃到河南东北部的斟灌（今河南濮阳）成立流亡政府。寒浞袭杀夷羿之后，又派其子浇去追杀相。当时正怀孕在身的相之妻后缗就从墙洞爬出，逃到了娘家有仍氏（今山东济宁），生下了儿子少康。少康长大后在有仍国做了管理牛羊的"牧正"。后来又因浇的追杀而逃到有虞国（今河南虞城），做了管理虞国君主膳食的"庖正"。虞国君主还把两个女儿（二姚）嫁给了少康，并将纶地赏赐给他。少康以纶地为基础，壮大力量，最后灭杀了浇，"复禹之绩，祀夏配天，不失旧物"（《左传》哀公元年）。这就是所谓"少康中兴"。《天问》就此事以神话传说的形式来表达。说浇以请嫂嫂女岐为之缝裳为借口，到女岐房里乱伦。结果浇与女岐皆为少康所杀。

以上是《天问》所载夏族史诗的主要内容，概括起来有这样一些情节：

> 鲧禹治水，方法不同；
> 图腾氏族相助，展示早期部落联盟情景；
> 为争夺"生育权"，鲧在羽山假装产翁而孕生夏禹；
> 为争取"世系权"，禹选择象征夏本姓之地邰（姒）桑与涂山女私通；
> 夏启也配合其父积极废除母权制，上演了一场"勤子屠母而死分竟地"的历史故事；
> 为争取政权、军权、产权的"世袭制"，夏启与伯益进行了一场以代表文明社会的父子世袭制战胜代表氏族社会的民主选举制的血腥战争；
> 太康失国，夷羿代夏；
> 夷羿畋猎，寒浞袭羿；
> 少康因击杀寒浞之子浇而使夏朝中兴，夏祀再续。

总之，《天问》夏族史诗内容丰富，具体生动，具有十分珍贵的史料价值。虽然，《诗经》里没有"夏颂"，但屈原《天问》却把"夏颂"部分保存下来了。以上所载夏族六件史事，应该是曾经在楚地流传的，而屈原则加以整理润色。将屈原《天问》所见夏族史诗与《九歌》所存夏族史诗综合起来，我们便可获得一份较完整的"夏颂"，以弥补《诗经》"夏颂"之阙如。

第 三 章
考古发现与中原商族史诗《商颂》新证

根据有关考古材料和文献资料互证可知，商代宗庙里存在着用于宗教祭祀的壁画。《商颂》应该就是对商代宗庙里绘有先公先妣以及大臣等壁画神像而进行吟诵讲解的文本。《礼记·丧记》载："殷人尊神，率民以事神，先鬼而后礼。"前几章据甲骨卜辞讨论可知商代祭祀活动既频繁又隆重。祭祀的对象既有天体之神、山川之鬼，更有先公先妣。甲骨文里完整的周祭制度便是对祖先的系统祭祀。由此推测，商人的宗庙壁画与"商颂"的内容应该是十分丰富多彩的。

然而，现存《商颂》只有五篇，且列于《周颂》《鲁颂》之后。之所以如此，是因为《诗经》的编排者认为，《商颂》的作者是春秋宋国人，依照时代先后而将其列在《周颂》之后；而鲁为姬姓，乃周之正宗，宋则殷商之后，为周之附属国而已，因而《商颂》又被列在《鲁颂》之后。然而，这实在是一种误解，不可不辨。

第一节　学术史上有关《商颂》作者、作期的论争

有关《商颂》作者、作期的论争是从汉代开始的，其事与汉代的今古文之争有关。古文学派认为《商颂》作于商代的贵族阶层，今文学派则认为《商颂》作于周代的宋国正考父。这两种观点的论争从汉代开始，历经魏晋南北朝隋唐宋元明清，一直延续到近现代。而这种观点的不同，又直接关系到对整部《诗经》作期及其性质的认识，是学术史上的大是大非问题。所以，《诗经》学会会长夏传才将"《商颂》的时代问题"与"孔子删诗问题""《毛诗序》作者问题""《国风》作者与民歌问题"，共列为《诗经》学术史上的"四大公案"。①

关于《商颂》作者、作期的最早记录见于先秦古籍《国语·鲁语下》：

> 昔正考父校商之名颂十二篇于周之太师，以《那》为首。

汉代古文学《毛诗序》引《鲁语》这段话，认为《商颂》乃商代所作：宋国自"微子至于献公，其间礼乐废坏，有正考甫（父）者，得《商颂》十二篇于周太师，以《那》为首"。这里，将《鲁语》的"校商之名颂"直接说成"得《商颂》"，说明《毛诗序》是坚信《商颂》为商人所作，后来由于《商颂》流入周室，所以商族后裔正考父要从周太师那里重新"得《商颂》"。

汉代今文学派齐、鲁、韩三家则认为，《商颂》为周代宋国的正考父所作。韩诗说见《史记·宋微子世家》裴骃集解与《后汉书·

---

① 夏传才：《诗经学四大公案的现代进展》，《河北学刊》1998 年第 1 期。

曹襃传》李贤注，两注均引《韩诗薛君章句》谓："正考父，孔子之先也，作《商颂》十二篇"，"美（宋）襄公"。齐诗说见《礼记·乐记》郑玄注引："《商》，宋传也。"鲁诗说见于司马迁《史记·宋微子世家》："宋襄公之时，修行仁义，欲为盟主，其大夫正考父美之，故追道契、汤、高宗，殷所以兴，作《商颂》。"今文三家关于《商颂》的认识，经司马迁《史记·宋微子世家》的采用而对后世学界产生了深广的影响。

其实，司马迁在《史记》其他篇目中还是相信《商颂》是商代的史诗的，其《殷本纪》说：

> 余以《颂》次契之事，自成汤以来，采于《书》《诗》。

《平准书》曰：

> 故《书》道唐虞之际，《诗》述殷周之世。

《太史公自序》曰：

> 余闻之先人曰……汤武之隆，诗人歌之。

《孔子世家》曰：

> 古者诗三千余篇，及至孔子，去其重，取可施于礼义，上采契后稷，中述殷周之盛，至幽厉之缺。

以上四则材料中，前三则指出，司马迁叙商族历史，主要依靠的是《诗》中材料，所谓"以"颂"次契事""成汤以来，采于《书》《诗》""《诗》述殷周之世""汤武之隆，诗人歌之"。第四则材料则肯定孔子所编的《诗》中有述殷代之事者。这记载殷商民族历史的《诗》,自然是《商颂》了。在司马迁之后的王充与班固,也相信《商颂》是商诗的。王充《论衡·须颂篇》有"殷颂五"之说。班固《汉书·礼乐志》则曰:

> 自夏以往,其流不可闻矣!殷颂犹有存者。
> 昔殷周之雅颂……光名著于当世,遗誉垂于无穷也。

《汉书·食货志》:

> 殷周之盛,诗书所述,要在安民。

《汉书·艺文志》:

> 孔子纯取周诗,上采殷,下取鲁,凡三百五篇。

王充、班固都标举《殷颂》名称,以及"殷周之雅颂"或"殷周之诗"的提法,又说"上采殷,下取鲁"。其"鲁"是指《鲁颂》,"殷"自然是指《殷颂》。可见,王充、班固是肯定有殷商颂诗的。

到了唐代,司马贞的《史记索隐》、孔颖达的《毛诗正义》仍坚持《商颂》为商诗说。宋代的欧阳修《诗本义》、苏辙《诗经集传》、吕祖谦《吕氏家塾读诗记》、朱熹《诗集传》;清代的马瑞辰《毛诗传笺通释》、陈奂《诗毛氏传疏》、姚际恒《诗经通论》等,都主张《商颂》乃商代的颂歌史诗。可以说,唐、宋至清代前期,《商颂》商诗说是学界的主流观点。

但清代中期以后,今文学派再度兴起,其中魏源《诗古微》、皮锡瑞《经学通论·诗经通论》、王先谦《诗三家义集疏》,再次倡说《商颂》为宋诗的观点。其中魏源列举十三证,皮锡瑞列举七证,以二十证论定《商颂》为周代宋国正考父所作,一时间在学界颇成气候。

至近现代，王国维作《说商颂》上下篇，得出结论说："余疑《鲁语》'校'字当读为'效'。效者，献也。谓正考父献此十二篇于周太师，韩说本之。……《商颂》盖宗周中叶宋人所作，以祀其先王。正考父献之于周太师，而太师次之于《周颂》之后。逮《鲁颂》既作，又次之于鲁后。"① 王国维是20世纪著名的考证学大师，他提倡的"二重证据法"在学界影响深广，其治学于今古文本无成见，而其有关《商颂》的结论则同于今文学派，这无疑对学术界产生了特别影响。其后，梁启超《古书真伪及其年代》、俞平伯《论"商颂"的年代》、郭沫若《先秦天道观的发展》，均采用王国维说而有所补充论证。于是，《商颂》周代宋诗说又一度成为学界主流，以至于一些有影响的大学文学史教材，如刘大杰《中国文学发展史》、游国恩主编的《中国文学史》、余冠英主编的《中国文学史》，均采用了《商颂》周代宋诗说，并进而将整部《诗经》产生年代断定在西周初年至春秋中叶这一框架范围内。

但仍有一批学者不受时代学术潮流影响，坚信汉代以来古文学派所主张的《商颂》商代说，而在论证上有新的突破。1956年，杨公骥、张松如在《文学遗产增刊》第二辑发表《论商颂》。1957年，杨公骥著《中国文学》，由吉林人民出版社出版，该书将《商颂》放在第二编第二章《殷商的音乐舞蹈和诗歌》中论述，又在书末附录《商颂考》一文，明确强调"《商颂》是商代的颂歌，是距今三千年前的商代的诗歌"。

20世纪80年代之后，张松如的《商颂研究》，陈子展的《诗经直解》《诗三百解题》，赵明主编《先秦大文学史》，夏传才的《思无邪斋诗经论稿》，刘毓庆的《雅颂新考》，以及张启成、梅显懋、

---

① 王国维：《说商颂》上下篇，《观堂集林》卷二，中华书局1959年版，第113—118页。

陈炜湛、徐宝贵、常教、黄挺等人的单篇论文，①均坚持《商颂》为殷商旧作。如赵明主编《先秦大文学史》指出："《商颂》是殷商盛世商人祭祀先公先王的颂辞，当出于具有较高文化修养和丰富历史知识的巫祝之手，为商代著名的祭歌。"②陈子展《诗三百解题》则分析更详细：

> 殷商后裔宋国统治阶级原来保存有《商颂》，只是从微子到戴公，中间一度礼乐废坏，《商颂》就废坏了。这一废坏究竟是全失，还是有残存呢？《国语·鲁语》记闵马父的话："昔正考父校商之名颂十二篇于周太师，以《那》为首。"这当是《诗序》所本。但是《诗序》说正考甫得《商颂》，《国语》说正考父校《商颂》，语意颇有不同。我以为所谓"得"，当是前此废坏至于全失，今又再得的意思；所谓"校"，当是废坏之后还有残存，今又再加校正的意思；所谓名《颂》，当是早已传播的旧作，不是新作的意思。总之，这都是说，《商颂》不是正考父所作，他只有获得或校正《商颂》的功绩。正考父时有《商颂》十二篇，大约到了他的后代孔子自卫返鲁删《诗》正《乐》时，已经失去了七篇，只剩下这五篇了。③

通过以上简单的回顾可以看出，《商颂》的作者作期问题的争论，是从汉代今古文之争后所引发的。古文经学派注重训诂考据，其持论比较符合历史事实，所以仍能坚持先秦文献《国语·鲁语》

---

① 张启成：《论商颂为商诗》，《贵州文史丛刊》1985年第1期；梅显懋：《〈诗·商颂〉作年之我见》，《文学遗产》1986年第3期；陈炜湛：《商代甲骨文金文词汇与〈诗·商颂〉的比较》，徐宝贵：《出土文献资料与诗经学的三个问题论考》，《出土文献与古文字研究》第二辑，复旦大学出版社2008年版；常教：《商颂作于殷商述考》，《文献》1988年第1期；黄挺：《〈诗·商颂〉作年作者的再探讨》，《学术研究》1988年第2期。
② 赵明主编：《先秦大文学史》，吉林大学出版社1993年版，第138页。
③ 陈子展：《诗三百解题》，复旦大学出版社2001年版，第1241页。

说。而今文经学派重义理发挥，为当时的政治服务，因而容易改造历史事实。正如杨公骥先生《商颂考》一文所指出："汉学者否认《商颂》（作于商代）的说法，并不是根据历史文献，也不是根据《商颂》内容，而是本于'诗教'教义和对《诗经》的基本看法而形成的。"那么这"诗教"的具体内容是怎样的呢？对此，杨公骥先生也有概括："汉时学者认为《诗三百篇》之所以是儒教经典，是因为相信它是由孔子根据褒贬大义而删订的。孔子在读到三代文化时，曾说道：'周监于二代，郁郁乎文哉！吾从周。'汉学者误将这句话看作是孔子删诗的原则和采诗的范围，以此推论，便认为《诗三百篇》全是周代的诗。汉代的一些学者认为：既然《诗三百篇》（即《诗经》）是周文王武王的王业之迹，是周教和王道的典籍，当然不应该有商代的颂歌；既然孔子所选订的是周诗，当然不会将商诗选入。基于这样的对《诗经》的基本看法（也可以说是误解），从而出现了正考父作《商颂》的说法。"[①] 杨公骥先生所说的"汉时学者"即指今文学派。认识这一学术史背景，有利于我们对学术史上的《商颂》作者作期论争作出冷静客观的判断。当然，学术史上持《商颂》作于周代宋国观点的学者并非都是今文学派，如王国维、郭沫若、游国恩等人，但他们受到古代今文学派观点的影响也是事实。

第二节 《商颂》作于商代的文献学证据

现在，我们返本归源，采纳前贤合理意见，先从文献学角度，就《商颂》作于商代这一事实作分析论证。

---

① 杨公骥：《商颂考》，《中国文学》第一分册附录一，吉林人民出版社1980年版，第464—484页。

一 先秦文献大多证明《商颂》为殷商古诗

前文指出，先秦古籍中明确提到《商颂》作者、作期的是《国语·鲁语下》闵马父的一段话，兹全文引录以备讨论：

> 昔正考父校商之名《颂》十篇于周太师，以《那》为首。其辑之乱曰："自古在昔，先民有作。温恭朝夕，执事有恪。"先圣王之传，恭犹不敢专，称曰"自古"，古曰"在昔"，昔曰"先民"。

仔细推敲这段文字，有关《商颂》的作期、作者与内容都已交代清楚了。关于作期，即所谓"商之名《颂》"，也就是商代已经开始传播的旧作名篇颂诗。关于作者，即所谓殷商民族的"先圣王"，也就是先公先王。商族先公时期，酋长往往兼任巫师，即陈梦家《商代的神话与巫术》所指出："古者宗教领袖即是政治领袖。"当时代发展到早期文明的商代先王时期，由于政务繁杂，已有了专职的巫官史官等祭司集团，而商王仍为巫史之首，即陈梦家所说的："由巫而史，而为王者的行政官吏；王者自己虽为政治领袖，同时仍为群巫之长。"[①] 古时的民族颂诗也就是民族史诗，即由民族的先公先王及其"巫""史""祝""宗"等祭司集团共同创造，并世代口耳相传增续完善，颂歌史诗是氏族贵族沟通天神祖神的工具，是民族血缘集团寻根问祖的依据，具有凝聚血缘族群的功能，因而是文化，是政治，具有神圣性、权威性，这就是《鲁语下》所说的"先圣王之传，恭犹不敢专"。

关于《商颂》的内容，即所谓商民族的"自古""在昔""先民"的情况。这自然是有关商族先公先王率领族群奋斗发展的历史，是一曲又一曲民族英雄史诗。

---

① 陈梦家：《商代的神话与巫术》，《燕京学报》1936 年第 20 期。

《商颂》之名除见于《国语·鲁语下》外，还见于先秦其他文献，而且都被视作古诗古训来引用。《左传》襄公二十六年载，蔡太师子朝的儿子声子回答楚令尹子木的询问时说：

> 《夏书》曰："与其杀不辜，宁失不经。"惧失善也。《商颂》有之曰："不僭不滥，不敢怠皇，命于下国，封建厥福。"此汤所以获天福也。古之治民者，劝赏而畏刑。

这里所引的《商颂》是《殷武》篇。文中《商颂》与《夏书》对言。先秦时期，《诗》《书》常常互称，孙诒让《墨子间诂》已有考证。《夏书》也可称为《夏颂》《夏诗》。因此，《左传》襄公二十六年的《夏书》与《商颂》对言，实际可理解为《夏颂》与《商颂》对言。《夏颂》是夏代的颂歌史诗，《商颂》为商代的颂歌史诗。又《左传》昭公二十年，齐晏子说：

> 《诗》曰："亦有和羹，既戒既平，奏假无言，时靡有争。"先王之济五味，和五声也，以平其心，成其政也。

这里的"《诗》曰"是《商颂》中的《烈祖》篇。这里称《烈祖》为"先王"之言，因为《烈祖》是商代的作品，其"先王"之称与《鲁语》所说的"先圣王传"同，都是有关"自古""在昔""先民"等往古之事，为耆旧之言，足可为训。又《国语·晋语四》：

> 公子（重耳）过宋，与司马公孙固相善，公孙固言于襄公曰："晋公子亡长幼矣，而好善不厌：父事狐偃，师事赵衰，而长事贾佗。……树于有礼，必有艾。《商颂》曰：'汤降不迟，圣敬日跻。'降，有礼之谓也。君其图之。"（宋）襄公从之，赠以马二十乘。

这里引的《商颂》是《长发》篇。公孙固是将《商颂》作着艾旧老的格言经典来劝说宋襄公的。杨公骥先生《商颂考》即据此指出："这一点上，便可看出《商颂》并不是襄公时的新作。"司马迁《史记·宋微子世家》说宋襄公时正考父"作《商颂》"显然是不合事实的。

以上三则先秦文献，都是把《商颂》当作旧传圣典古训来引用的，说明《商颂》在先秦人心目中确是由来已久，而不可能是周代宋国正考父所作。

二 《商颂》本身内容符合商代宗教历史文化

通过对商代王权继承制中存在着"二头并政的遗留""兄终弟及制的实施"以及"商代王都屡迁"等现象的分析可知，商代社会仍保留着较多的氏族社会遗存，因而在意识形态上仍较多地表现出原始野性思维特征；而周代由于周公的制礼作乐，理性精神觉醒，宗法等级制度强化，因而在意识形态上表现出较多的人文伦理思维特征。[①] 我们考察《商颂》与《周颂》《鲁颂》的内容，正体现了商周两代不同的思维特征。用杨公骥先生《商颂考》中的话来概括，便是"《商颂》所表现的思想情感中，并没有《周颂》《鲁颂》中所强调的'德''孝'思想和道德观念，而是对暴力的赞美，对暴力的歌颂；显然，这是符合商代社会的统治思想的。"试作比较如下。

（一）《商颂》较多地歌颂神的暴力和商的武功，而《周颂》《鲁颂》以宣扬礼仪伦理思想为主

《商颂·殷武》写商王武丁伐荆楚的情景：

> 挞彼殷武，奋伐荆楚。
> 深入其阻，裒荆之旅，有截其所。

[①] 江林昌：《中国上古文明考论》，上海教育出版社2006年版，第110—122页。

"挞"是迅猛的意思，"奋伐"则是全力前往的意思。诗一开始便表现出英雄凶猛的气势。而"深入其阻，裒（俘虏）荆之旅，有截其所"，意谓直捣虎穴，全俘其兵，尽收其土。真可谓是一泻千里，锐不可当。全诗散发着野蛮勇武的气息。又如《长发》有一节写商汤灭夏事：

> 武王载旆，有虔秉钺，如火烈烈，则莫敢我曷。
> 苞有三蘖，莫遂莫达。
> 九有有截，韦顾既伐，昆吾夏桀。

商王一手高举图腾族旗，一手挥舞大钺，轰轰烈烈地直奔夏族活动区。先灭了夏的同盟国韦和顾，又灭了昆吾，最后推翻了夏桀，占领了整个夏境九州。一个勇猛强悍的英雄形象展现在眼前。

总之，《商颂》中所表现出的野蛮强悍的气氛，实际上是商族起于狩猎时代，因而仍保持较多原始野性思维的体现。而这种气氛与商代青铜器上大量装饰着的狰狞恐怖的饕餮纹等动物纹样是相一致的。李泽厚《美的历程》指出，正是《商颂》与青铜器上的动物纹样，体现出"超人的历史力量与神秘观念的结合"，从而构成了"狞厉的美的本质"。[①]

《鲁颂·閟宫》写鲁僖公保卫疆土，也有对荆楚的战争，但写得温柔有礼，与《商颂》风格迥异：

> 保有凫绎，遂荒徐宅。
> 至于海邦，淮夷蛮貊。
> 乃彼南夷，莫不率从，
> 莫敢不诺，鲁侯是若。

---

① 李泽厚：《美的历程》，中国社会科学出版社1989年版，第36—37页。

《商颂·殷武》写伐敌用"挞彼""奋伐""深入"等凶猛有力的词汇;而《鲁颂·闷宫》则用"保有""至于""乃彼"等温柔缓和的词汇。前者写武丁全俘楚兵,尽收楚土,具有武力强制性;而后者则写鲁侯用怀柔政策,说楚兵顺服投诚,听从鲁侯,所谓"莫不率从,莫敢不诺,鲁侯是若"。这些都是周代礼仪伦理思想的体现。

(二)《商颂》充满上帝烈祖宗教思想,《周颂》《鲁颂》多宣传"德政""孝道"观念

中国古代的信仰发展,以五帝初期颛顼改革巫术"绝地天通"为界,之前为巫术时代,之后发展为宗教时代。宗教盛行神灵崇拜,认为只有获得神灵的帮助,才能间接控制自然与人类。这神灵包括自然神与祖先神两类。为了获得神灵的帮助,初民们就举行隆重的祭祀活动,向神灵乞求、献媚,而祭祀典礼上的说唱文辞,便是史诗。这种宗教神灵崇拜,到商代达到了高峰。《商颂》就是商民族史诗,是商族贵族阶层在宗教祭祀典礼中的说唱文辞,所以其内容充满强烈的自然崇拜与祖先崇拜的气氛。这与甲骨卜辞中隆重祭祀天帝自然神与祖妣神是相一致的。

关于上帝:

  自天降康,丰年穰穰。(《烈祖》)
  天命玄鸟,降而生商,宅殷土芒芒。(《玄鸟》)
  古帝命武汤,正域彼四方。(《玄鸟》)
  有娀方将,帝立子生商。(《长发》)
  帝命不违,至于汤齐。(《长发》)
  昭假迟迟,上帝是祗,帝命式于九围。(《长发》)
  天命多辟,设都于禹之绩。(《殷武》)
  天命降监,下民有严。(《殷武》)

关于先圣烈祖：

> 奏鼓简简，衎我烈祖。（《那》）
> 自古在昔，先民有作。（《那》）
> 嗟嗟烈祖，有秩斯祐。（《烈祖》）
> 商之先后（先王），受命不殆。（《玄鸟》）
> 濬哲维商，长发其祥。（《长发》）
> 昔在中叶，有震且业。（《长发》）

在古代，上帝宗教观念十分强烈，人在上帝面前是被动的，天帝等自然神主宰一切。同时，商人仍处于血缘宗族管理体系中，烈祖烈宗是民族自下而上的发展之根，其颂诗自然要十分强烈地崇拜祖先了。

中国古代的宗教崇拜，到西周时出现了新的变化。这是由于生产力的发展，人文精神的觉醒所产生的结果。《礼记·丧记》说："殷人尊神，率民以事神，先鬼而后礼。""周人尊礼尚施，事鬼敬神而远之。"周人在继承商人"事鬼敬神"观念的同时，发展出了礼仪人文精神，具体表现便是"德治"与"孝道"。周人强调人的主动性，要求君臣上下都能"修德""事孝"，这样就能获得天神、祖先神的保佑。《左传》僖公五年："鬼神非人实亲，惟德是依，故《周书》曰'皇天无亲，惟德是辅。'"《大戴礼记·卫将军文子》："孝，德之始也。"《孝经》："孝，天之经也，地之义也，民之行也。"周人认为，只有人的"德"与天命统一，人的"孝"与祖先保佑统一，才是理想的境界。"德""孝"观念是周代兴起的，所以在《周颂》《鲁颂》中习见，而《商颂》中却一次也没有见到。

《周颂》《鲁颂》中关于"德"与"天命"的关系：

> 於穆清庙，肃雝显相。济济多士，秉文之德。对越在天，骏奔走在庙。（《周颂·清庙》）

维天之命，於穆不已。於乎不显，文王之德之纯。（《周颂·维天之命》）

穆穆鲁侯，敬明其德。敬慎威仪，维民之则。（《鲁颂·泮水》）

赫赫姜嫄，其德不回。上帝是依，无灾无害。（《鲁颂·閟宫》）

《周颂》《鲁颂》中关于"孝"与"烈祖"的关系：

于荐广牡，相予肆祀。假哉皇考，绥予孝子。（《周颂·雝》）

率见昭考，以孝以享。以介眉寿，永言保之。（《周颂·载见》）

於乎皇考，永世克孝。念兹皇祖，陟降庭止。维予小子，夙夜敬止。於乎皇王，继序思不忘。（《周颂·闵予小子》）

昭假烈祖，靡有不孝。（《鲁颂·泮水》）

以上《周颂》《鲁颂》中有关"德"对"天"，"孝"对"祖"的观念，实际上是连贯有层次的。首先是开明先公先王有"德"配"天"，才创下了民族伟业，这是第一层次。于是乎，后代子孙要"孝"敬先公先王皇祖，以先公先王皇祖为榜样，这样皇祖才会保佑子孙，国泰民安。这是第二层次。因此，这里既有宗教观念，也有伦理观念，而关键的一点是"祖"对"天"要有"德"，"子孙"对"祖"要有"孝"。这"德"与"孝"体现了人的后天主观努力，这实际上是儒家"修身、齐家、治国、平天下"思维的渊源所在。而这些思想在《商颂》中是没有的。

以上比较讨论表明，《商颂》只能是商代的产物，而不可能是周代宋国的新作。

三　商代有隆重的祭神事鬼习俗，有庞大的"巫""史""祝""宗"等祭司集团，有丰富的乐舞颂诗内容，这是《商颂》作于商代的时代反映

（一）商人事鬼尚声

范文澜先生《中国通史》第一册中曾称商文化为"尊神文化"，而与周文化为"尊礼文化"相区别。商族特别崇拜神灵，注重祭祀。因为崇拜自然神与祖先神，就要举行祭祀活动，而祭祀活动需要歌舞，所以商人"尚声"。《礼记·郊特牲》：

> 殷人尚声，臭味未成，涤荡其声。乐三阕，然后出迎牲。声音之号，所以诏告于天地之间也。

这里的所谓"声"，即指音乐歌舞。就出土实物和甲骨卜辞记载可知，商代的乐器有鼓、铙、铃、缶、龠、磬、钟等，甲骨文里还有"乐"字，音乐的发展必然伴随舞蹈歌辞的繁荣。

（二）商代"巫""史""祝""宗"等祭司人员众多

音乐歌舞是为了祭神娱祖，而祭祀活动需要"巫""祝"等祭司神职人员主持。所以，商代神职人员众多，从巫祝等祭司到商王本人，都是神职人员。陈梦家《商代的神话与巫术》指出：殷商时代，"王者自己虽为政治领袖，同时仍为群巫之长"，商汤本人即为大巫。《吕氏春秋·顺民篇》载：

> 汤克夏而正天下。天大旱五年不收。汤乃以身祷于桑林……于是剪其发，磨其手，以身为牺牲，用祈福于上帝。民乃甚说（悦），雨乃大至。

由于商王的亲自倡导，所以商代各王各世都有祭司神职人员，

地位显要尊崇，以下材料可见一斑。《尚书·君奭》：

> 我闻在昔，成汤既受命，时则有若伊尹，格于皇天。
> 在太甲时，则有若保衡。
> 在太戊时，则为若伊陟、臣扈，格于上帝，巫咸×王家。
> 在祖乙时，则有若巫贤。
> 在武丁时，则有若甘盘。

今本《竹书纪年》：

> 太戊十一年，命巫咸祷于山川。
> 祖乙三年，命卿士巫贤。

《史记·殷本纪》：

> 帝太戊立伊陟为相。……伊陟赞言于巫咸。巫咸治王家有成，作《咸艾》，作《太戊》。
> 帝祖乙立，殷复兴，巫贤任职。

以上伊尹、保衡、巫贤、甘盘等，均为祭司神职人员。正是这批祭司神职集团在协助商王祭祀时，吟唱民族史诗，世代相承并增益完善，而逐步形成了《商颂》。

(三) 商代颂诗繁荣

众多的祭司神职人员，丰富的音乐舞蹈，必然会有繁荣的歌辞。所以商代流传下来的颂歌史诗很多。《吕氏春秋·音初》记载了商民族最早的图腾祖先颂诗《燕燕歌》：

> 有娀氏有二佚女，为之九成之台，饮食必以鼓。帝令燕往视之，鸣若谥隘。二女爱而争搏之，覆以玉筐。少选，发而视

之,燕遗二卵,北飞,遂不反。二女作歌,一终曰:"燕燕往飞。"实始作为北音。

赵沛霖《兴的源起》认为:"二女作歌,一终曰:'燕燕往飞。'"是商族的图腾颂诗,称其为《燕燕歌》。① 陈元峰《乐官文化与文学》则认为:"它是商族先民祭祀其图腾祖先玄鸟的颂歌。《燕燕歌》无疑比《商颂》产生的时代更早,它与《候人歌》都是诗歌萌芽时期硕果仅存的'诗的化石'。"②

商汤时有颂诗《桑林》与《大濩》。《左传》襄公十年:

宋公享晋侯于楚丘,请以《桑林》。

《庄子·养生主》:

合于《桑林》之舞,乃中《经首》之会。

《左传》杜预注:"《桑林》,殷天子乐名。"《庄子》之陆德明《经典释文》引司马彪:"《桑林》,汤乐名。"《吕氏春秋·慎大》:"武王胜殷,立成汤之后于宋,以奉《桑林》。"可见,宋国所用的《桑林》原是商代流传下来的。就如同正考父时的《商颂》也是从商代流传下来一样。

再看《大濩》。《墨子·三辩》:

汤放桀于大水,环天下自立为王。事成功立,无大后患,因先王之乐,又自作乐,命曰《濩》。

---

① 赵沛霖:《兴的源起》,中国社会科学出版社1989年版,第134—140页。
② 陈元锋:《乐官文化与文学》,山东教育出版社1999年版,第62页。

《吕氏春秋·古乐》：

汤乃命伊尹作为《大䕶》，歌《晨露》，修《九招》《六列》，以见其善。

《庄子·天下》：

汤有《大䕶》。

《周礼·大司乐》：

奏夷则，歌小吕，舞《大䕶》，以享先妣。

李纯一《先秦音乐史》认为："《䕶》是为歌颂汤的开国功绩而创作的乐舞，它和《大夏》一样，也是歌颂杰出的领袖。""《大䕶》可能是商王朝的一部史诗性大型乐舞。"① 这部史诗性乐舞，也就是商族的早期颂诗，商汤之后，历代相传，作为祭祖时的重要曲辞。据甲骨文可知，成汤之后，祖乙、大丁都用过《䕶》乐辞：

乙亥卜贞，王宾大乙《䕶》，亡尤。（《合集》35499）
乙卯卜贞，王宾且（祖）乙《䕶》……（《合集》35681）
丁卯卜贞，王宾大丁《䕶》，亡尤。（《合集》35516）

此外，据甲骨文和先秦两汉文献可知，商代的古乐舞颂诗还有《䂂》。如《殷契遗珠》363：

庚寅卜，何贞，叀执戒升于妣辛。

---

① 李纯一：《先秦音乐史》，人民音乐出版社1994年版，第35页。

戒即祴。《说文》："祴，宗庙奏《祴》乐。"
又有《万》舞，见《商颂·那》：

  庸鼓有斁，《万》舞有奕。

《大戴礼记·夏小正》：

  《万》也者，干戚舞也。"

甲骨卜辞中也有《万舞》之称：

  叀万舞。（《安明》1825）
  叀万舞盂田，又雨。（《缀》385）
  王其乎万舞。（《人文》1954）

又有《隶》。《铁云藏龟拾遗》七·一六：

  戊申卜，今日《隶》舞，亡从雨。

《殷墟文字》甲编3069：

  庚寅卜，辛卯《隶》舞，雨。

又有《羽》。《殷虚书契前编》60.20.4：

  戊子贞，王其《羽》舞，吉。

古代诗、乐、舞三位一体，均用于祭祀场合，而主持其事者为祭司集团。商代既然乐舞繁盛，祭司众多，因而才会有《燕燕》《桑林》《大濩》《晨露》《六英》《六列》《九招》《祴》《万》《隶》《羽》诸乐舞之辞，这些都是商代商族的史诗。其称名与今传《商颂》中的《那》《烈祖》《玄鸟》《长发》《殷武》相类，都应列入《商颂》之内。西周末年，正考父校《商颂》时尚存十二篇，到春秋末年孔子编《诗经》时，《商颂》仅存五篇了。从正考父到孔子不到三百年时间就佚失了七篇。而周人灭商建国为前1046年，至西周末年前770年，历史已发展了近三百年，这期间《商颂》肯定又有佚失。由此再往前推，商族从夏代初年（前2070）的"玄鸟生商""契宅殷土"开始，到商汤建国（前1600）已经历了先公先商时期的四百七十年，再由汤到商末又发展了五百五十多年。也就是说商族从其起源到商末被周族推翻政权，其间已发展了一千余年的历史。我们再联系上文关于商族重祭尚声，祭司众多，诗舞繁盛的实际情况，我们完全有理由相信，在这一千余年的历史长河中，商族曾有过十分丰富的颂诗、雅诗等史诗流传。今传五首《商颂》，只是商代众多《商颂》中极少的遗存而已。

四 正考父作《商颂》不合历史事实

以上我们从正面文献论证了《商颂》作于商代的可能性，本节我们从反面文献证明《商颂》不可能作于周代宋国，从而支持《商颂》商代说。《史记·宋微子世家》引鲁诗说谓"（宋）襄公之时，修仁行义，欲为盟主，其大夫正考父美之，故追道契、汤、高宗，殷所以兴，作《商颂》。"此说遂为后世今文学家所采用。其实，这一说法与历史事实有违。据《左传》昭公七年孟僖子话可知，正考父与宋襄公并不同时，而是生活在襄公之前：

> 吾闻将有达者曰孔丘，圣人之后也，而灭于宋。其祖弗父何，以有宋而授厉公。及正考父佐戴、武、宣，三命兹益共（恭）。

《毛诗序》的说法与此一致："微子至于戴公，其间礼乐废坏，有正考甫者，得《商颂》十二篇于周之大师，以《那》为首。"这些材料说明，正考父生活在戴、武之间是可信的。我们据《史记·十二诸侯年表》可知，宋戴公立于周宣王二十九年，即公元前799年。而宋戴公之后隔四代八世，才传到宋襄公。宋襄公卒于周襄王十五年，即公元前637年。从宋戴公之立到宋襄公之卒，其间相距162年。今文家所说的正考父于宋襄公之时作《商颂》，自然是不可能的。唐代司马贞《史记索隐》已指出其间的矛盾："考父佐戴、武、宣，则在襄公前且百许岁，安得述百美之？斯谬说耳。"

《史记》之《十二诸侯年表》有宋公世系与周王世系的对应表，再结合《史记·宋微子世家》，其间关系大致可定。而正考父祖孙世系，可据《世本》而得："正考父生子孔父嘉。孔父嘉生子木金父，木金父降为士，故曰灭于宋。金父生祁父。祁父生防叔，防叔为华氏所逼，出奔鲁为防大夫，故曰防叔。"（《潜夫论》引），前引《左传》昭公七年载，正考父的祖父弗父何曾事宋厉公。再据《史记·孔子世家》索隐引《孔子家语》："弗父何生宋父周，周生世子胜，胜生正考父。正考父生孔父嘉，五世亲尽，别为公族，姓孔氏。"这样就补上了正考父前面的一段世系。《孔子世家》又叙防叔后世系："孔子生鲁昌平之陬邑。其先宋人也。曰孔防叔。防叔生伯夏，伯夏生叔梁纥。纥与颜氏女野合而生孔子。"这是防叔之后的世系。通过文献考索，孔氏家族的世系也完整了。

这样，我们可以将周王世系、宋王世系与孔氏世系的对应关系列为表3—1（所列年代均为公元前）。

表3—1　　　周王世系、宋王世系与孔氏世系的对应关系

前891— 前886	前885— 前878	前877— 前841	前841— 前828	前827— 前782	前781— 前771	前770— 前720	前719— 前697	前696— 前682
周孝王→	周夷王、周厉王	→	共和执政	→周宣王、周幽王	→	周平王→	周桓王、周庄王	
|	|			|		|	|	
宋厉公→	宋釐公	→	宋惠公	→宋戴公、宋武公、宋宣公	→宋穆公、宋殇公	→宋庄公		
|	|			|		|		
弗父何→	宋父周	→	世子胜	→	正考父		孔父嘉	→ 木金父

前681— 前677	前676— 前652	前651— 前619	前618— 前613	前612— 前607	前606— 前586	前585— 前572	前571— 前545
周釐王、周惠王	→	周襄王	→	周顷王、周匡王	→	周定王、周简王	周灵王
|		|		|		|	|
宋泯公、宋桓公	→宋襄公、宋成公	→	宋昭公	→	宋文公、宋共公	→	宋平公
							|
祁公	→	防叔	→	伯夏	→	叔梁纥	→ 孔子

表3—1中，《左传》昭公七年所载正考父佐宋戴公、宋武公、宋宣公是一个定点。又《左传》隐公三年载："宋穆公疾，召大司马孔父（嘉）而属殇公焉，曰：'……若以大夫之灵，得保首领以殁……请子奉之（按："之"指殇公），以主社稷。寡人虽死亦无悔焉。'"宋穆公临死前召见大司马孔父嘉，要他辅佐宋殇公。这说明正考父的儿子孔父嘉曾生活于宋穆公、宋殇公两朝，这又是一个定点。有了这些定点，则表中的年代框架当基本可定。由此可以得出结论：正考父的儿子孔父嘉都生活在宋襄公之前六七十年，则正考父绝对不可能生活在宋襄公时；因此，《史记·宋微子世家》引鲁诗说，认为《商颂》为正考父赞美宋襄公而作也就不能成立了。

第三节　《商颂》作于商代的甲骨文证明

以上我们从文献学角度，对《商颂》作于商代作了分析论证。本节我们再从商代的甲骨文来证明这一问题。王国维之后，对商代

的甲骨文有了更多的发现，有关甲骨文的研究也有了长足的进展。尤其令人振奋的是，出现了一些可以直接证明《商颂》作于商代的甲骨文资料。这是王国维时代的学者所不曾见到的。利用这些新资料，我们自然可以获得比王国维等学者更符合历史事实的有关《商颂》的新认识。现结合学者们已有的研究成果，分三点论证如下。

一 有关《商颂》族名、王名、地名的甲骨文证据

（一）关于族名

《商颂》言族名，或言"商"，或言"殷"，其中言"商"者七见。

《玄鸟》："降而生商"，"商之先后"。
《长发》："濬哲维商"，"帝立子生商"，"实左右商王"。
《殷武》："曰商是常"，"商邑翼翼"。

《商颂》言"殷"者三见：

《玄鸟》："宅殷土芒芒"，"殷受命咸宜"。
《殷武》："挞彼殷武"。

王国维《说商颂》指出："卜辞称国都曰商不曰殷，而《颂》则殷商错出。"据此，王国维认为《商颂》不可能是商人的作品。其实，这是一种误解。于省吾《甲骨文字释林》中的《释殷》篇[①]与胡厚宣论文《论殷人治疗疾病之方法》[②]，均已考证出甲骨文有"殷"字。且《尚书》之《商书》中，亦往往"殷""商"并见：

---

① 于省吾：《甲骨文字释林·释殷》，中华书局1970年版，第321页。
② 胡厚宣：《论殷人治疗疾病之方法》，《中原文物》1984年第4期。

《仲虺之诰》："帝用不臧，式商受命"，"民之戴商，厥惟旧哉"。

《伊训》："惟我商王，布昭圣武"。

《太甲中》："皇天眷佑有商"。

《盘庚》："盘庚迁于殷，民不适有居"。

《说命》："阿衡专美有商"。

《西伯戡黎》："天既讫我殷命"，"殷之即丧"。

《微子》："殷其弗或乱正四方"，"殷罔不小大好草窃奸宄"，"今殷其沦丧"，"殷遂丧"，"今殷民乃攘窃神祇之牺牷牲用以容"，"降监殷民"，"商今有其灾"，"商其沦丧"。

《商书》是商代王室的文字档案，其所记商人国都，既曰商，又曰殷，与甲骨文相对应，与《商颂》相对应。由甲骨文、《商书》和《商颂》三者均"殷商错出"，更能证明《商颂》是商代的作品。

（二）关于王名

王国维《说商颂》又说："卜辞称汤曰'大乙'不曰'汤'，而《颂》则曰'汤'曰'烈祖'曰'武王'，此称名之异也。"这是王国维推断《商颂》不是作于商代的又一证据。

按，《商颂》称商汤王或曰"汤孙"，或曰"武汤"，或曰"成汤"，或曰"武王"。卜辞则称汤王为"大乙"，亦有直称"唐"者：

□□卜，□□上甲，唐，□□大丁，□□大甲。（《通纂》253）

贞，勿□大，贞于唐，告舌方，贞于大甲告，贞于大丁告。（《通纂》254）

甲寅卜，□贞，让于唐，一牛。（《通纂》256）

辛亥卜，出贞，其鼓彭告于唐，牛。（《通纂》257）

丁酉卜，大贞，告其鼓于唐衣，亡□，九月。（《通纂》258）

以上的"唐"字，即汤王。郭沫若《卜辞通纂》谓："唐与大丁、大甲连文，而又居其首，疑即汤也。《说文·口部》：'喝，古文唐，从口易。'与汤字形相近。《博古图》所载《齐侯镈钟》铭曰：'赫赫成唐，有严在帝所，溥受天命。'又曰：'奄有九州，处禹之都。'夫受天命有九州，非成汤其孰能当之？……卜辞之唐，必汤之本字。"① 据此可知，《商颂》中称商王汤，实有卜辞印证，王国维作《说商颂》时，尚未及认出卜辞"汤（唐）"而已。又《尚书·商书》亦有称成汤者。如《钟虺之诰》："成汤放桀于南巢"，亦可为《商颂》之作于商代之佐证。

（三）关于地名

《商颂·殷武》："挞彼殷武，奋伐荆楚。深入其阻，裒荆之旅。"这是一首歌颂商王武丁的诗。《毛传》："殷武，殷之武丁也。荆楚，荆州之楚国也。"《郑笺》："殷道衰而楚人叛，高宗挞然奋扬威武，出兵伐之。"但由于古文献中不见有武丁伐楚国的记载，所以有学者怀疑此为商代的诗。而《春秋》僖公四年正有鲁僖公会齐侯、宋公伐楚事，于是认为此诗所写为春秋宋国事。

但甲骨卜辞证明，武丁时确曾对楚国用过兵：②

乙未（卜），贞立事（于）南，右从（我），中从舆，左从曾。

（《掇》62，《南·上》52）

乙未卜，贞立事（于南），右从我，中从舆，左从（曾），十二月。

（《虚》2324）

---

① 郭沫若：《郭沫若全集》（考古编第二册），科学出版社2002年版，第320—321页。
② 杨升南：《略论商代的军队》，载胡厚宣主编《甲骨探史录》，生活·读书·新知三联书店1982年版，第340—399页。

两条卜辞所记为同一事，残字可以互补。卜辞中的"左""中""左"是商代军事编制，所谓"三军"。而"我""舆""曾"是方国名，地望在今湖北省的京山、枣阳、随县一带，正是楚国范围之内。武丁的军队分左中右三军分别向"我""舆""曾"进攻，形成包围态势，与《殷武》所描写的"挞彼殷武，奋伐荆楚，深入其阻，裒荆之旅"正相吻合。可以说，甲骨卜辞不仅证明了《殷武》诗为商代作品，而且还证明了《殷武》诗所写的武丁伐荆楚事，是现存先秦文献中唯一的文献资料。《商颂》作为商民族史诗，具有很高的史料价值。

二 《商颂》主干词汇的甲骨文证据

2002年，陈炜湛先生在《中山大学学报》第1期发表了《商颂甲骨文金文词汇与〈诗·商颂〉的比较》一文。该文将《商颂》的每一个词汇都与商代甲骨文和金文进行比较研究，得到的结果如表3—2所示。

表3—2　　　　《商颂》词汇与商代甲骨文和金文比较

篇名	词数（个）	见于商代甲骨文与金文（个）	所占比例
《那》	64	48	占五分之四
《烈祖》	66	45	占四分之三或三分之二
《玄鸟》	67	54	
《长发》	135	97	
《殷武》	110	74	

《商颂》中见于甲骨文与金文的词汇主要是实词，而不见者主要是虚词，如语气词、象声词、副词之类。这充分说明《商颂》作于商代在语言学上是可以成立的。陈文即据此指出，《商颂》的"全体部分成于商人之手应该是可以肯定的"。不仅如此，《商颂》中还有一部分双音节词，如"无疆""眉寿""天命""天子""降福"

等，却不见于商代甲骨文、金文，而习见于周代的金文和《诗经》之《周颂》《鲁颂》。陈文认为，这些双音节词"不可能为原诗所有，必为后人所改易或添加"。

陈文研究的另一重要结果是："试将现存《商颂》中显系后人添加的词语删去，将双音词易为同义的单音词，再除去不见于甲骨文及同期金文之虚词、形容词、副词，居然基本仍能成诗，而且句式大致可易为三字句。"陈文以《玄鸟》为例，可读如下：

《玄鸟》
帝命鸟，降生商。宅殷土，土亡亡（芒）。
帝命唐（汤），正四方。命其后，有九州。
商先后，受有命。命不危，武丁孙。
武丁孙，亡（无）不成。龙旂十，大喜（糦）承。
邦千百，肇四方。四方来，各祈祈。
员惟河，殷受命。其咸宣，百禄何。

将甲骨文三字句《玄鸟》与今传《玄鸟》相对照，一句也不少不差。只是每句少了一些虚词，或以单音词代双音词，如今本《玄鸟》"天命玄鸟，降而生商"，甲骨文作"天命鸟，降生商"。第一句单音词"鸟"代双音词"玄鸟"，第二句省了虚词"而"。但句意不变。因此，全诗的诗意完好无损。这说明商代存在"玄鸟"诗等"商颂"是完全可能的。值得注意的是，商代青铜铭文中也有三字为句者，如《宰甫卣》：

王来狩，自豆麓，
在溪次，王飨酒。

陈文据此推测，《商颂》的原始文本应该是三言诗。这在《商颂》研究中无疑是一个新的突破。

三 "商颂"称名的甲骨文证据

《商颂》的作者是商族贵族统治阶层的祭司集团。这祭司集团往往是从贵族子弟中培养而成。《商颂》是由祭司集团在王族祭祀场合所歌舞吟诵的。2003年《殷墟花园庄东地甲骨》出版后，宋镇豪先生在其2005年出版的著作《夏商社会生活史》中，率先揭示了其中有"学商""奏商""舞商"的记录，指出这是贵族子弟学习祭祀歌舞时的具体反映。2008年徐宝贵先生的论文《出土文献资料与诗经学的三个问题论考》在复旦大学出土文献与古文字研究中心编的《出土文献与古文字研究》中发表，论文在宋著的基础上又增补了《小屯南地甲骨》和《甲骨文合集》中的资料，并揭示所谓"学商""奏商""舞商"之"商"即为《商颂》，这样就为《商颂》作于商代找到了最直接的证据。兹将材料录下，再作讨论。

  甲寅卜，乙卯子其学商，丁永。用。一
  甲寅卜，乙卯子其学商，丁永。子占曰：又咎。用。子屍。二三

《花东》487

  甲寅卜，乙卯子其学商，丁永。子占曰：其又祷艰。用。子屍。一二三四五。
  丙辰，岁妣已犹一，告屍。一
  丙辰，岁妣已犹一，告子屍。二三四
  丙辰卜，于妣已犹子屍。用。一二

《花东》336

  甲寅卜，乙卯子其学商，丁永。用。子屍。一
  甲寅卜，丁永，于子学商。用。一
  丙辰卜，延奏商。用。一。

《花东》150

丙辰卜，延奏商。若。用。一二三四

《花东》382

丙申卜，延奏商，若。用。一二三四

《花东》86

……其奏商。

《小屯》4338

叀商奏，又正，又大雨。

《合集》30032

叀商奏。

《合集》31128

己卯卜，子用我瑟，若，弜屯（纯）叡用，永，無（舞）商。

《花东》130

宋镇豪先生指出："上揭《花东》487、336、150与336、150、382属于两套卜用三龟，同事多卜之例，分别卜于甲寅和丙辰日。丙辰一组卜用三龟，只习用了两天之前甲寅卜用三龟一组中的二龟，另又换于新龟一版。甲寅日占卜子在次日乙卯日'学商'，丙辰的占卜告子屍于妣已的岁祭礼中是否延用来'奏商'。先学商，后延奏商，前后相贯。《花东》86属于另一次'延奏商'的占卜。'商'是祭歌名，别辞有'舞商'（《花东》130），是知祭祀时也可配舞奏乐，歌舞一体。这类祭歌，均是贵族子弟学习的素材，而且往往结合祭祀行仪的实际进行学习。"[①] 宋先生的分析为我们认识这段甲骨卜辞获得了如下启示。

其一，所有的"学商""奏商""舞商"活动都是在祭祀祖妣活动中进行的。这符合颂诗的宗庙祭祀舞曲辞的性质特点。

其二，参加"学商""奏商""舞商"活动者都是贵族子弟，他

---

① 宋镇豪：《夏商社会生活史》（下册），中国社会科学出版社2005年版，第686页。

们都是祭司集团的接班人,说明祭司集团是经过专门训练的知识集团,由此可见祭司集团传唱颂诗的神圣性与高贵性。

其三,贵族子弟"学""奏""舞"的对象内容都是"商",结合宗庙祭祀与祭司集团等背景推测,这"商"应该就是我们一直在寻找的《商颂》。徐宝贵先生说:"卜辞中的'学商''奏商''舞商'之'商',既然是祭歌名,那无疑就是《商颂》,传世《诗经》中的《商颂》是其历代传抄的本子。甲骨刻辞所提供的资料,可以证明《诗经》中的《商颂》就是商代的作品。"[1]

其四,《尚书·多士》载"惟殷先人,有册有典"。甲骨文中也正有"册""典"二字。其中的"典"字作两手奉册供献状,说明册是用于祭祀的。值得注意的是在甲骨文周祭制度"翌""祭""彡"等五种祀典中,于每种祀典举行之前,都要先举行一种"工典"祭。于省吾先生解释说:"'工典'的'工'应该为'贡',"典"指简册,"言其贡典,是就祭祀时献其典册,以致其祝告之词也"。[2]《史记·宋微子世家》载微子感叹殷商末年"今殷其典丧,若涉水无津涯",太师解释说"今殷民乃陋淫神祇之祀"。这些材料均说明,典册是用于祭祀的。这典册自然是指天神开辟宇宙、始祖图腾诞生、先公先王昭穆世系与民族起源发展奋斗历史等为内容的所谓"颂"的史诗。这"典册"即《商颂》之文本。所谓"学商""奏商""舞商"即学习《商颂》的内容,演奏《商颂》的内容,舞蹈《商颂》的内容。古代诗、乐、舞三位一体,于卜辞"学商""奏商""舞商"中得到了证明。

当年,王国维先生作《殷卜辞中所见先公先王考》时,因发现卜辞王恒一世可以与《楚辞》《山海经》相对照,从而补充了《史记·殷本纪》中王恒世系的缺失,殷商时代的"兄终弟及"制因此

---

[1] 徐宝贵:《出土文献资料与诗经学的三个问题论考》,《出土文献与古文字研究》第二辑,复旦大学出版社2008年版,第380页。

[2] 于省吾:《甲骨文字释林·释工》,中华书局1979年版,第71页。

而揭示，王国维称之为学术界的大快人心之事。今天我们在甲骨卜辞中直接证明了《商颂》不仅作于商代，而且《商颂》作为圣典简册，还在商族统治阶层的祭祀典礼中流传供奉这一事实，也是大快人心的事。如果王国维、杨公骥等先生能再次复活于地下，他们也肯定会为之惊叹欢呼的。

第四节 《商颂》作于商代的青铜文证明

1976 年在周原遗址扶风庄白家村南发现的史墙盘与㝬钟等微氏家族铜器铭文，有力地证明了商代确有"颂"的存在，并有专人负责承传《商颂》的文化传统。史墙盘和㝬钟记载了微氏家族历代祖先侍奉周代文、武、成、康、昭、穆、恭、懿、孝王的史事，其间的关系如表3—3所示。

表3—3　　　　　　　微氏家族历代祖先与周王关系

西周王	文王	武王	成王、康王	昭王	穆王	恭王、懿王	孝王
微氏家族	高祖青幽	微氏烈祖	□惠乙祖	亚祖辛折	乙公丰	丁公墙	㝬

墙盘和㝬钟在谈到微氏家族的高祖、烈祖史事时，有这样几句话：

青幽高祖，在微灵处。
粤武王既戈殷，微史烈祖乃来见武王。武王则令周公舍宇于周，卑处甬（容）。
　　　　　　　　　　　　　　　　　——史墙盘
粤武王既戈殷，微史烈祖来见武王。武王则令周公舍宇，以五十颂处。

——痶钟三

丕显高祖、亚祖、文考，克明厥心，胥尹叙厥威仪，用辟先王，痶不敢弗帅祖考，秉明德，虔夙夕左尹氏……敢作文人大室协和钟，用追孝升祀，昭格乐大神。

——痶钟二

痶曰：尹皇祖考司威仪，用辟先王，不敢弗帅用夙夕。……作祖考簋，其升祀大神。

——痶簋

以上材料为我们提供了如下几条重要信息。

其一，史墙的祖先原属商族的贵族阶层。《史墙盘》说："青幽高祖，在微灵处。"微即微国。商周之际，原有两个微国，一是微子启所封之微国，另一是《尚书·牧誓》所载随武王伐纣之微国。据徐中舒、李学勤、裘锡圭等先生考证，史墙盘所说的微国即微子启始封之国，在山西潞城县东北，靠近安阳殷都，在商朝王畿范围之内。据《史记·殷本纪》载：商朝末年，"纣愈淫乱不止。微子数谏不听，乃与大师、少师谋，遂去"。"殷之大师、少师乃持其祭乐器奔周"。《史记·宋微子世家》则曰："周武王伐纣克殷，微子乃持其祭器造于军门。"由此可见，以微子启为首的微国，原是一个以掌管祭乐器为职责的贵族集团。

掌握祭乐器者一般为巫、史、瞽、师之类，所以《殷本纪》说："微子……乃与太师、少师谋。"据《国语·周语上》记载，巫、史、瞽、师的职责之一是在朝廷上，当"天子听政"时，献诗、曲、书、诵之类，以供天子补察斟酌，以知先圣前王治政之得失而引以为鉴。所以"微子数谏"纣王乃是其职责所在。巫史瞽师的另一职责便是在宗庙里主持祭祀活动，这时他们所扮演的便是"颂""容"的角色。所以"周武王伐纣克殷"时，"微子乃持其祭器造于军门""殷之太师、少师乃持其祭乐器奔周"。这祭乐器便是巫史、瞽师们为颂为容时的道具及其身份之象征。《殷本纪》载，商纣王不听微子之谏，又"剖比干"，囚箕子。所以当武王伐纣后，便"释箕子之囚，封比干之墓，表商容之闾"。这"商容之闾"显然是指微子与太师、少师而言。什么是"商容"呢？司马贞《索隐》引郑玄曰："商家典乐之官，知礼容，所以礼署称容台。"这容台便是典乐之颂台。

《史墙盘》说，史墙的始祖在微灵处。裘锡圭先生认为，这"灵处"正与巫史瞽师之职有关。古代"巫"又称为灵。楚辞《九歌·东皇太一》："灵偃蹇兮姣服"，王逸注："灵谓巫也。"《离骚》称巫师为"灵氛"，天神之门为"灵琐"。由此可见，所谓"在微灵处"即在微国的为灵之处，也就是巫师主持祭祀活动的"商家典乐""知礼容"的"商容之闾"，或称为"容台""颂台"。也许，史墙的这个"在微灵处"的始祖"青幽高祖"就是持祭乐器奔周的"太师、少师"之类。

其二，史墙盘家族原是商代执掌祭祀之"颂诗"的巫史之官，到了周代仍操旧业，所以，《商颂》的承传与其有关。据史墙盘铭文和𤼈钟铭文可知，微史家族的世祖中，第三代称□惠乙祖，第四代折称亚祖祖辛，第五代丰称乙公，第六代墙称丁公。徐中舒先生已指出，殷人以日为名，而微氏家族世祖称乙祖、亚祖辛、乙公、丁公，"仍沿殷人旧俗以日为名"，说明"其为殷商王室之后"。他们到了周代以后，仍保持着浓厚的商文化特色，商颂也因此得以保存。

这支殷商王室从第二代开始便投奔武王。墙盘铭文说："粤武王既伐殷，微史烈祖乃来见武王"，与《殷本纪》所载"殷之太师、少师乃持其祭乐器奔周"同。当"微史烈祖"来见武王后，武王命周公在周原之地给他住处，并让他"处甬"。与史墙盘同出一窖的史墙之子𤼈所作的𤼈钟三所载其事与此相同："粤武王既伐殷，微史烈祖来见武王。武王则令周公舍宇，以五十颂处。"裘锡圭先生敏锐地指出："'颂''甬'古音极，'处甬'和'以五十颂处'显然是指一件事。"

微史家族在商朝微国担任巫史职务，从事朝廷祭祀乐舞工作，在音乐机关"商容之间"掌管《商颂》的整理承传业务。当商亡后,该家族大概是如同殷之太师、少师一样,"持祭乐器"与《商颂》来到了周朝。周王朝仍任命其为巫史之官,所以其烈祖称"微史",亚祖祖辛称"作册折",丁公墙称"史墙",痶则"佐尹氏"(尹氏为史官之长),而痶佐之,而且从折、丰两代开始,其铜器铭文末尾都标有"木羊册"族徽。"册"与"作册"都是史官之名。总之,微氏家族世袭为史官。所以周公安排其"处甬""以五十颂处"都与巫史之官掌管"颂诗"乐舞有关。

朱熹《诗集传》:"颂者,宗庙之乐歌。"远古时代,各部族统治者经常在宗庙殿堂里祭祀天地祖先。在部族初始,这种祭祀活动由部落酋长兼巫师主持。到夏商周早期文明时代,由于王政事繁,祭祀活动便由巫史集团专任。祭祀时,巫史们一边吟唱宇宙开篇、部族图腾起源与艰苦创业的发展历史,所谓史诗;一边又奏鼓作乐起舞,以沟通神人;还要以鼎、簋、尊、罍等铸有神祖图像的青铜器盛上肉食酒,以供神灵享用。这种以祭祀神祖为主题,又伴以史诗歌辞与乐舞的宗庙活动便是"颂"。《毛诗序》:"颂者,美盛德之形容,以其成功告于神明者也。"因为宗庙祭祀必以歌舞,而且歌舞时又穿戴着图腾面具与服饰,甚至展现图腾祖先的动作与事迹。所以,"颂"又作"容"。郑玄《诗谱》:"颂之言容。"《释名·释言语》:"颂,容也。叙说其成功之形容也。"毕沅注:"古容颜之容亦作颂。"阮元《揅经室集·释颂》谓:"颂训为形容者,本义也。这颂字即容字也。容、养、羕一声之转……今世俗所谓之样子。……三颂各章皆是舞容,故称为颂。"痶钟三与痶簋说,微氏的高祖、亚祖、父考都是帮助史官之长("胥尹")"叙厥威仪""司威仪",因此痶也要以祖先为榜样,而"虔夙夕左尹氏""作文人大室协和钟,用追考升祀",要"昭格大神"。裘锡圭先生分析说:"《史记·儒林列传》:'诸学者多言礼……于今独有士礼,高堂生能言之,而鲁徐生善为容。'容貌之'容',本字当作'颂'。《说文》:'颂,兒(貌)也,从页,公声。'《汉书·儒林传》记徐生事,就把'容'

写作'颂'。苏林注：'《汉旧仪》有二郎为此颂貌威仪事，有徐氏，徐氏后有张氏，不知经，但能盘辟为礼容。'这个注清楚地说明'威仪'和'颂'是一回事。古代威仪的条目是很多的。《礼记·中庸》说：'礼仪三百，威仪三千。'《礼记·礼器》《汉书·艺文志》等都有类似的说法。……由此可知钟铭的'以五十颂处'就是掌管五十种威仪的意思，盘铭'俾处甬'的'甬'，没有问题应该读为'颂'（容）。"①

以上的讨论揭示了这样一个事实，即在商代原是有"颂"的。这掌"颂"之所便是"商容之间"，商王朝的掌"颂"集团便是微氏集团，这个集团的首领是微子启，这个集团的主要成员有太师、少师和微史。

当武王伐商之后，这象征商王朝神权、政权、族权的《商颂》便因微氏掌"颂"集团的分离而分散承传。一方面随着《殷本纪》所载"殷之大师、少师乃持祭乐器奔周"和史墙盘、㝬钟所载"粵武王既伐殷，微史烈祖来见武王"，《商颂》因此而传入周室。《尚书·多士》载周公言："惟尔知，惟殷先人有册有典，殷革夏命。"周公对殷商遗臣说，你们的先王有世传典册，典册里还记载着你们殷人推翻夏朝的史事。这个典册自然是指《商颂》之类。今传《商颂》中《玄鸟》《长发》《殷武》诸篇也正记载了商汤灭夏的过程，与周公所说"殷革夏命"的典册相符合。而这些《商颂》典册现在已在周王朝手里，是《商颂》随殷之太师、少师、微史流入周室的证据之一。

证据之二便是《逸周书·世俘解》的一条记载，武王伐纣克殷后，举行庆功祭祖大典，其间"王佩赤白旂，龠人奏《武》，王入，进《万》"。《武舞》乃周人祭乐舞，属于"周颂"范围。《左传》宣公十二年："武王克商，作《武》，其卒章曰：'耆定尔功。'"今存《周颂》，正有《武》篇。而《万舞》则为商人的祭乐舞，属于

---

① 裘锡圭：《史墙盘铭解释》，《文物》1978年第3期。

"商颂"范围。甲骨文里已有"万舞"名,董作宾《殷虚文字甲编》1585片有"呼万舞"之辞。许进雄《明义士收藏甲骨》1825片则以"叀万舞"与"叀林舞"对贞。今存《商颂》之《那》篇也说:"庸鼓有斁,《万舞》有奕。"武王克殷后的庆功大典上,周人先奏自己的"周颂"舞曲《武舞》,以告慰于周族的列祖列宗;又献上殷人的"商颂"乐曲《万舞》,表示已夺得殷人的神权、族权与政权。这是《商颂》为周人所得的又一明证。其事项与前几章所讨论的东夷族《韶乐》为夏族所得而变为《九歌》,颇有相似之处,可资比较。

另一方面,《商颂》又因微子启国于宋而承传。据《史记·宋微子世家》载,当武王伐纣克殷时,微子启也曾与微史、殷之太师、少师一样,"乃持其祭器造于(周之)军门"。但结果是"武王乃释微子,复其位如故"。说明微子启仍在山西潞城之微国,其所掌之《商颂》仍保留如故。后来,周公东征平定三监后,便以微子启代替武庚续商祀,把潞城的微国迁封到河南商丘的宋,成为宋国第一代国君。《史记·宋微子世家》说:"周公既承成王命诛武庚,杀管叔,放蔡叔,乃命微子开代殷后,奉其先祀,作《微子之命》以申之,国于宋。"《史记·殷本纪》:"立微子于宋,续殷后焉。"《史记·鲁周公世家》:"封微子于宋,以奉殷祀。"《史记·管蔡世家》:"奉微子启于宋,以续殷祀。"《史记》于多处一再强调,封微子启于宋的目的就是让他"续殷祀"。而续殷祀的根本象征便是继续商王朝的祭祀活动,在祭祀时继续吟唱《商颂》。则《商颂》保留在宋国是可以肯定的。

当我们弄清了《商颂》到了周代分别在宋国和周王庭保存流传这一事实之后,再来看《国语》和《毛诗序》关于《商颂》整理情况的记录,便能获得合理的解释。

《国语·鲁语下》说:

昔正考父校商之名颂十二篇于周太师,以《那》为首。

《毛诗序》说：

> 微子至于戴公，其间礼乐废坏。有正考甫者，得《商颂》十二篇于周之太师，以《那》为首。

《国语》说"正考父校商之名颂十二篇于周太师"，而《毛诗序》说"正考甫得《商颂》十二篇于周之太师"。以往学者以为两说不可调和。其实，这两条材料正需互为补充理解，事实才能圆解。《国语》说"正考父校商之名颂"，此《商颂》是从商代微子启在王畿内潞城微国时为商王所执掌，到微子启被周公迁封于河南商丘之宋，以续商王之祀而继续吟唱，直至微子至于宋戴公时所一直承传的。然而，如《毛诗序》所说自"微子至于戴公，其间礼乐废坏"，自微子启死后，宋国所传的《商颂》已有散乱不全，因而需要校正整理。那么这拿来"校商之名颂"的对校本从哪里来呢？原来是正考父从"周太师"那里所"得《商颂》十二篇"。周太师所藏的十二篇《商颂》原是商末殷之太师、少师、微史等巫史乐师入周时带去的，与宋国所传的"商之名颂"本是同一祖本，所以两者互校是十分合理的。

第五节 《商颂》五篇文本分析与《天问》商族史诗合证

一 《商颂》五篇分析

今考《商颂》第一篇《那》，正是以祭祀祖先为主题，以辞、乐、舞合一的形式加以表达的：

> 猗与那与，置我鞉鼓。

奏鼓简简,衎我烈祖。
汤孙奏假,绥我思成。
鞉鼓渊渊,嘒嘒管声。
既和且平,依我磬声。
於赫汤孙,穆穆厥声。
庸鼓有斁,《万舞》有奕。
我有嘉客,亦不夷怿?

诗写祭祀祖先之时,先奏"鞉鼓",其声"简简",其声"渊渊"。接着又吹管乐,其声"嘒嘒"。之后便是舞蹈:"《万舞》有奕。"姜亮夫师认为:"'鞉'字或作'鼗',而'鼗'者鼓之一种,鼓者乐中用以为节奏者也。古乐节奏重于曲调,凡初民乐事皆如此,非仅中土为然也。故庙堂祭祀,燕饮乐舞,讲武劝农诸端,莫不用鼓,而他乐则以事以类而差。……《诗·商颂·那》曰:'猗与那与,置我鞉鼓。奏鼓简简,衎我烈祖。'次章于鞉之后,次举管声,次举《万舞》,此盖乐次如是,非文人漫言也。"[①]《那》诗之所以要如此隆重地奏鼓吹管起舞,其目的便是"衎我烈祖"。《毛传》"衎,乐也。"也就是说,要通过这些祭祀乐舞,让烈祖得到愉快的享受。

《商颂》第二篇《烈祖》当与《那》为组诗。《那》是向烈祖献乐献舞,《烈祖》则是向烈祖进酒劝牲:

嗟嗟烈祖,有秩斯祜。
申锡无疆,及尔斯所。
既载清酤,赉我思成。
亦有和羹,既戒既平。
奏假无言,时靡有争。

---

① 姜亮夫:《楚辞学论文集》,上海古籍出版社1984年版,第278页。

诗一开头即以无限深情呼唤祖先，感激祖先所赐予的恩福，说祖先所赐的恩福广大无疆，遍及祖先所统辖的所有领域。于是祭祀者恭敬地献上"清酒"，又虔诚地呈上"和羹"（可口的肉汁）。在祭祖活动中，献酒进牲是其重要内容。酒本身即具有祭神祀祖的宗教含义。《龙龛手鉴》："醊，祀也。"《直音篇》："醊，祭同。"《左传》庄公二十二年有"酒以成礼"之说，《礼记·表记》则曰："粢盛秬鬯，以事上帝。"殷墟卜辞里，酒大量地被用于祭仪之中。又如降福求福的"福"字，在甲骨文里作两手奉酒尊献于神前之象：㬼（《戬》25.10）、福（《拾》3.17）王延林先生分析道："甲骨文福作福像两手（㕚）捧着酒罐（酉），把酒浇注在祭台上。丅为祭台，边下的小点如浇下的酒滴。因此，福字是古人用酒搞祭祀活动的写照。"徐中舒先生则认为，福字"灌酒于神，为报神之福或求福之祭"。①

初民们认为，子孙后代所获得的丰年与兴旺，都是因为神祖的庇荫保佑。所以要举行祭祀活动对神祖进行报答，这就是所谓"颂"者，乃"以其成功告于神明者也"。《烈祖》诗后半即言：

> 以假以享，我受命溥将。
> 自天降康，丰年穰穰。
> 来假来飨，降福无疆。
> 顾予烝尝，汤孙之将。

一方面以"清酒"与"和羹"祭享于神祖之前，报答其"自天降康，丰年穰穰"；另一方面又请求神祖在"来假来飨"的同时能够继续"降福无疆"。颂诗《烈祖》真可称得上是"灌酒于神，为报神之福或求福之祭"了。

---

① 王延林：《常用古文字字典》"福"字条，上海书画出版社1987年版，第13页；徐中舒主编：《甲骨文字典》"福"字条，四川辞书出版社1991年版，第16页。

以上《商颂》中《那》《烈祖》所显示的情形，与前贤们所概述的有关"颂"的情形完全一致。由此进一步证明，"颂"原是祭祀祖先时综合诗、乐、舞三位一体的宗教活动，其间还伴有献酒进牲等内容。而主持这些"颂"之仪式者为巫史宗祝。由于祭祀颂辞以追述民族起源、歌颂祖先功德为主题；因此，巫史宗祝之类无疑是保存和传播民族历史、祖先业绩的重要人物。《国语·楚语下》云：

> 在男曰觋，在女曰巫。是使制神之处位次主，而为之牲器时服。而后使先圣之后之有光烈，而能知山川之号、高祖之主、宗庙之事、昭穆之世、齐敬之勤、礼节之宜、威仪之则、容貌之崇、忠信之质、禋洁之服；而敬恭明神者，以为之祝。使名姓之后，能知四时之生、牺牲之物、玉帛之类、采服之仪、彝器之量、次主之度、屏摄之位、坛场之所、上下之神、氏姓之出，而心率旧典者，为之宗。

由此可知，巫觋宗祝既是祭祀仪式的主持者，又是民族历史文化的承传者。这种祭祀仪式和民族历史文化即为"颂"。在文字发明以前，"颂"的内容靠巫史宗祝世代口耳相传。正如杨希枚先生所指出："证诸现代民族学的调查研究，事实说明许多迄今仍无文字的未开发民族，如台湾高山族，都保存着许多关于祖先事迹或族属播迁的传说，且这类传说就是由族中某些特定家族（如任祭师者）专司背诵之责，世代流传，而传诵不失。……然而西周或春秋之世犹然存在的'虞、夏、商、周之胤'或'炎、黄之胄'中会不会仍不乏有'先圣'或'名姓'之后，甚或竟在王室或公室中任职宗、祝、巫、史？而他们又有能知其高祖或远祖的传说的人呢？答案多少是肯定的。"[①]

由此推论，作为商民族史诗的《商颂》，远在先商时期可能也已

---

① 杨希枚：《先秦文化史论集》，中国社会科学出版社 1995 年版，第 828—829 页。

出现，复经商代前期的口耳承传，至商代后期始由文字记录下来。《商颂》中《那》《烈祖》诗反复出现的"烈祖""汤孙"两词所透露的信息，恰好能证实这一推论的可能性。

在此两诗中，均将"烈祖"与"汤孙"对举。《那》云："奏鼓简简，衎我烈祖。汤孙奏假，绥我思成。"诗末云："顾予烝尝，汤孙之将。"《烈祖》云："嗟嗟烈祖，有秩斯祜"，"既载清酤，赉我思成"，诗末亦云："顾予烝尝，汤孙之将。"两诗语气一致，说明同是汤孙祀烈祖。

"烈祖"为谁？"汤孙"又为谁？学界曾有过争议。《毛传》说："烈祖，汤有功烈之祖也。""於赫汤孙，盛矣汤为人子孙也。"可见"汤孙"实作"孙汤"解，"烈祖"则为汤之先祖，即先商"契""相土"诸先公。孔颖达《正义》亦申《毛传》，认为《那》"美成汤之祭先祖"。《毛诗序》则与此相左："《那》，祀成汤也。"《郑笺》："烈祖，汤也。汤孙，太甲也。"

以上两说，当以《毛传》等成汤祭先祖说为是。"汤孙"当作"孙汤"解，"孙"与"汤"乃同位语。这种同位结构在《商颂》中习见。试以《商颂·玄鸟》中"武丁孙子"为证。诗云："古帝命武汤，正域彼四方。方命厥后，奄有九有。商之先后，受命不殆，在武丁孙子。武丁孙子，武王靡不胜。"清陈奂《诗毛氏传疏》曰："篇中曰'武汤'、曰'后'、曰'先后'、曰'武王'，皆谓汤也。……'商之先后，受命不殆，在武丁孙子。'言商汤受天命无有懈怠，以传至武丁孙子也。'武丁孙子，武王靡不胜。'言武丁为汤之孙子，于武汤王天下之业，亦无不保任之也。"可见，这里"武丁孙子"中"武丁"与"孙子"乃同位语，即"孙子武丁"之意，而非"武丁之孙子"。《那》《烈祖》诗中的"汤孙"结构与此完全相同，亦当作"孙汤"解，即"孙子汤"，而非"汤之孙子"。汤自称为孙子，犹《尚书·商书》中汤自称为小子，如《汤誓》："非台小子，敢行称乱"，《汤诰》："肆台小子，将天命明威，不敢赦。"

再论"烈祖"。此词又见《尚书·商书·伊训》："伊尹祠于先王。……伊尹乃明言烈祖之成德,以训于王。"《尚书·商书·说命下》:"昔先正保衡,作(按:作,兴也)我先王……佑我烈祖,格于皇天。"陈子展先生认为此两篇"商书"可与《那》《烈祖》相互证:"《商书》《商颂》表里一致也。"①《商书》中"烈祖"与"先王"相对。《尚书正义》:"汤之父祖不追为王,所言先王,惟有汤耳。"则"烈祖"自当为汤王以前的祖先了。

如此,则颂诗《那》《烈祖》中的"烈祖"亦当相同,两诗皆为成汤祭先祖之祀辞。陈梦家先生于其名篇《商代的神话与巫术》中指出:"古者宗教领袖即是政治领袖","祝者即舞者,舞即巫也。""由巫而史,而为王者的行政官吏;王者自己虽为政治领袖,同时仍为群巫之长。卜辞中常有王卜王贞之辞,乃是王亲自卜问。"②商汤之为大巫,于古文献多有记载。其中著名的便是汤祷桑林的故事。其事最早见于《荀子》,而《吕氏春秋·顺民篇》记载为详:

  汤克夏而正天下,天大旱,五年不收。汤乃以身祷于桑林,曰:"余一人有罪,无及万夫。万夫有罪,在余一人。无以一人之不敏,使上帝鬼神伤民命"。于是剪其发、磨其手,以身为牺牲,用祈福于上帝。民乃甚说,雨乃大至!

另外,《尸子》《淮南子》《说苑》诸书均有大致相同的记载。汤之为大巫,毋庸置疑。

颂诗《那》《烈祖》可能即为商汤在灭夏建国后,作为国王又作为群巫之长的身份,率领国人隆重祭祀祖先时所作。《左传》昭公二十一年记齐晏子引《烈祖》诗:"诗曰:'亦有和羹,既戒既平。奏假无言,时靡有争。'先王之济(成)五味、和声也,以平其心,

---

① 陈子展:《诗经直解》,复旦大学出版社 1983 年版,第1191 页。
② 陈梦家:《商代的神话与巫术》,《燕京学报》1936 年第 20 期。

成其政也。"前引《尚书正义》曰："所言先王，惟有汤耳。"《左传》载齐晏子话，直接称《烈祖》的主人公为"先王"，则《那》《烈祖》的作者为汤王无疑。有关先商烈祖的业绩，最初自然由历代巫祝口耳相承，最后由汤王综其成，而有《那》《烈祖》，故诗中均以汤王的口吻叙述。所谓"自古在昔，先民有作"，"嗟嗟烈祖，有秩斯祜"，乃汤王追叙并赞美先祖之辞。两诗末尾"顾予烝尝，汤孙之将"仍以汤王的口吻直接呼告：

烈祖烈宗啊，请都来享用这些祭品吧！这是你们的子孙——我成汤——奉献给你们的嘉肴美乐。

由此看来，《商颂》中《那》《烈祖》两诗的成篇，至迟也当在商汤之时了。当然，今天见到的《那》《烈祖》定非当初的原貌。因为在以后的流传过程中，又经过了不断增添或删改，其直接证据便是正考父之"校"和孔子之"删"。

现存《商颂》中另三篇，《长发》由商王始祖契而及相土，最后盛赞商汤与伊尹，当作于商汤与伊尹之后。《玄鸟》《殷武》两诗由"天命玄鸟，降而生商"而及商汤王，最后又咏高宗武丁，是成篇又在《长发》之后，盖在商代后期矣。而以上诸商颂，咏商族祖先、叙商族历史的主题则不变。

当我们明白了《商颂》确是从商代流传下来的商民族史诗，原是在商代宗庙祭祀时由巫祝占卜集团所歌吟唱这一事实之后，再来读诗篇便能恍悟其间所展示的商民族祖先由图腾感生而艰苦创业发展的历史画面。

现存《商颂》五篇。《那》《烈祖》两篇着重描述祭祀的场面，祭祀的形式有歌、乐、舞，有"清酒"与"和羹"。接下来的《玄鸟》《长发》《殷武》三篇，则着重描述其祭祀的具体对象，即殷人祖先的历史与功绩。其中《玄鸟》歌颂商契、商汤、武丁三位祖先，《长发》歌颂商契、相土、商汤以及汤臣伊尹四位祖先,《殷武》则歌颂商汤、武丁二位祖先。这些祖先的图像及行事大概都是绘于宗庙壁画中的。而《玄鸟》《长发》《殷武》等颂诗则是宗庙祭祀时的祭辞。对此,《毛序》《郑笺》《孔疏》均有较好的说明。

《玄鸟》
《毛诗序》说:"祀高宗也。"《郑笺》:"祀当为祫。祫,合也。……(高宗)崩而始合祭于契之庙,歌是诗焉。"
《长发》
《毛诗序》:"大禘也。"《郑笺》:"大禘,郊祭天也。《礼记》曰,王者禘其祖之所自出,以其祖配之。是谓也。"《公羊传》文公二年:"禘所以异于祫者,功臣皆祭也。"而《长发》正是以伊尹配祭成汤的。
《殷武》
《毛诗序》:"祀高宗也。"《孔疏》:"高宗前世,殷道中衰,宫室不修,荆楚背叛。高宗有德,中兴殷道,伐荆楚,修宫室。既崩之后,子孙美之,追求其功,而歌此诗也。经六章,首章言伐楚之功,二章言责楚之义,三章四章五章述其告晓荆楚,卒章言其修治寝庙。皆是高宗生存所行,故于祀而言之,以美高宗也。"

因为都是宗庙祭祀祖先之辞,而祭辞的内容都是有关殷人祖先如何降生兴邦,如何发展民族等为主题。揣想这些内容在当时既见于歌辞,也见于宗庙壁画的。因此,在《玄鸟》《长发》《殷武》三诗中实际上有许多画面的描述。最典型的是"玄鸟生商""商契兴邦""相土拓邦""成汤建国""武丁中兴"的一组画面,它们同时见于《长发》《玄鸟》和《殷武》三诗,当合起来对读,见表3—4。

表 3—4　　　　　《长发》《玄鸟》和《殷武》三诗

壁画主题	《长发》	《玄鸟》	《殷武》
玄鸟生商图	濬哲维商，长发其祥。洪水芒芒，禹敷下土方。外大国是疆，幅陨既长。有娀方将，帝立子生商！	天命玄鸟，降而生商，宅殷土芒芒。	
商契兴邦图	玄王桓拨，受小国是达，受大国是达。率履不越，遂视既发。		
相土拓邦图	相土烈烈，海外有截。		
成汤建国图	帝命不违，至于汤齐。汤降不迟，圣敬日跻。昭假迟迟，上帝是祗，帝命式于九围。	古帝命武汤，正域彼四方。方命厥后，奄有九有。	昔有成汤，自彼氐羌，莫敢不来享，莫敢不来王，曰商是常。
武丁中兴图		商之先后，受命不殆，在武丁孙子。武丁孙子，武王靡不胜。龙旂十乘，大糦是承，邦畿千里，维民所止，肇域彼四海。	挞彼殷武，奋伐荆楚。罙入其阻，裒荆之旅。有截其所，汤孙之绪。

当我们将《玄鸟》《长发》《殷武》三诗的内容组合在一起的时候，有关殷民族如何诞生发祥、如何开拓发展、如何建国并中兴的历史长卷便一幅一幅地展现在我们面前，具有鲜明的史诗性质。正如陈子展先生所指出：

《玄鸟》一诗当与《生民》一诗同读。不妨同视为商周时代奴隶社会奴隶主贵族自道其先祖开国之史诗。契为商祖，正与稷为周祖同。禹母吞薏苡而生禹，简狄吞玄鸟卵而生契，姜嫄履大人足迹而生稷，同属无父而生子之神话。此《说文》所谓"古之神圣母感天而生子故称天子"者也。

《商颂》五篇，《那》和《烈祖》两篇虽然同是把祖先作为英雄作为天神结合起来崇拜的作品，但是所重在祭祀……《玄鸟》歌颂契汤高宗，《长发》歌颂契和相土成汤，《殷武》歌颂成汤而主要歌颂高宗，这都是作为半神半人的英雄人物来歌颂，含有一些神话传说的成份，这就象是具有史诗性质的诗篇。把这五篇诗连读，就不妨作为殷商开国史诗来读。这正和大小《雅》里有些诗篇是关于周代开国的史诗一样。①

陈子展先生的分析是深刻的。我们在这里再补充强调两点。第一，正因为《商颂》五篇是商族的史诗，所以必须从"图画"之解说这一角度去阅读。《商颂》五篇，原是商代"图书"之"书"部分；至于"图"部分，原来也是有的，只是到了后代失传了。第二，以上讨论的《商颂》五篇，是孔子整理《诗经》时仅存的，反映商族起源与历史过程仍比较完整。而春秋前期正考父校《商颂》时还有十二篇，由此推测，商代《商颂》的篇目应该更多，内容更为完整丰富。希望将来能在考古发掘中见到更多的《商颂》。

二 《天问》中的商族史诗与《诗经》"商颂"的比较

《商颂》商族史诗从"玄鸟生商"图腾感生神话开始。《天问》商民族史诗也是这样：

　　简狄在台，喾何宜。
　　玄鸟致贻，女何喜。

其图腾感生的过程比《商颂》更详细。《商颂》五篇叙商族先公只有契、相土、成汤、武丁四位，这可能与《商颂》的许多诗篇已佚失有关。而《天问》所叙要比《商颂》完整得多。《天问》说：

---

① 陈子展：《诗三百篇解题》，复旦大学出版社2001年版，第1251—1262页。

> 该秉季德，厥父是臧；
> 胡终弊于有扈，牧夫牛羊？

这是写王亥与其父亲王季的关系，以及王亥牧牛羊于有易国史事。《天问》又说：

> 恒秉季德，焉得夫朴牛？
> 何往营班禄，不但还来。

这是写王恒与其父王季的关系，以及王恒赴有易国颁爵而不得返回事。由此可知，王亥、王恒乃兄弟，他们的父亲为季。《天问》又载：

> 昏、微遵迹，有狄不宁。
> 何繁鸟萃棘，负子肆情。

这是写昏与微史事，其中微即上甲微。这样，《天问》一共就写了五位商族先公。其间关系为：

```
王季 ┬ 王亥 ── 昏
     └ 王恒    上甲微
```

以上商族五先公已得到甲骨卜辞的印证，说明其真实可信，王国维著名论文《殷卜辞中所见先公先王考》已有论及。必须指出的是，此五先公中，先公"季"不见于《殷本纪》，《殷本纪》只有"冥"。"季"和"冥"恐为兄弟两人。"王恒"一世亦为《殷本纪》所缺载。昏与微大概也是兄弟两人，而《殷本纪》只有微，不见昏。《天问》材料与甲骨卜辞材料相一致，有相当的可信性，因而可补《商颂》中商民族史诗以及《殷本纪》商先公世系之缺漏。《天问》还以较多篇幅颂演成汤、伊尹故事：

> 成汤东巡，有莘爰极。
> 何乞彼小臣，而吉妃是得？
> 水滨之木，得彼小子。
> 夫何恶之，媵有莘之妇？
> 汤出重泉，夫何罪尤？
> 不胜心伐帝，夫谁使挑之？
> 帝乃降观，下逢伊挚。
> 何条放致罚，而黎服大说？

这里写商汤东巡到了有莘国，碰到了贤能之人伊尹。伊尹原是个弃婴，在有莘国当奴隶，最后作为陪嫁品随有莘之女嫁到了商王朝，成了商汤的得力大臣。接着又写商汤被夏桀囚于重泉，后来又打败夏桀，把夏桀赶到南巢。《商颂》也写有商汤得大臣伊尹，以及共胜夏事。但有许多细节与《天问》不同，两者可互为补充。

以上讨论声明，商族的史诗原是很丰富的。《诗经·商颂》与《楚辞·天问》，为我们保留了部分片段。随着甲骨文、青铜铭文、简牍帛书的不断出土，逐步完整的商族史诗将展现在我们面前。这是值得庆贺的。

第六节　今本《商颂》的流传过程

一　《商颂》由殷太师少师传入周室

上古时期，本民族的历史文化、先祖业绩以"颂"为载体而流传，且为统治阶层所独占。大约从颛顼改革宗教以后，原来人人为巫时期的原始巫觋开始与氏族贵族阶层的政治统治相结合，于是主持"颂"之仪式者为巫史祝合一，且由酋长兼任。到了夏商西周早期文明以后，国事渐繁，巫、史、祝遂分离为专职，但他们仍俱为统治阶层。"颂"既为族谱、为宗庙祀典之文本，始终与本民族共存亡。作为民族史诗的"颂",与"九鼎"一起,共为国家政权之象征。由《烈祖》诗可知,在祭祀神灵祖先时,要进酒献牲。"鼎"正为祭祖时盛祭品之用,而"颂"则为祭祀之歌舞辞:一为物质,二为文化,本是表里合一的。"颂"和"鼎"都是神权、族权、政权的象征。因此,当一个民族政权推翻另一民族政权时,便要"毁其宗庙,迁其重器"(《孟子·梁惠王下》)。"宗庙"里包含着"颂","重器"则指"鼎"而言。

夏商周三代更替,均伴随有迁鼎之说。《墨子·耕柱》:"昔者,夏后开使蜚廉折金于山川,而陶铸之于昆吾。是使翁难雉乙(按,卜人名),卜于白若(按,百灵)之龟,曰:'鼎成,三足而方……以祭于昆吾之虚,上乡(尚飨)!'乙又言兆之由,曰:'飨矣,逢逢白云,一南一北,一西一东。九鼎既成,迁于三国。'夏后氏失之,殷人受之;殷人失之,周人受之。"《左传》宣公三年:"桀有昏德,鼎迁于商。……商纣暴虐,鼎迁于周。"其实,夏商周三代更替,在迁移其祭祀重器九鼎的同时,也必接收其前代的祭祀歌舞如"颂"之类祀典族谱的。有关这后一方面的情况,我们可以通过对有关文献的考证得其线索。

经孔子删定后的《诗经》,存颂诗40篇,其中《周颂》31篇,《鲁颂》4篇,《商颂》5篇,而不见《夏颂》。但夏代同样有祭祀活动,并有由巫史宗祝口耳相传的如"颂"之类祀典文辞,则是可以肯定的。这一点只要我们看看河南伊洛河流域二里头遗址所出土的夏代宫殿遗址以及用于祭祀礼仪的大量青铜器、玉石器便可明了。此外,在《商颂·长发》里,还为我们提供了一条有关商汤接受夏代史传典籍的消息。据《长发》记载,商汤先灭了夏朝的附属国韦、顾、昆吾,然后灭了夏桀,所谓"韦顾既伐,昆吾夏桀。"在这一系列灭夏过程中,汤王还接受了夏朝的祀典国法:

受小球大球,为下国缀旒,何天之休。……
受小共大共,为下国骏厖,何天之龙。……

章太炎《菿汉闲话》指出:"《诗·商颂·长发篇》,受小球大球,受小共大共。《毛传》球训玉,共训法,自有据。案吕氏《先识览》:夏太史令终古出其图法,执而泣之,乃出奔如商,汤喜而告诸侯曰:夏王无道,守法之臣自归于商,此所谓受小法大法也。《书序》:夏师败绩,汤遂存之,遂伐三朡,俘厥宝玉,谊伯、仲伯作《宝典》,此所谓受小玉大玉也,盖玉以班瑞群后,法以统制诸侯。共主之守,莫要于此,是以受之则为下国缀旒,为下国骏厖矣。《逸周书·世俘解》说武王克殷(祭庙),亦云矢珪矢宪(陈玉陈法),其意并同。"① 章太炎先生正确指出,商汤所接受夏之"小共(法)大共(法)"即夏太史令终古所献之图法。陈子展先生则进一步指出,这"图法"与夏族的古史传说有关:

  章太炎所引《吕氏·先识篇》"夏太史令终古出其图法奔商。"何谓图法?法已明矣,图者维何?盖古言图法,犹今言图书法令也。夏后氏之世有何图书?今已不可确考。殆知古史传说中之《河图》《洛书》《三坟》《五典》《八索》《九丘》,以及唐虞夏《尚书》《大禹谟》《禹贡》之类乎?又引《逸周书·世俘篇》矢圭矢宪,其意谓陈玉陈法,盖谓陈所俘获于殷商王朝之宝玉法令乎?是则诚与《长发》之受球受共之义同也。吾人据此可以推测书契之初,三代之际,夏商皆已有史官掌图书法令之职。②

陈子展先生认为夏代已有史官执掌的图书法令,其内容与夏族古史传说有关,是为卓见。需要补充的是,远古时代的史官即巫官,远古时代的所谓法令亦由巫官职掌,所谓神判法。③ 因此,这有关夏

---

① 章太炎著,张勇编:《章太炎学术文化随笔》,中国青年出版社1999年版,第370页。
② 陈子展:《诗经直解》,复旦大学出版社1983年版,第1204页。
③ 童恩正:《中国古代的巫、巫术》,《中国社会科学》1995年第5期。

族古史传说的图书法令实即祀典文辞之类,其中当包括"夏颂"在内。有关"夏颂"的具体内容,我们已在前文讨论。《商颂·长发》诗写商汤灭夏,特别强调其接受夏之祭典法令与宝玉,足见其与国家政权之关系。此一传统,复见于周之灭商,即太炎先生引《逸周书·世俘解》所谓武王克殷祭庙而矢圭矢宪(陈王陈法)。由此,我们可进一步讨论"商颂"之流传。

周武王伐纣,革殷之命,既夺得了殷人祭祖之九鼎,也获得了殷人祭祖之乐器与祭典"商颂"。其事并见于《逸周书》和《史记》。《史记·周本纪》载,周武王灭商纣王之后:

> 命南宫括、史佚展(殷之)九鼎、保玉。

《逸周书·世俘解》则曰:

> 辛亥,荐俘殷王鼎。武王乃翼矢珪矢宪,告天宗上帝。

以上为获鼎。《史记·殷本纪》又记周人获殷人祭祀乐器歌辞:

> 纣愈淫乱不止。微子数谏不听,乃与太师少师谋,遂去。……殷之太师少师乃持其祭乐器奔周。周武王于是遂率诸侯伐纣。

其事正与前引《吕氏春秋·先识篇》载"夏太史令终古出其图法奔商"一样。殷太师、少师以为殷道已亡,故持象征着殷族神权、族权、政权的"祭乐器奔周"。在《史记·宋微子世家》里还具体交代了微子与太师少师相"谋"的具体内容。微子说:"今殷其典丧,若涉水无津涯。"太师则解释道:"今殷民乃陋淫神祇之祀。"可见,所谓殷典实指殷之祀典。在甲骨文周祭制度"翌""祭""彡"等五种祀典中,于每种祀典举行之前,都要先举行一种"工典"祭。于省吾先生解释说："工典"的"工"应读为"贡"，"典"指的是简册，"言其贡典，是就祭祀时献其典册，以致其祝告之词也"①。这所致祭的典册，自然是包括先王、先妣的人名、本民族的历史、祭礼时的乐曲辞语等内容的。这进一步证明，殷代的所谓"典"，是专指祀典而言。前云"颂"之祭祀活动是歌乐舞三位一体。互相对照，则知殷太师奔周时所持"祭乐器"实包括"祀典"在内。这"祀典"亦即"商颂"之文本。我们还可以引《周本纪》的一段话作佐证：

（周）尹佚筴祝曰："殷之末孙季纣，殄废先王明德，侮蔑神祇不祀，昏暴商邑百姓，其章显闻于天皇上帝。"于是武王再拜稽首，曰："膺更大命，革殷，受天明命。"

周尹佚筴祝历数殷纣之罪状为"殄废先王明德，侮蔑神祇不祀"，说殷纣王不祭祀祖先，将先祖的明德伟业都废忘了，真可谓是数祖忘典，所以周人要取而代之。其事正好与《殷本纪》《宋微子世家》所叙互为印证。

如前所述，《商颂》本是商人祭祀祖先时的诗乐舞三位一体之文本，其主持者初为商族之先公先王，其后则为专职之巫史乐师。所以《殷本纪》说"持其祭乐器奔周"者为殷之太师、少师，而《逸周书·克殷解》则曰周武王克殷后，"乃命南宫百达、史佚迁九鼎三巫"。巫亦太师、少师之类也。"九鼎"为殷人祭祀时所用之祭器，"三巫"则为殷人祭祀乐舞的主持者。其主祀者为巫，而其内容实即"商颂"也。

有关这一推论还有另一证据。《逸周书·世俘解》曰："辛亥，荐俘殷王鼎。武王乃翼矢珪矢宪，告天宗上帝。"又曰："甲寅，谒戎殷于牧野。王佩赤白旂，禽人奏《武》。王入，进《万》，献《明

---

① 于省吾：《甲骨文字释林》，中华书局2009年版，第71页。

明》三终。"《武舞》乃周人祭乐舞，而《万舞》原为殷人祭乐舞。在《商颂·那》即已出现，曰："庸鼓有斁，《万舞》有奕。"据裘锡圭先生考证，在甲骨文里《万舞》之《万》还作祭祀名（如："甲申卜，今日万，不雨"《粹》784）和人名（如："王其乎万舞。"《人文》1954），裘先生说："称万的人当因从事'万舞'一类工作而得名。"①《万舞》为商人祭祀舞，可以肯定。武王克殷后，周人先奏自己的祭祀舞曲《武舞》，以示庆贺；②再献殷人之祭祀乐曲《万舞》，表示已夺得殷人神权、族权与政权。这是《商颂》为周人所得之明证。前文有关史墙盘的讨论，更进一步证明了这一推论。

二 《商颂》复由周室归还殷商后裔宋人

《商颂》连同商人的祭乐器与祭盛器"九鼎"被周人夺得后，大概一直被保存在周人王庭里。《尚书·多士》载周公言："惟尔知，惟殷先人有册有典，殷革夏命。"说明周人是掌有商人的册典的。这里的"典"即前文论证的祀典《商颂》。周公说，这祀典里记载有"殷革夏命"事，正好与《玄鸟》《长发》《殷武》诸"商颂"盛赞商汤灭夏事若合符节。

直到春秋战国时期，由于社会发生变革，夏商西周三代的神权、族权观念已渐趋淡化，而人文自觉精神勃兴。《毛诗序》说，春秋时期，"礼乐废坏"。《郑笺》："礼乐废坏者，君怠慢于为政，不修祭祀朝聘养贤待宾之事，有司忘其礼之仪制，乐师失其声之曲折。"于是，"王者之迹熄而诗亡；诗亡，然后《春秋》作"（《孟子·离娄》）。以事神祭祖为职业的巫师、乐师逐渐消退，而职业史家代起。颂诗那种记载民族历史、赞咏先祖业绩的史诗功能，由散文化的编年史书所代替，是谓"诗亡然后《春秋》作"。

此时，对周人来说，《商颂》已失去了其原有的象征神权、族

---

① 裘锡圭：《古文字论集》，中华书局1992年版，第206—209页。
② 高亨：《文史述林·周代大武乐考释》，中华书局1980年版，第80—116页。

权、政权的神圣意义。而宋国,又是周成王时周公平定"三监"之乱后命殷旧臣"微子开代殷后"而建立者,与周的关系原本友好。宋,是商祀的唯一承继者。《史记》中有《殷本纪》:"立微子于宋,以续殷后焉。"《鲁周公世家》:"封微子于宋,以奉殷祀。"《管蔡世家》"封微子启于宋,以续殷祀。"《宋微子世家》:"命微子开代殷后,奉其先祀。"由宋续承殷商族的祖宗祭祀制度,无疑也就是由宋来承继《商颂》。也就是说,商族《商颂》文本,除了入于周室之外,还有在宋国由微子以来传承的文本。这两种文本分别在周王廷与宋国宗庙里保存。此时已述之于前。在以上双重背景下,到西周晚期宋武公之际,宋国大夫正考父从周太师那里求得《商颂》残简十二篇,与宋国宗庙里留存的"商之名颂"作互补校定,也就在情理之中了。

《商颂》因时代变迁、礼乐废坏而不断散失,到春秋前期正考父时在周太师那里还存十二篇,到春秋后期孔子时便仅存五篇了。而这仅存的五篇,亦定非其原始面貌了。其间至少已经过了正考父、孔子的润色删改,掺入了后代人的一些观念(如王国维《说商颂》指出,《商颂》中一些"人地名,与殷时之称不类,而仅与周时之称相类;所用之成语,并不与周初类,而与宗周中叶以后相类")。可以想见,原始《商颂》中有关商族历史文化的许多内容已经亡佚了,这是十分可惜的。

然而,尽管如此,这仅存的又经删改的五篇《商颂》,还是为我们保存了有关商史中一些十分重要的内容。今又得甲骨文、青铜文相关资料,更从《天问》里发现更多《商颂》内容,这又是不幸中之大幸。有关《商颂》五篇的史料价值,司马迁有过很好的评述,其《殷本纪》结尾载:

  太史公曰:余以《颂》次契之事,自成汤以来,采于《书》《诗》。

第 四 章
考古发现与中原周族史诗
"周颂""二雅"综论

我们再看周代的"图书"。有关这方面的证据首先可列举的便是大量出土的西周青铜器。众所周知，比起商代青铜器来，西周青铜器上的"图像"更趋繁复多样，其文字也更趋完整，有许多长篇大文。因此，周代青铜器之"图书"性质更为完善。商代有宗庙宫殿壁画，周代亦有。《孔子家语·观周》：

> 孔子观乎明堂，睹四门墉（墙壁）有尧舜之容、桀纣之象，而各有善恶之状、兴废之诫焉。又有周公相成王，抱之负扆，南面以朝诸侯之图焉。

这可能是孔子在洛阳"成周"宫殿内所见之壁画。成周营建于西周初期武王与成王两代，因此，孔子所见的壁画内容乃是成王以前的先周历史。这是用于祭祀的，应该还有配图的史诗、颂诗文本。以下金文材料可与上述文献互印证：

> 西周康王时的宜侯夨簋："唯四月辰在丁未，王省武王成王伐商图，延省东国图。……"

郭沫若《两周金文辞大系图录考释》云："此两'图'字当即图绘之图。古代庙堂中有壁画。此所画内容为武王、成王二代伐商并延省东国时事。"又如：

  周厉王时的膳夫山鼎："唯卅又七年正月初吉庚戌，王在周，各图室。"
  周宣王时的无惠鼎："唯九月既望甲戌，王各于周庙，述于图室。"

无惠鼎先言"周庙"，次言"图室"，显然这里的"图室"是指周庙中绘有先公先王图像壁画的地方，是供奉祭祀祖先的宗教场所，是"颂者，美盛德之形容，以其成功，告于神明者也"（《毛诗序》）。1979年，在陕西扶风杨家堡发掘的四号西周墓墙壁上，发现有带状的二方连续的白色菱形图案。学者们认为，这应该与宗庙壁画有关。

到了东周的春秋战国时期，"图书"之业已很普遍，《庄子·田子方》："宋元君将画图，众史皆至。"为什么"画图"需要"众史"呢，因为"图"中内容涉及宗教历史，只有史官才能讲明白，需要史官帮助讲解主持。

《诗经》中的《大雅》《周颂》，大概是有关周民族的史诗或宗庙祭祀歌辞，因此其内容与宗庙壁画原是一致的。周人重本追祖的观念特别强烈。宗庙祭祀时，主持礼仪的祭司也许就是一边指着壁画，另一边歌唱"雅""颂"的。壁上的画与口中的歌辞得到了完美和谐统一。有关此一事实，古代的学者已经注意到了。《周颂·清庙》：

  于穆清庙，肃雝显相。
  济济多士，秉文之德。
  对越在天，骏奔走在庙。

不显不承，无射于人斯。

郑玄注："庙之言貌也，死者精神不可得而见，但以生时之居立宫室，象貌为之耳。"清王先谦《诗三家义集疏》：

《清庙》……歌先人之功烈德泽也，故欲其清也。……苟在庙中尝见文王者，愀然如复见文王。

所谓"庙之言貌""象貌为之""苟在庙中……愀然如复见文王"，等等，显然与宗庙壁画有关。按照这样的思路来读"雅""颂"，我们会恍然明白，其中许多立体感的诗句，原来可能都是对宗庙壁画的说明或描述。

如《周颂·天作》（附程俊英译文）：

天作高山，（天生巍峨岐山冈，）
大王荒之。（太王经营地更广。）
彼作矣，（上天在此生万物，）
文王康之。（文王安抚定周邦。）
彼徂矣，（人心所向来归顺，）
岐有夷之行，（岐山大道坦荡荡，）
子孙保之！（子孙永保这地方！）

这里显然是有关先周族历史中以岐山为背景的两个特写画面：其一是太王古公亶父来到岐山开垦土地，经营周原的情景；其二是文王从岐山向东发展，扩展周邦势力的画像。这是追叙先周族的两位祖先历史。当时是既有"图"，又有"诗（书）"的。而《周颂·昊天有成命》则是有关西周成王的画面：

昊天有成命，（天命昭昭自上苍，）

二后受之。（受命为君文武王。）
成王不敢康，（成王不敢图安逸，）
夙夜基命宥密。（日夜谋攻志安邦。）
於缉熙，（啊，多么光明多辉煌，）
单厥心，（忠诚厚道热心肠，）
肆其靖之。（国家巩固民安康。）

画面的主体是成王日夜治理朝政的情景，开头和结尾则为画之衬托。

清阮元《释颂》曾指出，颂即容，为歌舞之形象。陈子展先生《诗经直解》之《周颂·清庙》章解题曰："《颂》亦为史巫尸祝之词，歌舞之曲，有声容并茂之表演，正可视为戏曲之权舆也。……《颂》作为宗庙祭祀之乐章演出，当是采用载歌载舞，有声有色，美先人之盛德而形容之之形式。此种祖先崇拜，盖俶落于远古之氏族社会，而为氏族长老权力神幻化之反映。"推测当时的情景，既有祖先图像及其宏伟史事之情景绘于宗庙壁画之上，又有巫史扮演祖先形象模仿其行动并口念"颂"辞于宗庙祭堂之中。正可谓是声、情、貌并用，壁画与表演合一。

《大雅》之《生民》《公刘》《绵》《皇矣》《大明》诸篇，是叙述周族起源及其发展奋斗的一组史诗。这组史诗，肯定是流传已久，开始是口耳相传，后来则是绘于宗庙之墙，书于竹帛，唱于巫史之口的。正因如此，其中许多诗句，均可作题画诗来读。先看《生民》：

厥初生民，时维姜嫄。生民如何？克禋克祀，以弗无子。
履帝武敏歆，攸介攸止。载震载夙，载生载育，时维后稷。
——这是一幅"姜嫄祭神履迹图"

诞弥厥月，先生如达。不坼不副，无菑无害，以赫厥灵。

上帝不宁，不康禋祀？居然生子！

————这是一幅"姜嫄怀孕生子图"

诞寘之隘巷，牛羊腓字之。诞寘之平林，会伐平林。
诞寘之寒冰，鸟覆翼之。鸟乃去矣，后稷呱矣。实覃实訏，厥声载路。

————这是一幅"后稷历经诸难图"

诞实匍匐，克岐克嶷。以就口食，艺之荏菽。
荏菽旆旆，禾役穟穟。麻麦幪幪，瓜瓞唪唪。

————这是一幅"后稷发明庄稼图"

诞后稷之穑，有相之道。茀厥丰草，种之黄茂。实方实苞，实种实褎；
实发实秀，实坚实好，实颖实栗。即有邰家室。

————这是一幅"后稷兴旺周邦农业图"

诞降嘉种：维秬维秠，维穈维芑。恒之秬秠，是获是亩，恒之穈芑，是任是负，以归肇祀。

————这是一幅"后稷创立祭祀图"

诞我祀如何？或舂或揄，或簸或蹂；释之叟叟，烝之浮浮。
载谋载惟，取萧祭脂，取羝以軷，载燔载烈，以兴嗣岁。

————这是一幅"后稷祭神求年图"

卬盛于豆，于豆于登，其香始升，上帝居歆。胡臭亶时。
后稷肇祀，庶无罪悔，以迄于今。

————这是一幅"周人祭神延续图"

由上述可知，整首《生民》诗，实际上是周人宗庙壁画长廊的解说词。这组壁画长廊至少有八幅图，每幅图旁有一段解说，这就是我们今天所见《生民》诗的八个章节。从姜嫄祭神怀孕，到后稷之出生、成长、发明农业、创立祭祀制度，乃至周人后代继承延续，形成了一个完整的历史过程。读其诗，可以想见其图景。

《公刘》《绵》《大明》《皇矣》诸篇亦均应作题画诗来读。限于篇幅，兹各取每首诗中的一节加以说明。

  《公刘》：笃公刘！逝彼百泉，瞻彼溥原。乃陟南冈，乃觏于京。
  京师之野，于时处处，于是庐旅；于时言言，于时语语。
          ——这是一幅"公刘相都图"

  《绵》：古公亶父，来朝走马；率西水浒，至于岐下。爰及姜女，聿来胥宇。
  周原膴膴，堇荼如饴。爰始爰谋，爰契我龟；曰止曰时，筑室于兹。
        ——这是一幅"古公亶父迁岐定居图"

  《大明》：牧野洋洋，檀车煌煌，驷騵彭彭。维师尚父，时维鹰扬。
        ——这是一幅"吕尚（姜太公）出征图"

  《皇矣》：帝谓文王，无然畔援，无然歆羡，诞先登于岸．密人不恭，敢距大邦，侵阮徂共。王赫斯怒，爰整其旅，以按徂旅。
  以笃于周祜，以对于天下。
         ——这是一幅"文王伐密图"

以上所举章节都具有强烈的画面动态感。画面上有人物，有山陵，有川流，有草原，有车马，有交战。正是周民族发祥、发展史中不同阶段的再现。李山先生曾有文对此作过详细的分析，读者可参看。① 我们阅读《诗经》"雅""颂"，首先应该树立"文"配"图"的观念。只有这样，才能更好地理解"雅""颂"内涵，进而把握中国史诗的特点。

---

① 李山：《〈诗·大雅〉若干诗篇图选说及由此发现的〈雅〉〈颂〉间部分对应》，《文学遗产》2000年第4期。

第 三 编

中华文明的结构转型与史诗的族外融合创新

第 一 章
由清华简"颂"即"容"论史诗的社会功能

颂原是宗庙祭神时所唱的乐歌,其内容为歌颂神灵的功绩,祈求神灵的保佑。《毛诗序》谓:"颂者,美盛德之形容,以其成功告于神明者也。"主持祭祀者为巫祝卜史等神职人员,这些神职人员在宗庙祭祀时口诵祝告之辞。这些祝告之辞开始在氏族部族内部口耳相传,是为"诵",后来用文字记录下来便是"颂"。而在祝告之际是伴随着乐舞的,因此,"颂"又称"容",所谓舞容也。郑玄《周礼》注:"颂之言诵也,容也,诵今之德广以美之。"《释名·释言语》:"颂,容也。叙说其成功之形容也。"陈子展《诗经直解》在《清庙》篇解题曰:"颂,亦为史巫尸祝之词,歌舞之曲,有声容并茂之表演,正可视为戏曲之权舆也。""颂,作为宗庙祭祀之乐章演出,当是采用载歌载舞、有声有色、美先人之盛德而形容之形式。此种祖先崇拜,盖俶落于远古之氏族社会长老权力神幻化之反映。至于周制礼乐,此一仪式则益隆重化,而制度化矣。此颂诗之所为作也。"[①]

[①] 陈子展:《诗经直解》,复旦大学出版社1983年版,第1065—1066页。

第一节　由清华简论"颂"即"容"

　　学术界关于"颂"的理解，分歧颇多，以上关于"颂"与"诵""容"关系的简述，只是其中的一种。叶舒宪先生曾有《释"颂"十说概观》，读者可以参看。① 不过，在这颂的十种解说中，"颂"即容的"舞容说"影响最为深广。学者们常常称引清代学者阮元的《释颂》为代表：

　　　　《诗》分风、雅、颂。颂之训美盛德者，余义也。颂之训为形容者，本义也。且颂字即容字也。容、养、羕一声之转……今世俗所传之样子。……三颂各章皆是舞容，故称为颂，若元以后戏曲，歌者舞者与乐器全动作也。②

　　阮元的"舞容说"无疑是可取的，只是缺乏直接证据，所以一直未能成为定论。今清华简相关材料的出现，终于为"舞容说"提供了重要证据。

　　清华简《周公之琴舞》，又作《周公之颂诗》，说明先秦时期"颂诗"本与"琴舞"密不可分。琴指音乐，舞为舞容，合配颂诗。"周公之琴舞"与"周公之颂诗"篇题的同时出现与互用，正提示了先秦时期诗乐舞三位一体的颂诗特征。不仅如此，清华简还有许多有关颂诗的乐舞术语。如《耆夜》有四处提到"作歌一终"，一处提到"作祝诵一终"。所谓"一终"，便是乐舞一遍，诵诗一章，而且乐舞是服从于诗的。正如礼学家沈文倬先生所说："音乐演奏以

---

① 叶舒宪：《诗经的文化阐释》第七章，湖北人民出版社1994年版，第440—448页。
② 阮元：《揅经室集》卷一，四部丛刊本，商务印书馆1934年版。

第一章　由清华简"颂"即"容"论史诗的社会功能　335

诗为乐章,诗乐结合便成为各种礼典的组成部分。"①清华简《耆夜》每终均有诗一章。又《芮良夫毖》有"芮良夫作毖再终",便是乐舞两遍,诵诗二章,简文正是以"曰"字开启前章,以"二启曰"开启后章。尤其是《周公之琴舞》有"成王作敬毖琴舞九絉"。其中的"九絉"之"絉",整理本读为"卒"或"遂"。并云:"《尔雅·释诂》'卒,终也。'九絉义同'九终''九奏'等,指行礼奏乐九曲。《逸周书·世俘》'籥人九终',朱右曾《逸周书集训校释》'九终,九成也。'"②又《尚书·益稷》:"《箫韶》九成,凤皇来仪。"孔颖达疏:"成,谓乐曲成也。郑玄:'成,犹终也。'每曲一终必变更奏,故经言'九奏',《周礼》谓之'九变',其实一也。"由此可见,清华简《周公之琴舞》所谓"成王作敬毖琴舞九絉",便是奏乐九成,舞容九次,作诗九章。而简文亦正好有九首诗,且每首诗均有"启曰"与"乱曰"相对,以示乐、舞、诗三者之间的有机组合:

元启曰+乱曰————第一絉(遂、终、成)
再启曰+乱曰————第二絉(遂、终、成)
三启曰+乱曰————第三絉(遂、终、成)
四启曰+乱曰————第四絉(遂、终、成)
五启曰+乱曰————第五絉(遂、终、成)
六启曰+乱曰————第六絉(遂、终、成)
七启曰+乱曰————第七絉(遂、终、成)
八启曰+乱曰————第八絉(遂、终、成)
九启曰+乱曰————第九絉(遂、终、成)

传本《诗经》从未见有这些"启曰""乱曰"乐舞术语。虽然

① 沈文倬:《宗周礼乐文明考论》,浙江大学出版社2006年版,第3页。
② 《周公之琴舞》篇注2,《清华大学藏战国竹简(三)》,中西书局2012年版。

《楚辞》中的《离骚》《九章》以及《荀子》书中的《赋》篇、贾谊的《吊屈原赋》均有"倡曰""重曰"与"乱曰""少歌曰"等术语，但并不严密完整。《尚书·益稷》虽说"《箫韶》九成"，但亦不见其"九成"的具体内容与结构。只有清华简《周公之琴舞》的"九絉（遂、终、成）"有严密的"九启""九乱"与九首诗相配。这是目前所见先秦时期诗、乐、舞三位一体最完整的颂诗结构。

有意思的是，清华简《周公之颂诗》的"颂"字，在楚简里往往写作"容"字，"颂"与"容"通用无别，例证颇多。刘信芳《楚简帛通假汇释》有详细论证[①]，李守奎《清华简"周公之琴舞"与周颂》文也指出了这一点[②]，此不赘述。这不仅说明阮元等学者释"颂"为"容"是可信的，"颂"的诗乐舞三位一体特征的很重要方面是舞容，而且还将"颂"为舞容说的直接证据提前到了公元前300年前后的楚简当中。

在这样的背景下，我们再来读先秦有关文献便可恍然明了，原来，有关文字正是着重于"颂"体现为舞容的描述。《礼记·乐记》：

> 诗，言其志也；歌，咏其声也；舞，动其容也。三者本于心，然后乐器从之。

这里明确指出，"舞"是"动其容"的，而"舞之容"与"诗之志""歌之声"在"乐器"的统领下三位一体。又《荀子·乐论》：

> 故听其《雅》《颂》之声，而志意得广焉。执其干戚，习其俯仰屈伸，而容貌得庄焉；要其节奏而行列得正焉，进退得

---

① 刘信芳：《楚简帛通假汇释》，高等教育出版社2011年版，第13页。
② 李守奎：《清华简"周公之琴舞"与周颂》，《文物》2012年第8期。

齐焉。……是先王立乐之术也。

这段文字又见于《礼记·乐记》。"执干戚"而舞，在"行其缀兆，要其节奏"过程中，表现为"俯仰屈伸""行列得正""进退得齐"，这就是雅颂之"舞容"。雅颂在表现"舞容"的过程中，体现出礼仪典章制度。

第二节 颂诗之舞容与神尸：巫术通神的宗教学意义

由清华简我们已确认："颂"即"容"，"颂"表现为诗、乐、舞三位一体的综合艺术形式，"舞"即表现为"舞容"。这有利于我们理解先秦颂诗的结构特征，从而解决诗经学史上"颂究竟为何"的千古疑题。叶舒宪先生所概括的"释颂十说"终于有了选择性答案。这在中国文学史研究中自然是一项重大进展。

然而，确认"颂"即"容"的意义还不仅于此。从更广宽的文化史视野来看，由"颂"表现为"舞容"这一线索，我们可以进一步解开中国古代从五帝文明起源至虞夏商周早期文明发展长达两千五百多年的历史长河中，有关宗教学与政治学方面的诸多疑题。这些疑题的解决，往前可以认识中国文化史中一些重要思想的来源，往后则可以认识秦汉以后中国文化史中一些重要精神的构成要素。因此，这是一个具有重要认识价值的课题。以下试从"舞容与神尸""舞容与威仪"两个方面略作分析。

中华文明起源于农耕生产。农耕生产决定了中华各氏族的原始宗教包含了两大主题：一是天地自然神灵崇拜；二是氏族祖先神灵崇拜。农业生产既需要上天的阳光雨露，也需要地下肥沃松软的土壤，于是族民们很早就崇拜天体神与土地神。农耕生产又决定了中华各氏族很早就以定居生活为主。全族成员在族长的领导下，背山沿河而居，日出而作，日落而息，共同劳作与生产，一族即一姓，族长为共同大家长，历代族长为共同之祖先，于是有祖先神灵崇拜。在这两大神灵崇拜之中，往往是天地自然神在上，氏族祖先神从之。先看传世先秦文献：

《尚书·商书·太甲上》：
先王顾諟天之明命，以承上下神祇。社稷宗庙，罔不祇肃。天监厥德，用集大命，抚绥万方。
《尚书·商书·盘庚下》：
上帝将复我高祖之德，乱（治）越我家。
《尚书·周书·武成》：
我文考文王，克成厥勋，诞膺天命，以抚方夏。
《尚书·周书·康诰》：
惟乃丕显考文王，克明德慎罚……闻于上帝，帝休，天乃大命文王，殪戎殷，诞受厥命，越厥邦厥民。
《尚书·周书·梓材》：
先王既勤用明德，怀为夹，庶邦享作，兄弟方来……皇天既付中国民越厥疆土于先王。
《尚书·周书·君奭》：
我闻在昔成汤既受命，时则有若伊尹，格于皇天。
在太戊，时则有若伊陟、臣扈，格于上帝。
《尚书·周书·文侯之命》：
丕显文武，克慎明德，昭升于上。
《诗·周颂·思文》：
思文后稷，克配彼天。立我烝民，莫匪尔极。
《诗·商颂·玄鸟》：
天命玄鸟，降而生商，宅殷土芒芒。

《诗·大雅·文王》：
文王陟降，在帝左右。

再看出土先秦铜器铭文：

《钛钟》：
先王其严，在帝左右。
《默簋》：
朕皇文刺（烈）祖考……其濒在帝廷陟降。
《叔夷钟》：
虩虩成唐（汤），又严在帝所，溥受天命，剗伐夏司（祀）。
《秦公钟》：
丕显朕皇祖受天命，□有下国。十又二公不坠在上，严龚寅天命。……
《秦公簋》：
丕显朕皇祖受天命，鼎宅禹迹。十又二公在帝之坏，严龚寅天命。……

以上材料说明，氏族祖先神灵是从属于天地自然神灵的。正因为如此，所以在氏族集体祭祀活动中，先民们先祭天地自然神灵，再祭氏族祖先神灵。

《周礼·春官·典瑞》：
四圭有邸以祀天，旅上帝。两圭有邸以祀地，旅四望。裸圭有瓒，以肆先王。
《周礼·春官·大司乐》：
乃奏黄钟，歌大吕，舞《云门》，以祀天神。乃奏大蔟，歌应钟，舞《咸池》，以祭地示。……乃奏无射，歌夹钟，舞《大武》，以享先祖。

《礼记·礼运》：

祭帝于郊，所以定天位也。祀社于国，所以列地利也。祖庙，所以本仁也。

这种先祭天地自然神灵，再祭氏族祖先神灵的现象，大概是世界远古文化的共同规则。"相传荷马曾作过33部赞美诗。最早的赞美诗是关于天神的，后来也渐渐被用来赞美英雄人物以及他们的技能。对希腊人而言，技艺是一个重要概念，史诗既歌颂神的力量，也歌颂英雄的各种技能。这就是所谓文化英雄的真正含义。"[①] 这里的英雄人物即氏族祖先，他们的技能如中国古代周族始祖后稷之发明农业、东夷族始祖后羿之发明弓箭等等。

我们再看清华简《周公之琴舞》，其内容也正是先歌颂天神，再歌颂祖先神，最后才落实到在位君臣当如何敬神祈福，明德慎思，勤勉治政。我们先看"成王作敬毖琴舞九絉"中的第一首。

元纳启曰：
敬之敬之，天惟显思，文非易思。
毋曰高高在上，陟降其事，卑监在兹。

"天惟显思，文非易思"中的两个"思"字均为语气词，"天"指天神，"文"指文王。此为互文句，言天神之威显赫照耀，文王之德亦非寻常。《诗·大雅·文王》："文王在上，于昭于天""文王陟降，在帝左右"，又说"世之不（丕）显，厥犹翼翼""命之不易，无遏尔躬"。因为文王在天神左右，与天神一起监视人间君臣，即"毋曰高高在上，陟降其事，卑监在兹"。所以人间君臣要"敬之敬之"。

接下来"乱曰"便是主持祭祀的成王的自勉之语：

[①] 朱狄：《信仰时代的文明》，中国青年出版社1999年版，第88页。

第一章 由清华简"颂"即"容"论史诗的社会功能

逋我宿夜不逸,儆之。
日就月将,教其光明。
弼持其有肩,示告余显德之行。

"弼持"指扶持,"有肩"指承担。"乱曰"的意思是指年轻的成王继任君位,昼夜努力,日月学习,敬慎祭祀,结果是天神与祖先神保佑其继此君王重任,并启示其"显德之行"。

这里先赞美歌颂天神、祖神,再落实到成王应如何敬神祭神,努力治政,显德之行。就内容看,是一首完整的颂诗。而"启曰""乱曰"又表明,这首颂诗是在乐舞配合下演绎完成的。又如第七紪。其启曰:

思有息,思喜在上,丕显其有位。
右帝在落,不佚惟周。

"有息"意指宁静,"喜在上"意同"喜侃前文人","有位""右帝在落",意即在帝左右。"不逸惟同"意同第三紪"祐其文人,不逸监余"。这段话宜对照西周晚期周厉王所作铜器铭文来理解。

胡钟:余小子肇嗣先王,配上下……用喜侃前文人。
胡簋:用康惠朕皇文烈祖考,其格前文人,其濒在帝廷陟降,申固皇天大鲁命,用保我家,朕位,胡身……骏在位,作对在下。……

西周金文中的"前文人",指的是周族先公、先王,即历代祖先。对照胡钟胡簋铭文可知,清华简第七紪的"启曰"正是歌颂历代祖先在帝左右,陟降上下,监视在位君臣,并降福保佑族民。接下来的"乱曰"则写主持祭祀的成王该如何敬对天神、祖神:

342 第三编 中华文明的结构转型与史诗的族外融合创新

遹于恭害怠，孝敬非怠荒。
咨尔多子，笃其谏劭。
余逯思念，畏天之载，勿请福之愆。

害，何也。"恭害怠"，意即恭敬神灵，不敢怠慢；与下句"孝敬非怠荒"为互文见义。"余逯思念"，逯，《广韶》："谨也。"思念，《国语·楚语下》："吾闻君子惟独居思念前世之崇替者。""畏天之载"，载，事也。《尧典》："熙帝之载"，《五帝本纪》：载作事。《诗·大雅·文王》："上天之载，无声无臭。仪型文王，万邦作孚。""愆"，错失。"乱曰"的总体意思是说，成王在人间恭敬孝顺天神祖神，不敢有丝毫荒慢，又要求群臣勤勉进谏，缅怀先祖，敬畏天命，不错过祈福之祀。

除上述"六启""七启"外，"三启""四启""五启""六启"的内容结构亦基本如此，如歌颂天神、祖神如何严威在上、监视在下；而人间君臣又如何"服在清庙""宿夜不懈"。这与我们前文所引有关传世文献与铜器铭文中的原始宗教情形完全吻合。李学勤先生曾指出："《周公之琴舞》是由十篇诗组成的乐诗，性质完全同于传世《诗经》的《周颂》。"[1] 然而这十首颂诗中，除成王所作的第一首见于《周颂·敬之》外，其余均为佚诗。这无疑极大地丰富了我们对先秦颂诗的认识。

在古人的心目中，他们所祭祀的天地自然神灵与氏族祖先神灵都是有具体形象的，其中氏族祖先神的形象有其生前具体的形貌依据。而自然神灵的形象则是想象而成的。这想象也有现实生活的依据，即一半是以他们熟悉的自然物质形象为依据，一半以自己熟悉的祖先具体形象为依据。这便是文化人类学上所说的"巫术互渗律"。英国哲学家大卫·休谟指出：原始人"认为所有存在物都像他

---

[1] 李学勤：《论清华简"周公之琴舞"的结构》，《深圳大学学报》2013年第1期。

们自己一样,于是他们就把自己内心意识到的亲密而熟悉的特质转嫁到所有的对象上。……总是把自己的思想、理性和热情,有的甚至是把人的肢体和形状赋予这些存在物,以便把它们带到和我们自己的外貌相接近的状态"①。这种对自然神的拟人化巫术思维可以在中国古代岩画、陶器刻画、青铜器纹饰,以及《山海经》《楚辞》等典籍中表现为半人半兽或半人半物的形象得到充分证明。

在云南沧源岩画中,太阳神形象作一大人手持弓箭,立于太阳光芒圈之内,或干脆将这太阳光芒圈作大人的头像。这是狩猎时代先民心中的太阳神形象。西安半坡仰韶文化陶器上的人面鱼纹图,其人面的眼睛正作太阳圈中有黑点状。这是渔猎时代先民心目中的太阳神形象。江苏连云港将军崖岩画中有十余个太阳神的头与禾苗身体组合的图像,这是农耕时代先民心目中的太阳神形象。类似的考古资料是十分丰富的,此不赘引。

我们再看传世文献里有关半人半兽神灵的形象,正可与考古资料相印证。兹举《山海经》里的有关资料为例。

《五藏山经》:
其神皆龙身而人面,其祠皆一白狗祈,糈用稌。(《南山经》)
其十神者,皆人面而马身,其七神皆人面牛身……其祠之,毛用少牢,白菅为席。(《西山经》)
其神状皆羊身人面,其祠之礼,用一吉玉瘗,糈用稷米。(《西山经》)
其神皆人面蛇身,其祠之,毛用一雄鸡彘瘗,吉玉用一珪。(《北山经》)
其神皆人身龙首,祠:毛用一犬祈。(《东山经》)
其神皆人面而鸟身,祠用毛,用一吉玉,投而不糈。(《东

---

① 转引自朱狄《原始文化研究》,生活·读书·新知三联书店1988年版,第28页。

山经》)

其十六神者，皆豕身而人面。其祠：毛牷用一羊羞，婴用一藻玉瘗。(《中山经》)

其神状皆鸟身而人面，其祠，用一雄鸡祈瘗，用一藻圭，糈用稌。(《中山经》)

其神状皆彘身人首，其祠，毛用一雄鸡祈瘗，用一珪。(《中山经》)

《海外经》：

南方祝融，兽身人面，乘两龙。(《海外南经》)

西方蓐收，左耳有蛇，乘两龙。(《海外西经》)

北方禺疆，人面鸟身，珥两青蛇，践两青蛇。(《海外北经》)

东方句芒，鸟身人面，乘两龙。(《海外东经》)

《海内经》：

氐人国在建木西，其为人，人面而鱼身，无足。(《海内南经》)

雷泽中有雷神，龙身而人头，鼓其腹，在吴西。(《海内东经》)

《大荒经》：

有神，人面犬耳兽身，珥两青蛇，名曰奢比尸。(《大荒东经》)

鲧妻士敬，士敬子曰炎融，生驩头。驩头人面鸟喙，有翼，食海中鱼，杖翼而行。(《大荒南经》)

大荒之中，有山名曰北极天柜，海水北注焉。有神，九首人面鸟身，名曰九凤。又有神衔蛇，衔操蛇，其状虎首人身，四蹄长肘，名曰强良。(《大荒北经》)

以上所举，都是半人半兽形象。其中《五藏山经》都是山川神怪图腾，也是当地族民的祖先神。因此，山经在叙述完每一神之后，即有相应的祭神礼仪，所谓"其祠"如何。《海外经》《海内经》《大荒经》中的半人半兽神灵已有具体的神名，如祝融、蓐收、禺强、句芒、吴西、驩头、强良等。这些神名大多已可考为某部族的祖先名，如祝融为楚族祖先，句芒为东夷族祖先等。

后来，这天地自然图腾神灵与氏族祖先神灵的图像形状，便成了祭祀活动中巫师们所表演的舞容的模拟对象。因为在巫术互渗观念支配下，原始人相信扮演成所祭自然图腾神灵与氏族祖先神灵的容貌形象，便有利于与这些神灵沟通。正如神话学家卡西尔所指出：在宗教祭神活动中，"只有当依照人体去这般'复制'客观时，客观世界才为神话意识所理解"，所以，"最初的诗人们给事物命名，就必须用最具体的感性意象。这种感性意象就是替换或转喻的来源"①。

世界各远古氏族在祭祀活动时，模拟复制神灵图像的常用方法是在乐舞时带上神灵的面具。

由这样的思路再来理解"颂"即"容"，便可明白，所谓"容"即容貌，也就是自然图腾神灵的容貌和氏族祖先神灵的容貌。这容貌是相当于面具的。这从"颂"字构形的分析中亦可添一佐证。"颂"字从公从页，《说文》："页，头也。"甲骨文、金文中的"页"作人跪地而突出其有眼有发的头形。李孝定《甲骨文集释》谓古文"页"与"首"当为一字。这头形自然就是所祭神灵的面具。而"公"则为男性之尊称，实际上是表明这面具是有关男性祖先的。扬雄《方言》："凡尊老周晋秦陇谓之公，或谓之翁。"《汉书·田叔传》："学黄老之术于乐钜公。"颜师古注："公者，老人之称也。"又《眭宏传》："从嬴公以受《春秋》。"颜师古注："公之长老之号。"古代称天神上帝为"天公"，称祖父为"阿公"。所以，"颂"之从公从页，合之即指男性长老神灵之面具。有意思的是，"颂"字又作"讼"，上博简（一）《诗说》将"雅""颂"写作"夏""讼"。

---

① ［德］卡西尔：《神话思维》，黄龙保等译，中国社会科学出版社1992年版，第102页。

"讼"又通作"容",上博简(二)《容成氏》作"讼(容)城(成)氏"。而"容"字在楚简中又写作"宕",郭店楚简《语丛一》"有勿(物)有宕(容)""宕(容)色,目司也"。可见,颂,讼,宕(容)相通,其词根均从"公",这是父系社会神灵崇拜的反映。

祭祀神灵时扮演成神灵的形象以求得人神沟通的巫术互渗观念,起源于原始氏族社会。在我国,由于五帝文明起源至虞夏商周四代早期文明发展时期依然延续着原始氏族社会的血缘管理制度,因此,巫术互渗观念也得到了延续发展,并进一步制度化、规范化。图腾神灵面具到了夏商周时期便发展成更完善、更全面的"神尸""皇尸""公尸"制度。

  《礼记·郊特牲》:"尸,神象也,祝将命也。"郑玄注:"尸,主也,孝子之祭,不见亲之形象心无所系,立尸而主焉。"
  《礼记·坊记》:"祭祀之有尸也,宗庙之有主也,示民有事也。"

这几条材料说得很清楚。尸就是神像,也就是在宗教祭祀活动中,主持祭祀者扮演成"亲之形象",这形象是包括面具在内的。而扮演成"尸"的主祭者,或为巫师,或为部落酋长,或为君王、侯王,他们又被称为"神尸""皇尸""公尸"等等。这些扮演成神灵之形象的尸是在祭祀活动中,以歌舞的形式表现出来的。《礼记·祭统》:

  及入舞,君执干戚就舞位。君为东上……率其群臣,以乐皇尸。

杨天宇《礼记译注》:"皇尸,即扮作被祭祀的先君的尸。"《诗经》"雅""颂"之诗,有许多关于舞容与尸的描写。兹看《大雅·既醉》:

第一章　由清华简"颂"即"容"论史诗的社会功能　347

既醉以酒，既饱以德。
君子万年，介尔景福。
既醉以酒，尔殽既将。
君子万年，介尔昭明。
昭明有融，高朗令终。
令终有俶，公尸嘉告。

以上是指祭祀活动中，祖先神灵享用祭品很满意，所以要保佑主祭的"君子"万年景福。这里"既醉以酒，既饱以德"是写祖先神灵，"君子"则指主持祭祀的君王。林义光《诗经通解》："此诗为工祝（祭祀官）奉尸（在祭祀祖先时，扮演祖先之人）命以致嘏（祝词）于主人之辞，称'君子'者，皆指主人。"以下便是扮演祖先的公尸的致告之辞，所谓"公尸嘉告"：

（问）：其告维何？——（答）：笾豆静嘉，朋友攸摄，摄以威仪。威仪孔时，君子有孝子，孝子不匮，永锡尔类。

（问）：其类维何？——（答）：室家之壶，君子万年，永锡祚胤。

（问）：其胤维何？——（答）：天被尔禄，君子万年，景命有仆。

（问）：其仆维何？——（答）：釐尔女士，釐尔女士，从以孙子。

这里四问四答：问者当为参加祭祀的巫师，答者为扮演祖先神灵的公尸。而又以"公尸嘉告"连接"其告维何"，由"永锡尔类"连接"其类维何"，由"永锡祚胤"连接"其胤维何"，由"景命有仆"连接"其仆维何"。这是用顶真的修辞方法，一环扣一环，由此可见当时祭祀祝颂场合的舞容节奏与氛围。应该指出的是，这公尸是完全装扮成祖先神灵的形象的，其中应该包括面具。

《大雅》中性质相同的祭歌还有《凫鹥》与《假乐》。朱熹《诗集传》释《凫鹥》"此祭之明日，绎（祭名）而宾尸之乐"，又释《假乐》"疑此即公尸之所以答《凫鹥》者也"。其中《凫鹥》曰：

> 凫鹥在泾，公尸来燕来宁。
> 尔酒既清，尔殽既馨。
> 公尸燕饮，福禄来成。

《毛诗序》："太平之君子，能持盈守成，神祇祖考安乐之也。"首章郑玄笺："泾，水名也。水鸟而居水中，犹人为公尸之在宗庙也，故以喻焉。"

《小雅》中描写神尸祭祀舞容者有《楚茨》与《信南山》。其《楚茨》第五章云：

> 礼仪既备，钟鼓既戒。
> 孝孙徂位，工祝致告。
> 神具醉止，皇尸载起。
> 鼓钟送尸，神保聿归。

这里，"钟鼓既戒""工祝致告""皇尸载起""鼓钟送尸""神保聿归"，其戏剧性的舞容场面栩栩如生。其中"工祝"当是巫师祝官，而"皇尸""神保"则是扮演祖先神灵者。《白虎通阙文·宗庙篇》："祭所以有尸者何？鬼神，听之无声，视之无形。……故坐尸而食之，毁损其馔，欣然若亲之饱，尸醉若神之醉矣。《诗》云：'神具醉止，皇尸载起'。"

《国风·召南》中《采蘩》《采蘋》是组诗，实际也是写女子为神尸而祭于宗庙者。

《采蘋》
于以采蘋？南涧之滨；
于以采藻？于彼行潦。
于以盛之？维筐及筥；
于以湘之？维锜及釜。
于以奠之？宗室牖下；
谁其尸之？有齐季女。

《采蘩》
于以采蘩，于沼于沚；
于以用之，公侯之事。
于以采蘩，于涧之中；
于以用之，公侯之宫。
被之僮僮，夙夜在公；
被之祁祁，薄言还归。

　　《采蘋》诗中，"宗室牖下"的"季女"是为"神尸"者。"有齐"之"齐"乃"斋"字省借。陆德明《经典释文·毛诗音义》："齐，本亦作斋。"陈奂《毛诗音》："齐，古斋戒如此作。"古代在祭祀前必斋戒沐浴，既表示对神灵的恭敬，也是为了便于与神灵沟通。《礼记·祭统》："斋者，精明之至也，所以交于神明也。"《采蘩》诗中，"公侯之事"与"公侯之宫"对文，则公侯非生活中的公侯，而是先祖的神灵，是"有斋季女"所祭的对象，也就是斋女所要扮演的神灵，即"尸之"者。王先谦《诗三家义集疏》："'公侯之事'者，谓祭公侯之事。……'公侯'谓以往之公侯享祭者，非生公侯。知者，下文'公侯之宫'是公侯庙寝，则此'公侯'亦非生者也。"可见，《采蘩》诗中的"公侯之事""公侯之宫"与《采蘋》诗中的"宗室"是同一回事。而《采蘩》诗中的"被之僮僮，夙夜在公。被之祁祁，薄言还归"则是"有斋季女"为神尸时的具体面具与舞容。"夙夜在公"之"公"即"公侯之宫"的省称，亦即"宗室牖下"也。

据《仪礼》《礼记》载，古代贵族女子也参与祭祀活动。婚前，要接受祭祀教育。《礼记·昏义》："古者，妇人先嫁三月，祖庙未毁，教于公宫；祖庙既毁，教于宗室。教以妇德、妇言、妇容、妇功。教成祭之，牲用鱼，芼之以蘋藻，所以成妇顺也。"这里的"妇德、妇言、妇容、妇功"均与宗教祭祀有关，所以说"教成祭之"。而《采蘩》中"被之僮僮""被之祁祁"即与祭祀时的舞容有关的"妇容"，也就是化装面具。

"僮僮"，王念孙《读书杂志》谓"童""僮""憧"声同义通，均为繁盛蓬松貌。"僮僮""祁祁"义同，均指祭祀时女子的发式。《仪礼·少牢馈食礼》："主妇被锡，衣侈袂，荐自东房，韭菹……坐奠于筵前。"郑玄注"被锡"为"髲鬄"，指女子发髻高耸。可见"被之僮僮""被之祁祁"指的是祭祀活动中女子的特殊发式，与"衣侈袂"一样，并为祭祀舞容的打扮修饰部分，这是典型的面具形象。

"夙夜在公""薄言还归"则是祭祀舞容的动作部分。"还归"的"还"义同《十亩之间》"行与子还兮"同，有周旋环绕义。[①]据《仪礼·少牢馈食礼》，祭祀活动中女子要在宗庙的东房、南房、西房、北房轮番祭祀，陪同祭祀活动的"尸祝"亦轮番伺候，如"官，前宿一日，宿戒尸。明日朝筮尸……主人退，尸送。……既宿尸反，为期于庙门之外"。这就是"夙夜在公""薄言还归"的舞容过程。

祭祀活动中，女子不仅有高耸的发髻，宽松的衣袖，有周旋的舞步，还有象征女性生殖的蘩藻蘋菜，所谓"芼之以蘋藻，所以成妇顺也"，这些共同组成了女子主持祭祀活动时特有的舞容场面。

[①] 江林昌：《"桑林"意象的源起及其在"诗""骚"中的反映》，《文史哲》2013年第5期。

以上讨论表明，颂之为容，容为舞容，舞容的一个重要内容便是扮演成所祭神灵的容貌形象，其中包括面具之类，这就是文献中所谓的"神尸""公尸""皇尸"。这是一种远古时期延续下来的巫术互渗观念，是为了与神灵更好地沟通对话，最终获得神灵的庇佑，具有浓厚的宗教学意义。

第三节　颂诗之舞容与威仪：礼仪修身的政治学意义

中国五帝时代以前原始社会的原始巫术，经五帝时代早期颛顼之"绝地天通"改革后，而成为原始宗教的重要组成部分。中国的原始宗教盛行于五帝时代至虞夏商西周，共经历了两千多年漫长的岁月，到春秋战国时期才出现新的变化[1]。

中国原始宗教是神权、族权、政权的三合一。在原始宗教祭祀活动中的巫诗，已不再是咒语，而是祷词，即向天地神灵、祖先神灵献颂辞、贡祭品，并祈求神灵的保佑。于是巫诗便成了颂诗。颂诗除了继承巫诗的反复吟唱、诗乐舞三位一体而进一步规整化之外，在内容上已变巫诗的驱使神灵为讨好神灵、献媚神灵，也就是变咒语为祷辞。

前文讨论的颂诗之舞容与神尸的关系，就是属于沟通神灵、献媚神灵、祈祷神灵的范畴，是颂诗的宗教学功能。接下来讨论颂诗之舞容与威仪的关系，则属于教育氏族成员、规正社会秩序的范畴，是颂诗的政治学功能。

原始宗教时期的祭祀活动，具有鲜明的政治目的。朱狄先生指出："古代的祭礼仪式往往具有立法意义，故《说文》：'仪，度也。'所谓度，也就是法度。在祭礼仪式中，无论朗诵、音乐、舞

---

[1]　江林昌：《诗的源起及其早期发展变化》，《中国社会科学》2010年第4期。

蹈，都具有一种社会强制性。它们的合成结构是一种社会性非常强烈的文化结构。它使意义变得更清晰，更容易接受。它不仅是传递神意的工具，而且也是在神的名义下的一种社会控制体系。……各种繁文缛礼都是强化社会共同体成员之间相互关系的手段，通过各种仪式程序的执行，使社会共同体的固有价值的重要性远远超过个人价值。"① 下面一组文献，说明朱狄先生的理论概括是符合中国先秦原始宗教时期的客观事实的：

《墨子·天志》：昔三代圣王禹汤文武，欲以天之为政于天子，明说天下之百姓，故莫不犓牛羊、豢犬彘，洁为粢盛酒醴，以祭祀上帝鬼神而求祈福于天。

《国语·楚语下》：祀所以昭孝息民、抚国家、定百姓也。

《礼记·礼运》：故圣人参于天地，并于鬼神以治政也。

《礼记·祭统》：凡治人之道，莫急于礼。礼有五经，莫重于祭。

《礼记·祭统》：夫祭有十伦焉：见事鬼神之道焉，见君臣之义焉，见父子之伦焉，见贵贱之等焉，见亲疏之杀焉，见爵赏之施焉，见夫妇之别焉，见政事之均焉，见长幼之序焉，见上下之际焉。

在这些祭祀活动中，用以沟通神灵的，除了牛、羊、酒等祭品与鼎、簋、尊等祭器外，还有以祷辞、祝辞、嘏辞为内容的颂诗。

《礼记·礼运》：故先王秉蓍龟，列祭祀，瘗缯，宣祝嘏辞说，设制度，故国有礼，官有御，事有职，礼有序。

《礼记·礼运》：夫礼之初，始诸饮食……陈其牺牲，备其鼎俎，列其琴瑟、管磬、钟鼓，修其祝嘏，以降上神及其先祖，

---

① 朱狄：《信仰时代的文明》，中国青年出版社1999年版，第85页。

以正君臣，以笃父子，以睦兄弟，以齐上下，夫妇有所，是谓承天之祜。

《荀子·乐论》：先王恶其乱也，故制《雅》《颂》之声以道之。……故乐在宗庙之中，群臣上下同听之，则莫不和敬……邻里族长之中，长少同听之，则莫不和顺。故乐者审一以定和者也。……故听其《雅》《颂》之声，而志意得广焉。

《礼记·礼运》中提到的"宣祝嘏辞说""修其祝嘏"即《荀子·乐论》中的"制《雅》《颂》之声"。而它们都配以"琴瑟、管磬、钟鼓"，是为"乐在宗庙之中"也，是颂诗与乐舞的三位一体。

颂诗与乐舞的配合表现为舞容。舞容一方面是扮演成神灵的形象容貌以沟通神灵，敬献神灵，祈祷神灵，其中一个重要的体现便是"神尸"（面具）。这是颂的宗教功能。舞容的另一方面，则是通过乐舞过程中的"俯仰屈伸""容貌得庄""行列得正""进退得齐"，而表现为君臣上下、伦理秩序和神态节度，以教育族众，治理社会，这其中一个很重要的体现便是"威仪"。这是颂的政治功能。

在五帝至虞夏商周两千多年的原始宗教时代，从氏族到部族再到邦国的统治阶层，一直重视集体祭祀活动中颂诗的舞容威仪在教化族民、建立社会礼仪制度方面的政治功能，已如前述。《国语·楚语上》申叔时论如何教育太子：

且夫诵诗以辅相之，威仪以先后之，体貌以左右之，明行以宣翼之，制节义以动行之，恭敬以临监之，勤勉以劝之，孝顺以纳之，忠信以发之，德音以扬之。

这里明确指出，在"诵诗"的过程中，表现出先后之"威仪"，左右之"体貌"。这自然是舞容，而称为"威仪"。与"威仪"相对应的还有"节义""恭敬""勤勉""孝顺""忠信""德音"，这些都是属于礼仪伦理方面的内容。又如《国语·楚语下》观射父论祭祀：

> 明神降之，在男曰觋，在女曰巫。是使制神之处位次主，而为之牲器时服，而后使先圣之后之有光烈，而能知山川之号、高祖之主、宗庙之事、昭穆之世、齐敬之勤、礼节之宜、威仪之则、容貌之崇、忠信之质、禋洁之服，而敬恭明神者，以为之祝。

这也是论宗教祭祀的。先由明神降到男觋女巫身上。然后由男觋女巫来主持规定神灵的祭位及相应的祭品、祭器、祭时、祭服。在这样的背景下，出现了"先圣之后"来担当的祝。祝是巫的一种，其职责是"知山川之号、高祖之主"等，其中还包括"威仪之则，容貌之崇"，这自然是从舞容的角度说的。

《诗·周颂·执竞》是周昭王合祭武王、成王、康王的颂诗，说"执竞武王""丕显成、康"，诗的后半部分即写祭祀的舞容场面：

> 钟鼓喤喤，磬筦将将。
> 降福穰穰，降福简简。
> 威仪反反，既醉既饱，福禄来反。

高亨《诗经今注》："威仪，指祭祀的礼节仪式。反反，借为辨辨，有节有序貌。"陈奂《诗毛氏传疏》："《传》释反反为难者。难，古傩字。《竹竿》，《传》'傩，行有节度也。'襄公三十一年《左传》云，进退可度，周旋可则，容止可观，谓之有威仪。此即傩之义也。"可见，"威仪反反"是就舞容言，所以与"钟鼓喤喤，磬筦将将"相配合。武王、成王、康王正是在这优美热烈的舞容中享受祭品，"既醉既饱"，结果是赐恩给祭祀者："降福穰穰，降福简简。"

有鉴于此，有学者指出，"威仪"亦即颂的又一代名词。最先提出这一观点的是裘锡圭先生。1976年，在周原遗址扶风庄白家村南发现的史墙盘和痶钟、痶簋等微氏家族铜器铭文，详细记载了微氏家族历代祖先侍奉周代文、武、成、康、昭、穆、恭、懿、孝诸王的史事。其中有关"颂"的铭文资料如下：

青幽高祖，在微灵处。

粤武王既伐殷，微史烈祖乃来见武王。武王则令周公舍宇于周，卑处甬（容）。

——史墙盘

粤武王既伐殷，微史烈祖乃来见武王。武王则令周公舍宇，以五十颂处。

——痶钟三

丕显高祖、亚祖、文考，克明厥心，胥尹叙威仪，用辟先王，痶不敢弗帅祖考，秉明德，虔夙夕左尹氏……敢作文人大室协和钟，用追孝升祀，昭格乐大神。

——痶钟二

痶曰：尹皇祖考司威仪，用辟先王，不敢弗帅用夙夕。……作祖考簋，其升祀大神。

——痶簋

微氏家族世代为史官，其族徽即为"作册"，常为朝廷主持祭祀活动，所以铭文说有"大室协和钟""追孝升祀，昭格乐大神"，又说"升祀大神"。特别有意义的是，铭文中有一组与"颂"有关的术语：

"灵处""处甬（容）""五十颂""司威仪"

裘锡圭先生认为"灵处"就是"处灵"，与"处甬（容）"同。

所谓"青幽高祖,在微灵处",是指静幽的高祖原在微地处灵。灵就是巫,见于《楚辞》,所以"处灵"就是"为巫"。为巫就要主持祭祀活动,需要吟颂诗,演舞容,所以其子孙或"处甬(容)"或"以五十颂处"或"叙厥威仪"或"司威仪"。裘锡圭先生指出:"由此可知,钟铭'以五十颂处',就是掌管五十种威仪的意思。盘铭'俾处甬'的'甬',没有问题应该读为'颂'(容)。"①

裘锡圭先生结合微氏家族铜器铭文资料,论证了"颂""容""威仪"之间的关系,十分精到,自然可从。颂之舞容,从"威仪"方面教育族众,规范礼仪,其中一项重要功能就是培养氏族贵族子弟。《尚书·商书·伊训》载成汤去世:"伊尹祠于先王,奉嗣王祗见厥祖。"伊尹"明言烈祖之成德,以训于王。"《左传》襄公九年记录,太子的成年礼要在先君宗庙里举行:"君冠,必以祼享之礼行之,以金石之乐节之,以先君之祧处之。"所谓"以金石之乐节之"即指以颂之舞容训导规范之。这训诫的一个重要方式便是通过舞容之中的"威仪"来规范。柯鹤立先生曾指出:"咏颂(诵)赞誉先王的诗歌,以及舞先王之舞,是最有效的使民众感情升华的方法,具体来说就是用'诗'把民众在自然、原始状态下的由'志'出来的'情'转换成文明而有秩序的礼乐表演,这就是'威仪'。"② 柯先生还引述西周晚期叔向父禹簋铭以证成其说:

叔向父禹曰:

余小子司朕皇考,肇帅井(型)先文祖,恭明德,秉威仪,用绅就奠保我邦我家,作朕皇祖幽大叔尊簋,其严在上,降余多福繁釐,广启禹身,乐于永令(命)。

---

① 裘锡圭:《史墙盘铭解释》,《古文字论集》,中华书局1992年版,第371—385页。
② 柯鹤立:《清华简〈保训〉中的"训"及古代传播"训"的方式》,《清华简研究》第一辑,中西书局2012年版,第76页。

这里"帅井（型）先文祖，恭明德"自然是指祭祀，"秉威仪"便是作颂诗之舞容，这一切都是为了"奠保我邦我家"。

概括起来看，颂诗之舞容中的"威仪"在训导贵族子弟及族众方面，包括两方面的内涵。

其一，通过"威仪"体现其内心的敬神诚意与道德修养。

原始人相信，祭祀活动中的音乐舞蹈是天地自然规律的反映，而颂诗则是有关人丁兴旺、氏族繁荣的神灵之语。《礼记·乐记》："大乐与天地同和，大礼与天地同节。和，故万物不失；节，故祀天祭地。明则有礼乐，幽则有鬼神。如此则四海之内合敬同爱矣。"正因为如此，祭祀活动中首先要有虔敬庄肃的心态。《礼记·祭义》："将祭祀，必有齐庄之心以虑事，以具服物……及祭之日，颜色必温，行必恐。"

郭店简《语丛》谓"诗由敬作"（简95），"敬生于俨"。这"敬"与"俨"都是沟通神灵时的心理活动，而"诗"则特指祭祀活动中的颂诗。敬神的意念在心中时称为"志"，用语言表达出来后便是颂诗。《毛诗序》谓："在心为志，发言为诗"，《左传》襄公二十七年："诗以言志。"《尚书·舜典》："诗言志。"而这"志""诗"都是有关敬神祭神的。《尚书·皋陶谟》：

  儵志以昭受上帝，天其申命用休。

前句的"上帝"即后句的"天"，指的是天地自然神灵。《史记·夏本纪》释本句中的"儵志"为"清意"。因此，《皋陶谟》这句话的意思是说，要用洁静庄肃的心意去祭祀上帝，上帝才会恩赐福禄。

总之，在祭祀活动中，敬神的虔敬之心，发为语言则为颂诗，展为动作则为乐舞。这就是《乐记》所说的"明则有礼乐，幽则有鬼神"。因此，要求"四海之内合敬同爱"。

需要特别指出的是，这外在的动作乐舞，集中表现为"威仪舞

容"。因此,这威仪舞容首先要能体现内在敬神的虔诚庄肃之情。《礼记·乐记》说:

> 致礼以治躬则庄敬,庄敬则严威。……故乐也者,动于内者也;礼也者,动于外者也。乐极和,礼极顺。内和而外顺,则民瞻其颜色而弗与争也。望其容貌而民不生易慢焉。故德辉动于内,而民莫不承听,理发诸外,而民莫不承顺。故曰致礼乐之道,举而错之天下,无难矣。

这段文字说明,"庄敬"之心在内,则"严威"之状在外。"庄敬"之心又称为"德辉",体现"内和";"严威"之状即为"颜色""容貌",体现为"外顺"。有了这"内和"与"外顺",则"民莫不承听""民莫不承顺",以之而治理天下,"无难矣"。

这内在敬神的虔诚庄肃之心也就是最根本的道德修养,所以又称为"德辉""德音""德泽",而往往与外在的"威仪"互为表里。

《大雅·抑》:"抑抑威仪,维德之隅。"郑笺:"人密审于威仪者,是其德必严正也。故古之贤者,道行心平,可外占而知内,如宫室之制,内有绳直,则外有廉隅也。"《大雅·假乐》:"威仪抑抑,德音秩秩。"郑笺:"抑抑,密也。秩秩,清也。成王立朝之威仪致密,无所失。"姜昆武先生谓此言"君子有德于其中,庙堂仪度美于外也"。[①] 在《诗经》中,由内在的"德音"表现为外在的"威仪",成为一种最高的道德修养。

> 《大雅·抑》:有觉德行,四国顺之。……敬慎威仪,维民之则。
>
> 《大雅·烝民》:仲山甫之德,柔嘉维则。令仪令色,小心

---

① 姜昆武:《诗书成词考释》"威仪"条,齐鲁书社1989年版,第323—328页。

翼翼。古训是式，威仪是力。

《鲁颂·泮水》：穆穆鲁侯，敬明其德。敬慎威仪，维民之则。

儒家强调修身、齐家、治国、平天下。"威仪"便是修身的第一要求。《诗·邶风·柏舟》：

我心匪石，不可转也。
我心匪席，不可卷也。
威仪棣棣，不可选也。

此以"石可转""席可卷"反衬自己意志坚强，不可动摇。"威仪棣棣"正是自己意志坚强的表现。"棣棣"，《礼记·孔子闲居》作"逮逮"，郑玄释为"安和之貌"。"不可选"亦指不动摇。所谓"威仪棣棣，不可选也"，意思是说，自己的仪容安神庄严，是因为自己心情安定，意志坚强。

《大雅·既醉》：
威仪孔时，君子有孝子。
孝子不匮，永赐尔类。

这是说君子威仪完善，文质彬彬，因为君子是孝子。孝子就能敬神敬老，有善德。《左传》隐公元年："颍考叔，纯孝者也。爱其母，施及庄公。《诗》曰：'孝子不匮，永锡尔类。'其是之谓乎？"《左传》成公二年："《诗》曰：'孝子不匮，永锡尔类'，若以不孝令于诸侯，其无乃非德类也乎。"可见，要保持外在的威仪，首先要有内在的善德。

值得注意的是，清华简《周公之琴舞》也强调内在的"德音"与外在的"威仪"之间的辩证统一。

叁启曰：
德元惟何？曰渊亦抑。
严余不懈，业业畏忌。
不易威仪，在言惟克，敬之。

"德元"意为以德为首。"曰渊亦抑"意即既渊且抑，"渊"为深邃，"抑"为善美，这就是"德元"的内涵。"严余不懈，业业畏忌"，指祭祀敬神时庄肃畏恐的心态。"不易"意为不变更。"不易威仪，在言惟克"，意同《大雅·抑》："慎尔出话，敬尔威仪"，意指祭祀时言语谨慎，保持威仪。

八启曰：
佐事王聪明，其有心不易。
威仪谥谥，大其有谟。
匃泽恃德，不畀用非颂。

据《左传》昭公七年："在我先王之左右，以佐事上帝"与《尚书·皋陶谟》："天聪明"可知，简文中的"聪明"指的是"天"，亦即"上帝"，因此，简文"佐事王聪明"即指"在我先王之左右，以佐事上帝"，指祭祀先王与上帝。"有心不易"，蔡侯申钟作"有虔不易"，意指虔诚之心不变易。"威仪谥谥"，意即威仪肃肃。"大其有谟"，谟，指谋略。"匃泽恃德"，意指祈求上天降恩泽，依凭的是自己有德。"不畀用非颂"，畀，赐予。"颂"此当指祭祀礼仪。"不畀用非颂"意指上帝不会赐恩于不敬守祭祀礼仪者，反之，上帝就会降福赐恩于那些忠诚祭祀者。这清华简"八启曰"全文，意同秦公钟铭文（一），可对照参读：

秦公曰：我先祖受天令（命），赏宅受国，烈烈昭文公、静公、宪公,不坠于上,昭合皇天……余夙夕虔敬朕祀,受多福,克明有心……肃肃允仪,翼受明德,以康奠协朕国……以受大福。

清华简"其有心不易"即秦公钟之"余夙夕虔敬朕祀……克明有心"。清华简"威仪谥谥,大其有谟。匄泽恃德",即秦公钟之"肃肃允仪,翼受明德"。

除上述外,清华简《周公之琴舞》还多次提到"德",如"置德之行""非天廐德""天多降德""弼敢荒德",强调善德的重要性,并与外在的"威仪"相表里,只有"弼敢荒德"才能"不坠修彦",只有"匄泽恃德",才能"威仪谥谥",只有"德元渊抑",才能"不易威仪"。

其二,通过"威仪"体现等级秩序,规范社会伦理。

姜昆武先生《诗书成词考释》"威仪"条曰:"考威仪之词,乃周秦时人指有关礼法制度之常见专用名词,而非联绵字也。殷周以降……国家制度渐趋完善,周统治阶层中,随等级不同而各有其不同之礼制,天子、诸侯、大夫,均各有与其地位等级相当之衣、冠、车、服、饰物、饮食器用,凡此概以威仪名之。儒家承此礼制,又与心理德性所表现于外之仪度严紧结合表述其政治主张,遂致儒经之中,礼仪法制之论述成为最重要学说之一。威仪一词,即用以表现此一系列内容而得以为成词者也。"[1] 姜先生的概括十分精辟。此以《左传》襄公三十一年一段话分析为证:

公曰:"善哉,何谓威仪?"
对曰:"有威而可畏谓之威,有仪而可象谓之仪。君有君之威仪,其臣畏而爱之,则而象之,故能有其国家,令闻长世。臣有臣之威仪,其下畏而爱之,故能守其官职,保族宜家。顺是以下皆如是,是以上下能相固也。……君臣、上下、父子、

---

[1] 姜昆武:《诗书成词考释》,齐鲁书社1989年版,第323页。

兄弟、内外、大小皆有威仪也。"

这段话明确指出，"威仪"是体现社会上下等级，规范伦理制度的。而这种体现与规范主要是通过在祭祀天神与祖神的活动中表演颂诗之舞容而实施的。故《左传》襄公三十一年紧接上段文字后说：

文王之功，天下诵而歌舞之，可谓则之。文王之行，至今为法，可谓象之。有威仪也。

威仪最初由祭祀活动中通过表演颂诗之舞容而体现出来，后来则引申为对君王、大臣、士大夫在各种场合的仪表神态、行为举止的政治要求。故《左传》襄公三十一年最后总结说：

故君子在位可畏，施舍可爱，进退可度，周旋可则，容止可观，作事可法，德行可象，声气可乐，动作有文，言语有章，以临其下，谓之有威仪也。

孔子是虞夏商周礼乐制度的继承者、总结者和实践者。《史记·孔子世家》载：孔子"追迹三代之礼，序书传，上纪唐虞之际，下至秦缪，编次其事"。"自卫返鲁，然后乐正，雅颂各得其所。"《论语》一书记载了许多孔子尊礼践礼的言行，尤其是孔子行"威仪"，集中见于《乡党》篇：

孔子于乡党，恂恂如也，似不能言者。其在宗庙、朝廷，便便言，唯谨尔。
朝，与下大夫言，侃侃如也；与上大夫言，訚訚如也。君在，踧踖如也，与与如也。

孔子在不同场合，说话的态度、速度和多少均有不同，从而表现出其自觉遵守等级礼仪。《孔子世家》载晏婴的话说:"今孔子盛容饰,繁登降之礼,趋详之节,累世不能殚其学,当年不能究其礼。"再看《乡党》的具体描写:

> 入公门,鞠躬如也,如不容。
> 立不中门,行不履阈。
> 过位,色勃如也,足躩如也,其言似不足者。
> 摄齐升堂,鞠躬如也,屏气似不息者。
> 出,降一等,逞颜色,怡怡如也。
> 没阶,趋进,翼如也。
> 复其位,踧踖如也。

李泽厚先生《论语今读》翻译这段话:

> 孔子走进国君的大厅,弯着腰,好像容不下自己似的。不站在大厅中间,行走不踩门槛。走过国君的座位时,面色变得庄重,行步快速,话也好像没有了。提着衣襟走上台阶,弯着腰,轻声呼吸而不喘气。
>
> 出来,走下一个台阶,就放松容貌,一种舒适、愉快的样子。走完了台阶,快走前进,像鸟展翅。回到原来的位置,一幅敬畏不安的样子。

孔子为什么要这样呢?原来是为了履行"威仪"。正如李泽厚先生在《论语今读》的《记》中所说:"本篇记述孔子严格遵循周人礼制的动作、行为、语言、姿态,如此严肃认真,一丝不苟,并充满如此庄重敬畏的情感态度。之所以如此,仍由于礼出乎巫,即原始巫术礼仪的制度化理性化之产物,其中保存和积淀了上述特征。"①

---

① 李泽厚:《论语今读》,生活·读书·新知三联书店 2004 年版,第 274—276 页。

这特征便是"威仪"。

到了秦汉以后,"威仪"便发展成一种特殊的礼仪,叫"礼容"。裘锡圭先生指出:"古代所谓威仪也就是礼容。《新书》的《容经》和《礼容经》讲的都是与威仪有关的事情。《容经》还专门谈到了什么叫'威仪',怎样算是'有威仪'。《史记·儒林列传》:'诸学者多言礼……而鲁徐生善为容。'容貌之'容',本字当作'颂'。《说文》:'颂,皃(貌)也,从页,公声。'《汉书·儒林传》记徐生之事,就把'容'写作'颂'。苏林注:'《汉旧仪》有二郎为此颂貌威仪事,有徐氏,徐氏后有张氏,不知经,但能盘辟为礼容。'这个注清楚地说明'威仪'和'颂'是一回事。"①裘先生分析了"颂""威仪"和"礼容"的内在统一关系,至为正确。礼容到了西汉初年成了一种专门礼仪学问,师徒相传,与传礼经者并行发展。兹将裘先生所引《史记·儒林列传》一段文字全部录下,以便分析:

> 诸学者多言礼,而鲁高堂生最。本礼固自孔子时而其经不具。及至秦焚书,书散亡益多。于今独有士礼,高堂生能言之。
> 而鲁徐生善为容。孝文帝时,徐生以容为礼官大夫,传子至孙徐延、徐襄。襄其天姿善为容,不能通礼经;延颇能,未善也。襄以容为汉礼官大夫,至广陵内史。延及徐氏弟子公户满意、桓生、单次,皆尝为汉礼官大夫。
> 而瑕丘萧奋,以礼为淮阳太守。
> 是后能言礼为容者,由徐氏焉。

以上标点参考沈文倬先生说,而分段为我们的理解。第一句"诸学者多言礼,而鲁高堂生最",这里的"礼"指先秦古礼,包括由祭品、祭器组成的"礼物",由周旋揖让等舞容所组成的"威仪"

---

① 裘锡圭:《史墙盘铭解释》,见其《古文字论集》,中华书局1992年版,第371—385页。

"礼仪",以及记载这些"礼物"与"礼仪"的"礼书"。而高堂生是最精通这些古礼的,所以说"高堂生最"。

"本礼"指的是礼书。在孔子时礼书还没有最后成为定本,所以说"其经不具"。虽然孔子后学在不断收集整理记录"礼物"与"礼仪"的"礼书",但"礼书"在秦大火中有散亡,只存下"士礼"较完整。"于今"指司马迁写《史记》时。当时有高堂生在讲礼书"士礼"。其后则有"瑕丘萧奋,以礼为淮阳太守"。这里的"以礼"指讲礼书士礼。

在汉代,除了高堂生、瑕丘萧奋等传礼书外,还有专事礼仪者,称为礼容。这就是"徐生善为容""以容为礼官大夫",以及徐生的后人徐襄"善为容","以容为汉礼官大夫",徐延及其弟子亦"颇能"容,"皆尝为汉礼官大夫"。

就这样,在两汉时期,讲礼书与讲礼容者成为礼学的两个分支而并行发展。正如沈文倬先生所指出:"《礼经》书本的传授者和汉仪的善容者分离开来,成为二个并列的系统,所以在此文中'礼'和'容'不是一个东西而分别传授:徐生、徐延、徐襄和徐氏弟子……都是传'容'的,而高堂生和萧奋是传《礼经》书本的,'以容'和'以礼'分道而行了。"[①] 我们从两汉"礼容"一系的系统繁盛,可知先秦颂诗之舞容威仪的影响深广。

第四节 简短余论

如前所述,从五帝时代到虞夏商周的原始宗教时代,在族群内举行祭祀活动中所表演的颂诗,既是宗教也是政治。颂诗之舞容通过扮演"神尸",沟通神灵而体现宗教;又通过表演"威仪",教育族众,培养国子,建立礼制而体现政治。为了分析方便,我们在前

[①] 沈文倬:《宗周礼乐文明考论》,浙江大学出版社1999年版,第232页。

文对颂诗舞容的这两种功能做了分别讨论。事实上，这两种功能是互为因果、融为一体的。在原始宗教时代的先民们看来，人格修养、伦理道德、社会礼仪都是在神灵的指导下反复演习而形成，因此，相关工作都是神圣庄严的。正如李泽厚先生所指出：

> 各种宗教正是通过仪式、典礼种种有组织的群体活动，将伦理道德的规则浸泡在炽热的神圣的情感信仰之中，产生出巨大的行动力量，使之成为人生的最终目标和生活归宿。宗教，特别是宗教情感常常就这样成了道德心理的某种泉源。[1]

也正因为如此，先秦文献强调敬神对于礼治的重要性。《左传》襄公十一年："礼，国之干也。敬，礼之舆也。不敬则礼不行，礼不行则上下昏，何以长世。"

中华文明五千多年，从五帝文明起源到虞夏商周早期文明发展两千五百多年之间，盛行原始宗教，血缘管理。这期间，以颂诗为中心的有组织的群体性的巫术祭祀活动，通过宗教功能与政治功能两方面，将原本分散的氏族成员的个体感性存在和情感活动，有意识地组织起来，连成一片，融为一体，训练了集体性、秩序性，同时也就是对个体性的情感、观念的规范化，最终培育了以血缘管理、农耕文化为背景的中华民族独有的礼仪文化。这种文化经过以颂诗为中心的祭祀活动的反复演习而渗透到每个族民的心灵之中，又通过世代相传而逐渐形成了中华民族独有的文化心理结构与民族精神。今天，我们研究史诗、颂诗的相关结构与功能，正是可以帮助我们认识中华民族这一文化心理结构的形成过程，从而更好地把握中华民族文化特色，为今天习近平新时代中国特色社会主义道路自信与理论自信提供悠久而深厚的历史依据。

---

[1] 李泽厚：《人类学历史本体论》，天津社会科学院出版社 2008 年版，第 217 页。

第二章
原始宗教的衰落与史诗精神的传承创新

史诗、颂诗在五帝文明起源至夏商西周三代文明早期发展时期是王官之学的主体。然而，史诗、颂诗的这种独尊地位到了西周末年开始动摇，再经春秋战国时代而发生了变化。这变化的具体表现是，史诗、颂诗作为一种宗教典礼上的特殊文体不再存有，但史诗、颂诗的公正评判精神却通过其他文体而得以承续光大。

第一节 "诗亡然后春秋作"试解

春秋时代史诗出现变化的基本特征是，韵文的"史诗"不再担任"史"的职能，"史"的职能交由散文体"春秋"之类来承担。《孟子·离娄下》曰：

> 王者之迹熄而诗亡，诗亡然后春秋作。晋之《乘》，楚之《梼杌》，鲁之《春秋》，一也。其事则齐桓、晋文，其文则史。孔子曰："其义则丘窃取之矣。"

关于孟子的这段话，过去学界有许多不同解释。大多注本将"诗亡然后春秋作"中的"诗"与"春秋"加上书名号，读成"《诗》亡然后《春秋》作"，这样就特指《诗经》与《春秋》两部专书了；又将"王者"指定为周天子。这些都是误解。"诗亡然后春秋作"的正确含义应该是指，由韵文的"史诗"来记载历史、承传历史的时代结束了，而改由散文的"春秋"来记载历史、承传历史了。在这里，诗不是专指《诗经》，而是自颛顼改革巫术以来，直至夏商西周两千多年的历史长河中各部族在宗教祭祀场合用于沟通天神祖神的史诗，即雅、颂之诗；春秋也不是专指鲁国的《春秋》，而是各诸侯国散文体史书的通称。

《墨子·明鬼下》有某事"著于周之《春秋》"，某事"著于燕之《春秋》"，某事"著于宋之《春秋》"等记录，说明当时各国史书都称"春秋"。孟子所说的"诗亡然后春秋作"之"春秋"是史书之通名，而"鲁之《春秋》"则为史书之专名。这专名还可以有别的名称，如"晋之《乘》，楚之《梼杌》"。它们皆为散文编年体史书，所以孟子又说"其文则史"。因为在散文编年体"春秋"出现之前，历史是由韵文体"史诗"承担的，那时是"其诗则史"。

史诗作为神灵喻示与公正评判的记录，作为部族起源与发展的历史载体，作为团结族民、治理社会的政治工具，始终是与"王者之迹"联系在一起的。《孟子》赵岐注："王者，谓圣王也。太平道衰，王迹止熄，颂声不作，故诗亡。"这个"王"是泛指血缘氏族社会贵族阶层的最高统治者，其在不同的历史阶段，有不同的具体称呼。

如前所述，中国古代文明的起源与早期发展，依然延续着氏族社会的血缘管理。在血缘管理体制下，部族史诗都在本族内承传，而不传他族。而且为了保障本族史诗承传的连续性，各部族的史官、巫官、祝官、乐师等祭司阶层，也都世代相传。《左传》昭公二十九年：

> 夫物物有其官，官修其方，朝夕思之。一日失职，则死及之。失官不食。官宿其业，其物乃至。

这里的"物"指部族图腾祖先神，即《左传》宣公三年"远方图物""铸鼎象物"之"物"。"物"有鬼神义，其原义指图腾祖先神。[①]"官修其方"的"方"，杜预注为"法术"。"不食"杜预注为"不食禄"。"官宿其业"的"宿"字，杜预注为"犹安也"。这段话的意思是：每个部族都有专职的祭司神职人员负责对其图腾祖先神举行祭祀活动，掌握宗庙祭祀之法术，而且世代相传；一旦有所失职，便不食其禄，甚至以死谢罪；只有这些神职人员世代忠诚其职业，他们的部族图腾祖先神才能降临宗庙，保佑其部族。这些宗庙祭祀活动中的祭司类神职人员所修之"方"与所宿之"业"，自然包括吟诵传授部族史诗、且歌舞升降仪式等内容。《荀子·荣辱》一则材料反映的情况与《左传》记载大致相同：

> 循法则、度量、刑辟、图籍，不知其义，谨守其数，慎不敢损益也。父子相传，以持王公。

这里明确指出，对于部族的"法则、度量、刑辟、图籍"之类，都由"父子相传"，所谓"世不失职"。王先谦《荀子集解》释"以持王公"一句谓："世传法则，所以保持王公言，王公赖之以为治也。"这里以"保持王公言"为目的内容的"法则、度量、刑辟、图籍"之类，合称为王官之学，其中包括史诗。

然而，"王官之学"到了春秋时代，终因周王朝及各诸侯国的血缘管理纽带的逐渐被解构而出现了变化。既然"王官之学"赖以生存的血缘纽带已被解构，那么原来在朝廷王宫里负责传诗吟诗的史

[①] 江林昌：《图与书：先秦两汉时期有关山川神怪类文献的分析》，《文学遗产》2008年第6期。

官、承担占卜问筮的巫官、掌理乐舞演奏的乐官、主持祭祀盛典的祝官等祭司阶层，也就流散各地了。《史记·历书》：

> 幽厉之后，周室微，陪臣执政，史不记时，君不告朔，故畴人子弟分散，或在诸夏，或在夷狄。

其具体的分散情况则有《左传》昭公二十六年：

> 王子朝及召氏之族、毛伯得、尹氏固、南宫嚚，奉周之典籍以奔楚。

《论语·微子》：

> 大师挚适齐，亚饭干适楚，三饭缭适蔡，四饭缺适秦，鼓方叔入于河，播鼗武入于汉，少师阳、击磬襄入于海。

《史记·老子韩非列传》：

> （老子）周守藏室之史也……居周久之，见周之衰，乃遂去。

既然"以持王公"的史官、乐官、祝官、宗官等祭司都四散各地了，那么原来由他们掌管的"雅""颂"等史诗类的文化典籍也就不再有人整理与承传。故《史记·孔子世家》谓"孔子之时，周室微而礼乐废，《诗》《书》缺"，也就是《孟子·离娄下》所说的"王者之迹熄而诗亡"。

王官之学下移的同时，私学、私人著作开始从下层兴起。据记载，最早私人著述史书的是春秋末期的孔子，《孟子·滕文公下》说：

> 世衰道微，邪说暴行有作，臣弑其君者有之，子弑其父者有之。孔子惧，作《春秋》。《春秋》，天子之事也，是故孔子曰："知我者其惟《春秋》乎？罪我者其惟《春秋》乎？"
>
> 圣王不作，诸侯放恣，处士横议……孔子成《春秋》而乱臣贼子惧。

司马迁也认为，孔子作有《春秋》。《史记·孔子世家》云：

> （孔子）乃因史记作《春秋》……约其文辞而指博。故吴楚之君自称王，而《春秋》贬之曰"子"；践土之会实召周天子，而《春秋》讳之曰"天王狩于河阳"：推此类以绳当世。贬损之义，后有王者举而开之。《春秋》之义行，则天下乱臣贼子惧焉。

以上《孟子》《史记》的几段话，为我们提供了如下信息。

（1）孔子编述《春秋》，[①] 是由于当时"世衰道微""圣王不作，诸侯放恣，处士横议""邪说暴行有作"的社会背景下不得已而为之的。如果世事昌盛，圣王有为，孔子就不必作《春秋》了。

（2）《春秋》是记载历史的，而在血缘社会里，记载历史是圣王史官的工作，而且是由"雅""颂"之类史诗来承担的。所以孟子说："《春秋》，天子之事也。"杨伯峻《孟子译注》释此句谓："著作历史（有所赞扬和指谪），这本来是天子的职权（孔子不得已而做了）。"

（3）在血缘社会里，记载承传历史的"雅""颂"之类史诗，具有传达神灵谕示，公正记录，扬善惩恶，引导社会积极向上的功能。孔子编述《春秋》正是为了继承这一传统，所谓"约其文辞"

[①] 孔子是"作"《春秋》还是"述"《春秋》，学界有争议，本书采用"编述"说。

"以绳当世"。正因为孔子继承了史诗的公正评判、扬善惩恶传统，所以"《春秋》之义行，则天下乱臣贼子惧"。孔子自己也感叹说："知我者其惟《春秋》乎？罪我者其惟《春秋》乎？"

以上第一点是说明背景，而第二、第三两点正说明了《春秋》与血缘社会里的王官史诗之间的内在联系。两者在表达形式上虽有韵文与散文的区别，而其精神实质则是一致的。

基于以上认识，我们再来读《孟子·离娄下》这段文字，便能豁然了。所谓"王者之迹熄而诗亡"，即"世衰道微"，"圣王不作"，"周室微而礼乐废"。血缘制度瓦解了，因而"《诗》《书》缺"矣。随之而起的是私人著述的散文体史书出现了。这就是孟子所说的"诗亡然后春秋作"。孔子编述《春秋》继承了王官之学史诗评判曲直、扬善惩恶、"以绳当世"的优良传统。所以孟子在"诗亡然后春秋作"一句后，补充说："孔子曰：'其义则丘窃取之矣。'"孔子所取的"义"，正是史诗的公正评判精神，孔丘是以史诗的优良传统编述《春秋》。

孔子通过编述《春秋》，继承弘扬了史诗的公正评判、扬善惩恶之精神，对中国史学产生了深广的影响。前文讨论史诗精神时指出：诗即志，志即旗，即中。而"史"字正与"中"有关。《说文·史部》："史，记事者也。从又持中。中，正也。"从又即从右手。中即旗帜。可见右手持旗，即为史。前文指出，"中"字取义于神灵监视、日影正中不偏、刚直公平之义。而把持这刚直公平之"中"者即为"史"。史诗产生于宗教祭祀，"志"字要"设中乃心"，表公平记录。颛顼改革巫术以来，史诗即历史。而"史"正是从"诗""志"的原始义引发而来。《春秋》经传中的"秉笔直书""书法不隐""为法受恶""微言大义"等原则，都是公正记录、扬善惩恶等史诗精神的具体化。而这一原则正如一条红线，贯穿于此后两千多年来的史书编纂之中，并形成一种强大的精神力量，引导着社会的道德发展。

第二节 由《庄子·天下》篇看史诗精神在春秋战国时期的承传发展

孔子不仅在编述《春秋》时继承了王官之学的史诗精神，而且在他整理的《诗》《书》《礼》《易》《乐》中也同样继承了史诗精神。不独是孔子，春秋战国时期的其他学者也都继承了王官之学、史诗精神。《庄子·天下》篇对此有很好的概括：

> 古之人其备乎！配神明，醇天地，育万物，和天下，泽及百姓，明于本数，系于末度，六通四辟，小大精粗，其运无乎不在。其明而在数度者，旧法世传之，史尚多有之；其在于《诗》《书》《礼》《乐》者，邹鲁之士、搢绅先生多能明之……其数散于天下而设于中国者，百家之学时或称而道之。

庄子将五帝以来的学术分为三个阶段。第一阶段为"王官之学"。"古之人"即指五帝三代酋长君王及其贵族祭司阶层。他们代表部族成员上通天神，所谓"配神明，醇天地"；又代表神灵下治社会，所谓"和天下，泽及百姓"。这些"古之人"在祭祀典礼上所举行的沟通神灵、治理社会等活动中形成的仪式规矩，便成了整个社会遵守的礼数法度，而当时吟唱的文辞便是"雅""颂"类史诗。这些活动内容都是世代相传的，所以《天下》篇说"其明而在数度者，旧法世传之，史尚多有之"。这里的"其"即指"古之人"所从事的王官之学，下文"其在于《诗》《书》"与"其数散于天下"两句中的"其"，所指均同。

第二阶段为春秋时期的"搢绅之学"。五帝三代的王官之学，到了春秋时代，已具体细化为"六经"。《庄子·天运》载孔子与老子对话。老子说："夫六经，先王之陈迹也。"所谓"先王陈迹"即王官之学。孔子说："丘治《诗》《书》《礼》《乐》《易》《春秋》六经，自以为久矣，孰（熟）知其故（事）矣。"说明孔子对王官之学很熟悉，并通过学习整理"六经"来继承王官之学、史诗精神。不仅如此，生活于孔子稍前的老子和稍后的墨子，也是熟知王官之学并通过"六经"来继承史诗精神的。《庄子·天道》说："周之征藏史有老聃者。"则老子本来就是从事王官之学的巫史类神职祭司人员，所以孔子也要向他问礼。又《淮南子·要略》说："墨者学儒者之业，受孔子之术。"《淮南子·主术训》说："孔丘、墨翟，修先圣之术，通六艺之论，口道其言，身行其志，慕义从风。"

春秋时期，作为王官之学的史诗虽已不能在朝廷贵族阶层中存续，但其精神内容却通过"六经"而在士阶层中得到了转承。《天下》篇说"其在于《诗》《书》《礼》《乐》者，邹鲁之士、搢绅先生多能明之"。所谓"其在于《诗》《书》《礼》《乐》者"即指王官之学的内容散见于"六经"，而孔子、老子、墨子等"搢绅先生多能明之"。

第三阶段则为战国时期的"百家之学"。这时，王官之学已进一步散移到诸子百家之中，所以说"其数散于天下"。后世因此而有"诸子出于王官论"。[①] 诸子百家之学虽然对王官之学"时或称而道之"，但已是不全面、不完整的了，即所谓"不该不遍"。而恰是这一点才体现了战国时代文人学者的个性化发展趋势，从而促成了百家争鸣、百花齐放的学术繁荣局面。

由《庄子·天下》篇说明，五帝三代以史诗为主要特征的王官之学，到春秋时代下移到搢绅先生所编述的"六经"之中，再到战国时代则进一步散见于诸子百家之中。在这样的背景下再来看《孟子》所说的"王者之迹熄而诗亡，诗亡然后春秋作"，可进一步明白，作为王官之学的"雅""颂"史诗的终结，是经过搢绅之学再

[①] 班固：《汉书·艺文志》"诸子略"，《汉书》，中华书局1962年版，第1724—1746页；章太炎：《诸子学略说》，《章太炎学术史论集》，中国社会科学出版社1997年版，第170—186页。

到百家之学的逐渐演变而完成的。然而，必须指出的是，终结的只是史诗的韵文形式，史诗的公正评判精神却通过搢绅之学与百家之学而获得承续并广大。

第三节　大小传统的融合与史诗、巫诗在《诗经》《楚辞》中的遗存

五帝以前盛行的巫诗，至五帝中期经颛顼改革之后，开始分两支发展，并一直延续到夏商西周，达两千余年之久。一支在上层。这就是通天神与祖神的那部分巫诗融入宗教中并与神权政权相结合而发展成为新的形式——史诗。史诗在部族上层贵族阶层中流传，成为时代的文化主流。另一支则在下层。这就是仍有大量以沟通身边山水草木等自然小神为内容的原始巫诗继续在部族下层平民中流传，虽然不为上层贵族所重视，但终因其广泛的民间基础而得以发展。

这上下同步发展的两支文化，恰好可以用人类学家罗伯特·雷德斐的文化大传统与小传统理论来解释。[①] 大传统文化流传于社会上层的贵族知识分子阶层，往往经过宗教家、思想家的深思提炼而形成集体意识，标志着整个部族的文化水平和文化品格，可以称为精英文化或高雅文化。而小传统则是指在地方民间流行的文化，通俗易懂，普及面广，可以称为民俗文化或大众文化。从文化结构看，大传统与小传统虽有高下精粗之分，但又是相互影响、互为补充的。小传统受大传统指导而紧跟时代步伐，而大传统又不断从小传统中吸取新鲜营养而保持长久活力。我国五帝三代的宗教史诗为王官之学，乃贵族祭祀阶层所承担，自然属于大传统，为精英文化。而巫术巫诗自然属于小传统，为民间大众文化了。大传统宗教史诗本来

---

① Robert Redfield, *Peasant Society and Culture*, University of Chicago Press, 1956.

就起源于小传统巫术巫诗，并在其发展过程中因始终保持巫术通神原理而包含了小传统巫诗的某些成分。

这大小文化传统之间，虽有相互影响的辩证关系，但在我国五帝三代宗教史诗时代，其上下界限、雅俗之分，终究是十分明显的。《荀子·乐论》追述王官时期的"雅""俗"传统时说："故先王贵礼乐而贱邪音。其在序官也，曰：'修宪命，审诗章'（'章'原作'商'，从王引之校改），禁淫声，以时顺修，使夷俗邪音不敢乱雅，太师之事也。"这段话又见于《荀子·王制》。这里的所谓"诗章"即雅颂类史诗乐章；而"淫声"，即夷俗类巫诗邪音。太师的职责就是使"雅""俗"以及大小传统不相混乱。

然而，这界限分明的大小传统，在上下同步发展了两千余年之后，到了春秋战国时代，终因王官之学的下移和士阶层的兴起而相互融合。这种融合的趋势恰好在春秋末期的文化伟人孔子所整理的《诗经》和战国后期的文化伟人屈原整理并加工创作的《楚辞》里得到全面体现。[①]

一 大小文化传统在《诗经》中的融合

今存《诗经》三百零五篇，按风、雅、颂分为三类。新公布的《上海博物馆藏战国楚竹书》中的《诗说》篇，记载孔子论诗，以颂、雅、风为序，而且"颂"作"讼"，"雅"作"夏"，"风"作"邦风"。"讼""夏"乃先秦古义，而"邦风"之"邦"不避刘邦讳，也是先秦的称呼。因此，"颂""雅""风"才应该是先秦《诗》总集的编排次序。

（一）从《诗经》编辑的综合性看大小文化传统的融合

"颂""雅""风"最初是音乐的分类。宋代郑樵《通志·昆虫草木略》谓："朝廷之音曰雅，宗庙之音曰颂。"而"风"原指乐

[①] "楚辞"是汉代人称战国时以屈原为主，包括宋玉、唐勒等人所作的具有楚地人文特色的诗歌总名。为行文方便，本书直接称屈原作品为"楚辞"。

曲。《山海经·大荒西经》："太子长琴，始作乐风。"郭璞注："风，曲也。"则所谓"邦风"即指诸侯邦国之乐。雅、颂诗是宗庙祭祀所传唱，自然属于文化大传统，属于精英文化。邦风相对于雅、颂而言，是地方文化，自然是小传统。这两个传统，本来是上下流传，界限分明的。到了春秋末期，孔子却将他们综合在一起，编入《诗》中，正反映了西周末期以来，因社会结构变化而引起的大小文化传统融合的趋势。

不仅如此，十五"国风"，虽然相对于"雅""颂"而言是小传统。但实际上在诸侯国内部，也因有上层贵族与下层平民之区别而在文化上有大小传统之分。以前关于国风全为民歌的认识，显然是一种误解。今存国风160篇，有一半以上是诸侯贵族诗，属于邦国内的文化大传统系列。朱东润先生早年曾对八十余首风诗进行考证分析，最后"知其确为统治阶级之诗，皆有明证"[①]。例如《周南·关雎》中"君子""淑女"是统治阶层的通称，"琴瑟""钟鼓"乃贵族阶层所用的乐器；《周南·葛覃》中的"师氏"乃贵族子弟的专职导师，等等。

当然，《国风》中仍有近一半的诗篇乃部族下层平民所唱。如《郑风·蘀兮》写民间男女集体歌舞；《齐风·还》写猎人在山路上相遇对唱，等等。这些民间诗歌反映了部族平民的劳动生活与爱情生活，朴素自然，清新活泼，自然属于诸侯国中的文化小传统系列。春秋以来这种不受礼制约束的民间"新声"正在郑卫之间、桑间濮上蔚然成风，并得到了诸侯贵族们的欣赏喜爱。《礼记·乐记》载，稍后于孔子的魏文侯说："吾端冕而听古乐，则唯恐卧；听郑卫之音，则不知倦。"《孟子·梁惠王下》也记载孔子之后的梁惠王说："寡人非能好先王之乐也，直好世俗之乐耳。"这"古乐""先王之乐"即三代王官雅颂之乐，属于大文化传统；而"郑卫之音""世

---

① 朱东润：《国风出自民间论质疑》，《诗三百篇探故》，云南人民出版社2007年版，第30页。

俗之乐"是流行于民间的通俗文化，属于小传统。魏文侯、梁惠王这些诸侯贵族，不喜欢大传统文化，反痴迷于小传统文化。说明当时大传统趋于衰落，而小传统则蓬勃发展，因此，反映小传统文化的民间新诗应该数量很多。

然而，孔子是维护王官之学的搢绅之士，对新出现的世俗新声持批评态度，"恶郑声之乱雅乐"（《论语·阳货》），主张"放郑声"（《论语·卫灵公》）。孔子整理编辑《诗经》，自然以王官礼乐为标准。《论语·子罕》孔子曰："吾自卫返鲁，然后乐正，雅颂各得其所。"凡不合王官礼乐者，孔子皆删去。司马迁《史记·孔子世家》："古者诗三千余篇，及至孔子，去其重，取可施于礼仪……三百五篇，孔子皆弦歌之，以求合《韶》《武》雅颂之音。"这被删去的几千首古诗中，大部分应该是小传统民间诗歌。

历史的潮流终究不可阻挡。虽然孔子拿着王官礼乐的尺子去选择诗歌，但当时毕竟已是大小文化传统大融合的时代了，孔子也不能脱离他生活的时代，所以他所编辑的《诗经》还是大致体现了这种融合的趋势（见图2—1）。

颂（40首）　　　　雅（105首）　　　　风（160首）

贵族诗(80首)　民间诗(80首)

大传统　⇔　小传统

大传统　⇔　小传统

《诗》三百零五篇：大小文化传统的融合

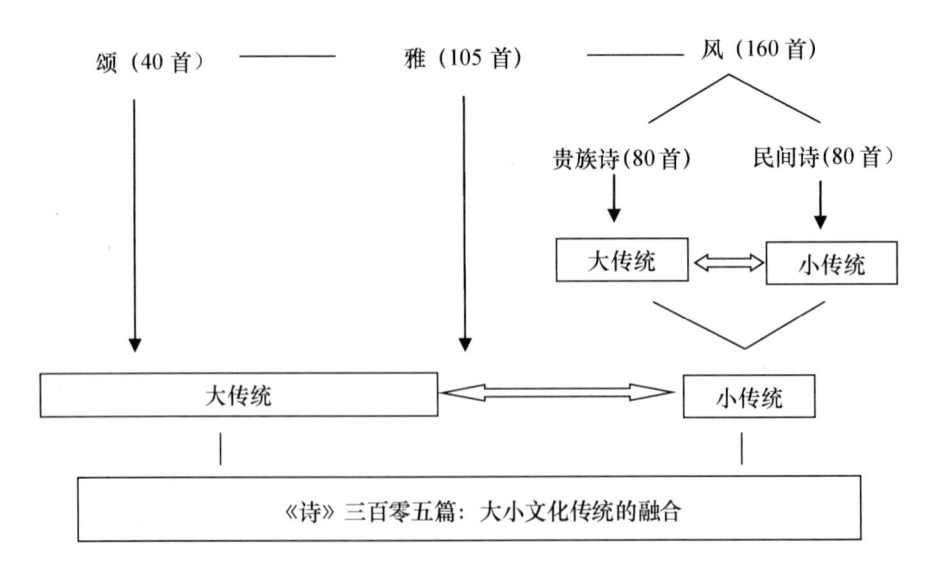

图2—1　大小文化传统的融合趋势

（二）远古巫诗在《诗经》中的遗存

今存《诗经·国风》中近八十首小传统民间歌谣，一部分是春秋时期或稍前新出的作品，已如上述；还有一部分实际是原始巫歌的遗存，再经春秋时人的加工润色而成。这部分诗歌应当引起注意。前文指出，五帝时代初期有原始狩猎巫诗《弹歌》。而《诗经·召南》中的《驺虞》也描写狩猎，应该就是原始狩猎巫诗的遗存：

（一）
彼茁者葭（密密一片芦苇丛），
壹发五豝（一群母猪被射中），
于嗟乎驺虞（这位猎手真神勇）！

（二）
彼茁者蓬（密密一片蓬蒿草），
壹发五豵（一群小猪被射倒），
于嗟乎驺虞（这位猎手本领高）！

"驺虞"原是狩猎人的泛称。"壹发"的"壹"为发语辞，"发"指箭矢，诗中作动词用。"豝"指母猪，"豵"指小猪，"五"为虚词，表多数。多只母猪小猪先后被射中。这在今天看来是夸张说法，但在原始时代是一种巫术咒语，反映了原始人渴望狩猎时多获野兽的强烈心情。《诗经·周南》中的《芣苢》，则是祈求生殖的巫术咒语诗：

采采芣苢，薄言采之。采采芣苢，薄言有之。
采采芣苢，薄言掇之。采采芣苢，薄言捋之。
采采芣苢，薄言袺之。采采芣苢，薄言襭之。

此诗之所以反复吟唱采摘芣苢，是因为芣苢是一种中药，又名车前子,吃了能帮助怀孕生子。闻一多先生分析说:"'芣苢'的本意就是'胚胎',其字本只作'不目',后来用为植物名变为'芣苢',用在人身上变为'胚胎',乃是文字孳乳分化的结果。"① 由此可知,《芣苢》原是巫术咒语诗,是希望女子通过采摘芣苢这一巫术仪式,以达到怀孕生子的目的。此外,《国风·召南》还有《采蘩》《采蘋》诗,《王风》有《采葛》诗,《鄘风》有《桑中》诗,都以采摘植物花草而事涉性爱多子,都是原始巫术咒语诗的遗存。就此我们可以感觉到五帝以来正当宗教史诗盛行于上层社会之际,原始巫术巫诗仍在民间流传歌唱的大致状况。

(三) 商周史诗在《诗经》中的遗存

如前所述,史诗作为圣王贵族们在宗教祭祀典礼上所吟唱的韵文形式,到了春秋时代因王官解纽、学术下移而逐步退出历史舞台。但孔子整理的《诗经》中,却为我们保留了一部分商周时期的王族宗教史诗。

据《史记·孔子世家》,孔子整理《诗》时,"取可施于礼仪,上采契、后稷,中述殷周之盛,至幽厉之缺……礼乐自此可得而述,以备王道"。又载孔子语:"吾自卫返鲁,然后《乐》正,《雅》《颂》各得其所。"今存《诗经》中,正有《商颂》《周颂》及《大雅》。史诗是王者之事,所以司马迁说孔子整理殷周"雅""颂"之诗"以备王道"。这"王道"与孟子所说的"王者之迹"相一致。

今存《诗经》中的《商颂》虽是春秋时宋国的殷商后裔正考父整理的本子,但其祖本内核应该是商代就已形成并逐代承传的商民族史诗。② 其中有追忆商民族先祖的图腾诞生,如《玄鸟》"天命玄鸟,降而生商",《长发》"有娀方将,帝立子生商"。有叙述商族先公、先王率部族奋斗发展的历史,如《长发》篇写商汤灭夏建国的

---

① 闻一多:《诗经通义·芣苢》,《闻一多全集》第二卷,生活·读书·新知三联书店 1982 年版,第 121 页。

② 江林昌:《〈商颂〉的作者、作期及其性质》,《文献》2000 年第 1 期。

过程很详细，而《殷武》篇则详写武丁南伐荆楚事。

《大雅》中的《生民》《公刘》《绵》《皇矣》《大明》是一组保留比较完整的周民族史诗，应当是西周初年及其之前周民族宗庙祭祀典礼上歌舞吟唱的文辞。《生民》写姜嫄履大人足迹而孕生后稷，后稷出生后历经诸难考验，发明农业，定居邰地。《公刘》叙周人在其酋长公刘带领下来到豳地，开荒耕地，发展农业，放牧养兵，使周民族初步跨入文明门槛。《绵》写古公亶父率周人又从豳地迁到岐山之南的周原，与渭水流域的姜姓族联姻，进一步发展农业，初步设立国家机构，使周民族真正进入早期文明阶段，等等。

商周史诗是典型的王官之学，大传统文化，而孔子将它们保留下来，"以备王道"；同时又将它们与十五国风编在一起，反映了当时大小文化融合的时代特征。

（四）史诗精神在《诗经》中的继承

前文指出，史诗作为一种韵文形式，到了春秋时期已开始逐步退出历史舞台；但史诗之评判是非、扬善惩恶的精神，却在春秋时代的搢绅之学与战国时代的百家之学中得以继承。孔子作《春秋》而继承了史诗精神，是最典型的事例。这里要特别指出的是，孔子整理的《诗经》中，有大量称为"变雅""变风"的诗，实际上也是在新的时代条件下对史诗精神的继承与发展。"变雅""变风"最早是由《毛诗序》提出来的：

> 至于王道衰，礼义废，政教失，国异政，家殊俗，而变风、变雅作矣。国史明乎得失之迹，伤人伦之废，哀刑政之苛，吟咏情性，以风其上，达于事变而怀其旧俗者也。

"变风""变雅"是在"王道衰，礼义废，政教失"的背景下产生的。郑玄《诗谱序》则具体指出是在厉王、幽王之后。这正是"王者之迹熄而诗亡"的时候。"史诗"文体的衰落与"变风""变雅"文体的产生正是同一背景下的前后衔接。其作者都是"国史"，也就是贵族祭司阶层。"国史"原是史诗的承传者，但从西周晚期开始，经春秋时代，作为王权象征的史诗已遭破坏，于是"国史"们只有以公正评判、扬善惩恶之史诗精神来讽谏统治者，表达赏罚之意，希望能够挽回昔日之王道秩序，这就是所谓的"明乎得失之迹，伤人伦之废"，"以风其上，达于事变而怀其旧俗者也"。具体而论，作"变雅"者为周王室的"国史"，作"变风"者为诸侯国的"国史"。由于他们职业同类，背景相同，因此所作"变雅""变风"的主题也一致，即以史诗精神来"怨刺""讽谏"。至于"变雅""变风"与史诗的区别，主要在于：史诗以歌颂为主，"变雅""变风"以批评为主；史诗以叙事为主，"变雅""变风"以抒情为主；史诗是集体吟唱，"变雅""变风"大多为个人述志。

"变雅"诗主要见于《大雅》中的《民劳》《板》《荡》《抑》等，又见于《小雅》中的《节南山》《正月》《十月之交》《雨无正》《小旻》《小宛》《小弁》《巧言》《巷伯》等。"变风"主要见于《邶风·新台》《陈风·株林》《齐风·南山》《鄘风·相鼠》《秦风·黄鸟》，等等。这些诗对当政者或箴诫规谏，或讽刺批评。如《大雅·板》指出执政者应该维持血缘力量、广泛听取民意，所谓"怀德惟宁，宗子惟城"，"先民有言，询于刍荛"。《小雅·雨无正》则批评王朝统治者既不能兼听则明，又不能敬业国事，"凡百君子，莫肯用讯"，"邦君诸侯，莫肯朝夕"。《鄘风·相鼠》则对统治阶层的失去礼仪道德深表痛恨："相鼠有皮，人而无仪。人而无仪，不死何为。"

"变雅""变风"的怨刺讽谏特点，一方面继承了史诗的公正评判精神，"怀其旧俗"；另一方面又反映了时代的变化，"达于事变"；第三方面仍能合乎礼仪传统，"发乎情，止乎礼义"。孔子不仅收入了大量"变雅""变风"诗，而且还从理论上加以总结，指出诗"可以群，可以怨，迩之事父，远之事君"（《论语·阳货》）。司马迁则进一步将这种"怨"概括为"《小雅》怨悱而不乱"。这"怨悱而不乱"，就是孔子所说的"温柔敦厚"。《礼记·经解》载孔子曰："温柔敦厚，《诗》教也。"又说："温柔敦厚而不愚，则深于《诗》者也。"从此以后,"温柔敦厚""怨而不乱"成了儒家诗学原则。这一原则又经屈原作品的发扬光大而对中国文学产生了深广的影响。

二 大小文化传统在《楚辞》中的融合

屈原生活在战国后半期,此时周室王权几乎已是名存实亡,而各诸侯国的兼并战争更为频繁。这种政治社会现象反映在文化上,不仅是周王室大文化传统与各诸侯国小文化传统的进一步融合,而且各诸侯国固有的大小文化传统也开始广泛地交叉融合。这种融合趋势,在屈原整理或创作的《楚辞》里得到了最具体的反映。

先说《天问》。

《天问》先叙宇宙生成,再叙山川神怪,然后叙虞、夏、商、周、吴、秦、楚等族的起源与发展历史,可以说是现今所见先秦时期一部仅有的综合性的中华民族史诗。其中商、周两族史诗与《诗经》之《商颂》《大雅》所传相一致,而虞、夏及吴、秦、楚史诗则为《天问》所独有,弥足珍贵。

前文讨论史诗时曾指出,五帝三代宗教王官时代,各民族史诗只叙其本民族的历史,且严格限定在本族内世代相传。而《天问》所叙,除在篇末叙楚本族历史外,主体部分则以大量篇幅叙虞、夏、商、周及吴、秦历史,这在文化史上是一种新现象。这一新现象在楚国出现,在屈原笔下出现,绝不是偶然的。

首先是时代的原因。战国时代,王官史诗赖以生存的血缘管理结构早已解体,原来主持宗教祭祀并吟唱史诗的周王室祭司及各诸侯国祭司都开始离开其本族国而四处奔命,各族史诗也就失去了其原有的神圣性而流散各地,从而出现了各族国精英文化广泛交流与融合的新局面。其次在于历史的原因。楚民族在其起源发展的过程中,曾与虞、夏、商、周族有过密切的交往联系。[①] 再次是屈原本身的文化条件。屈原本是一个巫史合流的人物,其所任"三闾大夫"

[①] 江林昌:《楚辞与上古历史文化研究》"绪论",齐鲁书社1998年版,第8—12页。

与"左徒"两职,均与巫史类祭司神职有关,对楚国的历史文化以及与楚族起源发展相关的虞、夏、商、周文化有相当的了解。① 这样,时代条件、历史渊源、作者修养三方面的结合,成就了《天问》能够综合虞、夏、商、周、吴、秦、楚等族史诗而融为一体,从而使《天问》成为中国文化史上的千古奇篇鸿文。

《天问》作为史诗的最大特点在于它的综合性。而正是这一综合性特点,表明了《天问》已不具备王官时代在宗教祭祀典礼上本氏族成员在祭司主持下集体吟唱的宗教礼仪性条件;因此,《天问》不是楚国王官史诗,而只是五帝三代部分族国的王官史诗的综合保存。当然,王官史诗之代神谕示、公正评判、扬善惩恶的精神传统,在《天问》里还是得到了很好的继承。考察《天问》叙史,往往从正反两面立论,列举尧、舜、禹、汤、文、武等明君,因敬神修德,重贤才,爱百姓,而国运昌盛;又列举夏桀、商纣等昏君,因乱政而丧国。可谓是正反两判,是非分明。

其二,说《九歌》(详见下章)。

其三,说《离骚》。

《离骚》开首交代自己与楚王同姓共祖,表明屈原帮助楚王振兴楚国是宗族血缘之使命,又叙自己于庚寅日从天而降,是神巫祭司身份,再叙自己餐清露,服香草,申述自己内美外修的品德特征。这一切实际是要交代诗中的主人公将以史诗代神谕示、公正评判的面目出现。下文对"三后纯粹""尧舜耿介""禹、汤、文、武举贤授能"的赞扬,和对"启、羿自纵""桀、纣猖狓"的批评,都是史诗精神的体现。王逸《楚辞章句》指出:

> 昔者孔子睿圣明哲,天生不群,定经术,删《诗》《书》,正《礼》《乐》,制作《春秋》,以为后王法……
> 其后周室衰微,战国并争,道德陵迟,谲诈萌生……屈原

---

① 江林昌:《楚辞与上古历史文化研究》"绪论",齐鲁书社1998年版,第12—14页。

履忠被谮,忧悲愁思,独依诗人之义,而作《离骚》。

春秋时代的孔子依史诗精神而修《春秋》,以褒贬之义"以绳当世"。战国时代的屈原继孔子之后依然沿着史诗精神往前走,"依诗人之义而作《离骚》"。这"诗人"自然是指王官之学中主持传授史诗的祭司之属,而《离骚》代神谕示、公正评判、扬善惩恶,犹如孔子之《春秋》,其精神实质是一致的。这是大传统精英文化。

《离骚》中的史诗精神更多地表现为"变雅"的怨刺讽谏。既伤"哲王不寤""灵修数化",又叹"众芳芜秽""时俗工巧"。尽管如此,诗人坚守史诗精神,永不改悔:"虽九死其犹未悔""虽体解吾犹未变"。司马迁《史记·屈原贾生列传》指出:"屈平正道直行,竭忠尽智以事其君,谗人间之,可谓穷矣。信而见疑,忠而被谤,能无怨乎?屈平之作《离骚》,盖自怨生也。《国风》好色而不淫,《小雅》怨诽而不乱。若《离骚》者,可谓兼之矣。"这仍然是大传统精英文化。

《离骚》中还大量借用了巫术驱使自然的习俗与宗教通神的原理,实际上也是大小文化传统的创造性综合运用。《离骚》在向重华陈述衷情后,便开始飞腾天国,"驷玉虬以桀鹥兮,溘埃风余上征"。可是"帝阍"守门不开,"春宫"美女变节,说明楚国的黑暗现实确已"不足为美政"了。于是有了飞离楚国的设想,而飞离的过程依然是借助巫风,先求灵氛占卜,再请巫咸降神,然后"驾飞龙","指西海",浩浩荡荡之际,"忽临睨夫旧乡"。最终演出了以身殉国的千古悲剧。总之,诗人在两次神游中,驾飞龙,令羲和,使望舒,命飞廉,驱凤鸟,等等,都是通过巫术咒语,驱使喝令自然现象为主人公所用。这是原始巫术的灵活运用,是小传统文化。而相信天庭与春宫等神界有神灵的存在,因而奔告求助,则又是宗教史诗基本原理的巧用,是大传统文化。屈原创造性地将两者结合在一起,以服务于自己的心路历程,构成了《离骚》独有的波澜起伏的浪漫情节，充分表现了诗人忠君爱国、公正评判、矢志不渝的史诗精神。鲁迅因此称《离骚》为"逸响伟辞，卓绝一世"。

其四说《九章》。

《九章》是《离骚》怨刺精神的进一步具体化，可以说是战国时代楚国的"变雅"组诗，是大传统文化。《九章》第一篇为《惜诵》。"惜"为痛切之义，"诵"则进谏之意。前引《国语》之《周语》《楚语》指出，王官时代周王朝及楚王庭里，都曾有巫史献书，瞽矇进谏，以供君王执政时参考的传统，而《九章》之"惜诵"即其意也。《惜诵》开篇言："惜诵以致愍兮，发愤以抒情。所非忠而言之兮，指苍天以为正。令五帝以折中兮，戒六神与向服。俾山川以备御兮，命咎繇使听直。"以王官祭司的身份自拟，表明自己将代表神灵主持公正评判。这既是《惜诵》的开场白，也可视作整组《九章》的序言。然而悲哀的是，"竭忠诚以事君兮"，却是"愿陈志而无路"。在这样的处境下，自然是"心郁邑余侘傺兮"。《九章》其他各篇所述大致与此相同。

现在，我们可以将上述屈原作品里所体现的大小传统关系列为如图2—2所示。

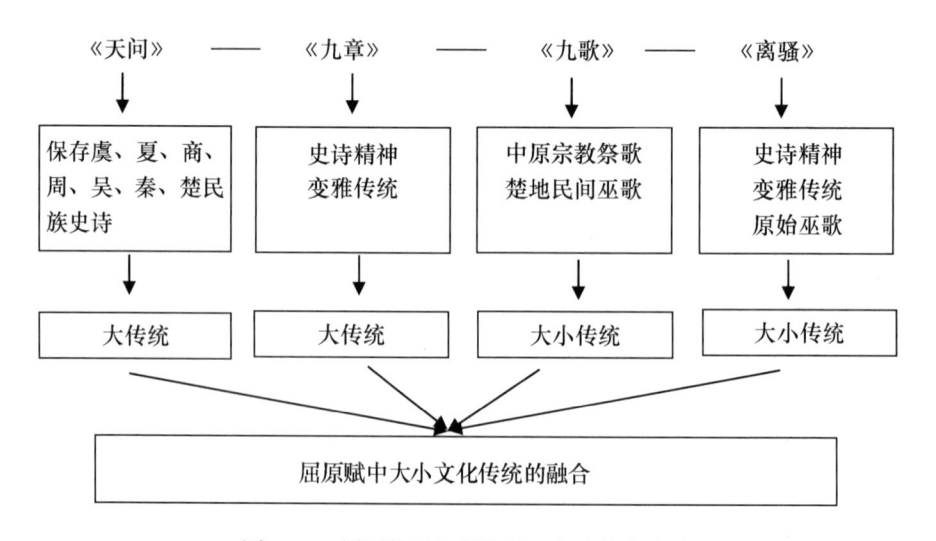

```
《天问》          《九章》          《九歌》          《离骚》
   ↓                ↓                ↓                ↓
┌─────────┐    ┌─────────┐    ┌─────────┐    ┌─────────┐
│保存虞、夏、│    │史诗精神 │    │中原宗教祭歌│  │史诗精神 │
│商、周、吴、│    │变雅传统 │    │楚地民间巫歌│  │变雅传统 │
│秦、楚民族│    │         │    │         │    │原始巫歌 │
│史诗     │    │         │    │         │    │         │
└─────────┘    └─────────┘    └─────────┘    └─────────┘
   ↓                ↓                ↓                ↓
┌─────┐        ┌─────┐        ┌─────┐        ┌─────┐
│大传统│        │大传统│        │大小传统│      │大小传统│
└─────┘        └─────┘        └─────┘        └─────┘
                     ↓         ↓        ↓
              ┌──────────────────────────────┐
              │  屈原赋中大小文化传统的融合    │
              └──────────────────────────────┘
```

图2—2　屈原作品里所体现的大小传统关系

春秋末年，孔子编《诗》时，是以王官礼乐为标准，将各国大小文化传统的诗合编在一起，凡不入乐者则删除。孔子做的只是"正乐"的工作，所谓"述而不作"。而战国时代屈原的《天问》《九歌》《离骚》《九章》各篇，不仅将各大小文化传统的史诗巫诗合编在一起，而且还作了统一的艺术加工与内容创造，是"既述且作"。孔子和屈原都继承了史诗精神。但孔子的史诗精神是通过他将"雅""颂"诗与"变风""变雅"诗都编入《诗经》而体现的，而屈原的史诗精神则通过在他的《九歌》《天问》《离骚》《九章》中个性化的创作而体现的。这种不同，正体现了时代的发展。

三　史诗通神观念的突破与中国轴心文明的诞生

前面我们举例讨论了春秋战国时期史诗文体的逐步终结与史诗精神的广泛承传，而这种终结与承传恰好体现在五帝三代大小文化传统到了春秋战国时代出现了融合的过程之中。我们在这里再讨论五帝三代王官之学、宗教史诗中的通神观念在春秋战国时代的变化。概括地说，五帝三代宗教史诗的通神观念也没有随着史诗文体的终结而消失；相反，通神观念如同史诗精神一样，在春秋战国时代得以继承并有新的发展。这就是通神观念随着王官之学的下移而普及于下层士民阶层。而这一点又恰好与五帝三代的大小文化传统的融合相一致。

在五帝三代，沟通天神的特权均为王室贵族阶层所独占；"天人合一"的理想境界只能在王室贵族阶层内部实现；其通神过程则由祭司集团主持。到了春秋战国时代，一方面是王权旁落，贵族世袭制的瓦解；另一方面则是士阶层的崛起，人类理性精神的全面觉醒。在这社会急剧变化的背景下，出现了人类文明发展史上的新突破。德国哲学家雅斯贝尔斯称之为"轴心时期"。纵观世界文明史，这种"轴心时期"的文明突破发生在公元前800年到公元前200年的古代中国、古印度、古希腊和波斯—以色列。轴心文明的最大特点是人类精神思想上的"突破"，而"突破"的核心便是对原初的超越。

雅斯贝尔斯指出，这种原初超越的终极意义在于，确立了一个新的文明形态和性质，进而对以后的人类社会发展产生了持久永恒的影响力。①

中国轴心文明的精神超越，在很重要的方面是体现在沟通神灵的适用范围与对天人合一观念的突破上。正如余英时先生所指出："在人们普遍相信'绝地天通'神话的时代，只有帝王在巫觋帮助下能直接与天沟通。因此，'天人合一'也成了帝王的禁脔。帝王受命于天，是地上所有人的唯一代表。中国轴心突破是作为一种精神革命而展开的，它反对王室与天的联系。"② 具体地说，在春秋战国时期，"天人合一"观念的变化体现在由上层贵族普及到下层士民、由集体意识转化为个人意识。这其中最典型的例子见于《庄子·人间世》中庄子借孔子弟子颜回说出的一段话：

> 然则我内直而外曲，成而上比。内直者，与天为徒；与天为徒者，知天子之与己皆天之所子。

在夏商西周史诗时代，只有君王才能配称是天神之子，所谓"天子"；而战国时代的庄子心目中，他自己与君王都可称为"天之所子"，"只要保持内心诚直，则人人都能成为天子，从而也就能与天直接沟通"。③

孔子在庄子之前就已有这种认识了。在《论语》一书里，孔子在多处场合表明他与天神是经常沟通的。他说他"五十而知天命"（《为政》），说"天生德于予"（《述而》），又说"知我者其天乎"（《宪问》）。刘殿爵教授在他的《英译〈论语〉导论》中因此而总

---

① Karl Jaspers, *The Origin and Goal of History*, trans., Michael Bullock, chapter 1 "The Axial Period", New Haven: Yale University Press, 1953, pp. 1–21.

② 余英时：《人文与理性的中国》，上海古籍出版社2007年版，第8页。

③ 余英时：《人文与理性的中国》，上海古籍出版社2007年版，第9—10页。

结说:"到孔子之时,关于天命的唯一拓展就是不再局限于君主。每个人都受命于天以修其德,践天命就是他的职责。"①

孟子进一步发扬孔子的天命观,提倡加强个人的内心修养,培育浩然之气,然后就可以与天沟通。其《尽心上》指出:

> 尽其心者,知其性也。知其性,则知天矣。
> 存其心,养其性,所以事天也。
> 君子所过者化,所存者神,上下与天地同流。

过去,沟通天神需要史诗圣典、歌舞礼仪、钟鼎礼器等巫术祭祀礼器与祭祀礼仪。现在到了孟子观念里,只需要有内心的浩然之气就可以通神了。也就是说"将天与人交通的媒介由'巫'改为'心',以及用精神修养来取代礼乐仪式"②。

在孟子看来,天神依然是存在的,人还是需要与天神沟通的,只不过沟通天神的主体与手段变了。即过去只有王室贵族祭司阶层可以通神,现在人人都可以通神了;过去只有通过史诗歌舞等巫术祭祀手段才可通神,现在只要培养内心正直就可直接通神了。这正是轴心时期理性精神觉醒的体现。

屈原进一步强化了沟通神灵过程中的内心精神力量。在《离骚》中,屈原反复强调自己的内心耿直忠诚与外表高洁纯美。他"朝饮木兰之坠露","夕餐秋菊之落英",而且"制芰荷以为衣","集芙蓉以为裳"。在内修外美方面,屈原自以为超越了常人,"余独好修以为常",所以他最有资格与天神沟通。《离骚》说他可以"指九天以为正","依前圣以节中",《惜诵》又说"令五帝以折中","命咎繇使听直"。屈原以内心之"正""中""直"而沟通"九天"

---

① 刘殿爵:《采撷英华——刘殿爵教授论著中译集》,香港中文大学出版社2004年版,第13页。

② 余英时:《人文与理性的中国》,上海古籍出版社2007年版,第14页。

"五帝""昝繇"等神灵。而这"正""中""直"也正是前文讨论的史诗精神的要义所在。

在春秋战国时代，诸子百家论天人关系，几乎都把沟通天神的根源建立在人的内心深处，从而汇聚成了人类精神的新突破。余英时先生称这种突破的特点是个人化、内向性的转化："中国由前轴心时期迈入轴心时期，天人关系发生了决定性的新转向。这种转向既是个人化的，又是内向性的。在前轴心礼乐传统与哲学突破之间，中国的精神思想出现了质的飞跃。因为超越了礼制传统，中国的思想无论在概念上还是表达上都提升到了一个新的层次。"[①] 前引《庄子·天下》篇称诸子百家之学在继承王官史诗之学方面，已有很大的破坏性，说是"天下之人各为其所欲焉以自为方"，"百家往而不返"，"道术将为天下裂"。虽然这是用了批评的语气，实际恰好道破了当时诸子百家在精神世界方面的超越性与突破性。

必须强调的是，春秋战国时代在沟通神灵方面的突破虽然已表现为由外在的集体性礼乐史诗，转化为内在的个人化心灵，但王官时代史诗的公平正直之精神仍然是个人内心通神的重要原则。所以庄子强调"内直"，余英时先生译为"内心诚直"；孟子要"尽其心"，杨伯峻《孟子译注》解为"充分扩张善良的本心"；屈原要"中""正""直"。这是中国轴心文明所表现为"突破"的最闪亮之处，也是中国古代人文精神的崇高所在，更是中国知识分子优秀品格的根本基础。

分析至此，我们对史诗时代如何发展到轴心时代的大致轮廓已然明白。作为本章的结束，尚有两点相关的问题需要简单说明。

其一，从思想史角度看，要区分从巫诗时代到史诗时代再到轴心时代有关通神内涵、范围与手段的发展变化。在巫诗时代，人人为巫、人人通神、处处通神。通神的手段是外在的咒语巫诗等法术。人在神面前是盲目的。在史诗时代，通神的手段为特定的宗教典礼

[①] 余英时：《人文与理性的中国》，上海古籍出版社2007年版，第11页。

与史诗乐舞,通天神与祖神的主持者为代表"公众巫术"的少数氏族贵族祭司阶层。人在神灵面前是被动的。而普通族民只有在民间继续采用原始巫术直接沟通身边层次低级的自然神。也就是说,在史诗时代,通神的对象与手段都已出现了不同的范围与层次。到了春秋战国时期的轴心文明阶段,通天神的范围层次已由贵族阶层下延扩大到普通士民。但也并非人人都可以通天神,而是只有道德高尚的人才可以。于是通神的手段也开始由外在的宗教典礼、史诗乐舞等形式而转化为内在的精神道德修炼。人在天神面前是主动的、理性的。这种高贵的人文精神,虽从西周初年的周公强调德治时已开其端,而其普及广大,成为时代主流,则是在春秋战国轴心文明时期。正是这轴心文明时期的内心超越,才构成了此后两千年中国文化生生不息的精神资源。

其二,从文明史角度看,从巫诗时代到史诗时代再到轴心时期,虽然出现了两次突破,但沟通神灵,"天人合一"观念并没有被完全割断与抛弃,反而在新的范围内,在新的方式中,获得了升华。尤其是五帝三代一直贯穿于血缘社会中的公正评判、劝善惩恶的史诗精神,到了轴心时期发展内化为人的精神品德要求,以作为通神的基础。这些都体现出了中华文明起源与发展的连续性特点。正如余英时先生所指出,春秋战国之际,天人合一观念由王室贵族上层向社会下层个人化的转向,"一方面使得天人之间的直接交通得以重开,另一方面,又使得个人得到精神上的觉醒和解放"。"这种不完全与前轴心传统决裂的态度,似乎对以下事实有重要意义……中国轴心突破所导致的超越世界,并没有明显地与现实世界对立起来。但在这种情况下,传统与突破之间的持续性已经隐然可见。"[1]

总之,由五帝时代早期及其之前的人人为巫通神的巫诗时代,到五帝中晚期及三代王室贵族阶层以宗教礼仪通神的史诗时代,再到春秋战国人人精神品格通神的轴心时代,是中国文化发展史上的

---

[1] 余英时:《人文与理性的中国》,上海古籍出版社2007年版,第10—11页。

三个里程碑。这三个时代都有通神观念，都有天人合一观念，而且后两个时代都贯穿着公平正直的精神要求，从而体现了中国文明起源与早期发展的连续性特点。但这三个时代不是简单重复，而是螺旋式上升，是三次质的飞跃。每一次飞跃，都进一步奠定了中国古文明有别于世界其他古代文明的基础。

第 三 章
血缘管理变地缘管理与史诗内容的传承创新

  一部五千多年绵延不断的中华文明史，实际上是众多氏族、部族、民族文化不断传承融合与转化创新的过程。先秦时期，由氏族、部落林立而逐渐形成以中原夏商周三族为盟主的多部族文化联合体。秦汉以后则由更大范围内的民族碰撞对话而最终形成以汉民族为主体的多民族统一国家。

  秦始皇统一天下。至汉武帝时，进一步繁荣发展。司马迁在此基础上著成的《史记》，"究天人之际，通古今之变，成一家之言"，对以汉族为主体的多民族统一国家作了全面叙述梳理。《史记》成为中华文明史上，上承先秦六经诸子，下启以后官修正史的不朽经典。事实上，在战国文明转型过程中，屈原整合编辑并加工润色的《九歌》，也在较大程度上反映了远古部族文化传承融合与转化创新的过程。《九歌》不仅有文学艺术上的认识价值，更有文化史上的认识价值。我们应该从文明起源、早期文明发展、文明转型以及成熟文明发展这样一个大空间、长时段的背景下去认识把握《九歌》这部不朽的民族经典。这样的讨论，需要多学科的综合运用，并非易事。

  王逸《楚辞章句》认为，《九歌》是屈原在楚国民间祭祀乐曲基础上创作而成的。"屈原放逐"，窜伏于"楚国南郢之邑，沅湘之间","出见俗人祭祀之礼,歌舞之乐,其词鄙陋,因为作《九歌》之曲"。① 洪兴祖《楚辞补注》、朱熹《楚辞集注》,以及中华人民共和国成立后的大学通用教材,大多采用此说。

其实,这只是注意到《九歌》的流。有鉴于此,一些有识之士试图从更广阔的文化史、民俗学角度探索《九歌》的源。如姜亮夫、周勋初、萧兵等学者的论著,均有专门讨论。② 但由于20世纪80年代以前考古发掘与研究尚不充分,学术界对先秦以前的远古历史文化未及作出全面科学的梳理,因此有关《九歌》源头的讨论很难深入到具体环节。

经过半个多世纪的努力,到20世纪80年代以后,考古工作者终于建立起完整的考古学文化年代序列,并先后开展了考古区系类型学的文化历史分析,与考古聚落形态学的社会历史分析。这样,有关中国文明起源、早期文明发展、文明转型,再到成熟文明形成发展的讨论,都有了具体、系统而科学的基础。其中,有关中国文明起源阶段的具体情况,考古学为我们展示了新石器时代的六大文化区:山东文化区、中原文化区、甘青文化区、长江中游区、江浙文化区和燕辽文化区。

严文明指出:"(这六个)区域文化各有鲜明特色,也就意味着在其背后创造它们的社会在文明化进程上各具特点,并对整个中国文明的形成作出过不同的历史贡献。"③ 这六个新石器时代文化区的年代大致为距今10000年至距今4000年。其中,新石器晚期的年代则为距今5300年至距今4000年,相当于古史传说中的五帝时代。而在历史学界,蒙文通、徐旭生等先生将五帝时代的众多氏族部落概括为河洛地区的华夏集团、海岱地区的东夷集团、江汉

---

① 洪兴祖:《楚辞补注》,中华书局1983年版,第55页。
② 姜亮夫:《楚辞学论文集》,上海古籍出版社1984年版,第271—308页;周勋初:《九歌新考》,上海古籍出版社1986年版;萧兵:《楚辞新探》,天津古籍出版社1988年版,第129—502页。
③ 严文明主编:《中华文明史》第1卷,北京大学出版社2006年版,第55页。

地区的苗蛮集团。①这三大部族集团刚好对应上述考古学上的中原文化区、山东文化区和长江中游区。

到了夏商周青铜时代，上述六个文化区又有一些新的变化发展，如西南地区多了巴蜀文化区等。②但中原文化区、山东文化区、长江中游区基本保持不变。1933年，傅斯年将五帝时代至夏商周三代的文化概括为东边的夷族、商族与西边的夏族、周族之间的交流。这东西两端正好落在上述山东文化区与中原文化区之内。傅先生指出："现在以考察古地理为研究古史的一个道路，似足以证明三代及近于三代之前期，大体有东西不同的两个系统。这两个系统，因对峙而生争斗，因争斗而起混合，因混合而文化进展。"③傅先生作此文时，中国考古学才起步不久，其从历史文献学角度提出"夷夏东西说"，极富洞见，在学界影响深广。然而，现在我们无论从考古学角度还是从历史学角度看，五帝至夏商周时期不仅存在傅斯年所说的东西交流，而且还有南北交流，即黄河流域的夷、夏两族与长江中游区的三苗族、荆楚族之间的交流。

《九歌》各篇的族属及其形成流变，空间上正好处于海岱东夷集团、河洛华夏集团、江汉苗蛮集团所分布的山东文化区、中原文化区和长江中游区范围内，而时间上又恰在五帝至夏商周三代之间。经过论证，我们认为屈原《九歌》诸篇原始底本的大致族属与时代如下：

  《东皇太一》《东君》：源于五帝晚期海岱地区东夷集团虞舜族的《韶乐》；

  《河伯》《云中君》：源于夏代中原地区夏族禹启以来的

---

① 蒙文通：《古史甄微》，巴蜀书社1999年版，第42—55页；徐旭生：《中国古史的传说时代》，广西师范大学出版社2003年版，第42—75页。

② 李伯谦：《中国青铜文化的发展阶段与分区系统》，《华夏考古》1990年第2期。

③ 傅斯年：《民族与古代中国史》，河北教育出版社2002年版，第3—60页。

《虬歌》；

　　《大司命》《少司命》：春秋战国时代各诸侯国的生命生育祭歌颂诗；

　　《湘君》《湘夫人》《山鬼》：长江中游楚地楚族流传久远的山川祭歌颂诗；

　　《国殇》：流传于楚国的爱国战魂祭歌；

　　《礼魂》：以上各篇共用的"乱辞"。①

就以上讨论可知，《九歌》所收录各篇的族属很复杂，其年代跨度很长。为什么这些不同氏族、不同时期、不同地域的祭歌颂诗，最终会在战国时期的楚国，经屈原之手配套成组合编在一起？总结分析其中相关问题，具有深刻认识价值。

第一节　文化传承融合与《九歌》各篇的整合编组

一　《九歌》整合编组的历史条件

商代中后期，楚氏族由中原地区沿丹水东南而下，进入湖北汉水流域；到西周，再逐步向东南发展，进入江汉洞庭流域；及春秋战国时期，楚国已是长江中游很强大的侯国了。但在商代早中期以前，楚族的起源及早期发展阶段则活动在黄河中下游，且与夷夏两集团有密切关系。②

在神话传说中，楚人的远祖有两个：颛顼氏与祝融氏。而这两个远祖的早期活动地区主要在海岱地区与中原地区。《山海经·大荒东经》："东海之外大壑，少昊之国。少昊孺帝颛顼于此，弃其琴

---

① 江林昌：《远古部族文化融合创新与〈九歌〉的形成》，《中国社会科学》2018 年第 5 期。
② 张正明：《楚史》，湖北教育出版社 1995 年版，第 1、2、3 章。

瑟。"少昊是东夷集团的远祖，活动中心在穷桑，即今曲阜一带。《帝王世纪》卷二："少昊邑于穷桑，都曲阜，故或谓之穷桑帝。"①说颛顼受少昊孺养，说明颛顼氏族初始阶段得到少昊氏族的帮助，其发源地自然是在东夷地区。颛顼氏"绝地天通"的故事也应该是以东夷集团率先进入文明初始阶段为背景的。《国语·楚语下》说"及少昊之衰"之时，由于"九黎乱德"，"于是颛顼受之，乃命南正重……火正黎……绝地天通"。据《左传》昭公二十九年可知，"重"是少昊氏的四叔之一。可见颛顼氏与东夷集团关系密切。

后来，东夷集团强大，势力范围又向中原发展。颛顼氏族也随之由海岱地区西迁到中原地区的商丘、濮阳一带。《左传》昭公十七年："卫，颛顼之虚也，故为帝丘。"杨伯峻注："帝丘，即今河南濮阳县西南之颛顼城。"②《国语·郑语》所记载的颛顼之后，有祝融八姓，大概就在这个历史阶段衍生发展于中原地区。李学勤师曾据新出资料如长沙子弹库楚帛书等与传世文献互证，得出结论说："推本溯源，（祝融）八姓的原始分布都在中原及其周围。"而楚族芈姓正是祝融族八姓之一，所以李学勤师说："我们指出（祝融八姓在中原）这个值得注意的问题，供探索楚文化的同志参考。"③

由上关于楚族的先祖颛顼与祝融在东夷、中原的活动范围，及其与东夷少昊、重、黎、中原各族的密切关系可知，东夷集团《韶乐》、华夏集团《虬歌》，为楚族所熟悉，并为屈原整理《九歌》时有所保存，是完全合乎史实的。

据《离骚》《史记》及清华简《楚居》等可知，屈原的远祖与楚王的先祖属同姓共祖。而屈原的任职又与楚国历史文化有关。《史记·屈原列传》："屈原者，名平，楚之同姓也，为楚怀王左徒。"④

---

① 《帝王世纪》卷二，辽宁教育出版社1997年版，第8页。
② 杨伯峻：《春秋左传注》，中华书局1990年版，第1391页。
③ 李学勤：《谈祝融八姓》，《江汉论坛》1980年第2期。
④ 司马迁：《史记·屈原贾生列传》，中华书局1959年版，第2481页。

左徒一职,与原始宗教有关。据《楚世家》可知,楚国的春申君曾以左徒升为令尹,可见左徒与令尹职位相近。《左传》庄公四年:"令尹斗祁、莫敖屈重除道。"顾栋高《春秋大事表》:"令尹与莫敖并称。"① 《左传》襄公二十五年"屈建为令尹,屈荡为莫敖",杜预注:这是屈荡"代屈建"。② 可见令尹与莫敖的职位大致同级别,而左徒又与之相近。据此,姜亮夫师指出:"史称屈原入则禁御左右,出则应对诸侯,主为盟会,亦与莫敖职任全合,则左徒当即楚在春秋时的莫敖。莫敖这一称谓,用于楚早期,当是楚族在较原始时的方言。""楚自春秋之末,与齐鲁三晋接触益多,习于中原文化,而职官名称仍用楚古习,在国际事务中很不方便,所以改用左徒(令尹)一词。"莫敖一职,"可能与楚之宗教术语有关,而又是世职,似乎有点与社会史上所谓的祭司长之类相似"。所以屈原"总起来看是巫与史合流的人","屈子行事,也颇与巫史有关"。③

屈原的另一职位是三闾大夫,事见《渔父》:"子非三闾大夫与?"王逸《章句》:"屈原与楚同姓,仕于怀王,为三闾大夫。三闾之职,掌王族三姓,曰屈、景、昭。屈原序其谱属,率其贤良,以厉国士。"④ 屈原是王室贵族子弟的师傅。在先秦宗族血缘管理体制下,只有熟悉本族历史文化的巫史之类的人,才有资格担任此职。

屈原的"左徒"(莫敖)之职与"三闾大夫"之职也是有关联的,其关联点就在于楚国的历史典章、宗教习俗。楚国历史文化源远流长,并有重视文化教育的传统。《国语·楚语上》载,士亹论贵族子弟培养,《楚语下》载观射父论颛顼绝地天通,《左传》昭公十二年载左史倚相能读"三坟""五典""八索""九丘",这些人都是巫史,"能上下悦于鬼神",又"能通训典,以叙万物"。这些巫

---

① 杨伯峻:《春秋左传注》,中华书局1990年版,第164页。
② 杨伯峻:《春秋左传注》,中华书局1990年版,第1103页。
③ 姜亮夫:《屈原》,《中国历代著名文学家评传》第1卷,山东教育出版社1983年版,第32—33页。
④ 见洪兴祖《楚辞补注》,中华书局1983年版,第2页。

史类人物都是屈原的先辈。屈原正是继承楚国的这些巫史传统，而整理编组《九歌》。

总之，楚氏族在历史发展早期与北方夷、夏各族有密切联系，而屈原又是深知历史文化传统的巫史类人物。因此，包含虞族《韶乐》、夏族《九（虬）歌》、中原各族大小《司命》，以及楚族《山鬼》《湘君》《湘夫人》《国殇》在内的时代不同、地域不同、内容不同的祭祀颂诗，经屈原之手综合起来，编组成《九歌》，出现在楚国，便成为可能。

二 《九歌》整合编组的时代背景

西方古文明起源的一个重要标志，是地缘管理代替血缘管理。而中国古文明从五帝时代起源直到虞夏商周早期文明发展，共达三千多年的时期内，一直延续着原始氏族社会的血缘管理模式。侯外庐先生称这种血缘管理的连续性在中华文明起源过程中表现为新陈纠葛的"维新模式"，而西方文明起源过程中变血缘为地缘是新陈代谢的"革新模式"。[①]

由于血缘管理，所以"国之大事，在祀与戎"。各血缘氏族部落只祭祀本族范围内的天体神、山川神和祖先神，相关的祭器、礼仪、乐舞歌辞也只限在本族内流传。此即所谓"神不歆非类，民不祀非族"（《左传》僖公十年），"鬼神非其族类，不歆其祀"（《左传》僖公三十一年），"诸侯祭名山大川之在其地者"（《礼记·王制》）。这种传统，至春秋晚期楚昭王时犹存。《左传》哀公六年记载，楚昭王有疾，巫师占卜认为这是黄河神灵作怪，建议昭王在郊野祭祀黄河之神。楚昭王不同意，认为"三代命祀，祭不越望。江、汉、睢、漳，楚之望也。祸福之至，不是过也。不谷虽不德，河非所获罪也。"孔子因此称赞说："楚昭王知大道矣。"

按照这一传统，屈原只能对《九歌》中的《湘君》《湘夫人》

---

① 侯外庐：《中国古代社会史论》，河北教育出版社2000年版，自序第4页。

《山鬼》《国殇》《礼魂》五篇可确认为楚国的祭歌颂诗进行编辑、加工和润色。其他诸篇，因不在楚国地望神与祖先神的范围内，屈原是无权将其编入《九歌》中的。

然而，屈原还是将《东皇太一》《东君》《河伯》《云中君》《大司命》《少司命》那些不同区域、不同族属、不同时代、不同内容的祭歌颂诗与楚国的《湘君》《湘夫人》诸篇合编在一起了。这不是屈原冒天下之大不韪，而是因为屈原所处的时代，血缘管理纽带已解构，地缘管理的新格局已逐渐形成。屈原编组《九歌》已不受传统体制的束缚。

西周时期盛行的体现血缘管理的井田制、宗法等级制、家族世袭制等，到春秋时代开始动摇，至战国时代则几乎瓦解。各诸侯不统于周王，相互征战，土地疆界不断变更，人员不断流动，从而出现地缘管理的新局面。对此，郭沫若作过概括："春秋时代……氏族社会以来的血统关系基本上还是维持着的。战国时代便不同了。……殷周以来的血肉联带的传统，绝大部分被斩断了。这一现实，不能不认为是时代性的一个显著的特征。"[①] 既然屈原的时代，血缘纽带已被解构，因此血缘基础上的"民不祀非族""祭不越望"的规矩也就不复存在。因此，屈原将不同族属的祭歌颂诗合编在一起，完成综合性的《九歌》，也就成为可能。

三　《九歌》整合编组的现实依据

战国时代虽已出现地缘管理的新格局，但传统仍有强大的惯性力量。各诸侯国还要借助血缘管理这一传统观念，来实现其扩张地域管理的目的。当时的周王朝虽已不能掌控各诸侯国，但各诸侯国的征战扩张活动仍要借助周天子的名义，所谓"挟天子以令诸侯"。

在西周严格的宗法血缘管理体制下，天子、诸侯、卿大夫的祭祀礼仪是有严格等级规范的。随着夏商成为天下盟主，尤其是西

[①] 郭沫若：《郭沫若全集·历史编》卷3，人民出版社1984年版，第52页。

周分封诸侯而周王成为天子，原来各氏族部落都可以独立祭拜的日月云雨天体神灵，就成为至上神而为人间的最高统治者周天子所专有，各诸侯国只能祭其地望范围内的自然神灵和祖先神。《礼记·王制》："天子祭天下名山大川……诸侯祭名山大川之在其地者。"《礼记·祭法》："有天下者祭百神，诸侯在其地则祭之，亡其地则不祭。"按照这样的规定，楚国是没有权力祭《东皇太一》《东君》等日月天体神灵的。然而，屈原《九歌》已突破天子与诸侯之间的等级界限，突破诸侯国之间的血缘界限，以楚国一统天下的理想角度，将各篇配套成组地编在一起了：《东皇太一》《东君》《云中君》《大司命》《少司命》，祭祀日月云雨等天体神；《河伯》《山鬼》《湘君》《湘夫人》，祭祀山陵河川等地祇；《国殇》，祭祀为国捐躯之人鬼。这俨然是周礼规定的原本只有周王才能使用的国家祀典，却在楚国上演了。姜亮夫师据此指出："《九歌》诸神，无一不在《周礼》祀典矣。且其整然胪列之次，以等而差，不相杂厕。""此必为一整个祀典之套数，不可或缺或增者，则其为国家典祀之乐章，盖已可决。""则《九歌》者，盖楚之僭礼，所以郊祀上帝之乐也。"①

楚国发展到楚威王时，国力达到鼎盛。楚怀王即位，承父盛业，在苏秦游说之下，联合韩、魏、赵、齐、燕各侯国，共同对抗秦国，是为合纵。《史记·楚世家》："十一年，楚怀王为纵长"，并"约纵山东六国共攻秦"，"至函谷关"。② 当时的楚怀王意气风发，有一统天下之雄心。另据《汉书·郊祀志》："楚怀王隆祭祀，事鬼神，欲以获福助，却秦师。"③ 楚怀王既为合纵之长，心怀天下，又"隆祭祀，事鬼神"，因此希望通过新编《九歌》国家祀典，"以获福助"，也在情理之中。

---

① 姜亮夫：《楚辞学论文集》，上海古籍出版社1984年版，第293—299页。
② 司马迁：《史记·楚世家》，中华书局1959年版，第1722页。
③ 班固：《汉书·郊祀志下》，中华书局1962年版，第1260页。

再据《史记·屈原列传》，屈原既为"楚之同姓"，又"为楚怀王左徒，博闻强志，明于治乱，娴于辞令。入则与王图议国事，以出号令；出则接遇宾客，应对诸侯。王甚任之"①，可谓君臣相得。因此，屈原配套成组地合编《九歌》，应在此时。其中《国殇》一篇也许是为"却秦师"而作。姜亮夫师指出：屈原"世典祝史之职，为怀王所信任，出对诸侯，入议国事。国之大事，为祭与戎。则受命君上，为国订乐章……吾故曰：《九歌》者……屈子为国君修饰润色之者也，或即（楚）怀王欲以却秦师者邪"。②游国恩亦持同论，并提供了一个重要内证，即屈原作于楚襄王时期的《九章》之《惜往日》③："惜往日之曾信兮，受命诏以昭诗。奉先功以照下兮，明法度之嫌疑。国富强而法立兮，属贞臣而日娭。秘密事之载心兮，虽过失犹弗治。"王逸《章句》释"受命诏"一句："君告屈原，明典文也。"是以"明"释"昭"，以"典文"释"诗"。联系下句"奉先功以照下兮（王逸注：承宣祖业，以示民也）"，也正顺适。而"受命诏以昭诗"之时，也正是屈原得怀王信任（"惜往日之曾信兮""属贞臣而日娭"），楚国又正富强昌盛之时（"国富强而法立兮"）。屈原受命"昭诗"，与楚怀王共同"秘密事之载心"。这"秘密事"应该就是为怀王编国家祀典《九歌》，并"造为宪令"之类。陈子展《楚辞直解》："'受命诏以昭诗'，古本'诗''时'两作，皆通。愚见以作'诗'为善。《章句》云'君告屈原，明典文也'，是王逸所据本作诗。盖原造为宪令之时，明定《九歌》亦其一事欤？古者国之大事，惟祀与戎。《九歌》，楚祭祀之典文也。"④ 以上分析既定，则王逸《章句》、朱熹《集注》所谓《九歌》乃屈原于楚顷襄王放逐沅湘之间所作的观点，自然是不可取了。

---

① 司马迁：《史记·屈原贾生列传》，中华书局1959年版，第2481页。
② 姜亮夫：《楚辞学论文集》，上海古籍出版社1984年版，第293—299页。
③ 游国恩：《屈原》，中华书局1980年版，第53页。
④ 陈子展：《楚辞直解》，复旦大学出版社1996年版，第195页。

第二节 文化转化创新与《九歌》润色的经典意义

春秋战国时期的变革,是根本性的社会大转型。由五帝文明起源,至虞夏商西周早期文明发展,整整延续三千多年的血缘管理社会结构,于此时砰然瓦解;而影响秦汉以后两千多年成熟文明的地缘管理,又于此时迅速崛起。中华文明史上的其他种种变革,都是此前血缘管理、此后地缘管理模式内的变革,其影响远不能与春秋战国时期的变革相比拟。这种大变革、大转型,引起了思想文化的大发展、大繁荣。从全人类范围看,相似的情况还出现在古希腊、古印度和希伯来,而且他们的时代大致相同,即在公元前800年至前200年之间。德国哲学家雅斯贝尔斯称这四个地区同时出现的思想高峰为人类文明的轴心时期,而此后再出现的文化思潮,都是从轴心期获取资源后的再发展。①

屈原不仅整合编组《九歌》,而且还加工改造《九歌》,意义重大。这应该放在春秋战国轴心文明这个大背景下总结估量。春秋末期孔子在黄河流域删编《诗经》,战国后期屈原在长江流域编组《九歌》,分别继承总结中原与南楚不同的文化传统,体现了大致相同的时代精神,最后又在独有的思想深度、人格魅力、文化涵养基础上进行融合加工、转化创新,终于使《诗经》与《九歌》成为中华文明史上的两座风景不同的艺术高峰,开创了此后两千多年以来现实主义和浪漫主义文学艺术的先河,并在思想上塑造了历代中华儿女的民族文化心理结构。有关屈原编组《九歌》的重大意义与深远影响,需要在与孔子删编《诗经》的比较中获得深刻认识。

---

① [德]雅斯贝尔斯:《历史的起源与目标》,魏楚雄、俞新天译,华夏出版社1989年版,第8页。

一　《九歌》保存的图腾神话是认识远古部族文化的重要窗口

五帝至虞夏商周时期，部族众多。《左传》哀公七年："禹合诸侯于涂山，执玉帛者万国。"《吕氏春秋·用民》："当禹之时，天下万国。至于汤而三千余国。"这些万国、千国，实际都是各个氏族血缘集团。他们都有自己的远古历史与原始宗教。在氏族发展初期，其宗教历史，往往在集体祭祀活动中，以诗、乐、舞三位一体的形式，由本族巫师兼酋长口耳相传。当文字发明后，将这些祭祀歌舞记录下来，便是本族的史诗、颂诗。

西周末期，王纲解纽，礼崩乐坏。至春秋战国时期，各大小文化传统相互渗透，各氏族血团相互融合。孔子删编《诗经》，正是这一时代的反映。首先，孔子将原本界限森严的"颂""雅""风"合编在一起，以体现其融合的趋势。其次，孔子以维护周礼为目的，以西周王官礼乐作为删编《诗经》的标准。《论语·述而》："子所雅言，《诗》《书》执礼，皆雅言也。"《史记·孔子世家》："古者诗三千余篇，及至孔子，去其重，取可施于礼仪……三百五篇，孔子皆弦歌之，以求合《韶》《武》《雅》《颂》之音。礼乐自此可得而述，以备王道，成六艺。"[①] 其结果是，不仅十五个诸侯血缘族团的颂诗、史诗被删除，十五国之外的民歌也被删去，甚至曾作为最早部落联盟盟主的东夷虞族之颂诗《韶乐》、中原夏族之颂诗《九（虬）歌》，也都被删去。今存《诗经》中的颂诗，只有《商颂》《周颂》《鲁颂》。再次，孔子在周公基础上，进一步引领时代的理性自觉，"不语怪力乱神"，将原本丰富的巫术神灵、图腾神话作了历史化改造。颂诗、史诗中本应是天体崇拜与祖先崇拜并重的，而今存《诗经》，除《商颂》中还稍存简化了的"玄鸟生商"图腾神话、《大雅·生民》稍存简化了的"履迹生子"图腾神话外，其余"雅""颂"各篇，均删去了天体神灵的内容，即使保留下来的祖先

[①] 司马迁：《史记·孔子世家》，中华书局1959年版，第1936页。

崇拜部分，也大多理性化、人间化，而失去其天国神灵的浪漫气息。

相比之下，屈原编组的《九歌》，不仅保存了东夷虞舜族的颂诗《韶乐》、中原夏族的颂诗《虬歌》，以及其他各侯国的《大司命》《少司命》，楚族的《湘君》《湘夫人》《山鬼》；而且在这些颂诗、史诗里，还保存了许多有关天体崇拜与图腾崇拜的神人形象。除前述《东皇太一》《东君》外，《大司命》"广开兮天门，纷吾乘兮玄云"，《少司命》"夕宿兮帝郊，君谁须兮云之际"，《云中君》"謇将憺兮寿宫，与日月兮齐光"等，都是关于天体神灵的天国活动描写。

《九歌》中的图腾神话，还有许多男女神人相恋的浪漫情节。如《湘夫人》"闻佳人兮召予，将腾驾兮偕逝"，《湘君》"望夫君兮未来，吹参差兮谁思"，《大司命》"结桂枝兮延伫，羌愈思兮愁人"，《少司命》"望美人兮未来，临风怳兮浩歌"，《河伯》"子交手兮东行，送美人兮南浦"，《山鬼》"既含睇兮又宜笑，子慕予兮善窈窕"。过去，学界对《九歌》男女神人相恋产生的原因不太清楚。其实，原因就在于图腾神灵是氏族的最早祖先，事关生殖崇拜。这样，整个《九歌》都笼罩在原始巫术、原始宗教的神秘氛围之中，展现的是一幅幅恍惚离奇的神话图境。这些与《诗经》的神话历史化倾向形成鲜明对比。

屈原生活的战国后期，晚于孔子生活的春秋末期两百多年，其实践理性精神应该已更进一步。然而屈原编组的《九歌》却仍然保存了那么多原始文化的内容，这是很奇特的现象。究其原因，即在于前述楚国特殊的历史文化渊源与屈原特殊的巫史身份。在黄河流域，经西周而春秋而战国，理性精神不断推进。但楚氏族带着北方夷夏原始巫术宗教文化，于商代晚期到长江流域后，不仅没有受到北方理性文化的影响，反倒与当地固有的苗民巫风习俗相融合，而得以持续发扬。屈原既"博闻强记"，深知楚族及夷夏古族的远古历史文化，又担任"左徒（莫敖）"与"三闾大夫"这两个与巫术宗教活动有关的职位。这些多方面因素，造就了屈原编组的《九歌》

成为理性时代绽放出原始文化花朵的奇特现象，是我们认识远古部族文化的重要窗口。

正是对传统文化采取不同的继承方式，造就了《诗经》以理性现实主义为特点，《九歌》以激情浪漫主义为特点。两种不同的风格，影响了其后两千多年来中国文学艺术的创作，在塑造中华民族文化心理结构方面，发挥了不同的奠基作用。

二　《九歌》对部族文化的转化创新影响了中华民族精神的形成

屈原所处的战国后期，毕竟已是理性高扬的时代，南北文化交流已很频繁。屈原编组润色《九歌》时，在继承保存远古巫术图腾、宗教神话的同时，又自觉注入鲜明的个体人格精神和积极向上、改革图强的时代精神。这些精神又以屈原卓越的语言才华与离奇的巫术图腾神话有机地结合起来，从而使《九歌》成为有思想灵魂、有血肉情感、有鲜明语言特色的浪漫主义杰作。在屈原加工润色后的《九歌》里，原始集体"意象"转化创新成了表达屈原个体精神的"寄象"。[①]

首先，在艺术上，《九歌》对原始夷族《韶乐》、夏族《虬歌》及楚族流传的《山鬼》《湘君》《湘夫人》作了情节结构上的规整统一。这点可以通过《九歌》与《离骚》进行比较而获得认知。前述《九歌》所展现的天国神奇图景以及驾龙乘凤，飞升天国，神人相恋的情节，同样在《离骚》中出现，而且更系统具体。《离骚》中的主人翁亦驾龙乘凤，朝发苍梧，夕至悬圃，叩帝阍，游春宫，又三求神女，恍惚离奇。这些浪漫的情节即源于原始宗教史诗、颂诗中巫术通神的图腾神话，与《九歌》是同源的。屈原在《九歌》和《离骚》中既继承保存了原始图腾神话，将其转化创新，作了艺术性合理化的润色改造。即朱熹《楚辞集注》所说楚沅湘之间原来流传

[①] 江林昌：《从原始"意象"到人文"兴象""寄象"》，《文艺研究》2017年第12期。

第三章 血缘管理变地缘管理与史诗内容的传承创新

的《九歌》"词既鄙俚，而其阴阳人鬼之间，又或不能无亵慢荒淫之杂"。屈原编组《九歌》时，"见而感之，故颇为更定其词，去其泰甚"。① "更定其词"后的《九歌》，情节结构便与《离骚》相一致了。甚至可以认为，《离骚》中的神游天国、人神相恋的情节，正是其润色《九歌》之后才完成的，所以两者有许多相似性。

其次，从用词造句看，《九歌》与《离骚》相同相似处更多。如《湘君》"遭吾道兮洞庭"，与《离骚》"遭吾道夫昆仑"；《湘夫人》"九嶷缤兮并迎"，与《离骚》"九疑缤其并迎"；《大司命》"老冉冉兮既极"，与《离骚》"老冉冉其将至兮"；《东皇太一》"芳菲菲兮满堂"，与《离骚》"芳菲菲兮弥彰"；《东君》"长太息兮将上"，与《离骚》"长太息以掩涕兮"。从这些语言句子的一致性，可以判断《九歌》和《离骚》出于一人之手。

再次，屈原在整理加工润色《九歌》的过程中，倾注了自己的思想感情和审美判断。这点又与孔子删编《诗经》形成对照。孔子"述而不作"，以西周礼乐为标准删编《诗经》，目的是移风易俗，教育族民，所谓"温柔敦厚，《诗》教也"（《礼记·经解》）。孔子自己也明确指出："诗可以兴，可以观，可以群，可以怨。迩之事父，远之事君。"（《论语·阳货》）因此，孔子删编的《诗经》，体现的是群体意识。

屈原据以编组的原始《九歌》，本为远古部族的集体歌唱。但它们经过屈原统一编辑、加工润色之后，不仅语言上体现了屈原的特点，而且还在原始图腾神话形象上注入了屈原的思想，融入了战国时代的精神风貌，因而发生本质变化。这就是由原始《九歌》的反映集体意识，变成屈原《九歌》的反映个体意识。屈原《九歌》中的诸神灵，虽仍有原始巫术图腾的胚胎内核，但整体形象已发生转化性再创造，成为屈原抒发思想情感的艺术形象。

体现在《九歌》中的个体思想感情，不是单一的，而是多层面

---

① 朱熹：《楚辞集注》，上海古籍出版社1979年版，第29—31页。

的。第一层是忠君爱国思想的表白。这一点朱熹《楚辞集注》已注意到了，他认为《九歌》中的种种巫术图腾神话形象，实际都是屈原"更定其词"之后，"因彼事神之心，以寄吾忠君爱国眷恋不忘之意"。又如《东皇太一》，朱熹以为"此篇言其竭诚尽礼以事神，而愿神之欣悦安宁，以寄人臣尽忠竭力、爱君无已之意。所谓全篇之比也"。①

第二层是君臣遇合的美政追求。《河伯》原是夏族祭黄河图腾神，《山鬼》原是楚族祭巫山图腾神，《大司命》《少司命》是各侯国曾有过的祭祀寿命神和生育神。各篇神灵不同，因而彼此之间本来不应有联系。但经屈原加工润色后，这些篇中的神灵都统一具有男女悲欢离合的情节。这之间可能是屈原以男女比兴手法，寄托了与《离骚》一样的君臣遇合方面的政治悲叹。"也许，这是屈原'徒离忧''心不同兮媒劳，恩不甚兮轻绝'等等抒写慕恋怨悱之心的佳句，原有诗人政治遭际上的背景，与屈原确实经历了的政途的险难和感受到的'灵修之数化'本身有关联？"②

第三层是纯洁高尚的道德修炼。《云中君》"浴兰汤兮沐芳，华采衣兮若英"，《湘夫人》"荪壁兮紫坛，播芳椒兮成堂"，《少司命》"绿叶兮素华，芳菲菲兮袭予"，《山鬼》"山中人兮芳杜若，饮石泉兮荫松柏"，这些都与《离骚》"朝饮木兰之坠露兮，夕餐秋菊之落英"，"制芰荷以为衣兮，集芙蓉以为裳"相一致，以表达"苟余情其信芳"的高洁人格。

上述《九歌》中三个层面的个体思想情感，第一层忠君爱国情怀，来源于其宗族血缘传统；第二层君臣遇合，借助于巫术图腾的人神相恋；第三层独立精神、高洁人格，则是春秋战国时代理性精神的集中体现。屈原的伟大之处即在于使这些丰富内涵通过融合转化而获得艺术上的和谐统一，从而使《九歌》成为中华文化史上的

---

① 朱熹：《楚辞集注》，上海古籍出版社1979年版，第29—31页。
② 赵明主编：《先秦大文学史》，吉林人民出版社1993年版，第440页。

经典高峰，屈原自己也成为中国文学史上第一位伟大诗人。正因为如此，《九歌》与《离骚》一起，"开创了中国抒情诗的真正光辉的起点和无可比拟的典范"，[1] 对其后两千多年来的中国文学艺术创作及民族精神的形成，产生了无比深远的影响。诚如刘勰所说，其"惊采绝艳，难与并能"，"衣被词人，非一代也"！[2]

---

[1] 李泽厚：《美的历程》，中国社会科学出版社1989年版，第65—66页。
[2] 刘勰著，范文澜注：《文心雕龙注》，人民文学出版社1958年版，第47页。

第 四 章
史诗传统与诗国文化的民族思维特色

在五千多年中华文明发展史上,春秋战国时代的社会大变革之影响是极其深远的。因为这次变革,从本质上改变了它前面从五帝时代文明起源至夏商西周早期文明发展总共二千五百多年的血缘管理模式,又奠定了秦汉以后至明清二千五百多年以地缘管理为主要特征的成熟文明发展模式。在上章,我们以《楚辞·九歌》为例,讨论了血缘变地缘这一大变局对史诗内容在转化创新方面的深刻影响。本章我们将以《易经》《书经》《诗经》《山海经》《楚辞》等先秦经典为例,进一步讨论这种变革对史诗艺术乃至中华民族思维特征等方面的深刻影响,从而解释中国古代何以成为"诗的国度",解释中华民族文化心理何以表现为"情理结构",解释中华文化传统何以展现为以"稽古诗证""联类取譬"为取向。

第一节 马克思主义唯物史观与东西方文明的差异

中国处于北半球的亚热带地区,而地理环境又是西北有高原与大山崇岭，东部、南部则是面向大海。于是，黄河、长江两条大河由西而东奔流千里；沿河两岸又有许多大小支流汇聚。在这两河流域的两岸及各支流的两岸，又有百里、千里的冲击平原与肥沃土地。东北向的渤海、黄海，东向的东海，东南向的南海，每年给西北向的大陆带来了充沛的雨水。而众多的山山水水又孕育了广袤而丰富的动植物，并灌溉百千里的肥沃土地。正是这样的气候地理条件，孕育了中国的农业生产。

考古资料表明，在距今一万年左右，中国的黄河流域与长江流域便由旧石器时代进入新石器时代。食物的采集者，动物的狩猎者，发展为食物的生产者和动物的畜养者。就食物的生产而言，距今九千至距今七千年间在黄河中下游形成了旱地粟作农业区，在长江中下游形成了水田稻作农业区。

到了距今五千年至距今四千年之间，这两个农业区又分别扩展到黄河上游及长城、燕山以北与长江上游及岭南地区。而且这两大农业生产区在黄河中游、下游形成了重叠，这就是历史上有名的中原地区与海岱地区。正因为这两个地区既有粟作农业，又有稻作农业，使他们的社会发展率先进步，并促成了众多原始部族向这两个地区汇聚，炎帝、黄帝、蚩尤、少昊、太昊、颛顼、共工、后羿、尧、舜等部族都与这两个区域有关，并留下了许多相关的神话传说。

在这两大农业区内，由于在平原田地间还杂布着许多山脉、森林。因此，我们的先民在春耕、夏长、秋收、冬藏的同时，还从事如牛、羊、猪、鸡等动物的驯化与饲养，甚至还到临近的森林进行狩猎活动。

中国独特而优越的地理气候环境，促成了中华农耕文明的形成。这与古希腊、小亚细亚的航海商贸文明、欧亚大陆北部的游牧文明，形成了鲜明的不同。

农耕生产需要阳光、雨露，因此中国先民很早就观测天象，并有关于日月、云雨的种种神话传说。农耕生产依托山川土地，因此中国先民很早就有山鬼水怪神话与后土植物崇拜。而与各种畜养动物的亲近，又衍生出种种动物图腾。至今仍在民间盛行的十二生肖，便是这种动物图腾的遗留。农耕生产需要聚族定居，因此中国先民很早就有祖先崇拜，强调血缘族团，形成了家国一体的观念。

考古资料表明，中国960万平方公里的国土面积，虽然在过去不同的历史阶段，其边疆界线有所变动，但以长江、黄河两大流域为核心的三百多万平方公里的农耕生产区，一万年前以来，一直绵延发展，从未变更。这在世界文化史上是罕见的现象。中华文明就在这样的农业生产区里面起源发展，并形成其独有的内涵特色。这是东西方文明的第一点不同。

三百多万平方公里绵延发展的农耕文明，决定了中国古代独特的血缘管理模式。这正是东西方文明的第二点重要区别所在。

20世纪80年代著名考古学家苏秉琦先生根据全国各地的考古发现与研究成果，建立起了考古学"区系类型说"。在此基础上，苏秉琦先生将中国古代农耕文明的起源，分为六大区系。

此后，严文明、赵辉、栾丰实等后代考古学家，又在苏秉琦"区系类型说"的基础上，发展了考古学"聚落形态说"，并将六大文明区完善为八大区系。即黄河流域的中原地区、海岱地区、甘青地区；长江流域的江浙地区、江汉地区与巴蜀地区；长城以北的辽西地区与河套地区。①

20世纪90年代启动的"夏商周断代工程"与21世纪前十五年实施的"中华古文明探源工程"，又在考古学区系类型说与考古学聚落形态说的基础上，对中华文明的起源与夏商西周早期文明发展两大阶段的年代学作了多学科的论证。其中，对中华文明的起源过程作出了三个阶段的年代划分：

---

① 栾丰实：《栾丰实考古文集》，文物出版社2017年版，第三册，第150—180页。

前3800—前3300年，文明起源的初期；

前3300—前2500年，文明起源的早期；

前2500—前2000年，文明起源的后期。

其中的文明起源早期，至文明起源后期，长达一千三百多年，相当于历史学上的五帝时代。

世界考古学界一般以四项物质标准来判断文明的起源，即文字、青铜器、城市、宗教礼仪中心。中国学者在分析这四项物质标准的强弱多少为依据的基础上，同时还增加了中国自己独有的另外几项物质标准，如玉器功用、墓葬等级、聚落规模等等。以这些中外物质标准为依据，学者们对上述全国八大区域文化的考古材料进行了综合分析判断，结果得出了以上关于中国文明起源的三个发展阶段的认识。因此，五千多年中华文明史有了实物证据与科学依据。

考古学充分证明中华文明在五千多年前已经起源了。而从社会形态学角度考察，我们还会发现五帝时代的中华文明起源与夏商西周的早期文明发展有一个不同于西方文明的显著特点。这就是中华文明起源后，原始氏族社会的血缘管理非但没有像西方文明起源后变成地缘管理，反而继续在文明社会里面顽强地延续下来了。

《左传》《国语》《尚书》《史记》所记载的黄帝、炎帝、蚩尤、少昊、太昊、颛顼、共工、祝融、后羿、尧、舜、喾、禹、伯益、皋陶等等，都是五帝时代著名的血缘族团及其酋长的名号。蒙文通《古史甄微》、徐旭生《中国古史的传说时代》通过对相关文献的钩稽考证，最后归纳出五帝时代中后期有著名的三大部族集团，即河洛地区的华夏集团，海岱地区的东夷集团，江汉地区的苗蛮集团。这三大部族集团都是以血缘管理为特征。在这三大血缘部族集团下面，又逐层套着许多中小血缘部族、氏族集团。

夏商西周三代早期文明，其社会阶层进一步分化，公共权力更为强大，财产分配愈为细密，国家性质较为鲜明。但是，在社会形态方面，夏商西周三代不过是比五帝时代更为高级的血缘部族联合体而已。夏商周三族只扮演了众多血缘部族联合体的共主角色。如夏代，参加以夏族为共主的部族联盟集团成员是夏族的同姓血缘部族与异姓血缘部族。其中同姓血缘部族，据《史记·夏本纪》可知："有扈氏、有男氏、斟寻氏、彤城氏、襃氏、费氏、杞氏、缯氏、辛氏、冥氏、斟戈氏"；异姓血缘部族，据《尚书》《左传》《国语》《诗经》等先秦文献可知，除商族、周族外，还有涂山氏、昆吾氏、韦氏、顾氏、薛氏、有虞氏、有仍氏、有鬲氏等等。

商代与西周，由于生产力进一步发展，文明程度更进步了，但血缘管理的模式仍然延续。我们因此称商代为方国联盟，商族是这个方国联盟集团的共主；西周是封国联盟，周族是这个封国联盟集团的共主。

在商代，参加商族为共主的血缘部族，除了夏族与周族之外，据《左传》《世本》《周本纪》等文献可知，还有索氏、长勺氏、尾勺氏、陶氏、施氏、繁氏、锜氏、范氏、莱氏、宋氏、空桐氏、稚氏、目夷氏，等等。

周代的血缘部族集团更多。据《周本纪》可知，仅参加周武王伐纣的联盟部族集团就有"司徒、司马、司空、亚旅、师氏、千夫长、百夫长，及庸、蜀、羌、髳、微、纑、彭、濮人"等等。西周建国后，武王、周公、成王、康王、昭王相继分封天下，《荀子·儒效》说："周公兼制天下，立七十一国，姬姓独居五十三。"这七十多个分封侯国，就是七十多个血缘族团。

总之，夏商周三代早期文明发展在社会形态上的总特点是，血缘部族遍天下。《左传》哀公七年："禹合诸侯于涂山，执玉帛者万国。"《吕氏春秋·用民》："当禹之时，天下万国。至于汤而三千余国。"《史记·陈杞世家》："周武王时，侯伯尚千余人。"这就是夏商西周三代早期文明发展时期血缘管理的基本事实。

第二节　原始氏族社会的原始思维在东西方文明时代的不同发展趋向

原始氏族社会，由于生产力低下，人类无法控制自然。中国古代的农耕生产与畜牧生产使原始初民观察到植物的春生、夏长、秋收、冬藏，动物的怀孕、哺育、壮实、衰老等生命运动规律，都与人的怀孕、成长、病死有许多相似之处。泰勒《原始文化》认为，在原始人观念里"万物有灵"。弗雷泽《金枝》则在此基础上发现，人与植物、动物的这些相似之处，使原始时代形成了巫术互渗律。中国古代农耕生产、畜牧生产背景下的有关天地山川、花草树木、飞禽走兽、鱼龙龟虾的崇拜，正在这种原始巫术互渗律的具体反映。

这种图腾崇拜、神话故事只有在原始氏族社会的原始巫术互渗观念里产生。这是一种特殊的艺术表现形式，学术界一般称之为"神话思维""原始思维""野性思维"或者是"史诗艺术"。

任何一个部族在处于原始氏族阶段时，都会用一种用幻想的形式对自然现象进行解释、加工，产生史诗、神话、歌谣等艺术形式。中国古代的《山海经》《易经》《尚书》《诗经》(《雅》《颂》)，古希腊的《伊利亚特》《奥德赛》，希伯来的《摩西五经》，古埃及的《亡灵书》，古印度的《摩诃波罗多》《吠陀四经》《博伽梵歌》，法兰西的《罗兰之歌》，西班牙的《熙德之歌》等，都是这些相关部族在原始氏族社会时期巫术互渗背景下用幻想的形式所创作的图腾崇拜、神话故事，经口耳流传至后代，再用文字记录下来的口述文本，即所谓史诗。

一　古希腊古典文明时代，原始思维消失

在古希腊，当原始氏族社会解体，文明社会出现之后，血缘管理就变为地缘管理，手工业从农业中分离出来，城市与乡村分离，

商品交换出现，航海贸易发达，许多人往来于希腊、小亚细亚、埃及、巴比伦之间从事经济活动。不同的文化碰撞交流，扩大了希腊人的知识眼界，启迪了希腊人的理性自觉。他们要求学习知识，探索真理，追求逻辑思维，增强道德意识。于是，在古希腊文明初期，便出现了原始思维与理性思维的对峙消长。

希腊文明初始，原始思维仍然具有较强的传统惯性力量，盲诗人荷马整理传授远古史诗《伊利亚特》《奥德赛》。当时还有冠以荷马头衔的《荷马颂歌》流传。这些史诗作品记载了许多古希腊人的神话与宗教传说。另外还有一位古希腊诗人叫赫希俄德，传有《神谱》《工作十日》两部神话作品。《神谱》通过叙述希腊众神的世系，探讨宇宙的起源。《工作十日》是一部描述一年四季农事农历的神话故事。

继荷马、赫希俄德之后，希腊还出现了一批抒情诗人，如阿尔希洛霍斯、提尔泰、萨福、特奥格尼斯等，他们的作品感怀伤神，抒发个人心境。当时，还出现了一批剧作家。其中埃斯库罗斯、索福克勒斯、幼里庇底斯等为悲剧作家，阿里斯托芬等为喜剧作家。他们的作品大多以神话传说为题材，如《波斯人》《阿卡奈人》《青蛙》等。

从神话传唱者到诗人与剧作家，他们的作品都以远古神话传说为背景，以原始思维为特征，正如柯克《神话：在古典文化与其他文化中的意义与功能》所指出："希腊诗人们和剧作家们大量运用神话素材，只是由于无法从神话素材中超脱出来，他们的创作想象依然深深地沉浸在往昔的神话之中。"[①]

这些神话传唱者、诗人和剧作家曾经大为指责，当时已经兴起的哲学理性思维，讽刺他们是"恶犬吠日"，"是一批把他们自己抬得比宙斯还要高的圣贤"。由此可见，希腊文明初始，以神话故事、图腾崇拜为特征的原始思维，仍然以强大的惯性力量在当时的社会流行。

但历史总是要往前发展的。以柏拉图的出现为标志，这种现象

---

① 柯克（G. S. Kirk）：《神话：在古典文化和其他文化中的意义与功能》（Myth: Its Meaning and Function in Ancient and other cultures），剑桥大学出版社1971年版，第249页。

出现了转变。理性思维、逻辑道德终于取代了原始思维、图腾崇拜而成为社会文化的主流。法国古典学家维尔南德对此有精彩地概括："在古希腊，社会发展与思想进化具有一种更加激烈和辩证的特点。对立、冲突和矛盾扮演着更为重要的角色。与新变革相对应，思维朝向一种不变的和同一的层面发展，而推理的模式则旨在激进地排除任何矛盾的命题。"① 这种推理模式促进了科学的诞生，而神话与史诗被视作妨碍理性的对立面而加以否定，传承神话思维的诗人与剧作家们也不再占据社会文化的主流地位。柏拉图在他的《理想国》里明确指出，要把诗人们驱逐出他的"理想国"，因为希腊城邦里"没有他们的地位"。朱光潜先生在《西方美学史》里分析指出，柏拉图之所以提出这样的口号，是因为"柏拉图正处于希腊文化由文艺高峰转向哲学高峰的时代"。②

本来，荷马、赫希俄德以及其他诗人、剧作家们所传唱的神话故事、图腾崇拜是原始氏族部落社会的集体歌唱，表达的是集体意识。这种集体意识主要是通过部族全体成员在酋长及巫师的带领下在宗教祭祀活动中通过诗、乐、舞三位一体的仪式反复表演的。每个氏族成员在这反复表演的仪式活动中，深刻接受了以神话故事、图腾崇拜为内容的部族集体意识。这种氏族成员共有的集体意识，便成了部族最初的文化记忆。再世代相传，而构成了部族共有的文化心理结构。

当古希腊古典文明从柏拉图时代开始，进入以逻辑、哲学、科学、道德为特征的理性思维之后，原始氏族社会的仪式活动、神话故事、图腾崇拜、诗乐舞三位一体等仪式便不再延续。因而原始氏族社会里世代传承的部族集体记忆，到了文明时代后，只能通过遗传基因而深深地潜藏在他们子孙的心底深处。对于文明时代的子孙后代的个

---

① 维尔南特（jean‐pierre vernant）：《古希腊的神话与社会》（Myth and Society in Ancient Greece），收获出版公司 1980 年版，第 90 页。

② 朱光潜：《西方美学史》，长江文艺出版社 2019 年版，上册，第 13 页。

体而言，这种通过遗传基因而潜藏在他心底深处的集体意识是先天的，非经验的，因而是处于一种"无意识"状态。这种原始时代的种族集体意识在文明时代的子孙后代个体身上便表现为"无意识"。这就是瑞士著名心理分析学家荣格所说的"集体无意识"。追根溯源，这种"集体无意识"存在于原始神话、原始图腾部族史诗之中。因此，为了寻找"集体无意识"而分析原始神话、原始图腾、部族史诗，便是西方学者们所概括的"神话原型批评"理论。

荣格进一步指出，文明时代的艺术家的职责，就是要通过他的艺术作品把握住这种原始意象，"把他们从无意识的深渊里发掘出来，赋予意识的价值，并转化使之成为他的同时代人的心灵所理解所接受"。这样，就使得文明人"找到了回返最深邃的生命源头的途径"。艺术作品如果能够做到这一点，就会产生震撼心灵的特殊效果，并产生最大范围共鸣的社会意义。"谁讲到了原始意象，谁就道出了一千个人的声音，提升到永恒的王国之中。他把个人的命运纳入到人类的命运，并在我们的身上唤起那些时时激励人类奋进的力量。"① 由此可见，以追寻人类集体意识为目标的神话原型批评，具有积极的意义。正如欧洲启蒙时代流行的一句格言："懂得了起源，便懂得了本质。"

二 中国早期文明发展阶段，原始思维获得了继承转化

如前所述，中国古代从五千多年前开始，贯穿整个五帝时代的文明起源与夏商西周早期文明发展长达三千多年的文明进程中，原始氏族社会的血缘管理依然延续下来，而没有出现如同希腊古典文明的地缘管理；原始氏族社会的农耕生产方式也延续发展，始终占据社会生产的主导地位，而没有出现希腊古典文明的手工业、商贸业发达，成为社会生产的主导地位；中国文明时代虽然也出现了城

---

① ［瑞士］荣格：《论分析心理学与诗的关系》，叶舒宪选编《神话—原型批评》，陕西师范大学出版社1987年版，第81—102页。

市，但城市与农村始终统一在血缘管理之中，而没有像希腊古典时代那样城市与农村分离。以上种种中国文明起源与早期发展时期的特色，在文化上面就集中表现为中国独有的宗教、政治、伦理三合一，神权、族权、政权不分离，而希腊古典文明早已是宗教、政治、伦理三分离了。

正因为这样的原因，中国从五帝时代至夏商西周，虽然已经进入文明时代了，但原始氏族社会的原始神话故事、图腾崇拜、部族史诗，一直盛行不衰，而且还通过宫廷、宗庙、神坛、社稷等宗教圣地的反复演示而发扬光大。因此之故，有关原始神话、图腾崇拜、部族史诗的种族记忆、集体意识一方面通过代代遗传而成为文明时代子孙后代的先天文化基因；另一方面，还通过这些宗教祭祀仪式在现实生活中的具体表演而形象地再现着。也就是说，中国文明起源与早期发展阶段，种族的集体意识既有先天遗传的因素，也有后天实践的因素。如果说，原始神话、图腾崇拜、部族史诗在希腊柏拉图之后的古典文明时代已经成为"集体无意识"，那么在中国的文明起源与早期发展阶段仍然是"集体有意识"。这种"集体有意识"，孔子曾经概括为诗的"兴、观、群、怨"。《论语·阳货》：

　　小子何莫学夫诗？诗，可以兴、可以观、可以群、可以怨。迩之事父，远之事君。多识于鸟兽草木之名。

这里的"鸟兽草木之名"，不是动物学、植物学意义上的自然名称，而是宗教学文化意义上的神话图腾。所谓"名"，也是指神灵之"名号"。以往大多学者没有注意到这一点，只有李泽厚先生《论语今读》窥见了其中的奥秘："此鸟兽草木之名，乃或巫术图腾之象征符号。其'名'均有历史之'实在'。故'述而不作'之孔子如是说。"① 中国古代农耕文明的基础上，原始巫术观念背景下，神话故

---

① 李泽厚：《论语今读》，中华书局2015年版，第329页。

事、图腾崇拜的内容，具体表现为有关日月星辰等天体、山川土石等自然、花草树木等植物、飞禽走兽等动物的神灵化；其形式则是在宗教祭祀仪式场合以诗、乐、舞三位一体的形象演示，其目的是为了祈求在神灵的保护下部族兴旺发达、族民和谐相处。这是典型的宗教、政治、伦理三合一。孔子所说的"兴""观"的内容是图腾神灵，是宗教；而"群""怨"的内容便是社会人伦，因而是政治、是伦理。所以说"诗"既可以"多识鸟兽草木之名"，即认识部族图腾神灵，不致于忘本，这是寻根问祖；又说"诗"可以"迩之事父，远之事君"，"事君"是政治，"事父"是人伦。中国早期文明时期"史诗"的功用便是如此深刻而丰富，所以孔子《论语》反复强调：

兴于诗，立于礼，成于乐。（《泰伯》）
颂诗三百，授之以政……使于四方。（《子路》）
不学诗，无以言；不学礼，无以立。（《季氏》）

包咸《泰伯》条注："兴，起也。言修身当先读诗。礼者所以立身，乐所以成性。"为什么诗可以修身呢，因为诗原是部族集体祭祀仪式活动中的人人都要吟诵的文本，即史诗、颂诗。这史诗、颂诗的内容包含着部族共同的图腾祖先的名号，部族的先公先王世系，以及部族先人迁徙奋斗的神话故事，还包含部族传统的生产方式、生存方式、道德观念，包含部族成员必须遵守的行为规范准则。总之，这些诗是宗教、政治、伦理三合一的形象表达，是部族集体意识的形象体现，所以说，学诗可以多识有关图腾祖先的"鸟兽草木之名"，可以"授之以政"，"使于四方"，可以"迩之事父、远之事君"。

因为在部族举行的集体祭祀仪式中，诗是与乐和舞配合而表演的，所以乐舞当中有礼仪制度的规定，如周代规定祭祀乐舞以八人为一列，天子行八佾舞，六十四人，诸侯行六佾舞，大夫行四佾舞，士行二佾舞。超过了这些规定，便是越礼。而配舞的乐表达的是部族共享共识的情感表达，是天地人和的自然节奏，所以说要"兴于诗，立于礼，成于乐"，"不学诗，无以言；不学礼，无以立"。

孔子"兴、观、群、怨""多识鸟兽草木之名"的诗学观，并非他的创造，而是他对中华文明从五帝时代起源至夏商西周早期发展过程中，由于农耕生产方式、血缘管理模式的延续，因而得以保留下来的传统价值观。原始图腾、史诗神话对这些传统价值观作了形象生动的展现与张扬。

孔子所生活的春秋时代，由于西周王权的动摇，朝廷官学的下移，所以原本在西周王宫里流传的史诗乐舞等宗教仪式，可以下降到在各诸侯国乃至卿大夫宫廷里实行；原来只有在王宫里的王官巫史才能代表王权吟唱史诗的特权，可以下放由诸侯、卿、大夫运用了。所以在春秋时代才会出现政治、军事等公共场合由诸侯、卿、大夫等大量"引诗""赋诗"的文化壮观。《汉书·艺文志》谓"古者诸侯卿大夫交接邻国，以微言相感，当揖让之时，必称诗以喻其志"。所以，反映春秋历史的《左传》，引诗181次，赋诗68次，歌诗25次。由此可见"诗"在春秋时期流传的盛况。

因为以雅诗、颂诗为代表的宗教史诗，本来就是部族的集体意识，是宗教、政治、伦理的仪式表现，所以春秋时期的引诗赋诗，一方面是对王权礼制的僭越，另一方面又是对史诗精神的继承与普及。而孔子就是其中的代表。《史记·孔子世家》："诗三百五篇，孔子皆弦歌之，以求合《韶》《武》《雅》《颂》之音。"这里的《韶》《武》《雅》《颂》俱为王官史诗，而孔子编为《诗三百》，作为教材传授弟子，其本意就是为了传承王官之学。所以《墨子·公孟》谓："昔者圣王之列也，上圣立为天子，其次立为卿大夫。今孔子博于《诗》《书》，察于《礼》《乐》，详于万物，若使孔子当圣王，则岂不以孔子为天子哉。"

第三节　籍田礼是中国早期文明时代有关农耕生产、血缘管理的宗教仪式

籍或作藉，原本作耤，本意是指耕种。《续汉书·礼仪志》引《月令》卢植注："籍，耕也。"《后汉书·明帝纪》李善注引《五经要义》："藉，蹈也。言亲自蹈履于田而耕之。"藉田又称"公田"，是指血缘族团村社里，用作集体耕作的公有地。其收获专用于集体祭祀太阳神、土地神、祖先神；祭祀之后，又用于尝新、救济等公共开支。

籍田礼指每年三月三春耕开始时，由部族首领带头举行的集体耕作仪式，具有示范鼓励的作用。《礼记·祭义》规定，在西周，"天子为籍千亩，诸侯为籍百亩"，都需要"躬秉耒"。其目的是为了"以事天地山川社稷先古，以为醴酪齐盛，于是乎取之，敬之至也"。

中国古代以农立国。万物生长靠太阳。在巫术互渗观念里，太阳云雨保佑农业丰收，族民就应该以丰收的谷物来祭祀太阳云雨，以作回报，这就是礼。所谓"来而不往非礼也"，即源于此。故《国语·周语上》谓：

> 夫民之大事在农，上帝之粢盛于是乎出，民之蕃庶于是乎生，事之供给于是乎在，和协辑睦于是乎兴，财用蕃殖于是乎始，敦庞纯固于是乎成，是故稷为大官（天官）。

在西周籍田礼的仪式上，周王的亲耕当然是示范性的，而准备的过程则十分严肃隆重。首先是由太师顺时脉土。当"农祥晨正、日月底于天庙"，"阳气俱烝，蟄告有协风至"时：

王即斋宫，百官御事，各即其斋三日。王乃淳濯飨醴。及期，郁人荐鬯，牺人荐醴，王祼鬯，飨醴乃行。百吏、庶民毕从。及籍，后稷监之，膳夫、农正陈籍礼，太史赞王，王敬从之。王耕一墢，班三之，庶民终于千亩。

这里的"王耕一墢"，是指王亲自执耒耜掘起一块泥土。"班三之"，就是公卿百官以此增加三倍。庶民终于千亩，就是由庶人将整个籍田都耕种完毕。《礼记·月令》所载大致相同：

是月也，天子乃以元日祈谷于上帝。乃择元辰，天子亲载耒耜，措之于参保介之御间，帅三公、九卿、诸侯、大夫，躬耕帝藉。天子三推，三公五推，卿、诸侯九推。

由上述材料可知，西周以周天子为首而举行的籍田礼，已经相当制度化和仪式化了。除周天子定期举行藉田礼外，地方各诸侯国、各卿大夫也都有相应的不同规格的藉田礼。藉田礼在全国实施，成为整个西周礼仪制度的一部分，在当时影响很大，所以其相关的宗教仪式分别见于《尚书》《周易》《诗经》《楚辞》《周礼》《国语》。此外，《大戴礼记·夏小正》《礼记·月令》《逸周书·时训解》《吕氏春秋·十二纪》《淮南子·时则训》等则是对籍田礼相关制度的专门记载。在当时的全社会得到了广泛的普及，影响深广。

必须指出的是，这种藉田制度本来是盛行于原始氏族社会的宗教习俗。这种原始宗教习俗在海南岛黎族人中，在1950年以前还有具体保留，称作"合亩制"。杨宽先生《古史新证》曾对此有所介绍，"合亩"，黎语的意思是"有血缘关系的集体"，凡一个血缘亲属团体，都有一块统一的经营土地，大家共同劳作，称为"合亩"。每个"合亩"都有一个"亩头"。"亩头"是这种集体劳作的组织者，而且是生产经验和相关知识的传授者。黎人的各种农业劳动，开始时都有一定的仪式和禁忌，亩头又是各种仪式的主持者。当耕田仪式开始时，亩头要先作几下象征性的挖土动作。合亩的农业成果，先留作"稻公稻母"，用于集体宗教祭祀；再留下"新禾"，作为亩头的尝新用；然后是留"谷种"，"留公家聚餐的谷子"；最后剩下的部分才按每家每户平均分配。①

由黎族的合亩制可以推想西周的籍田礼在原理上是大致相同的。必须指出的是，黎族的合亩制是在1950年以前，黎族人仍然处在原始氏族社会时的社会习俗，之后即被废除了。而西周的籍田礼则是中华文明自五帝时代起源直到夏商周早期文明发展三千多年的时间里仍在社会普遍盛行。其根本原因就是直到西周仍然是以血缘管理为基本特征，而这一点与黎族的合亩制是由血缘关系的组织为基础相一致。

籍田礼不是西周独创的，而是五帝以来直到夏商时期家族公社制的延续和发展。《孟子·滕文公上》："夏后氏五十而贡。"这说明夏代族众的劳动成果已开始向氏族贵族贡纳了。这部分供纳的产品，便是用于集体祭祀与氏族贵族享用的。到了商代，则有协田制。《甲骨文合集》100："王大令众人曰：协田，其受年。"《甲骨文合集》33209："王令多尹田于西，受禾。""协田"是集体耕作，在商王的统一指挥下进行。"多尹"是官名，具体负责劳动活动。由"王"到"多尹"再到"众"形成了不同的等级。到了西周，这些不同的等级表现为周王、公卿、大夫直至庶民。由此可见，夏代的"贡田制"、商代的"协田制"与西周的"籍田礼"，虽然名称不同，组织的复杂性不同，但本质上是相同的。它们都是血缘管理制度下以农耕生产为背景，以祭祀日月云雨神、土地谷物神（社稷）、宗族祖先神为对象，其目的是为了祈求农业丰收、部族兴旺。整个活动都在部族首领的主持下进行，全体族民共同参与。这是一种盛大的宗教祭祀仪式，也是当时最大的政治活动。在这些宗教祭祀仪式活动中，是以诗乐舞为形式的，因此，原始神话故事、图腾神灵、祖先英雄，

---

① 杨宽：《古诗新探》，上海人民出版社2016年版，第229—230页。

都是在这些礼仪活动中歌唱的具体内容。这就是中国早期文明时代的"集体有意识"。而这种"集体有意识"在西方自古希腊柏拉图时代之后，因其原始宗教仪式的被废除而成为"集体无意识"了。相比之下，中国早期文明时代因为仍然延续了血缘管理制度而依然实践着这些"集体有意识"，从而构成了中华文明独特的文化传统。

由于以"贡田制""协田制""籍田制"为代表的，祭祀日月云雨为对象的，以祈求农业丰收为目的的礼仪宗教活动，在夏商周三代早期文明发展过程中的全社会实践，造成了中国古代天文学的发达与天文知识的普及化。由于古代的宗教祭祀活动是由部族酋长兼巫师主持的，而天体神灵是宗教祭祀的最高神灵，于是天文关乎人文。部族酋长兼巫师口耳相传的部族史诗、颂诗，首先是以天象为歌颂内容。随着社会管理的复杂化，巫师便分解为史官、卜官、祝官、宗、宰等王官。夏商周三代，巫、祝、宗、史、卜形成了庞大的宗教祭祀集团，这是王官之学的最高层面。《礼记·曲礼下》记载了"六大""五官""五府""六工"四个系统的职官表。郑玄注以为这是殷代的制度，郭沫若、顾颉刚则认为最晚也应该是周初的官制，其中第一系统为宗教之官：

　　天子建官，先六大，曰：大宰、大宗、大史、大祝、大士、大卜，典司六典。

　　天子之五官，曰：司徒、司马、司空、司士、司寇，典司五众。

　　天子之六府，曰：司土、司木、司水、司草、司器、司货，典司六职。

　　天子之六工，曰：土工、金工、石工、木工、兽工、草工，典制六材。

郭沫若据此指出："古时代的官职是以关于天事即带宗教性质的官居上位，其次是政务官和事务官""六大中的大宗、大祝、大卜，都是宗教性质的官职，在初原是很显要的"①。顾颉刚先生也认为："所谓天官，就是六种代表神的意志的官"，"天官一词在《曲礼》上讲的是社职"②。由此证明，宗教祭司集团在夏商西周三代是确实存在的，而且很重要。

需要指出的是，西方宗教产生后，开始与王权政治分成两个发展系统，宗教处理天神精神世界，王权处理人间俗务世界，各司其职，互不干扰。而中国的宗教一开始就是神权与王权政治相结合。《国语·楚语下》记载颛顼改革原始巫术为原始宗教，命令重和黎"绝地天通"，垄断巫术通天的权力，在原始巫术基础上发展出原始宗教，其最终目的除了更好地借助神灵控制自然外，更重要的目的还是借助神灵来控制社会，领导族民，占有剩余产品。因此，在中国，巫术基础上产生的神权一开始便与王权相结合，而在宗教祭祀中产生的史诗，自然也是以服务神权与王权为最终目的了。

司马迁在《太史公自序》里叙述自己的家世，也是由天官而史官：

　　昔在颛顼，命南正重以司天，北正黎以司地。唐虞之际，绍重黎之後，使复典之，至于夏商，故重黎氏世序天地。其在周，程伯休甫其后也。当周宣王时，失其守而为司马氏。司马氏世典周史。……喜生谈。谈为太史公。太史公学天官于唐都，……太史公既掌天官，不治民。有子曰迁。

原来，司马迁正是继承了家族世代为天官的传统而作《史记》："历述黄帝以来至太初而讫，百三十篇。"纵观《史记》，有《天官

---

① 郭沫若：《先秦天道观之进展》，《郭沫若全集》"历史编"一，人民出版社1982年版，第345页。

② 顾颉刚：《周公制礼的传说和〈周官〉一书的出现》，《文史》第六辑，中华书局1979年版。

书》《历书》《礼书》《乐书》《封禅书》，又有《日者列传》《龟策列传》。这不是偶然的，这是中国独有的史学传统。

由天官、巫官而史官、祝官的传统，影响了中国整个古代社会。顾炎武《日知录·天文卷》称：

> 三代以上，人人皆知天文。"七月流火"，农夫之辞也；"三星在天"，妇人之语也；"月离于毕"，戍卒之作也；"龙尾伏辰"，儿童之谣也。后世文人学士，有问之而茫然不知者矣。

三代及以上，由于农耕生产的需要，又由于血缘管理的制度保障，祭祀天体神灵、山川神灵、祖先神灵、社稷神灵的宗教仪式，在夏商周三代早期文明发展阶段仍在继续实施，而且更加制度化、经典化、社会普及化。这是造成"人人皆知天文"的根本原因。秦汉以后，由于施行中央集权下的郡县制，以地缘管理为基础，因而相关的籍田礼等宗教祭祀仪式逐渐淡化，所以顾炎武要感叹后世文人学士对这些天文知识"有问之而茫然不知者矣"。

第四节 先秦文献所见原始神话、图腾史诗中的原始意象

关于中国文明起源与早期文明发展阶段的史诗、颂诗的上述特征，钱锺书《谈艺录》曾有过很好的概括："先民草昧，辞章未有专门。于是声歌雅颂，施之于祭祀、军礼、婚媾、宴会，以收兴观群怨之效。记事传人，持其一端，且成文每在抒情言志之后。"[1] 钱锺书认为，先有用于宗教祭祀场合的诗乐舞三位一体的雅颂之歌，口耳相传，"以收兴观群怨之效"。后来，才有文字的记录。这些文

---

[1] 钱锺书：《谈艺录》，中华书局1984年版，第38页。

字记载,因为内容繁多,而有所分类侧重,所谓"记事传人,持其一端"。这样就有了《诗》《书》《礼》《乐》《易》《春秋》等六经。而溯其源,皆本于可以歌唱口传的诗乐舞。唐代刘知几《史通·叙事》曾提出一个著名论断:

> 夫读古史者,明其章句,皆可咏歌。

清代章学诚《文史通义》曾提出"六经皆史"著名命题。殊不知,在"六经皆史"之前,还有一个"六经皆诗"的口耳传唱过程。所以,钱锺书认为刘知几的见解十分深刻,揭开了"史诗迷离难别"的底蕴。其《管锥编》指出:"老生常谈曰'六经皆史',曰'诗史',盖以诗当史,安知刘氏直视史如诗,求诗于史乎?"① 其《谈艺录》进一步指出:"史云乎哉,直诗而已。故孔子曰:'文胜质则史'……与其曰'古诗皆史',毋宁曰'古史皆诗'。"②

由"六经"而"六经皆史",而"六经皆诗",是一种文化溯源的过程。我们现在所看到的"六经",是春秋战国时代的文字记录。除《诗经》外,其他五经都表现为散文形式。但"六经"的内容,本是"先王之政典",所以是"六经皆史"。而这些"先王之政典",在文字记录以前,是部落酋长兼巫师们在宗教祭祀仪式上以诗乐舞的形式口耳相传于后代的。因此,他们都是可以歌唱的诗,所以说是"六经皆诗"。有关《诗经》的情况已如上述。现在我们再看《书经》《易经》《楚辞》《山海经》等先秦文献的史诗特点。

一 日月云雨等天体神灵的原始意象

万物生长靠太阳,在农耕文明背景下中国先民们首先崇拜的是太阳神。甲骨卜辞里有祭祀太阳"出"而"入"的仪式。

---

① 钱锺书:《管锥编》,中华书局 1979 年版,第一册,第 164 页。
② 钱锺书:《谈艺录》,中华书局 1984 年版,第 38 页。

第一期甲骨卜辞：

戊戌卜，内，呼雀歲于出日于入日。(《合集》6572)
……弜呼，……出日鼎。(《合集》15873)
……其入日出……。(《合集》13328)

第三期甲骨卜辞：

乙酉卜，又出日入日。(《怀特》1569)
……(出)日入日……。(《屯南》1578)
䭲入日彡。(《屯南》4534)

第四期甲骨卜辞：

丁巳卜，又出日。丁巳卜，又入日。(《合集》34163 + 34274)
辛未卜，又于出日。辛未卜又于出日。兹不用。(《合集》33006)
癸酉贞，侑出(日)。(《合集》41640)
癸酉……入日……其燎……。(《合集》34164)
……日出日祼……(《明后》2175)
癸……，其卯入日，岁上甲二牛。二
出入日，岁卯多牛。(不用)。二。(《屯南》2615)
癸未贞，甲申酯出入日，岁三牛。兹用。三。
癸未贞，其卯出入日，岁三牛。兹用。三。
出入日，岁卯(多牛)。不用。三。(《屯南》890)
……出入日，岁三牛。(《合集》32119)
甲午卜贞又出入日。弜又出入日。(《屯南》1116)

以上卜辞都是对"出日""入日"的祭祀。其祭祀的名称则有"栽""鬻""屮""又（侑）""燎""祼""岁""酒""卯"等等。祭祀时还配有"二牛""三牛"等祭品。宋镇豪指出："甲骨文的出日、入日，早期分言，可称'出日于（与）入日'；晚期有合言，或称'出入日'，已抽象术语化。这决非仅仅是日出日落的简单字面含义，而是有某种特殊的宗教性内容。这类祭出日入日，与《尧典》的仲春'寅宾出日'和仲秋'寅饯纳日'，意义是一致的。"①

《山海经》里有六座"日月所出"之山，见于《大荒东经》：

> 东海之外，大荒之中，有山名大言，日月所出。
> 大荒之中，有山名曰合墟，日月所出。
> 大荒之中，有山名曰明星，日月所出。
> 大荒之中，有山名曰鞠陵于天……日月所出。
> 大荒之中，有山名曰猗天苏门，日月所生。
> 大荒之中，有山名曰壑明俊疾，日月所出。

《大荒西经》则有"日月所入"的六座山：

> 大荒之中，有山名曰丰沮玉门，日月所入。
> 大荒之中，有龙山，日月所入。
> 大荒之中，有山……吴姬天门，日月所入。
> 大荒之中，有山名曰鹿敖钜，日月所入。
> 大荒之中，有山名曰常阳之山，日月所入。
> 大荒之中，有山名曰大荒之山，日月所入。

以上"日月所出"与"日月所入"刚好互相对应。《大荒西经》还有一座"日月所出"转为"日月所入"的过渡之山：

---

① 宋镇豪：《夏商社会生活史》，中国社会科学出版社2015年版，第781—784页。

西海之外，大荒之中，有方山者，上有青树，名曰柜格之松，日月所出入也。

在神话思维、宗教祭祀活动中，这日月神还被拟人化和动物化。太阳神被拟人化的典型意象就是天地母亲羲和。《山海经·大荒南经》：

东南海之外，甘水之间，有羲和之国，有女子名曰羲和，方浴日于甘渊。

郭璞注："羲和，盖天地始生，主日月者也。"这"羲和"神，在六经之一的《尚书·尧典》里变成了主持天象的日官了：

乃命羲和，钦若昊天，
历象日月星辰，敬授人时。

由于太阳循环运转，而有东、西、南、北四方与春、夏、秋、冬四时，于是《尧典》又将"羲和"再分成"羲仲""羲叔""和仲""和叔"四神官，并分别管理四方四时：

分命羲仲，宅嵎夷，曰旸谷。寅宾出日，平秩东作。日中，星鸟，以殷仲春。厥民析，鸟兽孳尾。
申命羲叔，宅南交。平秩南讹，敬致。日永，星火，以正仲夏。厥民因，鸟兽希革。
分命和仲，宅西，曰昧谷。寅饯纳日，平秩西成。宵中，星虚，以殷仲秋。厥民夷，鸟兽毛毨。
申命和叔，宅朔方，曰幽都。平在朔易，日短，星昴，以正仲冬。厥民隩，鸟兽氄毛。

以上文字，实际上是在祭祀太阳神的宗教仪式活动中，由巫师扮演成太阳神以及东西南北四方四时神时所吟唱的歌辞。仪式活动应该是诗、乐、舞三位一体，按照东西南北次序表演的。学者们或称其为"历法仪式"。这种活动在其他民族的原始氏族社会也曾有过。利普斯《事物的起源》记载了印第安人的祭祀仪式，可资比较：

> 当夜幕降临，在一块围着松枝篱笆的空地中间的巨柱，被点燃起来，并一直燃到天亮。庆祝者出现了，他们的头发披在肩上，他们的面部和身体涂上白黏土以象征太阳的白色。这些模仿者代表"漫游的太阳"。他们的手中拿着羽毛装饰的舞棒，围着火堆排成紧密的行列跳舞。他们从东到西来回移动，模拟太阳的运行。……仪式的高潮是对日出象征性的模仿。……黎明快到时，结束了仪式。……仪式地点周围的松篱原来仅在东方有一个入口，表示太阳由那里照进来。当真的太阳在天空中开始自己的旅程时，篱笆的东西南北都打开豁口，表示太阳向四方放射光芒。①

通过比较可知，印第安人"从东到西来回移动，模拟太阳的运行"，就是上述《尧典》的"寅宾出日""寅宾纳日"。印第安人的宗教仪式高潮是在太阳升空之时。这时，篱笆的东西南北都打开豁口，表示太阳向各个方向放射光芒，而《尧典》的高潮也在最后的赞唱：

> 咨！汝羲暨和。
> 期三百有六旬有六日，
> 以闰月定四时成岁。

---

① ［德］利普斯著：《事物的起源》，汪宁生译，四川民族出版社1982年版，第328页。

允厘百工，庶绩咸熙。

这就是古代乐舞中的"乱曰"。全场人员集体歌舞欢唱，仪式达到高潮。

必须指出的是，在西方，当社会进入文明时代之后，这种原始宗教仪式便被驱逐出"理想国"了，而不会在现实生活当中再演唱。而中国进入五帝文明起源与夏商西周早期文明发展阶段，这些原始宗教活动不但没有被取消，反而更加经典化、神圣化、仪式化，因而才有了上述甲骨卜辞、《山海经》、《尧典》等文本。

因为祭祀太阳的宗教仪式活动是中国文明起源与早期文明阶段的社会主题，所以"六经"里面都有不同侧面的记录。除《尧典》把太阳神拟人化为"羲和"以及"羲仲""羲叔""和仲""和叔"外，《易经》乾卦的爻辞便是将太阳神动物化为"龙"，其仪式歌辞是：

乾：元亨利贞。
初九：潜龙勿用。
九二：见龙在田，利见大人。
九三：君子终日乾乾，夕惕若厉，无咎。
九四：或跃在渊，无咎。
九五：飞龙在天，利见大人。
上九：亢龙有悔。
用九：见群龙无首，吉。

古人观测太阳的运行是以恒星为背景的。他们先将太阳在天空中一周年的运动轨迹称为黄道，又选择了黄道附近的 28 颗星宿作为坐标。其中，太阳春天经过东方天空的时候，有七颗星宿刚好形成一个龙的形象，所以称为"东方苍龙"七宿。这乾卦从"初九"到"用九"的七句爻辞，刚好是有关太阳经过东方七个星宿的歌辞描写。①

同时，这七句爻辞又是对太阳一个昼夜运行的描述歌唱。对此，乾卦的《文言》有说明：

> 潜龙毋用：阳气潜藏。

这是指太阳还在水底下运行，所以说是阳气潜藏。

> 见龙在田：天下文明。

这是指太阳露出地平线上，所以是"天下文明"。孔颖达疏："阳气在田，始生万物，故天下有文章而光明也。"

> 终日乾乾：与时偕行。

这是指上午八九点钟太阳冉冉升于天空的景像，以象征奋发向上的意思，所以鼓励人们要"与时偕行"。

> 或曰在渊：乾道乃革。
> 飞龙在天：乃谓乎天德。

这是太阳十点、十一点左右继续在天空运行的情景，以象征事业的飞黄腾达，所以说是"乃谓乎天德"。

> 亢龙有悔：与时偕极

这是指中午十一二点之后太阳往西运行的情景，以象征事业的

---

① 傅道彬：《诗可以观》，中华书局2010年版，第33页。

逐渐退缩。

> 见群龙无首，吉。

这是指太阳西下之后又潜入地下黄泉，所以说是"见群龙无首"。而这恰好是符合自然规律的，所以说是"吉"。

有关太阳运行、星宿出没与农业生产方面的情况，除了《尚书·尧典》《周易·乾卦》外，还有《诗经》的《豳风·七月》。此诗先歌颂春天的农事：

> 春日载阳，有鸣仓庚。
> 女执懿筐，遵彼微行，爰求柔桑，
> 春日迟迟，采蘩祁祁。……
> 蚕月条桑，取彼斧斨，
> 以伐远扬，猗彼女桑。

第二层歌唱夏天的农事：

> 七月鸣鵙，八月载绩。……。
> 六月莎鸡振羽。七月在野，八月在宇，……。
> 六月食郁及薁，七月亨葵及菽。

第三层歌唱秋天的农事：

> 九月在户，十月蟋蟀入我床下。……。
> 八月剥枣，十月获稻。……。
> 九月叔苴，采荼薪樗，食我农夫。
> 九月筑场圃，十月纳禾稼。……。
> 九月肃霜，十月涤场。

第四层歌唱冬天农事：

> 一之日觱发，二之日栗烈。……。
> 一之日于貉，取彼狐狸，为公子裘。
> 二之日其同，载缵武功。言私其豵，献豜于公。
> 嗟我农夫，我稼既同，上入执宫功。……。
> 穹窒熏鼠，塞向墐户，嗟我妇子，曰为改岁，入此室处。
> 朋酒斯飨，曰杀羔羊。跻彼公堂，称彼兕觥，万寿无疆。

陈子展先生《诗经直解》谓这首诗："可作为周代农业史料读，可以作为豳地农谚农活歌谣读，可以作为我国候物学史最古资料之一来读。""七月，在《诗》三百篇中是一大杰作。"[①]

在屈原所作的《楚辞》里，也有许多关于祭祀太阳宗教仪式的歌辞。如《天问》的祭太阳歌辞：

> 出自汤谷，次于蒙氾。
> 自明及晦，所行几里？

这是写太阳白天的运行，接着写夜间的月亮：

> 夜光何德，死则又育？
> 厥利维何，而顾菟在腹？

白天月亮隐藏，如同死去一般；到了夜里，月亮又升起来了，所以说"死则又育？""厥利维何"之"利"通"黎"，黑色的意思。"顾菟"闻一多已考证就是蟾蜍。这句话的意思是说："那月中

---

① 陈子展：《诗经直解》，复旦大学出版社1983年版，第482—483页。

的黑阴影是什么，原来是蟾蜍。"《天问》接着又写夜间的星星：

> 女岐无合，夫焉取九子？
> 伯强何处？惠气安在？

"女岐"是星名，即九子母。"伯强"即"禺强"，是风神名，同时也是星星名。以上月亮与星星都是太阳于夜间行于黄泉而出现的情况，所以《天问》接下来又总结提问：

> 何阖而晦？何开而明？
> 角宿未旦，曜灵安藏？

前文指出，在《周易》的乾卦爻辞里，太阳神被动物化为龙，夜间太阳在地泉下时称为"潜龙勿用"，白天太阳露出地面时称为"见龙在田"，太阳升入空中又称为"飞龙在天"。在《山海经》里还把太阳的东升西落动物化为烛龙的睁眼与闭眼。《大荒北经》：

> 有神，……直目正乘，其瞑乃晦，其视乃明，……是为烛龙。

《海外北经》：

> 钟山之神，名曰烛阴，视为昼，瞑为夜……蛇身赤色，居钟山下。

而《天问》则直接说这个烛龙就是太阳神羲和：

> 日安不到？烛龙何照？
> 羲和之未扬，若华何光？

由上材料可知,《天问》"何阖而晦?何开而明?"正是指太阳神的夜间"闭眼"入藏地下而"晦",太阳神白天升入空中而"明"。"角"与"宿"是两颗星星名,神话传说这两个星星之间就是天门,而太阳行于其间。"曜灵"是太阳神的别名(见《广雅》)。这最后两句是说角、宿两颗星星未开天门的时候,太阳神潜藏在哪里呢。

《九歌·东君》是另一首祭祀太阳神的宗教仪式歌辞,东君即太阳神,与《天问》的"曜灵"是同义词。《广雅·释天》:"朱明、曜灵、东君,日也。"《九歌》写夜间祭祀太阳。《东君》写太阳西下时的情景:

青云衣兮白霓裳,举长矢兮射天狼。
操余弧兮反沦降,援北斗兮酌桂浆。
撰余辔兮高驰翔,杳冥冥兮以东行。

这正是太阳西下,群星毕现的场景。"天狼""北斗"均为星名。"举长矢""操余弧"有两层含义。第一,"矢"与"弧"合为"弧矢星",共有五颗,因形似弓箭而名。第二,在神话思维里,"弧矢"又是太阳光芒的比喻。利普斯《事物的起源》说:"太阳光芒是太阳神射向地球的箭。"①《墨子·经说下》也说:"光之(至)人,煦若射。"云南沧源岩画的太阳神也是手持弓箭。《东君》"举长矢兮射天狼"是指太阳西下时把最后一抹阳光反射到天狼星上。"操余弧兮反沦降"则指太阳神收束光芒回身向西方降落。

接下来"撰余辔兮高驰翔,杳冥冥兮以东行"两句便写太阳神的地底运行。在神话思维里,太阳神在空中乘龙驾风,在地下则乘马行水。"撰余辔兮高驰翔"即指乘马而行。"杳冥冥"之"杳"从日在木下。《说文》:"杳,冥也。"段玉裁注:"莫为日且冥,杳则

---

① [德]利普斯著:《事物的起源》,汪宁生译,四川民族出版社1982年版,第356页。

全冥矣。由莫而行地下，而至于榑桑之下也。"由此可见，"杳冥冥兮以东行"是指太阳西下后，乘马在冥冥的地下黄泉由西往东运行。这正好是对《天问》"角宿未旦，曜灵安藏"的回答。再接着便是《东君》开头所写的太阳从东方升出大海后的场面：

暾将出兮东方，照吾槛兮扶桑；
抚余马兮安驱，夜皎皎兮既明。

当太阳神抚马安驱，走完他的夜间行程后，便将从东方露出海面，把灿烂的阳光从扶桑树梢射到农家篱槛上。新的一天又开始了，再接下来便又回到《天问》的"出自汤谷，次于蒙汜，自明及晦，所行几里"的第二轮白天运行。现在可将《天问》《九歌》中的太阳循环运行情况示图于下：

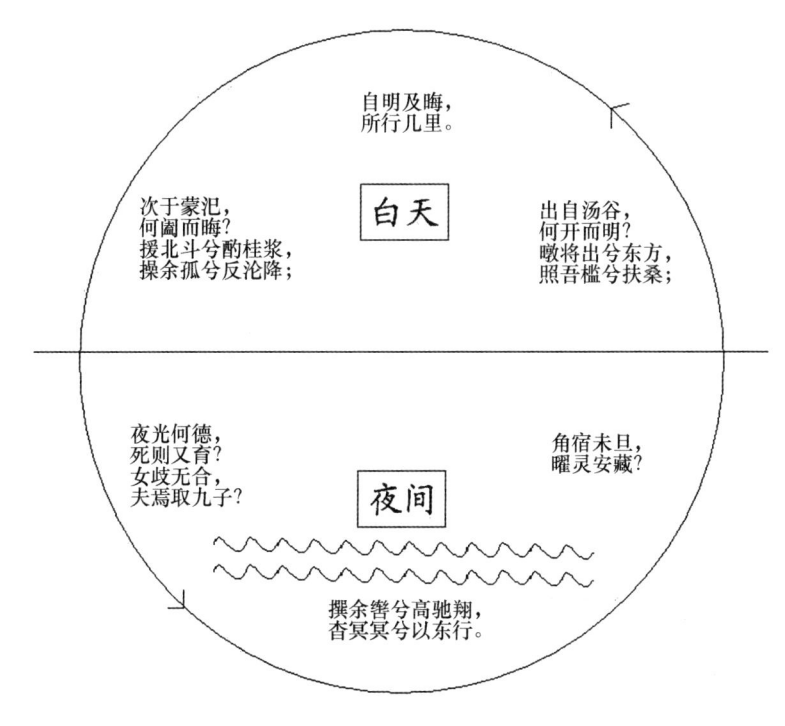

图4—1　《天问》《东君》太阳循环示意图

以上情形，正好与郭店战国楚简《太一生水》"太一藏于水，行于时，周而又（始，以已为）万物母"相一致。

二 鸟兽虫鱼等动物图腾神灵的原始意象

中国古代的"集体有意识"，除了表现为上述的日月云雨等天体崇拜之外，还表现为鸟兽虫鱼等动物崇拜。在集体举行的宗教祭祀仪式中，诗乐舞的内容还包含鸟兽虫鱼的神话故事与图腾崇拜。

在巫术互渗规律的支配下，这些鸟兽虫鱼等动物崇拜还往往与日月云雨等天体崇拜相联系。前述太阳神除了拟人化为羲和母亲之外，还动物化为天上的飞龙与地泉的行马，皆可证明。

鸟兽虫鱼等动物崇拜在原始巫术互渗规律支配下具体表现为三个特征。其一是可以与日月云雨等天体图腾互为轮转，其二是可以与山水土石等山川神怪互为轮转，其三是可以与部族祖先神灵互为轮转。

《山海经》保存了大量鸟兽虫鱼的资料，而且还体现了这三种轮转。《海外东经》：

> 汤谷上有扶桑，十日所浴，在黑齿北。居水中，有大木，一日居下枝，九日居上枝。

在《大荒东经》里，这十个太阳便动物化为三足神鸟：

> 汤谷上有十日，一日方至，一日方出，皆载于乌。

这是写十个太阳与汤谷、扶桑的关系。"皆载于乌"的"乌"，即所谓的太阳神鸟，又称"三足乌"。这是太阳神向动物神（鸟）的转化。又如《大荒南经》：

> 东南海之外，甘水之间，有羲和之国，有女子名曰羲和，

方浴日于甘渊。羲和者，帝俊之妻，生十日。

郭璞注："羲和，盖天地始生，主日月者也。"这是太阳神向人格神的转化。说羲和母亲能生十日，这"十日"自然是《海外东经》《大荒东经》所指的汤谷扶桑树上的十日。太阳神除动物化为鸟之外，更多的是动物化为龙：

《海外北经》：钟山之神，名曰烛阴，视为昼，瞑为夜，吹为冬，呼为夏，不饮不食不息。息为风，生长千里……其为物，人面蛇身，赤色，居钟山下。

《山海经·大荒北经》：有神，人面蛇身而赤，……直目正乘，其瞑乃晦，其视乃明，不食不寝不息，风雨是谒，是烛九阴，是谓烛龙。

《山海经·大荒东经》：东海中有流波山，入海七千里。其上有兽，状如牛，苍身而无角，一足，出入水则必风雨，其光如日月，其声如雷，其名曰夔。黄帝得之，以其皮为鼓，橛以雷兽之首，声闻五百里，以威天下。

这里的太阳神，动物化为龙，因为太阳白天升空而天下白、夜间入地而天下黑，所以说烛龙睁眼而明，闭眼而黑。又因为太阳一年东南西北运转而有春夏秋冬的变化，所以说烛龙吹为冬，呼为夏。古人认为，风雨雷霆都是与太阳的运转有关系，所以说烛龙"息为风"，"风雨是谒"。而在《大荒东经》里，这太阳神烛龙又变成了部族祖先黄帝与夔。

以上是日月天体神与鸟龙动物神、部族祖先神互转互拟的典型例证。至于鸟兽虫鱼与山川神怪的关系，在《山海经》里则更多。

《南山经》：凡䧿山之首，自招摇之山，以至箕尾之山，凡十山，二千九百五十里。其神状皆鸟身而龙首。其祠之礼：毛用一璋玉瘗，糈用稌米，白菅为席。

《南次山经》：东五百里，曰祷过之山，其上多金玉，其下多犀兕，多象。有鸟焉，其状如䴔，而白首、三足、人面，其名曰瞿如，其鸣自号也。

《南次三经》：自天虞之山以至南禺之山，凡一十四山，六千五百三十里。其神皆龙身而人面。其祠皆一白狗祈，糈用稌。

《西次二经》：凡西次二山之首，自钤山至于莱山，凡十七山，四千一百四十里。其十神者，皆人面而马身。其七神，皆人面牛身，四足而一臂，操杖以行，是为飞兽之神。其祠之，毛用少牢，白菅为席。其十辈神者，其祠之，毛一雄鸡，钤而不糈。

《西次三经》：西次三山之首，曰崇吾之山，在河之南，北望冢遂，南望䍃之泽，西望帝之捕兽之山，东望螐渊。

《北次二经》：凡北次二山之首，自管涔之山至于敦题之山，凡十七山，五千六百九十里。其神皆蛇身人面。其祠；毛用一雄鸡彘瘗；用一璧一珪，投而不糈。

以上或人面鸟身，或人面羊身、马身，或人面龙身、蛇身。而这些半人半兽之神，都在山川之间，是其为鸟兽虫鱼、山川神怪与祖先神的合一，是原始神话思维、图腾崇拜的特殊表现。《左传》昭公十七年记载郯子之言：

> 昔者黄帝氏以云纪，故为云师而云名；炎帝氏以火纪，故为火师而火名；共工氏以水纪，故为水师而水名；大皞氏以龙纪，故为龙师而龙名。

这里的云、火、水、龙、鸟，都是五帝时代不同部族的不同图腾而已，他们的祖先神都以这些图腾神的面目出现。东夷部族发展到少昊挚时，鸟图腾之下又分化成更多的分支鸟图腾：

我高祖少皞挚之立也，凤鸟适至，故纪于鸟，为鸟师而鸟名。凤鸟氏，历正也；玄鸟氏，司分者也；伯赵氏，司至者也；青鸟氏，司启者也；丹鸟氏，司闭者也；祝鸠氏，司徒也；鴡鸠氏，司马也；鸤鸠氏，司空也；爽鸠氏，司寇也；鹘鸠氏，司事也。五鸠，鸠民者也。五雉，为五工正，利器用、正度量，夷民者也。九扈为九农正，扈民无淫者也。

以上是五帝时代东夷部族及其各支族的飞鸟图腾情况。我们再看五帝时代走兽图腾的情况：

葛天氏之乐，三人操牛尾，投足以歌八曲（《吕氏春秋·古乐》）

帝曰："夔！命汝典乐，教胄子。……八音克谐，无相夺伦，神人以和。"

夔曰："於，予击石拊石，百兽率舞。"（《尚书·舜典》）

以上是宗教祭祀仪式上的图腾诗乐舞，葛天氏部族的宗教祭祀舞有三位巫师操牛尾投足而歌，东夷部族的夔则典乐教胄子，"击石拊石，百兽率舞。"这些都是祭祀兽图腾的宗教仪式。所以说"投足以歌""百兽率舞"，最终达到"神人以和"的境界。

夏商周三族都有关于祖先图腾神的祭祀歌舞，关于夏族的图腾资料见于《天问》：

不任汩鸿，师何以尚之？
佥曰何忧，何不课而行之？
鸱龟曳衔，鲧何听焉？
顺欲成功，帝何刑焉？
……

地方九则，何以坟之？
河海应龙？何画何历？
鲧何所营？禹何所成？
……
焉有石林？何兽能言？
焉有虬龙，负熊以游？

夏族以龙蛇为图腾。禹字从虫从九，即虬龙的象形。姜亮夫师、杨宽均有考证。[①] 禹之父为鲧，有鲧化黄龙的传说。《山海经·海内经》郭璞注引《启筮》："鲧死三年不腐，破之以吴刀，化为黄龙也。"《天问》所说的龟与鸱，都是参与夏族领导的治水活动的同盟部族，所以也都以水族动物为图腾。

而商族则以鸟为图腾，《诗·商颂·玄鸟》：

天命玄鸟，降而生商，宅殷土茫茫。

《天问》：

简狄在台，喾何宜？
玄鸟致贻，女何喜？

《离骚》：

望瑶台之偃蹇兮，见有娀之佚女。

《九章·思美人》：

[①] 姜亮夫：《楚辞学论文集》，上海古籍出版社1984年版，第276页；杨宽：《中国上古史导论》，《古史辨》（第7册），上海古籍出版社1982年版，第358页。

高辛之灵盛兮，遭玄鸟而致诒。

《吕氏春秋·音初》：

有娀氏有二佚女，为之九成之台，饮食必以鼓。帝令燕往视之，……燕遗二卵，北飞，遂不反。二女作歌，一终曰："燕燕往飞。"实始作为北音。

《史记·殷本纪》：

殷契，母曰简狄，有娀氏之女，为帝喾次妃。三人行浴，见玄鸟堕其卵，简狄取吞之，因孕生契。

商族的始祖商契因其母亲吞图腾鸟卵而生，所以商族先公有许多关于鸟图腾的神话传说。《山海经·大荒东经》：

有人曰王亥，两手操鸟，方食其头。王亥托于有易、河伯仆牛。有易杀王亥，取仆牛。

甲骨卜辞里，王亥的亥字，有时也从隹，即短尾鸟（《铁888，京3.47》）。陈梦家先生《殷墟卜辞综述》指出："这说明了王亥与鸟的关系。"其后，胡厚宣先生作《甲骨文所见商族鸟图腾的新证据》（《文物》1977.2）又补充了相关证据。又《周易·旅卦》上九爻辞：

鸟焚其巢，旅人先笑后号咷。丧牛于易，凶。
《周易·大壮卦》六五爻辞：丧羊于易，无悔。

顾颉刚先生1929年作《周易卦爻辞中的故事》一文指出,这与商族先公王亥、王恒到有易部族进行牛羊交易时与有易女子有染的婚俗有关。① 李学勤先生《周易经传溯源》也指出:"辞中所书'鸟闻其巢',恐怖不是简单的比喻。因为鸟的构巢是长期居住的地方,并不是旅次。这里讲的疑与王亥的史事有关。"② 其实,具体史事已见于《楚辞·天问》:

> 该秉季德,厥父是臧。
> 胡终弊于有扈,牧夫牛羊?
> 干协时舞,何以怀之?
> 平胁曼肤,何以肥之?
> 有扈牧竖,云何而逢?
> 击床先出,其命何从?
> 恒秉季德,焉得夫朴牛?
> 何往营班禄,不但还来?
> 昏微遵迹,有狄不宁。
> 何繁鸟萃棘,负子肆情?
> 眩弟并淫,危害厥兄。
> 何变化以作诈,后嗣而逢长?

这里是一段商部族与有易部族进行游牧交易及有关婚俗的珍贵史料。鸟是商部族的图腾,我们曾在《楚辞与上古历史文化研究》有详论。"何繁鸟萃棘,负子肆情?"指上甲微与有易女发生乱婚关系。而"眩弟并淫,危害厥兄。"是指王亥王恒兄弟并淫有易女事件。从婚姻习俗角度看,"何繁鸟萃棘"反映的是原始群婚制习

---

① 顾颉刚:《周易卦爻辞中的故事》,《古史辨》(第3册),上海古籍出版社1982年版,第19页。

② 李学勤:《周易经传溯源》,长春出版社1992年版,第4页。

俗，而"眩弟并淫"则是普那路亚婚习俗。从神话思维、图腾制度角度看，"繁鸟萃棘"与《周易》"鸟焚其巢"反映的是商部族作为鸟图腾在与有易部族交往的得失过程。"繁鸟萃棘""眩弟并淫"是得，"鸟焚其巢""丧羊于易"是失，所以说，"旅人先笑而后号咷"①。

关于周族的祖先图腾，《诗经·大雅·生民》有所交待。周始祖后稷的母亲姜嫄"履帝武敏"而生。这"武敏"即帝之大拇指。"帝"为何，我们曾考证，"帝"既为上帝之"帝"，也是花蒂之"蒂"，因此周人的起源与植物图腾有关。而从《生民》下文所述可知，周族的起源还与动物图腾有关。当姜嫄无夫而生后稷之后，开始以为其不详：

> 诞寘之隘巷，牛羊腓字之。
> 诞寘之平林，会伐平林。
> 诞寘之寒冰，鸟覆翼之。
> 鸟乃去矣，后稷呱矣。
> 实覃实訏，厥声载路。

原来这"牛羊"与"鸟"是后稷的保护神，因而也就是周族的图腾神了。② 联系周人先祖从不窋开始，"窜于戎狄之间"可知，周人以牛羊鸟为其图腾神也是合乎情理的。

三 花草树木等植物图腾神灵的原始意象

对花草树木植物图腾的崇拜是人类处于原始氏族社会时期共有的现象。生产力越低下，人类对花草植物果子的依赖程度就越高，而农耕生产也是在对原始花草植物长期认识的基础上发展起来的，

---

① 江林昌：《楚辞与上古历史文化研究》，齐鲁书社1998年版，第146—152页。
② 江林昌：《楚辞与上古历史文化研究》，齐鲁书社1998年版，第287—300页。

所以，花草树木果子对早期人类社会的影响极其深刻。

不仅如此，当人类尚处于母权制社会阶段时，人们只知母而不知父。当时的先民们观察到，花草树木的长叶、开花、结果与女性的怀孕、生殖、哺育有许多相似之处。于是，在巫术互渗观念支配下，原始实初民的花草树木崇拜与女性崇拜便完全统一起来了。弗雷泽《金枝》介绍：

在摩加鹿群岛，当丁香树开花的时候，人们像对待孕妇一样对待它们，不许在它们附近吵嚷，……否则丁香树就会受惊，不结果实。
在安波那，当稻秧开花的时候，人们说稻秧怀孕了。
毛利人的图霍部族说树木有能力使妇女多生子女。
卡拉吉尔吉斯人的不孕妇女竟在幽独的苹果树下打滚，为了求得子嗣。
在瑞典和非洲，人们认为树木能福佑妇女分娩。[1]

在我国远古时期，也有树木生人的传说。最早的便是伏羲、女娲的诞生与葫芦的关系。说远古时代，洪水泛滥，人类灭绝，只有伏羲、女娲兄妹从葫芦里出来，兄妹婚配，繁衍人类。闻一多先生《伏羲考》经过详细论证，指出"伏羲""女娲"的得名就是来源于葫芦。"为什么以始祖为葫芦的化身，我想是因为瓜类多子，是子孙繁殖的最妙象征，故取以相比拟。"[2]

屈原《天问》记载了商汤王的大臣伊尹生于桑树的故事："成汤东巡，有莘爰极。……水滨之木，得彼小子。"王逸《楚辞章句》："小子，谓伊尹。"洪兴祖《楚辞补注》引《列子》："伊尹生乎空桑。"稍后的《吕氏春秋·本味》篇则记载更详尽：

---

[1] ［英］弗雷泽：《金枝》，中国民间文艺出版社1987年版，上册，第174、181、182页。
[2] 闻一多：《伏羲考》，见《闻一多全集》第三册，湖北人民出版社1993年版，第111页。

> 有侥氏女子采桑，得婴儿于空桑之中，献之其君。

我国其他少数民族追溯远祖的诞生，也有相关的传说。如《后汉书·南蛮西南夷列传》载，夜郎国的开国君主生于竹子。徐嘉瑞《大理古代文化史》称大理民族相信李树能生子，等等。

有关原始初民生于花草树木的传说，还可以从中国古代姓氏与草木的关系中得到证明。《左传》隐公八年："因生以赐姓。"姓字从女从生，在甲骨金文里均作女子跪拜在破土而出的草木之前的形象，表示女性生育与草木生长的互拟关系。在我国姓氏中，从草从木的特别多。从草者如芦、苻、茆、莫、蒍、芮、茅、蓁、萧，等等，从木者如杨、权、林、柴、柯、柏、柳、桂、桑、梁、檀、梅，等等。这些姓氏的起源应该都与花草树木图腾崇拜有关。

这些花草树木图腾观念，在巫术宗教时代往往通过咒语和祝辞表达并流传。《诗经·周南·芣苢》就是从远古保留下来的一首较完整的通过吟唱芣苢草以求怀孕生子的咒语宗教诗：

> 采采芣苢，薄言采之。采采芣苢，薄言有之。
> 采采芣苢，薄言掇之。采采芣苢，薄言捋之。
> 采采芣苢，薄言袺之。采采芣苢，薄言襭之。

同样的话语，反复唱了六遍，只是每句话变化了动词"采""有""掇""捋""袺""襭"而已。原始人相信，语言具有魔力，说出某个名称，某个名称便能发挥相应的宗教功能。《逸周书·王会解》："桴（芣）苢者，其实如李，食之宜子。"《毛诗序》说芣苢是"妇人乐有子矣"。因此，唱《芣苢》的初民相信，他们反复唱"芣苢"，芣苢便能发挥出使妇人有子的神奇功能。正如卡西尔《语言与神话》所指出："在几乎所有伟大的文化宗教的创世说中，语词总是与至尊的创世主结成联盟一道出现的。""说出的语言音响或许同样具有神祇意象所起的相同功能。"①

闻一多先生最早揭示了《芣苢》这首诗的原始意象、神话原型的内涵:"古人根据类似律之魔术观念,以为食芣苢即能受胎生子","芣苢本是一种食之宜生子的中药草,又名车前子,而之所以又取名芣苢,即与其宜生子有关。'芣'从'不'声。'不''丕'本一字。'苢'从'㠯'声。'㠯''台'本一字。因此,'芣苢'与'胚胎'古音既不分,证以'声同义亦同'的原则,便知道'芣苢'的本意就是'胚胎'。其字本只作'不㠯',后来用为植物名变作'芣苢',用在人身上变作'胚胎',乃是文字孳乳分化的结果。"② 总之,在巫术互渗律支配下,在原始神话思维里,反复吟唱"芣苢",实际是有关女性生殖崇拜主题的具体实践。

"芣苢"就是一个具体的原始花草意象,是一个有关女性生殖的神话原型。这个花草意象、神话原型,在中国早期文明时代,表达的是部族的宗教、政治、伦理三合一的具体观念。在宗教仪式活动中,则是集体吟唱,人人明白,从而形成了一种"集体有意识"。闻一多指出:"宗法社会里是没有个人的。一个人的存在是为他的种族而存在的。一个女人是在为种族传递并蕃衍生机的功能上而存在着的。"③ 所以《芣苢》一诗也经历了由原始巫术咒语到宗教庙堂贵族颂诗的发展过程。《毛诗序》强调《芣苢》是"后妃之美也。和平,则妇人乐有子矣",是有依据的。

随着母系社会向父系社会的发展,随着初民们对两性关系的认识,原始花草意象也在女性生殖崇拜主题的基础上,生发出花草象征女性的美丽意象、男性追求女性的情爱意象,等等。

这种思想和信息,在《芣苢》这首巫术宗教诗里也体现着。

---

① [德]卡西尔:《语言与神话》,于晓等译,生活·读书·新知三联书店2017年版,第76、67页。
② 闻一多:《闻一多全集》卷三《诗经编》,湖北人民出版社1982年版,第202—206页。
③ 闻一多:《闻一多全集》卷三《诗经编》,湖北人民出版社1982年版,第202—206页。

《芣苢》六句，每呼"芣苢"前，均缀上形容词"采采"。"采采芣苢"结构同于《小雅·大车》"粲粲衣服"。而《文选》注《大车》引韩诗又作"采采衣服"。可见"采采"与"粲粲"是相通的，有美丽鲜艳的含义。因此，"采采芣苢"在巫术宗教观念里，既有崇拜女性生殖的含义，还有赞美女性美丽的含义。

在我国古代，包含有生殖、美丽等内含的原始花草意象、神话原型，是播之广泛而传之久远的，因而影响深广，以至于后来的汉字里还有许多遗存。《说文》从草字445个，从木字421个，几乎占了其收字总数的十分之一。《尔雅》有《释草》与《释木》，收字一百几十个。这些都说明花草树木在古代文化中的重要地位。臧克和曾指出，在《说文解字》里许多以草木取类的字与女性美丽等有关。① 如"桃"与"姚"，两字均从兆得声，均有美好、艳丽义，而一从木，一从女。

  桃：《说文·木部》："桃，果也。从木，兆声。"《诗》"桃之夭夭"，《毛传》："桃，有花之盛者。"

  姚：《说文·女部》："姚，……从女，兆声。或为姚，娆也。"《荀子·非相》篇："莫不美丽姚冶。"杨倞注引《说文》："姚，美好貌。"《说苑·指武》篇："美哉德乎，姚姚者乎。"《方言》《广雅》皆曰："姚，娧，女子也。"

又"杕"与"媄"，均从"夭"得声，均有妖冶闲雅义，而一从木，一从女。

  杕：《说文·木部》："木少盛貌。从木，夭声。《诗》曰：桃之杕杕。"

  媄：《说文·女部》："巧也。一曰女子笑貌。《诗》曰：桃

---

① 臧克和：《说文解字的文化说解》，湖北人民出版社1994年版，第2—33页。

之媖媖。从女,芺声。"《广雅》:"媖媖,容也。"

《诗经·周南·桃夭》:"桃之夭夭",《说文》引一作"枖枖",一作"媖媖",说明"枖"与"媖"义相近,均作美丽娇好解。

又"妗"与"棽",均从"今"得声,有优美义,而一从女,一从林:

妗:《说文·女部》:"善笑貌,从女,今声。"
棽:《说文·林部》:"木枝条棽丽也,从林,今声。"《说文通训定声》棽:"纷垂摇扬之貌。"

又"媜"与"葚",均从"甚"得声。《说文·甘部》:"甚,尤安乐也,从甘从匹。"是"甚"有欢乐酣畅义,而字又从女,或从草,义亦相近。

媜:《说文·女部》:"从女,甚声。"
葚:《说文·女部》:"桑实也。从草,甚声。"《诗·卫风·氓》:"于嗟鸠兮,无食桑葚;于嗟女兮,无与士耽。"

类似的例子还有"婕"与"堇"、"姍"与"栅"、"姆"与"梅"、"媱"与"摇"等,均表示美貌、艳丽、苗条等义,或从草,或从女,真可谓为"桃花人面相映红"。这些文字虽然都是文明时代的,而其思想内容则是原始巫术宗教时代神话思维、原始花草意象的遗留。这也正说明女性美貌与花卉草木之间的同构相联关系。

古希腊性爱女神阿弗洛狄忒得名于"蔓陀罗林"草。据说蔓陀罗林草有致幻媚人的功效,所以在巫术活动与宗教仪式中常为女巫们所使用。又据马林诺夫斯基介绍,在美拉尼西亚,传说有一对兄妹因为"恋爱巫术"的蛊惑而乱伦,"事后彼此很懊丧,不吃不喝,共死在山洞中。一种香草便由他们的骨骼中生长出来。这便是以后配制恋爱巫术（媚药草）最有力的主要成分之一"①。

无独有偶，这种花草致情爱的原始意象，在我国古代也普遍盛行。据《山海经·中山经》载：

> 姑媱之山，帝女死焉，其名曰女尸，化为䔄草，……服之媚于人。
>
> 太室之山，……有草焉，……其名曰䔄草，服之不眯。
>
> 青要之山，……有草也，其状如兰，……名曰荀草，服之美人色。

这些巫术神话，后来演变为宋玉《高唐赋》里巫山神女媱姬献爱楚襄王的故事。《文选·别赋》注引《高唐赋》曰："我，帝之季女，名曰瑶姬，未行而亡，封于巫山之台。精魂为草，实曰灵芝。"而《渚宫旧事》三引《襄阳耆旧传》在"封于巫山之台"句后作："精魂为草，摘而为芝，媚而服焉，则与梦期。"《高唐赋》接写楚襄王"因幸之"。

这种花草致情爱的原始意象，在中国夏商周早期文明时代仍有许多遗存。《左传》宣公三年：

> 郑文公有贱妾曰燕姞，梦天使与己兰，曰："余为伯鯈。余，而祖也，以是为而子。以兰有国香，人服媚之如是。"既而文公见之，与之兰，而御之。

燕姞服兰花可以媚人，而文公接兰花则"御"燕姞。花之神奇若此。

在《诗经》里，也有许多遗存。《邶风·静女》首章写"静女"

---

① ［英］马林诺夫斯基：《巫术、科学、宗教与神话》，中国民间文艺出版社1998年版，第124页。

约男子在城角幽会，末章写见面时女子向男子赠送茅草：

> 自牧归荑，洵美且异。
> 匪女之美，美人之贻。

《毛传》："荑，茅之始生者。"芳草在上古常用于巫术宗教活动，可致男女情爱。《离骚》"索藑茅以筳篿兮，命灵氛为余占之。曰：两美其必合兮，孰信修而慕之。"《静女》诗写女子向男子赠送采自牧场的茅草，其表达情爱，可谓自然大方。袁梅《诗经译注》："荑，又名白茅。多年生草。古代往往以白茅象征婚媾。这位姑娘以白茅赠青年，是一种求爱的表示。"又如《郑风·溱洧》：

> 溱与洧，方涣涣兮。
> 士与女，方秉蕳兮。
> ……
> 维士与女，伊其相谑，赠之以勺药。

《毛传》："蕳，兰也。"即前引《左传》宣公三年"人服媚之"的兰草。"勺药"当亦有同样的功能。故郑玄《毛诗笺》曰："男女……感春气并出，托采芬香之草而为之淫佚之行。"可见汉代的郑玄还是知道芳草鲜花有致情爱的巫术与伦理意义的。直到魏晋陈琳《神女赋》还有"申握椒以贻予，请同宴乎奥屋"的描写，可见花草致情爱原始意象的深远影响。

总之，在原始花草意象中，生殖意象、美丽意象、情爱意象三者是叠合在一起的。由于在宗教仪式中的反复演示，原始花草意象、神话原型已融入先民们的血液之中，成为全族人共同的文化心理结构。成为中国早期文明时期的"集体有意识"，为秦汉以后中国文学艺术的发展奠定了基本模式，具有十分重要的意义。

第五节 原始"意象"转化创新为人文"兴象""寄象"

如前所述，根据几代西方历史学家和文化人类学家们的研究，西方社会在进入文明时代之后，地缘管理代替了血缘管理，工业生产代替了农耕生产。在这样的社会经济背景下，原始神话思维、原始意象也就随着原始巫术活动、原始宗教仪式在现实生活中逐步消失而消失。

然而在中国，情况与西方不一样。由于中国古代的文明起源及其早期发展过程中，原始氏族社会的血缘管理依然延续下来了，而没有出现如同西方文明的地缘管理；原始氏族社会的农耕生产方式也延续下来了，而没有出现如同西方文明的工业生产。因此之故，从五帝文明起源到夏商周早期文明发展，近三千年的历史过程中，一直延续着原始氏族社会的宗教、政治、伦理的三合一。原始神话、原始意象也就随着原始巫术活动、原始宗教仪式在文明时代的延续发展而延续。在中国古代，有关原始神话、原始意象的种族记忆、集体意识，不仅通过代代遗传而成为文明时代后人的先天文化基因；而且还通过巫术活动、宗教仪式在现实生活中的不断演示而形象地再现着。也就是说，在中国，原始神话，原始意象对文明时代的后人来说，既是先天遗传的，也是后天实践经历的。如果说，原始神话思维、原始意象在西方文明时代已成为"集体无意识"，那么在中国的文明时代仍然是"集体有意识"。

当然，中国的早期文明发展到了西周晚期至春秋战国时代，也出现了人文理性精神。因此，在新的时代背景下，原始"意象"也转化创新出人文"兴象"与"寄象"。以上，我们从日月云雨等天体神话、鸟兽虫鱼等动物图腾、花草树木等植物崇拜，以及夏代的贡田制、商代的协田制、周代的籍田礼等方面，全面讨论了中国原始神话、图腾崇拜、史诗歌舞等原始思维、原始意象在中国文明起源与早期文明发展阶段的延续发展。以下选择花草树木意象为例，进一步讨论原始意象在春秋战国时代的转化创新。

一 《诗经》花草树木所反映的"兴象"艺术

原始花草意象是通过氏族全体成员千百年来在巫术活动、宗教仪式中反复演示而逐步形成的。在原始花草意象中，花草形象不仅仅是植物自然现象，更是一种宗教、政治、伦理的象征。其深刻的社会内涵，在当时是氏族族员人人明白、集体遵守的。

西周以来，由于人文理性精神的兴起，在原始思维基础上出现了理性思维，在神话思维基础上发展出了艺术思维，在群体观念基础上突出了个体意志。在这样的背景下，原始花草"意象"也发展创新为以《诗经》为代表的人文花草"兴象"，具体落实为"比兴"艺术方法。

关于"比兴"，朱熹《诗集传》有一个简洁的概括："兴者，先言他物以引起所咏之辞也"；"比者，以彼物比此物也"。我们以"花草"形象为例来具体分析"比兴"艺术。朱熹解释的所兴之"他物"与所比之"彼物"，实际即为神话思维背景下的原始花草意象，是具体的，是群体的。而"所咏之辞"与"此物"即为人文理性背景下的思想情感和精神理念，是抽象的，是个体的。刘勰《文心雕龙·比兴》曰："比者，附也；兴者，起也。""起情故兴体以立，附理故比体以生。"与原始花草"意象"相比，《诗经》花草"兴象"中的所兴与所比之"物"是原有的，而所咏与被比之"辞"则是新出现的。例如前文讨论的《芣苢》，是远古遗留下来的，通篇都是"采采芣苢，薄言采之"的原始意象。而《诗经》第一首《关雎》就不同了。该诗在"参差荇菜，左右采之"这一原始花草意象基础上，引发出了"窈窕淑女，寤寐求之"的个体情感。这个体情感的抒发是在西周以后人文理性精神发展的基础上才有的。因此，我们对收录在《诗经》里的诗要具体分析。《芣苢》是远古遗留下来的原始花草"意象"诗,而《关雎》则是西周以后新出现的人文花草"兴象"诗。"意象"诗是神话思维,是中国早期文明时代的巫术宗教产物;而"兴象"诗是艺术思维,是春秋战国时代的人文理性产物。今传本《诗经》305首,《毛诗传》独标"兴象"的即有114首,其中72首在"风"诗中,42首在"雅""颂"中。"兴象"诗成为《诗经》的主体,所以《文心雕龙·比兴》说"毛公述传,独标兴体"。而在114首"兴象"诗中,花草树木"兴象"诗占有重要比例,具有典型意义。此再举《关雎》类花草"兴象"诗数例于下,以便讨论:

篇目	原始意象:兴句,集体宗教伦理	所咏之辞:应句,个体思想情感
《周南·桃夭》	桃之夭夭,灼灼其华	之子于归,宜其室家
《周南·汉广》	翘翘错薪,言刈其楚	之子于归,言秣其马
《周南·汝坟》	遵彼汝坟,伐其条枚	即见君子,不我遐弃
《小雅·菁菁者莪》	菁菁者莪,在彼中阿	既见君子,乐且有仪
《小雅·隰桑》	隰桑有阿,其叶有难	既见君子,其乐如何
《召南·草虫》	陟彼南山,言采其薇	未见君子,我心伤悲
《秦风·晨风》	山有苞棣,隰有树檖	未见君子,忧心如醉
《郑风·野有蔓草》	野有蔓草,零露漙兮	有美一人,清扬婉兮
《陈风·泽陂》	波泽之陂,有蒲与荷	有美一人,硕大且卷
《唐风·椒聊》	椒聊之实,蕃衍盈匊	彼其之子,硕大且笃
《魏风·汾沮洳》	彼汾一方,言采其桑	彼其之子,美如英
《邶风·简兮》	山有榛,隰有苓(荷花)	云谁之思,西方美人
《鄘风·桑中》	爰采葑矣,沬之东矣	云谁之思,美孟庸矣

以上数例花草"兴象"诗,句式一致。兴句都是原始意象,应句都是个体情感。这实际上是"兴"原始集体之意象,"咏"时代个体之情志,是兴象述志,我们简称为"兴象"。由原始花草"意象"发展为《诗经》花草"兴象",完成了人类社会由神话思维到艺术思维、在野性思维中伸展理性思维的转化,这是里程碑式的创

新，具有划时代的意义。

二 《楚辞》花草树木所反映的"寄象"艺术

原始"意象"发展到春秋战国时代，在北方转化创新为体现人文理性精神的《诗经》"兴象"，而在南方则转化创新为表现独立人格思想的《楚辞》"寄象"。

楚族在商周之际由北方中原地区带着深厚的原始文化迁移到南方江汉地区，与当地浓重的巫风习俗正相吻合。朱熹《楚辞集注》："昔楚南郢之邑，沅湘之间，其俗信鬼而好祠。其祀必使巫觋作乐，歌舞以娱神。"而屈原又是一个巫史合流的人物。[1] 这几方面条件的因缘际会，使得屈原或创作或编撰的《离骚》《九歌》《天问》等作品，几乎通篇运用神话思维，大量使用原始花草意象。另一方面，屈原所处的战国时代，其人文理性精神毕竟比《诗经》时代更进步了。因此，屈原作《楚辞》时，自觉地将自己独特的个体人格、强烈的思想情感和鲜明的时代精神，直接融合到原始花草意象中，从而转化创新出独特的花草"寄象"艺术。

《诗经》花草"兴象"诗中，兴句"原始意象"与应句"个体情感"虽然是统一的，但毕竟分前后两层表述。而屈原《楚辞》花草"寄象"却没有兴句与应句，将原始花草意象与诗人个体情感完全融合在一起了。王逸《楚辞章句》称其为"善鸟香草以配忠贞，恶禽臭物以比谗佞……虬龙鸾凤以托君子，飘风云霓以为小人"。这善鸟、香草、恶禽、臭物、虬龙、鸾凤、飘风、云霓等等，本来都是原始意象。当诗人借以"配忠贞""比谗佞""托君子""为小人"之后，便赋予了时代特征和个体情感，从而构成了新的"寄象"艺术。这是屈原的天才独创，成为中国文学艺术史上继《诗经》"兴象"后的另一座高峰。刘勰《文心雕龙·比兴》称其"虽取熔经意，亦自铸伟辞"，"故能气往轹古，辞来切今。惊采绝艳，

---

[1] 江林昌：《楚辞与上古历史文化研究》，齐鲁书社1998年版，第1—8页。

难与并能矣"。

东汉王逸《楚辞章句》最早揭示了屈原《楚辞》的"香草美人"比兴艺术。20世纪40年代,游国恩先生则在此基础上概括为"女性中心说"。[①] 其实,"香草美人"与"女性中心"是统一的。其统一的根源即在于原始花草意象求生殖、致情爱、赞美丽的主题。这一主题在楚国历史上尤其表现为巫术活动、宗教仪式中女巫男觋的情爱歌舞。朱熹《楚辞集注》:"蛮荆陋俗,词既鄙俚,而其阴阳人鬼之间,又或不能无亵慢荒淫之杂。原既放逐,见而感之,故颇为更定其词,去其泰甚。而又因彼事神之心,以寄吾忠君爱国眷恋不忘之意。是以其言虽若不能无嫌于燕昵,而君子反有取焉。"屈原《楚辞》的花草"寄象"主要是通过男女比兴而表达;男女比兴中,又以女子为中心。因此,原始花草意象自然与女子结合在一起了。

屈原在《楚辞》中处理自己与君王关系时,将自己比作女子,将君王比作男子。这时,女子就需要用香花美草装扮自己。先看《离骚》中的"香草美人":

> 扈江离与辟芷兮,纫秋兰以为佩。
> 朝搴阰之木兰兮,夕揽洲之宿莽。
> 朝饮木兰之坠露兮,夕餐秋菊之落英。
> 擥木根以结茝兮,贯薜荔之落蕊。
> 矫菌桂以纫蕙兮,索胡绳之纚纚。
> 制芰荷以为衣兮,集芙蓉以为裳。
> 佩缤纷其繁饰兮,芳菲菲其弥章。

再看《九章》中的"香草美人":

---

① 游国恩:《楚辞女性中心说》,见《游国恩楚辞论著集》第四卷,中华书局2008年版,第1—12页。

> 播江离与滋菊兮，愿春日以为糗芳。
> 矫兹媚以私处兮，愿曾思而远身。——《惜诵》
> 揽大薄之芳茝兮，搴长洲之宿莽。
> 解萹薄与杂菜兮，备以为交佩。……
> 芳与泽其杂糅兮，羌芳华自中出。——《思美人》
> 故荼荠不同亩兮，兰茝幽而独芳。
> 惟佳人之永都兮，更统世以自贶。——《悲回风》

当屈原处理自己与政治同伴关系时，又将自己比作男子，而将寻求志同道合的政治伴侣比作女子。这时就需要以花草致情爱的原始意象主题了。《离骚》写诗人在神话天国中"一求宓妃之所在""二求有娀之佚女""三求有虞之二姚"时，即向她们赠送香花美草：

> 溘吾游此春宫兮，折琼枝以继佩。
> 及荣华之未落兮，相下女之可诒。

在《九歌》中写男觋女巫扮演人神相恋，也是大量出现互赠香花美草的情节。

> 《湘君》：采芳洲兮杜若，将以遗兮下女。
> 《湘夫人》：搴汀洲兮杜若，将以遗兮远者。
> 《大司命》：折疏麻兮瑶华，将以遗兮离居。
> 《山鬼》：被石兰兮带杜衡，折芳馨兮遗所思。

前文指出，在神话思维、巫术观念里，以香花美草致情爱是普遍现象，即《山海经·中山经》所谓的"蓣草，服之媚于人"，"荀草，服之美人色"。屈原《楚辞》里的香花美草，用于装饰美女自己时，不仅仅是为了美丽，更是希望求得男性君王的赏识信任；用于男子赠送美女时，也不仅仅是为了赞美女子，更是希望求得共辅朝政大臣的真诚相待。这些是屈原《楚辞》花草"寄象"的第一层含义。其第二层含义是，香花美草既为了表示屈原自己才华出众，更是象征屈原人格道德的纯洁高贵。花草的第一层含义更多的是原始意象、神话思维；第二层含义则完全是新时代的人文精神了。而在屈原笔下，这第二层含义是有机地融合在第一层含义中的。这就是屈原天才独创的花草"寄象"艺术。

然而，必须特别指出的是，《诗经》花草"兴象"与《楚辞》花草"寄象"中的景，不是唐宋诗词意境中的景，而是原始花草意象。这原始花草意象是在花草自然景象背后隐含着宗教、政治、伦理等多重内涵，是中华文明起源与早期文明发展独特路径的独特贡献。读《诗经》《楚辞》，应该由花草"兴象""寄象"中某一具体的个体之"情"，进而领会原始意象背后丰富深刻的民族群体之"意"，从而获得更厚重的民族集体认同感、更深邃的历史文化认知感。过去，我们往往以现代民间情歌的通俗思维去读《诗经》花草"兴象"诗与《楚辞》花草"寄象"诗，其实是把《诗经》《楚辞》简单化了。

第六节　原始"意象"、人文"兴象""寄象"在中国文化史上的深远影响

中华文明发展到春秋战国时期出现了大变革、大动荡；因此，迎来了文化大繁荣，形成了中国文化史上第一批民族经典。这批民族经典，既对以往二千多年的文明起源与早期文明发展时期的有关日月云雨、鸟兽虫鱼、花草树木等原始思维、原始意象作出了理论概括与总结，又在春秋战国文明转型时期作出深度哲学思考。这些理论概括与哲学思考的成果之一，便是人文"兴象""寄象"的出现。

《诗经》人文"兴象"与《楚辞》人文"寄象"不仅在艺术手法上影响了历代文学作品,成为百代不祧之祖;而且在思想情感上培养了秦汉以后一代又一代士大夫的共同民族情感和独有的个体人格。以下仍以花草树木为例加以说明。

一 花草"兴象"在中国文化史上的运用发展

《诗经》花草"兴象"艺术首先在两汉魏晋南北朝诗歌中得到了继承与发展。如汉乐府诗《江南》:"江南可采莲,莲叶何田田!鱼戏莲叶间:鱼戏莲叶东,鱼戏莲叶西,鱼戏莲叶南,鱼戏莲叶北。"朱东润主编《中国历代文学作品选》解题:"这是一首采莲歌,反映了采莲时的光景和采莲人欢乐的心情。"[①] 其实,这只是表面意思。闻一多先生《说鱼》已揭示了其背后的真实涵义:"这里是鱼喻男,莲喻女,说鱼与莲戏,实等于说男与女戏。"[②] 如果我们熟悉从原始鸟鱼"意象"、原始花草"意象"直到《诗经》鸟鱼"意象"、花草"兴象"中,鸟鱼花草都是有关生殖、情爱的主题,那么这首诗所隐含的主题是不难理解的。又《古诗十九首》之《青青河畔草》:

青青河畔草,郁郁园中柳。
盈盈楼上女,皎皎当窗牖。

这"河畔草"青青、"园中柳"郁郁,正与"楼上女"盈盈相一致,是典型的"兴象"艺术。又《涉江采芙蓉》:"涉江采芙蓉,兰泽多芳草。采之欲遗谁,所思在远道。"《庭中有奇树》:"庭中有奇树,绿叶发华滋。攀条折其荣,将以遗所思。"两诗虽所赠鲜花的

[①] 朱东润:《中国历代文学作品选》,上编第1册,上海古籍出版社1979年版,第364页。
[②] 闻一多:《说鱼》,见《闻一多全集》第3卷,湖北人民出版社2004年版,第231—250页。

对象不同，但都是《诗经》花草致情爱"兴象"艺术在乐府诗歌中的继承发展。

再看魏晋南北朝诗。谢朓《王孙游》：

> 绿草蔓如丝，杂树红英发。
> 无论君不归，君归芳已歇。

诗以"绿草""红花"喻女，并引出思念丈夫之情。乐府诗《西洲曲》"采莲南塘秋，莲花过人头"，女子以莲花自喻，而慨叹"忆郎郎不至，仰首望飞鸿"。

隋唐以后的诗词、小说、戏剧等文学作品，大量发展《诗经》花草"兴象"艺术，相关例子很多，不胜枚举。

二 花草"寄象"在中国文化史上的运用发展

屈原独创的《楚辞》花草"寄象"，在中国文学史、思想史上产生了极为深广的影响。许多文学作品继承屈原《楚辞》"男女比兴"传统，将自己比作美女，以花草的美丽寄寓自己品德高尚，以香草美女不得男子珍惜以寄寓自己的怀才不遇。如曹植《杂诗》第四："南国有佳人，容华若桃李。"然而"时俗薄朱颜，谁为发皓齿"。这显然是寄托自己怀才不遇之叹。最典型的还是曹植的《美女篇》：

> 美女妖且闲，采桑歧路间。
> 柔条纷冉冉，落叶何翩翩。

如此香花美女自然是引起众人爱慕，"行徒用息驾，休者以忘餐"。然而美人志向高远，不愿随便嫁人，"众人徒嗷嗷，安知彼所观"。再写美人因媒氏不力而未得婚配，"媒氏何所营，玉帛不时安"，结果只能是"盛年处房室，中夜起长叹"。诗开头美人采桑的形象是《诗·豳风·七月》"女执懿筐,遵彼微行,爰求柔桑"的化用。而后面写媒人不力,则完全是《楚辞》"理弱而媒拙兮,恐导言之不固"的继承。诗人自叹怀才不遇,如同《离骚》"屈心而抑志兮""长太息以掩涕"。刘履《风雅翼》卷二:"子建志在辅君匡济,策功垂名,乃不克遂,虽授爵封,而其心犹为不仕,故托处女以寓怨慕之情焉。"

唐代张九龄《感遇》:

> 江南有丹橘,经冬犹绿林。……可以荐嘉客,奈何阻重深!……徒言树桃李,此木岂无阴?

张九龄曾官至右丞相,后受排挤,被贬为荆州长史。朱东润主编《中国历代文学作品选》解题:"这诗有感于朝政的紊乱和个人的身世遭遇,故托物言志,以橘自比,而以桃李影射当权得势的小人。"[①]

辛弃疾如下两词,也是以花草配女子,以女子比自己,抒写怀才不遇之情。《蝶恋花》:

> 九畹芳菲兰佩好,空谷无人,自怨蛾眉巧。宝瑟泠泠千古调,朱丝弦断知音少。
>
> 冉冉年华吾自老,水满汀洲,何处寻芳草?唤起湘累歌未了,石龙舞罢松风晓。

《摸鱼儿》:

> 更能消、几番风雨,匆匆春又归去。惜春长怕花开早,何况落红无数。春且住,见说道、天涯芳草无归路。怨春不语。

[①] 朱东润:《中国历代文学作品选》,中编第 1 册,上海古籍出版社 1979 年版,第 29 页。

算只有，殷勤画檐蛛网，尽日惹飞絮。

长门事，准拟佳期又误。蛾眉曾有人妒。千金纵买相如赋，脉脉此情谁诉？君莫舞，君不见、玉环飞燕皆尘土！闲愁最苦！休去倚危栏，斜阳正在，烟柳断肠处。

以上两词中，"九畹""芳菲""兰佩""汀洲""落红""芳草"等花草"寄象"，全取之于屈原《楚辞》。而"蛾眉"自喻，也是屈原《离骚》"众女嫉余之蛾眉兮，谣诼谓余以善淫"的化用。花草的美丽、忠贞、高洁，一方面寄托了自己"蛾眉虽巧"而又"脉脉此情谁诉"；另一方面又说明自己因为"蛾眉"而"有人妒"，"知音少"，不禁感叹"惜春长怕花开早"，"冉冉年华吾自老"。而"蛾眉"之所以遭嫉妒，其根本原因还在于君王不辨忠奸，即《离骚》"荃不察余之中情兮，反信谗而齌怒"。朱东润主编《中国历代文学作品选》在《摸鱼儿》一词解题中指出：此词"通篇出以比兴，极写春意阑珊的哀怨之情，以寄托政治上的幽愤之感。词中失意的陈皇后用以自喻，得宠的杨玉环、赵飞燕用以比喻当朝排斥他的权臣"[①]。

以上简单的讨论表明，《诗经》花草"兴象"与《楚辞》花草"寄象"，几乎贯穿了汉代以后二千年来的整个中国文学史。"兴象"与"寄象"几乎成了中国文学的主流艺术方法，其蕴含的内容则成了中国文人的主要精神诉求。如果没有《诗经》的花草"兴象"，就不可能有唐宋以后的"意境"说；如果没有《楚辞》的花草"寄象"，就不可能有汉魏以后的"托物言志"诗。《诗经》《楚辞》奠定了中国文学的艺术范式，铸就了中国文化的精神品格。

三 中国原始"意象"、人文"兴象"、"寄象"的深远意义

总结中国原始意象在原始氏族时期起源，在早期文明发展阶段

[①] 朱东润：《中国历代文学作品选》，中编第2册，上海古籍出版社1979年版，第76页。

延续，至春秋战国转化后创新为人文"兴象""寄象"，及其在汉魏以后中国文学史上的影响发展，不仅有助于我们很好地把握中国文化的发展历史，而且对于我们认识整个中国民族思维，了解今天的中国道路，都具有十分重要的意义。而这种重要意义还应该放在世界文化史大背景下去深刻体会。相关讨论需要用专论来完成，这里仅作为余论，略述已见。

如前所述，原始意象是原始社会时期全世界普遍存在的共同现象。但当进入文明时代之后，情况就不一样了。古希腊古典文明时代在柏拉图之后，原始意象已不在现实生活中出现，而只是作为种族记忆，通过遗传，潜藏的后人心底深处，成为一种被荣格所概括的"集体无意识"。而在中国，自五帝文明起源直到夏商周早期文明三千年长河中，原始意象却依然在现实生活中延续发展，表现为"集体有意识"，并与理性精神相结合，创新为人文"兴象"与"寄象"，深刻影响了秦汉以后整个中国文化传统。这种东西方不同的发展趋向，并不是偶然的，而是有其深层次的生产方式和社会结构等原因的。

中国文明史上独特的农耕生产与血缘管理模式方式，决定了中国原始神话思维、原始意象在夏商周早期文明时代的延续与春秋战国时代文明转型时期的创新，从而形成了中国独特的文化发展史，并最终影响了中华民族的思维特色。

主要征引文献

1. **主要文献原典**

《尚书正义》，孔颖达疏，北京大学出版社2000年版。
《毛诗传笺》，毛亨传、郑玄笺，中华书局2018年版。
《周易正义》，王弼著、孔颖达正义，中华书局1980年版。
《春秋左传注》，杨伯峻注，中华书局1990年版。
《周礼正义》，孙诒让，中华书局1987年版。
《仪礼译注》，杨天宇正义，上海古籍出版社2004年版。
《礼记集解》，王文锦集解，中华书局2001年版。
《大戴礼记解诂》，王聘珍解诂，中华书局1983年版。
《论语译注》，杨伯峻译注，中华书局1979年。
《墨子间诂》，孙诒让著，上海书店1986年版。
《孟子译注》，杨伯峻译注，中华书局1996年版。
《庄子集释》，郭庆藩集释，中华书局1961年版。
《楚辞补注》，王逸章句，洪兴祖补注，中华书局1983年版。
《史记》，中华书局2003年版。
《汉书》，中华书局2012年版。
《后汉书》，中华书局2012年版。

2. 外文论著

摩尔根：《古代社会》，杨东莼等译，商务印书馆 1987 年版。

弗雷泽：《金枝》，徐育新等译，商务印书馆 2013 年版。

柴尔德：《远古文化史》，周进楷译，群联出版社 1954 年版。

维柯：《新科学》，朱光潜译，人民文学出版社 1997 年版。

利普斯：《事物的起源》，汪宁生译，四川人民出版社 1982 年版。

格罗塞：《艺术的起源》，蔡慕晖译，商务印书馆 2019 年版。

格雷戈里·纳吉：《荷马诸问题》，巴莫曲布嫫译，广西师范大学出版社 2008 年版。

迈尔斯·弗里：《口头诗学》，朝戈金译，社会科学文献出版社 2010 年。

艾伯特·洛德：《故事的歌手》，尹虎彬译，中华书局 2004 年版。

列维·布留尔：《原始思维》，丁由译，商务印书馆 1981 年版。

卡西尔：《神话思维》，黄龙保等译，中国社会科学出版社 1992 年版。

荣格：《探索心灵奥秘的现代人》，黄奇铭译，社会科学文献出版社 1987 年版。

阿斯曼：《文化记忆》，金寿福等译，北京大学出版社 2015 年版。

克雷夫·贝尔：《艺术》，周金环等译，中国文联出版社 1984 年版。

雅斯贝尔斯：《历史的起源与目标》，魏楚雄等译，华夏出版社 1989 年版。

3. 中文论著

王国维：《观堂集林》，河北教育出版社 2001 年版。

刘师培：《刘申叔遗书》，江苏古籍出版社1997年版。

鲁迅：《鲁迅全集》，人民文学出版社1981年版。

茅盾：《中国神话研究ABC》，上海古籍出版社1999年版。

朱光潜：《西方美学史》，人民文学出版社1979年版。

闻一多：《闻一多全集》，生活·读书·新知三联书店1982年版。

傅斯年：《民族与古代中国史》，河北教育出版社2002年版。

顾颉刚：《史林杂识初编》，中华书局2005年版。

李宗侗：《中国古代社会新研》，中华书局2010年版。

李宗侗：《李宗侗文史论集》，中华书局2011年版。

高亨：《高亨著作集林》，清华大学出版社2009年版。

郭沫若：《郭沫若全集》"历史编"，人民出版社1982年版。

姜亮夫：《姜亮夫全集》，云南人民出版社2002年版。

陈梦家：《陈梦家学术论文集》，中华书局2016年版。

饶宗颐：《饶宗颐二十世纪学术文集》，中国人民大学出版社2009年版。

蒙文通：《蒙文通全集》，巴蜀书社2015年版。

侯外庐：《中国古代社会史论》，河北教育出版社2000年版。

于省吾：《甲骨文字释林》，中华书局2009年版。

朱东润：《诗三百篇探故》，云南人民出版社2007年版。

林惠祥：《文化人类学》，上海文艺出版社1991年版、钱钟书：《管锥编》，中华书局1979年版。

钱钟书：《谈艺录》，中华书局1984年版。

陈子展：《诗经直解》，复旦大学出版社1983年版。

杨公骥：《中国文学》，吉林人民出版社1980年版。

杨希枚：《先秦文化史论集》，中国社会科学出版社1995年版。

杨向奎：《宗周社会与礼乐文明》，人民出版社1992年版。

张光直：《中国青铜时代》，生活·读书·新知三联书店1999年版。

张光直：《考古学专题六讲》，文物出版社 1986 年版。

朱狄：《信仰时代的文明》，中国青年出版社 1999 年版李泽厚：《美的历程》，中国社会科学出版社 1989 年版。

袁珂：《山海经校注》，上海古籍出版社 1980 年版。

袁珂：《袁珂神话论集》，四川大学出版社 1996 年版。

李学勤：《简帛佚籍与学术史》，江西教育出版社 2001 年版。

裘锡圭：《古文字论集》，中华书局 1992 年版。

朝戈金：《史诗学论集》，中国社会科学出版社 2016 年版。

萧兵：《楚辞新探》，天津古籍出版社 1993 年版。

叶舒宪：《诗经的文化阐释》，湖北人民出版社 1994 年版。

叶舒宪：《原型批评的理论与方法》，陕西师范大学出版社 2018 年版。

傅道彬：《诗可以观》，中华书局 2010 年版。

傅道彬：《"六经"文学论》，北京大学出版社 2021 年版。

江林昌：《楚辞与上古历史文化研究》，齐鲁书社 1998 年版。

江林昌：《中国上古文明考论》，上海教育出版社 2005 年版。

江林昌：《考古发现与文史新证》，中华书局 2001 年版。

江林昌：《书写中国文明史》，商务印书馆 2019 年版。

日知：《中西古典学引论》，东北师范大学出版社 1999 年版。

拱玉书：《吉尔伽美什史诗导读》，商务印书馆 2021 年版。

孙毅：《圣经导读》，中国人民大学出版社 2006 年版。

张强：《古希腊铭文辑要》，中华书局 2018 年版。

后　　记

　　1997年1月11日，我受国家"夏商周断代工程"首席科学家李学勤先生和办公室主任朱学文先生委派，协同办公室于燕燕老师约访著名历史学家杨向奎先生。访谈主题是听取杨先生对"夏商周断代工程"的指导性意见。采访内容后来以"希望推出一份更完整的历史年表"为题，刊登在1997年4月11日出版的《夏商周断代工程简报》第21期。于燕燕老师负责的访谈录音与照片，则由工程办公室存档。这里想特别回忆的是在主题访谈之前与杨先生的一段见面谈话，因为这段谈话实际启发了拙著学术思想的最初形成。

　　杨先生得知我在中国社会科学院历史研究所师从李学勤先生从事博士后研究工作，就问我之前所从先生。我告诉他曾师从姜亮夫先生学习《楚辞》与古史。他很高兴，就跟我侃侃而论《诗经》《楚辞》。我感到很亲切，一边恭敬听讲，一边略作呼应。最后，他用非常认真的口吻对我说："《天问》是巫祝之辞，是史诗；《颂》是舞容，是乐歌，也是史诗！"——这，对我来说，简直是惊天之论。

　　读大学时，老师指导我们从文学角度读《诗经》《楚辞》。当时通用的中国文学史教材，只论《大雅》中的《生民》《公刘》《绵》《皇矣》《大明》五篇为周部族史诗，而"三颂"和《天问》不在史诗之列。做研究生时，姜亮夫先生引导我从历史学角度读《诗经》《楚辞》。我的博士学位论文《楚辞与上古历史文化研究》就是在这样的指导思想下完成的。而《诗经》之"三颂"与《楚辞》之《天问》是史诗的论断，还是第一次听说。杨先生还联系《山海经》与西南少数民族史诗等材料，作详细讲解。这使我恍然大悟，茅塞顿开，真正体会到了"听君一席话，胜读十年书"的精神愉悦。

随着"夏商周断代工程"的推进，我在李学勤师安排下，又采访了饶宗颐、赵光贤、张传玺、张岂之、赵芝荃等先生。在采访饶宗颐先生时，我跟他谈起杨向奎先生的高论。饶先生极其赞同，并赐教他的卓见。我按照饶先生的提示，认真研读了他的《〈天问〉文体的源流》《中外史诗天地开辟与造人神话之初步比较》《〈山海经〉畏兽画说》等宏文，深有感悟。2007年，纪念饶宗颐先生90大寿国际学术研讨会在香港大学召开。我提交了《〈商颂〉作于商代的考古印证与〈虞颂〉〈夏颂〉存于〈天问〉的比较分析》长篇论文。会议期间向饶先生汇报，蒙他厚爱，给予颇多鼓励。可惜的是，杨向奎先生已经看不到这份作业了。

自20世纪40年代以来，有关史诗的出土资料相继公布。如安阳殷墟花园庄东地甲骨"学商""奏商""舞商"卜辞，西周青铜器史墙盘、逨盘铭文，湖南长沙子弹库战国楚帛画与帛书，长沙马王堆汉墓帛画与帛书，郭店战国楚简《太一生水》，上海博物馆藏战国楚简《诗说》《容成氏》《子羔》《凡物流形》，清华大学藏战国楚简《周公之琴舞》《楚居》《祝辞》，等等。这些新资料极大地开拓了我们认识中国古代史诗的视野。李学勤师对这些资料有许多精深研究与独到见解。我紧追李师的步伐，研读他的论文，聆听他的讲解，并在充分吸收他有关这些资料的古文字学、历史学、思想史等方面研究成果的基础上，特别从史诗角度观察这些资料，往往有犁然当心之乐。

正在此时，林岗先生的《二十世纪汉语"史诗问题"探论》与朝戈金先生的《从荷马到冉皮勒：反思国际史诗学术的范式转换》两篇宏文先后发表。两文所探讨的问题，所提出的卓见，深深震动了我，也启悟了我。我下决心立足自己的专业特点，充分利用考古新材料，结合中外理论新进展，在东西方文明起源发展不同特点的大背景下，就"中国史诗"作挖掘性、系统性的研究。我把这一宏愿向首都师范大学中国诗歌研究中心主任赵敏俐兄作了深入阐述，深得他的鼓励和肯定。尔后，我又在他的大力支持下，以"考古发现与先秦史诗、颂诗研究"为题，于2013年申报了国家社科基金项目，并获批准。就这样，相关工作全面展开了。为了集中精力做科研，2016年，我按照正常的组织程序，先后辞去了大学副校长等多项行政职务，也可算是"衣带渐宽终不悔，为伊消得人憔悴"了。

2019年，对我来说有着特别的意义。其一，这年5月，我在山东省社科规划办杜福、吴晓云、骆乾等领导支持下，将研究成果提交国家社科规划办申请课题结项。经评审，幸获优秀等级。其二，这年1月3日，国家在中国社会科学院历史研究所、考古研究所等单位基础上，成立了中国历史研究院。习近平总书记致贺信，就历史研究如何建构"三大体系"，又如何为当前中国特色社会主义"四个自信"服务，提出了明确指示。一年来，为了落实总书记贺信精神，中国历史研究院主持召开相关全国历史专家座谈会与史学高层论坛等系列活动，我都有幸积极参加。同时，我还将刚结项的这个国家社科基金项目成果申报了"中国历史研究院文库"。经过严格评选，最后亦有幸入选。呈现给大家的这本《中国史诗研究》就是根据评审专家的意见修改后的成果。其三，这年3月，经过几番辗转，在方辉兄的大力引荐下，我有幸加盟山东大学历史文化学院。20世纪，杨向奎先生曾长期在山东大学工作，是山东大学历史系著名的八大历史学教授之一，还主编《文史哲》杂志。1997年，我在中国历史研究院前身历史所听杨先生教诲而有这个课题的设想，22年后又在杨先生曾经工作过的山大历史学院完成了课题的结项并定稿，最后又有幸列入"中国历史研究院文库"出版。这冥冥之中，似乎是个美好的安排。相信杨向奎先生在天有灵，肯定会为之欣慰的。在此，我要特别感谢国家"夏商周断代工程"、中国社会科学院古代史研究所、中国历史研究院、山东大学历史文化学院，以及国家社科规划办与山东省社科规划办等单位与相关领导,正是因为这些单位与领导才玉成了这段美好的学术姻缘。

在本课题进展过程中,作为阶段性成果,有些内容曾以单篇论文的形式在《中国社会科学》《历史研究》《文艺研究》《文学遗产》《文史哲》《中国高校社会科学》《学术研究》《学术月刊》《东岳论丛》《深圳大学学报》《福州大学学报》《国学研究》《华学》等刊物发表。《新华文摘》《中国社会科学文摘》《高校文科学报文摘》《光明日报》《中华读书报》和人大《复印报刊资料》等报刊,对其中的内容曾给予及时转载或评论。我特别感谢这些报刊的主副编与责任编辑,是他们的信任,才使我的一些浅见得以及时向学界汇报交流。

我的学术助手孙进副教授以及学生李秀亮、代生等,在本课题进展的过程中,做了许多具体工作,而孙进用力尤多,功不可没。中国社会科学出版社的宋燕鹏主任亲自担任本书的责任编辑,为之付出许多辛劳;责任校对郝阳洋老师与责任印制李寡寡老师都认真负责,一丝不苟。在此,一并致谢。

写完这个后记,正是上午九点。灿烂的旭日早已从东方升起,温暖的阳光洒满了我的书桌。壶里的水已煮沸,我准备冲一杯绿茶,休息片刻。然后,开始新的课题研究。

江林昌

2020年3月1日,于济南千佛山下,大明湖畔,山东大学知新楼上